지구적 세계문학 총서 3

와세다대학 문학부 교수
다카하시 토시오(高橋敏夫) 문예비평선집

아무도 들려주지 않았던

일본현대문학

전쟁 · 호러 · 투쟁

곽형덕 옮김

무언가에 익숙해질 수 없었다.

위화감밖에는 없었다.

끊임없이, 초조함 가운데 있었다.

밋밋한 길이, 거리의 일그러진 풍경이 매일 접하는 물건이 텔레비전에서 흘러오는 환성이나 밝은 CM송이 엇갈리는 사람들의 무표정에. 그리고 무엇보다, 그러한 것에 초조해하며 초조함을 그저 내부에 모아두고 있는 내 자신에게 애가 타고 있었다.

그렇기 때문일 것이다. 나는 그러한 초조함을 무시라도 하는 것처럼 가르침을 받는 것, 지시를 받는 것에는 반대의 길을 선택해 왔다.

초등학교(小學校)에서는 오른쪽을 보라고 하면 왼쪽을 봤고, 차렷 하는 호령에는 쉬어를 했다. 국가 제창 때는 입을 다물었고, 노트를 열라고 하면 노트를 닫았다. 교사와의 대화는 언제나 "하지만……"으로 시작됐다. 불합리한 이유로 위압하는 상급생과의 싸움으로 학창 시절이 지나갔다. 하지만 싸우고 또 싸워도 전혀 기분이 좋아지지 않았다.

전전, 전중에 반체제운동에 연관돼 가혹한 체험을 했던 양친은, 그런 나를 "작은 아마노자쿠(天邪鬼, 작은 귀신 모습으로 정반대 행동을 하는 요괴)

야!"라고 불렸다. 내 초조함의 일부분은 가끔 방심한 것 같은 표정을 짓는 양친의 것이었는지도 모른다.

내 비평의 시작을 떠올리려 하다 보면 꼭 떠오르는 일상의 기억이다.

*

그런 날들에 균열이 일어난 것은 중학교 2학년 여름이다. 14세 때였다.

한 권의 책 시작 한 줄이 나를 꿰뚫었다.

『공산당선언』 가운데 "모든 지금까지 사회의 역사는 계급투쟁의 역사이다."라는 말. 이 말에 접했을 때, 내 초조함의 기원이며 내가 지금까지 대답을 얻지 못한 채 "어째서", "왜"를 반복하기만 했던 세계가 순식간에 무너져 내렸다.

거기에 커다란 힘이 충돌하는 세계가 출현했다.

그때 '계급'과 '계급투쟁'이 무엇인지 정확히 이해했던 것은 아니다. 하지만 그런 만큼 도리어 편재하는 투쟁의 이미지는 선명하고 강렬했었다. 당시 해독하고 있던 나쓰메 소세키나 체호프의 소설로부터 얻을 수 없었던 사회의 동적인 이미지를 보게 됐다.

하지만 초조함으로부터 해방된 나를 홀연 보다 강한 다른 초조함이 붙잡았다.

투쟁을 통해 변경되어야만 했던 관계와 환경이 어째서 변하지 않는 것인가.

어째서 사람들은 순종적으로 있는 그대로 다가오는 세계에 묶여있는 것으로만 보이는가.

　도대체 다른 세계와 다른 삶의 방식을 타개하는 투쟁은 어디에 있다고 하는 것인가.

　도대체 나란 무엇인가, 사회란 무엇인가……

　이러한 초조함과 물음이 내 비평 행위의 시작이 되었다. 또한──, 또한 이것이 지금에 이어지는 감정이며 물음이기도 하다.

　여기에 수록된 비평문으로부터는, 그때그때의 강도와 감정과 물음 등이 떠오른다. "사회 안에서 사고하고 우려하는 인간＝아마추어"(에드워드 사이드)의 비평을 채색해 가는 것과 같은 감정과 물음이라 해도 좋을 것이다.

＊

　이번에 한국에서 비평집이 나온다. 일본에서는 이미 스무 권 이상의 저작을 냈지만 이러한 선집 형태는 처음이다.

　이 선집에서는 최신 비평부터 순서대로 선택했다. 그 이유는 내 비평의 지난 역사를 더듬는 것보다는 최근의 긴박한 테마를 둘러싼 비평을 중시했기 때문이다.

　서브타이틀인 '전쟁·호러·투쟁'이 주요한 테마지만, '3·11 후쿠시마 카타스트로프 후를 산다' 및 '새로운 전전에 항거한다' 또한 이 선집을 관통한다.

　나는 지금까지 일단 다 쓰고 나면 바로 다음 비평으로 관심을 기울여서, 비평집을 정리할 때도 다시 글을 읽는 일은 거의 없었다. 이번에는 번역자가 질문할 때 대답해야 하는 이유에서 오랜만에 과거의 비평과 차례차례 대면했다. 그렇게 하면서 나는 내 자신이 어리석은 국가, 어리석은 사회 안에서 어리석게 살아가고 있는 사람이라는 감개가 들었다. 그렇기 때문에 이 어리석고 오만한 국가에서 사회의 쾌활한 '묘굴인(墓掘人)'으로서 비평을 계속해 써온 것이다. 나는 그곳에서 만나고 공투(共鬪)한 작가와 작품 및 그때마다 만나서 이야기를 나눴던 많은 '동료'들을 선명하게 떠올렸다. '묘굴인'으로서의 지복이라 해야 할까.

이 선집의 간행은 두 가지 행운 없이는 실현될 수 없었다. 하나는 번역자인 곽형덕 씨와의 만남이다. 곽 씨는 와세다대학대학원 내 연구실에서 배우고, 컬럼비아대학대학원 유학을 거쳐 얼마 전 김사량 연구로 학위(문학박사)를 취득한지 얼마 되지 않은 신진 연구자다. 또 하나는 곽 씨의 소개로 김재용 교수와 만난 것이다. 김 교수는, 권력에 대항하는 문학적 저항의 역사를 연구하는 날카로운 기백의 학자로서, 또한 AALA의 대표자로서 지구적으로 활동하는 지식인이다. 본 선집의 출판을 열심히 종용해 준 한국의 동지(同志) 두 사람에게 깊이 감사한다.

2014년 9월 15일
다카하시 토시오(高橋敏夫)

전후 일본 사회를
그 암부로부터 포착하다

전쟁이 가능한 시대로 접어든
일본 사회 및 아시아의
미래를 묻다

다카하시 토시오
문예비평서

제3부 전후라는 황야를 살아가다

제4부 문학에서의 재일조선인×오키나와×피차별

제5부 시대소설에 응축하는 '현재'

그것은 '갈등'으로부터 시작됐다
'갈등'을 계속 느끼며
마침내 내적 갈등으로

비평이라는 투쟁의 스타일
사람과 사회의 암흑에 도달하는
희망으로서의 '부서짐'
호러로부터 전쟁으로

다른 세계로, 다른 삶의 방식으로

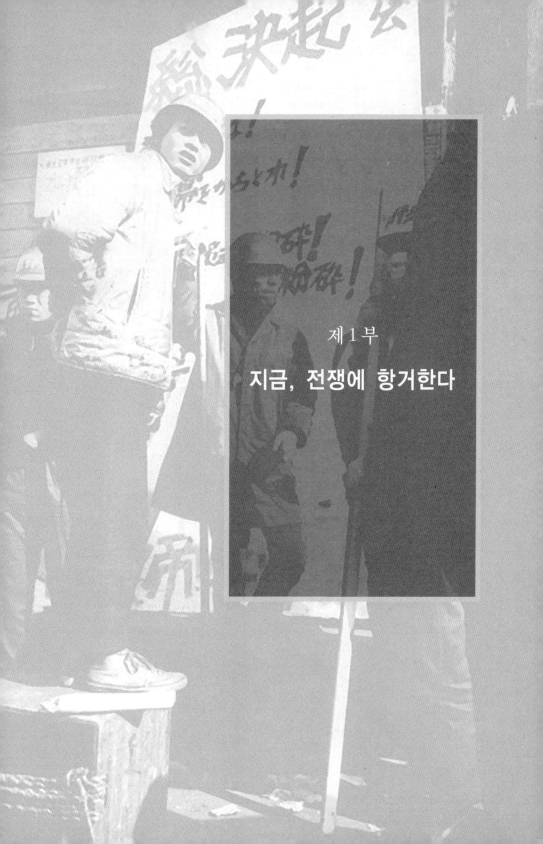

제 1 부

지금, 전쟁에 항거한다

왜 지금 전쟁문학인가

패전으로부터 66주년째의 여름을 맞이했다.

이 여름, 우리는 『컬렉션 전쟁×문학(コレクション 戰爭×文學)』 간행을 시작했다. 각 권이 약 700쪽을 넘는 두꺼운 책으로 20권에 별권 1권을 더한 지금까지 없었던 커다란 기획이다. (2012년) 6월에 아시아태평양전쟁·히로시마나가사키에 관한 2권이 나오며, 이번 달에는 『9·11 변용하는 전쟁』이 나온다.

나쓰메 소세키, 이즈미 교카, 아쿠타가와 류노스케로부터 시작해 오오카 쇼헤이, 노마 히로시, 오에 겐자부로를 거쳐 현대의 무라카미 하루키, 메도루마 슌, 시게마쓰 키요시까지.[1] 전쟁을 말하고 생각한 300편 이상의 소설 작품, 100편을 넘는 시, 하이쿠 및 센류(川柳)가 집결된 이 『컬렉션 전쟁×문학』은 전쟁문학이 만들어 낸 이른바 '커다란 광장'이다. 그와 동시에 독자 한 명 한 명이 참가하는 전쟁을 생각하고 서로 말하는 '커다란 광장'이기도 하다.

이 '커다란 광장'이 과거로부터 현재에 이르기까지 변함없이 잔혹한

---

1) 각각의 작가 일본명은 순서대로 다음과 같다.
　夏目漱石, 泉鏡花, 芥川龍之介, 大岡昇平, 野間宏, 大江健三郎, 村上春樹, 目取眞俊, 重松淸.

전쟁의 모습을 공공연하게 해서 현재 및 미래의 전쟁까지도 거부하기 위한 자유롭고 활발한 대화의 거점 중 하나가 되기를, 우리는 희구(希求)한다.

지금부터 나는 『컬렉션 전쟁×문학』의 특색을 확인하면서, "왜 지금 전쟁문학인가"여야 하는지를 말하고자 한다.

우선 이 책이 갖는 첫 번째 특색은, 편집위원 전원이 전후에 태어난 작가, 비평가, 연구자라는 것이다. 이것은 전쟁을 기존의 체험만으로 한정하지 않고, 더욱 폭넓게 그리고 깊게 파악하는 것을 가능케 했다.

격렬한 전투나 전쟁터의 모습만이 아니라 당시 '후방[銃後]'이라고 불렸던 전쟁 가운데 펼쳐진 날들까지도, 하나의 '전쟁'으로 전체적으로 파악했다.

더 나아가 중요한 것은, 새로운 전쟁이 없다는 의미의 '전후(戰後)'라 불린 66년에 걸친 긴 시간 가운데 아시아태평양전쟁으로 귀결되는 대일본제국의 전쟁과는 다른 '전쟁'이 지속된 것은 아니었는가 하는 점이다. 기존의 전쟁 체험만으로는 포착할 수 없는 새로운 전쟁 체험이 있다는 의미에서다.

"이것은 전쟁이 아니다."가 아니라 "이것도 전쟁이다."라고 하는 시점을 명확하게 내세웠다.

두 번째 특색은 근대의 전쟁으로부터 현대의 전쟁까지를 총망라해서 다루고 있다는 점이다.

근대 편에는 「러일 청일전쟁」, 「중일전쟁」, 「아시아태평양전쟁」이라는 종래의 분류에 따른 3권에 더해, 「각양각색의 8·15」, 「오큐파이 재팬(점령하의 일본)」 이렇게 2권이 더 들어갔다. 게다가 현대 편은 「조선전쟁」, 「베트남전쟁」, 「냉전의 시대」, 「9·11 변용하는 전쟁」, SF나 동화 그리고 판타지 등도 들어간 「이미지네이션의 전쟁」에 이르는 라인업이다. 이 5권으로 이뤄진 현대 편에는 지금까지 하나로 정리된 적이 없었던 전쟁문학 컬렉션이 한자리에 모여 있다.

세 번째 특색은 지역 편과 테마 편의 설정이다.

이 지역 편은 만주, 조선·사할린, 대만·남방이 각각 한 권씩 그리고 히로시마 나가사키 및 지금도 전쟁에 인접해 전쟁에 항거하고 있는 오키나와가 각 권으로 들어가 합계 5권으로 이뤄져 있다. 여기에서 전쟁은 결코 균등한 비극이 아닌 그 지역 고유의 참극 및 비극이었다는 것을 말한다. 자국 중심·자민족 중심의 전쟁의 역사가 아니라 다른 지역, 다른 국가, 다른 민족과의 관련으로부터 전쟁의 폭력을 파악했다. 또한 새로운 시점에 의한 테마 편에서는 아이들과 여성의 전쟁, 전시하의 청춘, 사자(死者)들의 이야기 등을 넣었다.

네 번째 특색으로는 '새로운 전쟁'에 현저히 드러나 있는 전쟁의 변용을 의식했다는 점이다. 즉 9·11 사건으로부터 이라크전쟁 그리고 그 후의 전쟁에서 보이는 전쟁의 변용이 그것이다.

(1) 우선 전쟁은 국가와 국가 사이의 전쟁으로부터 글로벌한 '내전' 혹은 경찰적인 행위를 구사하는 것이 됐다.

(2) 따라서 선전포고로 시작돼 항복에 이르는 이른바 개전과 종전이 있는 전쟁이 사라지고 전쟁은 시간적으로 시작도 끝도 확실하지 않은 사태가 됐다.

(3) 또한 전쟁은 장소가 한정되지 않는 사태에 이르렀다.

(4) 이렇게 과거의 전쟁은 사회의 예외라고 해야 할 사건이었는데

비해 새로운 전쟁은 사회에서 영속적이고 또한 전반적이며 일상
적인 사건이 됐다.

이러한 특색을 정리해 보면 전쟁은 윤곽이 확실했던 것에서 윤곽이
애매한 것, 즉 '전쟁 상태'라고 불러야 할 법한 것이 됐다.

다시 말하자면 평화와 전쟁 사이의 확실한 구분이 사라졌다. 도시가
갑작스럽게 전쟁터가 되고 전투의 바로 옆에 시민의 일상이 있다. 전쟁
은 어딘가 다른 장소에서 명백하게 생기(生起)하고 있다. 동시에 우리가
살아가는 지금과 여기에 몰래 숨어서 활동하고 있다. 전쟁과 우리의 일
상은 복잡하게 연동돼 있다. 전쟁은 이제 어디에서도 일어날 수 있는
현재진행형의 사건이 되고 말았다.

본래 이『컬렉션 전쟁×문학』기획을 하게 된 단초는, 전쟁이 현재의
것이 됐다는 강한 위기감에서였다. 불행하게도, 전쟁은 우리들 한 명
한 명과 관련된 것으로 다가오고 있다.

하지만 우리는 우리 한 명 한 명이 전쟁의 원인을 생각하고 전쟁으
로부터 몸을 피해 전쟁을 거부하는 주체가 돼야만 한다.

전쟁은 일단 구체적으로 시작되면 그 후에는 반대는커녕 그것에 대
해 자유롭게 말할 수도 없어진다.

9·11 사건 직후의 미국이 그러했으며 일본에서도 일시적으로 그렇
게 됐었다. 아시아태평양전쟁의 시작은 더욱더 그러했다. 보통은 잠잠
하던 '놈들과 우리', '적과 아군'이라는 결정적인 대립이 일거에 부상한
다. 눈 깜짝할 사이에 뜨거운 열기가 사회를 뒤덮는다. 전쟁 추진파에
의한 이른바 '대본영발표(大本營發表)'라는 새된 목소리가 울려 퍼지고

'국민적 열광의 광장'이 미디어를 통해 만들어질 것이다. 사회적인 불안이나 혼란이 높아질 때는 이러한 전쟁의 '국민적 열광의 광장'이 출현하기 쉽다.

후쿠시마 제1원전[福島第一原發]의 파국적 사고 이후 일본 국내의 모순을 대외적 문제로 몰래 바꿔치려고 하는 움직임이 활발해지고 있다. 이러한 현재가 '전시 중(戰時中)'이 아니라고 과연 말할 수 있을까. 이러한 '열광의 광장'이 도래하는 것을 저지하는 일환으로 준비한 『컬렉션 전쟁×문학』이 마련한 '커다란 광장'이 활발히 열리기를, 나는 간절히 바란다.

전쟁의 역사가 주로 죽음의 기록인 것에 비해, 전쟁문학은 어디까지나 삶의 기록과 관련된다.

이 '전쟁문학의 커다란 광장'에는 영상으로는 도저히 표현할 수 없는 문학 언어만이 가능한 전쟁의 경악할 만한 현실과 이미지가 넘쳐 난다. 전쟁을 포착하기 위해 땅에 다리가 닿아 있는 사상이 몇 가지나 게시돼 있다. 그리고 이 모든 장면을 들여다보면 전쟁에 직면한 사람들이 다양한 생각과 감정에 잠겨 있음을 알 수 있다.

예를 들면 불안과 공포와 증오가 있다. 놀람과 슬픔이 있다. 열광과 후회가 있다.

하지만 이러한 전쟁의 절망적인 암흑기에 직면하고 있기에 평화라고 하는 빛을 향한 희구와 평화를 향한 희망도 또한 확실히 존재하는 것이다.

☒ 20110808

이젠 '전쟁 가능한 사회' 개전 70주년에 생각한다

이번 12월 8일은 태평양전쟁 개전 70주년이다.

1941년 12월 8일 일본 시간 오전 2시. 일본군은 말레이 반도에 상륙하는 것을 시작으로 오전 3시에는 하와이 진주만 공습을 개시했다. 미국에 최후통첩을 한 것은 오전 4시가 넘어서였다……

지금 내가 보고 있는 『쇼와·헤세사 연표(昭和·平成史年表)』(헤본샤平凡社)에서도 확인할 수 있는 이른바 '기습'에 대한 문제다. 과연 지금 이러한 사실에 관심을 기울이는 사람은 얼마나 있을까. 긴 전후의 출발점이 된 1945년 8월 15일조차 체험에서는 물론이고 기억에서조차 멀어지고 있다. 당연히 그 이전의 12월 8일도 또한 '풍화'가 진행됐다. 아니, 진행됐을 터였다.

하지만 올해는 먼 개전과 먼 패전(종전)이 대단히 가깝게 느껴진다. 게다가 태평양전쟁, 더 나아가 만주사변으로부터 15년 전쟁(十五年戰爭, 1940~1945)의 총체까지, 이러한 '근시감'의 대상은 더욱 넓어진다.

그 이유는 확실하다.

그것은 많은 생명과 생활이 희생된 동일본대진재와 대진재로부터의 부흥을 방해하고 광대한 토지와 바다를 방사능으로 계속해서 오염시켜 현재의 생활과 가까운 미래의 생명을 위협하는 후쿠시마 원전 사고 때문이다.

'패전'론이 말해지고 또한 "전쟁이 시작됐다."고 훤전(喧傳)됐다.

전자는 탈원전이나 반원전의 논자에 의해 전후의 원자력 행정, 원자력 산업의 폭주와 그 귀결을 규탄하기 위해서였다. 후자는 주로 정부 소식통이나 매스컴에서 대진재와 후쿠시마를 동일시하고 나서 사태가 막대하다는 것을 어필해 '올 재팬(ALL JAPAN)' 체제를 만들기 위해 발언됐다. 전자가 사건의 책임을 명확하게 하려 했다면, 후자는 '적'으로 불가항력의 자연재해를 만들어 그것에 모든 책임을 떠안겼다.

나는 어느 쪽인가 하면 '패전'론 편에 속한다. 다만 여기서는 비유로서의 전쟁이 아닌 또 하나의 중요한 문제를 제기하고 싶다.

3 · 11이 명확하게 한 것은 우리의 '지금과 여기'에 현존하는 '전쟁 가능한 사회'가 아닐까.

전후 오랫동안 터부시 되어 왔던 '전쟁 가능한 체제'의 구축은 1991년 걸프전쟁을 계기로 시작됐다. 즉 전후 첫 자위대의 해외 파병인 페르시아 파병에서부터 현실화되기 시작한다. 그 후, 2001년 미국 9 · 11 사건 직후의 자위대 인도양 파견, 2003년 이라크전쟁에 응한 자위대의 이라크 파병도 가세한다. 이러한 파병이 겹쳐진 데다가 2004년 유사법제(有事法制)가 성립되고 결국 2007년에는 방위성이 탄생하게 됐다.

가시적인 '전쟁이 가능한 체제'에 비해 '전쟁이 가능한 사회'는 잘보이지 않는다. 게다가 그 안에 있으면 거의 느낄 수도 없다.

내가 편집위원으로 참가해 이번 여름에 간행을 시작한 『컬렉션 전쟁

×문학』가운데 『9·11 변용하는 전쟁(9·11 変容する戦争)』에는 재일 이란인 여성작가인 시린 네자마피(Shirin Nezammafi)의 「사라무(サラム)」라는 작품이 수록됐다. 이 작품은 9·11 이후의 '새로운 전쟁' 아래 입국 관리국에 수용된 아프가니스탄인 소녀에게 죽음과 마찬가지인 강제송환 명령이 내려지는 것을 통해 일본 사회에 퍼지고 있는 배타적인 힘을 직시한다. 이 작품에서는 쾌활하며 적극적인 인권변호사조차 그 힘과 무관할 수 없다.

내부에 있는 일본인 작가 대부분이 보지도 느끼지도 못했던 사회 내부의 변용을 '밖'으로부터의 시선을 통해 드러나게 했던 귀중한 시도라 할 수 있다.

과거 15년 전쟁기에 현저했던 사회 내부의 결속을 다져 '적'을 색출하려고 했던 '전쟁이 가능한 사회' 만들기는 특히 최근 10년 동안 진행되고 있다. 전차역에서 볼 수 있는 '테러 경계', '수상한 자, 수상한 것 주의'라고 쓰인 벽보를 보더라도 그것을 엿볼 수 있다.

이러한 '전쟁이 가능한 사회'를 배경으로 정부와 매스컴이 일방적으로 후쿠시마가 '안전'하다고 연호하는 것에 대해 일각에서는 그것을 '대본영발표'라 야유하고 있다. 하지만 많은 사람들은 매스컴의 발표를 그대로 받아들이고 있다. 그러면서 '안전'을 의심하는 사람을 '데마(헛소문)를 퍼뜨리는 테러리스트'로 몰아 물리치고 있다.

주류에 따르는 사대주의나 '올 재팬(ALL JAPAN)'에 대한 애호는 일본인 고유의 경향이 아닌 '전쟁이 가능한 사회'의 현출을 말해 준다. 언제나 문제는 보편적인 것이 아니다. 즉 역사적인 것으로서 파악하지 않으면 안 된다.

앞으로 더욱더 괴멸적인 '패전'에 이르기 위해 우리는 과거의 무모한 전쟁을 반복해서 생각해야 한다. 전쟁의 방기를 결정했던 전후의 출발을 다시 인식해야 한다.

12월 8일은 그것을 하기 위한 절호의 계기가 될 것이다.

▼ 20111217

전쟁 상태에 항거하는 첨예한 문학의 광장

전쟁을 생각하고 서로 이야기하는 커다란 '광장'을 만들다

『컬렉션 전쟁×문학』은 위기의 기획이다.

방대한 작품을 모은 『전쟁×문학』은 회고적인 전쟁문학을 수집한 것이 아니다. 또한 과거 전쟁문학을 통해 기억을 재인식시키려는 것도 아니다. 전쟁을 향한 현재적 위기의식에 바탕을 둔 근현대 '일본어문학' 가운데 정말 뛰어난 전쟁문학을 결집시킨 기획이다. 냉전이 종결됐을 때로부터 현재에 이르는 다양한 전쟁문학을 모은 이 책은, 특히 이러한 경향이 강하다고 해도 좋다.

『전쟁×문학』은 문학을 통해서 전쟁을 접하는 많은 사람들과 이에 대해 말할 수 있는 자유롭고 활발한 '광장'을 지향한다. '광장'에 이는 잔물결과 같은 감정, 즉 놀람, 불쾌, 슬픔, 웃음, 침묵 그리고 공포, 증오, 후회, 저항, 희망 등이 마침내 '광장'이라는 큰 스케일로 전쟁을 제지하는 힘을 지향한다. 『전쟁×문학』의 시도가 연극에 의한 광장으로, 영화나 사진에 의한 광장으로, 만화(망가)나 애니메이션(아니메)에 의한 광장으로, 음악에 의한 광장으로, 인터넷 상의 언론의 광장으로 더욱더 퍼져 나가길 바란다. 전쟁과 전쟁이 가능한 사회를 무엇보다도 사람들의 내부로부터 변혁 가능한 문화적 '광장'을 만드는 것을 통해 다종다양하게 형성될 수 있는 계기가 되기를 희구한다.

일본에서 최후의 전쟁으로 여겨져 왔던 아시아태평양전쟁(15년 전쟁)은 멀어지고 이미 '전쟁 체험의 풍화'라는 소리마저 거의 들을 수 없게 됐다. 이러한 현재 상황에서 어째서 이렇게 대규모 기획을 한 것인가.

전쟁을 생각하는 것은 언제나 가능하다. 평화 상태에서 전쟁을 말하더라도 리얼리티가 없다는 말을 반복해서 들어왔다. 하지만 이것은 정말로 잘못된 생각이다. 전쟁은 언제고 생각할 수 있는 사건이 아니다. 전쟁은 평화로운 상황에서만 말할 수 있다. 전쟁은 전투가 시작되자마자 순식간에 우리 모두를 뒤덮어 전쟁 완수를 향한 큰 창화(唱和, 한 사람이 선창하고 여러 사람이 그에 따르는) 이외 것을 생각하는 것도 말하는 것도 허용되지 않는다. 전쟁과 관계없이 있을 수 있는 사람은 없어지고 개인의 내면에도 전쟁은 사정없이 파고든다. 전시가 되면 특정한 기관이 선도한다기보다 사회 구성원에 의한 '총력전'이라고 칭해야 할 자주적인 봉쇄가 행해진다. 이를 통해 전쟁을 생각하고 자유롭게 서로 말하는 '광장'은 일거에 사라져 버리는 것이다.

2001년 9월 11일. 세계 중에 격차와 분쟁을 계속 불러온 글로벌 경제의 상징, 미합중국의 세계무역센터 빌딩 트윈타워에 이슬람 과격파가 피랍한 여객기를 충돌시켰다. 그 직후에 벌어진 초고속 빌딩 붕괴의 충격적 영상을 시작으로 우리는 틀림없이 이러한 전쟁에 직면해 왔다.

미국 사회에서는 과잉될 정도의 애국적 감정이 일어나 자국에 대한 의문이나 '대 테러 보복전쟁'에 대한 냉정한 대응 및 요구는 모조리 비국민적 태도로 간주됐다. 9·11 사건의 진상과 의미를 명확하게 하기 위해서 필요한 전쟁을 생각하고 자유롭게 의논할 수 있는 '광장'은 비평가 수잔 손탁(Susan Sontag)이나 언어학자 노암 촘스키(Noam Chomsky) 및 불과 몇몇의 용감한 발언을 고립시키면서 완전히 소실됐다. 일본인 희생자가 확인된 일본 사회에서도 미국 사회의 미니어처 판이 출현했다. '광장'은 몇 주간에 걸쳐서 소실돼 버렸다. '광장'의 소실은 그 후에도 미국 주도의 유력한 연합제국에 의한 '대 테러전쟁'의 전개(일본에서는 '테러대책특별조치법'이 성립해 해상자위대의 함선이 인도양으로 '파병'된다)와 함께 단속적으로 계속됐다.

9·11 사건으로 시작된 전쟁은 우리에게 다시금 전쟁의 가공할 만한 초열(焦熱) 열풍을 상기시켰다. 이 체험이 최근 그 예를 찾아보기 힘든 대규모의 기획 『전쟁×문학』이 시작된 중요한 계기가 된 것은 확실하다. 비슷한 종류의 '초열 열풍'은 전쟁 메타포가 난비하는 3·11 후쿠시마 원전진재에서도 맹렬한 기세로 불어닥쳤다. 도쿄전력, 원자력안전보안원, 정부에 의한 '완전한' 대처를 과시한 '대본영발표' 및 그 '홍보' 역할로 변한 텔레비전이나 신문 등의 매스컴이 보도하는 근거가 명확히 희박한 '안전'에 대한 선전이 그것이다. 이러한 것에 의문을 갖고 정확한 정보를 요구하는 사람의 블로그 및 트위터 글에는 풍평, 거짓말, 데마, 선동, 신자 계열에 속한다는 레테르가 붙여졌다. '올 재팬(ALL JAPAN)' 태세 가운데 용인하기 힘든 '비국민(非國民)'적 대응이라고 비난을 당한 것이다.

우리의 전쟁에 대한 위기의식은 물론 9·11 사건에만 국한된 것은 아니다. 사건으로 인해 명확해진 '전쟁의 변용'과 깊이 관련돼 있다.

전쟁은 전쟁 상태로 변하고 '지금 여기'에서도 작동하고 있다

전쟁이 커다랗게 그 상태를 바꾸고 있다

'전쟁의 세기'로 불린 20세기도 그 끝에 가까워지고 냉전 종결로 '제3차 세계대전'뿐만 아니라 전쟁 자체의 소멸이 선전되던 때였다. 이라크의 쿠웨이트 침공으로 걸프전쟁이 발발한다. 이때를 놓치지 않고 포스트유고슬라비아전쟁이 터진다. 그 결과 자신들이 살던 곳이 전쟁터로 변한, 이웃 간에 서로를 죽이는 처참한 전쟁이 발칸반도를 뒤덮었다. 또한 2001년 9·11과 같은 해였다. 미국을 중심으로 한 '대 테러전쟁'의 시작인 아프칸전쟁이 터지고 2003년의 이라크 전쟁이 발발한다. 그리고 이러한 전쟁은 끝도 없이 이어져 전혀 끝나지 않고 있다. 뿐만 아니라 이란이나 북한 등으로 퍼져 갈 위험성마저 내장한 지구적 전쟁 상태가 이어지고 있다.

2011년에는 미국이 '대 테러전쟁'의 목적 가운데 하나로 말해 왔던 국제테러조직 알카에다의 지도자 오사마 빈 라덴 살해 작전이 개시됐다. 이것이 미국 해군특수부대에 의해 수행됐다. 이때 뉴욕 '그라운드 제로'에서 발표를 듣고 있던 사람들이 빈 라덴의 죽음에 성조기를 흔들며 '대 테러전쟁'의 전과를 축하했다. 하지만 사체 없는 오사마 빈 라덴(바로 수장됐고 사진은 미공표)의 경력은 한층 수수께끼에 빠졌다. 그 결과 이슬람 과격파 신흥 세력의 대두가 오히려 진행되고 있는 것처럼 보인다.

또한 2010년 튀니지에서 일어난 '자스민 혁명'을 시작으로 요르단, 이집트, 바레인, 시리아, 리비아 등의 아랍 세계에 반정부 항의 행동이 급속하게 퍼지고 있다. 이는 경제적 글로벌리제이션이 불러온 빈곤 및

'대 테러전쟁'에 대한 반발 등이 그 뿌리에 있다. 여기서 항거하는 민중에게는 반미 의식이 아른거린다.

보복이 보복을 부르고 또한 보복을 준비해 지구적으로 퍼지는 전쟁 상태가 우리에게 다짜고짜 전쟁에 대한 새로운 인식을 들이밀고 있다.

이것은 전쟁인가, 이것도 전쟁인가, 이것이 전쟁인가.

전쟁의 변용을 포착하는 시도 가운데 하나로 이탈리아 사상가 안토니오 네그리(Antonio Negri)와 미국의 철학자 마이클 하트(Michael Hardt)의 공저 『멀티튜드(Multitude)』(2004)가 있다. 걸프 전쟁 직후에 쓰이기 시작한 이 두 사상가의 대저 『<제국>(Empire)』(2000)은 모든 국가를 횡단하는 지구적 자본주의에 대응한 지구적인 지배 권력으로서의 <제국>(최강의 국가 미국마저도 집어삼키는)과 <제국>에 항거해 세계규모의 민주주의를 실현하는 주체인 '멀티튜드'(함께 싸우는 다양한 사람들)라는 개념을 제기했다. 9·11 사건으로부터 이라크전쟁까지의 이른바 '전중(戰中)'에 쓰인 『멀티튜드』를 통해 저자들은 직면하고 있는 전쟁의 특색을 대담하게 포착해 낸다. 그 '새로운 전쟁' 상을 네 가지로 정리해 보겠다.

1. 전쟁은 국가와 국가 사이의 전쟁으로부터 <제국> 내 <내전> 혹은 경찰적 행동으로 바뀐다. 이스라엘-팔레스타인, 아프가니스탄, 이라크, 콜롬비아, 시에라리온 등에서 일어나고 있는 무장투쟁은 모두 '<제국>내에서의 내전'이다. 이것은 복잡하게 관계하고 있다. 이 관점으로 보자면 이라크 전쟁은 '제1차 세계내전'이라 해야 할까.

2. 전쟁은 시간적으로 시작과 끝도 확실하지 않다. '전쟁 상태'(『리바이던』[1651]에서의 토마스 홉스의 용어)가 된다.

3. 전쟁은 장소를 한정할 수 없는 전쟁 상태가 된다.
4. 과거의 전쟁은 사회에서 예외 상태였지만 새로운 전쟁은 영속적
   이다. 또한 전반적이고 일상적인 전쟁 상태가 된다.

전쟁이 가능한 사회를 유지하기 위해서 '전쟁 상태'의 긴박함을 부단
하게 만들어 내는 것이다. <제국>과 멀티튜드는 여전히 현대 세계를
파악하기 위해 알맞은 개념 및 가설에 머무르고 있는데, 이러한 '전쟁
상태'는 우리가 목격해 온 '전쟁의 변용'이 갖는 특색을 현실적으로 파
악하고 있음이 분명하다. 전쟁은 어딘가 다른 장소에서 일어나고 있는
것임과 동시에 우리가 살고 있는 '지금 여기'에서 작동하고 있다. 양자
는 복잡하게 연동하고 있다. 예를 들어 아프가니스탄에서 탈레반이 미
국을 중심으로 뭉친 나토(NATO)군과 벌이는 전투 혹은 미국 및 유럽에
서 일어나는 이슬람 과격파에 의한 테러 미수사건을 발각하는 것은 우
리가 일상적으로 보고 듣는 수상한 자와 수상한 물건의 적발을 재촉하
는 사철(私鐵)의 작은 역에 붙어있는 벽보나 전차 차내에서 흘러나오는
안내방송과 이어져 있다. 또한 거리에서 이상할 정도의 속도로 증식하
고 있는 감시 카메라를 당연하게 받아들이는 태도는 전쟁이 가능한 사
회를 허용해 소탕 작전과 자폭 테러의 끝없는 연쇄를 용인하게 될 것이
다.
'전중'과 '전후'를 동시에 의식시키는 이 새로운 전쟁(전쟁 상태)은 하
나하나의 사태가 내장한 위태로움을 높이 쌓아올린다. 또한 한층 더 직
접적으로 커다랗고 무참한 전쟁의 발발을 향해 나아가고 있다. 이러한
상황에서 우리의 위기의식을 항진(亢進)시키지 않을 수 없다.

전투문학, 전장문학, 전쟁문학이 복잡하게 연관된다

이 책은 냉전이 끝나고 전쟁이 크게 허용돼 전쟁 상태로 이행하는 시대에 이러한 전쟁(상태)을 포착하고 또한 넘어서려고 하는 문학을 모은 첫 기획이다.

우리는 오래도록 근현대문학에서의 전쟁문학(광의)을 같은 중심을 갖는 작은 차원의 '전투문학', 중간 차원의 '전장문학', 큰 차원의 '전쟁문학'(협의)을 염두에 두고 생각해 왔다. 러일전쟁의 예를 찾자면 여순(旅順) 포위 공격전에 참가했던 체험을 그린 사쿠라이 타다요시(櫻井忠溫)의 『육탄(肉彈)』(1906)은 '전투문학'에 속한다. 한편 대륙의 전장을 홀로 방황하다 죽는 병사를 포착한 타야마 가타이(田山花袋)의 『일병졸(一兵卒)』(1908)은 '전장문학'이며 전투 직전에 발표된 키노시타 나오에(木下尙江)의 반전소설 『불기둥(火の柱)』은 '전쟁문학'으로 분류된다. 나는 전쟁의 폭력이 응축해 작열하고 내외로 건너가 사람을 파괴하는 것을 직시하는 '전투문학'의 의의를 충분히 인정한 후에, 더욱 넓은 범위의 사람들과 연관된 전쟁을 포착한 '전쟁문학'을 중시해 왔다. 과거 나카노 시게하루(中野重治)가 『전쟁과 문학—만담적 월평(戰爭と文學—漫談的月評)』(1935)에서 "병사가 나오지 않고 군사훈련도 나오지 않는 전쟁소설" 즉 "문학이 전쟁을 전시상태로까지 높인 평상시 사회의 전면에 대해서 쓰는 것"을 요구한 것처럼 말이다.

하지만 포스트국가 시대의 새로운 전쟁(전쟁 상태)에서는 '전투'와 '전장'이 함께 '전쟁(협의)'의 한복판에서 출현한다. 그렇기 때문에 이미 '전투문학', '전장문학', '전쟁문학'(협의)이라는 분류는 무의미해졌다. '전쟁문학'에 '전투문학'의 긴박감이 넘쳐나고 '전투문학'에 전투라고는 생각되지 않는 '전쟁문학'의 온화하고 복잡한 일상성이 동거하고 있는 것이다.

전쟁의 변용에 의해 '전쟁문학'(광의)은 이제 어떠한 작품에서도 단순히 분류할 수 없는 복잡한 관계의 총체가 돼 가고 있다. 이것은 무엇보다도 이 책에 수록된 작품들이 말해 줄 것이다.

(Ⅰ) 주로 9·11 사건을 배경으로 한 작품.

(Ⅱ) 이라크전쟁과 그 후(및 그 앞서 있었던 걸프전쟁)를 다룬 작품.

(Ⅲ) 팔레스타인, 포스트유고슬라비아, 시에라리온에서의 전쟁에 깊이 연관된 작품.

(Ⅳ) (Ⅰ)~(Ⅲ)의 '전중'기에 일본에서 일어난 각종 '전쟁'을 그린 작품.

소설을 주로 해서 에세이와 희곡 등을 적절하게 배치하고, (Ⅰ)~(Ⅱ)에는 시, 단카(短歌), 센류(川柳)를 넣었다.

"대통령이 오줌 싸고 있다."로 시작되는 타니가와 슌타로(谷川俊太郎)의 『오줌(おしっこ)』은 시가 갖는 자유자재의 취향과 언어의 기묘함으로 전쟁의 무거움에서 벗어나, 거대한 폭력이라는 넌센스를 노출시킨다. 후지이 사다카즈(藤井貞和)의 『미국 정부는 핵병기를 사용한다(アメリカ政府は核兵器を使用する)』, 나카무라 준(中村純)의 『조용히 아침에 깨어나서(静かに朝に目覚めて)』에서는 짧은 시 가운데 압도적인 전쟁과 무력한 '자신'이 대등하게 격투한다. 사이구사 다카유키(三枝昂之)의 "어둡고 어두운 마음을 가만히 키워 간 테러야말로 괴로운 반격이다."나, 오카노 히로히코(岡野弘彦)의 "도쿄를 태워 멸망시킨 전화(戰火)는 지금 이슬람 민중에

게 다시 다가간다."라는 시에서는 가인(歌人)으로서 각각의 독특한 어두운 정념뿐만 아니라 단카라는 전통적 시 형태만이 오래도록 간직해 왔던 작열하는 진정한 마음이 대상을 태우고 폭발시킨다. 이것도 단카의 전투, 단카의 전장이라 할 수 있겠다.

또한 "각기 다른 나라의 언어로 말하는 정의"(나가타 카즈오[永田一夫]), "전쟁을 모르는 아이들 전쟁밖에 모르는 아이들"(미야시타 레이코[宮下玲子]), "평화보다 석유가 갖고 싶은 성조기"(후지와라 히토시[藤原一志]) 등의 센류도 있다. 이는 전쟁이라는 현실과의 만남이 갖는 인상을 경묘한 말장난으로 일정한 거리를 유지하며 문제를 제기하는 등 열광적인 사회에 쏘는 작은 가시와도 같다.

어떤 것도 시 및 단카 문학 각각의 특징과 장점을 듬뿍 발휘한 전쟁문학이다.

젊은이들의 일상에도 도망치기 힘든 전쟁이 파고든다

(Ⅰ)에서는 우선 리비 히데오(リービ英雄)의 『산산이 부서져서(千々にくだけて)』를 살펴보자. 주인공 에드워드는 나이 든 어머니와 여동생들을 만나러 뉴욕으로 향하는 비행기 안에서 Sometime(때로는)으로 시작되는 기장의 이상한 악센트를 통해 미합중국이 심대한 테러 공격의 피해자가 된 것을 알게 된다. 캐나다 공항에 어쩔 수 없이 머물게 돼 확보한 아파트식 호텔에서 비행기가 충돌해 빌딩이 부서져 무너지는 텔레비전 영상을 본다. 그때 과거에 배웠던 마쓰오카 바쇼(松尾芭蕉)의 "산산이 부서져(ちちにくだけて)"라는 언어가 겹쳐진다. 겨우 연결된 전화 통화에서 어머니는 "우리가 아랍을 괴롭혀서 이렇게 됐어"라고 말한다. 에드워드

는 세계가 슬픔에 뒤덮여 있다고 말하는 아나운서의 말이나 '이제 전쟁이다!' 하고 쓰고 있는 신문 표제에 위화감을 느낀다. 그리고는 역대 대통령 부부가 늘어선 추모회 영상을 보고 "쳐들을 위해서 누가 죽겠는가." 하고 분개한다. 그 후, 에드워드는 일본에 돌아갈 것을 결심한다. 일본어와 영어가 마주 보는 거울이 돼서 이 사태와 에드워드의 내면을 깊고 넓게 비춘다. 하나의 아이덴티티를 혐오하고 몇 개의 아이덴티티를 통해 세계를 포착하려고 하는 작가의 방법이 유감없이 발휘돼 있는 작품이다.

9 · 11 사건을 접한 후 "조금 방향 감각을 잃었다."고 말하는 것은 비단 에드워드만은 아닐 것이다. 히노 케이죠(日野啓三)의 『새로운 맨하탄의 풍경을(新たなマンハッタンの風景を)』에서는 베트남 전쟁을 취재했던 '내'가 9 · 11사태를 맞이해 그것을 상대화한다. 코바야시 키세(小林紀晴)의 『똠얌꿍(トムヤムクン)』에서는 테러 위기 정보의 경보 레벨 색을 장난으로 취급하는, 뉴욕에 사는 젊은 외국인들이 등장한다. 미야우치 카쓰스케(宮内勝典)의 에세이는 이라크에서 인질이 된 일본인에 대해 '무라하치부(村八分, 마을에서 법도를 어긴 사람과 그 가족을 합의하에 따돌리는 것)'와 같은 공격을 가하는 일본 사회의 외부를 배제하는 내부의 열광이라는 전쟁 상태가 적확하게 포착돼 있다.

(II) 가운데 오카다 토시키(岡田利規) 작 『3월의 5일간(三月の5日間)』은 "……와 같은" "……라고 해야 할까" 등의 젊은이들의 부정형한 언어를 돌출시킨다. 이는 현대연극에서 주목을 모으고 있는 신예 극곡 중 하나이다. 2003년 3월, 라이브 공연을 보러 간 남자가 거기서 알게 된 여자와 시부야 러브호텔에서 5일간을 보낸다. 반복되는 섹스와 이라크

에서의 전쟁이라는 사건 사이에서 유머가 넘치는 행동과 미묘한 위화
감이 감돈다. 또한 이 둘 사이에는 갑작스러운 관계는 물론이고 비정규
노동을 둘러싼 궁지에 몰린 기분이 공유된다. 더 나아가서 이것은 불가
피한 역사에 대한 생각으로 끝없이 이어진다. 이 작품에는 전쟁 반대
데모에 참가한 남자와 고독을 참지 못하고 화성에 갈 것을 결정하는 여
자도 점묘돼 있다. 여자는 5일간의 모험을 끝내고 호텔을 나와 이른 아
침 시부야 거리를 걷는다. 그때 홈리스가 길바닥에서 똥을 싸는 광경을
눈앞에서 본다. 하지만 그것을 봤기 때문이 아니라 그녀는 자신이 몇
초 동안 인간을 동물로 오인한 것을 역겨워한다. 여기서는 구토도 논리
가 된다. 모든 것을 멀리하고, 도망치지 않고, 거부하지 않고 받아들여
서 그곳에서의 갈등을 응시한다. 젊은이들의 일상에서 전쟁을 포착한
극히 드문 작품이다.

　새로운 전쟁을 우선 표현한 것은 현대 연극이었다. 사카테 요지(坂手洋
二), 히라타 오리자(平田オリザ), 히가시 켄시(東憲司), 나가쓰카 케이시(長塚
圭史), 모리이 무쓰미(森井睦), 후쿠다 요시유키(福田善之) 외에, 신예로부터
베테랑에 이르기까지 많은 극작가, 극단이 각각의 스타일로 전쟁과 마
주하고 있다. 현대연극은 한동안 전쟁과 항거하는 최전선이 될 것이다.

　이케자와 나쓰키(池澤夏樹)의 『이라크의 작은 다리를 건너서(イラクの小
さな橋を渡って)』에서는 폭탄에 의해 파괴되었던 마을들의 풍요롭고 추잡
한 생활이 선명하게 나타나 있다. 전쟁으로 오른쪽 발을 잃은 소년을
그린 요네하라 만리(米原万里)의 『바그다드의 구두닦이(バグダッドの靴磨き)』
는 40명을 넘는 작가와 평론가들이 창작, 에세이 등을 갖고 모인 일본
펜클럽 편 『그래도 나는 전쟁에 반대합니다(それでも私は戰爭に反對します)』

에서 가져왔다.

우리 한 사람 한 사람의 전쟁이라면,
변경하는 것도 우선 한 사람 한 사람으로부터

(Ⅲ) 가운데 쿠스미 토모히코(楠見朋彦)의 『0세 시인(零歳の詩人)』은 1999
년에 제23회 스바루문학상을 수상한 이 작가의 데뷔작이다. 악몽을 넘
어선 현실을 선입관 없이 응시하는 제목 그대로의 시선으로부터 포스
트유고슬라비아 전쟁의 잔혹한 일단이 드러난다. 너무나도 처참하기에
다큐멘터리나 영화로는 포착하기 힘든 전투와 살육을 그려낸다. 그것도
참신한 소설의 언어를 통해 줄거리 위주나 기존의 평가가 갖는 위상을
거부하고 집요하게 자신만의 방법을 겹겹이 쌓아 올린다. 신예 작가의
이러한 태도는 네그리와 하트가 『멀티튜드』에서 지적한 당시의 새로운
전쟁에 접한 독일 작가 한스 그린메르스하우젠(Hans Jakob Christoffel von
Grimmelshausen)의 『바보 이야기(Der abenteuerliche Simplicissimus)』(1669)의 태
도와도 겹쳐지는 것이다. 그린메르스하우젠은 이야기 주인공 진프리치
시무스(Simplicissimus, 대단히 단순하며 바보스러운이라는 의미)에게 싸우는 사람
들이 갖고 있는 각각의 정의를 빼앗게 해서, 잔혹한 전투 행위를 어디
까지나 간단하게 응시하도록 만든다.

오다 마코토(小田實)는 『무기여 안녕(武器よ, さらば)』에서 공습으로부터
시민운동, 팔레스타인 행방 투쟁까지 어떠한 전쟁이든 "무기는 살상 도
구"라고 말한다. 히라노 케이치로(平野啓一郎)의 단편 『의족(義足)』은 시에
라리온 내전의 섬멸전을 비를 맞고 있는 한 의족에 아로새긴 작품이다.

(Ⅳ) 시린 네자마피의 『사라무』는 재일 이란인 젊은 여성작가에 의해

새로운 전쟁하에 있는 일본의 전쟁 상태가, 얼얼할 정도로 절실하게 고
발된 쉽게 나오기 힘든 작품이다. 변호사 사무소에서 통역 아르바이트
를 하는 대학생 '나'는 입국 관리국에 수용된 아프가니스탄인 소녀 레
이라와 만난다. 레이라는 아프가니스탄에서 차별을 받고 있는 소수파
하자라 인으로 아버지는 탈레반과 싸우던 부대의 사령관이었다. 이민
인정을 얻으려는 변호사의 노력으로 사태가 호전되기 시작할 때 9·11
사건이 터진다. 일본 사회에 퍼져 가는 '아프가니스탄인=살인범'이라
는 이미지는 마침내 레이나에게 사형과도 같은 강제송환을 강요한다.
일본 사회의 전쟁 상태가 쾌활한 인권파 변호사의 마음에도 배타적인
내셔널리즘을 잠입시키고 있다는 것을 '나'는 놓치지 않는다.

　자위대의 해외 '파견'이 이야기에 특별한 긴장감을 불러오는 시게마
쓰 키요시(重松淸)의 『나이프(ナイフ)』, 지하철 살인 사건의 전장을 남자
의 일상에 인접시키는 헨미 요(辺見庸)의 『삶은 달걀(ゆで卵)』, 연속 방화
범의 극히 사적인 전쟁의 행방을 그린 시마다 마사히코(島田雅彦)의 『완
전히 타버린 율리시즈(燃えつきたユリシーズ)』도 중요하다. 또한 쇼노 요
리코(笙野賴子)의 『공주님과 전쟁과 '정원의 참새'(姬と戰爭と「庭の雀」)』에서
는 기존의 순수문학이 제기한 '과연 전쟁을 포착할 수 있는가'라는 성
실한 물음을 이 작가의 독특한 불성실함으로 약동시켜 '읽는 사람'을
심각하게 흔든다.

　이 책이 다루는 새로운 '전중'기에는 언급한 작품 이외에도, 많은 전
쟁문학이 쓰였다. 예를 들면, 양석일의 대저 『뉴욕 지하공화국(ニュー
ヨーク地下共和國)』은 9·11 사건의 원인을 미국 사회 내부에서 찾고 있
다. 시대물 가운데는 아마구사의 난(天草の亂)에서부터 종교전쟁의 치장

을 벗겨 내 경제와 정치의 폭압에 문제를 집중시킨 이이지마 카즈이치(飯島和一)의 『출성전야(出星前夜)』, 무사시(武藏)와 코지로(小次郎)의 마지막 결투 이후를 그려 원한과 연쇄 폭력의 연쇄를 절묘하게 끊어 버린 이노우에 히사시(井上ひさし)의 걸작 희곡 『무사시(ムサシ)』 등이 있다.

이라크 전쟁의 개시 전후에 급속하게 매상을 늘린 베스트셀러가 된 가타야마 쿄이치(片山恭一)의 『세상의 중심에서 사랑을 외치다』를 전쟁문학의 하나라고 하는 유연한 견해도 이 전쟁 상태에서는 요구될 것이다.

오래되고 새로운 전쟁은 또한 새롭고 오래된 것이다. 나는 최근 전쟁을 생각할 때마다 장 폴 사르트르의 『자유의 길』 가운데 「제3부 혼 가운데의 죽음」(1949)에서, 주인공 가운데 한 사람 마치우가 말하는 언어를 떠올릴 수밖에 없다.

> "전쟁이란 바로 나다. ……우리 한 사람 한 사람에게 전쟁이란 제각각이었다. 전쟁은 우리를 본떠서 만들어지는 것이다. 우리는 우리에게 어울리는 전쟁을 갖게 된다."(사토 사쿠[佐藤朔], 시라이 코지[白井浩司] 공역 『사르트르전집(サルトル全集)』 3 상권, 1952).

전쟁은 현재 누구에게나 알 수 있는 자명한 윤곽을 갖고 있지 않으며 일상생활 가운데 다양한 모습으로 흩어져 있다. 이러한 전쟁의 현재 상태 가운데 마치우의 말은 기존과는 달리 더욱 가깝게 느껴진다. 과거 실존주의는 전쟁과 깊이 연관돼 등장했다. 실존주의는 상황에 따라 그 상황을 변경하는 부단한 시도를 사람들에게 촉구한다. 전쟁 상태는 이러한 실존주의를 다시 일상의 사상으로서 귀환시키고 있는 것인지도 모른다. 전쟁이 우리 한 사람 한 사람의 삶의 방식과 겹쳐진다면 전쟁

을 변경하는 것도 우리 한 사람 한 사람의 적극적인 선택으로서만 가능
하다.

이 책의 '광장'을 형성하는 작품 하나하나에 작가 및 등장인물들의
그러한 선택이 이미 담겨 있는 것을 지적할 필요는 없을 것이다. 우리
에게 '선택'에 대한 소통의 장(場)이 될 이 책의 '광장'을 통해 전쟁을
생각하고 말할 수 있는 '광장'은 조금 넓어져서 전쟁을 조금이지만 확
실하게 물러서게 할 수 있다.

자신이 만든 역사를 숙명이라고 부르지 말라

*

키노시타 준지(木下順二)의 시대가 왔다.

작년 4월, 극단 민예의 공연 『봄·남방의 로맨스 신과 인간 사이의 제2부(南夏·南方のロ─マンス 神と人とのあいだ第二部)』(Kinokuniya Southern Theatre)를 봤을 때 그렇게 느꼈다.

상냥한 성품의 상등병이 남방(南方) 전범 재판에서 교수형을 선고받는다. 어둡고 끔찍한 결말에 이를 법한 연극이 재판의 핵심에 깊게 진입했을 때다. 이 작품은 상등병의 결연한 마음을 미래로 잇는 자로서 조명해 밝은 광경에 도달한다.

신극계의 뉴웨이브, 참신하고 또한 주도면밀한 연출로 유명한 탄노 이쿠미(丹野郁弓)와 젊은 연기자들이 전쟁에 직면한 사람의 몸부림을 파문이 퍼지듯 펼쳐 내 중후한 테마에서 발하는 물음을 섬세한 약동감에 실어서 관객에게 전달한다.

나는 연극을 본 날 밤 『키노시타 준지집(木下順二集)』(전16권, 이와나미서점[岩波書店])을 서고에서 꺼내 들었다. 민화극 『석학(夕鶴)』이 수록된 제1

권, 변혁과 패배의 근대·현대사에 헤치고 들어가는 『풍랑(風浪)』, 『산맥(山脈)』이 수록된 제2권까지 펼쳐 들었다. 계속해서 순서대로 다시 읽기 시작하자 그리움보다는 신선함이 훨씬 앞섰다. 작품의 현실성(actuality)이라는 말도 오래간만에 되살아났다.

올해 들어 『하얀 밤의 연회(白い夜の宴)』가 탄노 이쿠미 연출로 47년 만에 다시 상연되는 것을 알았다. 이를 통해 '키노시타 준지의 시대가 왔다'는 생각은 거의 확신에 가까워졌다.

아마도 이것은 나만의 생각이나 확신은 아닐 것이다.

*

키노시타 준지의 시대가 왔다는 것은 두 가지 의미에서다. 우선, 키노시타 준지의 연극이 요구되는 시대가 왔다라는 것이다. 또 하나는 키노시타가 다채로운 표현 활동으로 일관해서 대칭시킨, "인간의 힘을 넘어선 힘과 대칭하는 긴장을 품은 사상"(『"극적"이란("劇的"とは)』)의 실현이라는 점이다. 즉 독자적인 드라마투르기(Dramaturgie)를 품은 살기 힘들고 억압적인 '시대' 상황이 회귀한 것이다. 그것도 맹렬한 속도로 말이다.

전전, 전중, 전후를 통해서 현재화됐으나 1970년대 중반 이후 고도 소비사회 하에서 '전쟁이 없는' 시대에 오래도록 잠재했던 '시대' 상황인 것이다.

9·11 이후의 전 지구적인 '새로운 전쟁', 자위대의 해외 파병, 방위성의 탄생, 비정규 노동이 만연하고 있다. 그럼에도 노골적으로 나타나고 있는 '새로운 노동과 빈곤'이 그 위를 덮쳐누른다. 곤란한 시대를 더욱 결정적으로 만든 것은 3·11 후쿠시마 제1원전 사고이다. 전쟁과

겹쳐져 발화되고 있는 원전한 파국에 대한 말들은 후회와 분노를 통해 '제2의 패전'이라 불리고 있다. 이를 통해 '대본영발표'나 '어용학자'가 설쳐대는 상황을 지탄함과 동시에 원전파국에 대한 책임이 날카롭게 제기되고 있다. 하지만 복권된 자민당 정권은 파국의 책임을 회피하기 위해 '언제라도 전쟁이 가능한 비밀 국가' 만들기를 다방면에서 서두르고 있다.

모든 것이 갖춰져 있던 '전쟁 없는' 시대는 눈 깜짝할 사이에 안개처럼 흩어져 '새로운 전전(戰前)'이 육박해 오고 있다.

과거 이러한 억압적이고 또한 폭력적인 '시대' 상황에 항거하며 만들어진 키노시타 준지의 연극이 지금 새로운 현실성을 획득하고 있음은 어찌 보면 당연한 일이다.

*

『하얀 밤의 연회』는 시대가 마침 전후에서 '전쟁이 없는' 시대로 옮겨가고 있는 다시 말하자면 어두운 밤의 기억이 하얀 밤으로 확산해 가고 있는 그 틈새에서 쓰인 작품이다. 상황의 커다란 변화는, 당연히 기존에 없던 방법의 모색을 강하게 요청하고 있다.

키노시타 준지는 괴로워하며 지낸 집필 시기에 '전체희곡(全體戲曲)'이라는 말로 이 작품에 대한 생각을 말하고 있다.

오늘날의 세계를 우리는 둘러보고 더욱이 그 안에 살면서 뭐라 말할 수 없는 초조함과 긴박감 그리고 속에서부터 치솟아 오르는 충동 등을 아플 정도로 느낀다. 게다가 계속 살아가야 한다는 이 감각을 '전체로써' 무대 위에 구축하는 일은 모든 것이 확산돼 산란(散亂)해

가는 듯 보이는 오늘날 불가시한 것이라고 포기해서는 안 된다. (『하얀 밤의 연회』가 완성되지 않고 급히 『오토라고 불리는 일본인(オットーと呼ばれる日本人)』이 재연됐을 당시의 극단 민예 팸플릿에서)

『하얀 밤의 연회』가 채택한 것은 '현재 세계'와의 대칭을 위해 현재의 일부분에 초점을 맞추지 않고, 그 대신에 현재를 역사화하고 많은 '청산되지 못한 과거'를 각자의 체험에 의거해서 파헤쳐 내는 것에 있다. 이를 통해 문제의식을 현재로 환류(還流)시켜 '현재 세계'에 작은 항거를 작렬시키는 것이다.

*

이리하여 무대에는 전전 및 전중에 내무 관료였던 조부, 전중에 전향해서 지금은 자동차회사의 사장인 아버지, 1960년대 안보 투쟁에 참가했으나, 현재는 아버지 회사에서 민완한 사원으로 일하는 이치로(一郎)가 등장한다. 나레이터 역의 카즈코(算子)는 "와야 할 사람이 오지 않는다.", "오지 말아야할 당신이 왔다."고 말하며 착종된 하얀 밤의 시작에 여성들을 첨가해 긴박한 대화를 펼친다.

식민지 조선과의 관계, 치안유지법, 좌익 운동과 전향 문제, 배신의 결말, '천황제(天皇制)', 민족 내부에서의 변혁, 개전 책임, 화평 공작, 저항을 위한 일본인의 '토대'의 유무, 전후의 경제 발전, 전쟁책임의 망각, 60년 안보 투쟁, 전학련(全學連) 주류파와 비주류파, 취직 전향, 좌절감 등 여기에는 직간접적인 것을 불문하고 키노시타 준지가 항상 지녔던 모든 문제의식이 표출돼 있다.

그러한 문제를 받아들여 출구를 찾아내는 것은 이치로다. 그는 "자신이 만들어 낸 역사를 숙명이라고 부르지 말라"라고 말한다. 이치로는 시대의 추세에 '흘러가는' 것을 거부하고 어떠한 작은 행위를 선택한 후 이렇게 말한다.

우리를 부드럽게 감싸고 옴짝달싹 못하게 하는 정체를 알 수 없는 것을 돌파하기 위해서는 적어도 이 정도는 저질러야 한다.

'전쟁이 없는' 시대에 직면해 젊은이들을 넓고 깊이 붙잡은 자기 부정의 내란(內亂)과 공명한 사상이라고 해도 좋을 것이다.

*

한 막이 내리며 나오는 대사는 이례적으로 집요하다.

어머니: (마침내) 하지 않아도 될 것을 역시 해치워 버리는구나, 너
란 아이는.
이치로: (마침내) 그래요. 제가 하지 않아도 될 것을 말이죠.

이 이치로의 말은 하얀 밤으로부터 어두운 밤으로 접어든 현재 이 연극을 보고 있는 사람에게 과연 어떠한 행위를 환기시킬 것인가.
극단 민예에 입단 후 30년 만에 마침내 키노시타 준지에 당도했다는 탄노 이쿠미판 「키노시타 준지의 시대」. 이 연출 이후에 내놓을 세 번째 작품은 대역 사건(大逆事件) 후의 표현과 운동을 모색한 『겨울의 시대(冬の時代)』일까. 아니면 칠흑 같은 밤의 시대에 일본에 머물면서 일본을 바꿀 것을 꿈꿨던 『오토라고 불리는 일본인』일까.

　3 · 11 이후, 소극장계에 속해 있던 오카다 토시키(岡田利規)나 나카쓰
루 아키히토(中津留章仁) 등의 뛰어난 재능을 갖은 연극인이 사회파 신극
으로 급히 접근하고 있다. 이런 때 시대의 흐름을 등진 사회파가 총결
집하는 기둥의 하나로써 키노시타 준지의 연극을 빼놓을 수 없다.

　　　　　　　　　　　　　　　　　　　　　▼ 201406

작은 항거를 갖고 모인 무수한 도도 타로에

기세 좋게 도도 타로(東堂太郎, 『신성희극』의 주인공)가 별안간 나타났다.

정신이 멀어질 정도로 길고 복잡한 관계의 역사를 거쳐 죽음에서 삶을 향해 방향을 튼 도도 타로가 건강한 모습을 드러냈다.

오니시 쿄진(大西巨人)의 부보(訃報)를 들었을 때였다. 죽음이 불러오는 울적함을 순식간에 물리치고 죽음의 엄숙함마저도 밀쳐내는 것이 있었다. 그것은 도도 타로의 모습을 한 삶의 비등이라고 할 수 있는 것이 내 안에 그득 찬 느낌이라고 할까.

그러고 보니 사 년 전, 이노우에 히사시(井上ひさし)의 갑작스러운 죽음을 접했을 때도 내 귀에는 「효탄섬에 왔다(ひょっこりひょうたん島)」는 제목의 유쾌한 테마곡이 들려왔다. 또한 『일본인의 배꼽(日本人のへそ)』에서 눈이 팽팽 돌 것 같은 각성된 웅성거림이 들려왔다.

오니시 쿄진과 이노우에 히사시. 연령, 주로 활동한 장르와 무대도 다른 이 경애하는 두 작가에게 내가 삶의 억제할 수 없는 비등(沸騰)을 느꼈던 것이리라. 그저 이 두 작가가 국가와 사회에 강제된 죽음을 거부하는 삶을 선택했기 때문만이 아니다. 이들은 그러한 삶마저도 강제된 삶으로 포착하고 일상의 삶 가운데 마땅히 존재해야 할 삶을 향해 한걸음 또 한걸음 가까이 다가간다. 이러한 삶의 행위를 문학을 통해 생애에 걸쳐 지속시켰다. 이것은 전후 세대인 이노우에 히사시보다는 전전·전중 세대인 오니시 쿄진에게 한층 더 현저히 드러난다.

나는 모습을 드러내기 시작한 도도 타로와의 재회를 확실히 하기 위해 심야 서고에서 전후문학 굴지의 걸작 『신성희극(神聖喜劇)』(전5권, 光文社刊, 1978~1980)을 꺼내 들었다.

여섯 번째 읽는 것이다.

첫 번째는 70년을 정점으로 한 반전·반안보 투쟁의 조금 남은 열기를 느끼면서 간행 순으로였다.

두 번째는 전권이 완결된 직후 평론가 오카니와 노보루(岡庭昇)와 함께 오니시 쿄진을 인터뷰하기 위해서였다.

세 번째는 내가 같은 해에 인터뷰를 하던 중 오니시 쿄진을 빈번하게 갸웃거리게 만들었다. 그렇게 좋지 않게 인터뷰가 끝나야만 했던 이유를 찾기 위해서였다.

네 번째는 참극(慘劇)이 연쇄적으로 출몰했던 1990년대 중반, 갑자기 떠오른 생각 때문이었다.

다섯 번째는 2007년에 『컬렉션 전쟁×문학』 전집 편집위원으로 들어가고 나서였다.

여섯 번째는 3·11 동일본대진재·후쿠시마 원전진재가 있던 해 여름, 전쟁문학에 관한 연극을 위해서였다.

그때마다 적어 뒀던 메모나 숲과 같이 붙여진 부전(附箋)까지 더듬으면서 전권을 다 읽은 것은 다음날 밤이었다. 고양된 기분이 피로감을 앞섰다.

"국가 및 사회의 현실과 그 진행 방향을 결코 긍정하지 않고 게다가
그 변혁의 가능성을 어디에서도 발견할 수 없었던(자신에 대해서는 무력함
을, 단수 및 복수의 타자에 대해서는 절망을 발견할 수밖에 없었던)", 그러한 '허무
주의'를 품은 '나' 즉 도도 타로는 "한 마리 개"처럼 "이 전쟁에서 죽어
야만 한다."고 결심한다. 교육소집보충병으로서 1942년 1월 군사 요새
인 쓰시마(津島) 섬으로 건너간다. 하지만······.

하지만 내무반장인 군소(軍曹) 오마에다 분시(大前田文七)가 군대의 폭력
성, 잔학성의 상징으로 등장하는 것을 시작으로 억지, 불합리, 비인간성
을 밀고 나가는 상관이 차례차례 나타난다. 여기에 이르러 도도 타로는
초인적인 기억력과 사고력을 무기로 삼아 그러한 불가해하고 부조리한
상황에 맞서 싸운다. "모릅니다·잊어버렸습니다."라는 문제, '상관 경
칭 및 호칭' 문제 등 하나의 현상으로서 부조리한 군대 및 더 나아가
국가와 사회의 구조적인 폐해가 폭로돼 간다. 군대를 특수한 장소로 설
정하고 내부로부터의 항거를 방기한 노마 히로시의 『진공지대(眞空地帶)』
에 대한 오니시의 소설적 응답이기도 하다.

도도 타로가 가볍게 문턱을 밟고 넘어서는 과감하고 집요한 추구는
때로는 유머러스한 인상을 불러일으키면서도 실로 통쾌하다.

그렇다고 하더라도 이야기는 이제 막 시작됐을 뿐이다.

제3권 「제5부 잡초의 장」 부분부터 도도 타로의 시선은 같은 신병들
로 향한다. 한 명 한 명이 갇혀있던 잔혹한 사회적 상황과 그것에 대한
위화감이나 반발이 명확해진다. 또한 내무반에서 벌어진 갑작스런 사
건, 수수께끼와도 같은 사건을 계기로 각각의 작은 항거를 무의식의 영

역으로부터 끄집어내는 병사들은 완만한 유대감을 형성하기 시작한다.

　대화의 한마디 한마디가 타자와 관련되며 일거수일투족은 모든 감정을 환기시키며 수수께끼 같은 사건보다 훨씬 스릴 넘치고 의미가 깊다. 이를 통해 스파이나 악한 전향자를 색출해 내고 튕겨내는 결속은 상관들마저도 흔들어 놓는다.

　제4권 「제7부 연환(連環)의 장」에서는 이러한 '동료'들에 대한 도도 타로의 생각이 기록된다.

　　……이런 이런, 나는 반드시 '최후의 한 명'이 아닌 것 같군. 하시모 토(橋本)가 있잖아. 소네다(曾根田), 무로마치(室町)가 있어. 무라사키(村崎)도 있고. 방금 전 그 태도가 내 예상을 배반했다고는 하지만 후유키(冬木)도 있다. (중략)

　　……광대한 객관적 현실의 양상은 현재로서는 그렇기도 하겠지만 '작은 티끌이 쌓이면 산이 된다'는 것도 언젠가는 확실히 가능한 것이 아닌가. …만약에 압도적인 부정적 현실에 항거해서 여기저기 어딘가 한쪽 구석에서 각각 하나의 작은 티끌, 하나의 개체, 하나의 주체가 그 자립과 존속을 (나아가서는 혹은 그 끝에는 아마도 그 이상의 무언가와) 위해서 곁에서 보는 내 눈에조차도 무의미해 보이고 무가치해 보이는 헛수고로 보이는 듯한 격투를 계속해서 계속 견뎌낼 수 있다면.

　한 명의 통쾌한 격투 이야기는 마침내 각각의 항거를 매개로 해서 '동료' 형성의 이야기로 완만하게 전환된다.

　격투하는 도도 타로가 격투하는 무수한 도도 타로와 조우한다고 해도 좋다.

군대와 전쟁이라는 노골적인 부정적 현실을 빠져나가는 것을 통해 한층 더 선명하게 드러난 한 명 한 명의 격투와 상호 결속이야말로 도도 타로에게 '죽음에서 삶으로' 나아가는 전환을 불러온 것이다.

내 『신성희극』에 대한 관점은 오랫동안 "한 명의 통쾌한 격투의 이야기"라고 하는 관점에 기울어져 있었다.

항변을 매개로 한 '동료' 형성의 이야기를 강하게 의식하게 된 것은 '새로운 전쟁'에 '새로운 빈곤'이 겹쳐지고 그 위에 다시 3·11 원전진재가 덮친 최근 수년의 일이다.

'새로운 전쟁'이 맹렬한 속도로 밀어닥치는 이때 이러한 해석의 전환을 새롭게 의식하지 않을 수 없었다. 오니시 쿄진의 부보를 들은 순간 건강한 모습으로 나타난 도도 타로는 분명히 격투하는 무수히 많은 도도 타로의 생생한 현현이었던 것이리라.

이는 오니시 쿄진으로부터의 메시지인 것임과 동시에 지금의 내가 무엇보다도 갈망하는 것이기도 하다.

⊡ 201405

적이 보이지 않는 전쟁 끝에
─ 파올로 지오다노의 『병사들의 육체』를 둘러싸고

"잘 봐라, 계속 봐라, 더 봐라."
젊은 병사를 향해 훈시할 때 상관은 집요하게 반복한다.
"어쨌든 봐라."
전혀 보이지 않는다.
도처에 살그머니 장치돼 맹위를 떨치는 자가제 폭탄만이 아니다.
적의 모습이 보이지 않는다.

9·11 사건에서 촉발된 '새로운 전쟁'에 응해 국제치안 지원부대로
서 아프가니스탄에 파견된 이탈리아 육군이 직면한 기이한 전쟁이다.
상관의 지시에는 "봐라"에 이어서 "사상 최악", "더러운 전쟁", "불평
등한 싸움" 등의 말이 끝없이 이어진다. 이렇게까지 불가시(不可視)한 전
쟁이 과거에 있었던가. 새로운 전쟁문학에 도전하는 작가의 난처함과
물음이 여기서 드러난다.
    보이지 않는 적이라고 한다면 본래 부시의 '새로운 전쟁'이 복수와
추적의 전쟁, 보이지 않는 적을 '발견하는' 전쟁이었다. 보이지 않는다
면 어떻게 해서든 '찾아내는' 전쟁이었다.

칼 슈미트(Carl Schmitt)에 따르면 전쟁에서 정해지는 것이 '우군과 적'이라 한다. 하지만 적이 보이지 않는 전쟁에서는 병사들이 적에 대칭해 결속을 다지는 우군도 확실히 보이지 않는다. 더 나아가 전쟁 가운데 있는 자신 또한 잘 보이지 않을 것임이 분명하다.

파올로 지오다노의 『병사들의 육체(兵士たちの肉体)』는 이러한 전선(前線)에 온 젊은이들의 이야기다.

부친의 사후 지리멸렬한 불안과 자살 욕구를 멀리하기 위해 항우울제를 계속 복용하는 군의관 에지트. 몸을 팔아 여자 손님에게서 임신 소식을 듣고 고뇌하는 레네 소대장. 마마보이인 예토리에게 영웅임을 자인하는 체데레나. 짬이 생기면 가상 애인과의 채팅에 몰입하는 토레스. 그리고 단 한 명의 여성 병사 잔 피에리와 그 밖의 인물들.

베스트셀러가 된 데뷔작 『소수들의 고독(素數たちの孤獨)』과 마찬가지로 등장인물들은 각각의 고독을 느끼며 타자와의 적극적인 교섭의 한 발 앞에서 살아간다. 적이 보이지 않는 전쟁에서도 규정되고 적지에서 벌어지는 전우 이야기와는 거리가 먼 일상이 활사된다. 박격포가 부근에 착탄하고 밤에 총성이 울려도 병사들의 일상은 크게 달라지지 않는다.

하지만 에지트는 상층부가 결정한 무모한 작전에 참가해 위험 지대에 들어갔다고 느끼는 순간 육체적인 변화를 느낀다.

> 여기서부터 앞으로 나아간 곳에서 인간으로서의 나는 존재하지 않는다. (중략) 경계심과 반응과 인내만으로 만들어진 추상적인 무언가로 나는 변한 것이다.

이러한 '병사들의 육체'가 드러나자 참극은 거의 동시적으로 습래(襲來)한다.

병사들 각각의 암흑과 고독 그리고 죽음을 다시각적(多視覺的)으로 포착한 '제2부 장미의 계곡'에서는 압도적인 박력으로 독자를 흔들어 놓는다. '새로운 전쟁'의 보이지 않음과 잔혹함을, 이탈리아군 젊은이를 통해서 그려 내는 새로운 전쟁문학이 여기 탄생했다.

☐ 20131125

쾌재를 바라며 우울함을 두려워하지 않고

후쿠다 요시유키(福田善之)가 쓴 작품 속의 사루토비 사스케(猿飛佐助)[2]는 어째서 그토록 우울한 것인가.

단적으로 말하겠다.

정체와 환멸, 공백과 후퇴에 대한 생각이 사스케의 마음을 괴롭히기 때문이다.

아마도 사스케는 50년 동안 한 번도 그러한 생각으로부터 해방된 적이 없었을 것이다. 무리에서 멀어진 사루사스케(猿佐助)이기에 그가 맛본 고난은 자유보다 훨씬 컸을 것이 틀림없다.

후쿠다 요시유키의 『사나다풍운록(眞田風雲錄)』(1963)은 현대 연극을 대표하는 걸작 가운데 하나로 첨예한 정치극이다. 이 끝에서 사나다 부대 최후의 싸움을 다 본 사스케는 이런 노래를 읊조린다.

　　살 것인가 죽을 것인가 / 그것이 문제라면 / 혼자인가 모두인가 / 그

2) 1914년 오사카에 있는 타치카와문고(立川文庫)에 의해 창조된 인물이다. 1615년 무렵 활약한 것으로 설정돼 있다. 사나다 유키무라(眞田幸村)의 친위대로 활동한 10용사 중 한 명으로 설정돼 있다.

것도 문제로다 / 혼자가 아니면 / 함께일 수 없다 / 함께가 아니면 / 혼 자가 될 수 없다 / 혼자가 함께이고 / 함께가 혼자이니 / 아이쿠 / 아이 쿠 저런……(「사스케의 테마」)

사스케는 전후의 위태로운 평화와 60년 안보 투쟁의 씁쓸한 '전후'는 말할 것도 없이 마침내 도래한 1970년 반란의 묘하게 밝은 '전후'를 묻 는다. 그리고 그는 그 후 계속되는 길고 긴 '전후'마저도 꼬챙이에 꿰듯 이 묻더니 막 저편으로 사라졌다.

그러한 사스케가 반세기 후에 내려 쌓이는 우울함을 전신에 걸치고 2014년에 돌아왔다. 우선은 시대소설 『사루토비 사스케의 우울(猿飛佐助 の憂鬱)』(신문, 잡지 등에 게재하지 않고 새로 쓴 문예사문고[文芸社文庫])과 얼마 지나지 않아 동명의 연극으로 말이다.

여전히 사람의 마음을 읽는 능력을 갖고 혼자이면서도 동시에 다수 라고 하는 '사회적 모든 관계의 총체'를 가시화하는 진정으로 독특한 캐릭터 사루토비 사스케라 하겠다.

그가 내려선 곳은 더 이상 '전후'가 아니다.

'새로운 전쟁'이 계속돼 자위대의 해외 파병이 강행되고 있다. 국경 선을 둘러싼 충돌을 일부러 부채질하고 국가가 국민을 종합하려고 한 다. 풍요로움을 구가하던 시대는 멀어지고 '새로운 빈곤'이 사람을 널 리 그리고 깊이 포착한다. 3·11 동일본대진재 및 후쿠시마 카타스로 프는 위로부터의 '유대'나 '올재팬'의 망점을 정당화하는 것임과 동시 에 은폐사회·비밀사회를 한층 견고히 한다. 혹은……

확실히 이야기 가운데 사나다 유키무라가 근심하는 "법이나 관습에 의해, 위로부터 확실하게 꼼짝 못하게 하는 나라 만들기"로 사정없이 나아가는 그러한 현재이기에 사스케가 내려서는 것이다.

현재, 『사나다풍운록』에 넘쳐흐르는 '하극상' 기풍은 사라지고 자웅을 겨루는 정치적 흥정도 색이 바래 부랑한 정권을 수립하려고 하는 '동료'들의 활동은 없다. 무리에서 멀어진 사루사스케는 한층 고립감이 깊어지지만 여전히 "아무것도 없는 자의 동료"라고 하는 해방의 사상, 사회 변혁의 사상을 버리지 않는다. 이 사상에 의해 사람과 사람 사이의 새로운 연계가 이즈모(出雲) 나라를 시작으로 한 새로운 만남이 이야기로 도입돼 들어온다. 사람이 살아가는 한 언제나 끝은 시작인 것이다.

연대를 바라며 고립을 두려워하지 않고.

희망을 바라며 절망을 두려워하지 않고.

재회를 바라며 이별을 두려워하지 않고.

그리고 무엇보다도 미래의 쾌재를 바라며 우울함을 두려워하지 않고.

사스케가 그러한 갖가지 생각을 가슴에 품고 새로운 동료들과 지금 무대에 오른다.

어서와, 사스케——.

◼ 201403

이제 병사의 신체로 돌아갈 수 없다
— '전쟁'을 둘러싼 연극으로부터

연극적 '전쟁' 체험

『연극희극(悲劇喜劇)』(하야카와쇼보[早川書房])에서 대담형식의 연극시평 의뢰를 받았다. 그래서 나는 2004년 봄부터 초가을까지 매달 20편 정도의 관극(觀劇)을 감행했다.

평소대로라면 한 달에 1, 2편 정도 연극을 봤으니 이것은 정말 무시무시한 편수다.

『연극희극』의 연극시평을 다 끝낸 후 이어서 『주간금요일(週間金曜日)』, 『선데이마이니치(サンデー毎日)』를 비롯해 몇 군데 잡지에서 연극 시평을 쓰게 됐다. 그로부터 2년이 지난 지금 연극은 매달 10편 이상을 보고 있다. 어느새 감정과 상상 그리고 사고의 반 정도를 연극이 점하게 됐고 정신을 차려보니 내 행위도 또한 연극의 연장선처럼 돼 버렸다.

나는 소설을 읽으면서 어떤 여배우의 강한 눈빛을 떠올렸고, 어떤 남자배우의 독특한 발걸음으로 역 계단을 내려갔다. 매일 밤 7시가 다가오면 지금까지 체험한 적이 없는 사건이 시작되는 것을 기대하고 마음이 들썩거린다.

나도 마침내 그저 보통의 연극 애호가가 된 것이다.

관극을 시작하고 얼마 지나지 않아 알게 된 것은 현대연극에서 지금도 강하게 구애되고 있는 소재가 '전쟁'이라는 것이다.

타이틀이나 전단지로부터도 어느 정도 예측하고 있기는 했지만 이것은 실로 신선함 그 자체였다. 내가 『세상의 중심에서 사랑을 외치다』로부터 『전차남』에 이르기까지 순애 붐에 들끓는 현대소설이나 CG의 호화스러운 성과만이 돌출하는 바닥이 바로 드러나는 판타지 영화에 진절머리가 나 있던 때였다.

바로 이때 나는 연극적 '전쟁' 체험에 끌려 들어갔다.

배우의 대사와 표정과 신체에 나타난 '전쟁'

현대 연극에서 '전쟁'이라고 해도 결코 '그전의 전쟁'이나 '풍화해 가는 전쟁'으로서의 15년 전쟁만을 다루는 것은 아니다.

아이누의 전쟁, 메이지의 전쟁, 조선전쟁(한국전쟁)으로부터 영국이나 미국의 전쟁, 나치스의 전쟁, 선주민 대학살, 가공의 국경 전쟁, 고대의 전쟁 더 나아가서는 안드로이드의 전쟁, 원숭이 전쟁까지. 그리고 물론 9・11 사건으로부터 현재화(顯在化)된 '새로운 전쟁'에 이르는 모든 전쟁을 다루고 있는 것이다.

극단도 기존의 정치적이고 또한 사회적인 경향이 강한 몇몇 극단에 국한된 것이 아니다. 젊고 밝은 인기 극단에서부터 몇 명이서 꾸려 나가는 소극단에 이르기까지 다양한 극단이 각각이 관심을 갖고 있는 '전쟁'을 통해서 현재 진행 중인 '미지의 전쟁'과 만나고 있으며, 그것과 항거하는 방향을 찾아내려고 하는 시도를 하고 있다.

연극이 이 정도까지 '전쟁'에 천착한 것은 60년 전 전후 초입의 한때를 제외하고는 없었던 것은 아닐까.

할리우드로 대표되는 영화나 영상 대부분이 그저 전장의 스펙터클과 관련된 사실감을 요구하며 거대화돼 왔다. 소설도 마찬가지여서 그것에 끌려가 전투 장면의 사실성을 그리는 것으로 기울어져 갔다. 하지만 작은 공간에 한정된 연극은 그러한 방향에 대한 유혹에 저항해서 오히려 한정된 것을 한정적으로 의식하면서 배우의 이야기(대사)와 표정과 신체를 통해서 '전쟁'에 천착해 나아가려고 하고 있다.

그러므로 연극에서 저공으로 날아가는 전투 헬기 아파치가 폭음을 울려대지 않는다. 또한 미사일이 날아가거나 건물이 한순간에 파괴되지도 않고 피로 피를 닦는 격렬한 전투 장면도 없다. 연극에는 그러한 화려하고 처참한 전쟁은 없다.

하지만 연극에는 전쟁과는 일견 무관계한 언어의 구석구석에 자리 잡은 '전쟁'이 있다.

연극에는 어떤 표현으로부터 그림자놀이처럼 떠오르는 '전쟁'이 있다.

연극에는 신체의 움직임을 결정해 버리는 '전쟁'이 있다.

조용하고 느리지만 그만큼 확실히 접근해서 사람들을 통째로 사로잡고야 마는 무참한 '전쟁'이 연극에는 있다.

사람에게도 끔찍한 상황을 초래할 것이 명확하기에 연극을 보는 사람이 그것에 저항할 수밖에 없는 '전쟁'이 있다.

즉 '전쟁'을 부정하는 계기를 자신의 내부에서 만들어 내는 '전쟁'이 있다.

그러한 '전쟁'이 지켜보는 관객의 기대라는 지평에 출현한다. 또한 종종 그 기대를 배신하고 미지의 체험으로 관객을 데려간다. 연극이라고 하는 스타일로서만 가능한 '전쟁'과 직면하는 것을 재촉하는 다양한 시도라 하겠다.

'일본인의 신체'로부터 '병사의 사실감'이 증발되다

계속해서 관극을 하는 사이 내 안에서는 그러한 시도에 대한 공감이 증대되는 한편으로 어째서인지 위화감도 강해져 갔다.

도대체 그 위화감은 어디에서 오는 것일까. 첫 장면부터 많은 수의 병사가 무대 위에 나타나는 극을 보면서 내가 위화감을 갖은 이유가 명확해졌다.

전쟁을 다루고 있는데도 '병사' 역할을 하고 있음에도 그 사실성이 없는 것이다.

이 정도까지 사실감을 결여하고 있는 것은 어쩌면 의도적인 연출에 의한 것인지도 모른다고까지 의심해 보기도 했다. 하지만 그것으로는 모든 극으로부터 받은 동일한 인상을 설명하기 힘들다.

그렇다고 한다면 이 병사의 사실감을 결여하고 있는 것은 무엇일까. 그것은 연출가나 극작가의 기대를 배신하고 병사 역할을 열연하려고 하는 배우의 마음마저도 배신하는 배우의 신체이다. 더 나아가서는 '일본인의 신체'가 표출하는 현재 상태가 이러한 의도하지 않은 결여감을 만들고 있다고 나는 생각하기 시작했다.

최근 전쟁영화(일본영화)는 적어졌으며 있다고 해도 확연하게 그 박력이 결여된 것을 떠올렸다. 그러고 보니 최근 거리에서 볼 기회가 많아진 자위관(自衛官) 또한 대단히 취약해 보여서 병사답지 않다. 전후 첫 해외 파병이 강행돼 이라크 땅에 간 텔레비전에 비춰지는 자위대원의 모습은 무장하고는 있지만 병사하고는 먼 모습이다. 이러한 현상이 연극에만 국한된 것이 아니라는 것을 잘 말해 준다.

'일본인의 신체'로부터 병사의 사실감이 소멸해 가고 있다. 내가 지금까지 어렴풋이 느끼고 있는 것을 연극은 작은 공간에서 배우의 신체와 표현 그리고 이야기를 통해 노정시키고 있다. 연극이라고 하는 특권적인 스타일이 이러한 것을 확연하게 끄집어낸 것이라고 해도 좋다.

'한류' 영화 속 '병사의 사실감'

하지만 그렇다고 하면 '병사의 사실감'이란 무엇인가.

대일본제국의 병사를 그 시대의 실제 시간에서는 알지 못하는 내게 '병사의 사실감'을 알려준 사건이 있다. 그것은 아마도 어릴 적 무서워 하던 타치카와기지(立川基地)의 미군 병사를 본 것으로부터 시작된 제국 병사를 찍은 사진이나 영상, 세계 각지의 전쟁 보도와 관련이 깊다. 또한 어느 시기까지의 일본 전쟁영화, 할리우드 영화 등등이 혼합된 것이 틀림없다.

9 · 11 사건 이후의 '반테러 전쟁'에서 각광을 받고 나타난 미군 병사의 인상도 강하지만 그것보다 더욱 강렬한 것이 사실은 한국의 전쟁영화이며 한국 청년들의 신체이다.

베트남에 파병된 한국군 병사들의 고뇌를 다룬 『하얀전쟁』(정지영 감독, 1992).

북조선 여성 공작원과 한국정보부원과의 사랑과 쟁투를 그린 『쉬리』

(강재규 감독, 1999).

판문점에서 일어난 살인 사건을 계기로 남북 분단의 비극이 떠오르는 『JSA』(박찬욱 감독, 2000).

그리고 조선전쟁에 병사로서 보내진 형제를 통해서 전쟁의 무참함에 육박해 간 『태극기 휘날리며』(강재규 감독, 2004).

이러한 영화는 주인공들만이 아니라 엑스트라 한 명 한 명이 '병사의 사실감'을 표출해서 박력 넘치는 작품이 되었다.

'병사의 신체'를 갖는 남자

나는 지금 소속된 대학(와세다)으로 1990년대 중반 옮겨 왔다. 그때부터 큰 강당에서 강의를 하게 되었는데 교실 여기저기에 다른 사람과는 전혀 다른 신체와 독특한 분위기를 지닌 남자들이 있는 것을 눈치 챘다.

어느 날 그 가운데 한 명으로부터 질문을 받았다. 그 학생은 2년 동안 병역을 마친 한국인 유학생이었다.

한국에 병역제가 있으며 남자는 19세부터 2년간 병역을 해야 한다는 지식은 이전부터 갖고 있었지만 '병역을 마친 한국인 청년'과 만난 것은 그때가 처음이었다.

시가 나오야(志賀直哉)에 대해서 연구하고 있다는 그 학생은 나이브한 표정과는 반대의 신체를 가지고 있었다. 정말로 불균형해서 스포츠로 단련된 것과는 완전히 다른 모든 것이 예각적(銳角的)인 인상을 뿜어내는 신체였다. "자넨 병사의 신체를 하고 있군." 하고 내가 말하자 그 학생은 "그렇지요. 일본인 학생과는 많이 다를 겁니다." 하고 자랑스러운

듯이 대답했다. 그 순간 갑자기 그렇다면 나는 도대체 '어떠한 신체'를 갖고 살아가는 것일까 하는 물음이 머릿속을 스쳐 지나가는 것을 느꼈다.

많은 고뇌와 슬픔과 원한을 봉인하면서

군대 생활 가운데 워드프로세서 2급을 취득한 것은 군대 생활이 내게 준 선물 중 하나이다. 또한 사회경험이 전혀 없었던 내가 사회의 질서를 알 수 있게 됐고 예의를 배웠다. 각종 훈련과 운동으로 건강한 신체를 갖게 된 것도 자랑스럽게 생각한다.

나온 지 얼마 안 된 윤재선(尹載善)이 쓴 『한국의 군대(韓國の軍隊)』(추오신쇼[中央新書])를 읽고 있는데 이러한 부분이 나왔다. 긴박한 최전선에서의 근무를 마친 지 얼마 안 된 청년이 한 말이다.

윤재선은 "군대 생활이 자기 발전의 기회라고 생각하는 사람도 결코 적지 않다."고 쓰고 나서 이어서 말한다.

한국에서는 신체가 건강한 보통 남성의 경우 병역의무를 다하지 않으면 사회 진출에 많은 제약을 받는다. 국가공무원 채용에서도 병역의무는 필수 조건이다. 일반 기업의 정사원 채용도 예외는 있지만 거의 병역을 마쳐야 한다. 징병제도는 한국 청년들이 사회인으로서 출발하기 위한 통과의례가 돼 있다. 병역을 마치지 않으면 안 되는 사회구조를 숙명으로 받아들일 수밖에 없는 것이다.

이처럼 윤재선은 '군인이 되는 학생들'의 일상의 과정을 상세하게 기술한다.

내가 대학 교실에서 만났던 한국인 학생도 "각종 훈련과 운동으로 건강한 신체" 즉 '병사의 신체'를 갖게 된 사람 중 한 명이었던 것이리라. 아마도 그 '건강한 신체' 즉 '병사의 신체'에 많은 고뇌와 슬픔과 원한을 봉인하면서.

'한국 남자가 무섭다'라는 목소리가 한국의 신세대로부터

어느 날 대학 연구실에서 내가 언급한 그 학생 이야기를 하자 듣고 있던 학생 중 한 명(소수파 노동운동을 연구하고 있던 한국인 여자 유학생)이 "그러고 보니" 하고 말을 시작했다. "그러고 보니 한국에 있을 때는 전혀 느끼지 못했지만" 하고 말하고 잠시 말을 멈추더니 "한동안 일본에서 생활하다 한국에 돌아가 보니 어째서인지 한국 남자가 무섭다라는 느낌이 들었다." 하고 말했다.

그녀의 말에 나는 납득했다. 하지만 그 '무섭다'는 것이 곤란한 것인지 아니면 오히려 매력이 있는 것인지 유감스럽게도 묻지 못했다. 하지만 듣지 않아도 그 대답은 명확한 것처럼 느껴졌다.

『한국의 군대』를 보면 한국 신세대 대부분이 군대에 가고 싶지 않아 한다고 나와 있다. 그것을 마음대로 연약함이라고 책망하는 사람도 있는 것 같다.

하지만 신세대는 무엇보다도 우선 공격적인 성향 및 권력 지향을 향한 예각적인 '건강'을 추구하는 '병사의 신체'로부터 멀어지려고 하는 것은 아닐까. "무섭다." 하고 말했던 유학생의 말은 그대로 신세대 자신의 말일 것이다.

이 신체를 더욱더 드러내자

일본인 가운데서 '병사의 신체'가 사라지는 것의 적극적인 의미를 생각하지 않을 수 없다.

'병사의 신체'가 사라지고 있는 우리 일본인의 신체를 일그러뜨리고 비틀며, 부풀리고 휘청거리게 해서 이 연약함 자체의 신체를 적극적으로 밀고 나가야 한다.

만약 그것을 야유하는 식으로 '헌법 9조 신체', '평화 신체'라고 부르는 자가 있다면 우리는 그것을 기쁘게 받아들여야 하지 않을까. 우리가 이미 표현하고 있는 것은 '헌법 9조의 휘청대는 신체' 및 '평화의 소용없는 신체'인 것이다.

그것은 전쟁으로부터 전쟁하는 병사로부터 아득히 멀어진 세계 역사상 좀처럼 찾아볼 수 없는 영광스러운 그다지 써먹을 수 없는 신체이다. 이것은 '호러의 신체'가 갖는 '부서짐'을 받아들이는 신체이다. 또한 무엇보다도 상대를 쓰러뜨리는 '건강한 신체'를 결코 지향하지 않는 신체이기도 하다.

이러한 신체를 보이는 것으로 현재화할 수 있게 하는 것.

그러한 신체를 부정하고 '제국'의 새로운 교육과 기술 및 문화 장치로 조교 · 훈련하려고 하는 세력에 대해서 그러한 시도가 이미 불가능하다는 것을 말해야 한다. 또한 마침내 실패하게 될 것이라는 점을 다름 아닌 '연약한 신체'를 들이대는 것을 통해서 가르쳐주지 않으면 안된다.

그러므로 연극이 주효하다.

연극에서 '병사의 사실성'을 얻으려고 해도 얻을 수 없는 현재 상황을 어떻게 파악할 수 있을 것인가.

동시대의 신체를 노정하는 것과 함께 그것을 변경하고 혹은 촉진하며 그 나아갈 방향을 지시하는 연극이 있다. 연극은 이러한 스타일을 통해 지금 '전쟁'의 신체적 최전선에서 날카롭게 물음을 제기하고 있다.

▼ 200503

제 2 부

괴물 · 호러 ·
노동 · 후쿠시마

고지라, 후쿠시마, 신거신병(新巨神兵)

— 말살도 은폐도 아닌 인간 변경을 향한 이야기로

음울한 "역사의 천사"가 날아오른다

괴물이 나타났다. 괴물을 죽여라(숨기고, 없었던 것으로 해라).

괴물이 나타났다. 인간이 변해라.

무수한 괴물 이야기는 전자에 속한다. 하지만 때로는 그러한 피투성이가 된 상식의 두꺼운 층을 날려 버리고 동시대를 살아가는 인간 한 명 한 명에게 강하고 집요하게 변경을 요구하는 획기적인 이야기가 출현한다.

이상한 괴물에게 내장된 것이 전대미문의 파국적 사태와 그것으로 인한 절망이라면 괴물의 출현을 똑똑히 보며 인간에게 변경을 요구하는 이야기는 무엇을 의미하는가. 그것은 카타스트로프(파국)와 절망에만 관심을 돌리고 뒷걸음질 치듯이 앞前=미래로 나아가는 "역사의 천사"(발터 벤야민[Walter Benjamin])를 내부 깊숙이 품고 있음이 틀림없다.

발단은 언제나 '괴물=다른 것'이라는 이야기다.

신화의 기원에는 거인 및 거체가 아른거린다.

역사의 새 기원을 여는 시기에는 요괴가 날뛴다.

또한 인간의 시작에는 어린이들이 어른들에게는 보이지 않는 요정과 꿈속에서까지 소곤소곤 이야기를 하고 있다. 이러한 '괴물=다른 것'이라는 이야기는 모두 기존의 짓눌리는 것 같이 답답한 질서에 일어난 파국적인 균열인 것이다. 동시에 새로운 해방적인 세계를 향한 불가결한 통로이다.

필요하다면 '괴물=다른 것' 이야기는 기존의 질서가 모두 산산조각으로 부서져 깨질 때까지 그 모습을 바꿔가며 계속해서 나타날 것이다.

내부로부터의 경고

도대체 괴물이란 무엇인가.

내 '괴물'에 대한 정의는 실로 간단하다.

그것이 무엇인지 알 수 없으나 (따라서 대처하기 곤란하지만) 확실히 거기에 있으며 현재에 심각한 영향을 미치고 있는 것이다.

그것을 세 가지로 나눠서 약간 설명해 보겠다.

① 그것이 무엇인지 모른다. 따라서 명명한 후에 풀어내는 기존의 어떠한 처리법도 유효하지 않다. 괴물에게는 이름이 없으나 새롭게 의미가 불명확한 이름이 붙여진다. 즉 이해불가능·해석불가능한 것이라는 의미로 그 출현은 우리가 갖고 있던 기존의 이해체계·해석체계 더 나아가 그것을 둘러싼 문화 및 사회 공동체의 파탄의 징조이거나 어느 정도는 그것이 파탄 난 상태를 드러낸다.

② 확실히 그곳에 있는 것이다. 실재를 포함한 존재로 혼합, 일탈, 이형(異形)이거나 혹은 모든 것에 관련된 모습(이미지를 포함해

서)을 갖는다.

③ 심각한 영향을 미치고 있는 것이다. 무시무시한 괴물과 겁을 먹은 사람이 항상 접촉하고 있다. 질서의 밖에서 와서는 다시 밖으로 나가는 이른바 절대적인 이물(異物)에 대해 사람들은 두려움을 가질 수조차 없다. 무시무시한 괴물과 겁을 먹은 사람은 서로 닮아 있으며 겁을 내는 자는 이미 어느 정도는 무시무시한 괴물이기도 하다. 영어로 monster가 라틴어 monstrum(경이, 징후, 경고의 의미)에서 유래하듯이 괴물은 괴물을 만들어 내고 무서워하는 동시대 인간을 향한 인간 내부로부터의 경고나 다름없다.

괴물의 말살로부터 인간 변경으로

그러므로 괴물에 직면한 우리가 해야 할 것은 우리와 괴물 사이를 억지로 나누고 나서 "'괴물'이 나타났다, 괴물을 죽여라(숨기고, 없었던 것으로 해라)"를 수행하는 것이 아니다.

이것은 칼 슈미트의 정치 개념의 핵심인 '동지·적'을 포착한 이론의 충실한 실천이라고 해도 좋을 것이다. '전쟁'을 본뜬 괴물이 출현하는 이야기는 언제나 "적이 나타났다, 적을 죽여라" 즉 "'괴물'이 나타났다, 괴물을 죽여라"로 기울어 간다.

우리는 끊임없이 인접해서 출현하는 괴물을 우리 자신의 파국을 향한 경고로 받아들이고, 새로운 관계 구축을 향해 발걸음을 해 나가는 "괴물이 나타났다, 인간이 바뀌어라"의 방향을 과감히 선택해야 한다.

구태여 '전쟁'에 비유한다면 이것은 인간과 사회 시스템 변경을 향한 '내전(內戰)'이다.

그렇지 않으면, 본디 없었던 것처럼 감추고 또 감춰도, 죽이고 또 죽여도 괴물은 우리의 내부로부터 한층 더 파국을 확대해서 공포를 만연시켜나가 계속해서 출현할 것임이 확실하다.

내가 이러한 괴물과 처음 만난 것은 전후 특수촬영이 탄생시킨 최대급의 괴수 고지라부터였다.

초대 고지라 영화의 쟁투

『고지라』(1954)에는 고지라라고 하는 수수께끼 괴수를 둘러싸고 괴물 말살과 인간 변경의 이야기가 격렬하게 충돌하고 있다.

"아, 정말 싫어. 피폭된 다랑어잖아. 방사능비라고. 게다가 이번에는 고지라가 왔어. 만약 도쿄만에라도 덮쳐 오면 도대체 어떻게 되는 거지. 정말 생각하기도 싫은 일이야. 모처럼 나가사키 원폭에서 목숨을 부지한 소중한 몸이잖아" 하고 전차 안에서 여자 회사원이 말한다. 전후의 열렬한 오가타(尾形) 청년은 "저 흉포한 괴수를 저대로 방치해 둬서는 안 됩니다. 고지라야말로 우리 일본인 위로 지금도 덮어씌워진 수폭(水爆) 그 자체가 아닙니까"라고 말한다.

이러한 바람과 생각은 한편에서는 방위대의 강압적인 공격이, 다른 한편에서는 군중의 행렬이 나타나면서 구체화한다.

하지만 적극적이고 또한 소극적인 고지라 말살 기획에 단호히 반대하는 고생물학자 야마네(山根) 박사는 말한다.

　수폭의 세례를 받았으면서도 여전히 생명을 유지하고 있는 고지라를 무엇으로 말살하려고 한단 말입니까. 그러한 것보다 우선 저 불가사의한 생명력을 연구하는 것이야말로 무엇보다 급선무입니다.

그는 고지라 그 자체에 대해서 묻고 나아가서는 고지라를 출현시킨 인간에 대해 물으려 하고 있다.

그러므로 괴물의 결말은 이렇게 된다. 수폭을 상회하는 병기 옥시젠 디스트로이어(oxyzen destroyer)의 개발자 세리자와(芹澤) 박사와 함께 뼈로 변한 고지라가 도쿄만에 가라앉는다. 그것을 목전에서 본 야마네 박사는 불만스럽게 투덜거릴 수밖에 없다.

저 고지라가 최후의 한 마리라고 생각되지 않아. 만약 수폭 실험이 계속된다면 저 고지라와 똑같은 것이 다시 세계 어딘가에서 나타날지도 몰라.

한 번의 화려한 말살 액션은 결코 최종적인 결착이 아니며 뛰어난 인간과 사회 변혁 이야기의 결말이자 시작이다. 게다가 여기서는 핵시대에 돌입한 세계 시스템이라는 것에 동시대 인간은 좋든 싫든 관련돼 있다.

영화 공개로부터 상당한 시간이 흘러, 나는 움막과 같은 좁고 작은 영화관에서 포효하고 방황하는 검은 대괴수를 봤다. 그 순간 어린 내가 금세 고지라가 됐던 것은 과연 영화에 담겨진 고지라 즉 인간 변경의 이야기에 강하게 감응한 결과였던 것일까. 그렇지 않다면 위화감을 느끼기 시작했던 일상의 풍경과 생활 및 그 관계를 향한 파괴를 원망(願望)했기 때문일까. 아마도 양쪽 다일 것이다.

핵의 평화 이용에 맞춰 대결하는 괴수 말살 이야기로

고지라 이야기는 "괴수가 나타났다, 인간이 변해라"라고 하는 강한 메시지를 갖고 있다. 이러한 이야기에 대해 생각해 보면, 나는 지금까지 어린 시절 내 자신이 고지라가 돼버렸던 확실한 기억 및 그 후의 고지라와의 긴 관련을 교차시키면서 이 괴수에 대해 논해왔다. 1983년 「고지라·괴수들의 전후—일어서는 과거(ゴジラ·怪獣たちの戰後—立ちあがる過去)」에서 『고지라가 오는 밤에 '사고를 육박해 오는 괴수'의 현대사(ゴジラが來る夜に 「思考せまる怪獣」の現代史)』(1993년, 1999년 증보판), 『고지라의 수수께끼 괴수신화와 일본인(ゴジラの謎 怪獣神話と日本人)』(1998년) 등을 거쳐서 「고지라로서 재생하기 위해서, 마음 편히 자거라『고지라 파이널 워즈』(ゴジラとして再生するために,ゆっくり眠れ——『ゴジラ FINAL WARS』)」(2004년)에 이르는 시도가 그것이다.

유감스럽게도 첫 번째 작품 『고지라』 영화에서 시작된 고지라의 발걸음은 즉각 분열돼 버린다. 인간이 바뀌어야 한다(인간 변경)는 이야기인 '고지라 원상(原象)'은 괴수 말살 이야기로 퇴박돼 간다. 그뿐만 아니라 그 이후 '영화판 고지라'에서는 잇달아 출현하는 다른 괴수를 '평화'를 위해 말살돼야 하는 괴수 말살 이야기로 바뀌었다. 이것은 나와 같이 고지라를 좋아하지만 제3작 이후의 고지라 영화는 싫다고 하는 팬을 대량으로 만들어 낸 이유 가운데 하나다.

여기서는 냉전 체제 안에서 연속된 수폭 실험에 의해 공포의 핵시대가 세계적으로 확산되는 것을 다룬다. 또한 그 시기 이러한 공포를 되돌리는 형태로 밝은 핵 시대가 시작됐다. 이러한 것이 고지라 영화의 변모에 관계하고 있는 것은 아닐까.

전후 얼마 지나지 않아 미국의 수폭 실험으로 피폭된 원양 참치어선 다이고후쿠류마루(第五福龍丸)의 비극이 히로시마·나가사키를 상기시켜 시민들에 의한 반핵운동이 맹렬하게 시작됐다. 또한 영화『고지라』가 공개된 1954년에 소련에서 세계 처음으로 원자력발전소가 가동되기 시작해 일본 국회에서도 원자력 연구개발을 위한 예산이 통과된다.

그해가 저물 무렵 좌익계 비평가 오다기리 히데오(小田切秀雄)는 「원자력 문제와 문학(原子力問題と文學)」에서 다음과 같이 썼다.

> 원자력 문제는 오늘날 우리 일본인에게 오로지 원수폭전쟁(原水爆戰爭) 위기로서만 나타나고 있다. 그 파괴적인 사용에 대한 투쟁에 관심이 집중되는 것은 당연한 일이다. 하지만 원자력 해방 그 자체는 다르다. 만약 그것이 평화적으로 이용된다고 한다면 인류의 부가 급격히 증대돼 일본도 이 협소한 국토나 빈약한 자원의 제약을 급속히 타파할 수 있다. 그러한 굉장한 가능성을 갖고 있다. (중략) 하지만 오늘날 일본의 현실에서 앞서 국회에서 원자로 축조를 위한 예산이 통과되고 또한 원자력발전이 문제가 돼도 그것은 사실 미국의 원수폭 산업의 원자력 투자 시도, 군사기지·군수산업의 동력확보라고 하는 의도에 눌려서 제기된 것이다. 이는 일본 국민이 수폭 전쟁에 얽히게 된 대단히 위험한 사태이다.

마침내 원자력 발전 영구 방기에 이를 것인가

오다기리 히데오는 평화 이용의 역사적인 양의성을 정확하게 간파하고 나서 또한 사회주의가 선두를 끊은 핵의 평화 이용을 "인류사의 새로운 단계"라고 하며 강하게 지지한다. 사회 변혁을 지향하는 좌익계의 뛰어난 비평가가 제시한 것이 이러한 것이다.

수폭 괴수로서 출발한 '영화판 고지라'는 즉각 대결 괴수 말살 이야기로 구워삶아졌다. 때때로 고지라가 "가리라 어디라도 / 평화를 위해 서다 / 넓은 세계를 / 뛰어다니고 / 노리는 것은 나쁜 괴수다 / 엄청 큰 몸집에 / 귀여운 눈알"이라는 행진곡에 고무돼서 원자력발전 시대의 현상을 긍정하는 괴수 즉 평화 괴수로서 거동을 하는 것도 어쩔 수 없다. '영화판 고지라'의 고도 성장기라고 해야 할 것이다. 후년 『고지라 대 헤도라(ゴジラ對ヘドラ)』(1971년)나 『고지라 대 메카고지라(ゴジラ對メカゴジラ)』(1974년) 등 '고지라의 원상(原象)'에 접근하려고 했던 작품도 없지는 않았다 해도 말이다.

하지만 인간 변경을 요구하는 '고지라 원상'으로부터 계속 멀어져 가는 것처럼 보였던 '영화판 고지라'에 파국이 닥쳐온다. 이는 핵을 평화적으로 이용하는 것의 첨병인 원전과 함께 안이한 평화를 구가했기 때문이다.

고지라는 쓰리마일 섬(Three Mile Isalnd) 원전 사고로부터 5년 후 새로운 시리즈 첫 번째 작품 『고지라』(1984년)를 통해 부활한다. 여기서 고지라는 대단히 위험한 "살아 있는 핵병기"인 동시에 동력으로 쓰고 있는 체내의 원자로에서 핵이 폭주할 위험을 떠안고 각지의 원전에서 연료인 핵물질을 빼앗아야만 생존할 수 있는 '움직이는 원자로'가 된다. 체르노빌 원전 사고가 터지기 이 년 전 영화다.

1995년 공개된 『고지라 VS 디스토로이어(ゴジラVSデストロイアー)』에서는 붉은 고지라가 등장한다. 여기서 고지라는 체내의 원자로가 융해(meltdown)를 일으켜 도쿄를 죽음의 거리로 만들기 직전까지 간다.

일본에서 도카이무라(東海村)3) 임계 사고가 일어난 1999년 끝 무렵 공개된 『고지라 2000 밀레니엄(ゴジラ二〇〇〇　ミレニアム)』에서 고지라가 도카이무라 원전을 습격한다.

그다음 해 『고지라×메가기라스 G소멸작전(ゴジラ×メガギラス G消滅作戰)』에서는 시간을 거슬러 올라간다. 여기서는 1966년 고지라에 의한 도카이무라 원전 습격을 계기로 일본이 원자력발전을 영구 방기하는 설정이 나온다. 핵의 평화이용에 따른 '영화판 고지라'가 보여 준 한 귀결로 '고지라 원상'과 오랜만에 교차하는 순간이었다.

아이러니하게도 핵 사용을 둘러싼 상황에 대한 입장을 확실히 한 '영화판 고지라'에 남겨진 것은 지금까지 이야기의 동력을 잃은 무참하게 방황하는 고지라였다.

괴이한 호국성수(護國聖獸)가 등장하거나 말살 이야기의 주역인 강력한 자위대가 쓸데없이 등장한다. 이렇게 형편없어진 '영화판 고지라'는 마침내 2004년도의 『FINAL WARS』를 맞이하게 된다.

후쿠시마 카타스트로프

'영화판 고지라'가 사라지고 7년 후인 2011년 3월 11일 '고지라 원상'이 반드시 마주 보아야만 할 실로 끔찍한 사태가 발생했다.

동일본대진재를 세계 최대의 원자력발전 진재(震災)로 바꾼 후쿠시마 제1원자력발전소의 파국적인 사고 즉 후쿠시마 카타스트로프(Fukushima Catastrophe)이다.

정치가나 관리, 매스컴에서는 일제히 '전쟁'이 회자되고 있다. 후쿠시

---

3) 일본 이바라키현 북부의 마을.

마 카타스트로프는 '올 재팬(ALL JAPAN)'이 마주 보는 '적'으로 말살하기에는 너무나 거대한 '적'이라서 부랴부랴 숨기기에 급급하다. 또한 그 후에도 일관되게 허위정보를 유포하는 것을 통해 사실을 숨기고 있다. 더 나아가서는 이것을 미래를 향해서도 그것을 숨기려는 포진이 척척 갖춰지고 있다. 전쟁 상태가 한창인 때 맹렬한 속도로 "적이 나타났다, 적을 죽여라(숨겨라, 숨겨라, 없었던 것으로 해라)"가 시작돼 현재에도 계속되고 있는 것이다.

그렇게 보자면 후쿠시마 카타스트로프는 현재 일본에서 최대의 '괴물'이 됐다고 해도 좋다. 아니, 일본 최대에 그치지 않고 국경을 넘어서 방사능 오염을 확대하고 있다는 의미에서는 세계에서 최대의 '괴물'이 된 것이다. '그것이 무엇인지 알 수 없으나(따라서 대처하기 곤란하지만) 확실히 거기에 있으며 심각한 영향을 미치고 있는' 괴물 말이다.

"괴물이 나타났다, 인간이 변해라"라고 하는 방향을 자신의 의지로 선택하고 전후 대다수가 지지해 온 원전 사회체제를 그 대다수 안에서 일어서서 타파하려고 노력하는 사람에게 일본 사회는 무슨 짓을 저지르고 있는가. 이들을 '비국민', '방사능 뇌', '데마·테러리스트'라는 말로 매도하고 가차 없는 야유를 퍼붓고 있을 뿐이다. 초기 정보전은 '비국민' 측의 완패였다.

후쿠시마 카타스트로프는 오염 지대의 생산물의 유통과 소비에도 파급했다. 진재로 인해 대량으로 발생한 기와 조각과 자갈을 전국 규모로 소각하는 것을 포함한 방사능 물질의 이동이 빈번하다. 이를 통해 원전 주변 지역으로부터 방사능의 규모를 서서히 확대해 가고 있다. 눈에 보이지 않는 재액(災厄)은 날마다 수습되기는커녕 점차 수습할 수 없는 지경에 이르고 있다.

'호러 국가'의 출현

전부터 알고 지내던 사회사상가 세키 히로노(關廣野)는 후쿠시마 카타스트로프가 사회적으로 퍼져 나가는 것을 다음과 같이 분석하고 있다.

원전 대사고에 대한 사회의 반응을 보고, 실제로는 사고가 터지고 나서 알 수 있었던 것이 두 가지 정도 있었다. 우선 첫 번째, 사고가 일어나면 피난하는 많은 사람들로 사회가 대혼란에 빠질 것이라고 예상돼 왔었다. 하지만 현실에서는 수도권에 방사능오염 위협이 미친 단계에 이르러서도 그러한 패닉 영화와 같은 광경은 보이지 않았다. 서일본으로 피난한 사람 수는 극히 한정돼 있었다. 그뿐 아니라 사고 현장에서 30킬로미터 권내에서도 다양한 사정으로 자택에서 떠나지 않는 사람도 있다. 결국 생활기반을 모두 버리고 서일본으로 장기 체재할 수 있는 사람은 거의 없다는 것이다. 이렇게 일본처럼 인구가 밀집돼 있고 정주성이 높은 섬나라에서는 원전 사고로부터 도망치려고 해도 도망칠 수 없음을 알 수 있다. 이 나라에서 원전 사고는 밀실에 감금돼 방사능에 노출되는 공포를 맛보는 것과 마찬가지다.

"밀실에 감금돼 방사능에 노출되는 공포를 맛보는 것이다."라는 말을 기억해 두자. 이를 통해, 일본이 인류 역사상 최악의 원자력발전 사고로 기록될 후쿠시마 카타스트로프를 겪으면서도 '안전'을 위장해 '국가' 규모의 '밀실'에 사람들을 가두고 있다. 일본은 이렇게 감금된 사람들을 방사선과 방사능 공포로 내몰고 있는 인류 사상 첫 '호러 국가'가

된 것이다.

1986년 체르노빌 카타스트로프는 5년 후 소련이라는 거대한 시스템을 해체시켰다. 하지만 후쿠시마 카타스트로프는 일본을 그 즉시 '호러 국가'로 바꿔 놓았다고 해도 좋다. 기존부터 계속된 은폐 사회·밀실 사회를 한층 더 정비해가고 있는 것이다.

내부 붕괴를 향해 오로지 내달리는 '호러 국가' 일본, 그것이 현실이다.

경고하는 작은 괴물의 이야기

아주 고요해진 극장에서 걸작 애니메이션『신세기 에반게리온』의 아야나미 레이(綾波レイ)의 목소리(하야시바라 메구미[林原めぐみ])가 흘러나온다……

어젯밤 일이었다. 내가 혼자 사는 맨션에 대학생인 동생이 갑자기 찾아왔다. 집에서도 동생이 내 방에 들어왔던 적은 없었기 때문에 내 침대나 옷이 있는 공간에 동생이 들어온 광경이 어딘가 이상하다. 그러자 동생이 말했다.

"일상을 망치는 것 같아서 미안한데 말이야."

뭐야 얘는 취한 건가?

"커다란 재난이 닥쳐올 거야."

너 뭐라고 하는 거야? 그거 인터넷이나 데마(헛소문)는 아니고? 그런 걸 믿는거야 너.

그렇게까지 바보는 아니었잖아.

"갑작스레 미안. 하지만 정말로 이 마을은 내일 전부 파괴될 거야."

"재액이란 것은 실은 난데없이 습격해 오는 것이 아니라 전조나 경고도 하는 것이다."

동생에게만 보이는 사내아이와 둘이서 마주 보고서 그래도 절대 이런 것은 말하지 않겠지 하고 생각하니 어딘가 두려워진다. "뭐야 넌 누구야?"

"나는 경고라고……."

경고하는 작은 괴물의 이야기가 불안을 불러일으키고 마침내 거대한 재액으로서 괴물이 나타난다. 특수촬영 단편영화 『거신병 도쿄에 나타나다 극장판(巨神兵東京に現る 劇場版)』의 도입 부분이다.

제작 프로듀서는 안노 히데아키(庵野秀明)와 스튜디오 지브리의 스즈키 토시오(鈴木敏夫), 감독 히구치 신지(樋口眞嗣), 스크립트는 기예(氣銳)한 소설가 마이조 오타로(舞城王太郎)가 맡았다. 이것은 2012년 7월부터 10월까지 도쿄도립미술관에서 개최된 전람회 『관장 안노 히데아키 특수촬영박물관 미니어처로 보는 헤이세 쇼와의 기법(館長 庵野秀明 特撮博物館 ミニチュアで見る平成昭和の技)』의 전시 화상으로서 제작되었다. 또한 스즈키 토시오의 제안으로 11월 공개된 『에반게리온 극장판: Q(エヴァンゲリヲン新劇場版：Q)』과 동시 상영이 결정됐다. '극장판'으로서 새롭게 조정된 초단편 작품이기도 하다.

도망치지 않는, 도망치는 것을 모르는 사람들

마침내 영상은 거대한, 너무나도 거대한 거신병 일체를 도쿄 상공에 비춘다.

일찍이 특수촬영 영화에서 친숙한 괴물로부터 도망치는 군중은 여기에서 찾아볼 수 없다.

거대한 재액에 빨려 들어가듯 아무 말 없이 핸드폰이나 스마트폰 카메라를 향하는 소수의 사람들이 보일 뿐이다.

그리고 조용히 지상에 내려앉는 거신병의 소리 없는 그러나 압도적인 도시 파괴가 시작된다.

애니메이션『바람 계속의 나우시카(風の谷のナウシカ)』에 나오는 '불의 칠 일간'과도 같은 사태가 이곳에서 개시된 것이다.

나는 끝나가는 세계 속에서 나 이외의 존재에 희망을 품으면서 살며 도망치면서 기다리고 있다.
신세계가 찾아오기 전에 거대한 불길이 찾아온다.

마이조 오타로의 언어는 "끝나지 않는 일상(終わらない日常)"[4]이나 만화가 오카자키 쿄코(岡崎京子)가 보여 주는 돌발적인 참극 등 지금까지 서브컬처에 축적된 방대한 언어나 이미지를 흡수했다. 그러면서 그것을 재편해서 파멸로 방향을 정했다. 이러한 마이조 오타로의 언어는 실로 박력이 있다.

하지만 나는 누가 뭐라고 해도 안노 히데아키의 파멸을 향한 지치지 않는 집착에 마음이 흔들린다. 그는 과거 영화에서 거신병 장면을 담당했고 특수 촬영한 것을 써서 새로운 거신병을 등장시킨 '폭발 전문'이다.

4) '끝나지 않는 일상'이라는 말은 1995년 사회학자 미야다이 신지(宮台眞司)가 자신의 저서『끝나지 않는 일상을 살아라(終りなき日常を生きろ)』에서 제기한 개념으로 당시 광범위 하게 일본 사회에 수용됐다.

스즈키 토시오는 언젠가 "에반게리온은(나우시카에 등장하는) 거신병이다!" 하고 말했다. 다만 내가 보기에 『거신병 도쿄에 나타나다 극장판』에 등장하는 거신병은 확실히 안노 히데아키 판 '고지라 원상'이다.

본래 고지라에는 두려워하는 신(神)의 그림자가 있다. 다케다 타이준(武田泰淳)의 『'고지라'가 오는 밤(「ゴジラ」の來る夜)』은 대도쿄(大東京)가 파멸되는 순간 "신이시여 당신은 고지라였습니까"라는 생각으로 끝맺어진다.

수폭 실험과 핵의 평화 이용 틈새에 출현해서 인간 변경을 강력하게 요구한 '고지라 원상'이 후쿠시마 카타스트로프가 한창일 때 거신병 모습으로 소생한 것이다.

그것은 후쿠시마 카타스트로프의 보이지 않는 파멸을 가시화하고 보는 사람을 "괴물이 나타났다, 인간이 변해라"를 향해 각성시키는 단서를 만들어 낸다.

그것은 정부, 재계, 학회, 매스컴이 한 덩어리가 돼서 단단하게 결집된 은폐 사회, 비밀 사회의 압력을 뿌리친다. 또한 카타스트로프의 암흑을 빠져나가서 암흑을 낳은 인간 내부로부터 인간 변경을 사회 변경을 요구하는 운동으로 점화된다.

여기에도 음울한 '역사의 천사'가 뒷걸음질 치면서 앞=미래를 향해 날아오른다.

이미지부터 먼저 바뀌어라!

이는 "괴물이 나타났다. 괴물을 죽여라(숨기고, 없었던 것으로 해라)"가 아니고, "괴물이 나타났다. 인간이 변해라"를 향한 시도이다.

커다란 사건을 마주 대할 때 가능하면 정확한 정보와 기존의 상식을 타파하는 사고가 요구된다. 이와 동시에 정보나 사고에 개입해 다음 전개의 방아쇠가 되는 새로운 이미지 즉 이야기를 창출하는 것이 필수불가결하다.

사건이 사회적으로 은폐되고 그것을 둘러싼 현실이 움직이지 않게 됐을 때 한층 더 그 새로운 이미지=이야기를 통한 돌파가 필요해진다.

현대문학에서는 가와카미 히로미(川上弘美)가 『신 2011(神樣 2011)』(2011년)을 통해 원전 사고 이전의 이야기를 사고 이후의 이야기로 바꿔 써서 이전/이후의 가공할 차별을 조용히 그려 냈다. 그것을 시작으로 승려 작가 겐유 소큐(玄侑宗久)의 『빛나는 산(光る山)』(2013년)은 현지에서 대지진과 쓰나미 그리고 방사능을 마주 보며 '기원'과 '말'로써 계속 싸워 나갔다. 이토 세이코(いとうせいこう)의 『상상라디오(想像ラジオ)』(2013년)는 동일본대진재로 죽은 사자(死者)의 목소리(나=DJ아크)가 슬픔을 공유하는 산 자의 상상 속에서 울려 퍼지는 모습을 포착한다. 또한 현대 연극에서는 오카다 리키(岡田利規)의 『현재지(現在地)』(2012년 초연)가 지금까지 젊은이들의 일상과 이라크 전쟁을 겹쳐서 비정규 노동의 일그러짐을 포착원전 사고와 마주 보는 방법을 통해 각각의 인물의 '지금'을 끌어내고 있다. 또한 원전 진재 이후 일본의 몰락을 그린 나카쓰루 아키히토(中都留章仁)의 『배수의 고도(背水の孤島)』(2011년 초연)가 있다.

끊임없이 등장하는 현대문학, 현대연극, 서브컬처 작품의 99퍼센트가 현재의 괴물, 후쿠시마 카타스트로프를 전혀 존재하지 않는 것처럼 여기고 활동하고 있다. "괴물이 나타났다. 괴물을 죽여라(숨기고, 없었던 것으로 해라)"를 의식적 무의식적인 것을 묻지 않고 충실히 실천(2020년 '도쿄올림픽'을 향한 원전 사고 완전 컨트롤 선언이나 특정비밀보호법의 성립 등의 정치 움직임과 연동)해 가고 있는 가운데 이것은 몇 안 되는 "괴물이 나타났다. 인간이 변해라"라는 메시지를 이미지의 변경을 통해 실천하는 시도라고 해도 좋다.

"괴물이 나타났다. 인간이 변해라"라는 메시지를 이미지의 변경을 통해 우선 실천한다고 한다면, 『고지라』의 첫 번째 작품(1954년)에 정착된 '고지라 원상'은 이러한 것을 가장 이른 시기에 시도한 것 중 하나이다. 그것을 반세기 이상 흐른 뒤에 계승한 안노 히데아키의 새로운 '거신병 이미지' 또한 그러한 시도임은 두말할 필요도 없다.

이미지부터 먼저 변해라.

은폐, 폭로, 착수 그 일보 앞, 현실 변경을 향한 좌절의 두 보 뒤에서. 갈증과 같이 사람은 그것을 계속 요구해 왔다.

> 세계의 영상을 뒤집지 않는 한 영구히 현실을 뒤집을 수 없다.
> 이미지부터 먼저 바뀌어라! 이것이 원점의 역학이다.
> (타모가와 간(谷川雁) 「환영의 혁명정부에 대해서(幻影の革命政府に
> ついて)」 1958년).

이미지 창출에 내건 '순간의 왕(瞬間の王)'[5] 시대의 혁명 시인 타모가와 간을 나는 예전부터 그리고 지금도 변함없이 절대적으로 긍정한다.

▼ 201301

---

5) 1956년 제2시집 「천산(天山)」, 1960년 「정본 타모가와 간 시집(定本谷川雁詩集)」을 간행할 때, 그 「후기」에서 "내 안의 '순간의 왕'은 죽었다."라고 하며, 그 이후 시를 쓰지 않을 것을 선언한다.

고지라의 애처로운 외침
─미국의 핵실험을 '정당화'하는 최신 고질라 영화

고지라의 애처로운 외침이 들려오는 것 같다. 그릇된 찬사를 바로잡기 위해서라면 다소의 매서운 비평은 용서될 것이라 생각한다.

신예 가레스 에드워즈(Gareth Edwards) 감독이 만든 할리우드판『고질라(Godzilla)』는 3D영상 특유의 박력, 긴박감이 넘치는 스토리로 구성돼 있다. 중량감 만점의 고질라에 기발한 모습의 대결 상대 괴수 무토(M.U.T.O.). 여기에 미국인들이 좋아하는 '아버지와 아들'과 관련된 인간 드라마가 겹겹이 장치돼 있다. 할리우드의 호사스럽고 걸출한 영화력에는 확실히 압도되는 면이 있다.

하지만 영화적 박력은 그것을 관철하는 사상적 충실함이 없다면 그것은 무섭고 시끄러운 공허함으로 바로 뒤바뀐다.

이 작품은 개봉 전에 1954년 판 초대 고지라의 사상을 훌륭히 이어 일본의 3·11원전진재의 문제마저도 도입했다고 선전했다. 이러한 것이 출연 배우 및 평론가들에 의해 뜨겁게 선전된 작품이지만 내게는 영화가 시작된 무렵부터 물음표가 계속됐다.

이 영화에서는 1999년에 일본의 잔지라(雀路羅) 시 소재 원자력발전소가 갑자기 큰 흔들리더니 무너져 내린다. 이것은 확실히 후쿠시마 제1

원전 사고를 의식한 구성이다. 하지만 그 흔들림은 방사능을 에너지로써 필요로 하는 괴수 무토의 소행이었다. 출입 금지 구역이 정해진 마을은 폐허가 되지만 방사능오염은 전혀 없다. 3·11원전진재의 외형을 그대로 모방해 원전 자체의 위험성도 방사능오염도 깨끗이 제거된다.

초대 고지라가 출현한 이유가 1954년 미국에 의한 핵실험이라는 사실에는 거듭 놀라게 된다. 초대 고지라는 히로시마·나가사키에 이은 핵의 공포 즉 미국의 핵실험에 의한 다이고후쿠류마루(第五福龍丸) 사건을 계기로 탄생한다. 에드워즈 감독판『고질라』에서 수폭 실험은 놀랍게도 고지라를 죽이기 위한 정당한 공격으로 여겨진다. 이는 본말이 전도된 것으로 미국의 핵실험을 '정당화'하는 것이다.

본래 미국에서는 고지라=공포의 핵 괴수라는 설정을 좋아하지 않았다. 일본에서 만들어진 초대 고지라의 리메이크판『괴수왕 고질라(怪獸王 ゴジラ)』(1956)에서도 핵의 공포는 삭제된다. 롤랜드 에메리히(Roland Emmerich) 감독의『고질라』(1998)에서는 프랑스의 핵실험이 고지라 출현의 원인으로 나온다. 미국의 핵실험은 우선 '소거'되고 다음으로는 책임이 '전가'된다. 그리고 에드워즈 감독판에서는 마침내 당당한 '정당화'가 이뤄진다.

문화제국주의는 세계 각지로부터 색다른 문화를 모아서 진열하며 그것은 문화의 고유성을 제멋대로 잘라 버리는 것을 통해 처음으로 가능해진다. 이 영화에서 고지라는 마침내 미국인 기호에 맞는 안심해도 되는 괴수가 됐다. 이미 고지라를 중심으로 라돈, 모스라, 킹·기도라가 등장하는 속편 제작이 결정됐다고 보도되고 있다.

에메리히 감독판『고질라』는 "이런 것은 고질라가 아니다."라고 도호(東宝)의 고지라 관계자를 강하게 자극해 새로운 작품 제작을 재촉했다. 에드워즈 감독판 『고질라』를 계기로 3·11 후의 지나치게 가혹한 상황을 살아가는 진정한 사상적인 괴수 고지라의 탄생을 나는 기대한다.

고지라여, 너는 어떠한 마음과 모습으로 이 고향으로 돌아올 것이냐?

▼ 201408

3·11 이후의 호러 국가 일본

두 가지 '진짜'가 격렬하게 쟁투한다

부서졌다……

눈앞의 광경이 부서졌다.

지금까지의 자명했던 관계가 부서졌다.

시간이, 공간이 부서졌다.

신체가 가는 곳마다 염색체가 부서지고 미래가 부서졌다.

사회가 부서졌다.

그리고 국가가 부서졌다. 조용히 게다가 확실히……

내 안에서 내 주위의 무수한 '내' 안에서 부서짐이 겹쳐 쌓였다. 지금도 겹쳐지고 앞으로도 겹쳐질 것이다.

하지만 그것만이 아니다.

정반대로 '부서짐' 등은 어디에도 없는 '안심'과 '안전'한 풍경은 물론이고 '안심'과 '안전'한 국가라는 것이 현재화되고 있다. 오히려 부서짐을 은폐하고 실제로는 부서짐을 더욱더 진행시키는 힘이 대대적으로 현재화하고 있다.

그 결과 완전히 상반되는 '사실적'인 것이 동시적으로 출현하는 것에 우리는 일상적으로 직면하고 있다.

양립할 수 없는 '사실적'인 것이 동시에 출현해 충돌하는 것을 그리는 것이 문학적 수법으로서의 '매직(마술적)·리얼리즘'이다. 그렇다고 한다면 우리가 살아가는 일상의 '사실적'인 것은 매직·리얼리즘으로 그려진 마술적 세계의 양상을 나타내고 있다고 해도 좋다.

어느 것이 '진짜'이고 어느 것이 '거짓말'인 것이 아니다.

어느 것도 '진짜'이고 그 양자의 '진짜'가 도처에서 격렬하게 쟁투하고 있다.

우리의 눈앞에 펼쳐진 거리에서.

텔레비전에서.

인터넷에서.

그리고 대단히 성가시게도, 우리 한 사람 한 사람의 마음속에서도 말이다.

'리스크'로부터 '카타스트로프'로

2011년 3월 11일 그 순간부터 큰 흔들림, 큰 쓰나미의 습래 그리고 후쿠시마 제1원자력발전소 사고 순간부터 우리의 세계는 일거에 심한 '부서짐'을 향해 굴러 떨어졌다.

3·11 후쿠시마원전 진재가 그것이다. '원전진재'라는 것은 거대한 지진에 의해 원전 사고가 일어난 미증유의 복합적 재해를 말한다. 이는 지진학자 이시바시 카쓰히코(石橋克彦)가 1997년에 제창한 것이다.

대진재로부터 거의 1년.

거대한 '부서짐'을 불러온 후쿠시마 제1원전 사고는 정부가 너무나 이른 '원전수속선언'(2011.12)을 발표했음에도 불구하고 그 끝이 보이지 않는다. 그다음 붕괴 위기에 노출된 불투명한 1∼4호기는 물론이고 대기 및 해양에 방출되고 있는 대량의 방사선 물질 등 수습이 되기는커녕 더욱더 심각해지고 있다.

방사능오염이 전국적으로 퍼지는 현상은 점차 명확해 지고 있다. 외부 피폭 및 내부 피폭의 가공할 만한 현상과 그 가능성을 교묘하게 은폐해 '안전·안심'이라는 데마를 끊임없이 뿌리고 있는 정부, 도쿄전력, 매스컴의 큰 죄도 한층 더 선명히 드러나고 있다.

환경 문제 및 원전 문제와 관련된 저널리스트로 출발한 옛 친구이며 사상가인 세키 히로노(關曠野)는 "원전을 항상 따라다니는 것은 리스크가 아니라 카타스트로프이다. 일본의 원자력 집단(原子カムラ)[6]은 이것을 모른다. 그러면서 연료 탱크의 상실이 지구적 재해로 발전하는 것을 상상할 수 없었다."고 쓰고 있다. 그가 사고 직후에 쓴 평론 「히로시마로부터 후쿠시마로(ヒロシマからフクシマへ)」(『현대사상(現代思想)』 2011.5)의 첫 부분이다.

원전 사고가 리스크가 아니라 카타스트로프라고 하는 세키 히로노의 이 단적인 지적은 이 사태를 전체적으로 파악하기 위해서 대단히 중요하다고 말할 수밖에 없다.

사고 후 매스컴의 사고 해설에는 '원전 리스크', '원전 사고 리스크'

---

6) 일본에서 원자력 기술을 사용한 산업, 특히 원자력발전에 관계하는 전력회사, 각 회사의 연합체인 전기사업연합회, 관련 기업 및 관련 감독 관청, 매스컴, 폭력단 등을 하나로 묶어서 말할 때 쓴다. 이러한 특정한 관계자에 이해 구성된 카르텔을 야유해서 만들어진 용어다.

라고 하는 말이 넘쳐 났다. 거기서 '리스크'(위험)란 예를 들면 '투자 리스크'로부터 옆으로 미끄러뜨린 '안전' 신화의 한 용어이다. '리스크매니지먼트(risk management)' 컨설턴트는 리스크를 어디까지나 회피 가능하거나 혹은 줄일 수 있는 것으로 파악한다. 그리고 최종적으로는 그것을 해결 가능하게 만드는 것을 통해 자신의 존재 이유를 찾아낸다.

하지만 독일의 사회학자 울리히 벡은 『리스크사회(Risikogesellschaft)』(원저 1986, 일본어역 『危險社會——新しい近代への道』 1998)에서 '리스크'를 이미 해결 불가능한 것으로 파악한다.

울리히 벡은 2001년 9 · 11 사건에 입각한 강연에서 다음과 같이 말하고 있다.

> 리스크 개념은 근대의 개념입니다. 그것은 결정(決定)이라는 것을 전제로 하며 문명사회에서 결정의 예견할 수 없는 결과를 예견 가능하고 제어 가능한 것으로 만들려 시도하는 것입니다.

하지만 현재 그러한 리스크 개념은 성립되지 않는다.

> 세계의 리스크 사회가 갖는 새로움이란 무엇일까요. 그것은 즉 우리가 문명사회의 결정에 의한 결과로서 지구 규모의 문제나 위험을 마구 퍼뜨리고 있다는 것입니다. 그러한 문제나 위험은 (체르노빌 원전 사고나 미국의 동시다발 테러 등의) 전 세계 사람들 눈에 분명해진 대참사에서 보여지듯 그러한 것을 통제할 수 있다고 하는 일반에게 공표된 말이나 약속과는 완전히 양립할 수 없는 것입니다. (중략) 지금 명확해진 위험이 의미하는 것은 위험을 제어하는 것을 자신의 정당성

의 기반으로 삼고 있는 모든 제도가 기능부전에 빠졌다는 것입니다. (시마무라 마사루 역[島村賢譯] 『세계 리스크사회론 테러, 전쟁, 자연 파괴(世界リスク社會論 テロ, 戰爭, 自然破壞)』 2003)

울리히 벡의 '리스크'는 '투자 리스크'나 '리스크 매니지먼트' 등이 상정하는 제어 가능하고 회피 가능한 '리스크'가 아니다. 오히려 그러한 제도 자체가 불가능하게 돼 깨지고 부서져 버린 바로 그러한 새로운 사태를 가리키고 있다.

체르노빌 원전 사고에 간행된 『위험사회』(울리히 벡)에서 제기된 새로운 '리스크' 개념은 2011년 9·11 사건을 통해 그리고 2011년 3·11 후쿠시마 원전 진재에 이르러서 점점 더 제어 불가능하며 해결 불가능한 '카타스트로프'에 근접하고 있다고 해도 좋을 것이다.

독일의 메르켈 정권은 후쿠시마 원전 사고 직후 갑자기 원전 추진 방침을 철회하고 원전의 전면적인 폐기를 향한 발걸음을 내딛기 시작했다. 그 이유는 후쿠시마 사태에서 볼 수 있듯이 원전 사고는 한번 일어나고 나면 제어 불가능하다는 것에 있다. 이것은 "사고의 가능성을 없애기 위해서는 핵 기술을 이제 써서는 안 된다."(「윤리위원회」 최종보고서)고 하는 것에도 잘 드러나 있다. 원전 사고는 확실히 리스크가 아니라 카타스트로프이다.

우리를 '밀실'에 감금한 '호러 국가'

세키 히로노는 후쿠시마 카타스트로프가 사회적으로 퍼져 나가는 것을 다음과 같이 분석하고 있다.

원전 대사고에 대한 사회의 반응을 보고 실제로는 사고가 터지고 나서 알 수 있었던 것이 두 가지 정도 있었다. 우선 첫 번째, 사고가 일어나면 피난하는 많은 사람들로 사회가 대혼란에 빠질 것이라고 예상돼 왔었다. 하지만 현실에서는 수도권에 방사능오염 위협이 미친 단계에 이르러서도 그러한 패닉 영화와 같은 광경은 보이지 않았다. 서일본으로 피난한 사람 수는 극히 한정돼 있었다. 그뿐 아니라 사고 현장에서 30킬로미터 권내에서 다양한 사정으로 자택에서 떠나지 않는 사람도 있다. 결국 생활기반을 모두 버리고 서일본으로 장기 체재할 수 있는 사람은 거의 없다는 것이다. 이렇게 일본처럼 인구가 밀집돼 있고 정주성이 높은 섬나라에서는 원전 사고로부터 도망치려고 해도 도망칠 수 없음을 알 수 있다. 이 나라에서 원전 사고는 밀실에 감금돼 방사능에 노출되는 공포를 맛보는 것과 마찬가지다.

세키 히로노의 지적을 내 관심을 통해서 다시 말하면 이 나라는 인류 사상 최악의 원전 사고인 후쿠시마 카타스트로프를 통해서 '안전'을 위장해 '국가' 규모의 '밀실'에 사람들을 감금한 채로 방사선과 방사능 공포로 내몰고 있다. 이러한 인류 사상 첫 '호러 국가'가 됐다고 할 수 있다.

'밀실'은 사고 당초에 세키 히로노가 목격한 후쿠시마와 수도권을 훨씬 넘어서 확대되고 있다.

국가 주도로 엉터리 선전을 하고 또한 소규모의 방사선량 조사나 토양조사에 의해 방사능 오염 실태는 명확하게 밝혀지지 않고 있다. 그러한 채로 지나치게 높은 잠정 기준치가 설정돼 오염 식품을 전국으로 유통시키고 있다. 당연한 불안감을 안고 살아가는 소비자를 나쁜 사람으로 만든 '풍평 피해(不評被害)'라는 말을 방패로 삼아 산지 위조가 이렇다 할 문책도 없이 용인되고 만다. 그 정수는 "부담은 전 국민이 나눠 갖자"는 선전이나 그 이외에도 법적 근거가 극히 박약한 진재로 대량 발생한 오염된 기왓조각과 자갈을 광역 처리하는 것이 시작된 것에 있다.

'밀실'은 눈 깜짝할 사이에 전국으로 퍼져 나갔다. 실로 '호러 국가'라 하겠다.

1986년 체르노빌 카타스트로프는 5년 후 소비에트 연방이라는 거대한 시스템을 해체시켰지만 후쿠시마 카타스트로프는 일본을 그 즉시 '호러 국가'로 바꿔 놓았다고 해도 좋다.

후쿠시마 카타스트로프가 사회적으로 퍼져 나가는 것에 대해 그 두 번째로, 세키 히로노가 들고 있는 것이 '초(超)스트레스 사회'이다.

사고는 전국적 규모의 불안과 스트레스가 이상할 정도로 고조시키고 있다. 필자의 주위에는 원전 피해로부터 안전권인 오사카에 살고 있는 친구들도 모두 우울한 상태이다. 칸사이의 공기나 물도 경미하지만 오염됐을지도 모른다. 발병은 만 명 가운데 열 명 정도의 확률이라고 해도 자신이 그 중에 한 명일지도 모른다. 그리고 물과 식품이 오염되는 위험이 사람들을 제한 없는 불안으로 내몰아 그것이 칸사이에서도 사재기 소동을 일으켰다. 원전 사고가 만들어 낸 예상 외의 산물은 바로 이 초스트레스 사회인 것이다. 이 스트레스는 해외에도 퍼져 나가 일본은 인류의 불안을 상징하는 국가가 됐다. 그러므로 원전 사고는 물리적인 충돌인 것 이상으로 견디기 힘든 정신적인 사태이다.

세키 히노로의 이 지적은 결과로서는 틀림없는 것이라 해도 그 이유를 둘러싸고는 중대한 수정이 필요한 것으로 보인다.

벨라루스의 의사로 체르노빌 원전 사고에 의한 오염과 피폭 연구조사를 했던 유리 밴다제프스키(Yury Bandazhevsky) 박사는 방사성 세슘의 내부 피폭에 의한 스트레스를 지적하고 있다(安田護譯『放射性セシウムが人体に与える 医學的生物學的影響: チェルノブイリ・原發事故被曝の病理データ』 2011.12).

> 방사능 세슘이 인체의 장기나 조직에 들어가게 되면 명확한 조직적 변화가 일어나 각 장기의 이상과 생체 전체의 질환을 수반하게 된다. 방사성 세슘은 중요한 장기나 조직에 침입하기 때문에 체내에 세슘이 소량이라도 들어가게 되면 생체에 위협이 되는 것을 피할 수 없다

유리 박사는 이렇게 쓴 후에 "1 심혈관계(심장) 2 콩팥 3 간장 4 면역계 5 조혈계 6 여성의 생식계 7 임신의 진전과 태아의 성장 8 신경계 9 시각기관"에 대해서 설명하고 있다.

"8 신경계" 페이지에는 놀랄 만한 기술이 있다.

> 신경계는 방사선의 영향을 최초에 받는 기관계 가운데 하나이다. (중략) 방사성 세슘이 체내에 들어가게 되는 기간이 길어지면 길수록 불균형한 정도도 심해진다. 대뇌반구에서 노르에피네프린과 세로토닌의 농도가 저하되는 것이 관찰된다. (중략) 체르노빌 사고 후에 기질적 정신 질환과 우울증이 증가한 것이 보고되고 있다. 정신 질환의 증대를 방사선에 대한 필요 이상의 공포와 스트레스가 만연된 결과라고 주장하는 자가 있다. 우리는 그러한 '방사선 공포증'을 주장하는 자와 의견을 달리하며 특히 성장 중인 젊은이 가운데서 방사성 세슘에 의해 신경계 조

직이 영향을 받은 것이 진정한 병(病因)인이라는 것을 입증한다.

'후쿠시마현 방사선 건강 리스크 관리 조언자' 가운데 한 사람이 "방사능은 끙끙 앓고 있는 사람들에게 오며 웃는 사람들에게는 오지 않는다."라는 말을 한 적이 있다. 이러한 자들은 제어 가능성을 믿는 '리스크' 논자 즉 전형적인 '방사선 공포증' 설파자라고 말하지 않을 수 없다.

체르노빌 위기에서 '방사선 공포증' 논자가 어떠한 망동을 반복했는지는 모른다. 하지만 후쿠시마 카타스트로프에서 출현한 많은 '방사선 공포증' 논자의 우스꽝스러운 언동을 통해 '방사선 공포증' 논리가 얼마나 의학적 근거가 빈약한 단순한 심리환원설(心理還元說)인지 명확해졌다. 이러한 논자들은 물리적인 실제 피해를 정신적인 망상으로 몰아넣는 것을 통해서 우리를 공포의 '밀실'에 감금하는 역할을 담당하고 있다. '호러 국가' 질서의 파수꾼이라 하겠다.

이리하여 우리는 '호러 국가'의 공포에 가득 찬 '밀실'에 감금됐다.

게다가 이 '호러 국가'는 단순히 내부로 닫힌 공포의 '밀실'만이 아니다.

일본은 주변 국가만이 아니라 세계로 방사능을 여기저기 퍼뜨릴 뿐만 아니라 하필이면 국내에서 카타스트로프를 일으킨 원전을 수출하려 한다. 이 정부는 시치미를 떼고, 베트남을 시작으로 리투아니아, 요르단, 터키 등 각국으로 원전을 강매하려는 하는 '호러 국가'라 하겠다.

또한 후쿠시마 원전 사고의 조사도 검증도 애매하게 한 채로 실로 탁상공론에 불과한 오래된 스트레스 테스트(stress test)[7]를 통해 다른 원

---

7) 이것은 시스템에 통상 보다 과한 부담을 걸어서 정상적으로 동작하는지를 테스트하는

전의 '안전성'을 졸속으로 실험해 차례차례 재가동을 향해 맹진하고 있다. 실로 독일과는 정반대인 '호러 국가'인 것이다.

하지만——.

1990년대 초엽에 현저해진 '해결 불가능성'

하지만 나는 생각하지 않을 수 없다.

조금 냉정하게 생각해 보자. '호러 국가'라고 하면 이 국가는 후쿠시마 카타스트로프 이전부터도 실로 당당한 '호러 국가'가 아니었을까.

나는 '새로운 전쟁'과 '새로운 격차'와 '새로운 부서짐' 등이 차례차례 포개어진 국가는 이미 사회 도처에 공포가 흩뿌려진 '호러 국가'였다고 생각한다.

후쿠시마 카타스트로프는 이러한 '호러 국가'의 현상을 한층 심각한 상태로 누구의 눈에도 명확히 보이게 만들었다.

정확하게 말해 보자. 이 국가는 사람들의 생명을 경시하고 사람들의 희생을 무시하며 좋지 않은 상황 따위는 개의치 않고 밀어붙였다. 이러한 '호러 국가'이니 만큼 궁극의 '인재'라 할 수 있는 후쿠시마 카타스트로프가 일어난 것이다. 더 한층 성가신 '호러 국가'가 나타난 것이라 하겠다.

여기서 '호러(horror)'를 정의해 두자. '호러'와 '테러(terror)'는 둘 다 '공포(恐怖)'를 가리키는데 테러가 '자신을 넘어선 외부로의 공포'인 것에 비해 '호러'는 '자신을 포함한 내부의 공포'이며 '사람이 외부를 상실한 시대의 공포'라고 해도 좋다. '테러'가 주로 근대 영국의 고딕로만

리스크 관리 수법이다.

이 불러오는 공포인 것에 비해 '호러'는 현대 미국의 모던호러가 불러온 공포이다.

하지만 그렇다고 해도 이러한 공포를 부채질하는 '내부'는 도대체 어떠한 상태를 갖는 내부란 말인가. 나는 그 상태를 '해결 불가능성에 의한 내부 파열'이라고 생각한다.

문제가 잇따라 터지고 있음에도 불구하고 전혀 해결되지 않는다. 그러한 해결 불가능한 문제가 계속해서 축적돼 어느 날 견뎌내지 못한 용기가 끝내 팡 하고 터진다.

터지고 부서진다.

용기는 즉 우리 인간, 집단, 사회를 말한다. 당사자에게 공포(호러)를 불러오는 사태 즉 '해결 불가능성에 의한 내부 파열'을 우리는 '호러적인 것'이라고 부르자.

그렇다고 한다면 '호러적인 것'은 1990년대 일본에서 현저해졌고 조금도 경감되는 기간 없이 현재에 이르렀다고 해도 좋을 것이다.

1990년대 초입, 버블경제 붕괴를 단초로 해서 회복이 보이지 않는 불황이 찾아온다.

구조개혁(신자유주의)이 불러온 노동과 생활과 사람의 '부서짐'(넓어져 가는 격차, 비정규 노동의 증가, 새로운 빈곤, 늘어만 가는 자살자……).

2001년 9·11 사건을 '호기'로 삼아 '전쟁 가능한 체제' 및 '전쟁 가능한 사회'를 형성해 간다.

국가는 숨 막힐 정도로 앙양된 내셔널리즘을 사람들에게 강제한다.

순 거짓말인 '희망'을 내걸고 정권 교체를 이룩해낸 정당에 의한 전례를 찾기 힘든 악정은 대지진 및 후쿠시마 카타스트로프에 대한 대응

에도 무능을 노출한다. 이 정당은 사태의 은폐와 정보의 통제를 통해 사람들 사이에 '해결 불가능성에 의한 내부 파열'만을 확대시키고 있다.

이렇게 보자니 일본은 1990년대 이후 지금에 이르기까지 변함없는 '호러 국가'였다.

주로 경제학자, 경영학자, 경제 저널리스트가 지적해 왔던 처음의 '잃어버린 10년', 그다음에는 '잃어버린 20년' 그리고 지금은 '잃어버린 30년'은 단순히 경제와 경영과 관련된 것만은 아니다. 경제, 경영으로부터 정치, 법 제도, 사회 환경, 인간관계, 한 사람 한 사람의 일상 노동과 생활에 이르기까지 나쁜 상황이 나쁜 상황을 불러올 정도로 '해결 불가능성에 의한 내부 파열'이 계속해서 일어났음을 말해 준다.

어두운 해방감을 불러오는 파멸적인 거부, 목숨을 건 비약, 작렬을 통한 재생

1960년대부터 1970년대에 걸쳐 미국에서 대유행한 호러 영화, 호러 소설은 베트남전쟁이 미국 사회 내부에 불러온 다양한 '해결 불가능성에 의한 내부 파열'과 연결돼 있다.

그러한 호러 영화, 호러 소설이 일본에서 독자적인 전개를 보이는 것은 '재팬 에즈 넘버원'이라는 달콤한 말이 완전히 허언으로 변한 버블 경제 붕괴 이후, 즉 1990년대 들어서부터다.

1993년 카도카와호러문고(角川ホラ─文庫) 창간과 일본호러 소설대상의 설립을 계기로, 호러 표상(문학, 연극, 영화, 만화, 애니메이션, 게임 등)이 속속 등장했다. 나는 이러한 분석과 의미 짓기를 통해서, '해결 가능성'을 내걸던 1980년대의 미스터리부터 시작해 '해결 불가능성에 의한 내파'를

내장시킨 1990년대 이후의 호러로의 전환을 찾아낸 것이다.

이러한 시도는 대부분의 호러론이 이른바 '원리주의적 비평'으로 기우는 가운데, 그러한 비평에서 배우고 항거하면서 새로운 지평으로 호러 표상을 밀어 올리는 '사회적 비평'의 실천이라고 해도 좋다. 미스터리에 사회파 미스터리가 있는 것처럼, 호러에도 사회파 호러가 있다. 내가 주로 대상으로 삼은 것은 이 사회파 호러의 성과이다.

많은 호러 표상과의 사회적 비평의 격투는 곧 그것이 없이는 보이지 않았던 사회적 문제 덩어리를 부각시켰다. 호러에 현저한 '해결 불가능성에 의한 내부 파열'은, 1990년대 이후 사회의 '해결 불가능성에 의한 내부 파열' 즉 우리의 사회 내부가 보여 주는 '부서짐'과 이어져 있다.

그러므로 호러에 넘쳐 나는 공포 표상은, 우리 자신의 공포 표상이기도 하다.

하지만 이러한 공포 표상은 그것을 접하는 우리에게 공포를 불러오는 것과 함께 어두운 해방감도 가져온다.

팡 하고 터지는 '해결 불가능성에 의한 내부 파열', 즉 '호러적인 것'은 결코 막다른 골목에 몰린 것이 아니다.

그것은 지금까지 우리의 자세에 대한 근본적인 거절이며, 지금까지의 관계에 대한 파멸적인 거부이다.

다시 말하자면 새로운 자세를 향한 필사적인 도약과 작렬을 통한 재생인 것이다.

호러 표상에서의 '해결 불가능성에 의한 내부 파열'이 사회에 흩뿌려진 '해결 불가능성에 의한 내부 파열'과 구분되는 것은 무엇에 의해서일까. 그것은 어두운 해방감이며, 파멸적인 거부이며, 필사적인 도약과 작렬을 통한 재상에 다름 아니다.

그런 의미에서, 호러 표상은 사회적인 것의 현재인 것과 동시에 미래이기도 하다.

미하일 바흐친(Mikhail Bakhtin)은 『프랑수아 라블레의 작품과 중세 및 르네상스의 민중문화』(원작, 1965)에서 그로테스크 표상을 골계인 동시에 밝은 '죽음과 재생'의 표출로서 포착하고 있다.

레닌(Vladimir Lenin)은 『제국주의론』 가운데 「제국주의 비판」에서 "제국주의의 모든 모순의 근저의 분석과 폭로"를 어디까지나 요구한다. 또한 "이러한 모순을 보지 않으려고 하며, 피하려고 하는 개량주의적인 천진난만한 전망"을 철두철미하게 격퇴한다. 에티엔 발리바르(Étienne Balibar)는 『루이 알튀세르』에서 '비관적'인 것의 반대는 '낙관적'인 것이 아니라 '비극적'인 것이라고 말한다. 이것은 내 나름대로 해석하자면, '비관적'인 것은 부정적인 상태를 피하고, 보지 않으려 행동하는 태도이다. 이에 비해, '비극적'이라는 것은 부정적인 상태를 피하지 않고 응시하고 받아들여서 그 한가운데를 끝까지, 즉 다음 세계의 빛이 어렴풋이 보이기 시작할 때까지 살아가는 상태를 말하는 것이다.

1990년대 중반 무렵부터 속속 등장한 호러 표상을 뒤쫓으면서, 나는 종종 레닌의 "모든 모순의 근저의 분석과 폭로"를 떠올렸고, 바흐친의 '죽음과 재생'을 상기했으며, 발리바르의 '비극적' 태도를 생각하고 있었다.

새삼 '호러 국가'에 항거한다

나는 2001년 봄에 와세다대학문학부에서 개시한 강의를 2007년에

활자화했다.8) 따라서 그 후의 다양한 호러 소설(문학, 연극, 영화, 그림, 만화, 애니메이션, 게임 등)에 대한 언급은 이 책에는 없다.

그 사이에 이를테면 호러 소설에서 피범벅으로 나타난 '부서짐'은, 극히 일반적인 현대소설에서 마음의 '부서짐'이라는 형태로 전환됐다. 제로년(ゼロ年) 세대의 여성 작가들, 모토야 유키코(本谷有希子), 쓰무라 키쿠코(津村記久子), 야마자키 나오코라(山崎ナオコーラ), 카와카미 미에코(川上未映子) 등의 작품에 빈출하는 관계와 마음의 '부서짐'은, 신인 작가가 쓴 미스터리나 시대소설 등에도 나타나 있다. 라이트노벨은 물론이고 휴대폰소설[携帯小説]에도, 마음의 '부서짐'은 이야기의 극히 당연한 풍경 중 하나이다.

과거에 호러 소설에 '편재'해 있던 '호러적인 것'은 이제는 모든 소설에 퍼져서, '편재'하게 됐다.

그것이 '호러적인 것' 즉 '해결 불가능성에 의한 내부 파열'의 사회적인 확장으로 이어진 것은 두말할 필요도 없을 것이다.

여기에, 동일본대진재와 후쿠시마 카타스트로프가 덮쳤다.

'호러적인 것'이 현재하는 '호러 국가'는 많은 '부서짐'을 방치한 채로, 방사선과 방사능이 갖는 공포의 실태를 '안전'이라는 말로 감싸고 있다. 이를 통해 우리에게 외부 피폭과 내부 피폭을 강요하는 '호러 국가'를 향해 비대해져 가고 있다.

사건의 실제를 파악하기 위해서는 구체적인 데이터, 정보 그리고 그것을 정리하는 이론이 꼭 필요하다. 3·11 후쿠시마 카타스트로프는, 기존의 '객관적'이라고 여겨졌던 저 '원자력 집단'(이러한 표현 방식은 너무

---

8) 『ホラー小説でめぐる「現代文學論」 ―高橋敏夫教授の早大講義録』(2007)

이무도 들려주지 않았던 일본현대문학 107

나도 온화하다며 히로세 다카시[廣瀬隆] 식으로 말하자면 '원자력 마피아'인가)이 실은 현저하게 편향된 것이다. 또한 그들이 내세우는 논리는 그 집단 내외의 '어용학자'가 만든 어용 이론으로 꾸려졌다는 사실은 명백히 폭로됐다. 이러한 강력하고 편향된 힘에 저항해서 더욱 정확한 데이터, 정보, 이론을 구축해 가야만 한다.

하지만 우리가 사건 그 자체에 기존의 모든 이미지를 무력화시키고, 놀라움과 함께 직면하기 위해서는 '작품' 혹은 '이야기'가 필요하다.

언어와 이미지를 이화(異化)해서 재조직하고, 이야기를 이화해서 재구축하는 '작품'이 필요한 것이다. 그러한 '작품'으로서의 호러 소설(연극, 영화, 만화 등)은, 전국의 원전 재가동을 위해 정부, 지방자치체, 전력회사, 매스컴이 '안전·안심'을 매우 요란스럽게 대합창 하는 현실을 깊이 파고드는 것으로서 출현할 것이다. 아니, 지금은 모든 '작품'이 '호러적인 것'에 접해 있으며, 앞으로 이러한 경향은 더욱더 강해질 것이 틀림없다.

3·11 이후의 '호러 국가'가 보여 주고 있는 어두운 황야에서 '안전'과 '안심'이라는 허위를 뿌려대는 '호러 국가'에 대해 나는 앞으로도 출현하게 될 새로운 호러 표상을 통해서 '분석과 폭로'를 계속하고 싶다고 생각한다.

반원전 운동의 반보 앞에서.

'이미지부터 먼저 바뀌어라!'(타모가와 간)는 구호는 여전히 필수 불가결하다.

▼ 201208

※ 이 글은『다카하시 토시오 교수의 와세다 강의록 호러 소설로 살펴보는 '현대문학론'(高橋
   敏夫教授の早大講義録 ホラー小説でめぐる「現代文学論」)』(2007)의 한국어판(『호러 국
   가 일본』도서출판b, 2012)의 서문이기도 하다. 다만 그 서문에서는 분량의 관계상 삭제할
   수밖에 없었던 인용 등을 이 새롭게 번역한 글에서는 부활시켰다.

3·11 이후 마쓰모토 세이초를 어떻게 읽을 것인가

환영의 원자력연구소 이야기

1909년에 태어난 마쓰모토 세이초(松本淸張)는 일본에서 버블경제가 붕괴된 직후 게다가 세계사적으로 보자면 '현존하는 사회주의 체제'가 붕괴된 직후인 1992년에 타계했다. 그는 독자적인 사회파 미스터리 작품으로 권력이나 권위는 말할 것도 없이 우리 자신에 의한 은폐마저도 계속해서 고발하고 폭로했다. 나는 마쓰모토 세이초의 방법을 '은폐와 폭로'라고 생각한다. 마쓰모토 세이초만큼 국가, 사회, 기업, 집단으로부터 우리의 일상에 이르기까지의 모든 영역에서 '은폐'를 발견해 내고, 그것을 계속해서 '폭로'했던 작가는 없다. 하지만 그에게는 전후사회 최대급의 은폐 장치인 원자력발전을 둘러싼 작품은 없다.

『추억의 작가들(追憶の作家たち)』(2004)이라는 책이 있다. 과거 추오코론사(中央公論社) 편집자였던 미야타 마리에(宮田毬榮)가 쓴 것이다. 그 제1장이 '마쓰모토 세이초'이다. 거기에는 놀랍게도 그가 1991년 끝 무렵에 원자력발전소를 둘러싼 소설을 기획하고 있었다는 것이 나온다.

1987년 프랑스의 그르노블(Grenoble)에서 열린 제9회 '세계추리작가회의'에서, 마쓰모토는 일본의 추리작가를 대표해서 강연했다. 그 마을에는 유명한 원자력연구소가 있다. 주인공이 일본으로부터 온 연구자라는 것까지는 추측할 수 있다. 체르노빌 사고는 1986년 4월 26일에 벌어졌다. 1990년대 초반에는 유럽에서도 그 사고에 대한 기억이 대단히 생생해서, 반핵운동이나 원전을 둘러싸고 많은 운동이 일어나고 있었다. 그러한가운데 소설은 기획된 것이다. 그 소설이 어떻게 전개될지 가슴이 마구 두근거린다. 마쓰모토가 원자력 문제를 어디까지 추궁할 수 있었을까. 꼭 알고 싶지만 결국 이 소설은 쓰이지 못했다.

그때 마쓰모토가 미야타 씨에게 (자신의 장편추리소설) "『검은 복음(黒い福音)』을 떠올려봐"라고 했던 모양이다. 이 작품은 몇 번인가 취조를 당한 벨기에인 신부가 갑자기 출국을 해서 미해결사건으로 남은 '스튜어디스 살인 사건'을 모델로 쓴 작품이다. 대단히 마쓰모토스러운 소설이다. 여기서 그의 시선은 꼭 개인의 범죄의 배후에 있는 거대하거나, 작은 사회시스템(여기서는 크리스트교단)을 응시한다. 미야타 씨에게 "초심으로 돌아가서 (쓰겠다)", "취재를 부탁하네"라고 말했던 마쓰모토의 머릿속에 있던 것은, 이 그르노블 원자력연구소에서 일어났던 커다란 문제이다. 또한 그 저편에 있던 세계를 양다리에 걸친 원자력발전소와 원자력의 평화적인 이용 문제라는 것을 향해 크게 확대되고 있던 것은 아니었을까.

하지만 어째서라고 하는 대단히 불가사의한 기분이 든다. 어째서 일부러 그르노블 원자력연구소를 선택한 것일까. 어째서 일본의 원전으로 눈을 돌리지 않는가?

핵시대와 마쓰모토 세이초―『신과 야수의 날』을 둘러싸고

마쓰모토에게 병기로서의 핵을 향한 비판은 있었지만, 원자력발전의 위험을 지적한 발언이나 작품은 없다. 다만 『신과 야수의 날(神と野獸の日)』이라는 작품이 있다. 이 작품은 1963년에 『주간여성자신(週刊女性自身)』에 4개월에 걸쳐서 연재됐다. 이 작품을 통해 그가 핵문제를 어떻게 생각했는지를 알 수 있다. 이야기는 50분 정도 후에 도쿄에 수폭이 떨어진다고 하는 설정이다. 그러다 그것이 조금 연장돼 70여 분이 남아있다고 하는 심각하고 또한 익살스러우며 소란스러운 장면이 펼쳐진다. 그때 사람들이 어떻게 행동할 것인가 하는 극한상황을 그린 작품이다. 여기에는 몇 가지 문제점이 두드러진다.

첫 번째 문제점은 마쓰모토가 이 미사일 오발을 서방 국가 내부의 문제로만 보고 있다는 것이다. 당연히, 미소(美蘇)가 원수폭(原水爆)뿐 아니라 핵의 평화이용을 둘러싸고도 경쟁을 펼치고 있는 냉전시대였으니, 폭탄을 발사하는 나라로 소련을 설정해도 좋았을 것이다. 즉 미국의 문제가 여기에 관련돼 있다. 여기서 내가 강조하고 싶은 것은, 소련이 최초로 핵의 평화적 이용을 시작했다는 점이다. "소련이 시작한 원자력의 평화적 이용은 문학의 새로운 페이지를 열 것이다."라고 한, 오다기리 히데오(小田切秀雄)의 「원자력 문제와 문학(原子力問題と文學)」이라는 역사적인 평론이 있다. 마쓰모토의 머릿속에도 이것이 오랫동안 있었던 것은 아니었을까. 하지만 미국을 싫어하는 것이라면 쓰리마일 섬(Three Mile Isalnd) 원전 사고가 터졌을 때 소설을 썼다면 좋았을 것이다. 실제로, 이 시기 「원자로의 게(原子爐の蟹)」(나가이 아키라[長井彬])나 「도카이무라 원전살인 사건(東海村原發殺人事件)」(이쿠타 나오치카[生田直親]), 이노우에 미쓰하루(井上光晴)

의 소설도 창작됐다. 하지만 마쓰모토는 쓰지 않았다.

두 번째로 이 구상에는 이미 방위성이 존재한다는 점이다. 일본에 방위성이 탄생한 것은 지금으로부터 오 년 전에 불과하다. 이 소설에 방위대신은 나오지 않지만, 대단히 멍청한 통막의장(統幕議長)이 나온다. 세 번째로 가까운 미래라고는 하더라도 일상으로부터 작품을 쓰고 있다는 점이다. 많은 시점에서 동시에 세계를 포착한다는 수법이다. 사르트르의 「자유의 길」 등, 20세기 문학은 전쟁이나 극한 상황을 그릴 때 다시점(多視點)을 채용하는데, 이 소설은 실로 그 전형이다. 마쓰모토의 소설에서 다시점은 대단히 뛰어나게 살아 숨 쉬고 있다.

네 번째는 관방장관이 미국으로부터 온 정보를 폭동·패닉이 일어날지 모르니 숨기라고 주장하는 부분이다. 그런데 총리대신은 대단히 가족애가 강해서 "역시 인간은 죽을 때는 가족과 함께가 좋다."고 하며, "모두에게 공표해" 하고 명령한다. 관방장관에게는 '애인'이 열 명 정도 있어서 어디부터 먼저 갈까 생각하는 것까지 마쓰모토의 소설답게 그려져 있다. 그러한 가족에 대한 뒤집힌 관념을 통해 은폐를 뒤집는 효력을 발휘하고 있다. 이러한 것은 실로 소중한 시점이다. 이 시점을 쓸 수 없는 순수문학은 왜곡된 문학이라고 생각한다. 이러한 시점으로 쓰는 소설이 지금 필요한 이유다.

다섯 번째는 '죽음의 재'에 대한 것이다. '被爆'과 '被曝'은 둘 다 '피폭'으로 한자가 일치한다. 이 소설에는 두 가지 다른 한자의 피폭이 정확히 구별돼 있다. '피폭'돼 죽는 사람은 이미 어쩔 수 없다. 하지만 바람에 의해 '죽음의 재'가 날아간다. 방향도 알 수 있을지 모르나, 이것만은 발표하지 말라고 해서 공표되지 않는다. 그렇게 많은 사람이 야마나시현(山梨縣) 쪽으로 도망치면서 '被曝'되고 말 것이라고 쓰고 있다.

이것이 이번 후쿠시마에서 불행하게도 현실이 되고 말았다. 2011년 3월 11일에 일어난 후쿠시마 제1원전진재는 여전히 수습되지 않고, 방사능오염도 그 영향이 그칠 줄 모르고 있다. 민관을 총동원한 진상 숨기기도 심각하다. 며칠 전, 관방장관이 국회 사고조사위원회에서 증언했다. 그는 당시 "즉각적인 영향은 없다."는 말을 반복했다. 그런데 이번 조사에서는 "처음부터 심각하다는 것은 알고 있었다."라고 말하고 있다. '공표가 대단히 늦은 것'에 대해서 질문을 받자, "노심(爐心) 손상 가능성에 대해서는 3월 13일 오전 중 기자회견 단계에서, '충분히 가능성이 있는 것으로, 그것을 상정해서 대응하고 있습니다'라고 말씀드렸다." 하며 갑자기 태도를 바꿨다. 또한 "노심도 녹고 있으며, 새고 있다는 것은 지나친 대전제라서, 새롭게 말씀드릴 기회가 없었다."라고 말했다(J—CAST 티비워치). 관방장관도, "그런 것은 알고 있었지만, 말하지 않"고 진상을 감추고 있던 것이다.

이 소설에서는 대단히 신랄한 형태로 "국민에게 희망을 부여하기 위해"라고 쓰고 있다. 터무니없는 기만을 폭로하고 있는 것이다.

여섯 번째로 '죽음의 재'가 작품에서 보이지 않는다는 점이다. 일곱 번째로는 과학자들은 대단히 기뻐하며, 생체 실험에서 삶의 의미를 찾는다는 점이다. 이것도 이번 후쿠시마의 아무개 의사를 통해 많이 발화된 것이기도 하다. 여덟 번째로는, 흥미롭게도 도쿄가 위험해지면, 바로 수도 기능을 오사카에서 담당하게 된다는 점이다. 앞으로 언젠가는 수도 기능이 오사카로 변해갈 것이다. 실제 체르노빌을 경험한 우크라이나 유학생이 오사카로 대피했을 정도니까 말이다. 게다가 야만적인 상황을 나타낼 때 엥겔스를 인용하고 있는 것도 대단히 흥미롭다.

이노우에 미쓰하루 『수송』의 「발문」

작가 이노우에 미쓰하루와 마쓰모토 세이초는 같은 해에 세상을 떠났다. 출신도 같은 규슈(九州)다. 이노우에의 원자력문제에 대한 깊은 불안과 위구 그리고 상상력은 전후 작가 가운데서 발군이라 하겠다. 희곡 「플루토늄의 가을(プルトニウムの秋)」(1978)과 「서해원자력발전소(西海原子力發電所)」(1986)는 체르노빌사고보다 이전에 쓰인 것들이다.

내 희망은 이노우에와 마쓰모토 사이의 연계점이 있었으면 한 것이다. 마쓰모토기념관 회장인 후지이 야스에(藤井康榮) 씨에게 발표자 대기실에서 "이노우에와 마쓰모토는, 서로 교류가 없었습니까?" 하고 물었다. 후지이 씨는 바로 "어떠한 작가와도 거의 없었습니다."라고 대답했다. 하지만 마쓰모토는 이노우에가 쓴 이러한 작품을 읽은 것이 아니었을까. 나는 그러한 희망을 갖고 있다. 어쩌면 마쓰모토는 '이노우에 미쓰하루라는 작가가 여기까지 몰입해서 쓰고 있으니, 이제 그걸로 된 것이 아닌가'라고 생각한 것이 아니었을까. 그렇게 믿고 싶다.

이노우에 미쓰하루 작 「수성(輸送)」의 「발문(あとがき)」이다.

창작 『수송』은 그 회한을 근거로 썼다. 핵 사용이 끝난 연료의 수송과 관련된 소설이다. 핵폐기물의 수송은 지금 우리가 생존하는 지점에서 끊임없이 이뤄지고 있으며, 캐스크(cask, 핵폐기물 운반 용기)에 만일의 사고가 있으면, 틀림없이 체르노빌이 재현되게 될 것이다.

애써 말하지만 『수송』은 가까운 미래에 대한 소설이 아니며, SF소설

도 아니다. 이 작품의 주제는 문자 그대로 '내일'에 관련된 '오늘' 그
자체의 현실에 가로 놓여있다.

이야기 진행 끝에 '괴멸 상황'을 일부러 탐색하지 않은 것도, 어디
까지나 '오늘'의 생활에 밀착한 인간의 고통과 정감을 묘사하고 싶었
기 때문이다.

꼭 여기서 주목하고 싶은 것이 있다. 가까운 미래에 대한 소설이 아
니고, SF소설도 아닌, 일상에 밀착하고 있다고 하는 이 논의는, 일본 근
대 현대문학 분류에서 보자면 이른바 순수문학의 문학론이다. 이노우에
미쓰하루는 자신의 방법으로 '오늘'의 일상에 밀착한 인간 고뇌와 감정
을 묘사하고 싶었다고 쓰고 있다. 내 관점에서 보자면, 마쓰모토 세이
초가 했던 것은 아마도 이것과 관련된 것이라 생각한다. 마쓰모토도 미
즈카미 쓰토무(水上勉)도, 실은 이노우에 미쓰하루가 말하는 순수문학적
인 세계를 향해 대중문학의 세계로부터 최대한 접근한 것이다. 역으로
말하자면 이노우에 미쓰하루는 순수문학의 세계로부터 최대한 여기에
근접했다고 생각한다.

성사되기를 고대했던 이노우에 미쓰하루와 마쓰모토 세이초의 조우
는, 그 순간의 것이다. 마쓰모토 세이초가 쓸 법한, 혹은 썼어야만 했던
세계가 여기 『수송』에 있다고 하는 것 말이다.

지금이야말로 마쓰모토 세이초적 '은폐와 폭로'의 문학을!

3·11 후쿠시마 원전진재에서, 전후로부터 계속 '은폐'되었던 '원자
력 집단(原子カムラ)'의 일부가 명확히 밝혀졌다. 하지만 여전히 '은폐'의

힘은 정부, 행정, 원자력산업, 기성의 학문 등에 의해 폭넓게 행사되고 있다. 앞으로도 오래도록 지속될 것이다.

그가 실천한 '은폐와 폭로' 우리는 마쓰모토 세이초의 문학을 다시 읽으면서 역사적 제약을 넘어서 이어 나가야 한다.

나는 타계한 마쓰모토 세이초와 이노우에 미쓰하루의 착안점을 살려 내면서 살고 싶다고 생각해 본다.

▼ 20120602

괴물의 시대로부터 고지라로

괴물의 시대가 시작됐다

이 사회의 한복판에 정체를 알 수 없는 것, 파악하기 힘든 것, 확실하지 않은 것이 차례차례 출현해 온다. 괴물의 시대인 것이다.

참으로 얄궂게도, 저 거대한 괴물 고지라가 내부로부터 녹아내린 지거의 40년 만에 그 죽음이 확인된 1995년 무렵(고지라 시리즈의 종언 선언)부터, '괴물의 시대'가 또렷하게 그 모습을 나타내기 시작했다.

괴물의 시대이다.

그리고 지금 확실한 것은 지금부터 '괴물의 시대'를 거부할 어떠한 방책도 없다는 것이다. '괴물의 시대'는 한층 그 정도가 세지고 있다. 그것에 응해서 일방적인 '괴물'을 배척하려는 힘도 강해질 것이리라.

'킹 오브 몬스터'라고 하는 고지라를 생각할 때 그리고 미국에서 고지라 영화가 만들어져 신(新)·신고지라 시리즈가 시작되는 시기에, 우리는 '괴물의 시대'의 현재 생황을 피해서 지나갈 수 없다.

아무래도, 우리의 '지금 여기'는, 처음 고지라와 직면하고 있던 '지금 여기'와, 반대 측면에서 이어져있는 것이다.

색다르고 보통이 아닌 분위기가

괴물의 시대가 도래한 것은 우선 소설에서도 현저하다.

예를 들면 미야베 미유키(宮部みゆき)의 미스터리 소설 『이유(理由)』 (1998)에는 경매물건인 맨션에 어느새 몰래 숨어 살기 시작한, 무시무시하고 조용한 '괴물들'이 등장한다. 소설은 괴물 이야기의 상식(괴물이 나타났다, 괴물을 죽여라)이며 이러한 정체 모를 자들의 죽음을 통해 닫힌다. 하지만 '괴물들'과 조우한 어느 주부는 토해 내듯이 말한다.

"저 사람들은 어딘가 대단히 이상한 사람들이었어요. 처음부터 보통이 아닌 분위기가 감돌고 있었어요. 온전하지 않은 레벨이 낮다고 해야 하나."

그러니까 죽었다는 것을 들었을 때도 조금도 놀라지 않았다고…….

실은 이 주부도 버블 붕괴의 충격으로 맨션에 잡힌 빚을 갚지 못해 가정이 붕괴되는 등, 자신이 꿈꾸던 '보통' 생활을 유지할 수 없게 된 상태다. 질서에 대한 의식은, 질서의 끝에서 강하다. 또한 그것이 무너져가기 시작했을 때 강해진다. 이 주부의 "보통이 아니다……"는 말은 그렇게 이해할 수 있다.

하지만 그렇다고 해도 위기에 임한 '보통(생활)'은 참으로 무섭다.

위험해진 '보통'을 지키기 위해서, '보통이 아닌' 것을 발견해 내고 감시하며 점검하고, 배제하는 '보통'의 시선. 그러한 잔혹한 시선에 노출되면서도 그것을 견뎌내는 것만으로도 나는 이 '괴물들'에게 강하게 끌리게 된다.

"저 사람들은, 어딘가 대단히 이상한 사람들이었어요. 처음부터 보통이 아닌 분위기가 감돌고 있었어요. 온전하지 않은, 레벨이 낮다고 해야 하나".

이러한 말을 들을 때마다 나는 가슴이 철렁하다. 이것은 그렇지, 내 이야기가 아닌가 하고 말이다. 사건이 일어날 때마다 '저것은 나다'라는 식의 평론가 풍의 언설이 넘쳐 나는데, 그것과는 조금 다르다. 정말로, 나는 가슴이 철렁하고 내려앉는 것이다. 못 들은 척하지 않을 수 없을 정도로 가슴이 철렁하다. 내 안의 '이상한' 것이나 '보통이 아닌' 부분이 그때 목구멍 근처에서 솟아오르는 것을 느껴 기분이 나빠진다. 과연 당신은 어떠한가.

어쨌든 대수롭지 않은 '이상함'이나, '평범하지 않은' 것이 대단히 인기가 있었던 포스트모던적인 1980년과는 완전히 다른 관점이 여기에 있다. 버블 붕괴와 그 후의 불황에 의해 '보통'이 현저하게 자신을 잃고, 여유도 상실해, '보통이 아닌' 것에 공포를 느끼고 있는 것이리라.

괴물이 한가득

무라카미 류는 시부야에서 벌어지는 원조 교제 이야기 『러브&팝(ラブ&ポップ)』(1996)으로부터, 신주쿠를 무대로 한 『인 더 미소수프(イン ザ·ミソスープ)』(1997)로 전환한다. 이 작품에서 때때로 몸이 움직이지 않고 말하는 것도 의미가 불명해져서 여기에 있다는 느낌이 느닷없이 끊어져 버리는 그러한 남자를 대량 살육으로 향하게 한다. 이 남자의 갑작스러운 혼란과 폭력으로부터, 지금이라는 시대의 감촉이 희미하게 전해져 온다.

처참한 장면이 빈출하기 때문에 혹평된 기리노 나쓰오(桐野夏生)의 『아웃(OUT　アウト)』에서는 히가시무라야마(東村山) 도시락 공장에서 일하는 주부들이 어떤 사건을 계기로 사체를 토막토막으로 해체시키는 '괴물'로 변모해 간다. 아웃 즉 그녀들의 '보통' 경계를 넘어서는 것이다. 거기에는 어떤 종류의 기묘한 해방감이 감돈다.

또한 다카무라 카오루(高村薫)의 『레이디 조커(レディー·ジョーカー)』(1997)가 부각시킨 것은 차별과 경쟁을 통해 거대화하는 기업이야말로 다수의 '악귀'를 만들어 낸다는 것이었다. 나는 이러한 기업의 위기를 격화시키는 다섯 '괴물'들의 과감한 실천에, 어둡고 무거운 성원을 보내고 싶다.

'괴물'들이 움직이기 시작했다. 여기에 스즈키 코지(鈴木光司)의 호러소설, 쿄고쿠 나쓰히코(京極夏彦)의 요괴소설 등을 더해도 좋다. 최근 소설에는 괴물이 한가득 있다. 여기에는 우리 시대의 괴물들이, 구석에 몰린 모습으로 포착돼 있다고 해도 좋을 것이다.

요괴, 부활 '옴 진리교', 아이들

물론 소설만이 아니다. '정체를 알 수 없고 이유도 알 수 없는' 것으로 묘사된 요괴는 게임, 영상, 만화 등에도 넘쳐나고 있다.

불과 얼마 전까지 피카추나 후시기다네(フシギダネ)나, 이시쓰부테(イシツブテ) 그리고 사랑스러운 카라카라(カラカラ) 등의 포켓몬스터들에게 바싹 달라붙었던 아이들이 지금 등교 거부(不登校)나 학급 붕괴라고 하는 스타일로, 학교라고 하는 시스템을 교란하는 '작은 괴물'로 변하고 있다.

인터넷 상의 닥터 키리코(ドクター·キリコ)9)와 같은 쓸쓸한 괴물도 점차 명백해져 가고 있다.

또한 연속 살인 사건을 일으킨 고베의 소년 A의 집에는 "괴물의 집"이나 "괴물을 낳은 책임을 져라" 등이 적힌 엽서가 다수 날아들었다(『'소년A' 그 아이를 낳고(「少年A」この子を生んで……)』에서).

이러한 괴물들과 비교해 보면 홍보부 부장 등을 두고 완고한 회사조직(의 버블 붕괴)을 방불케 한 부활 '옴(オウム)' 집단 등은 훨씬 '보통'에 가깝다. 오히려 '보통'의 응축체(凝縮體)라는 인상이 강하다. '옴' 받아들이기 거부 운동은 괴물 배척에 가깝다. 하지만 "네놈들이 거기서 무엇을 하는지 모두 알고 있어."라는 말이 말해 주듯 집단 내부가 거의 폭로된 현재에 이르러서는 그것은 '보통' 속의 당연한 분쟁인 것이다.

어쨌든 이제 괴물을 무시해서는 현재가 보이지 않는다. 괴물을 빼고는 문화를 말할 수 없으며, 괴물 없이는 사회가 성립되지 않는 지점까지 와 버린 것처럼 보인다.

괴물에게는 미래가 있다

하지만 그렇다고 해도 '괴물'이란 도대체 무엇인가.

　"괴상한 것, 특히 힘이 세고 커다란 요괴" (이와나미국어사전[岩波國語辭典])

9) 1998년 12월 12일 도쿄도 스기나미구에서 발생한 사건이다. 자살지원자에게 청산가리를 보내서 자살을 방조해 여성 한 명이 사망했고 닥터 키리코(인터넷명)도 자살했다.

"정체를 알 수 없는 괴상한 생명체" (예해신국어사전[例解新國語辭
　典])

　이런 사전적 정의의 연장선상에서 '그것이 무엇인지 알지 못하지만
확실히 거기에 있으면서, 주위에 심대한 영향을 계속해서 미치고 있는
것'이라는 관점을 우선 제기해 본다. 여기서 '우선'이라고 한 것은 그것
이 '보통'의 경우 즉 '알고 있는' 측이 내린 공포에 대한 규정이기 때문
이다.

　따라서 우선 '잘 알 수 없'기에 괴물인 것이지만, 지금 우리 가운데
과연 누가 "나는 괴물이 아니다."라고 확신을 갖고 말할 수 있을 것인
가.

　당신에게 가장 친근하고 '잘 알 수 없는' 것이야말로 '당신' 자신이
며, '당신' 자신을 제어하기 힘들다고 느끼고 있다면, 당신은 이미 '당
신'이라는 괴물이다.

　아마도 지금, 우리는 괴물을 향해 굴러 떨어져 가는 시대를 살아가고
있다. 혹은 괴물이 미래를 발견할 수밖에 없는 시대를 살아가고 있다고
바꿔 말해도 좋다.

　괴물에 미래를?

　어째서?

　괴물을 '그것이 무엇인지 알지 못하지만 확실히 거기에 있으면서 주
위에 심대한 영향을 계속해서 미치고 있는 것'이라고 해 보자. 그러면
괴물이 가득한 현 상황은 현재의 '보통'을 해석하는 시스템('안다'는 것의
체계)가 이미 무효가 됐음을 고하고 있다. 이는 우리가 그대로 '보통의

현재'에 계속해서 머무는 것이 결국 불가능함을 말해 주고 있다고 해도 좋다.

내가 괴물을 통해 이해하려는 이야기는, "괴물이 나타났다, 인간이 변해라"라는 이야기다. "괴물이 나타났다, 괴물을 죽여라"라는 이야기를 반복하는 '보통' 질서는 끝내 무시무시한 파국을 맞이할 수밖에 없다.

내셔널리즘은 괴물의 시대와 함께

'보통'의 질서는 종종 '알지 못하는 것'을 활용해서, 자신이 '아는' 질서의 윤곽을 확실하게 만들 때가 있다. 그 때문에 '알지 못하는 것'을 날조하는 경우도 있다. 하지만 이 괴물의 시대에는 질서가 여유를 갖고 '알지 못하는 것'을 이용하기에는 질서 내부에 '알지 못하는 것'이 지나치게 많이 출현하고 있다.

집단 안에서 '인간'이나 '사회'를 둘러싸고 적극적인 이념이나 가치가 해체됐을 때 '내셔널리즘'이 등장한다는 설이 있다. 그렇다고 한다면, 현재 급속하게 고양되고 있는 니뽄 내셔널리즘(Nippon Nationalism)은 국가 규모로 괴물의 시대가 급속하게 침투하고 있는 상황을 말해 주고 있는 것이리라.

붕괴해 가고 있는 학교에서는 '큰 소리로 야단치는 선생님'이 필요하다. 불투명함이 두드러지는 가정에서는 '아버지'의 복권이 절실하다. 또한 단일민족 이미지가 통용되지 않게 된 국가에서는 『전쟁론(戰爭論)』적인 '공적'인 것이 찬양되고 있다. 또한 제대로 무력을 갖는 '보통의 국가'를 열망하고 있다. 이것은 물론 괴물의 시대로 강행하는 반동이라고 해도 좋을 것이다. 각각의 '장(場)'을 통째로 뒤덮는 '내셔널리즘'의 변종인 것이다.

그러므로 과거 비평가 가운데 괴물, 하나다 키요테루(花田淸輝)가 훌륭하게 지적했듯이 괴물에게는 미래가 있다. 커다란 변용을 배경으로 한 괴물의 시대에 희망은 괴물의 모습으로 나타나는 것인지도 모르기 때문이다.

자아, '괴물'과 함께 걸어가 보자.

모두의 앞에서 어린아이를 꾸짖는 선생님이나 가정의 질서의 중심에 있는 고압적인 아버지나, 정작 때가 되면 국가를 지키기 위한 전쟁을 불사하는 일본인('강한 인간'은 어째서 모두 '남자'여야 하는 것인가)으로부터 멀리 멀리 떨어지자. 그때 우리는 그 옆을 '괴물'들이 걷고 있는 것을 발견하거나, 혹은 우리 자신이……

고지라는 거대한 괴물이었다

1995년 무렵부터 확실히 시작된 '괴물의 시대'.

이 '괴물의 시대'가 1990년 전후의 '세계 규모의 요괴, 괴물' 즉 사회주의 체제의 붕괴에도 크게 영향을 받은 것은 명확하다. 커다란 괴물의 붕괴에 의해 지금까지 눈에 띄지 않았던 작은 괴물들(예를 들면, 민족, 마이너리티 등)이 그것으로부터 튀어나왔다고 해도 좋을 것이다. 포스트 냉전시대는 또한 '괴물의 시대'가 돼서 우리의 앞에 나타난 것이다.

이렇게 '괴물의 시대'는 확실히 시작됐다. 하지만 얄궂게도 전후사 및 현대사 가운데서 가장 잘 알려진 괴물의 문화적 표상 고지라는 1995년 시리즈가 끝나게 된다. 과연 시리즈의 종료가 우연히 '괴물의 시대'의 현재화(顯在化)와 겹쳐진 것일 뿐일까. 혹은 고지라는 '괴물의 시대'와 양립할 수 없는 괴물이었단 말인가.

이러한 '괴물의 시대'가 한층 농후해진 시대에, 미국에서 그리고 일본에서 고지라가 재등장 한다. 각각의 '고지라'가 갖는 의미는 다르다고 하더라도 '공룡 스타일의 대괴수'인 '고지라라는 존재'는 변하지 않았다.

그 변함없는 성격은 '괴물의 시대'가 여전히 고지라의 시대에 안고 있던 것과 변함없는 문제를 안고 있음을 말하는 것은 아닐까. 변함없는 문제에 우리가 손을 대지 못하고 있었던 결과, 그것은 새로운 모습으로 나타난 것인지도 모른다.

고지라는 현재의 어떠한 괴물과 비교해도 거대하며 가시적이다. 이는 고지라가 잉태된 시대가, 현재보다 훨씬 거대한 변용의 시대였다는 것을 말해 주는 것은 아닐까. '보통'의 사회질서의 형성기에 나타난 고지라와, 그 질서가 해체되기 시작한 시대에 출현한 '괴물의 시대'가 대비된다.

> "저 사람들은 어딘가 대단히 이상한 사람들이었어요. 처음부터, 보통이 아닌 분위기가 감돌고 있었어요. 온전하지 않은……."

고지라도 또한 그러한 존재였다.

그리고 그렇기 때문에 사람들에게 사랑받는 존재이기도 했다.

그러면.

그러면 고지라는 도대체 누구인가?

도움닫기로 고지라를 향해서 자아, 도약해 보자.

📼 199911

괴물·호러·해결 불가능성

이유 없는 살인만이

이유 없는 살인. 그것이 모든 것의 시작이었다.

이유 없는 살인은 차례차례 이유 없는 살인을 불러들여서 그것은 또한 더 많은 이유 없는 살인을 불러왔다.

그뿐만이 아니다.

이유 없는 살인을 감싸듯이 이유 없는 여행이 시작됐다. 이유 없는 신체의 결손이 명백해 지고 이유 없는 시대가 흘러가기 시작했다. 이미 무효인 것을 감출 수 없는 기존의 '이유'를 하나하나 파괴해 가고 있다.

가장 무참한 파괴 행위로서의 살인. 타살만이 아니라 자해, 자살을 포함한 무참한 파괴 행위로서의 살인. 하지만 그러한 무참함의 건너편에 이 세계와 다음 세계가 희미하게 아른거리고 있다. 우리는 이러한 특이한 시대와, 이러한 기괴한 세계가 있다는 것을 이미 알고 있다.

'이유 없는 살인'의 시대의 호러와 '시대폐색의 현상'이 사람들을 무겁게 덮쳐누르는 시대의 이야기와 '이유 없는 살인'으로부터 시작된 나카자토 카이잔(中里介山)의 『대보살고개(大菩薩峠)』가 서로 공명한다.

이유 없음이라고 하는 바이러스

'이유 없는 살인'은 다양하게 환언될 수 있다.

까닭 없는 살인 사정없는 살인, 의미 지을 수 없는 살인, 설명 불가능한 살인으로부터 원인을 특정할 수 없는 살인, 목적이 확실하지 않은 살인, 동기를 찾기 힘든 살인, 혹은 원인도 목적도 동기도 파악할 수 없는 살인에 이르기까지.

대개 '불가해하며, 불합리한, 정체를 알 수 없는 살인 행위'라고 할 수 있겠다. 기괴하며 믿기 힘든 살인이기도 하다.

이러한 믿기 힘든, 있을 수 없어 보이는 '이유 없는 살인'(이 말에 제시되는 살인 사건)이 1990년 말 무렵부터 넘쳐 나고 있다.

'어째서인가?', '왜인가?' '이것은 무엇인가?'라고 하는 물음이 소용돌이치는 '이유 없는 살인'이 차례차례 명확해지고 있다.

그 계기가 된 것은 두말할 필요도 없이 1997년에 일어난 사카키바라 세이토 사건(酒鬼薔薇聖斗事件)10)이다. 한신대진재의 상흔이 생생하게 남아 있는 주택가를 무대로 해서 일어난 이 사건은 소년 범죄 특유의 잘 보이지 않는 사건으로 남았다. 하지만 만약 그 '진상'이 명백해졌다면 점차 '이유 없는 살인'의 인상이 강해지지 않았을까 하는 상상이 우리를 우울하게 만든다.

그리고 그 후 아이들이 "화가 났다.", "사람을 파괴하고 싶었다.", "사람을 죽이는 경험을 해보고 싶었다.", "하고 있는 동안에 이유를 알 수 없게 됐다." 등등 기존의 동기(이유)에 수렴되지 않는 상해, 살인 사

---

10) 1997년에 효고현에서 발생한 당시 14살 중학생에 의한 연속살상 사건. 이 사건으로 2명이 사망하고, 3명이 중경상을 입었다.

건이 이어졌다. 극히 평범하고 눈에 띄지 않으며 성실한 것처럼 보였던 아이들에 의한 사건이다. 그러한 의미에서 보더라도 '이유 없는' 사건 이다. 마치 '이유 없음'이라는 바이러스가 맹위를 떨치고 있는 것처럼 보이기도 한다.

'이유 없는 사건'에 익숙해져 버렸다

물론 '이유 없는 살인'이 현 시대의 살인 사건을 모두 수렴하는 것은 아니다. 매일 보도되는 살인 사건은 동기 면에서 보자면 '도둑, 원한, 치정'이라는 기존의 3대 이유에 수렴되는 것이 대부분으로, '이유 없는 살인'이라는 말을 듣거나 읽거나 하는 경우는 드물다.

하지만 정말로 그러한 이유에 수렴되는 것일까라는 의문이 기존의 이유로 포장돼 보도되는 사건을 가리키고 있는 것 또한 명확하다. 우리 는 기존에 있었던 '이유'의 큰 틀이 무너져가고 있다는 인상을 갖게 될 수밖에 없다.

'살인'을 범죄, 사건, 우발적인 일 등으로 바꿔 보면 우리는 아마도 매일같이 '이유 없는 사건' 혹은 '설명할 수 없는 사건'과 만나고 있다.

이러한 것이 도대체 언제부터 시작된 것인지는 명확하지 않다. 하지 만 일상생활 가운데 일어나는 사건에 이유 등을 구할 수 없다는 일반론 을 통해서, 이러한 해결 불가능한 '이유 없는 사건'이 증식하고 있는 특 수한 시대에 우리가 발을 들여놓은 것이 오래됐음을 알 수 있다.

때때로 넘쳐 나는 '이유 없는 살인'에는 과잉하게 반응하지만 우리는 '이유 없는 사건'에는 이미 익숙해져 있는 것처럼 보인다.

거꾸로 말하자면 익숙해져 버린 상태에 대한 일상의 불안, 의심, 초조가 이유 없는 살인에 대해서 우리가 보여 주는 과잉된 반응이나 관심의 근거라고 여겨지는 것이다.

괴물로 변해 가는 사람은

하지만 그렇다고 해도 이유 없는 설명할 수 없는 무수한 사건과 함께 살아가는 우리는 도대체 어떠한 사람들이란 말인가?

'다중인격'은 아마도 빌리 밀리건(Billy Milligan)만의 것은 아니다.

'그것이 무엇인지는 모르지만, 확실히 거기에 있으며, 주위를 위협하는 것'을 '괴물'이라고 부른다면, '이유 없는 살인'의 실행자만이 아니라 '이유 없는 사건'의 당사자인 우리도 또한 괴물로 변해 가고 있는 것은 아닐까?

혹은 이미 괴물이 된 것은 아닐까?

우리는, 우리 자신을 파악하기 힘든, 무언가 기이한 것이라고 느끼고 있는 것은 아닌가?

해결 가능성과 해결 불가능성

'어째서인가?', '왜인가?', '이것은 무엇인가?' 하는 물음이 소용돌이치는 시대.

하지만 그러한 물음에 대한 대답은 없고 그저 물음만이 소용돌이치는 시대.

이러한 시대의 커다란 파도가 1990년 전후로 현저해진 것으로 보인다.

돈과 사람이 난무한 버블(및 그 붕괴)과 국가 '상징'의 대가 바뀐 것이 불러온 섬뜩한 자숙과[11] 현존하는 사회주의의 무참한 해체 및 '역사의 종언' 선언 등이 함께 도래한 1990년 전후.

1980년대의 밝고 명랑한 포스트모던한 상황에서의 '어째서인가? 왜인가? 이것은 무엇인가?'라는 불가사의를 좋아하는 감각이 일거에 답답하고 암담한 '어째서인가? 왜인가? 이것은 무엇인가?'라는 비명으로 뒤바뀐 시대이다.

150년 이상의 긴 세월 동안 사회적인 문제의 '해결'에 대한 환상을 중심으로 했던 사회주의가 해체는 것은 한편으로는 많은 문제가 내장된 '해결 불가능성'이라는 어둠을 불러왔다. 그러면서 다른 한편으로는 모든 문제의 현실주의적인 '해결 가능성'이 갖는 화려함을 불러왔다. 하지만 '자본주의의 승리'로부터 글로벌리제이션에 이르는 '해결 가능성'의 빛이 꺼져 가기까지는 그다지 긴 시간을 필요로 하지 않았다. '해결 불가능성'의 어둠은 한층 그 농도를 더해갔다고 해도 좋을 것이다.

한신대지진진재, 옴진리교 사건, 오키나와의 미군 기지 문제, 약해(藥害) 에이즈 문제[12] 등, 1995년에 일어난 일련의 커다란 사건으로 일상의 해결 불가능성에 대한 말로 표현 할 수 없는 비명이 재확인 됐다.

이 시대를 살아가는 대다수 사람들의 비명이 '이유 없는 살인'과 '어째서 사람을 죽이면 안 되는 것인가?'라는 물음을 뒤덮고 있다. 적어도 방대한 비명과 가장 무참한 파괴 행위인 살인이라는 것은 결코 무관계하지 않을 것이다.

---

11) 쇼와('천황')의 끝과 헤이세('천황')의 시작을 말함.
12) 1980년대에 주로 혈우병 환자에게 가열 등으로 바이러스를 불황성화 하지 않은 혈액 응고인자 제제를 치료로 사용하면서, 다수의 에이즈 감염자를 발생시킨 사건.

미스터리에서 호러로

물음이 있지만 대답이 없는 해결 불가능성의 시대에는 예를 들면 문제의 자랑스러운 해결을 결말로 하는 미스터리는 불가능일 수밖에 없다.

그것을 자각했을 때 미스터리는 무참한 범죄소설과 암흑소설로 변용해 가며, 그러한 물음이 충만한 상황이 돌발적인 파열로 이어져서 '호러'가 출현하게 된다.

최근 엔터테인먼트의 주역 교대는 바로 이러한 현상으로 그것은 그대로 우리 시대의 양태와도 겹쳐지는 것이다.

'이유 없는 살인'이라고 하면 반드시 '호러 영화나 호러 게임의 영향'을 드는데, 실은 물음이 충만한 상황이 돌발적인 파열로 이어지는 시대야말로 '호러' 그 자체인 것이다.

피범벅의 통로로서

'이유 없는 살인'의 배후에는 방대한 '이유 없는 사건'이 어른거린다. 그와 함께 기존의 '이유'가 흔들리는 가운데, 확신을 잃은 '이유 있는 사건'도 또한 부유하고 있다고 해야 할 것이다.

이유 없는 살인은, 일상의 '이유 없는 사건'과 접하며, 또한 '이유 있는 사건'과 '이유 있는 살인'과도 접한다.

다시 말하자면 '이유 없는 살인'은 명확하기 그지없을 정도의 결과와 불가사의한 인상에 의해 우리를 끌어당긴다. 하지만 이것은 결코 고립된 것이 아니라 익숙해진 '이유 없는 사건'은 피범벅(splatter)의 통로임과 동시에, 한층 익숙해진 '이유 있는 사건' 및 '이유 있는 살인'을 향한 불가사의한 통로인 것이다.

이유 없는 살인—그것이 모든 것의 시작이었다

이유 없는 살인으로부터 시작된 장대한 이야기 『대보살고개』(1913~1941, 41권, 미완)와 '이유 없는 살인'을 실은 최근의 호러 소설을 시작으로 한 다양한 이야기가 싱크로 해서, '이유 없는 살인'에 의해 부상된 우리의 시대가 서로 반응해 울려대고 있다.

⬇ 200105

호러와 전쟁 사이에

— 이와이 시마코의 『밤중에 우는 새의 숲』을 둘러싸고

호러가 전쟁으로부터 시작돼 전쟁을 통해 끝나는 것은 과연 1970년 대부터 80년대에 걸친 미국을 석권한 호러 영화 붐에만 해당되는 것일까. 『살아 있는 시체들의 밤(Night of the Living Dead)』(1968), 『텍사스 전기톱 연쇄살인 사건(The Texas Chain Saw Massacre)』(1974)이라는 전율할 만한 호러 영화의 걸작들은 베트남전쟁이 행한 살육의 끈적끈적한 피를 빨아올려서 성립됐다. 하지만 그것은 많은 유사작품 및 시리즈물의 번식 끝에, 냉전의 끝이라고 하는 '보이지 않는 전쟁' 및 걸프전쟁의 열광 속에서 거의 소멸됐다. 과연 이것은 우연의 일치로 벌어진 사건일까.

최근의 호러 소설, 호러 영화 붐이 작품을 마무리 짓는 방식을 보고 있으면, 그것이 우연이라고 생각할 수 없다.

'새로운 전쟁'을 향한 적극적 가담이 '전쟁'을 통해서만 출구를 찾는 고이즈미 류의 '개혁과 희망'의 정체를 뚜렷이 드러내는 가운데 호러 작품의 대다수는 급속히 유명무실해지고 있다. 또한 호러적인 것을 질서의 밖으로 내던져 버리는 작품도 두드러지고 있다.

이시마 리스토(伊島りすと)의 『쥴리엣(ジュリエット)』이나 기류 유카리(桐生祐狩)의 『여름 물방울(夏の滴)』 등이 전자에 속하며, 후자는 미야베

미유키(宮部みゆき)의 『모방범(模倣犯)』이나 무라카미 하루키(村上春樹)의 『신의 아이들은 모두 춤춘다(神の子どもたちはみな踊る)』를 들 수 있다.

질서의 안과 밖에 선과 악을 나눈 후, 선의 승리를 확신하는 후자와 같은 이야기를 읽는다면 '새로운 전쟁'이 그러한 이야기의 끝이라고 생각될지도 모르겠다.

이와이 시마코(岩井志麻子)는 1995년 한신대진재(阪神大震災)로부터 출발한 기시 유스케(貴志祐介)의 소설 『검은 집(黒い家)』(1997)을 읽고 나서 호러작가가 될 것을 결의했다. 이와이는 1999년에는 『몸서리치게 무서워(ぼっけえ, きょうてえ)』(오카야마 방언)로 등장한 작가이다.

『몸서리치게 무서워』는 호러적인 장치의 발견에 이르러서 마침내 무서움으로부터 조금 해방된다고 하는 기존의 호러 소설을 역전시키는 것을 통해 공포의 핵심을 철저히 밝혀낸 뛰어난 호러 작품이다.

그 어두움, 그 깊이, 그 계획 그리고 그 두려움에 의해 작가 이와이 시마코는 잡자기 호러 소설의 가장 급진적인 작가가 됨과 동시에 호러 소설의 화려한 이데올로그가 됐다. 그 후 호러 소설이 급속하게 유명무실해지고 있지만, 그녀는 이어서 야심적인 작품을 발표하며 밝고 파멸적인 발언을 반복하고 있다.

이와이 시마코 자신이 말하고 있듯이 메이지(明治)라는 시대와, 오카야마(岡山)라는 지방, 그 속의 빈곤이라는 것이 작품의 특색이다. 하지만 또 하나 잊어서는 안 될 것은 전쟁이다. 『몸서리치게 무서워』에 수록된 단편은 모두 다 청일전쟁 및 그 전후를 필수적인 배경으로 한 작품이며, 이와이의 또 다른 작품 『오카야마 여자(岡山女)』는 러일전쟁 후를 이야기의 무대로 삼고 있다.

이와이 시마코의 첫 장편 『밤중에 우는 새의 숲(夜啼きの森)』은 15년 전쟁의 한복판에서 파열하는 이야기이다.

이야기에 등장하는 여자는 다음과 같은 생각에 사로잡혀 있다.

………기면성 뇌염의 만연과, 전쟁의 격화. 나쁜 것은 용감한 병사처럼 돌격해 오거나 하지 않는다. 아버지에게 엉겨 붙어 있던 독충과도 같이, 겉에 잘 드러나지 않아 알 수 없이 꿈실거리며 달라붙어 있다. 불길한 것은 언제나 그렇다.

또한 어떤 사람은 이렇게 말한다.

'머지않아 지나(支那)의 전쟁에서 무서운 무언가가 일어 날거야' / 전쟁이 여기서 일어난다고 하는 것이다. 물론 모두를 상대로 하지 않는다. 전쟁터는 지나니까. 어찌 이런 벽지 촌구석에서 전쟁이 일어날 것인가 하고 마을사람들은 쓴웃음을 짓는다. / 하지만 시어머니는 진지한 얼굴로 말이 점점 더 격해진다. "아니지. 무언가 있어. 무언가 좋지 않는 것이 있다고."

『밤중에 우는 새의 숲』은 1938년 오카야마 쓰야마시(津山市)에서 일어났던 '33인 살상 사건(三三人殺傷事件)'(「30인살해'(三〇人殺し」)[13]을 취재한 이야기다. 요코미조 세이시(橫溝正史)가 소설화했고 마쓰모토 세이초가 르포르타주로 쓴 사건으로 쓰야마 출신인 이와이 시마코가 몰입한 작

---

13) 통칭 쓰야마사건이라 불린다. 1938년 5월 21일 미명에 쓰야마 집락촌에서 벌어진 대량살인 사건이다. 범인의 성명을 따서 도이 무쓰오(都井睦雄) 사건이라고도 불린다.

품이기도 하다.

병약한 청년이 도대체 왜 두 시간 만에 30명의 남녀를 살해했던 것일까. 작가는 그 피범벅이 된 수수께끼를 살인자 측으로부터 전개하는 것이 아닌, 살해된 사람들의 경우와 그 내면을 그리는 것을 통해 대답하고자 한다.

모든 것이 눌러 뭉개진 것처럼 처마도 지평도, 모든 것이 지면에 들러붙은 것 같은 광경 가운데, 각각의 암흑—불안, 광기, 악의, 원념, 증오, 공포가 두껍게 칠해진 후에, "모두가 기대하고 있는 것이다. 단숨에 편해지는 파멸을"이라는 말이 이어진다.

청년 다쓰오(辰男)를 파열과 파괴로 내달리게 한 것은 사람들의 파멸을 향한 욕망이었다. 그것이 중국 각지로 전쟁을 확대하고, 질서 내부의 파열을 밖으로 밀어내려고 하는 국가의 욕망을 배신한 것은 확실한 것이다.

다쓰오는 분명히 터무니없는 짓을 저질렀다. 그것은 예감과 기대와 절망이었다.

내가 이와이 시마코의 작품에 접하는 것은, '새로운 전쟁'을 향한 '변혁과 희망'의 아득한 그 앞의 암담한 현실에 겹쳐지는 예감과 기대 그리고 더 깊은 절망을 통해서다. 그 깊은 절망이 불러오는 어렴풋한 희망에 의해서이기도 하다.

⏏ 201112

호러를 녹이는 오키나와의 열기

— 메도루마 슌의 『군접의 나무』를 둘러싸고

　　어떻게 해도 공원의 사체가 떠오른다. 비를 빨아들인 모스그린(moss green) 색 모포 아래에 부패한 살과 거죽을 탐내고 있는 구더기 떼, 이전에 본 호러 영화의 장면과 상상으로 덧붙인 이미지가 뒤섞여서 남자의 모습은 그로테스크함을 더해갔다.

　　메도루마 슌(目取眞俊)의 단편집 『군접의 나무(群蝶の木)』에 수록된 「귀향」의 일부이다.

　　주인공 도마 카즈아키(當眞和明)는 오키나와 이시가키섬(石垣島)에 있는 고교를 졸업하고 이 년 정도 근무한 가구점이 불황의 파도에 삼켜져 도산돼 실업한다. 수개월간 실업보험으로 생활한 이후, 현재는 국제거리(國際通り) 주차장에서 아르바이트를 하고 있다. 생활을 다시 일으켜 세우기 위해서 이른 아침 조깅을 시작한 카즈아키는 어느 날 아침, 공원에서 모포에 싸인 남자의 썩어 짓무른 사체를 발견한다. 기묘한 것은 오가는 사람들에게도 관리인이나 경찰관에게도 그 사체가 보이지 않는다는 점이다.

　　하지만 망상이나 환영이 아니라는 확신이 카즈아키에게는 있다. 실제로, 모포 안에서 사체의 부란(腐爛)이 나날이 진행된다…….

『물방울(水滴)』이후, 현실 이상으로 현실적인 또 하나의 현실을, 마침내 현실을 뒤집는 또 하나의 현실을 선명하게 그려 왔던 메도루마 슌 작품에 걸맞은 설정이다.

메도루마 슌이 제시하는 '또 하나의 현실'은 결코 단순한 환상이 아니다. 또한 회상도 기억도 아니다.

예를 들자면 종종 다뤄지는 오키나와(オキナワ)의 '전쟁'은 기억 속의 전쟁도 환상 속의 전쟁도 아닌, 언제나 '지금 여기'에 출현하는 전쟁이다. 야마토(ヤマト)14)에서 '기억의 전쟁'이 과장되게 다뤄지고 있을 때, 메도루마 슌의 '전쟁'은 그러한 먼 거리를 비웃기라도 하듯이 출현했다. 갑자기 다리가 부어올라 정신을 잃은 남자의 입으로부터 거대한 게가 나타나, 야마토 병사의 총이 불을 뿜고, 살해된 징병 기피자의 목소리가 들려온다.

물론 이러한 '지금 여기'의 전쟁은 아직도 전쟁과 군대와 이웃하고 살아가야 하는 생활이 계속되는 오키나와의 현실과 결코 무관하지 않다.

카즈아키가 보고 있는 남자의 부란 사체도 또한 '지금 여기'에 출현하는 사체이다.

여기서 카즈아키가 "호러 영화의 한 장면"을 떠올린 것은 흥미롭다. 베트남전쟁 후의 미국을 석권한 호러 영화 붐이, 1990년대 중반 이후

---

14) 여기서 말하는 '야마토'는 일본의 본토가 갖고 있는 '제국주의적 지향성'을 나타내는 말이며, '본토'의 상징이다. '일본'이라는 말속에는 '오키나와' 및 '아이누'와의 관계성이 일국주의적인 사관성에 수렴돼 버리는 경향이 있다. 필자가 '일본' 대신 '야마토'라는 단어를 선택하고 있는 것은 '일본'이라는 단어가 갖고 있는 추상성을 피하고 '본토'와 '외지'의 관계성을 확실히 정립하기 위한 시도이자 인식이다.

일본으로 옮겨 와서 다양한 장르의 '피'와 '불합리함'을 키워드로 하는 J호러 붐을 불러일으킨 것은 잘 알려진 사실이다.

10여 년 전에는 무리할 정도로 피범벅(splatter)이 많이 나온 영화『배틀로얄(バトル·ロワイアル)』(2000)이 화제가 됐다. 호러는 모든 문제로부터 해결 가능성이 멀어져 가는 이 사회에 떠도는 불안과 절박감, 폭력과 공포 등과 어딘가에서 이어진다.

메도루마의 소설은 호러에서는 대단히 익숙한 사체를 등장시키면서도 대개의 호러와는 전혀 다른 견해가 제시된다. 카즈아키는 남자의 부란 사체를 보고, 상상하면서 점차로 공포감으로부터 자유로워진다. 그리고 동정을 느끼고 그 사체를 방치해 온 것에 대한 꺼림칙한 마음마저 들기 시작한다. 마침내는 그 그로테스크한 사체에 친근감을 느끼고 있음을 깨닫는다.

시시한 호러 작품은 피투성이의 무리한 연출을 보란 듯 던져 놓고 끝난다. 이에 비해 이 이야기는 다른 사람에게는 보이지 않는 사체에 대한 친화감으로부터 시작되고 있다.

카즈아키는 태풍이 다가오자 부란 사체를 지켜내야 한다고 느낀다. 그러면서 그 무렵 해고된 동료인 중년 남자와 마음이 통하게 되고, 등교 거부를 하는 소녀의 불안에도 평온함을 공유한다.

그로테스크한 사체는 실업이나 해고라고 하는 갑작스러운 삶의 절단 혹은 등교 거부나 은둔형 외톨이라고 하는 일반적 생활 질서로부터 일탈을 나타내는 무엇임과 동시에 사람과 사람 사이의 새로운 연계를 얻기 위해서 거쳐야 하는 무언가이기도 하다.

게다가 사체가 '풍장' 중인 어부의 것이라는 설정은, 이러한 '연계'가

오키나와의 문화와 깊이 관련된 것을 의미한다.

『군접의 나무(群蝶の木)』에서는 불안이나 공포, 증오나 회한이라는 감정을 신체와 함께 부드럽게 감싸고 녹여가는 오키나와의 열기가 과거 창부였던 노파(고제이)에게도 미친다. 이는 다음과 같이 그려져 있다.

> 고제이, 고제이. 무엇을 후회할 것이 있다고 그래. 걱정되는 것도 몸이 마지막에는 유우나의 나무(ユウナの木) 옆 강과 같이, 끈적하게 흐려져 섞여, 이 세상 것은 모두 바다에서 하나가 되잖아. 손바닥에서 물방울이 떨어지고 머리카락부터 스며들어서 허벅지를 지나 눈이나 귀에서 흘러 느슨해진 세포 하나하나로부터 산후의 산란처럼 우주로 흩날려 가는 거야. 그 마지막 혼이 나무의 비와 이슬과도 같은 입에서 나가면, 나비 모양이 돼서 실내를 천천히 날아, 닫힌 창문 유리창을 빠져나가 달빛 하늘로 날아가.

보이는 사람에게만 보이고, 느낄 수 있는 사람만 느낄 수 있다고 하는 오키나와의 열기는, 메도루마의 모든 이야기를 감싸고 있다. 사람의 죽음을 감싸고 사람과 사람 사이의 연계를 감싸고 사람의 광기와 기쁨을 감싸고 사후의 인간을 감싸고 있다.

▼ 201107

'부서짐'의 시대에 찬연히 빛나는 '나가쓰카느와르'

— 나가쓰카 케이시의 『아시아의 여자』

다음 순간 믿기 어려운 장면이 출현한다.

무대 가운데 산란하는 산업폐기물을 다른 곳에 버릴 데가 없다고 체념한 사장과 직원들이 일사분란하게 먹어 치운다. 나가쓰카 케이시(長塚圭史, 1976~) 작·연출의 『일하는 남자(はたらくおとこ)』의 끝부분이다.

배우들이 새까맣고, 질퍽하고, 끈적거리는 폐기물을 손으로 떠서 계속해서 입안으로 넣는다. 보는 사이에 두 사람은 폐기물투성이가 된다. 사람이 폐기물을 먹고 있는지, 폐기물이 사람을 먹고 있는지 판단할 수 없게 된다.

연극이라는 것을 알고 있지만 구역질이 올라올 정도로 무시무시하고 그로테스크한 장면이다.

하지만 이 장면을 접하면서 나는 안에서 불쾌감과 동시에 어떠한 종류의 해방감을 느꼈다.

그러고 보니 무대 위에 있는 연기자의 표정에도, 어스레한 무대에서도 가만히 보고 있는 관객의 상태에서도 그것은 드러나 있다. 마침내 여기까지 당도했다고 하는 듯한 평온함이 감돌고, 검은 웃음조차 불러오는 그 앞에는 놀랍게도 한줄기 빛이 보이고 있다······.

아내의 죽음, 사업 실패, 다액의 빚, 망한 공장, 일이 없는 공장 직원들, 정신이 아픈 사람 그리고 사용 금지 농약의 살포, 황폐한 지역, 뒤틀려 버린 인간관계. 이러한 '부서짐'의 연쇄 위에, 무대에서 전개되는 나쁜 상황의 연쇄가 더해져, 마침내 맞이하게 된 마지막 장면이다.

이 이상은 있을 수 없는 나쁜 상황을 피하지 않고 그것을 직시해 오히려 적극적으로 받아들이려는 사람들이 어둡게 빛나지 않을 수 있겠는가.

그러므로 이 마지막 장면은 또 하나의 다른 상황으로 변해갈 수 있다.

헤겔(Hegel) 식으로 말하자면 우리는 나쁜 상황으로부터 해방되는 것이 아니라 나쁜 상황을 통해서 다만 그것을 통해서만 해방될 수 있는 것이다.

역시 그것이 소문으로만 듣던 '나가쓰카느와르'인가 하고 나는 납득했다.

*

3년 전 어느 연극잡지 대담 시평의 청탁을 받아들인 이유 중 하나가 나가쓰카 케이시의 연극을 볼 수 있었기 때문이다. 한동안 연극으로부터 멀어져 있던 내게, 연구실에 찾아오는 연극 애호가 학생들이 종종 말하는 '나가쓰카느와르'라는 말에 내가 끌린 것이다.

매달 20편 이상의 연극을 보는 것은 실로 힘든 일이다. 하지만 사카테 요지(坂手洋二), 히라타 오리자(平田オリザ), 가네시타 다쓰오(鐘下辰男) 등의 다음 세대에 속하는 새로운 재능을 갖은 연극인이 만들어 내는 연극을 충분히 즐겼다. 그리고 마침내 나가쓰카 케이시의 연극을 볼 기회가 왔던 것이다. 『일하는 남자』(2004)부터 붕괴해 가는 마을을 무대로 한 창부와 그 여동생을 둘러싼 이야기인 『한낮의 음탕한 여자(眞晝のビッチ)』(2004)에는 '부서진' 관계를 살아가는 사람들의 한가운데서 부서지는 관계가 있다. 이는 과거의 전쟁이 되살아나는 『악마의 노래(惡魔の唄)』(2005)로 이어졌다.

'부서짐'의 시대에 찬연히 빛나는 '나가쓰카느와르'라 하겠다.

이러한 말이, 내 안에서 움직이기 힘든 것이 됐다.

나는 그 이전의 작품 대본을 읽고 싶어서 아사가야스파이더즈(阿佐ヶ谷スパイダース)의 제작을 맡고 있는 이토 다쓰야(伊藤達哉)에게 메일을 보냈다. 그러자 바로 답장이 왔는데, 이토 군과 나가쓰카 군은 와세다 문학부에 다닐 당시 내 수업을 듣던 학생이었다고 한다. 도발적인 관심에 재촉돼 돌발적인 휴강이 많았던 나와 연극 활동에 전력을 경주해서 거의 수업에 나오지 않던 나가쓰카 군의 접촉은, 이루어지기 힘든 조우와 비슷한 것이 됐던 것 같다.

그 직후, 와세다대학 신오노강당(新小野講堂) 개장 공연의 일환으로 학생에게 인기 발군인 나가쓰카 케이시가 자신의 기획을 전부 이야기 하는 기획(2005.5.25.)이 성사됐다. 그 이야기를 끌어내는 역할을 맡은 나는 『개의 날(イヌの日)』, 『일본의 여자(日本の女)』, 『꿀벌(みつばち)』 등의 비디오 자료를 잔뜩 받았다. 이렇게 해서 나는 다행스럽게도 나가쓰카 케이시가 보낸 지난 10년 동안을 되돌아볼 수 있었다.

*

1990년 전후 현존했던 사회주의의 대붕괴와 버블 붕괴로부터 시작된 '부서짐'의 시대는, 정치, 경제의 가시적인 기능부전으로부터, 홀연히 이 시대를 살아가는 사람들이 품고 있는 마음의 변조인 '부서짐'으로 퍼져 나갔다. 꼬리에 꼬리를 물고 문제가 터져 나옴에도 불구하고, 그 해결 방법을 찾아내지 못한 채 문제가 겹쳐지고 부풀어져 마침내 풍선이 팡 하고 터지듯이 내부 파열됐다. 이러한 해결 불가능성에 의한 내부 파열이 사회 모든 영역에서 일어났던 시대는 후일 '잃어버린 10년'이라고 불렸다. 하지만 임시변통의 방책으로 세워진 '회복'과 '개혁'이 도리어 내부 파열을 격차 사회의 구석구석까지 골고루 퍼뜨려서 현재에 이르렀다는 것은 두말할 필요도 없다. 회복을 기대할 수 없는 '부서짐'은 완전히 일상 언어로 정착돼 버렸다.

요즘 엔터테인먼트의 주류는 해결 가능성의 토대에서 만들어진 미스터리와 착지점이 확실히 보이는 모험물로부터 해결 불가능성에 기반한 호러와 착지점을 상실하고 헤매는 판타지로 변했다.

나가쓰카 케이시가 도쿄의 도야마고교(戶山高校)에서 연극을 시작한 것은 1990년대 초두였다. 대학에서 극단 '웃는 장미(笑うバラ)'가 조직된 것이 1994년이고, 연극 유닛 '아사가야스파이더즈'를 만들고 『아자삐·토·오조삐(アジャピート·オジョパ)』를 공연한 것은 1996년이다. 이때부터 '나가쓰카느와르'의 폭발적 전개가 개시된다. 나가쓰카 케이시 이전의 연극세대가 붕괴에 직면해 이른바 조용히 선 채 오도 가도 못하고 있는 것을 곁눈질하고 있었다. 그러다, 나가쓰카 케이시는 붕괴로부터 '그리고 부서짐'으로부터 눈부시게 출발했다.

정도가 깊어지고 어둠이 중대된 '부서짐'의 시대로부터, 그 검은 양분을 가득 빨아들인 '나가쓰카느와르'는 동시대 호러나 판타지가 보여줄 수 있는 최선의 능선을 더듬어 찾아가며, 괴기하고 선정적인 검은 웃음을 찬연히 빛나게 하고 있다.

그것만이 아니다. '나가쓰카느와르'는 괴기함과 선정성과 검은 웃음이라고 하는 '부서짐'이 만연한 시대 특유의 경향을 순화해 가고 있다. 그와 함께 그것을 바꿔가는 강한 의지로 관철돼 있다. 나가쓰카 케이시가 언제나 윤곽이 확실한 '이야기'에 우직할 정도로 매달리는 것은, 그러한 전환을 불러오고 싶기 때문일 것이다. '나가쓰카느와르'는 '부서짐'의 시대에 죽음으로부터 재생을 향한 굳세고 불퇴전하는 이야기인 것이다.

『악마의 노래』 이후, 나가쓰카의 이야기는 '역사'에 깊게 천착해 '역사'를 변경하려고 하는 경향이 현저하게 드러나기 시작한다. 붕괴로부터 막을 열고, 일본에서 아시아의 어둠과 빛의 영역에 의기양양하게 나아가는 『아시아의 여자』는 그러한 시도의 첨단에 위치한 이야기라고 해도 좋다.

'나가쓰카느와르'의 새로운 전개를, 이제 신국립극장이라는 최적의 장소에서 직접 볼 수 있다는 것은 실로 기쁜 일이다.

⏬ 200609-10

희망으로서의 '호러 소설'

— 전시하 일본 사회의 붕괴를 드러내려는 시도

*

최근(2007년) 일 년간 일본 현대문학 가운데 가장 중요한 사건은 호러 소설의 출현이다. 요시모토 바나나(吉本ばなな), 무라카미 하루키(村上春樹) 의 변함없는 활약, 에쿠니 가오리(江國香織)나 가와카미 히로미(川上弘美) 등의 연애소설은 해외에서도 주목받고 있지만, 호러 소설 붐은 알려져 있지 않다. 사실 일본 독자에게도 호러 소설 붐이 갖는 의의가 충분하게 알려져 있다고는 보기 힘들 것이다. 나는 보통 무시무시하고 불필요한 소설이라고 생각되기 쉬운 '호러 소설'이야말로 이 시대의 '문학적 희망' 가운데 하나라고 보고 있다.

*

호러(horror)라 함은 '공포(恐怖)'이며, 테러(terror)가 사람들에게 안겨 준 '두려움'에 반해서, 생리적인 혐오감에서 오는 '무시무시함'을 의미한다고 생각한다. '두려움'이 자신을 넘어선 외부를 향한 공포라는 것에 비해 '무시무시함'은 자신을 포함한 내부의 공포이다. 호러는 외부를 상실한 시대의 공포라 할 수 있을 것이다.

호러 소설을 싫어하는 사람은 무서운 것을 싫어한다기보다는, '공포의 연쇄'를 믿지 못하거나 거짓이라고 느끼는 것이다. 확실히 호러 소설은 연애소설에서 언제 어디서든 연애만이 일어나고(발생하고), 경제소설에서 사람들이 가혹한 경제 흐름에 일방적으로 희생되고, 미스터리에서 모든 조각이 거대한 '수수께끼'에 의해 긴박하게 움직이는 것처럼, 공포가 연속적으로 발생하는 것에 의해 구성되어 있다. 그러한 것은 일상에서 있을 수 없는 것이다. 하지만 일상을 잘 들여다보라. 전혀 있을 수 없다고는 단언할 수 없을 것이다. 어렴풋이, 쥐 죽은 듯이 공포를 유발하는 사건은 일상 여기저기에 자리 잡고 있다. 호러 소설은 이러한 경미한 징조 혹은 흔적을 극대화한다. 연애소설이 '연애'를 경제소설이 '경제'를 극대화하는 것처럼 나는 그것을 '극대화의 방법', '극단화의 방법' 혹은 '전경화의 방법'이라고 부르고 싶다. 이 방법으로 우리는 우리 자신의 공포를 주시하는 것이 가능하게 된다. "SF가 정말로 기묘하게 작동되는 순간, 그것은 낯선 것을 익숙하게 하는 것이 아니다. 그것은 익숙한 것을 낯설게 함을 의미한다. 그것은 우리를 여행에 동반시켜, 거기에서 우리는 낯선 것과 조우하며 그 낯선 것이 자기 자신임을 알게 된다."(R.스콜즈). 이것은 호러 소설에도 동일하게 적용된다.

*

일본에서, '호러 소설'이라는 단어 자체가 정착하게 된 것은 1993년 이후이다. 그전까지는 '기괴소설(奇怪小說)' '괴담(怪談)'이라는 오래전 유령에 관한 이야기를 의미하는 단어가 사용되었다. 물론 '호러'는 미국의 호러 영화를 의미했다. 1993년에 대형출판사와 텔레비전이 '일본호러 소설대상'이라는 문학상을 설정한 것이 계기가 되어, 그때까지 일본에는 없다고 생각되던 '호러 소설'이 잇달아 등장하게 되었다. 반도 마사코(坂東眞砂子), 시노다 세쓰코(篠田節子), 온다 리쿠(恩田陸), 오노 후유미(小野不由美) 등의 여성 작가가 등장하게 된다.

이 시기는 미증유의 머니게임(money-game)으로 들끓던 버블경제(1896~1992년) 붕괴 시기로, 또한 현존했던 사회주의의 대붕괴가 일어났던 시기였다. 종래의 거대한 '해결'에 대한 환상이 두 방향으로 무너져 버렸다. 이러한 '붕괴'는, 정치, 경제의 기능 불능으로부터, 급작스레 그 시대를 살아가는 사람들의 마음을 뒤흔들고, '붕괴'를 향해 퍼져 나갔다. 연이어서 문제가 발생하고 있었음에도, 해결책을 찾아내지 못한 채 문제가 겹쳐지고, 부풀어 올라 결국에는 풍선이 펑 하고 터지는 것처럼 내부 파열하게 된 것이다.

이러한 '해결 불가능성으로 인한 내부 파열의 시대'에, 호러 소설은 등장하게 되었다. 일본이 '재팬 애즈 넘버 원'에 취해 정신을 놓고 있을 무렵, 베트남전쟁 후 사회적 혼란과 경제 불황이 거듭되던 무렵 미국에서 전성기를 구가하고 있던 호러가, 그 중심을 버블 붕괴 후의 일본으로 옮겨온 셈이 될 것인가.

경제 주역의 교체가 호러의 중요 무대를 교체한 것과 정확하게 겹쳐진다. 최근 30년간 미국과 일본에 한정해서 보면, 호러는 사회의 암부(暗部)에 달라붙은 '죽음의 신'처럼 보인다. 단순히 달라붙어 있다는 것만이 아니라 죽음에 이르는 여러 '문제'를 폭로하고, '공포'를 부추기는 것에서 그치지 않는 터무니없이 건강한 '죽음의 신'. 당신은 이것을 사회질서의 공포로 부터 '묘굴인(墓掘人)'이라고 바꿔 불러도 좋으리라.

*

1995년 세나 히데아키(瀬名秀明)의 바이오호러 걸작 『파라사이트 이브(パラサイト·イブ)』가 출현했고, 다음 해 기시 유스케(貴志祐介)가 고베대지진 후 도심에서 초능력 여성과 다중 인격장애를 갖은 소녀가 조우하는 장면으로 시작하는 컬트호러 『ISORA』가 등장하게 된다.

한 개의 저주받은 비디오테이프가 수수께끼의 참극을 불러오는 『링』을 발표했던 스즈키 고지(鈴木光司)는 속편 『라센』으로 일약 베스트셀러 작가가 되었다. 죽은 여자의 원념(怨念)과 염력 등의 오컬트호러는, DNA를 둘러싼 바이오호러로 전개되었다. 3부작 완결 편인 『루프』에서는 한 발 더 나아가, 네트워크 세계에서 펼쳐지는 사이언스호러 스토리로 성장하기에 이르렀다.

그리고 1999년에는 이와이 시마코(岩井志麻子)가 『몸서리치게 무서워』로 등장하게 된다. '봇케 교테에'는 오카야마 방언으로 '정말 무섭다'는 의미이다. 청일전쟁 이후의 사회를 무대로 '밝고 폭력적인 근대'에 등을 돌리고 참혹한 것을 스스로 선택하는 주인공을 그린 작품이다.

이러한 호러 소설가들은 연이어서 문제가 발생하고 있음에도 해결책을 찾아내지 않은 채 문제가 겹쳐지고, 부풀어 결국에는 내부 파열하는 사회와 인간을 집요하게 그리고 있다고 해도 좋을 것이다.

이러한 '해결 불가능성에 의한 내부 파열'을 그리는 것은, 호러 소설가에만 국한된 것은 아니다. 고베(神戸)에서 중학생이 연쇄살상 사건을 일으킨 것과 그 연재시기가 겹쳐 있는 『인 더 미소소프(イン·ザ·ミソスープ)』에서, 무라카미 류는 이전에는 보여 주지 않았던 이상할 정도의 열정으로, "자신이 누구인지 알 수 없게 돼 버리는" 남자의 집요한 참살

장면을 쓰고 있다. 또 재치 가득한 하드보일드 스타일의 작가, 기리노 나쓰오는『아웃(OUT)』에서 각기 음울한 환경에 갇혀진 주부들이 욕실에서 시체를 잘라내는 장면을 극명하게 그려내고 있다. 그 어느 것도 처참한 장면이지만 일종의 해결감이 감도는 것은, 피로 범벅된 묘사가 '해결 불가능성에 의한 내부 파열'라고 하는 사태에 도달해 있기 때문일 것이다.

경제적 글로벌리제이션의 맹위가 사람들을 덮치고 '해결 불가능성에 의한 내부 파열'를 한층 심각한 것으로 만들고 있음에도 보수화되어 가는 정치가 내셔널리즘을 고무하기 시작한 이 시기에, 이러한 '건전함'이나 '국민적 일체감'이 어떠한 '해결'도 가져다주지 않으리라는 것을 호러 소설은 폭로하고 있다고 해도 좋다.

*

1990년대 중반부터 연극 활동을 개시한 나가쓰카 케이시는 호러 소설의 새로운 시도를 개시한 시점에서 출발한 극작가이다.

2004년『일하는 사내』의 마지막에는 믿기 어려운 장면이 등장한다. 무대 한가운데 어지럽게 흩어져 있는 산업폐기물을 달리 버릴 곳이 없다고 체념한 사장과 공장원들이 일심불란하게 먹기 시작한다. 검고 질척질척하며 끈적끈적하고, 흐물흐물한 폐기물을 손으로 건져내서 연이어서 입속에 넣는다. 순식간에 두 사람은 폐기물 범벅이 돼서, 사람이 폐기물을 먹고 있는 것인지 폐기물이 사람을 먹고 있는 것인지 판연치 않게 된다. 연기라는 것을 알고 있으면서도 구토를 불러일으키는 무시무시하고 그로테스크한 장면이다.

하지만 이 장면을 접하면서도 내 안에서는 기분이 나빠지는 것과 동시에 어떤 종류의 해방감이 들었다. 따지고 보면 연기를 하고 있는 연기자의 표정에도, 어두컴컴한 무대에도, 물끄러미 지켜보고 있는 관객의 자세에도 간신히 여기까지 당도했다는 일종의 안도감이 감돌고, 수상쩍은 웃음조차 일으키는 그 앞에는 한줄기 빛이 보이고 있다……….

아내의 죽음, 사업 실패, 다액의 빚, 망해 버린 공장, 일감이 없는 공장 직원들, 정신병에 힘들어하는 사람들 그리고 사용금지 농약의 유포, 황폐해진 지역, 일그러져버린 인간관계—이러한 '붕괴'의 연속 위에, 무대에 전개되는 악조건이 연속적으로 합쳐져, 결국 맞이한 마지막인 것이다.

이 이상 있을 수 없는 악조건을 피하지 않고, 직시하며, 오히려 적극적으로 받아들여가는 사람들이, 어둡게 빛나지 않을 수 없다. 헤겔 풍으로 말하자면 우리는 악조건으로부터 해방되는 것이 아니라 악조건 속에서 단지 그것을 통해서만이 해방되는 것이다.

이러한 악조건을 떠안고 개진해 나간 나가쓰카 케이시의 연극이 '나가쓰카느와르'라고 불리우게 된 점은 당연한 것이리라. 나가쓰카 이전의 연극 세대가 붕괴에 직면하여, 이른바 입도 뻥긋하지 못하고 꼼짝도 못 하게 된 것을 곁눈으로 나가쓰카는 붕괴 그 시점부터 목도했던 것이다. 그는 '붕괴'로부터 눈부시게 출발했다고 보아도 좋을 것이다. 더욱 깊어지고 어둠을 더해 가는 '붕괴의 시대'로부터, 그 어두운 양분을 가득 빨아들인 '나가쓰카느와르'는 동시대의 호러 및 판타지 가운데 최고의 능선을 찾으며, 그로테스크와 에로티시즘과 블랙 유머를 찬연히 빛나게 하고 있다. 그뿐이 아니다. '나가쓰카느와르'는 그로테스크와 에로티시즘과 블랙유머라고 하는 '붕괴의 시대' 특유의 경향을 순화하는 것과 함께 그것을 다른 것으로 전유해 가는 의지를 관철시키고 있다. 나가쓰카 케이시가 항상, 윤곽이 확실한 '스토리'에 우직하리만치 구애받는 것은 그러한 전환을 가져왔기 때문일 것이다. '나가쓰카느와르'는 '붕괴'의 시대에 죽음으로부터 재생으로 향하는 강인하고 굽히지 않는 이야기인 것이다.

나가쓰카 케이시의 시도야말로, 호러 소설을 그대로 '희망'으로 전환하는 시도의 하나라고 보아도 좋을 것이다.

*

2001년 9·11을 계기로 시작된 '새로운 전쟁'의 시대, 일본은 '테러와의 전쟁'을 모토로 '전쟁이 가능한 국가'를 향해 달리기 시작하고 있다. '아름다운 나라'나 '품격 있는 국가'라는 말을 유포하는 것을 시작으로.

그러나 호러 소설만이 아니라 만화, 애니메이션, 게임 그리고 영화에도 호러는 더욱 증식 하고 있는 중이다. 그 모든 것이 비추고 있는 사회와 인간의 '해결 불가능성에 의한 내부 파열'은 '아름다운 나라'나 '품격 있는 국가'가 도달한 지점에 '붕괴'하고 있음을 말해 주고 있다.

이러한 '붕괴'에서 눈을 돌리고, '전쟁이 가능한 국가'를 향해 질주해 간다면, '붕괴'는 사회 전체로 퍼져 나갈 것이다. 호러는 그러한 경고로서, 이 시대의 '문학적 희망'이 되어 있다고 말하지 않을 수 없다.

◧ 200710

제국은 그 내부로부터 무너져 내릴 것이다!

— '은폐의 총력전'과 마주 보는 호러적인 것을 둘러싸고

한 사람 한 사람이 전쟁에 관여

오늘 강의의 큰 테마는 '제국과 전쟁—현재적 상황에 항거해서'라는 것이다. 새로운 역사학의 선두를 달리는 나리타 류이치(成田龍一)와 내 오랜 지우(知友)인 작가 양석일 씨 이야기를 하려고 한다. 하지만 그전에 우선은 이 테마의 큰 틀에 대해서 말해달라는 강한 요청을 이 강연을 기획한 활기 넘치는 하세가와 케이(長谷川啓) 씨로부터 받았다.

'제국과 전쟁'이라는 상황은 자명하지만 그것에 어떻게 '항거해' 갈 것인가라는 대안은 결코 자명하지 않다는 것을 보여 주기 바란다는 요청이다. 확실히 '항거하'는 것은 사태의 진행과 함께 점차 곤란해져가고 있다. 그 곤란함으로부터 촉발되는 우리 사이에 퍼져 가는 무력감에 대해서도 저항하지 않으면 안 된다. 그것은 '제국과 전쟁'에 대한 항쟁이 우리 자신과의 항쟁으로 후퇴하고 있다고도, 또한 그 반대로 깊이 들어가고 있다고 할 수 있다. 그 어느 쪽으로 가져갈 것인가 하는 것이, 우리가 지금 날카롭게 직면하고 있는 현실임은 자명하다.

그렇다고 해도 '제국과 전쟁'이라는 현재적 상황은 과연 자명한 것인

가. '항거하'는 것이 곤란하다는 것은 '제국과 전쟁'이 압도적인 현실이면서도 자명하지 않기에 일어나고 있는 것이 아닌가.

나는 '제국과 전쟁'이라는 현실을 새삼스럽게 애매하게 하는 것을 통해, 우리와의 연관을 흐리게 해서 문제를 해결하려고 하는 것이 아니다. 완전히 그 반대다. 이 애매함에 우리 자신이 사실은 관여하고 있다는 점이 핵심이다. 이처럼 우리가 관여하고 있는 '제국과 전쟁'의 전선(前線)을 우리 자신이 폭로하고, 하나하나 돌파해야 한다고 생각한다.

현실이라서 잘 보이지 않는다

지금 나는 "현실이면서, 자명하지 않다."고 했다. 하지만 그것은 "현실이기에 자명하지 않다."고 다시 말하지 않으면 안 된다.

예를 들어 이라크전쟁은 세계적인 중인환시(衆人環視) 가운데, 시작되기 전부터 대단위의 전쟁 반대가 세계적으로 나타났던 전쟁이다. 그럼에도 이라크전쟁은 어딘가 그 목적에 한해서도 살펴보면, 도대체 이 전쟁의 목적이 무엇이었는지 하고 물어보아도 돌연 확실해지지 않는다. 부시도 럼스펠드도 파월도, 말할 때마다 다른 것에 대해 발언했다. 상황이 이렇다 보니, 부시의 개라고 야유를 받은 블레어나 고이즈미가 이 전쟁에 대해서 확실히 말하지 않는 것도 당연한 것이다. 전쟁에 찬성하는 학자나 저널리스트도 다양한 견해를 보이고 있으며, 반대하는 학자나 저널리스트도 거의 마찬가지였다.

여전히 나는 이라크전쟁의 목적에 대해서 확신을 갖고 말하는 사람과 만난 적이 없다. 목적이 확실하지 않다면, 그 끝도 확실하지 않다. 그 끝이 확실하지 않은 것은 그 시작도 또한 보이지 않는다. 현실에서 매일 사람이 살해당하고, 집이 불타고, 미군 및 그 밖의 증원 계획도 진행되고 있음에도 말이다. 그것이 아니라 그러한 전쟁의 현실이 있기 때문에, 전쟁이 잘 보이지 않는 것이라 해야 할 것이다.

'제국'이라는 말과 그 독특한 내용이 안토니오 네그리와 마이클 하트의 『제국』에 의해 초래된 것은 미국 대 대테러전쟁이 시작돼 미국이 UN을 무시하고 이라크전쟁에 돌입한 시기와 겹쳐진다. 그것은 '제국'이라는 그 말이 갖는 함의를 볼 때 실로 불행한 일이라고 할 수밖에 없다. 미국의 위치를 결정짓는 것이 혼란하다는 문제 이상으로 잘 보이지 않는 전쟁 가운데 이 <제국>도 잘 보이지 않는 애매한 것이 되었기 때문이다.

잘 보이지 않는 전쟁. 그것은 그 자체가 '거대한 은폐 장치'라는 것과 관련되며, 이 거대 장치가 우리 한 사람 한 사람을 필수 불가결한 요원(要員)으로 삼았음을 의미한다. 이렇게 움직이며, '은폐의 총력전'을 전개하고 있음과 관련돼 있다고 나는 생각하고 있다.

전쟁이란 거대한 은폐 장치이다

자본주의의 승리라는 대합창을 배경으로 이뤄진 걸프전쟁 전후부터, 나는 '전쟁'을 재고하기 시작했다. 그리고 1995년에 (일본에서 개봉된) 『쇼아(Shoah)』(1985, 클로드 란즈만 감독)와 만나게 되면서, 전쟁이라는 것이 갖는 하나의 모습이 선명해졌다.

전쟁을 말하는 가능성이라고 하기보다는 말하는 불가능성과 불가피성을 응축한 이 경이적인 영상은 물론이거니와 또한 내가 특히 주목한 것은 영화에 첨부된 시몬 드 보부아르(Simone de Beauvoir)의 「서문」이었다. 그는 이 영화 감독인 클로드 란즈만(Claude Lanzmann)과의 오랜 교유를 적은 후, 이 작품에서 처음으로 홀로코스트가 무엇이었는지, 더 나아가서는 전쟁이 어떠한 것인지를 알았다고 쓰고 있다. 그 정도로 홀로코스트나 전쟁과 가까이 있었던 그녀가 그렇게 쓰고 있는 것을 읽었을 때, 내가 생각한 것은 두 가지였다.

첫 번째는 예술적 작품이라는 것은 어떤 것을 끊임없이 이화(異化)해서 비추는 것이라는 점이다. 두 번째는 틀림없이 그 전쟁에 관련되는 것이다. 단지 전쟁은 풍화된다, 익숙해져서 보이지 않게 된다고 하는 것이 아니다. 전쟁이야말로 '풍화'나 '보이지 않게 되는' 것을 적극적으로 수행하는 장치가 아닌가 하는 생각이다.

전쟁은 그러한 '보이지 않게 되는' 장치 가운데서도 가장 거대하고 강력한 장치이다. 그렇기에 전쟁을 둘러싸고 익숙해진 것을 익숙하지 않은 것으로 만드는 뛰어난 예술 작품은, 우리에게 '처음으로 본다'고 하는 강렬한 인상을 불러오는 것임이 틀림없다…….

요컨대 이런 것이다. 전쟁이라는 것은 현실적인 파괴이고 살육이며, 약탈이고 학대이며, 강간이며, 더 나아가 다양한 억압과 차별과 유기(遺棄)의 복합적 폭력적 실천의 총체이다. 그러한 무참한 현실을 초래한 것이 있기에 전쟁 자체가 자신을 숨길 수 있는 커다란 장치가 되어 간다.

그것은 특히 전쟁을 도발하기 전에, 승리하는 쪽에도 해당된다. 하지만 도발을 받은 쪽, 패배한 진영에게도 "보고 싶지 않다.", "떠올리고 싶지 않다."라고 하는 오히려 잔혹한 상황을 자양분으로 삼아서 이 장치는 움직인다. 『쇼아』라는 절멸을 둘러싼 영상은 그것을 말하고 있다.

전략 문제로부터, 일상의 언어에 이르기까지

은폐의 장치로서의 전쟁은, 전쟁이라는 무참한 현실 그 후에 점차 작동하는 것이 아니라 오히려 전쟁이라는 현실에 훨씬 앞서서 움직이기 시작한다. 보기 쉬운 곳에서부터 살펴보자면, 예를 들어 전쟁의 대의명분 만들기나 다른 목적을 일부러 흘려버리는 것이나 보도관제 장치를 마련하는 것 등이다. 은폐는 말하지 않는 것만이 아니라 다른 것을 말하게 하는 것을 통해 이뤄진다고 하겠다.

그렇게 생각하면 전쟁이라는 거대한 은폐 장치는 다음과 같은 것을 통해 성립되는 것이 아닐까.

① 전략적 전술적 문제에 관련된 은폐. 상대에게 이쪽의 의도나 작전을 숨기고, 어떤 경우에는 가짜 정보를 흘린다. 은폐는 상대방만이 아니라 내부를 향해서도 움직인다.
② 사건(살육, 파괴, 약탈, 강간)과 관련된 것의 은폐.
③ 책임 문제와 관련된 은폐. 이것은 책임을 애매하게 하는 것으로, 권력의 유지를 꾀한다고 하는 것이다.
④ 윤리 문제와 관련된 은폐. 이것은 있어서는 안 된다, 그럴 리가 없다는 견해에 의해 감춰진다.
⑤ 실존적 문제에 관련된 은폐. 통상의 의미가 박탈된 세계를 계속해서 볼 수 없다.
⑥ 일상의 언어로부터 문화 전반에 걸친 은폐. 반복하는 사항이, 절단으로서의 전쟁을 보이지 않는 것으로 한다.

물론 이것은 생각해 낸 것을 나열한 것에 지나지 않는다. 그렇다고 해도 이 거대 은폐 장치에 전쟁에 관련된 권력만이 가담하는 것은 아니다. 전쟁에 반대하고 권력에 항거하려고 하는 사람도 일상적으로 가담하고 있다는 것을 잊어서는 안 될 것이다.

은폐의 총력전, 폭로의 게릴라전

그리고 국민 국가의 전쟁이 '총력전'으로 전개해 가듯 이 은폐 장치로서의 전쟁도 이른바 '은폐의 총력전'이 돼 가고 있다.

우리는 저도 모르는 사이에 '은폐의 총력전'에 불려 나와, 그것을 의식하지 못하고 '은폐의 총력전'의 병사가 돼 간다. 여자도, 남자도, 아이들도, 노인들도, 각각의 위치에서 각각의 방법으로 역할을 해 간다. 이것이야말로 가장 교묘하게 작동하는 '은폐'라고 할 수 있을지 모르겠다.

하지만 나는 전쟁에 반대하는 것이나 항거하려고 하는 것이 이 '은폐의 총력전'과 맞서는데 무력하다고 말하려는 것은 아니다.

만약 '제국과 전쟁'을 향한 반대와 항거가 가능하다고 한다면, 우선 그것은 '은폐의 총력전'의 병사라고 하는 것에 대한 반대와 항거를 불가피한 통로로 삼지 않으면 안 된다. 일단 그것을 시야에 넣는다면, 우리는 '은폐의 총력전'을 도처에서 '폭로의 게릴라전'을 전개할 수 있다고 하는 무력감과는 반대의 것을 끄집어낼 수 있다. 한없는 낙관이라는 것을 그 반대 지점에서 지적하고 싶다.

승리를 향한 총력전은 모든 전선에서 패배의 총력전으로 전락(轉落)하는 것을 준비한다. '은폐의 총력전'에서도 사태는 변하지 않는다. 그것을 우리가 이용하고, 촉구해야만 한다.

사회 내부가 스스로 붕괴된 것을 은폐했다

현재의 '대테러전쟁'에서 '은폐의 총력전'의 최전선은 어디일까. 그것은 우선 이라크 등의 전쟁 현장이다. 하지만 동시에 국내의 전쟁에 파병되는 것을 거부하지 않는 '테러와 싸우는 선량한 국민' 만들기를 행하는 현장 또한 그러한 최전선에 다름 아니다.

현재의 '대테러전쟁' 가운데 급속하게 진행되고 있는 은폐는, 우리 사회 내부가 스스로 붕괴되는 것과 관련돼 있다. 내부가 부서지고 있는 상황임에도 불구하고, 그 내부는 건전하며 일체감에 넘치고 있다는 견해를 퍼뜨려, 내부의 붕괴를 은폐하려 하고 있다. 누가 그것을 하고 있는지 그것을 확실히 지명하는 것이 불가능한 확산성을 갖는다. 실로 '은폐의 총력전'의 양상을 보이면서 말이다.

2001년 여름, 일본에서 그리고 미국에서 '대테러전쟁'을 향한 '은폐의 총력전'이 시작됐다.

2001년 6월에 오사카의 이케다초등학교(池田小學校)에서 대단히 불행한 사건이 일어났다. 초등학교에 침입한 남자에 의해 다수의 초등 학생이 살상됐다. 하지만 이 불행한 사건의 결과는 불행을 없애는 방향이 아니라 오히려 불행을 밀고 나가는 방향으로 향해 갔다. 학교는 갑자기 '성역'으로 새롭게 개축됐기 때문이다.

학교는 1990년대를 통해, 집단 따돌림에 나타나는 관계의 붕괴, 뒤이어 학급 붕괴 그리고 학교 붕괴에 이르는 내부의 자괴(自壞)가 가장 급속도로 진행된 장소이다. 이러한 것을 차치하고서라도 내부의 자괴가 가장 확실히 나타난 장소였다.

그러한 자괴해 버린 장소로부터 어린아이들이 도망치기 시작했다. 어른들은 이것을 '등교 거부' 혹은 '부등교'라고 부른다. 하지만 당사자인 어린이들의 입장에서 보자면, 마침내 도망치게 된 것이다. 이것은 긴급 피난이며 그들에게는 정말로 필요한 행위였던 것이다. 물론 학교로부터 도망친다고 하더라도 안정되게 있을 장소 또한 내부의 자괴가 학교보다는 확실하게 나타나지 않은 장소에 불과하다. 그래도 어린이들은 학교에 있을 때보다는 어느 정도는 밝은 표정을 되찾게 됐다.

내부 일체감의 연출

그런데 2001년 6월에 일어난 그 사건으로부터, 학교는 그 이전과 비교해 보면 싹 바뀌었다. 잘못된 것은 학교의 내부가 아니다. 악은 밖에서 찾아온다. 내부는 방비해야 할 성역이라는 논리가 성립됐던 것이다.

나는 지금도 사건이 일어난 날 저녁의 텔레비전 뉴스를 생생히 기억하고 있다. 대신(大臣, 장관), 공무원으로부터 교원에 이르기까지, 사람들은 기존의 붕괴에 대한 비난을 일거에 회복하기라도 하듯이 새된 소리로 "이런 일이 있어서 될 말인가. 학교는 성역이다."라고 반복하고 있었다. 그 사람들이 '성역'이라고 말한 그 순간부터, 내부의 붕괴, 자괴는 사라졌다고 해도 좋다.

물론 실제로 사라진 것은 아니고, 붕괴 및 자괴라는 상황은 전혀 바뀌지 않았다. 그럼에도 그러한 인식만이 사라진 것이다. 어린아이들의 괴로움만이 아니라 긴 시간에 걸쳐 많은 교원, 직원들이 내부의 붕괴에 대해 다양한 시도를 해 왔다. 그런데 그러한 붕괴를 둘러싼 모든 사정이 그 순간에 보이지 않게 돼 버렸다. 불필요하며 없는 것이 돼 버렸다.

"외부로부터의 침입을 막아라" 하고 말하며, 이 사건 후 학교는 등하교 시간 이외에는 교문을 잠그고 열쇠를 걸게 되었다. 그전까지는 도망칠 수 있는 아이들이 있었지만, 벽이 높게 새로 만들어지고, 튼튼한 문에는 열쇠가 채워져서 도망칠 수도 없게 되었다.

물론 밖으로부터의 침입하는 자가 있을 것이다. 하지만 직전까지 내부의 붕괴 현상은 거의 모든 학교에서 진행됐었기 때문에 밖으로부터 침입하는 자에게 그 붕괴의 책임을 전가하는 것은 본말이 전도된 것이다. 하지만 있을 수 없는 일이 벌어진 것이다. 이 사건 후에 학급 붕괴, 학교 붕괴라는 말은 학교 관계자뿐만이 아니라 저널리스트들의 입에서도 사어로 변했다.

나가사키 소녀 동급생 살해사건이란

이러한 사태를 지지(支持)하고, 사회 전체로, 아니 세계를 향해 퍼져 나가게 한 계기가 된 사건이 있다. 위 사건으로부터 불과 3개월 후에 미국에서 벌어진 9 · 11이라는 사건과, 그 후의 실로 재빠른 '테러와의 전쟁'을 향한 착수였다. 미국에서도 또한 밖으로부터 습래(襲來)하는 것에 대해서, 내부의 애국적 일체감이 강조됐다. 미국판 '성역' 만들기라고 하겠다. 그것에 보다 일찍 착수한 것이 고이즈미였다는 것은 다시 지적할 필요도 없을 것이다.

이케다초등학교 사건에서 시작돼, 9 · 11을 통과해 다시 일본에 돌아와 '밖은 악, 안은 선'이라는 구분이 일거에 사회 전체로 퍼져 나갔다. 학교는 성역으로 변해 붕괴 등은 없다. 변화가는 건전하며 나쁜 것은 밖으로부터 온 밀입국자이다. 해고를 억지로 밀어붙이는 기업이나 관공서도 테러에 비교하면 한없이 선량에 가까운 기관이라고 하는 식의 논리가 돼버렸다.

최근에 나가사키에서 초등학생 소녀가 동급생 소녀를 살해한 사건이 터졌다. 인터넷과 관련된 사건인데, 『배틀로얄』이라는 호러 소설과 영화로 인해 야기된 사건이라던가, 그 원인이 다양하게 회자되고 있다. 요전 날 텔레비전뉴스에서는 가해자의 담임 선생이었던 사람이 나와서 "사실은 이미 엉망이었어요. 이 학급도 학교도. 하지만 그것을 말할 수 없었습니다."라는 의미의 말을 했다. 그것을 듣고 나는 깜짝 놀랐다.

내부야말로 문제인데도 그것을 말할 수 없다. 말해도 누구도 들어주지 않는다. 이것은 그 선생님만의 생각이 아니라 소녀들의 생각이었던 것은 아니었을까. 이 소녀들은 오사카에서 있었던 사건 및 '테러와의 전쟁'에 의해 없는 사람 취급을 받으면서, 실은 방치된 채로 이전보다 성가신 것이 된 내부의 붕괴를 각각 마주보고 있었던 것은 아니었을까. 붕괴해 버린 학교 안쪽에, 아이들이 도망칠 수도 없이 갇혀버렸다……. 나는 그런 것이 아니었나 하고 생각한다.

그것은 결코 이 소녀들과 아이들의 문제만이 아니라 스스로 붕괴하고 있는 이 사회에서 살아가는 우리 모두와 관련된 문제가 아닌가.

호러 소설의 10년이란

'은폐의 총력전'이란 바로 이러한 것을 말한다. 우리의 학교는 성역이며 지켜야만 하는 장소라고 하는 견해를 극히 당연시하는 순간, 우리는 눈치채지도 못하는 사이에 '은폐의 총력전'의 병사가 돼 버린다.

이러한 '은폐의 총력전'에 저항이라도 하듯이, 내부의 붕괴와 자괴를 폭로해 가고 있는 것으로 호러 소설이 있다. 그런 의미에서 호러 소설

은 '폭로 게릴라전'을 하며 싸우는 민병(民兵)과도 같은 존재라는 인상이
든다.

우리가 살아가는 시대의 창작물인 호러 소설은, 버블 붕괴 직후인
1993년에 '호러 소설'이라는 호칭과 함께 나타났다. 카도카와호러문고
가 등장하고 '일본호러 소설 대상'이 설정된 것도 같은 해이다. 한도 마
사코(坂東眞砂子), 시노다 세쓰코(篠田節子), 온다 리쿠(恩田陸), 오노 후유미
(小野不由美)라고 하는 작가가 연이어 등장했다. 그것에 이어서 기시 유스
케(貴志祐介), 이와이 시마코 등이 쓰기 시작했다.

그 10년은 '잃어버린 10년'인 것과 동시에 '글로벌리제이션과 <제
국>의 10년'이며, 또한 '전쟁의 10년', '민족=국민재흥의 10년'이기도
했다.

그리고 그 10년은 호러 소설이 흥륭(興隆)한 10년이기도 하다.

호러 소설은 (일본에서) 1993년에 등장한 이후, 사회 내부의 붕괴를
보여 주는 사건을 섭취해서 이른바 '사회적 무참함'의 능선을 숨기지
않고 드러냈다고 해도 좋을 것이다.

1993년 전후(前後)는 현존하는 사회주의가 대붕괴된 자본주의의 승리
라고 불렸다. 하지만 자본주의 내부의 붕괴가 또한 두드러지기 시작한
시기라는 것을 잊어서는 안 된다. 해결의 방향을 찾아내지 못한 채 내
부의 붕괴가 노출되기 시작한 시기라고 해도 좋을 것이다.

나는 호러 소설에 공통된 것은 '해결 불가능성에 의한 내부 파열'이
라고 보고 있다. 해결 가능성을 내세우는 미스터리는 이 시기부터 호러
에게 그 주역을 양보했다.

호러 소설을 둘러싼 본말 전도

나가사키사건으로 새롭게 클로즈업된 소설가 다카미 고슌(高見廣春)의 『배틀로얄』(1999)도 그러한 호러 소설 가운데 하나다. 중학생들이 닫힌 작은 공간에서 서로 죽여야만 하는 이야기다. 이것은 아이들에게 학교 내부의 붕괴 그리고 사회 내부의 붕괴를 감지할 수 있는 알맞은 매개체가 돼서 엄청난 베스트셀러가 됐다.

이 책과 영화는 바로 '테러와의 전쟁' 시대에 건전한 내부, 일체감에 넘치는 내부라고 하는 '은폐의 총력전'과 충돌해서 자민당 의원을 중심으로 한 영화 공개 저지 행동 등을 불러왔다.

하지만 『배틀로얄』로 인해 내부의 붕괴가 비롯된 것이 아니고, 내부의 붕괴가 이 영화를 불러온 것에 지나지 않는다. 그럼에도 『배틀로얄』이라고 하는 것은 본말이 전도된 것이다.

동급생을 죽이고 만 소녀에게 『배틀로얄』은 '은폐의 총력전'에 의해 방치된 채로 남겨진 내부의 붕괴를 비추는 희미한 빛일 수는 있어도, 살해를 교사한 텍스트는 아닐 터이다. 만약 이 이야기가 없었다면 일본 내 학교 내부의 붕괴라고 하는 현실에 도달하기 위해 많은 처참한 사건이 일어났을지 모른다.

이것은 『배틀로얄』만의 문제가 아니라 최근 10년간 융성함을 자랑하고 있는 호러 소설 전체와 관련된 것이라고 할 수 있다.

'에로 · 구로 · 넌센스'와 호러적인 것

호러 소설적인 것과 전쟁의 관련을 생각해 보면 1930년 전후에 유행

한 이른바 '에로 · 구로 · 넌센스(エロ·グロ·ナンセンス)'15)를 참고로 할 수 있을지 모른다.

이 '에로 · 구로 · 넌센스'에 대한 기존의 평가는 파시즘과 전쟁에 나팔수가 됐다고 하는 대단히 부정적인 것이었다. 확실히 이 언어가 유행했던 다음 해인 1931년에는 만주사변이 일어났고 15년 전쟁의 막이 열렸다.

하지만 과연 그렇게만 생각해야 하는 것일까. 다시 말하자면 에로 · 구로 · 넌센스'를 파시즘의 온상으로만 생각하지 않을 수 있는 방향도 있는 것은 아닐까.

내부의 질서가 부서져 있는 사회는 확실히 전쟁에 한없이 접근한 사회라고 할 수 있다. 내부의 가치 및 인간이 붕괴해 보이지 않게 된 사회에서는 살육이 일어난다. 더 나아가서 살육의 조직적 전개인 전쟁에 대한 상상력이 극히 약해지게 된다.

그러한 것과 '에로 · 구로 · 넌센스'가 관련되지만 그 방향성은 일치하지 않는다. 내부의 붕괴란 사회의 문제이다. 그 사회는 '내부가 부서지'는 것과 함께 그것을 아무렇지도 않은 것으로 꾸며댄다. '에로 · 구로 · 넌센스'는 그런 아무렇지도 않아 보이는 '은폐의 총력전'에 냉소를 퍼붓고, 그것을 찌르고 무너뜨리려고 하는 시도라고 볼 수 있다. 다시 말하자면 부서져 버린 사회질서를 한층 강렬하게 보여 주는 것을 통해서 질서 자체를 어떠한 형태로 변경할 것인가라는 지점까지 추궁하는 운동이었던 것은 아니었을까.

질서를 유지하기 위해서가 아니라 부서지고 있는 장면 장면을 노출

---

15) erotic, grotesque, nonsense.

시키는 것을 통해 내부 유지가 더 이상 불가능하다는 것을 들이밀고 있는, 그러한 것이 아니었을까 나는 생각한다.

제국은 그 내부로부터 무너져 내릴 것이다!

그러므로 '에로・구로・넌센스'를 파시즘의 나팔수라고 결정짓는 것은 오류다.

그것은 항쟁하고 있는 것을 다른 것과 같은 것이라 취급하는 실수로, '에로・구로・넌센스' 자체가 문제인 것이 아니다. 그것이 전쟁과 그 '은폐의 총력전'과 계속 싸울 수 없었기 때문에 문제인 것이다. 즉 철저하지 못한 것을 비난할 수 있어도, 그 자체를 비난할 수는 없다. 전쟁은 그러한 성질의 것을 지독히도 싫어한다.

1993년 이후 그리고 2001년 이후의 호러 소설도 '에로・구로・넌센스'와 크게 다르지 않다. 아니, 실은 그렇지 않다. 과거 '에로・구로・넌센스'는, 동시대의 프롤레타리아 문학이나 사회 변혁의 사상과 병행해서, 반발하거나 혹은 사회의 묘굴인(墓掘人)으로서 힘을 교환했다.

하지만 1993년 이후의 호러적인 것에 더 이상 병행하는 것은 없다. 2001년 이후의 '테러와의 전쟁' 시대에 이르러서는 더욱더 그렇다고 할 수 있다.

바로 고립무원과도 같은 모습으로 자괴(스스로 무너져가는)해 가는 내부를 '은폐의 총력전'에 저항하면서, 그 모습을 노출시켜왔던 호러적인 것에, 우리는 각각의 장소에서 '은폐의 총력전'과 항거하는 것을 통해 연대하는 것은 가능하다.

『<제국>』의 서문에서 네그리와 하트는 "페르시아만에서의 전쟁이 끝났을 때 구상돼, ……"라고 쓰고 있다. 세계의 모든 것은 '제국'의 내부가 되는 그러한 세계 시스템을 두 사람이 구상했다.

또한 마침 그때 일본에서 어떤 특이한 소설적 상상력이 등장한 것이 결정적인 계기가 됐다. 그 특이한 소설적 구상력은 사회 내부의 피범벅을 한 세계에 미치고 있다. '제국'화 되어가는 사회의 자괴를 그것은 확실히 발견하고 있다. 제국은 그 내부로부터 무너져 내릴 것이라고 하는 제국에 대한 저주와 함께.

이 특이한 소설적 상상력을, 나는 'splatter imagination' 즉 '피범벅을 한 상상력'이라고 부르고 싶다.

아무래도 이 '피범벅을 한 상상력'은 자본주의의 약한 부분을 저격하는 것과 같다. 1970년대 및 80년대의 미국 그리고 미국과 일본 사이의 경제 관계가 역전한 1990년대의 일본을 보면 그것을 알 수 있다.

다시 한번 반복한다. 제국은 그 내부로부터 무너져 내릴 것이다!

▼ 2007/10

프레카리아트 문학과 프롤레타리아 문학 사이에서

— 호러 소설, 『게공선』, 아마미야 카린(雨宮處凜)의 방향 전환

지옥을 향해 / 지옥으로부터

"어이, 지옥에 가는 거다!"(『게공선(蟹工船)』 첫머리)

필자의 기억 속에서 멀어져만 가던 위 작품[16] 첫머리의 호소력 있는 문장을 오랜만에 다시 접한 순간의 일이다. 지난 십 년 이상 필자가 큰 관심을 기울여 왔던 호러 소설과 초기 프롤레타리아 문학(이하, 프로문학)의 걸작인 『게공선』이 교차하고 있음을 느꼈다. 물론 그것만은 아니다. 그 교차로 인해 발생한 섬광은 조금씩 확실하게 모습을 드러내고 있는 프레카리아트(the Precariat) 문학 일각까지 선명하게 비췄다.

또한 글 첫머리만이 아니라 『게공선』은 집요하게 '지옥'을 반복해서 등장시키면서 동시대의 가혹하고 반복적인 노동으로부터 그것을 다시 포착해 냈다. 이러한 요소는 호러 소설의 피가 사방으로 튀며 이르게

---

16) 코바야시 다키지(小林多喜二, 1903~1933)의 소설로 일본식 읽기로 하면 '가니코센'이다. 이 소설은 전일본무산자예술연맹(全日本無産者芸術連盟)의 기관지인 『전기(戰旗)』에 1929년 5월과 6월에 연재됐다. 본 번역에서 주 4, 5번을 제외하고는 원 저자가 본문 등에 명시하지 않은 부분으로 모두 옮긴이 주이다.

되는 지옥과 프레카리아트 문학의 지옥이 서로 동떨어진 세계를 이루는 것이 아님을 보여 줬다. 이른바 호러가 보여 준 지옥은 세계화에 즉응한 신자유주의적 정책으로 파생된 프레카리아트(불안정한 노동자)의 노동 그리고 인간 생활의 현 상태와 그 변경(變更)을 향한 시도를 포착하는 일군의 이야기 즉 프레카리아트 문학의 지옥과 서로 연결됐던 것이다. 프레카리아트 문학의 지옥을 보여 준 대표작으로는 『산 지옥천국(生き地獄天國)』(아마미야 카린(雨宮處凜)17))과 『악인(惡人)』(요시다 슈이치(吉田修一) 등을 들 수 있다.

『게공선』은 읽을 때마다 새로운 느낌을 갖게 했다. 필자가 『게공선』을 거듭해서 읽게 된 것은 1970년대였다. 고교생 당시 처음 읽기 시작해 대학생 때 다시 펼쳐 보았다. 그 후 시간이 흘러 새로운 평론을 써야겠다고 의기충천했지만 그 결과물은 그다지 순조롭지 못했던 코바야지 다키치에 관한 평론을 쓰기 위해서 다시 몇 번을 반복해 읽었다. 어떤 때는 노동자를 분단해서 지배하는 자본의 기획이나 단순 명쾌한 재벌의 일국지배설(一國支配說) 등에 납득했다. 또 어떤 때는 러시아인과 중국인 그리고 일본인에 의한 이른바 국제적인 프롤레타리아 궐기에 관한 즉흥 연극이나 "해라, 해라"로부터 "하자, 하자"로의 주체적 전환을 교묘하게 표현해낸 것에 탄복했으며, 오노마토페(onomatopée, 의성어 및 의태어)를 잘 구사한 거칠며 사나운 표현력에도 감탄했다.

이렇게 읽을 때마다 새로운 인상을 안겨 준 『게공선』이었으나, '지옥'이라는 말은 거의 기억에 남지 않았다. 과장된 표현을 드러내는 것

---

17) 아마미야는 1975년 생으로 작가 겸 사회운동가다. 과거 미니스커트 우익이라고 불렸는데, 이후 좌파로 전향한 특이한 이력의 소유자다.

보다는 오히려 은폐해 버리는 것에 더 관심이 갔던 것인지도 모른다.

1970년대 필자의 적(반은 내부의 적)은 일상을 부드럽게 감싸는 자본주의를 향해, 후기라고 명명되면서도 고도로 세련된 자본주의를 향해 급속하게 그 모습을 탈바꿈시키고 있었다. 지옥이라는 말에 대한 무의식적인 반발이 있었다고 해도 이상할 것은 없다. 그때 필자는 밝은 지옥, 혹은 부드러운 감옥과도 같은 당시의 시대 상황을 선명하게 인식하고 있었기 때문에 『게공선』에 대해 쓰면서도 지옥이라는 말을 쓰지 않았다.

그로부터 수십 년이 흘러 『게공선』은 필자 앞에, "어이, 지옥에 가는 거다!"라며 단호하고 확신에 찬 호소를 하며 출현했다. 이 소설의 스토리가 확실하게 선택하고 있듯이, 무엇보다도 우선 "어이, 지옥에 가는 거다!"라고 말을 걸며 『게공선』은 다시 모습을 드러냈던 것이다.

이렇게 『게공선』이 다시 등장하게 된 배경에는 1990년대 초반 대항세력이 자멸해서 더 이상 제동이 되지 않는 '야만스러운 자본주의'가 아무도 통제할 수 없을 만큼 날뛰게 된 것과 깊이 연관돼 있다. 또한 그와 거의 동시에 출현한 호러 소설의 지옥이 이와 밀접하게 연관돼 있다. 필자의 문제의식 가운데 초기 프로문학 걸작 『게공선』과 호러 소설이 한순간 교차하는 것을 설명하기 위해서는 우선 이러한 문제의식부터 설명할 필요가 있다.

"우선 부서진 인간부터 나타날거야"

이와이 시마코(岩井志麻子)의 호러 단편 『몸서리치게 무서워(ぼっけえ, きょうてえ)』[18]는 『시귀(屍鬼)』(오노 후유미(小野不由美) 작)나 『검은 집(黒い家)』

(기시 유스케(貴志祐介) 작)과 비견되는 놀라운 수준을 달성했다. 호러 소설이 피가 사방으로 튀며 이르게 되는, 아니 그것을 넘어서 피가 사방으로 튀는 그러한 상황을 적극적으로 받아들이며 맞이하는 지옥이라 함은 예를 들어 이 작품에서 다음과 같은 모습으로 나타난다.

이 작품 마지막에는 계약 만료를 앞둔 스물세 살 창녀의 어두운 꿈이 나타난다. 그 꿈은 청일전쟁 후, 오카야마(岡山)에서 사람들을 암흑으로부터 광명으로 끌어내는 장치를 통해 드러난다. 즉 화자의 시선은 개통 직후의 육지증기선(陸蒸氣, 기차) 철로를 거꾸로 더듬어서 침침한 곳에서 암흑으로 그리고 암흑의 깊숙한 곳, 오로지 참혹함의 극도를 향해 뻗어간다.

『언덕 위의 구름(坂の上の雲)』[19]이 국민 국가의 광명을 향해가는 상승과 전진만을 보여 준다면, 『몸서리치게 무서워』는 이러한 세계와는 정반대의 음참(陰惨)한 길이다. 화자로 등장하는 창녀는 자신의 얼굴 반쪽면에 살고 있는 '언니'(이것이 이야기 가운데 단 하나의 호러적인 장치)에게 태어날 때부터 줄곧 죽음 바투에서 살아온 자신의 짧은 반생을 그녀가 태어난 장소로 되돌아가는 길과 결부시켜 이야기 한다.

돌아가고 싶어?
아니야, 그곳밖에는 돌아갈 곳이 없어서야.
아무도 없어, 정말 아무도 기다리지 않는다고. 완전히 황폐해진 판

---

18) 이 작품은 청일전쟁이후의 사회를 무대로, 밝고 폭력적인 근대에 등을 돌리고 참혹한 것을 스스로 선택하는 주인공을 그린 작품이다.
19) 시바 료타로의 장편역사 소설로 1968년에서 1972년까지『산케이신문(産経新聞)』에 연재됐다.

잣집이잖아. 밖에서 자는 것이 더 좋을지도 모르는 건물이야. 피와 똥 그리고 원념(怨念)이 찌들어 악취가 진동하는 곳이잖아.

아이 죽이는 노파(子潰し婆)가 사라져도 갓난아이는 변함없이 저 냇가 자갈밭에 버려져 울고 있을 거야.

그래도 나는 그곳으로 돌아갈래.

가능하면 육지증기선이 쓰야마(津山)에 정차하지 않고, 지옥까지 곧바로 이어져 있었으면 하고 바란다니까.

육지증기선에 타고, 기분 좋게 꾸벅꾸벅 대잖아. 그러면…… 자다 쓰야마역을 지나쳐 진짜 지옥에 당도할 거야. 어리마리 피의 연못이야.

그 지옥에 갈 때까지, 창문에서는 어떤 풍경이 보일까. 갑자기 바늘산이나 피 연못은 안 보이겠지? 귀신도 갑자기 나오지는 않겠지? 우선 부서진 인간부터 나타날거야.

분명 아무것도 없는 경치겠지.

붉은 땅, 검은 하늘, 가운데로 흘러가는 진창이 된 하천. 날아다니는 것은 비쩍 마른 새.

대부분, 그건 태어나기 전에 본 풍경이겠지. / 음 언니야. 함께 돌아가자.

(『몸서리치게 무서워』 중에서)

꿈이 지옥에 당도할 무렵, 세상이 갑자기 친화감을 띠기 시작하는 것을 놓쳐서는 안 된다. "부서진 인간"이나, "붉은 지면, 검은 하늘, 가운데로 흘러가는 진창이 된 하천. 날아다니는 것은 비쩍 마른 새"가 아무것도 없는 풍경 가운데 함께 떨기 시작한다. 화자인 "나"는 그렇게 함께 떨기 시작하는 세계에서야말로 '내' 안의 '나'라고 할 수 있는 파괴적인 언니에게 친밀하게 말을 건넬 수 있다. 광명(光明)으로부터의 호소를 거절하는 것으로 가능해진, 중얼거리는 목소리를 통한 호소와 새로운 공감의 탄생이 여기 있다.

1999년 제6회 일본호러 소설 대상을 수상하고, 호러 소설 애독자 범위를 넘어 광범위한 독자를 획득한『몸서리치게 무서워』는 일본적 근대의 시작점인 지옥과 우리 다수가 품고 있으면서도 미처 표현해 내지 못했던 1990년대의 지옥을 놀라울 정도로 간단하게 연결해 냈다.

해결 불가능성에 의한 내부 파열이 '편재'하기 시작하다

현존하는 사회주의가 해체된 1990년대 초반, 필자는 역사의 짧은 시간동안 초래된 해방감과는 완전히 반대로 그전에는 맛보지 못한 폐색감(閉塞感)을 맛보았다. 그 후 대항 세력의 자멸로 인해 폭주하기 시작한 '야만스러운 자본주의'가 이후 초래할 삶(生)의 참상을 직시하기 위해 '근대의 비참, 자본주의 체험의 비참'함을 파헤치기 시작했다. 필자는 어떠한 해방 사상의 빛도 새어 들지 않는, 암흑 속에서 마음대로 날뛰는 '야만스러운 자본주의'를 그 시작점에서 체험한 것을 통해 시간을 거슬러 올라갔다. 초기 프롤레타리아 문학에서 노동문학으로, 더 나아가 청일전쟁 후의 비참소설을 텍스트로 삼아 분석하는 작업은 매우 더디게 진행돼 앞으로 나가지 않았다. 그러던 와중에 단숨에 해답을 해준 것이 이마이 시마코의『몸서리치게 무서워』였다.

이와이는 이 작품 이후 러일전쟁 이후 상황을 무대로 하는『오카야마 여자(岡山女)』그리고 이른바 쓰야마 30인 살인 사건을 15년 전쟁(만주사변부터 일본 패망까지) 기간 동안 마을 공동체의 자멸로 파악한『밤에 우는 숲(夜啼きの森)』등에 이르기까지 수준 높은 호러 작품을 계속 써내

려갔다. 이를 통해 근대의 광명만이 아니라 모든 해방 사상으로부터도 멀리 유기된 지옥을 드러내는 것과 동시에 그러한 참담한 지옥으로부터 우리의 삶을 새롭게 포착하는 것을 호러 소설을 통해서 이룩해 냈다.

지금까지 '기괴소설', '공포소설' 등 다양한 명칭으로 불렸던 소설이 호러 소설로 묶여서 불린 것은 1993년의 일이다. 카도카와호러문고(角川ホラー文庫)의 창설에 맞춰서 일본호러 소설대상이 창설된 것도 같은 해다. 마침 그 무렵 엔터테인먼트 계에서도 '해결 가능성'에 스토리가 맞춰진 신 본격 미스터리로부터 '해결 불가능성'으로 구조가 바뀌면서, 내부에서 파열하는 호러로 주역 교체가 진행됐다.

'국민'의 부복(俯伏)에 가까운 '자숙(自肅)'이 바쳐진 일본 '천황(天皇)'의 대(代)바뀜, 오래도록 '해방 사상'의 거점이었던 '현존하는 사회주의'의 대붕괴, 전후 최후의 경제적 광란이었던 버블경제의 파열. 호러는 사회적인 '해결 불가능성'의 답답하고 복잡하게 뒤얽힌 1990년대, 그 시작점을 자양분으로 그 새까만 꽃을 피웠다. 이것이 이른바 '호러 재퍼네스크(Horror Japanesque)'가 갖고 있는 시대 및 사회적 배경이다.

그 후 호러 소설은 매섭게 진행된 세계화와 신자유주의 정책 하에서 '잃어버린 10년(혹은 15년)'에 피 칠갑을 하며 전진했다. 이를 통해 호러 장르는 '풍족한 10년(혹은 15년)'을 구가하면서 '해결 불가능성에 의한 내부 파열'(호러적인 것)을 다른 소설로 전염시키고 있다. 이처럼 호러적인 것은 호러 장르에 한정된 편재(偏在)로부터 다른 소설에 널리 미치는 '편재(遍在)'로 성장을 달성했다. 미야베 미유키가 발표한 미스터리나 무라카미 하루키(村上春樹)의 『해변의 카프카(『海辺のカフカ』)』 등에 현저하게 나타난 호러적인 표현은 이를 잘 보여 준다. 또한 판타지와 시대소설(時代小說)[20]을 연결시킨 『속된 마음(しゃばけ)』(하타케나카 메구미(畠中惠)) 시리즈나 더 나아가서는 제로연대(ゼロ年代) 문학[21]으로 불린 모토야 유키코(本谷有希子), 가와카미 미에코(川上未映子), 야마자키 나오코라(山崎ナオコーラ), 사쿠라바 가즈키(櫻庭一樹), 쓰무라 기쿠코(津村 記久子) 등이 발표한 소설에 특징적으로 나타나는 인간관계의 회복 불가능한 부서짐도 또한 내부 파열이 편재(遍在)하는 것을 나타내는 것이리라.

이와이 시마코가 드러낸 지옥으로부터 '제로연대 문학'의 부서짐에 이르기까지, 호러적인 것이 편재하는 것은 우리가 도망칠 곳 없는 '해결 불가능성에 의한 내부 파열'을 주시해야 함을 역설한다. 더 나아가 이를 통해 우리에게 새로운 '해결 가능성'을 향해 움직이는 것 외에는 방법이 없다는 것을 암시해 준다. 즉 그곳에 머물러 있는 한, 어떠한 희망도 허망하게 보인다면 또한 어떠한 절망도 허망하다고 하는 …….

이러한가운데 2008년에 지옥을 향해, 지옥에서부터 삶을 시작하려 하는 『게공선』이 발견된 것은 결코 갑작스러운 사건은 아니었다.

호러 소설과 프롤레타리아 문학이 접근하다

호러 소설이 프로문학과 교차한 것은 2008년이 처음은 아니었다. 이러한 움직임은 『몸서리치게 무서워』를 세상에 소개한 아라마타 히로시

---

20) 시대소설은 모리 오가이의 에세이 「역사 그대로와 역사 벗어나기(歷史其儘と歷史離れ)」 (1915) 가운데 '역사 벗어나기'에 속한다. 역사소설은 '역사 그대로'에 속한다. 시대적 배경은 메이지 이전 에도시대인 경우가 많다.
21) 이 시기 문학을 일본에서는 2000~2009년 사이에 발표된 작품을 통칭하는 의미에서 '제로연대 문학'이라 칭한다.

(荒俣宏)[22]의 책 『프롤레타리아 문학은 대단하다(プロレタリア文學はものすごい)』(2000)에서 시작됐다. 이 신서(新書)는 당시 그다지 주목을 받지 못하다가 2008년의 끝 무렵에 발견된 『게공선』의 후광을 입고 재발견되는 형식으로 제 2쇄가 나왔다.

다만 제1부 "프롤레타리아 문학은 재밌다." 제1장에 "피로한 것의 두려움—프롤레타리아 문학은 호러 소설이다."를 썼음에도 불구하고, 저자의 자세는 이 책 서문의 다음과 같은 문장에 드러난다.

> 현대처럼 프로문학의 목적은 고사하고 그 담당자와 독자 자체도 소멸해 버린 시대에 이 분야가 존속하는 이유를 찾아내기 힘들다.
> 즉 숭고한 목적이라든가 사조(思潮)라든가 메시지 등을 제외하더라도 벌거벗은 프로문학 가운데 단순하게 '재밌는 이야기'로서의 가치를 재발견하지 않으면 안 된다.
>
> (『프롤레타리아 문학은 대단하다』 중에서)

아라마타는 프로문학을 지나칠 정도로 성(聖)스럽게 파악한 후에 그 사회적 근거를 소거하고, 호러 소설에 접속시키려고 한다. 프로문학을 호러 소설적인 요소로 덮어씌워 읽으려는 시도다. 호러 소설까지도 재밌는 이야기로 탈색시켜, 그것이 속속 탄생하고 있는 사회적 근거를 무시하는 것이다.

그럼에도 프로문학에 대해서 아무도 두드러진 발언을 하지 않던 시기에 호러 소설과 프로문학을 접속시켰던 것은 일정한 의의가 있다고 하겠다. 아라마타를 움직이게 했던 배경에는 자신의 체험이 밑바탕에

---

22) 아라마타는 호러 이론가이며 일본호러 소설대상 선고위원 중 한 명이다.

깔려 있다. 그는 당시 '프레카리아트'로 명명된 불안정한 노동자의 체험을 이미 시작한 상태였다. 그 자신의 체험을 명확하게 보기 위해서 과거 문학 실천 가운데 가장 가까운 프로문학을 필요로 했던 것은 아니었을까 싶다.

여기서 필요한 것은 호러 소설을 중심에 두고 프로문학을 읽어내는 것이 아니라는 점이다. 절실한 것은 오히려 증식하고 있는 호러적인 것(해결 불가능성에 의한 내부 파열)을 프로문학적인 요소를 통해 읽어내는 것이다. 즉 당도한 지옥을 밝혀내고 동시대의 노동환경에 깊숙하게 관련되는 그 지옥의 변경(變更)을 요구하는 시도, 그것이 요구된다.

'지옥 순례'로부터 '지옥' 변경으로

이와이 시마코가 『몸서리치게 무서워』에서 '현재'의 지옥을 드러낸 다음 해인 2000년. 아마미야 카린은 『산 지옥천국』을 출판했다. 이 작품은 현재의 지옥 순례로부터 지옥을 변경하기 위해 앞으로 나가는 여성의 이야기를 담고 있다. 아마미야는 이 작품에서 아토피 때문에 초등학교에서 벌어지는 집단 괴롭힘(이지메)을 시작으로, 자상(自傷) 행위, 카운셀링, 정신병원 통원, 비주얼밴드 빠순이, FUCK부대(ファック隊)23), 음독자살 미수, 인형 만들기, 밴드 활동, 옴진리교의 아마겟돈을 향한 강한 공감, 아르바이트 생활에 대한 의문, 우익 활동 등의 체험 등을 집요하게 그리고 있다. 실로 호러 소설에 등장하는 '해결 불가능성에 의한 내부 파열'을 '일상의 지옥'으로 살아가는 체험이라고 해도 좋다.

이러한 체험을 통해서, 아니 그보다는 경험을 통해 깊숙이 자맥질하

23) 연예인과 성교섭을 목적으로 한 여성 팬.

기 때문에 아마미야 카린의 내부에서 "무언가 다르다."는 위화감과 "무
언가 시작하지 않으면 안 된다."고 하는 행동을 향한 욕망이 높아져 간
것이리라.

> "내가 지금까지 있던 곳은 무엇 하나 나를 구해주지 못했다. 오히려
> 나를 고통스럽게 만들었을 뿐이다. (중략) 내게는 아직 살기 힘든 일상
> 의 지옥이 있을 뿐이다." "이유를 알 수 없는 초조함이나 정의감이 뒤
> 죽박죽돼서, 내 안에서 출구를 찾아 허덕이고 있다. 세계를 파괴하고
> 싶은 것인가 자신을 죽이고 싶은 것인가? 다만 무언가 도움이 되고 싶
> 은가? 내 자신조차도 그것을 알지 못했다. 나는 무엇을 바라고 있는
> 것인가?" (『산 지옥천국』중에서)

아마미야는 개인 내부의 지옥 순례로부터 사회의 지옥 순례를 향해
처음에는 주뼛주뼛하다가 마침내는 적극적으로 해낸다. 그리고 결국에
는 지옥 그 자체를 변경하는 쪽으로 관심을 돌린다. "누군가가 하고 있
는 것에 불평할 정도라면, 그 전에 자신이 해버리는 쪽이 더 빠르고 재
미도 있다. 안정권에서 자기자랑을 하는 것은 내 미의식(美意識)에 반한
다. 내가 움직이면 세계도 움직인다." 하지만 어디로 그리고 누구와, 언
제 그렇게 되는가?

『산 지옥천국』은 2007년이 끝 무렵『산 지옥천국 아마미야 카린 자
전(生き地獄天國 雨宮處凜自伝)』이라는 제목의 문고본을 통해 세상에 모습을
드러냈다. 이 책에 "마지막장 7년 후— 문고판을 위해서"가 첨가됐는
데, "7년 후의 나는 프레카리아트 운동에 빠져든다."는 보고를 하고 있
다. 여기서 아마미야의 방향 전환이 일어났다. 실로 아마미야 카린 적

인 전개라 할 수 있는…….

　"불완전한 프롤레타리아트라는 의미의 말로 프리타나 파견 사원,
니트 등등, '불안정함을 강요당하는 사람'이라는 정의다. (중략) 우리가
살기 힘든 배경인 경쟁 원리나 경제지상주의 따위에 대항해서, '살 수
있게 하라'고 외치는 '생존권' 운동이다. (중략) 나는 이것을 '현대의
쌀소동', '현대의 농민 봉기'라고 부른다. 전후 일본에서 진정으로 '먹
고살 수 없다', '살아갈 수 없다'라는 이유 때문에 젊은이들이 대항해
일어나 시작된 운동이었단 말인가. 시대는 커다랗게 움직이고 있다.
나는 지금, 굉장히 역사적 순간에 입회해 있다. 그리고 그런 점이 터무
니없이 흥미롭다." (『산 지옥천국 아마미야 카린 자전』 중에서)

의식은 끝없이 캄캄하게, 실천은 끝없이 밝게

　아마미야 카린은 지난 7년 동안 『폭력연애(暴力戀愛)』(2002), 『자살 비
용(自殺のコスト)』(2002), 『굉장한 삶의 방식(すごい生き方)』(2006)을 연이어
썼다. 스스로의 지옥 순례를 사회적으로 해석하는 작업을 계속하면서,
지옥을 변경하는 과정을 프레카리아트 운동에서 찾아내서 행동하는 의
식의 전환을 차례차례 써서 간행하고 있다.

　즉 『살 수 있게 하라! 난민화 하는 젊은이들(生きさせろ 難民化する若者た
ち)』(2007), 『프레카리아트 디지털 일용직 세대의 불안한 삶(プレカリアー
ト デジタル日雇い世代の不安な生き方)』(2007), 『올니트니뽄(オールニートニッポ
ン)』(2007), 『배제의 공기에 침을 뱉어라(排除の空氣に唾を吐け)』(대담, 2009),
『프레카리아트의 우울(プレカリアートの憂鬱)』(2009) 등이 그것이다.

　아마미야가 전환을 이뤄낸 시기를 확인해 보면 프레카리아트 가운데

서 시작된 다양한 운동과 표현이 『게공선』의 발견을 강하게 촉발시켰다고 해도 좋을 것이다. 또한 이러한 발견이 말해 주는 것은 프레카리아트 문학이 아직 미성숙하다는 것을 반증하는 것이기도 하다. 왜냐하면, 프레카리아트가 맞이하고 있는 현 상황을 넓고 깊게 파악해서 운동과 표현을 많은 사람들에게 유포시킬 수 있는 『게공선』을 대체할 텍스트가 아직 존재하지 않음을 보여 주기 때문이다.

> 미디어에는 곧잘 격차 사회의 희생자와 같은 존재로 가난한 파견 사원 등이 소개된다.
> 하지만 나는 그러한 사람이 묘사되는 방식에 항상 위화감을 품어 왔다. (중략) 프레카리아트는 역설적이게도 빈곤하고 불안정해서 혹은 잃어버릴 것이 없기 때문에 새로운 문화의 발신원이 될 수 있다. 또한 그러하기에 그들은 이 사회를 변화시킬 주체이며, 시장 원리만을 우선시하는 사회 속에서 무언가 새로운 삶의 방식을 제시할 수 있다. 우리는 무기력하지 않으며, 오히려 힘찬 존재인 것이다. 그런 식으로 항상 느끼고 있다. 왜냐하면 그들과 접하고, 그 강인함, 자유로운 발상 그리고 엉뚱함에 항상 놀랐기 때문이다.
> (『프레카리아트의 우울』 중에서)

아마미야의 전환은 거의 폭력적으로 보일 정도로 밝다. 이는 그녀가 이론과 행동의 방향을 확실하게 구분하고 있기 때문이 아니다. 오히려 그러한 기존의 방향 결정에서 자유롭기 때문에 가능한 일이다. 그렇기에 자신의 사고를 표명하고 행동하는 한 걸음 한 걸음이 터무니없이 밝은 것이다.

그와 동시에 전환을 재촉한 지옥 순례의 암흑도 그 밝음을 지탱하고 있는 것 중의 하나이리라. 물론 그 자유로움은 프로문학이 의거하고 있던 방향을 결정하는 요소들이 해체된 후, 그 폐허로부터 일어선 것임을 잊어서는 안 된다. 그것을 바탕으로 한, 이른바 절망의 지옥 한복판에서 벌떡 일어선 지옥의 쾌활함이라 할 수 있다. 무언가 멸망의 밝음마저도 느끼게 하는 그런 쾌활함이다.

그렇게 보자면 『게공선』 첫머리에서 "어이, 지옥에 가는 거다!"라고 소리쳐 부르는 것도, 지옥의 어둠을 떠안고 가자는 스토리 선택이 보여주는 밝음에 물들고 있다고 할 수 있다.

프레카리아트 문학이 초기 프로문학과 공유하는 것은 이러한 변경 가능성을 향한 밝음, 아니 그보다도 최초의 한 걸음이 이미 현실을 변경할 수 있다고 하는 확신에서 오는 쾌활함이다.

놀랍게도 지옥에 당도하는 칠흑과도 같은 호러 소설도 『몸서리치게 무서워』와 같은 뛰어난 작품을 통해서 지옥에 접근하면 할수록 공포와 함께 일종의 해방감이 탄생시킨다.

우리는 현재 프로문학과 프레카리아트 문학 사이에서 서 있다. 과거의 프로문학 운동이 범한 실패를 거듭하지 않기 위해서는 『게공선』과 아마미야 카린의 방향 전환 그리고 호러 소설만을 긍정해서는 안 될 것이다. 흩어지며 편재하는 '부서짐'을 건강하게 표현하는 모토타니 유키코(本谷由紀子)나 가와카미 미에코 등의 제로연대(ゼロ年代) 문학도 동시에 긍정해야 한다. 지옥과 절망을 긍정하고 지옥의 변경도 긍정한다면, 지옥으로 향하는 시도도 긍정할 수 있지 않을까?

의식은 끝없이 캄캄하게, 실천은 끝없이 밝게.

창작은 말할 것도 없이 비평이나 연구가 요구받는 것은 확실히 그러한 선택, 그러한 태도일 것이다.

☞ 201004

살아 있던 절망에서, 살아 있는 희망으로
— 『자동차절망 공장』에서 『게공선』으로

두 개의 공장, 광범위하고 또한 신속한 회귀

두 개의 '공장'이 회귀하고 있다.

무엇보다도 우선 이 시대의 절망과 '지옥'에 형체를 부여하기 위해서 우리를 참담한 노동의 현상(現狀)과 삶의 궁상(窮狀)에 직면시키고, 그 장소에서는 어떠한 회피도 낙관도, 또한 문제로부터 눈을 피하는 비관도 불가능하다는 것을 알리기 위해서.

그리고 절망과 지옥으로부터는 익숙해지는 것이 아니라 지옥과 절망에서 더욱 깊숙이, 더욱 절실히 빠져나갈 때 처음으로 한줄기 희망을 말할 수 있다는 것을 우리에게 반복해서, 반복해서 확인시키기 위해서 말이다.

그것을 통해 현존한 사회주의라는 대항 세력의 세계사적 퇴장 후, 신자유주의라는 새로운 단장을 통해 노동하는 사람의 절망과 지옥을 조직하고 유지하는 것에 태평이었던 자본주의 시스템을 공포에 빠뜨리고, 시스템의 절망과 지옥의 막다른 골목을 듬뿍 맛보게 하기 위해 두 개의 '공장'이 광범위하고 또한 신속하게 회귀하고 있다.

두 개의 '공장'은 즉 도요타자동차의 계절공(季節工) 체험으로부터, 절
망을 산출하는 '공장'을 새까만 모습으로 드러낸『자동차절망 공장(自動
車絶望工場)』(가마타 사토시[鎌田慧], 1974, 현재는 고단샤문고[講談社文庫])와, "어이,
지옥에 가는 거야!"로 이야기가 시작되는『게공선』(고바야시 다키지, 1929,
『전기(戰旗)』)이다.

아키하바라 사건과『자동차절망 공장』

올해 6월, 아키하바라에서 무차별 살상 사건을 일으킨 용의자 K는,
사건이 일어나기 조금 전에 휴대폰 사이트에 이런 글을 썼다.

> 얼굴의 레벨…0/100 신장…167, 체중…57, 나이…26, 피부상태…최
> 악, 머리카락 상태…최악, 윤곽…최악, 평상시 만나는 사람 수…0, 평
> 상시 대화하는 사람 수…0, 내가 좋아하는 장소…없음, 내가 싫어하는
> 장소…모든 곳, 최근 신경 쓰고 있는 것…없음, 이것만은 남에게 지고
> 싶지 않다고 생각하는 것…없음

최악, 제로, 없음이 늘어선 이 글 전후에는 이러한 것을 뒤덮듯이 "2
교대 공장 근무"에 대한 기술이 빈출한다. 파견 사원에게는 늘 그렇듯
직장에서 있을 곳을 찾지 못하고, 해고 위협에 시달린다. 사람이 없는
직장 등이 어디에 있냐는 다른 사람의 리플에 대해서 그러한 의미라면
매일 삼백 명 정도의 사람과 만나고 있다며 대답한다. 하지만 K는 "평
상시 만나는 사람 수…0, 평상시 대화하는 사람 수…0"이라고 적으며
그것을 철회하지 않는다.

타인과의 연계를 불가능하게 만드는 '공장' 안에서, 유대를 찾을 수 없다고 하는 소소한 사건의 총체가 얼굴에서 시작돼 마음속까지 K의 존재를 시시각각 '자기 책임'이라고 하는 논리로서 부정했다.

최악, 제로, 없음으로 가득 채워진 노동과 수면 그리고 휴대폰만이 있는 생활이 해고의 위협에 의해 '점차 절망적'으로 돼가는 K의 고경(苦境)을 확인하면서 『자동차절망 공장』을 바로 상기한 것은 K가 도요타그룹의 자동차공장에서 일했다는 것 때문만은 아니다.

'공장'이 물건을 생산하는 것과 함께 일하는 사람들의 '절망'을 나날이 생산하고 있다고 하는 『자동차절망 공장』의 고발에 첨가해서, 필자 가마타 사토시가 거의 30년 후에 무시무시한 지적을 했던 것을 알고 있기 때문이다.

> 도요타자동차는 계속 기간공(其間工), 계절공을 씁니다. (중략) 제가 있을 때는 3천 명이 있었지만, 지금은 만 명입니다. 생산 부문의 3분의 1이 비정규 노동자, 불안정 노동자로 조달되고 있는 구조입니다. 즉 일본 전체의 고용 방식이 도요타의 고용 방식을 모방하고 있다고 할까, 서로 연결돼 왔던 것입니다. (「30년 후의 절망 공장(三十年後の絶望工場)」 『사회문학(社會文學)』 2007)

열도 절망 공장에 출현한 『게공선』

도요타에서 생산된 절망은 '개정' 노동자파견법에 의한 파견의 최종적인 합법화로, 모든 기업이 매일 생산하는 것이 됐다. 비정규직을 전전했던 K는 그 공장의 앞에서도 끝없이 이어진 똑같은 절망을 본 것이다. 게다가 아무것도 얻을 수 없는 노동을 봤던 것임이 틀림없다. 여기까지였다면 K는 파견노동으로 괴로워하는 무수히 많은 사람 중 한 명으로, 무차별 살육이라는 무참한 결말에 의해서도 무수한 사람에게 공유된 괴로움이 사라지지 않을 것이다.

고용 형태와 노동 환경의 끝없는 악화가 불안정하고 가혹한 비정규노동을 허용해 영위되고 있는 정규노동에도 영향을 미치게 되는 것은 당연한 일이다. 노동의 분단은 사람과 사람 사이를 절단하고, 고립화시킨다. 고립화는 기업이 원하는 만큼의 공세를 허용하게 만든다.

그리해서 과거 편재했던 절망 공장은 신자유주의가 제압하고 있는 열도 전체에 편재하는 것이 됐다. 실로 열도 절망 공장인 것이다.

"어이, 지옥에 가는 거다!"라고 하는 어부의 말로 시작해 실제로 노동의 지옥이 독자의 상상을 훨씬 초월해 연이어 등장하는『게공선』이 열도 절망 공장의 한복판에서 '출현'했다고 해도 좋다.

노동의 절망이 편재화하고 개개의 노동이 아니라 노동의 전체를 떠올릴 때 '자본주의의 승리' 이후 터부시 돼왔던 자본주의 시스템을 향한 되묻기와 저항은 기존의 조직과는 끊어진 비정규 노동자의 내부에서부터 시작됐다. 이러한 되묻기와 저항에 가장 친숙한 이야기가 거의 80년 전에 쓰인『게공선』인 것은 물론 우연의 일치가 아니다.

『게공선』은 자본주의가 전체적으로 포착돼 조직적인 저항이 개시되던 시대에, 지옥의 노동을 강요받은 사람들이, 사람과 사람 사이를 분단시키고 나서 경쟁을 부추기는 자본주의에 항거해서 시스템 전체를 되묻고 흔드는 과정을 그린 작품이다.

무대로 선택된『게공선』이란, 동시대적 노동의 상태(常態)라고 하기보다는 노동의 가혹함이 극단적으로 드러난 해상 '공장'에 다름 아니다.

노동이라는 '지옥'으로부터의 출발

그 해상 '공장'에서 일하는 사람들이 맨 처음 직면한 '지옥'의 공포와 함께, 처음으로 체험하는 집단적 분노와 처음으로 얻게 된 '단결'의 기쁨이 모두 선명하고 강렬하게 그려져 있다.

도대체 왜 자본주의라는 것이 유지돼서는 안 되는 것인가에 대한 가장 알기 쉬운 해답이 놀라울 정도의 장치로 순수하게 제시돼 있다.

다음은 표류한 러시아인에게 구조된 어부가 중간에 서투른 말씨로 일본어를 할 줄 아는 중국인을 사이에 두고 대화를 나누는 장면이다.

> 재산가, 당신들 이거 한다. (목을 조르는 모양을 취한다) 재산가 점차 커진다. (배가 불러오는 흉내.) 당신들 아무리 해도 안 된다. 가난한 사람이 된다. ―알겠어? ―일본은 안 돼. 일하는 사람, 이거(얼굴을 찌푸리고, 아픈 사람과 같은 시늉.) 일하지 않는 사람 이거. 에헴. 헤헴. (뻐기며 걷는 것을 보여 준다.)"에서 시작돼, "당신들, 프롤레타리아. 이걸 한다! (권투와 같은 흉내―그러더니 손을 잡더니, 또 갑자기 덤벼드는 시늉.) ―괜찮아, 이긴다!

여기에 이르는 대화는 누구나 알 수 있는 일상적 언어로 자본주의의 모순('격차' 정도가 아니다)과 그것을 향한 투쟁을 그려 내는 희유(稀有)한 시도이다.

이것은 '자본주의 비판'을 통해 근대 초입이라도 되는 양 '출발점으로' 돌아간 자본주의 비판을 마주 봐야 하는 우리에게 충분히 시사적이다.

또한 사람들이 모이고, 이어지고, 궐기를 결정하는 다음과 같은 장면을 보자.

> "그런데 모두 다 모인 곳에서, 개새끼들에게 항의하러 몰려가자고 하던데."
> "해라, 해라!"
> "'해라 해라'가 아니야. '하자, 하자'지."
> 학생이 끼어들었다.
> "그래, 그래, 이거 잘못했다. — 하자 하자"

"해라, 해라!"로부터 "하자, 하자!"로 저항의 주체화도 또한 뛰어나게 표현돼 있다.

사회주의를 향한 자명한 경로가 사라진 현재, 『게공선』의 결말이 지향하는 『당생활자(黨生活者)』를 향한 길이 끊어진 지 오래인 현재, 우리는 몇 번이고 『게공선』의 모두(冒頭)로 다시 돌아가, 한 사람 한 사람의 '지옥'(참담한 노동의 현상과 삶의 궁상)을 확인하고, '지옥'을 공유하는 사람들과의 다양하고 두근두근대는 신선한 연대를 만들어내고 싶다. 그것이 야말로 유일한 희망의 행위에 다름 아니다.

지금 열도를 뒤덮은 살아 있던(lived experience) 절망으로부터, 절망이 한창일 때이기에 빛나는 살아 있는 희망으로. "해라, 해라!"가 아니라 "하자, 하자!"라고 의지를 분명히 하면서.

☐ 200807

지금, 우리는, 구로시마 덴지를 필요로 하고 있다
— 시베리아전쟁을 둘러싼 전쟁으로부터의 호소에 응답한다

이 시대에 거스르는 것이 아니라

부르주아지, 프롤레타리아트라는 말은 말할 것도 없이, 계급이나 계급투쟁마저 일반적인 용어로부터 거의 소멸해, 노동자가 종업원이나 스태프 등의 용어로 바뀌어가는 시대로 접어들고 있다. 이러한 때 과연 프롤레타리아 문학을 읽는 의미가 있을 것인가?

'자본주의'를 대부분의 사람이 긍정적으로 받아들이고, 부정적인 면은 생각해 보지도 않는다. 이러한 시대에, 설령 대립이 있다고 하더라도 나쁜 자본주의(일본주식회사)와 좋은 자본주의(글로벌리제이션)가 주요한 대립이라고 하는 이 시대에 자본주의 타도를 지향했던 프롤레타리아 문학을 재독한다는 것이 가능이나 한 것인가?

게다가 프롤레타리아 문학에서 가장 수수하고, 암울한 구로시마 덴지(黒島伝治)의 작품을 말이다. 서구 마르크스주의와 이어지는 문화이론가로서 구제된 나카노 시게하루(中野重治)(『나카노 시게하루와 모던마르크스주의(中野重治とモダン・マルクス主義)』에서의 미리암 실버버그[Miriam Rom Silverberg]의 시도)와 같은 복권 등은 바랄 수도 없는, 화려한 것과는 인연이 없는

구로시마 덴지를, 다시 읽는 의미는 정말로 있는 것인가?

이러한 부정적인 질문을 빠져나가는 천진함이 통하던 시기는 이미 훨씬 전에 소멸해 버렸다.

몇 겹이나 되는 부정적인 질문을 빠져나가고 나서였다. 하지만 "지금, 우리는, 구로시마 덴지를 필요로 하고 있다."고 나는 단언한다.

이러한 시대에 거스르기 위해서가 아니라 실로 이러한 시대이니만큼 "지금 우리는 구로시마 덴지를 필요로 하고 있다."라고 나는 말하고 싶다.

과거 치쿠마쇼보판(筑摩書房版)『구로시마 덴지 전집(黒島伝治全集)』(오다기리 히데오(小田切秀雄)·쓰보이 시게지(壺井繁治) 편집, 1970)의 내용 견본에서 나카노 시게하루는 이렇게 쓰고 있다.

> 구로시마 덴지는 병사 작가였다. 또한 농사꾼이라 불렸던 농민 작가였다. 그것은 그의 작품의 이야기 소재 때문만은 아니다. 그것도 있지만 그가 만든 예술의 질, 그 자체의 문제였다. 그 무렵 세상에서는 단절이라는 말을 하는 사람이 많았다. 좋다. 하지만 나는 구로시마를 읽고 나서 새롭게 묻고 싶다고 생각한다. 특히 이 전집이 필요로 하는 한에서 최고의 편자를 얻은 것을 행복하게 생각한다. 일본 군국주의의 난폭하고 오만한 부활과 전진 가운데 그중에서도 젊은 사람들이 구로시마를 미독(味讀)하기를 바란다.

나카노 시게하루가 구로시마 미독을 방해하는 것으로 든 '단절'이라고 함은, 아마도 전전과 전쟁과 전후의 체험을 무화하고 체제 변혁을 무화하는 것으로 보였던 고도성장사회의 진전이다. 또한 전후민주주의 및 구 좌익과의 '단절'을 적극적으로 내걸고 등장했던 신좌익운동이었음이 틀림없다.

그로부터 30년 정도가 지났다. 고도성장 사회는 포스트모던 사회에 의해 씻겨 나갔고, 신좌익운동도 운동으로서는 거의 소멸됐다. 그것뿐인가. '현존하는 사회주의'의 대붕괴와 함께, '역사의 종언'이 회자되고 있다. 물론 '단절'은 소멸한 것이 아니었다. 오히려 '단절'은 더욱 전면적이고 결정적인 것이 돼, '단절'이 더 이상 단절로서 의식되지 않을 정도로 자명한 사태가 됐다고 해도 좋다. 그렇다고 한다면, 나카노 시게하루의 「구로시마 덴지 추천의 글」은 사람들에게 완전히 도달되지 않는 무언가가 돼 버린 것일까.

그렇다 말해야만 하는 그 지점에서야말로 실은 그 반대의 시작을, 반격을 시작해야 할 장소이다.

막다른 곳으로부터의 반전

슬라보예 지젝(Slavoj Žižek)은 『공산당선언』(최근에는 『공산주의자선언』이라는 호칭이 정착하고 있다)간행 150주년을 기념해서 크로아티아의 자그레브에서 출판된 재판(1998) 「서문」에서, 흥미로운 견해를 보여 주고 있다. 그 타이틀은 「여전히 요괴가 배회하고 있다!」이다.

우리는 '포스트모더니즘'이 가속화된 근대화에 타협하는 노력이었던 것을 드디어 알아차리고 있다. 경제적 그리고 문화적인 '글로벌리제이션'으로부터 시작돼, 가장 속 깊은 곳의 영역에서의 재귀성(再歸性)에 이르기까지, 생활의 모든 영역에서 소란스럽게도 성가신 사건을 통해 우리는 근대화의 진정한 쇼크에 잘 대처하는 것을 어떤 식으로 배워야 하는 것일까. 그러한 문제가 여전히 해결되지 않은 채 남아 있는 것을 가리키는 것은 아닌가? (중략) 여기서의 우리는 '글로벌리제이션'을 국민 국가라는 형태는 말할 것도 없이, 모든 지역적이고 민족적인 모든 전통마저도 위협하는 종합된 세계 시장에 의한 야만적인 압박으로 이해하고 있다. 하지만 이러한 상황 하에서이니만큼 『공산주의 자선언』에서 그려진 부르주아 계급의 사회적 충격은, 지금까지 없었던 현실적인 것이 된 것은 아닌가?[24]

지젝의 지적은 서구만이 아니라 포스트모더니즘이 횡행하는 일본에도 그대로 적용될 것이다.

지금은 '현존하는 사회주의'의 대붕괴와 체제 변혁을 지향하는 사상과 운동의 해체라고 하는 반자본주의적 모든 실천이 막다른 곳에 몰려 있다. 그러한 대항 세력의 후퇴는 자본주의가 제멋대로 날뛰는 것, 그것만을 노골적으로 드러내고 있는 사태에 이르렀다.

대항 세력의 극소화가 자본주의의 극대화(자본주의의 승리)를 불러왔다고 다시 말해도 좋다. 또한 자본주의의 극대화는 저지하는 대상을 잃고, 스스로를 통어(通御)해낼 수 없을 정도로 야만화되고 있다. 그것이 나타나는 것이 경제적인 글로벌리제이션으로 이와 병행한 지구적 차원의 경제적·군사적 체제 즉 글로벌한 안전보장체제의 형성이다.

따라서 지젝이 "여전히 요괴가 배회하고 있다!"라고 한 표현은, 반드시 정확한 표현은 아니다. 자본주의는 대항 세력(요괴)를 잃었기 때문에, 이전에는 주의 깊게 행동해서 노출한 적이 없었던 야만적인 성격을 노

24) 나가하라 유타카(長原豊)의 일본어역. (조쿄출판[情況出版], 2001)

골화되고 있다. 이는 그 야만성에 맞서서 투쟁하는 세력(요괴)이 끄집어 낸 한층 더한 야만성이 노출된 것이 아니기 때문이다.

이러한 사태를 야만성에 괴로움을 당하는 한 사람 한 사람이 확실히 확인해야 한다. 대항 세력의 대붕괴와 해체, 후퇴에 이은 후퇴를 인정 하면서, 역시라고 하는 체념이 아니라 그러므로 현재를 자본주의를 총 체적으로 비판할 수 있는 절호의 기회로 받아들이는 것이 요구된다.

대항 세력이 기존해 구사했던 비판 언어를 자명하게 생각하지 않고, 그렇다고 해서 쉽게 방기해 버리지도 말자. 비판 언어를 새롭게 묻고, 깊이 파고들어서 '비판'이 생성하는 장소에까지 이르는 것이 필요하다.

다양한 영역, 다양한 장르로 그러한 장소를 명확히 다지는 사람들과 의 완만하고, 지속적인 연계를 꾀하는 것 그렇게 생각할 때 우리에게 프롤레타리아 문학이 그리고 구로시마 덴지가 새로운 양상으로 나타날 것이 분명하다.

퇴적하는 빈곤과 비참, 절망과 증오의 재발견으로

지젝은 글로벌리제이션의 진전에 『공산주의자선언』을 재인식할 것을 환기시켰다. 그와 같이, 나는 일본에서 '자본주의의 야단법석'이 절정에 달한 버블이 한창일 때 게다가 '현존하는 사회주의'의 대붕괴를 계기로 '자본주의의 승리'가 떠들썩하게 선언된 1990년 전후에, 가만히 프롤레 타리아 문학을 다시 읽기 시작했다.

프롤레타리아 문학 중에서도 세계변혁의 목적의식 아래 정치적으로 급진화하기 이전의, 가장 초기의 작품들을 대상으로 삼았다. 당시 발표 된 아오노 스에키치(靑野季吉)의 「자연성정과 목적의식(自然成長と目的意識)」

(1926)에 따르면, 자연 발생적 프롤레타리아 문학이라고 바꿔 말해도 좋다.

그것만이 아니다. 이러한 문학과 함께, 이른바 노동문학을 읽고, 그것으로부터 거슬러 올라가 초기의 르포르타주나 암흑세계 탐방 그리고 히로쓰 류로(廣津柳浪)가 포착한 정치로부터 신체에 이르는 '괴물'까지 다시 읽었다.

그 작업을 나는 일본적 근대에서의 '빈곤'과 '비참함'이 어떻게 의식돼, 어떠한 '절망'과 증오'를 키워내 '반항'을 불가피한 것으로 했는지, 시대를 거슬러 올라가는 방법으로 재발견을 꾀했다.

물론 이 기획은 소프트한 고도자본주의와 야만스러운 버블 붕괴가 출현시킨 지나치게 밝은 '자본주의의 야단법석' 가운데 빈곤과 비참함을, 절망과 증오를 재발견하고 재정의하고 싶다는 내 내부의 요청이기도 했다. 양자가 이어졌을 때 일본적 근대에 퇴적한 방대한 '부(負)'의 감정과 표현이, 현재와 미래를 향해 넘쳐날 것이라고 기대하면서…….

이러한 다시 읽기 가운데 가장 자극적이었던 것 중의 하나가, 구로시마 덴지의 반전문학 및 농민문학에 관한 작품들이다.

그 자극은, 구로시마 덴지가 "비인간적인 사회적 억압에 수세적으로 저항하는 인간상을 그리고 확실한 작품세계를 만들더라도, 능동적인 변혁을 위한 싸움을 행하는 정치적 전위 내지는 그것에 준하는 인물을 부각시켜서 모험을 꾀하는 것은 극히 드물었다."(『구로시마 덴지 전집3』 1970)며 오다기리 히데오가 지적한 것과 관련된다. 나는 오다기리처럼 부정적인 견해를 가진 것이 아니라 오히려 긍정적으로 관여하는 지점을 통해서 구로시마에게 다가간 것이었다.

주지하는 것처럼 「전보(電報)」(1925)에서 시작되는 구로시마 덴지의 작품은 농민문학과 반전문학으로 크게 나뉜다. 전자는 주로 태어나 자란 고향 농촌에서의 가난하고 가혹하며 어둡고 참혹한, 혐오할 만한 체험과 관련된다. 후자는 주로 "뭐든지 때려 부수고 멸망시키고 싶다."(『군대일기(軍隊日記)』)고 하며 격렬하게 증오심을 불태운 이 년 간의 군대체험 후에 시베리아에서의 실제 전쟁 체험(1921~22)을 다루고 있다.

다만 이 농민문학과 반전문학은 전혀 다른 성질의 것이 아니다. 전후의 구로시마 덴지 평가의 계기가 된 『신일본문학(新日本文學)』(1949.8) 「구로시마 덴지 특집(黑島伝治特集)」에서 구라하라 고레히토(藏原惟人)는 구로시마 덴지의 반전문학을 논하고 있다. 거기서 그는 소설에 등장하는 병사들의 대다수가 농민출신으로 고향 농촌과 이어져 있어서, 자신들이 징발돼가는 러시아농민에 대해서 깊은 동정심을 품고, 자신들을 징발하는 장교들을 증오한 것이라고 지적한다.

지주나 농업 자본가 혹은 공장주 등의 횡포에 노출된 농촌에서의 일상마저도, 고통 그 이상으로 기쁨처럼 회상되는 전장(戰場). 하지만 그와 함께 병사들은 러시아 농민의 참상에 의해 자신들이 농촌에서 겪었던 괴로움을 재발견한다. 그렇다고 한다면, 구로시마 덴지의 반전문학은 농민문학을 총괄하는 장소가 된 것이라 하겠다. 약탈 전쟁이 자본주의 체제의 국내 지배의 총괄과 관련되는 것처럼 말이다.

시베리아 출병인가 시베리아 전쟁인가

1918년부터 1922년에 걸친 일본의 '시베리아 출병'은 분명히 1919년 러시아 혁명에 대한 간섭 전쟁이며, 시베리아 침략 전쟁이었다.

과거 미군의 베트남에서의 철군을 응시하면서 와다 하루키(和田春樹)는 시베리아 출병 혹은 시베리아 파병이라고 하는 명칭(침략자의 언어)으로 부터 시베리아 전쟁 혹은 시베리아 침략 전쟁으로의 전환을 요구한 적 이 있다(「시베리아 전쟁사 연구의 제문제(シベリア戦争史硏究の諸問題)」『러시아사 연구(ロシア史硏究)』 1973.4).

아시아에서 인민의 자각적 혁명에 적대하는 최초의 침략 전쟁이었 다. 선전포고 없이, 시베리아에서 자국 역사상 최장 기간의 전쟁을 했 다. 게다가 처음으로 패전해 철병했다. 하지만 그 죄를 속죄하지 않고 10년도 지나지 않아서 중국을 침략해, 중국혁명에 적대한 죄를 거듭했 다.

동시대적인 문제의식에 뒷받침된 이와 같은 와다의 문제제기는 『구 로시마 덴지 전집』 간행 및 나카노 시게하루에 의한 「구로시마 덴지 추 천의 글」과 같은 시기의 것이다. 이러한 사실에 주의를 기울여 보자. 오다기리 히데오나 나카노 시게하루는 동시대 베트남전쟁을 의식한 것 이 틀림없다. "아시아에서 인민의 자각적 혁명에 적대하는 최초의 침략 전쟁"에 실제로 관여해서, 그 내부를 병사의 시점을 통해 폭로한 구로 시마 덴지 소설의 동시대적 재발견이라 하겠다.

와다 하루키 논문이 게재된 같은 호에는 시마다 다카오(島田孝夫)가 「구 로시마 덴지 소론—시베리아 체험과 반전문학(黑島伝治小論——シベリア体 驗と反戰文學)」을 쓰고 있다. 이것은 전집 간행과 「구로시마 덴지 추천의 글」에 호응한 시도의 하나라고 해도 좋다.

하지만 시베리아 전쟁은 다카하시 오사무(高橋治)의 『파병(派兵)』 4부작

(1973~77)이나 하라 데루유키(原暉之)의 『시베리아 출병—혁명과 간섭 1917~1922(シベリア出兵――革命と干涉 1917~1922)』(1989)이라고 하는 노작의 출현 후에도 '시베리아 출병'이라는 용어로 남아 현재에 이르고 있다.

여기에는 베트남전쟁 후 아시아에서 혁명이 왜곡되고 혼미해지고, 더 나아가서는 동구·소련을 시작으로 한 '현존하는 사회주의'의 대붕괴라는 현상이 관련된 것만은 아니다. 당시로부터 현재에 이르는 '시베리아 출병'이라는 용어를 일관해서 사용하는 것은 전후를 거쳐도 또한 변경되지 않는 일본적 근대의 침략적 경향이 부각돼 있다.

이것은 단지 권력 시스템의 계속성과 관련된 것만이 아니라 그 시스템을 지탱하는 학문이나 문학 또한 좋지 않은 용어법에 관련된 것이다. 그런 만큼 우리는 누구 하나 그 경향과 관계가 없지 않다.

가령 그 경향을 부정하고 변경할 것을 요구하는 사람이라고 하더라도 예외는 아니다. 아니 그렇다고 한다면 더욱더 역사적으로 축적돼 온 무력감이나 절망, 증오를 자신의 내부에서 인정하지 않을 수 없다. 변경은 항상, 그 부(負)의 퇴적으로부터 시작되게 마련인 것이다.

그렇게 생각하면 우리는 일본적 근대에서의 야만적인 침략성의 돌파를 위해 내보내진 사람들-구로시마 덴지가 뛰어나게 그려낸 황량하게 눈 덮힌 시베리아를 떠도는 병사들-의 불안과 절망 그리고 증오에 어렴풋이 접촉하고 있다.

병사들의 죽음을 향한 표류

구로시마 덴지의 소설 가운데 시베리아와 관련된 것으로는 「격리실

(隔離室)」,「구리모토의 부상(栗本の負傷)」,「랴랴와 마르샤(リャーリャとマ
ルーシャ)」,「구멍(穴)」,「눈의 시베리아(雪のシベリア)」,「썰매(橇)」,「소용
돌이치는 까마귀 무리(渦巻ける鳥の群)」,「파르티잔・우르고프(パルチザン・
ウォルコフ)」,「빙하(氷河)」,「사금(砂金)」,「포로의 다리(捕虜の足)」등이 있
다.

그 작품들 가운데 예를 들어 다음과 같은 무참한 전쟁의 단편과 함
께 병사들의 격렬하지만 불안에 가득 찬 심정이 부상한다.

> 부자(父子)는, 한 간 정도 떨어져서 눈 위에 같은 방향으로 머리를
> 향해 누워 있다. 할아범의 손끝에는 작은 러시아 흑빵이 놓여져 있었
> 다. 아마도 누군가 그것을 먹으려 하다가 당한 것이리라. (중략)
> "이봐, 나야, 지금 겨우 알았어." 하고 요시하라(吉原)가 말했다. "전
> 쟁을 하고 있는 것은 우리야."
> "우리를 무리하게 시키고 있는 놈이 있어." 누군가 말했다.
> "하지만 전쟁을 하고 있는 것은 우리다. 우리가 그만두면, 끝날 거
> 야." (중략)
> "우리가 끝내지 않으면, 시간이 아무리 지나도 끝날 것 같으냐. 놈
> 들은 훈장을 받기 위해서 어디까지라도 우리를 혹사시키고 죽여 버릴
> 거야! 이봐들, 그만두자. 그만둬. 철수하자!"
> 요시하라는 싸움이라도 하듯이 격렬해져 있다. (「썰매」)

하지만 그들은 장교들에 의해 차례차례 총살당한다. 눈 위로 필사적
으로 도망치는 병사들에게도 가차 없이 총탄이 내리쏟아진다. 썰매 끄
는 인부로 징발된 러시아인이 중얼거린다.

일본인이라는 놈들은 마치 광견이다. 등신 같은 놈들이다!

설령 살아남았다 하더라도 병사들을 기다리고 있는 것은 파르티잔과 의 처절한 전투이며(「파르티잔 우르고프」 외), 조선인 노인의 생매장이며(「구 멍」), 또한 검을 자랑하는 장교가 포로를 연습 삼아 베는 것에 동조하거 나(「포로의 다리」), 혹은 다음과 같이 눈 속에서 죽음의 행군을 하는 것에 지나지 않았다.

열고 그리고 흰 황혼이, 광야 전체를 덮어씌우며 육박해 왔다.
어디로 가면 되는 거야!
지쳐서, 눈 가운데 쓰려져, 그대로 동사해 버리는 자가 있다는 것을 마쓰모토(松本)는 종종 듣곤 했다.
로와 공복은, 추위에 대한 저항력을 빼앗아 가버린다.
한 개 중대 모두가 눈 속에서 동사하는 그러한 것이 가당키나 한 것일까? 그러한 것이 있어도 된단 말인가?
소좌(少佐)의 성욕의 ××[2자 복재가 된 것이다. 병사들은 그러한 것 조차 몰랐다.
어째서, 시베리아에 와야만 했나. 그것은 누구에 의해 불려온 것인 가? 그런 것은 물론 눈 위에 숨어서 그들에게는 알 수 없었다.
우리는 시베리아에 오고 싶지 않았단 말이다. 억지로 끌려온 것이 다. ──그것조차, 그들은 지금 거의 잊어버리고 있었다.
그들이 생각하는 것은, 죽고 싶지 않다. 어떻게 해서든 눈 속으로부 터 도망쳐서, 살고 싶다. 단지 그것뿐이었다. (중략)
다만 어디까지 가도 눈뿐이었다.

(「소용돌이치는 까마귀 무리」)

병사들의 죽음을 향한 표류라 할 수 있다. 그렇다면 만약 "어째서 시베리아에 와야만 했나. 그것은 누구에 의해 불려 온 것인가?"라는 질문에 대답이 부여된다면, 사태는 일변할 것인가?

전쟁의 인식이 죽음으로 이어진다. 그것이 전쟁이다

하지만 구로시마 덴지의 시베리아 전쟁물에서, 전쟁에 대한 인식은 새로운 삶으로 이어지지 않는다. 오히려 그것은 죽음으로 이어질 수밖에 없는 것이다.

결국 이렇게 된 것은 정해져 있던 것이다. 그것을 한 오라기 짚에 매달린 것이 잘못이다. 구리모토는 그것이 진실이라고 생각했다. 병원은 부상자를 치유하기 위해 존재한다. 부상자를 치유하면 탄환이 날아오는 곳으로 냉담하게 돌려보내는 것이다. 다시 부상을 입으면 다시 그것을 치료하고, 다시 내보낼 것이다. 세 번이고, 네 번이고, 다섯 번이고.

하나의 기계는 쓸모없어질 때까지 고쳐서 쓰지 않으면 손해다. 그것과 마찬가지다. 그것을 위해서 병원에서 준비를 잘해야만 한다! 아마도 앞으로는 점차 더 잘 준비될 것이다. 하지만 그것은 우리에게는 아무것도 되지 않는다.

구리모토는 놀란 순간부터 급격하게 체내의 세포가 변화한 것 같은 기분이 들었다. 그는 더 이상 잃을 아무것도 없었다. 어차피 죽음으로 내몰릴 뿐이다. (「빙하」)

전쟁에 대한 현실적인 인식이, 인식한 사람에게 죽음을 불러오는 것.

그것이야말로 전쟁이라고 하는 잔혹하고 음울한 확인이다. 이는 구로시마 덴지의 시베리아 전쟁 관련 작품의 가장 특징적인 경향이라고 해도 좋을 것이다.

그것은 또한 「파르티잔·우르고프」(1930)의 발매 금지(검열, 말살), 동시대의 제남사건(濟南事件)[중국침략전쟁]을 취재해 소설화한 구로시마 덴지에게 첫 장편 『무장하는 시가(武裝せる市街)』(1930)의 발매 금지(검열, 말살)로 나타났다.

구로시마 덴지는 같은 시기에 발표한 평론 「반전문학론(反戰文學論)」(1929)에서, "개인의 고통, 다수의 희생, 전쟁의 비참 그리고 이러한 것에 대한 개인의 기분이나 인도적 정신"을 그리는 것은 "부르주아지의 전쟁 반대문학", "개인주의적 입장으로부터의 일반적인 전쟁 반대"라고 말한다. 그러면서 "자본주의 제도가 존속하는 한 전쟁 준비는 끝나지 않는"다는 것을 폭로하고 있다. 그는 전쟁의 절멸을 위해서 프롤레타리아트의 내란=혁명전쟁이 필요하다는 것을 표명하는 "프롤레타리아트의 전쟁 반대 문학"이 쓰여야 한다고 주장하고 있다. 이 주장은 구로시마 덴지의 시베리아전쟁에 대한 비판(당시에도 그리고 전후에도)을 스스로 표명한 것이라 해도 좋을 것이다.

하지만 그렇다고 해서 "프롤레타리아트의 전쟁 반대 문학"으로부터, '개인의 고통, 다수의 희생, 전쟁의 비참'이 경감되는 것은 아니다. 오히려 그것은 한층 강한 것이 되기에, 다음 차원으로 폭발적으로 전개되는 가능성을 갖고 있다. 그러므로 "프롤레타리아트의 전쟁반대문학"으로서 구상된 『무장하는 시가』에서도 다음과 같은 표현이 나타난다.

그에게는 아버지가 언제까지고 유치장에서 나오지 못하는 것과 그
들의 집이 누구에게도 보호받지 못하는데, 공장이 한결같이 보호받고
있다는 것도, 먹고살지 못하는 공장 노동자들의 당연한 임금 지불 요
구가 거절되고, 한 사람 한 사람이 두들겨 맞는 것도 모두 마찬가지로
어떤 하나의 원칙에서 나오는 것임을 느꼈다.

그것은 무수히 많은 작은 것들을 희생으로 삼아서 커다란 놈만이
비대해지는 것이다. 아버지는 예전에 학교의 건축비를 마을 예기(藝妓)
에게 쏟아부은 면의회 의원을 폭로하려고 했다. 그것 때문에 오히려
언덕 위에서 굴러떨어지고 말았다. 그리고 전락이 시작됐다.

──최후의, 더 이상 굴러떨어질 단계가 없을 정도까지 떨어지지
않으면 납득할 수 없다고 그는 생각했다. 이것은 인생의 운이나 인연
이라고 하는 것이 아니다. 커다란 놈이 비호를 받기 위해서 작은 놈이
떨어지는 것이다. 그래서 우리는 모두가 최후까지 떨어지지 않으면 안
되는 것이다! 하지만 언젠가는 거대한 건축물이 토대의 돌부터 허물어
져서 무너져 내릴 때가 온다. 오게 돼 있다.

(『무장하는 시가』)

전쟁 상태에서 개인의 고통과 비참함이 극한에 달해 '우리'의 고통과
비참함이 더해진다. 전쟁 상태에서의 해방과 변혁의 불가능성으로부터,
다시 말하자면 막다른 지점으로터의 반격이 여기에서는 생생하게 포착
돼 있다.

구로시마 덴지의 반전문학에 나타나 있는 막다른 골목으로부터 싹트
는 반격의 맹아(萌芽)를, 우리가 살고 있는 시대의 막다른 곳에서 펼쳐지
는 반격의 맹아와 겹쳐서 보는 것은 어떨까.

'지금도'가 아니라 '지금이야말로' 우리는 구로시마 덴지를 필요로

하고 있다.

구로시마 덴지가 표명한 반격은 우리를 필요로 하고 있다고 바꿔 말
해도 좋을 것이다.

▼ 200107

제 3 부

전후라는

황야를 살아가다

문화인류학의 해체
— 나카가미 켄지의 달성

　　나카가미 켄지의 작품 가운데 「골목길(路地)」25)은 항상 보이지 않는 압도적인 중심이었다. 이 작품의 주인공들은 그 소용돌이치는 중심으로 어느새 불려 들어가 조종된다. 그들은 필사적으로 항거하면서 부(負)의 빛남이라고 해야 할 독특한 표정을 짓고 있다. 여기서 '골목길'이란 현실의 피차별 부락과 겹쳐지면서도 그것을 넘어선 독특한 무언가이다.

　　그렇지만 그 중심적인 존재는 주인공들에게 애초부터 분명한 것은 아니었다. 우리에게도 아직, 또한 나카가미 켄지에게도 그러했음이 틀림없다. 여기에 나카가미가 지도적(地図的)인 질서를 폭파하려고 갈앙(渴仰)해 마지않는 초기 작품으로부터 갈앙의 근거를 씻어내려 한 『곶(岬)』이나 『고목탄(枯木灘)』 등으로 이행한 흔적이 있다. 지금까지의 모든 작품을 골목길 빛에 비추며 더 나아가 그 역광에 의해 골목길을 '골목길'로 회복하려는 작업에 착수할 수밖에 없었던 이유가 존재할 것이다. 다시 말하자면 『쿠마노슈(熊野集)』에서 시도된 것을 시작으로 골목길=중심이

---

25) 본문에서 「 」가 아닌 ' '안에 '골목길'을 넣는 것은, 이것이 단순히 작품명만을 나타내는 기호로 기능하고 있지 만은 아님을 강조한다. 즉 나카가미 켄지에게 '골목길'이란 자신의 삶과 작품이 만나고 이탈하는 장소이기도 하다.

명확한 형태로 노정된 것이다.

하지만 이 작업 과정은 마침 과거에 태어나 자랐던 현실의 골목길이 현실적으로 해체돼 가는 과정과 궤를 같이 하고 있다. 오히려 해체되는 골목길이 골목길의 현재화를 촉진하고 있다고 하는 편이 좋을 것이다. 이러한 지극히 역설적인 사정이, 작업의 진행을 고삽에 가득 찬 것으로 만들었다. 그래서 누차 중단되었으며, 또한 골목길을 극단적으로까지 둔화시키면서 거기에 몇 가지 문제를 불러들였던 것으로 보인다.

『쿠마노슈』는 1980년 6월호 『군조(群像)』에 발표된 「불사(不死)」에서 시작돼, 1982년 3월 호에 발표한 「까마귀(鴉)」에 이르는 14편의 단편을 모은 연작 작품집이다. 연작이라고는 해도, 같은 스타일로 쓰인 것이 아니라 설화와 같은 이야기, 현대 이야기로 구성돼 있다. 또한 이는 『고목탄』 등의 작가 '나'의 일상적인 사고를 기록한 것이며, 다채로운 스타일이 채용돼 있다. 이 다양한 스타일에 의한 골목길의 현재라는 점만을 보더라도, 나카가미에게 '골목길'이 갖는 복잡한 양상의 일단을 엿볼 수 있다. 하지만 단순히 그것만을 알 수 있는 것은 아니다. 설화(및 현대 이야기) 계열의 작품과 '나'를 그린 계열의 작품 사이의 반복에 의한 상호 침투 및 교차가 깊이나 농담, 확장이나, 동적인 성격을 '골목길'에 부여하고 있는 것이다.

예를 들면 설화 계열 작품에 공통적으로 나타나는 성적 관능을 입구로 한 이계(異界), 천하기에 성스러우며 귀신이기에 귀인인 이형(異型)을 갖는 자들이 사는 꺼림칙하면서도 강렬한 세계로의 끝없는 동경은 다음과 같은 '나'의 강한 욕구를 멋지게 울려 퍼진다.

내가 생애를 걸어 파괴하지 않으면 안 되는 것은 제아미(世阿弥)의 예술과 예능 세계라고 생각하기 시작했다. 비(秘) 하면 꽃, 그러면 꽃이 너무나 취약하기 그지없다. 천하기에 아름다우며, 노골적이며, 무시무시하게 경박하기에 빛난다. 이러한 직선적 긍정, 그것이야말로 꽃이고 힘이라고 생각하며 나는 제아미도 아직 본 적이 없는 석교 앞에 내내 서있는 듯한 기분이 들었다. (「석교(石橋)」)

이러한 동경, 이러한 욕구는, 작업의 진행 상 강해지는 경우는 있어도 약해지지는 않는다. 게다가 그 근저에는 "게타 수리 장사나 소 죽이는 백정이나 가죽 벗기는 사람이 사는 골목길이나, 집안에서 소발굽을 고치는 사람이 태어났다고 하는 피에 구애받지 않으며, 반짝반짝 빛나는 남국의 기슈신궁(紀州神宮)을 그려라"(「초지마(蝶島)」)라고 하는 시민 사회적 평준성에 근거하는 충고에 대한, '나'의 절대적인 분노가 끓어오르고 있는 것을 잊어서는 안 된다. 그것이야말로 이 책에서 가장 매력적인 페이지를 이루고 있다.

하지만 그러한 충고=규제가, 일반적인 것에 그치지 않고, 오히려 현실의 골목길 측으로부터 발화될 때, '내' 분노는 갈 곳을 잃는다. 게다가 '내'가 돌아온 골목길은 행정이라는 이름의 권력에 의해 그리고 시청과 결탁한 내부의 사람들의 손에 의해 역사적인 수탈의 끝에서 지금 억지로 해체되려 한다.

따라서 '내'가 갖는 '천한 것과 다른 것'에 대한 의지는 극히 착종된 관계 가운데 설 수밖에 없을 것이다. 골목길을 해체하는 시민사회의 힘에 대해서는 골목길을 지키는 '이인(異人)'으로서 싸워야 하지만 골목길에 대해서는 아슬아슬한 곳에서 그것을 이화하는 '이인'일 수밖에 없다.

덧붙여서 '나'는 과거에 어머니에 이끌려서 골목길을 나온 이인이다. 또한 남아 있던 형이 착종 끝에 자살한 것, 골목길 해체에 일족 중 누군가가 힘을 빌려주고 있으며, 그들이 보자면 '나'는 '이인'이라는 사실 등이 이러한 착종에 한층 박차를 가하고 있다. 과연 여기서 '나'에게 무엇이 가능하단 말인가. 그렇게 자문하는 '나'에게 가능했던 것은 그저 테이프레코더를 돌려서 8미리 카메라를 들고, 소멸하는 골목길의 목소리와 모습을 각인시키는 것이었다. 그리고 그러한 물음이나 행위의 모든 것을 『쿠마노슈』라는 작품으로 계속 쓴다고 하는 극히 고독한 작업을 할 수밖에 없었다. 그것밖에 할 수 없었다고 하는 것은 물론 내 판단이 아니다.

이러한 작업이야말로 유일한 현실적 가능성이 아닌가 하고 지적하는 텍스트주의자들은 아마도 '나'를, 착종하는 관계의 총제인 '나'를, 파악할 수 없을 것이다. 그것밖에 할 수 없었다고 하는 현실적 불가능성은, '내'게 태어나서 처음으로 자살의 이미지를 환기시키는 것만이 아니라 골목길에서의 과거와 현재의 엄청난 죽음을 휘감고 있는 것이다. '나'는 관계의 전 중량을 견뎌 내고 관계의 통곡에 통곡하고 있는 것이다.

다만 이러한 물음을, 통곡을 발화하는 장(場) 자체로부터 파악해 내려고 한 것에 이 작업은 한편으로는 '나' 자신의 방법 및 문학 사상의 현재가 다다른 함정을 뒤집는 시점을, 뜻밖에도 획득하고 있는 것처럼 보인다. 그것은 예를 들면, '내'가 "갑자기 만들어진 문화인류학자가 된 것처럼"(「초시마」) 골목길이라는 다 읽을 수 없는 텍스트를 향하고 있다고 하는 자세와, "그렇게 문화인류학이나 민족학의 추상물로 삼지 않으면 수습이 되지 않는다."(「사쿠라가와(櫻川)」) 정도로, 구체적인 관계의 와

중에 있다고 하는 아픈 인식 사이의 미묘한 차이 가운데서 엿볼 수 있음이 틀림없다.

즉 '나'는 대상으로서의 텍스트를 몸소 살면서, 아니 그 텍스트 자체가 '나'이며 게다가 그것을 절단하는 현실적 불가능성으로 한층 현실적 절단과 전도를 묻는 문화인류학자로서 존재할 수밖에 없는 것이다. 갑자기 만들어진 문화인류학자는 이런 경우 어쩌해도 좋다. 하지만 여기서 '나'는 현실적 불가능성을 유일한 레종데트르(존재 이유)로 삼고 모든 텍스트를 잠식해 마지않는 현재의 문학과 사상의 지배적 질서(모드로서의 문화인류학이란 확실히 그 심볼이다)의 내부에 참가하면서, 그 구조를 폭로하고 비어져 나와 버린 것이다. 레비 스트로스(Lévi-Strauss)의 『아스데 힐무훈시(アスディワル武勳詩)』주석에는 가공의 무훈시를 교정 주석하는 남자의 이야기(「해신(海神)」)가 과거 계획됐으면서도 끝내 쓰이지 못한 것으로 나온다. 이것도 이 '나'에 비추어 보면 반드시 자각적인 것은 아니지만 당연한 것이라고 해도 좋을 것이다.

그런데 '나'에게 현실적 불가능성은 다른 한편으로는 '다른 것'으로의 의지를 과잉될 정도로 다진다. 그러면서 '골목길'을 절대화하는 것으로 현실의 구조 인식을 사상(捨象)하기 쉬운 위태로운 가운데 동시에 불러들이고 있다. 물론 나는 '내'가 골목길 가운데 침입하는 구제할 길이 없는 시민사회의 논리나 힘 또는 관광 팸플릿 대신에 '내' 작품을 갖고 오는 젊은이에 대해, 강한 분노와 함께 '내부'의 의식을 앙진시킨다. 그러면서 "골목길에 사는 자 이외에는 모두, 내 세계로부터 나가줘"(「사쿠라가와」)라고 하는 마음속의 외침을 부정하는 것은 아니다. 이것을 만약 '안-밖'을 가르는 이분법으로 포착하는 자가 있다고 한다면, 나는

'나'와 함께, 그것은 '밖'의 힘을 은폐하는 두드러진 이데올로기슈(사상 적)한 것의 행사라고 단언할 것이다.

그렇다고 해도 안-밖의 현실적인 인식은 어디까지나 안-밖을 전체적 으로 파악하기 위한 단서로서 생각해야만 한다. 그렇지 않다면 밖에도 또한 안이 있는 것을 발견하는 것 보다 한층 중대한, 안에도 또한 밖이 제도화 돼 있는 것을 인식하는 가능성이 상실된다고 해도 좋다. 하지만 여기서 '내'가 격화시키고 있는 것은, 현실의 골목길에 대한 '이인'이라 는 것을 소거해 버릴 정도로 강한, '밖=시민사회'에 대한 분노이다. 또 한 그것이 현실의 한국을 '한국'화해서, '안=골목길'과 같은 행렬로 이 어가는 것이다(「까마귀」).

확실히 한국도 또한 일본이라는 시민사회의 권력에 의해, 식민지시대 뿐 아니라 현재에도 '안'에 봉쇄돼 존재하는 것이다. 하지만 이 '안'은 일본의 식민 권력과 공통점을 갖고 국가권력을 과시하는 현실적 세력 이라는 것도 의심할 수 없는 사실이다.

'나'의 '골목길'이 현실의 골목길에 의해 갈기갈기 찢어지는 장면이 있는 것처럼 '한국'은 또한 현실의 한국에 절반은 배신당할 것이 틀림 없다. 그렇기 때문에 '골목길'이며, '한국'인 것일까. 다른 것을 요구하 는 게 '귀인(貴人)'을 맞은편에 보고, 게다가 "여자가 유서 있는 분이 아 니라 신분이 낮은 창녀였다는 것에 불만"(「카쓰우라(勝浦)」)이라는 지점에 도달할지도 모를 때 저 매력적인 정상이 그대로 낮은 곳을 향해서 굴러 떨어지는 비참함이 여기에서도 반복될 것인가. 그 아포리아는 나카가미 가 이 책의 작업 과정에서 낳은 『천년의 유락(千年の愉樂)』, 『땅의 끝 지 상의 때(地の果 至上の時)』, 『성찬(聖餐)』혹은 『이야기 서울(物語ソウル)』 등

에도 만전한 모습으로 발견해 낸 것은 아닌 것처럼 보인다.

하지만 그것과 마주 보기 위해서 '내'가 관계에 통곡하는 것처럼 나도 또한 내 관계에 통곡하는 것으로만 출발할 수밖에 없다. 이 책이 우리에게 말을 거는 가장 통절한 것은, 아마도 그것을 모든 텍스트의 그물코를 찢어버리고 노정시키는 지점에 있는 것인지도 모른다.

▼ 198410

그것은 불쾌감으로부터, 시작됐다

— 나카가미 켄지라는 시대

마지막이 시작으로

나카가미 켄지의 죽음을 들었을 때 나를 엄습한 것은 후회도 슬픔도 아니었다. 상실감도 아니었다. 더구나 '이단의 죽음'이나 '현대문학의 커다란 손실' 등과 같은 것은 전혀 떠오르지 않았다.

나카가미 켄지의 마지막을 들었을 때 나를 조용히 엄습한 것은 나카가미 켄지의 시작이었다. 정확히 말하자면 나카가미 켄지와의 시작이었다.

지금으로부터 거의 20년 전 만추, 며칠 사이에 일어난 나카가미 켄지와의 시작이 부보와 함께 내게 찾아온 것은 나를 고양시켰다. 나는 그 선명한 시작에 비교하자면, 나카가미 켄지의 마지막 따위는 전혀 실재하지 않는 것과 같다고 생각했다.

따라서 그 선명한 시작에 대한 생각은 어떤 것의 끝에 언제나 끄집어내지는 온화한 회고나 회상이 아니다. 그렇게 하는 것을 통해 마지막을 확실하게 받아들이려고 하는 회고나 회상이 아니라고 나는 굳게 마음먹으려고 했다. 확실히 나카가미 켄지와의 시작은 '과거에 경험한 적'

이라고 하는 한정된 수사로부터 훨씬 흘러넘쳐서, 현재 경험하고 있는 사건처럼 내게 육박해 왔다.

나는 나카가미 켄지의 통야(通夜, 죽은 사람의 유해를 지키며 밤샘)는 물론 이고, 도쿄에서 행해진 고별식에도 참석하지 않았다. 하지만 나카가미 켄지에게, 나카가미 켄지와의 시작이 이렇게 선명하다는 것을 꼭 전하고 싶은 마음은 강하게 남았다. 마지막이 시작이라고 하는 참으로 즐거운 역설을 전해주고 싶었다. 그러한 행위와 마음의 모순을 모순인 채로 놔두면서, 나는 이미 어떻게 해서든 전할 수 없는 곳으로 멀어져 버린 나카가미 켄지와 이별을 할 수밖에 없었던 것이다. 아니, 그렇게 하는 것 밖에, 나는 나카가미 켄지의 죽음을 받아들일 수 없었던 것인지 모른다.

내가 나카가미 켄지라고 하는 미지의 작가명을 들은 것은 와세다 러시아문학과 학생이었던 N에게서였다.

N은 이상할 정도로 길고 가느다란 얼굴과 몸을 언제나 칠흑의 옷으로 감싼 채, 세이부신주쿠선(西武新宿線) 누마부쿠로역(沼袋驛) 근처의 값싼 아파트 2층에서 조용히 살고 있었다. 그는 이바라키(茨城) 고향집으로부터 어째서인지 빈번하게 오는 즉석 라멘을 먹고 살았다. 거의 방에서 나오지 않는 N은 내게 아파트의 꾀죄죄한 천장에 달라붙어서 꼼짝도 안 하는 검고 커다란 거미를 연상시켰다. N은 알렌 포와 도스트옙스키, 랭보 그리고 하니야 유카타(埴谷雄高)만 읽었다. 그리고 일체의 정경을 떼어내기 위해 기록해 둔 것만 같은, 실로 엉망진창인, 하지만 그만큼 N의 지향이 부각된 시를 쓰고 있었던 것이다.

그 시를 짜는 검고 커다란 거미에게, 나는 도대체 무엇이었던 것일까.

아직도 내가 어떤 사람인지 확실히 알 수 없는 내게, 그 무렵 나를 특정할 수 있을 리가 없었던 것만큼은 확실하다. 다만 N이 『까라마조프의 형제』를 읽고, 내가 『독일·이데올로기』의 언어를 남발하며, 며칠이고 계속 해서 거의 서로 욕을 퍼부어 대는 것 같은 유치하고, 그런만큼 노골적이라고 할 정도로 본질적인 사상극을 둘이서 계속 해서 연기했던 것만은 확실하다. 세이부신주쿠선 누마부쿠로역 근처의 싼 아파트에서 하루 종일 햇빛이 비치지 않는 이 층에는 그때 확실히 과묵하고 낙천적인 작은 도스토예프스키와 매우 지껄여대며 니힐리스틱한 극소 마르크스주의자가 점점 밝아져 가는 1970년대 중반 거리를 피해서 사상적인 '어둠'과 '소실점'을 창출에 필사적이었다고 해도 좋으리라.

고등학교 시절, 전공투 운동의 끄트머리에 참가해서 '내란'을 체험한 것이 유일한 공통점이었던 N과 나는 그렇게 해서 지금부터는 시대의 흐름과 다른 곳에서 한 사람 한 사람이 계속하지 않으면 안 되는 '내란'의 언어와 행위를 발견하려고 했다고 고쳐 말해도 좋을 것이다. 서로를 격렬하게 악매하면서도, 나도 N도 결코 서로를 배척하지 않았다. 그것은 악매의 언어가 상대를 향하는 것이 아니라 '내란'의 언어 행위의 발견이 지지부진해서 앞으로 나아가지 못하는 자기 자신을 향하고 있었음을 서로 잘 알고 있었기 때문이다.

물론 이러한 뒤틀린 갈등의 무대에서 우왕좌왕하고 있는 것은, N과 나뿐만이 아니었다. 대학에는 거의 얼굴을 비추지 않는 것만으로 이어져 있던 몇몇 친구들도 그러했다. 아마도 그 시기, 무수한 갈등의 무대

위에서 무수한 갈등극이 펼쳐지고 있었음이 틀림없다.

내가 나카가미 켄지라고 하는 미지의 작가 이름을 들었던 것은 그러한 갈등의 무대 위에서였다. 다소 과장된 표현을 하자면 그 순간 나는 나카가미 켄지와의 만남을 시작하게 되었다.

절대적 불쾌감의 폭력성

스웨터를 한 장 껴입고, 걸을 때마다 삐걱삐걱 소리를 내는 복도의 막다른 곳에, 밸브가 고장 나서 물이 계속 흘러나오는 화장실 옆 계단을 내려가 밖으로 나왔다. 나는 라멘가게 구석에 있는 공중전화 박스에 들어가서 10엔 동전을 넣고 다이얼을 돌렸다. 3번 정도 호출하는 소리가 나더니 여자 소리가 났다. 나는 아무 말도 하지 않았다. "여보세요. 여보세요. 시라이(白井)입니다만." 하고 여자는 말했다. "여보세요." 하며 여자는 잘못 걸려온 전화라고 생각한 모양으로, 그대로 전화를 끊어 버렸다. 나는 깊게 숨을 한 번 들이마신 뒤 다시 10엔 동전을 넣고, 다시 다이얼을 돌렸다. "네, 시라이입니다만……." 하고 여자는 전화를 기다리고 있었던 것처럼 명확하게 격식을 차린 목소리를 냈다. "여보세요. 누구시죠?" 나는 여자의 목소리에 끌려 들어가듯이 낮고 소곤소곤한 목소리로, "여보세요." 하고 말했는데 그리고 무엇을 말하면 좋을지 알 수 없어 졌다. "저기, 누구시죠?" 여자는 묻더니, 내가 대답을 하지 않고 있자 "이상하네……." 하고 혼잣말로 중얼대더니 전화를 끊어버렸다. 나는 그 여자의 의아해하는 목소리를 귓가에 남긴 채 느닷없이 몸 안에서부터 엄습해온 감정이 들끓는 것을 알고, 다시 한번 10엔 동전을 넣고 다이얼을 돌렸다. 여자가 수화기를 들었을 때, 나는 여자의 응답을 기다리지 않고, "너는 산주×(三重×)니까 말이야. 각오해" 하고 숨죽인 목소리로 말했다. "무엇을 당한다고 해도 불평하지 못 할 테니, 개처럼 때려죽이고 가죽을 벗겨도 넣두리는 하지 마"
나는 여자의 목소리를 무시하고 이렇게 말하고 수화기를 내던지듯이
내려놓았다. 목소리로 나오지 않았던 언어의 무리가 내 멱살 부근에
무성한 가지처럼 겹쳐져서 나는 그 언어의 무리를 토해 낼 수도 없고,
그저 히스테릭한 큰 웃음소리를 냈다. 몸속에 인스턴트 소다수 같이
톡톡 터지는 웃음의 거품을 안으면서 그 집 근처로 전화의 효과를 지
켜보기 위해서 걸어가 보자고 나는 생각했다. 오후 빛이 염소(塩素)와
같은 냄새를 내고 차가 달려 나가는 큰길가 뒤쪽의 건물이나 공기를
더럽히고 있다. 보도에 받침대를 놓고 소나무나 찌그러지게 뒤틀린 단
풍나무 분재를 늘어놓고 빛을 쪼이고 있는 다다미가게 앞에서 나는
걷는 것을 그만두고, 바보 같다는 생각에 되돌아갔다. 무엇도 바뀌지
않는다. 나는 불쾌했다.

(「19살의 지도(十九歳の地図)」)

나는 N이 건네준 이제 막 출판된 『19살의 지도』를 그날 읽었다. 그
리고 며칠 걸려서 정성스레 다시 읽었다. '현재'에는 전혀 무관심해 보
이던 N이 현대문학의 열렬한 독자라는 것을 안 것과 함께 어째서 내게
나카가미 켄지라는 작가의 첫 번째 작품집을 "조금 좋긴 한데, 내게는
맞지 않아" 하고 말하면서 넘겨준 것인지를 이해했다.

이것은 폭력적으로까지 '불쾌'한 것과 관련된 것이 틀림없었다. 이
창작집에 수록된 「맨 처음 사건(一番はじめの出來事)」, 「19살의 지도」, 「달
팽이(蝸牛)」, 「후다라쿠(捕陀落)」 등 4편의 중편에는 이른바 절대적인 불
쾌감이라고 할 수 있는 것이 충만해 있었다. 아니, 그것만이 아니다. 거
기에는 그러한 불쾌감만이 존재하며, 불쾌감이 이야기를 시작해 정체시
키고, 일그러뜨리고, 뛰어오르게 하고, 진정시키고, 갈기갈기 찢고, 뛰

고, 잇고……. 이야기의 훨씬 이전부터 존재하고 있던 것 같은 절대적 불쾌감은, 하나의 이야기 가운데 구체화하고, 증식하고, 이야기의 마지막에 초조해 하며, 하나의 이야기가 넘쳐나고, 다음 이야기를 찾아서 떠돌고 있다.

이 불쾌감이야말로 1970년대 중반에 접어든 시대의 '지금 여기'에 대해서 어떠한 거리를 두고 어떠한 방법으로 '내란'을 준비해야 하는 것인가 생각하고 있다. 신체와 감정의 절반은 이미 기묘하게 밝고 온화한 '지금 여기'에 납치된 것을 통감하는 그러한 한복판에서, 여러 모로 궁리를 한 내가 있고, N이 있으며 그리고 무수한 갈등극을 연기한 모든 주체가 있던 것이다.

아니, 그러한 표현은 적절하지 않다. 내 불쾌감은 나카가미 켄지의 『19살의 지도』의 '불쾌감'에 의해 처음으로 확실한 용모와 자태를 부여받았던 것이다. 물론 나뿐만이 아니다. N도, 무수한 갈등극의 주체도, 이 '불쾌감'에 의해 자신이 불쾌감 그 자체라는 것을 발견한 것이다.

요컨대 나는 나카가미 켄지라는 가장 새롭고, 동시대의 표현자이며, 동시대의 '동지'인 이 남자가 있다는 것을 알았던 것이다.

'불쾌'한 모든 관계의 총체

다만 '불쾌감'이라고 하면, 그것 자체가 나카가미 켄지의 표현이 갖는 특징은 아니다. '상식'의 반복이 아닌 한 어떠한 표현이든 그 근저에는 '불쾌감' 혹은 혐오를 숨기고 있다. '지금 여기'에 대해 그리고 '지금 여기'가 공고한 갑옷으로 삼고 있는 '상식'의 연쇄에 대한 전체적인 부정으로서의 '불쾌감'의 양과 강도야말로 표현의 가치를 결정한다고 해도 결코 과언은 아닐 것이다.

게다가 '불쾌감'이라고 하면, 이미 하니야 유카타가 『사령(死靈)』, 『불합리하기에 우리 믿는다(不合理ゆえにわれ信ず)』 가운데서 "자동률(自動律)의 불쾌함'을 제시해 사상적으로 단련시켰다. 1970년대 중반에 '하니야 유카타의 복권'이라는 기뻐할만한 사태가 현출한 것도 이 '불쾌감'의 시대와 무관계는 아니었을 것이다.

하니야 유타카는 "자동률의 불쾌"에 대해서, 예를 들면 다음과 같이 말하고 있다.

> 역시 어린 시절부터, 자기 자신에 대해 뿌리치기 힘든 이상한 위화감이 있다. 그것은 아직 정말로 작은 어린아이였을 때부터다. 물론 그 것을 자동률의 불쾌라는 식으로 자각 등은 하지 못했다. 하지만 무엇인가 전부 지탱할 수 없는 자신이 자기라고 하는 것은 이상하다는 느낌이, 답답한 분위기로서 감각적으로 있었으며 또한 어린아이 나름의 윤리로서도 있었다. "내가, '나는……'이라고 말하기 시작해 '……나이다'라고 단정할 수 없는 자동률의 불쾌감 속에 있는 것은, 이 나라고 하는 닫힌 단일한 주개념과 저 나라고 하는 열린 무한의 목적어의 접점에 있는 신체라고도 해야 할 것이다. 나는 우선 정치 운동 가운데로 들어가, 점차 우주론적인 생각으로 다가갔지만, A가 A라고 하는 완결성에 충족되지 않는 기질이라는 것은 처음부터 계속되고 있다. 우리는 변용을 향해서 돌진하는 종류의 동물인 것이라는 생각은 나로부터 어찌해도 빠져나가게 할 수 없다.
>
> (「『사령』에 대해서 [『死靈』について]」)

이처럼 "자동률의 불쾌"는 변용에 대한 욕망을 고정적인 '다양성이라고 하는 이름의 질서'로 녹아 들어가는 1970년대 중반의 시대 상황을 생각해 보면 매력적일 수밖에 없는 것이다.

하지만 나카가미 켄지의 '불쾌감'은 하니야 유타카의 "자동률의 불쾌"와 '지금 여기'에 대한 부정이라는 관점에서는 이어져 있다고 해도, 그 부정의 양태가 확연하게 다르다고 해도 좋을 것이다.

하니야 유타카의 "자동률의 불쾌"가 '지금 여기'를 수직적으로 꿰뚫는 예리한 날붙이와 같은 것이라고 한다면, 나카가미 켄지의 '불쾌감'은 '지금 여기'의 문지방을 옆으로 밀고 가서 마침내는 파괴하는 초중량급의 불도저를 떠오르게 한다. 전자가 이른바 단독자에 의한 밀실 범죄라고 한다면, 후자는 불쾌감에 의해 연결되는 무수한 자들이 자행하는 길 위의 파괴 행위로 그리고 그 파괴는 '바른' 것이라기보다는 추잡한 폭력성을 띠고 있는 것이다.

눈꺼풀이 짓눌리는 것 같이 답답하게 처지고, 입술이 두툼하며 아래턱에 예리한 살이 들러붙어있는 그 아이의 얼굴은, 보는 것만으로도 어쩐지 유쾌하지 않다. 이 아이의 눈을 바람총으로 쏴서, 나는 마음속에서 그렇게 외치고 있다. 그렇다, 그때 그렇게 바라고 있었다. 둔감한 가축과도 같은 어린아이가 유쾌하지 않았다. 아니, 그 아이만이 아니라 소 발굽 사내도, 미쓰코(光子)의 형으로 의족을 찬 사내도 유쾌하지 않았다. 아니, 틀렸다. 그들만이 아니다. 미쓰코도 테루아키(輝明)도, 나도, 모두 유쾌하지 않았다. (「달팽이」)

'나'에게 향해진 불쾌감이, 불쾌감을 진정시키면서 살아가는 자들이 '지금 여기'로 순종하는 것을 일거에 날려 버리고, 그로부터 진정시키려 해도 그럴 수 없는 불쾌감을 분출시킨다. 그들을 격렬하게 부정하면 할수록 그들과 내 사이에 불쾌감에 의한 친화성이 태어나는 것은 그 때문이다.

하나의 불쾌감은 또 하나의 불쾌감을 비추고, 그 불쾌감은 또 다른 불쾌감과의 유대를 찾아낸다. 이러한 상태를 볼 때, 나카가미 켄지의 애독자였던『독일·이데올로기』의 '인간'이란 '사회적 모든 관계의 총체(앙상블)'라고 하는 테제를, '인간'이란 '불쾌한 모든 관계의 총체'라고 바꿔 말하고 싶게 된다.

'근거'라고 하는 올가미

나카가미 켄지가 그 추잡한 폭력성을 품은 불쾌감을 명확히 한 것은 『19살의 지도』 가운데서 보자면, 1969년부터 1973년 사이의 어느 시점부터였던 것을 알 수 있다.

그것은 1969년 8월에 발표된「맨 처음 사건」의 주인공인 소년을 사로잡고 있는 것이 '불쾌감'이 아니라 더욱 내향적인 '불안'이기 때문이다.

나는 몸이 경직된 채로, 비가 내리고 있는 외계(外界)와 하나가 돼버린 것처럼, 어디선가 용솟음치기 시작한 불안을 느꼈다. 비는 불안을 퍼뜨리는 것이다. 우리가 밤까지 건설하고 있던 '비밀'도 밤의 어둠 가운데 내리기 시작한 밤에 뒤덮혀, 낮과는 완전히 다른 불안 그 자체로 변화하고 있다. 나는 불안인 것이다

소년의 이러한 내면으로부터는 존재하는 것의 거북함 그리고 세계와의 나쁜 관계에 대한 이야기는 다양한 '내란'을 통해 사회가 비등 상태였던 1969년(「맨 처음 사건」)에 쓰였다. 또한 신문 배달을 하는 재수생의 '지도' 위의 범죄가 격렬한 '불쾌감'의 연쇄 가운데 그려져, '내란'이 패퇴하는 1973년(『19살의 지도』)에 쓰인 것은 무엇을 의미할까. 그것은 나카가미 켄지도 또한 나나 N이의 무수한 갈등극의 주체와 마찬가지로 밝아져가던 1970년대 중반의 시대상황 가운데서, '지금 여기'에 대한 투쟁을 혼자서 감행하고 있었음을 말해 주고 있음이 틀림없다.

따라서 『19살의 지도』에 나오는 '불쾌감'의 주체들은 불쾌감에 의해 자신의 훨씬 저 멀리에 있는 변용점을 응시하는 "자동률의 불안"인 주체와는 달리, 전방에서 어떠한 변용점을 보는 것도 불가능해진 절망적 주체이다. 하지만 이 '불쾌감'의 주체는 절망에 의해 전도가 저지당하지도, 자신의 보행을 방기하지도 않는다. 절망적이기에 불쾌한 것이다. '지금 여기'를 있는 그대로 놔두는 것은 할 수 없다. 『19살의 지도』의 재수생이 "무엇도 바뀌지 않는다. 나는 불쾌했다." 하고 말하는 것은 그런 의미에서 상징적인 것이다.

나는 『19살의 지도』를 통해 절망보다도, 불안보다도, 공허보다도, 데카당스보다도, 강하고 넉살스러우며 연대마저 불러올 수 있는 '불쾌감'을, 게다가 절망이나 불안이나 공허를 양분으로 증식하는 정말로 든든한 '불쾌감'을 손에 넣었다. 그것이 내 안의 나카가미 켄지와의 시작이었다.

나카가미 켄지가 죽었다는 소식을 들었을 때, 내가 나카가미 켄지와의 이러한 시작을 떠올린 것은 그러한 강력한 '불쾌감'을 체험했기 때

문만은 아니었다. 또 하나의 이유가 있다. 그것은 이미 『19살의 지도』, 『비둘기들의 집(鳩どもの家)』, 『사음(蛇淫)』 등의 '불쾌감'이 농밀한 이야기와 거의 병행해서 나카가미 켄지가 써 나가고 있던 「골목길(路地)」 이야기가 1982년 『천년의 유락(千年の愉樂)』에서부터 교착 상태로 들어갔던 것이 아닌가 하는 의심을 내가 갖게 된 것과 관련된다.

『곶(岬)』이나 『고목탄(枯木灘)』은 '불쾌감'을 표출한 이야기에서 보자면, '불쾌감'의 주체를 이루는 근거 쪽으로 내려가는 확실히 중요한 작품이다. 거기에서 '불쾌감'이 시민사회 안의 구조적 '이물(異物)'인 「골목길」과 겹쳐지는 것은 명백하다. 다시 말하자면 「골목길」의 주체는 이 시민사회 가운데서는 끝까지 끊이지 않는 '불쾌감'의 주체인 것이다.

나는 이 '불안'의 주체를 나카가미 켄지가 다시 한번, 1980년대 '지금 여기'에 출현시켜서, '불쾌감'을 한층 파괴적인 것으로 제시해 줄 것을 가만히 기대하고 있었다.

하지만 『쿠마노슈(熊野集)』를 거의 마지막으로, 나카가미 켄지는 「골목길」의 신화적 세계 구축에 힘을 다했다. 그 신화 가운데서, 나카가미 켄지는 '천황제'와 불행한 만남을 하게 되는데 그것은 나카가미 켄지이면서 나카가미 켄지가 아니다. '불쾌감'은 '천황제'로 아니 '천황제'를 향해만 한다. 그것을 회피한 후에, '지금 여기'로 돌아와 쓰인 『찬가(讚歌)』와 같은 작품이, 나카가미 켄지의 시작에 있었던 그 난잡한 폭력성을 띤 '불쾌감'과 관련된 작품과는 멀고 먼, 풍속의 표면을 갉아먹는 수준의 작품밖에 되지 못한 것은 당연하다.

나는 나카가미 켄지는 나카가미 켄지에게 의거해서, 넘어서야만 한다고 최근 몇 년간 계속해서 생각하고 있다.

파괴하라고 나카가미 켄지는 계속 말하고 있다

나카가미 켄지가 죽고 조금 지난 어느 날 이른 아침, 오랜만에 N에게서 전화가 걸려왔다. 이른 아침이라고 하기보다는 새벽녘에 가까운 5시 전이었다.

이 시간에 전화가 걸려온 것은 경험상 친한 사람의 죽음을 알리는 보고거나 N의 전화, 둘 중의 하나다. 집안에 울리는 불온한 호출음에 조금 놀라면서 수화기를 들자 N이 나와서 안심했다.

수화기 너머로 저편, N의 근처에서 고양이가 우는 것을 듣고, 나는 이미 20년 가까이 N과 같이 지내고 있는 나이 든 고양이 가족(부모와 자식 2마리)의 모습을 떠올리고, 고양이를 가둬두고 있는 N의 방에서 나는 냄새를 맡는 듯한 기분이 들었다. 시시한 세상 이야기를 했다. 이러한 시간에 세상 이야기를 하는 것은 상식적으로 보면 이상하지만 N과 내 사이에서는 결코 부자연스러운 일이 아니다. N은 소련의 해체로 상사가 망해서 직업을 잃은 친한 친구의 소문 이야기를 한 후에, 최근 어째서인지 사이교(西行)26)에게 매혹돼, 사이교가 걸었던 흔적을 시간을 내서 걸어보고 싶다는 등의 이야기를 했다. 자, 그럼 사이교가 미나모토노 요리토모(源賴朝)27)와 하룻밤 내내 이야기를 하며 샜다고 하는 쓰루가오카하치만구(鶴岡八幡宮) 근처에서 술이라도 마시자. 가마쿠라까지 오라고 말하면서, 나는 N이 거의 방 밖으로 나오려 하지 않는 것을 떠올렸다. 바로 무의미한 권유를 한 것을 후회했다.

---

26) 사이교(1118~1190)는 헤이안 시대 말기부터 가마쿠라 시대 초기에 걸친 무사, 승려, 가인이다.
27) 미나모토노 요리토모(1147~1199)는 첫 무사 정권인 가마쿠라 막부를 만든 초대 가마쿠라막부 장군이다.

그러자 N이 갑자기 "나카가미가" 하고 말하더니 뒤이어 할 말을 잃었다.

아니, 갑작스러운 일은 아니었다. 갑작스러운 일이 아닌 것을 N으로부터의 전화가 왔을 때부터 나는 알고 있던 것이 아닌가.

"응." 하고 말하고, 나도 또한 말을 잃었다.

그리고 나카가미 켄지만이 사라진 나카가미 켄지와 우리의 시대를 향해 조금 울었다. 전화를 하는 동안 때때로 소리를 내서 읽은 적이 있는 문장을 식당의 희미한 빛 아래서, 또 소리 내서 읽었다.

파괴하라.

상황은 점차 불리해지고 있다. 그 정도로 그때 노정하고 있던 코드가, 법·제도가, 지금은 은폐되고 말아서 재즈를 듣는 자에게 통속화, 풍화를 강요한다. 파괴하라. 무엇이든 주저하는 일 없이 파괴하라. 혁명이란 코드의 파괴, 법·제도의 파괴 가운데에만 있다. 그 앨버트 아일러의 독과 같은 소리는 마일즈 데이비스를 듣는 내 귓가에 있으며, 엘빈 존스의 드럼 사이에 귀에 도달한다.

아일러, 겨울의 뉴욕은 너의 죽음에 어울린다.

　　　(『파괴하라고 아일러는 말했다(破壊せよ、とアイラーは言った)』)

나카가미 켄지와 함께 시작된 그 '불쾌감'의 시대는 나카가미 켄지가 사라진 지금도, 여전히 우리의 것이다.

"파괴하라"고 말하는 소리는 여전히 우리의 것이다.

☎ 199306

'쇼와(昭和)'라고 하는 투쟁 상태

— 1월 7일의 『인간실격』

1989년 1월 7일, 『인간실격』을 읽는다

어리석었다. 정말로 어리석었다.

1989년 1월 7일 심야. 나는 내 어리석음을 저주하지 않을 수 없었다. 이전부터 가깝게 느끼고 있던 다자이 오사무(太宰治)가 이 정도까지 가까운 존재라는 것은 사실 생각해 본 적도 없다.

아니, 실은 다자이에 대해서만이 아니다. 최근 몇 년 사이에 다자이에 대해서 품고 있던 것과 거의 같은 생각을 반복해서 강제당하고 있던 것을 눈치 채게 된 것이다. 마침 다시 읽은 문장이나 작품이 지금 내가 있는 현실의 동요를 '예고'할 뿐만 아니라 그것을 근저로부터 해명하고 있는 것에 놀라는 느낌이다.

과거에 읽었을 때는 그것이 그다지 명확하지 않고, 오히려 '자립'된 비평 공간이나 이야기 공간으로 받아들였던 문장이나 작품이 지금의 현실을 포착할 때 불가결한 시각을 이미 부여하고 있었던 것이다. 물론 그것은 문장이나 작품이 친밀한 '현실'에 종속돼 있다고 말하려는 것은 아니다. 그러한 문장이나 작품은 결정된 '현실'이라고 하는, '현실'의

형이상학을 물리치면서, 그 문장이나 작품의 언어 없이는 있을 수 없는 '현실'을 제시하고 있다.

예를 들어 공허한 폐쇄 공간이 다양하고 갑작스러운 '사건'에 의해 흔들리기 시작한 1986년부터 87년에 걸쳐서, 내가 가장 가깝게 느꼈던 것은 이를테면 다음과 같은 문장을 포함한 다케다 타이준(竹田泰淳)의 「멸망에 대해서(滅亡について)」(1946)였다.

> 세계가 갖는 수많은 멸망, 눈이 미치는 한의 멸망, 그 거대한 시간과 공간을 잊고 있다. 하지만 때때로 그 멸망의 편린에 접하고서 자신들과는 인연이 없었던 그 거대한 시간과 공간을 순간적으로 되찾게 된다. 멸망을 생각하는 것은 더 거대한 것, 더 영원한 것, 더 전체적인 것에 대한 생각에 미치게 하는 작용이 포함돼 있다. (중략) 커다란 지혜가 출현하기 위해 첫 번째 예고가 멸망이라는 것은 멸망이 갖는 커다란 작용, 커다란 계기를 보여 주고 있다.

우연히 다시 읽은 이 짧은 에세이에 재촉된 것처럼, 나는 『문화로서의 에이즈(文化としてのエイズ)』(아키쇼보(亞紀書房))를 정리하고 그리고 착수하고 있던 몇 가지 일을 방기했다.

또한 1988년 가을, 그 답답하고 꺼림칙한 분위기 가운데 내 시야를 그 불길함에 대한 추인에 멈추지 않고, 현실의 양태 탐구를 향해 이끌어 준 것은 노마 히로시(野間宏)의 『진공지대(眞空地帶)』와 오니시 쿄진(大西巨人)의 『신성희극(神聖喜劇)』이었다. 일본적 근대의 '집단'이라는 것의 성립을 철저히 파헤친 이러한 작품이 없었다면 흉측함을 산출해 마지않는 '집단'의 본질적인 흉함에 대해 실감하는 것은 아마도 곤란했음이 틀림없다.

도대체 비평의 언어로부터 '실재성(actuality)'이라는 용어가 사라진 것은 언제부터였나. 하나다 기요테루(花田淸輝)나 히라노 켄(平野謙)이 애용했던 이 용어의 전후사를 다시 더듬어 볼 여유는 지금 없다. 하지만 이 용어는 1970년대 전반에 이미 완전히 소실된 것은 아닌가. '현실' 혹은 '시대'의 형이상학만이 아니라 모든 현실・시대적 관계성을 추방하기 시작한 뒤집힌 형이상학으로서의 '작품론'이나 '텍스트론'의 군생(群生)이 그것을 말해 주고 있다고 해도 좋다.

그렇다고 한다면, '작품론'이나 '텍스트론'의 폐쇄적인 측면에 반대해 온 내 자신이 어리석게도 그러한 읽기 방식을 실천해 왔는지 모른다. 하지만 그 어리석음을 확실히 깨닫게 해준 「멸망에 대해서」나 『진공지대』에서 느꼈던 것은 다름 아닌 현재적인 실재성이었다. 게다가 그 시대적 현실성은 『키친(キッチン)』(요시모토 바나나, 1987), 『노라이프킹(ノーライフキング)』(이토 세이코[伊藤正幸], 1988), 『댄스・댄스・댄스(ダンス・ダンス・ダンス)』(무라카미 하루키, 1988), 『벡사시옹(ヴェクサシオン)』(아라이 만[新井滿], 1987) 등등의 공허한 갈채를 받고 있는 동시대 소설로부터는 결코 얻을 수 없는 극히 현재적인 것이다.

도대체 이것은 어째서일까.

한마디로 말하자면 그것은 현실의 부상이라고 하는 사태이다. 1970년대 중반부터 조금 전까지 계속된 '문화의 시대'라고 하는 실로 떠들썩한 '과잉'이 날아가 버리고, 시대의 맨살이라 해야 할 현실이 노정되기 시작한 것이다. 예를 들면, 그 '과잉'을 순풍으로 해서 대두한 표층비평(하스미 시게히코[蓮實重彦] 등)의 어수선한 퇴장은 그러한 사태 없이는 생각할 수 없다. 또한 동시대 소설의 거의 대부분은 그러한 사태에 아직 대응할 수 없다고 해도 좋을 것이다.

게다가 우리에게 실재적인 대응을 재촉하고 있는 이 현실을 포착하려고 한다면, '새로움'이나 '단편성'을 뒤덮는 더 커다란 시간과 마주보지 않으면 안 된다. 그것은 적어도 전후의 시점까지 거슬러 올라가서 생각할 것을 요청하고 있다. '쇼와'라는 시간의 전체적인 인식이라고 바꿔 말해도 좋다.

내게 그러한 인식의 불가피성을 「멸망에 대해서」나 『진공지대』라는 작품보다 더 강하게 안겨 준 것이 1월 7일 밤, 오랜만에 손에 잡은 다자이 오사무의 『인간실격』이었던 것이다.

두 개의 '인간'

전후 '인간'의 '상징'적 존재가 죽은 밤, 게다가 그 '인간'성에 대해서 대략 생각할 수 있는 한의 찬사가 모든 미디어를 통해서 흘러나오고 있다. 바로 그때 『인간실격』을 펼쳐보는 의미를 내가 일찍부터 알고 있던 것은 아니다.

이 소설은 추하게 웃는, 정말로 섬뜩한 남자의 사진에 '인간'이라는 이질적인 무언가를 찾아내는 것으로부터 시작해 이 소설은 '인간'을 하나하나 소거해 가는 이야기다.

> 저는 인간의 생활이라는 것을 가늠할 수 없습니다. (중략) 저는 어릴 적부터 병약해서 곧잘 몸져 누워있었지만 자면서 시트나 베게 커버 그리고 이불 커버를 정말 시시한 것이라고 생각했습니다. 실은 그

것이 의외로 실용품이었음을 스무 살 가까이 돼서 알고서, 인간의 검소함에 암연히, 괴로운 감정을 느꼈습니다.

또한 저는, 육친에게 무언가 듣고서 말대답을 한 적은 한 번도 없었습니다. 그 소소한 꾸중은 제게 청천벽력처럼 강하게 느껴져서, 반미치광이가 돼, 말대답은커녕 그 꾸중이야말로 이른바 만세일계의 인간의 '진리'라고 하는 것임이 틀림없다. 내게는 그 진리를 행할 힘이 없기에 이미 인간과 함께 살 수 없는 것이 아닌가 하고 믿어버리는 것이었습니다.

어차피 인간에게 호소하는 것은 쓸데없다. 저는 역시 진정한 것은 아무것도 말하지 않고 견디면서, 그렇게 익살꾼 역할을 계속하는 것 이외에는 다른 방도가 없다는 기분이었습니다.
저는 결국 메이지진구(明治神宮)도, 쿠스노키 마사시게(楠正成)의 동상도, 센가쿠지(泉岳寺)의 47사(士)의 무덤도 보지 않고 세상을 끝내게 될 것 같습니다.

이 소설의 시대 설정이 쇼와 초기로 설정돼 있기는 하지만 이야기에 넘쳐 나는 '인간'에 대한 저주는 확실히 이야기가 쓰이고 있던 전후 '인간'을 향하고 있다고 해도 좋을 것이다.
『인간실격』은 한편으로 1946년 1월 1일에 태어난 '인간'과 대칭하고 있다. 1월 1일 '칙서'에 의해 "다만 우리나라만이 아니라 전 인류를 위해, 빛나는 전도가 전개될 것임을 믿어 의심"하지 않는 한 명의 '인간'이 탄생한다. 하지만 그로부터 얼마 지나지 않아서, 마치 그러한 '인간'의 탄생을 비웃듯이 '인간'을 격렬하게 흔들어놓고, 게다가 마침내는 모든 '인간'으로부터 탈락해 가는 한 남자의 이야기가 여기에 나타난 것이다. 이 이야기가 "우리가 알고 있는 요(葉)는 대단히 솔직하고 재치가 있고 술만 마시지 않으면, 아니 마신다고 해도…… 신과 같이 좋은 아이였습니다."라는 말로 끝나고 있는 것은, 그러한 의미에서 상징적이라고 할 수 있다.

하지만 이 인간실격의 이야기는 그저 '인간선언'의 주체와 마주 보고 있던 것만은 아니다. 다른 한편으로 '실리'나 '실용' 중심주의적인 근대적 '인간'과 마주보고 있다. 거기에는 이상을 도구로 하고 변혁을 기술로 하는 듯한, 가짜의 변혁적인 '인간'도 포함돼 있다.

그것은 어느 쪽도, 전진적이며 또한 보편적인 '인간'으로, 전후에 출현(혹은 재현)한 '인간' 거의 대부분을 포섭하는 것이었다.

물론 이것은 각 '인간'의 차이를 너무나도 무시한 견해라고 느껴질지 모른다. 확실히 전후의 어느 시점에서 개개 '인간'은 격렬하게 접전을 벌이고 있었다고 하겠다. 그것을 내게 부정하는 것은 아니다. 당시 다자이의 편지를 읽어 보면 그도 또한 전후에 대한 절망의 깊이로부터 너무나도 낙천적인 사회주의·자유주의 '인간'에 대해서 "천황폐하 만세"를 내걸거나 해서, 전후 '인간'의 차이에 집착하고 있는 것처럼도 보인다.

하지만 다자이의 의식이 그렇다고 한다면 『인간실격』은 사회주의적 '인간'으로부터 '인간선언'의 주체까지 포괄한 전후적 '인간'의 거의 전체에 대칭하고 있던 것이다. 그리고 거기에서야 말로, 『인간실격』이 갖는 전후의 비극적 독립성이 존재하는 것이다. 그와 동시에 전후라고 하는 시간 전체를 상대화할 수 있는 고독한 특권성도 또한 있다고 해도 좋을 것이다.

그렇다고 해도 이러한 『인간실격』의 독특한 위치를 명확히 하기 위해서는, 창작된 후 40년 이상의 시간이 필요했다. 이것은 아무래도 내 어리석음만으로 귀착시킬 수 없을 것으로 보인다. 그 시간이 응축해서 명백한 모습을 아낌없이 속속 드러낸 것은, 1989년 1월 7일(쇼와 '천황'의 죽음—옮긴이 주)이었기 때문이다. 1월 7일이야말로 전후 40여년에 있어서 다양한 '인간' 모델이 '인간선언'의 주체와 반드시 배반하는 것이 아니라 오히려 그것에 수렴되고 마는 '인간'에 불과했다는 것을 대담하게 고백한 날에 다름 아니다. 혹은 거꾸로, '인간선언'의 주체도 보다 커다란 전후적 '인간'의 변종의 하나였기에, 1월 7일 매스컴을 동원해서 제2차 '인간'선언이라고 해야 할 사태도 가능했다고 생각할 수 있을 것이다.

어쨌든 모든 '인간'으로부터 탈락하는 것을 통해 처음으로 삶의 빛남을 얻는다고 하는, 밝은 멸망을 살아가는 남자의 이야기는, 전후의 희망에 넘치는 정통적인 삶의 경로를 더듬는다. 그러면서 마침내 단일적이며 모든 비판조차 허용하지 않는 '인간'으로 좌초하는 전후적 '인간'을 그 출발점으로 두고 상대화하고 있는 것이다.

나는 1월 7일 밤의, 숨 막히는 공간 가운데서 『인간실격』을 다 읽은 우연에 감사하며 현재가 틀림없는 『인간실격』이 대칭하고 있던 전후라고 하는 시간 가운데 존재하는 것을 실감하게 됐던 것이다.

'쇼와'라고 하는 투쟁 상태

그리고 『인간실격』에 의해 전후라는 시간의 연속성을 실감했다고 한다면, 그것은 이미 보다 커다란 '쇼와'의 시간 가운데로 발을 밀어 넣고 있다고 해도 좋을 것이다. 『인간실격』은 '쇼와'의 시작과 거의 동시 (1925년 경)에 문학적 출발을 한 다자이 오사무의 문학적 총결산의 하나이기 때문이다. 『인간실격』은 다자이의 '쇼와'와의 격투의 총화(總和)로부터 찾아왔다.

'쇼와'라는 것은 그 시작에 해당하는 20년을 통해, 그 후 이어지는 40여 년의 문학적 사상적 실천의 거의 모든 것에 대한 '실험'을 끝낸 특이한 시대로서 기억하지 않으면 안 된다. 예를 들면, 모던과 포스트 모던의 테마는, 1935년 전후에 50년 후인 현재보다 절실한 테마였으며, 또한 소설의 방법적 모색이나 사상의 탈영역적인 형식도, 현재보다 더 낫다고 하면 했지 떨어지지는 않을 것이다. 모던을 향한 탈코드화가 급속하게 진행되는 한편으로 모던으로의 재코드화가 진행되지 않는(재코드화가 성취하는 것은 전후 '근대화' 과정이었다) 시대에, 멸망해 가는 것, 새롭게 출현한 것, 혹은 재출발한 것이 명확한 방향을 갖지 못한 채 충돌하고, 위치 변환을 하고, 튀어나오고, 가열 찬 투쟁 상태를 출현시키고 있다고 해도 좋다. 그것은 모던으로의 재코드화 끝에 나타난 현재의 포스트 모던 상황에서의 다양한 투쟁 상태의 실로 발랄하며 선구적인 것이다.

이 투쟁 상태에 젊은 시절의 다자이 오사무는 몸을 던지게 된다. 첫 번째 창작집 『만년(晩年)』(1936)이나 『허구의 방황, 다스 게마이네(虛構の彷徨, ダス·ゲマイネ)』(1937)[28], 「HUMAN LOST」(1937)나, 「상급 관원에게 직소(驅込み訴え)」(1940) 등에 현저하게 나타난 자의식의 미궁, 세계의 무시무시한 진부화, 익살꾼적인 자세의 표현이나 단장(斷章) 형식, 인용, 화

---

28) das Gemeine는 독일어로 '통속적인 것'이라는 의미이다.

자의 노출 등 다양한 방법을 구사한 것은, 현실의 투쟁 상태에 대한 다자이 오사무적인 표출이다. 이것은 코바야시 히데오(小林秀雄)가 '사회화된 나' 등을 목가적인 관계 인식으로 치부하고 멀리하는 데 있어 충분한 투쟁 상태의 현출이었다. 아니, 이러한 다자이의 한 순간도 고정할 수 없는 시도를 통해서, 처음으로 다자이가 처해져 있던 '쇼와'의 투쟁 상태를 명확하게 알 수 있다.

그것을 다자이는 우선, "이유를 알 수 없는 전율"로 파악하고 있다.

나는 모든 것에 대해서 완전히 만족할 수 없었기에, 언제나 공허한 발버둥질을 하고 있다. 내게는 이중 삼중의 가면이 씌어있어 무엇이 어떻게 슬픈 것인지 분간할 수 없었던 것이다. 그리고 마침내 나는 어떤 쓸쓸한 배출구를 발견했던 것이다. 창작이 그것이다. 거기에는 많은 같은 종류의 사람이 있어서, 모두 나와 마찬가지로 그 이유를 알 수 없는 전율을 응시하고 있는 것처럼 생각됐기 때문이다. 작가가 되자, 작가가 되자 하고 나는 은밀하게 소원했다.

(「추상(思い出)」, 『만년』)

하지만 이 자의식의 투쟁 상태에 대한 "이유를 알 수 없는 전율"은 '창작'이라고 하는 언어의 투쟁 상태에 의해 오히려 확대되고 심화된 것이라고 할 수 있을 것이다. 그러한 불안정하고 불확정적인 의식과 언어는 예를 들면 「후가쿠 백경(富嶽百景)」(1939), 「달려 메로스(走れメロス)」(1940)와 같은 안정된 작품에서도 결코 자취를 감추는 일 없이 저류에 흐르고 있다. 또한 작품을 '풍경'이나 상승적인 '논리'로 봉인하는 것을 방해하고, 거기서 「여시아문(如是我聞)」(1948)[29] 등의 시가 나오아(志賀直哉)

등에 대한 격렬한 부정도 나타나게 된다. 또 한편으로 포크너(William Faulkner)나 기존의 '이야기'에 대한 철저한 다시 읽기 즉 '이야기'와의 투쟁도 『신 햄릿(新ハムレット)』(1941), 『오토기조시(御伽草紙)』(1945)[30] 등에서 이뤄졌다.

그리고 『쓰가루(津輕)』(1944)에서는 "이미, 풍경이 아닌" 무시무시한 지점, "혼슈(本州)의 길이 꼼짝 못할 곳" 저편의 어둠에 대한, 의식과 언어와 이야기의 투쟁 상태, 이른바 '외부'마저도 틈을 통해 살짝 엿보는 것에 이른다.

> 두 시간 정도 걸어갈 무렵부터, 주변 풍경은 어딘가 이상하게 무서워졌다. 처참하다는 느낌이다. 그것은 이미, 풍경이 아니었다. 풍경이라는 것은 오랜 세월 다양한 사람이 바라보고 형용돼, 이른바 인간의 눈으로 훑어져 연화(軟化)돼, 인간에게 길들여져 따르게 된, 높이 35장(丈)의 화엄의 폭포라고도, 역시 우리 안 맹수와 같은, 사람 냄새가 은은히 느껴진다. 예부터 그림에 그려지고 노래로 읊어지고, 하이쿠(俳句)로 읊조려진 명소와 난소(難所)는 모두 그 예외가 없고, 인간의 표정이 발견되지만, 이 혼슈 북단의 해안은, 전혀 풍경도 그 무엇도 아니다. 점경인물(点景人物)의 존재도 허락하지 않는다. (『쓰가루』)

이 '인간'을 거부하는 풍경이 될 수 없는 풍경이라고 하는, 아마도 다자이가 처음으로 눈앞에서 틀림없이 확인한 '외부'가 도대체 무엇을 의미하는 것인지는 확실하지 않다. 다만 계속해서, '내'가 "억지로, 점

---

29) 부처에게서 들은 교법을 그대로 믿고 따르며 적는다는 뜻. 경전 첫머리에 쓰인다.
30) 무로마치 시대에 성행한 동화 풍 소설.

경인물을 두려고 한다면, 흰 앗씨(アッシ)를 입은 아이누 노인이라도 빌려서 오지 않으면 안 된다." 하고 말하고 있는 부분을 보면 그 풍경이 될 수 없는 풍경에서, '나' 또한 그 내부에 붙들린 '인간'의 외부가 된 것이다. 더 나아가서는 그러한 '인간'을 에워싸면서 타자를 억압하고, 배제하고, 종속시키는 '제국'의 외부와 결코 무관한 관계가 아니라는 것은 명확한 것이다.

그뿐만이 아니다. 특권적인 '인간'의 '제국'에, 문학이라는 것이 거대한 힘을 대여하고 있다는 것에도 '나'는 의식적인 것으로 보인다. 일체의 내부를 '우리 안의 맹수'처럼 길들여 버리는 그 힘을 나는 '문학의 제국'이라고 부른다. 또한 메이지 말기의 언문일치의 완성, 자연주의문학의 성립, 야다기나 쿠니오(柳田國男) 민속학의 출발 등을 그것이 당대에 현재화한 징표(merkmal)로 생각하고 있다. '문학의 제국'이야말로 현실의 제도로서의 '제국'을 지탱하고, 혹은 감성 가운데 '제국'을 선행적으로 만들어 낸 중대한 힘에 다름 아니다.

그러한 '문학의 제국'의 힘을 '외부'와의 경계에 서서 응시하고 있다는 점에서, 다자이는 현실로부터 자의식, 더 나아가서 문학 및 언어의 투쟁 상태에 대한 인식을 통해 내부의 투쟁 상태를 상대화하는 시점까지도 획득하고 있었다고 해도 좋을 것이다. 일본적 근대의 상태가 노골적으로 노정되는 '쇼와'의 시작이, 코바야시 히데오적인 자의식의 악전고투에 그치지 않고, '제국' 내부의 특권적 몸짓과 의식을 부여한 것을 다자이는 인식하고 있었던 것이다.

다자이에게는 모든 것이 투쟁 상태 가운데 존재하고 있었다. 물론 그 자신 또한 마찬가지다. 이러한 '쇼와' 가운데 '쇼와'와의 격투의 총괄이라고 할 수 있는 『인간실격』이 그 "이유를 알 수 없는 전율"을 "인간 세상의 바닥"에서 고정적이고 특권적인 '인간'과 세계의 모습을 심심한 동요 가운데 주입시키는 "괴담과 같은 이야기"의 존재로서, 더 한층 커다란 진폭을 갖는 것으로 재 포착한 것은 극히 자연스러운 과정이라고 할 수 있다. 그리고 '괴담과 같은 이야기'는, '쇼와'의 '인간'을 폭살시킨 것만이 아니라 전후의 부정성에 민감했던 다자이 자신마저도 삼켜 버렸던 것이다.

다자이 오사무가 '쇼와'를 통해 보낸 20여 년은, '쇼와' 전후 40여 년의 비극적인 선취였다. 아니다. 『인간실격』을, 현재 더욱 선취해야만 하는 우리에게, 그것을 '비극'적 이라고 부를 자격은 없는 것인지도 모른다. '비극'을 비극에 멈춰 놓는 것, 그것이야말로 그 역사적 희극의 소행에 다름 아닌 것이기 때문이다. 대체로 다자이 오사무만큼 '비극'에 가까우면서도 그것으로부터 먼 작가도 없었다. 다자이는 '비극'을 마음대로 농락할 수 있는 남다른 재능의 소유자였다.

  이봐, 밤의 다음에는 아침이 올 거야.
        (「나태의 카루타(懶惰の歌留多)」의 결어)

여기에 나타난 자세야말로 '투쟁 상태'에 임하는 정신의 진면목이라고 해도 좋을 것이다.

▼ 198906

반(反) 무라카미 하루키론
— '이미 알려진' 왕국의 공허

『댄스·댄스·댄스』를 둘러싸고

이 작품을 한마디로 말하자면 무라카미 하루키의 '고도성장주의'론이라고 하겠다. 다만 이것은 소설 작품에 대한 다소 기묘한 평언(評言)이라고 생각될지도 모른다.

물론 나도 이러한 평언, 게다가 한마디로 정의하는 평언 종류를 선호하지 않는다. 대부분은 소설을 읽고 생각하고 말하는 것이 우리의 현재를 현재화(顯在化)하는 것임과 동시에 괴란화(壞亂化)하는 은밀하지만 확실한 과정일 수 있다고 하는 그러한 소설과의 조우를 기대하며, 작품을 손에 드는 것이다. 다시 말하자면 '한마디 평언'이란 전혀 반대의 과정으로의 욕구 즉 '한마디 평언'적인 자명성의 겉막에 씌워진 현재를 거부하고 살고자 하는 욕구가 반복해서 소설로 향하게 하는 것이다.

하지만 읽기 시작하자마자 부정하기 힘들게 일어서는 것은, 늘 '한마디 평언'인 것이다. 과연 잘못 읽었던 것일까. 아니, 그렇지 않다. 읽어 나가면서 현재는 한층 자명한 것 가운데 고정화되고, 한층 닫혀져 가고 있기 때문이다……. 되돌아보면 최근 수년 동안, 이러한 생각을 강요한 소설하고만 대면하고 있는 기분이 드는 것을 어쩔 수 없다.

그리고 무라카미 하루키의 『댄스·댄스·댄스』도 또한 예외는 아니었다. '고도성장주의'를 무대로 한 이 이야기는 경쾌한 스텝 소리를 끊임없이 울리면서 사실 '고도성장주의'의 지반을 한층 강고한 것으로 밟아서 다지는 실로 음울한 이야기임이 틀림없다. 그렇다고 한다면, 지금은 완전히 '고도자본주의'의 온화한 화자가 되어버린 요시모토 다카아키(吉本隆明)가, 문학의 현재를 무라카미 하루키와 무라카미 류를 내세워서 발언했다고 해도 그다지 이상한 점도 없는 것이다(요시모토의 에토 준(江藤淳)과의 대담 「문화과 비문학의 윤리(文學と非文學の倫理)」). 확실히 무라카미 류가 '동적' 부분을 그리려고 하고, 무라카미 하루키가 '정적'인 부분을 표현하고 있는 것은 틀리지 않다. 이 둘이 '고도자본주의' 시대의 전형적 작가라 해도 좋기 때문이다.

다만 무라카미 하루키의 세계를 '정적'인 것으로 일원화 시키는 것은, 그가 시도한 모처럼의 시도를 완전히 무시하는 것이 된다. 즉 '고도자본주의' 작가의 면목을 엉망으로 만들 수도 있다. 오히려 무라카미 하루키 만큼 '정적' 세계를 어떤 때는 미묘하게 흔들고, 또한 어떤 때는 완전히 '동적'으로 반전시키면서 생생하게 친밀함을 담아서 그려낸 작가는 동시대에 존재하지 않는다고 하는 편이 좋을 것이다. 그렇게 하는 것을 통해 무라카미 하루키의 작품은 고도자본주의적 환경을 '주체'화하고, 이 시대의 이른바 교양소설로서 많은 독자를 고도자본주의적 환경으로 동화시킨 것이다.

'정적'인 것과 '동적'인 것의 절묘한 콤비네이션을 무라카미 하루키의 본령이라고 한다면, 요즘의 하루키를 대표하는 작품은 '정적' 세계

와 '동적' 세계를 중층화한『세계의 끝과 하드보일드원더랜드(世界の終り
とハードボイルド·ワンダーランド)』가 될 것이다. '상실'의 이야기와, '모험'
의 이야기라고 하는 '정적'인 것과 '동적'인 것, 이 두 가지의 이야기를
마주 향하게 하고, 상호 침투시킨『세계의 끝──』은『바람의 노래를
들어라(風の歌を聴け)』이후 모든 이야기 구조를 해명한다. 그뿐만 아니라
이 두 가지 이야기가 결국 주인공 '나' 가운데 갇혀 '정적' 세계의 한층
움직이기 힘든 것 가운데로 귀착된다고 하는 종착점마저도 명시해 주
는 것이다.『댄스 · 댄스 · 댄스』도 또한 '상실' 이야기와 '모험' 이야기
로 출발하고 있다. 무언가를 결락시킨 채로, 세계의 어디에서도 있을
곳을 찾아낼 수 없는 주인공이 그를 부르는 꿈속의 수수께끼와도 같은
목소리에 이끌려 '트렌디'한 거리를 '모험'하게 된다. 그리고 차례차례
열쇠를 쥐고 있는 인물의 죽음과 조우한다. 도대체 무엇을 하고 있는
것인가 하고 자문하는 주인공을 지탱하는 것은 그저 "춤을 추는 것이
다. 계속 춤을 추는 것이다. 어째서 춤을 추는 것인가 따위는 생각하면
안 된다. 의미 따위는 생각하면 안 된다. 의미 따위는 본래 없었던 것이
다. ……정확히 스텝을 밟고 계속 춤을 추는 거야. 그리고 굳어져 버린
것을 조금씩이라도 좋으니 풀어가는 거야" 라는 말뿐이다. 너무나도 낙
천적인 '모험'의 자기 목적화이며, '모험' 이야기가 스스로의 희박한 필
연성을 고백하고 있는 것으로도 받아들일 수 있을 것이다. 또한 이 고
백 그대로, 마침내 '모험'은 끝나고 주인공이 바라며 걷고 있던 사람들
의 죽음이 주인공 자신의 마음속에서 이어지는 부분에서 작품은 끝난
다. 실로 무라카미 하루키적인 세계라고 해도 좋을 것이다.

　하지만 이 작품은 여기서 그치지 않는다. 지금까지 작품에서는 결코

명시된 적이 없었던 이야기의 무대가 반복해서 집요할 정도로 '고도자본주의' 사회로 특정화돼, 이야기의 진행과 함께 무대로부터 '주인공'의 위치에까지 두드러지게 뛰어오르는 것이다. 주인공의 '현실'로의 귀환이 "모든 것이 이어져 있다."는 것의 발견이며, "이 세계에서는 모든 것이 간단히 벌어질 수 있다."는 것의 확인이라는 것에 주의해 두자. 주인공의 자신과 현실의 발견이란 이 무시무시한 통속적인 고도자본주의론의 개진인 것이다.

『댄스·댄스·댄스』는 무라카미 하루키의 '고도자본주의'론이다. 이것은 확실하게 나타나 있다. 하지만 어째서 하루키가 여기에 이르러서 자신이 쓰는 이야기의 무대를 최대한 의식하고 명시했는지는 판연하지 않다.

하루키는 지금까지의 모든 경로를 총괄하고 '관계'로부터 '투쟁'으로, 또한 '무엇이든 일어날 수 있는' 환경 가운데 유일하게 '일어날 수' 있는 것이 금해져 있는 방향으로 나아가려고 하는 것은 아닐까. 다시 말하자면 '고도자본주의'의 틀을 부수려고 하는 것은 아닐까.

하지만 그것은 '무라카미 하루키'의 해체를 통해서만 가능하다. 무엇보다도 반'무라카미 하루키'적인 시도인 것이다. 두말할 필요 없이 그것은 '한마디 평언'과는 가장 먼 곳에서 일어나는 운동적인 시도다.

기지성과 미지성의 투쟁 : 고도자본주의와 '천황제'의 결합

'고도자본주의'와 '천황제'가 대면하면, 어떠한 언어가 거기에서 교차하게 될 것인가. 이제 와서 그러한 물음 등은 불필요하다고 생각하면서도, 그러한 흥미 이외의 아무런 것도 상기할 수 없는 상태로 읽기 시작한 내가 어리석고 못난 것이었는지 모른다. 요시모토 다카아키와 에토 준의 대담(「문화과 비문학의 윤리」)은 결국 모두가 알고 있는 익숙한 구도를 그리는 것으로 일관하고 있다고 해도 좋다. "다르지만 한 바퀴 빙글 돌면 일치한다고 하는 정평이 있는 모양으로 (웃음), 어째서 이번에도 그렇게 되는 것인가, 다소 의외였지만", 역시 일치했다(에토 준의 말)고 하는 식으로 말이다.

나는 진절머리가 나지 않을 수 없다. 이 두 사람에 대해서가 아니다. 요시모토와 에토가 어떻다는 것이 아니다. 이들에 실망한 행복한 비평계와 인연이 없는 사람에게 그들은 원래부터 무언가 '비유'에 지나지 않기 때문이다. 진절머리가 난 것은 이 '비유'가 '고도자본주의'와 '천황제'로 선명히 드러난 것처럼 이 둘의 비평에 각각 종속되면서 나아간 1960년대 이후의 비평의 주류가 그 종착점을 명확히 하고 있다는 점이다. 결국 비평의 주류는 전후적 진보사상에 항거하면서도, '고도자본주의'와 '천황제'로의 "다르지만 한 바퀴 빙글 돌면 일치 한다."고 하는 에워싸는 것을 불가사의하게 생각하지 않고 수용하는 비평 없이 비평만을 그저 올곧게 형성한 것이다. 이것을 진절머리가 난다고 표현하지 않을 수 있단 말인가. 게다가 이러한 종착점의 현재화는 결코 비평에만 머물러 있지 않다.

그리고 고도자본주의와 '천황제'와의 새로운 결합이 다양한 영역에서 급속하게 진행한 올해는, 무라카미 하루키의 『노르웨이의 숲(ノルウェイの森)』[한국에서는 『상실의 시대』로 더 잘 알려진-옮긴이 주]이 상하권을 합쳐서 3백만 부에 도달하는 대 베스트셀러가 된 해이기도 했다. 이것은 너무나도 자의적인 관련짓기 일까. 확실히 무라카미 하루키의 작품 가운데서 가장 지루하고 유치한 이 '사랑' 이야기가 포스트모던의 희박한 환경과, 정신적 버팀에 대한 극히 보수적이고 또한 성급한 욕구가 교차한 지점에서 창출돼 소비됐다고 적극적으로 주장할 수 있는 근거는 없다. 만약 그것이 이 이야기를 『그래도 우리의 날들(されど我らが日々──)』(시바타 쇼[柴田翔], 1964, 아쿠타가와상)과 견주어 보는, 단지 회고적인 관련짓기와 비교해 보면 훨씬 정당한 지적이라고 하더라도 그것을 여기서 강조하고 싶지는 않다. 무라카미 하루키와 고도자본주의 및 '천황제'와의 관련짓기를 생각하게 만든 것은, 요시모토와 에토가 대담에서 문학의 현재를 상징하는 것으로서 무라카미 하루키의 세계를 합치해서 거론했기 때문이다. 다시 말하자면 '고도자본주의'와 '천황제'가 함께 무라카미 하루키의 세계로 들어간 것이다.

다만 그 들어가는 방식에 상이점이 없는 것은 아니다. 에토 준은 무라카미 하루키 세계를, 과거 무라카미 류를 '서브컬처'라고 불렀던 것처럼, 지금이라는 상황을 대표하는 것이지만 역시 서브컬처라고 말한다. 반면 요시모토는 그러한 서브컬처가 이미 컬처화 된 것을 포착한다. 에토가 '일본인'의 한정성의 결락과 "실질의 부재"로 하루키를 부분적으로 부정하지만 요시모토는 "일본의 문화화는 이것이 전형"이라고 하루키를 인정하고 있다. 이것은 중대한 차이처럼 보일지도 모른다. 하지만 무라카미 하루키의 좋은 독자가 아니라는 것을 자인하는 에토의 발언은, 결국 요시모토의 비평 가운데 포함되게 될 것이다. 에토가 드는 부정 요인은 하루키의 세계에서, 자각된 전제에 지나지 않음을 요시모토가 말하고 있기 때문이다. '고도자본주의'를 기반으로 하는 퍼포먼스=상징 '천황제'를 통해 에토는 다소 아날로그적인 어쩐지 초조한 이데올로그에 지나지 않는다. 그렇다고 해도 이 둘에게 무라카미 하루키는 전전의 '천황은 신성'하다는 시대 및 '전후의 진보사상' 시대와, 현재를 구별하는 가장 알기 쉬운 단선(斷線)으로 이해된 것이다.

반복되는 '모험'

확실히 이러한 이해는 어떤 면에서는 무라카미 하루키적인 세계를 정확하게 포착하고 있음이 틀림없다. 무라카미 하루키 정도로 집요하게 '끝'을 계속해서 말하고, '지금 여기'를 공허한 성역으로 그려낸 작가를 발견하는 것은 어렵기 때문이다.

1970년이 끝나는 해에 나타난 『바람의 노래를 들어라』로부터, '모든 것은 통과해 간다'라는 식의 메마른 감개로부터 시작된 『댄스·댄스· 댄스』에서 '다양한 것이 상실돼 간다'고 하는 깊은 상실감에 이르기까지 '끝'은 반복돼 왔던 것이다. 그리고 이 '끝'은 결코 1960년대 종반, 혹은 시대성의 끝에 대해서만 말을 걸지는 않는다. 만약 그렇다면, 무라카미 하루키는 1960년대 끝 무렵의 요설가 이야기꾼 미타 마사히로(三田誠廣)에 대항할 수 있는 그저 금욕적(stoic)인 이야기꾼에 지나지 않았을 것이다. '끝'은 실로 다양한 레벨에서, 다양한 사정에 대해 말하고 있는 것이다. 또한 '시대', '세대', '의미', '물정', '청춘', '삶'·'친구', '고양이'…… 등을 골라내면, 무라카미의 세계에서 끝을 선언하지 않는 것은 이제 와서는 '끝'의 언설뿐이라고 해도 좋을 정도다.

그리고 그 '끝'이 "결국……"이나 "……그런 것이다."라고 하는, 모든 것을 결과로, 즉 '끝'의 풍경으로 환원해 버리는 언어의 구사에 의해 인상지어진 것은 두 말할 필요도 없다. 하루키의 세계가 하드보일드적 세계와 닮은 것은 이 스타일에 있어서임도 명징하다.

이렇게 끝없이 반복되는 '끝'이 그려진 세계는, '끝'이 완전히 '이미 알려진[既知]' 세계가 된다.

하지만 기지성 자체를 발견하는 과정은 그렇다 치고, 기지성이 지속하는 세계를 계속해서 그리는 것은 이야기로서는 불가능에 가깝다. 아마도 여기에 『양을 둘러싼 모험(羊をめぐる冒険)』・『세계의 끝──』・『댄스・댄스・댄스』라고 하는 '모험' 소설이 반복돼 쓰인 이유가 있을 것이다. 이러한 작품에서 확실히 당초에 있었던 '끝'의 기지성은 다양한 '모험' 가운데서 흔들려, 미지성으로 전형(轉形)해 가려하고 있다. 정말이지 '모험'적 세계의 취향이기는 하다. 하지만 그것은 결국 취향에 머물 수밖에 없다. 일단 흔들린 기지성은, '모험'을 끝내게 되면 다시 원래의 기지성으로 돌아가 버리기 마련이다. 게다가 어떤 경우에도 그 기지성은 주인공인 '나'인 것이다.

"다시 한번 말하지만 그것만이 아니야." 하고 나는 말했다. "나는 이 거리를 만든 것이 도대체 누구인지를 발견했어. 그러므로 나는 여기에 남을 의무와 책임이 있어. 너는 이 거리를 만든 것이 어떤 자인지 알고 싶지 않아?"

"알고 싶지 않아." 하고 그림자는 말했다. "나는 이미 그것을 알고 있기 때문이야. 그런 것은 전부터 알고 있었어. 이 거리를 만든 것은 너 자신이야. 네가 일체의 것을 만들어 냈잖아. 벽에서부터, 강에서부터, 숲에서부터, 도서관에서부터, 문에서부터, 겨울에서부터 죄다 말이야. 이 집합소도, 이 눈도 말이야." (『세계의 끝──』)

이것은 '모험'의 출발점에 있었던 심심하고 따분한 기지성이나 '나'와도 다르다. 그저 출발점으로 돌아오는 것만이 아니라 더욱 선명하게 그리고 완고해진 기지성과 '내'가 여기에 있다. 그렇다고 한다면, 이 한층 더한 기지성과 '나'의 확정성은 보다 한층 더 높은 따분함을 불러와 차례차례 '모험'을 구할 수밖에 없다. 이 선상에 연애를 '모험'으로 고른『노르웨이의 숲』이 위치하는 것은 명확하다.

'음모사관'의 효용

'끝'의 기지성과 '나'의 확정성 자체에 의해 궁지에 몰리게 된 그 나름의 전율에 가까운 이러한 과정에서 보자면, 전후의 '끝'과 현재의 '고도자본주의' 및 '천황제'의 기지성을 주장하고 있는 요시모토 다카아키와 에토준은 단순하기 그지없다.

하지만 여기에 무라카미 하루키적 세계를 명확하게 하는 또 하나의 축을 부가하지 않을 수 없다. 하루키적 기지성이『노르웨이의 숲』으로서 이른바 정점에 달한 것처럼 보이는 이 1년은 세계에 대한 미지성이 새롭게 발굴된 1년이기도 했다는 것을 주목해야만 한다.『노르웨이의 숲』의 판매 부수에는 훨씬 미치지 못하지만 아마도 독자가 갖는 관심의 정도와 충돌이 갖는 파장은 거의 하루키의 작품에 필적하는『위험한 이야기(危険な話)』(히로세 다카시[廣瀬隆], 1987) 등의 저작, 팸플릿이 말을 건넨 것은 이러한 미지성에 대해서였다.

히로세 다카시 자신은 새 책『잘 수 없는 이야기(眠れない話)』(1988) 가운데, 원전의 공포와 정확한 지식 이외의 것을 말할 생각이 없는 그러한 공포와 지식의 확산을 '히로세 다카시 현상'을 시작으로 한 어떠한 문화 현상으로 되돌려서는 안 된다고 말하고 있다. 이 지적은 참으로 옳다. 다만 나는 문화 현상으로 되돌리지 않기 위해서야말로 이 문화 현상으로 일어난 것을 대상화하지 않으면 안 된다고 생각한다. 더 나아가 말하자면 예를 들어 "우리가 알고 싶은 것은 충실함 가운데 숨겨져 결코 누구 하나 눈치 챌 수 없었던 트릭이다."(「붉은 방패, 나치스의 대두(赤い楯,ナチスの台頭)」)라고 하는 실로 발랄한 음모사관(陰謀史觀)적인 눈빛을 1970년대 이후 일상의 기지성의 왕국의 구석구석을 비춰내며 미지성으로 이화해 가는 시선으로 전환하기 위해서라도 문화 현상을 하나하나 점검하고 싶다고 생각한다. 이 현상을 절개해 보면 반드시 기지성과 미지성이 그 안에서 쟁투하고 있을 것임이 틀림없다. 그것은 동시에 '고도자본주의'와 '천황제'를 위협하는 성가신 것들을 제외하는 역할을 하고 있는 포스트모던적인 주체 가운데 조용하지만 확실한 이면으로 벌어지고 있는 것을 의미하고 있다.

◾ 198911

다테마쓰 와헤이를 위해서

— 희망으로서의 폐허

『천지의 꿈』을 둘러싸고

다테마쓰 와헤이가 우리의 시대에서 해체와 삶의 폐허를 그 극점을 향해서 마침내 그것이 그대로 어두운 빛을 뿜어내기까지 몰아붙일 수 있는 거의 유일한 작가라는 것을 의심하는 사람은 이제 아무도 없을 것이다.

이른바 '해체 3부작'인 『원전(遠雷)』(1980), 『춘전(春雷)』(1983), 『성적묵시록(性的默示錄)』(1985)의 독자 앞에 펼쳐진 것은 실로 그러한 부(負)의 반짝임이 갖는 가장 현재적인 상태이다. 그리고 다소 비유적으로 말하자면 차이 짓기와 농담하는 데 열중해 있던 시대가 정신을 차려 보니 다테마쓰 와헤이적인 세계의 바로 코앞까지 와 있는 것과 같다. 이것은 지금 갑자기, 게다가 절실하게 자각되고 있다고 해도 좋다.

한편으로 다테마쓰는 해체와 폐허의 극점을 응시하면서도 단순히 자폐해 가는 것이 아니라 그러한 부의 확장과 깊이를 끊임없이 작품 세계에 도입했다. 그것은 공간적으로는 방랑·이동·경계 넘기로, 시간적으로는 전후 부모님 시대로 또한 더 먼 근대 초입으로 거슬러 올라간다.

다테마쓰는 확실히 행동하는 작가로 불리기 적당하지만 그것은 무엇보다도 자칫하면 고정되기 쉬운 자신의 세계를 실로 아낌없이 갱신하고 확장해 간다고 하는 의미에서 그러하지 않으면 안 될 것이다.

『천지의 꿈(天地の夢)』(1987)에는 다음과 같은 판잣집에 대한 응시가 반복해서 그려지고 있다.

> 생명력 넘치는 세포처럼, 지금도 판잣집은 증식을 계속하고 있다. 널빤지 하나, 말뚝 하나 씩, 도시의 것을 판잣집은 빨아 당기고 있는 것이다.

> 이 판잣집에서는 무슨 일이 벌어져도 이상할 것은 없다. 여기에 살고 있는 이상 어떤 일이라도 받아들이지 않으면 안 된다는 것이다.

이 판잣집은 증식하는 수용기(受容器)이며, 여기에 많은 사람들이 빨아당겨져 미로와도 같은 건물 안에서 다양한 삶을 영위하고 있는 것처럼, 게다가 그 중심에 거대한 입을 벌리고 이취(異臭)를 내뿜는 폭탄이 터져서 만들어진 구멍을 갖고 있는 것처럼, 응축과 확장이라는 다테마쓰적 세계의 메타포로 기능하고 있다.

여동생과 그 남편을 폭탄이 터져서 만들어진 구멍에서 잃은 쿠니코(クニ子). 이 둘을 죽음으로 내몰면서도 쿠니코와 살고 있는 도이(土肥). 산림지주인 아메노모리(雨森) 집안으로부터 나와서 판잣집에 쾌락의 왕국=파라다이스 타워를 짓는 것을 꿈꾸는 아메노모리 공업건설사 사장 후쿠토쿠(福德). 광신적인 농본주의자로 자살한 아버지 아메노모리 이헤이(雨森伊平)의 그림자에 벌벌 떠는 토시로(俊郎)와 그 아내. 만주무장개척단에 참가해, 패전으로부터 5년 후 마침내 돌아온 장남 다케오(健郎)와 그 동료들……. 그렇다고 한다면, 이『천지의 꿈』이 6년 전에 간행된『환희의 시(歡喜の市)』의 속편에 해당되는 것은 명확하다.『환희의 시』의 결말은 후쿠토쿠에 의해 부서져 가던 판잣집이 되살아나서 이전보다 더 난잡함과 숭고함을 기리고 있다. 그것에 고양된 사람들은 자신의 꿈을 판잣집 위에 한층 더 적극적으로 그리려 한다.

하지만 다른 한편으로 이러한 세계는『환희의 시』와는 완전히 다른 문제의식을 제기하고 있다고 생각할 수 있다. 그것이 가장 현저하게 나타나는 것은 사자(死者)인 이헤이가 혼이 사는 집인 산으로부터 판잣집에 정체를 알 수 없는 노인이 돼서 되돌아 와서, 아이들이나 후쿠도쿠에게 격렬한 내적 갈등을 강요한 후에, 다시 숨듯이 산으로 되돌아가는 점에 있을 것이다. 분명히 산은 이경(異境)으로 기능하며, 자살한 이헤이가 사는 집이라는 것만이 아니라 다케오도 후쿠토쿠도 산에 대해 강한 두려움을 품고 있다.『환희의 시』에서 토시로가 꿈속에서 산의 힘에 재촉당하는 장면이 있다고는 하지만 그 정도로 이경화 되지는 않았다. 다시 말하자면 과거 판잣집은 외부를 갖지 못했지만, 여기서는 외부를 소유하며, 또한 그 외부는 내부와 교차하면서 교환조차 가능한 것이다. 이것은 판잣집과 산만이 아니라 삶과 죽음, 하늘과 땅, 시작과 끝에서도 변함없다. 이는 시점이 실로 어지러울 정도로 전환하는 것과 깊은 관련이 있다.

도대체 다테마쓰의 세계에 무엇이 일어나고 있는 것일까. 여기서 상기해야 하는 것은,『성적묵시록』의 미쓰오(滿夫)가 죽인 사장을 차 트렁크 안에 넣고, 줄곧 사장의 혼과 대화하는 장면이며, 산을 꿈꾸는 장면인데, 이 회화와 꿈도 미쓰오의 광기로 처리돼 내적으로 닫혀져 있다는 점이다. 이는 『천지의 꿈』처럼 작품 전체에 구조화 되어 있지 못하다. 하지만 이것은 간신히 내부화돼 있는 것이며, 미즈코혼(水子靈)[31]의 세계에 끌려 들어가는 코지(廣次)의 광기=현실, 그 상호 교환으로 방향이 정해졌다고 해도 좋다. 그러한 의미에서 보자면 『천지의 꿈』은 『환희의 시』를 확장한 세계에, 해체 3부작이 갖는 해체의 극점이 내포하고 있는 죽음 혹은 영적 세계로의 경계 넘기를 구조적으로 집어넣은 작품인 것이다.

이러한 이중성의 구조화가 현재 반드시 성공하고 있다고 할 수는 없다. 이는 예를 들면 농본주의자 이헤이와, 현세 권력자인 후쿠토쿠 사이의 대립 구도를 명확하게 하는 것이, 탈거리적인 관점을 통해 촉각적 세계를 독특하게 제기해온 다테마쓰 문학이 갖는 우위성을 손상시키고 있는 것으로 보이기 때문이다. 또한 삶과 죽음의 교환은 자의성을 벗어나지 못하고 있다.

그렇다고는 해도 이것이 확실히 보여 주는 것은 실은 작품 자체에 의해서이다. 하지만 이렇게 확장된 이중의 세계는 이야기 전개에 따라서 일원화되며 남게 되는 것은 전보다 더한 매우 깊은 해체와 폐허의 모습이기 때문이다. 이헤이는 산으로 사라지고, 그 산은 무너지며, 후쿠토쿠는 죽고 그리고 도이는 욕망에 매달리며, 다케오는 방랑할 수밖에 없다. 하지만 그들은 여기서 한 사람 한 사람의 해체와 폐허의 모습에 충분히 의식적이며, 그것을 받아들이려고 하는 의지라는 점에서 공통된 장소에 서 있다. 그것을 우선 폐허의 주체화라고 부르기로 하자. 팝문

---

31) 유산하거나 낙태시킨 태아의 영.

학(ポップ文學)에 나타난 주체의 폐허화라는 무사태평한 일반화를 한정하고, 전도할 수 있는 가능성이라고 바꿔 말해도 좋을 것이다.

『천지의 꿈』의 시대설정은 패전 직후이다. 다테마쓰는 일찍이도 여기에서 꿈의 폐허를 응시하고 있다. 『성적묵시록』의 미쓰오는 다음과 같이 말한다.

그로부터 마을도 집도 없어져서 나는 말이야 팔 년이나 걸려서 천천히 무너져 갔어. 알겠어. 네놈이 한순간에 한 것을 팔 년이나 걸려서 했단 말이야

그렇다고 한다면 우리는 『천지의 꿈』이 당도한 코스를, 대략 40년에 걸쳐서 천천히 무너져 내린 것이 된다. 이것의 의미는 아직 확실하지 않다. 그리고 여기에 내포된 광기의 처절함은 앞으로도 다테마쓰의 주제로 계속 이어질 것이다. 과연 이 광기의 모든 중량을 버텨낼 수 있는가. 그것은 무엇인가라는 물음이야말로 이 작품이 갖는 가장 근저의 문제의식인지도 모른다.

전형하는 폐허 ― 해체 3부작을 둘러싸고

네가 카에데(カエデ)를 죽였을 때는 깜짝 놀랐어. 마을에 내려온 부스럼과도 같은 단지에 너는 바로 반응했잖아. 솔직하게 말하지만 말이지. 그래도 좋을 때 죽은 거야. 너는 자신에 대한 것만 생각하면 됐으니까. 그로부터 마을도 집도 없어져서 나는 말이야 팔 년이나 걸려서 천천히 무너져 갔어. 알겠어? 네놈이 한순간에 한 것을 팔 년이나 걸려서 했단 말이야. (『성적묵시록』)

아마도 지금 무엇을 어떻게 파악하고 이미지화 하려고 해도, 결국에 그것은 '폐허'와 가까워져 버리는 것은 아닐까. 적어도, 폐허 혹은 정크 (junk)라는 말을 듣고도 짐작이 가지 않는 사람은 아무도 없을 것이다.

아니, 이런 것만으로는 이미 사태를 올바르게 파악한 것이 아니리라. 그렇다면, 소설은 이미 '폐허'를 그리는 것에 대해서는 실로 교묘한 재능을 갖고 있다고까지 생각되기 때문이다.

포스트모던을 모던의 폐허로 생각한다면, 실로 그것은 소설에서의 포스모던적인 상황의, 그 포화점이라는 의미에서는 다른 모든 영역보다 훨씬 늦게 온 정점이라고 간주하는 것도 가능할 것이다. 그리고 이 '늦게 온' 것이라는 점을 통해 문학의 쇠퇴를 보는 것이 가능하다면, 또한 거꾸로 상황의 새로운 사태를 최종적으로 정리해서 '주체화'할 수 있는 것으로서의 문학이 평상시와 같은 우위를 점하는 것을 확인하는 것도 불가능한 것은 아니다. 하지만 문제는 무엇보다도 우선, 이 '폐허'가 어떠한 것으로서 나타난 것인가 하는 점이다.

내가 감동하는 것은 정연한 질서, 모순 없는 운동, 매끄럽게 작동하는 질서가 사실은 거꾸로 쇠퇴로 경도하는 것을 알고 있는 듯한 폐물(廢物)의 상태에 관한 것이다. 우리가라고 애써 부르고자 하는 것도, 솔직히 말해서 나도 또한 숨을 쉬고 있는 폐물에 지나지 않지만, 우리는 저항한다. 그로테스크한 형태를 지키고 키워서 부단하게 만들어 내고 있다. 우리는 우주의 암세포다. 설령 우주가 죽어가더라도 우리는 증식한다. 오로지 해체하고, 뒤틀리고 일그러져서 증식해 간다.

(히노 케이죄[日野啓三] 「사라져가는 풍경(消えてゆく風景)」)

히노 케이조는『포옹(抱擁)』(1982) 이후, '폐허'를 그 자체로 테마로 삼아 온 작가이다. 사회적인 것으로부터 도시적 일상으로 세계를 전환시켜서, 어느덧 당도한 것이『포옹』에서의 모든 것을 집어삼키고 비등하는, 실로 생동적인 폐허였다. 폐허라고 부르는 것은 너무나도 생기가 넘쳐 관능적이었다고 해도 거기에는 폐허의 발견을 통한 놀라움이 있었다. 이와 함께, 폐허를 향한 의지라고 칭해야 할 흔들리지 않는 방향성이 확실히 봉인돼 있다고 해도 좋다.

폐허 이야기는 많은 경우에 역전의 스토리를 내장하고 있다. 다시 긍정을 하기 위한 부정적 계기로서만, 그것이 파악되고 있는 경우에 이 폐허와 유토피아 사이의 증오와 저주를 되접어 꺾을 수 있는 지점으로, 철저한 비연속성의 신화를 통합한 것이야말로 파시즘적 세계에 다름 아니다.

히노는 그것에 충분히 자각적이었다고 생각한다.『포옹』에서 폐허로 떠돌아다니다 들어온 사람도 그리고 폐허를 구성하는 모든 정크도, 결코 역전을 바라고 있지 않는 것이 아니라 오히려 철저하게 회복을 거절하고 폐허화 하는 과정을 통해서만 살아가려고 한다. 거기에 사람과 물체와의 기묘한 교감이 탄생하며, 폐허가 하나의 동적 세계로서의 방향을 획득한다고 하는 실로 매력적인 장면이 출현한 것이었다.

이것은 흩어지고 해체해 가는 일상의 이미지를, 보는 측의 한결같은 내향적 집중에 의해 겨우 이어가는 작업에 경주했던 1970년대의 '내향의 세대(內向の世代)'[32]적 세계를 일거에 답파하는 것이었다. 그와 동시에

---

32) 내향의 세대는 1930년대에 태어나 1970년 전후에 대두한 작가들을 말한다. 이 명칭은 오다기리 히데오가 붙인 것으로, 1960년대 학생운동의 퇴조나 권태, 혐오감으로부터 정치적 이데올로기로부터 거리를 두기 시작한 작가나 평론가라는 의미이다. 주로 자신

일상의 산란하는 단편을, 거의 등분된 중량 하에 주워 모아서, 그것에 의해 오히려 세계를 서정화해 떠올린다고 하는 무라카미 하루키적인 세계마저도 훨씬 저편으로 후경화시키는 쾌거에 다름 아니었다. 하지만 ──.

하지만 히노는 현재에 이르기까지 『포옹』 이상의 '폐허'를 그리지 못했다. 확실히 「사라져가는 풍경」을 포함한 최신 단편집 『계단이 있는 하늘(階段のある空)』(1987)에는 "오로지 해체하고, 뒤틀리고 일그러져서 증식해 가"는 폐허가 반복돼 나타나 있다. 이전보다 한층 더 생동적인 폐허가 여기에 있다고 하겠다. 게다가 어떤 작품에서도 폐허는 틀림없이 중심에 위치하고 있는 것이다. 하지만 오히려 그렇기 때문에, 이러한 폐허는 현저하게 힘을 상실해 가고 있다. 이는 히노의 세계가 중심화하고 순수화돼, 결국 작품 세계의 가장 중요한 것이지만 자명한 구성 요소 중의 하나로 격하된다고 하는 역설적인 사태에 빠져 버리고 말았음을 의미한다. 하지만 얄궂게도 히노의 시도는 힘을 잃으면 잃을수록 시대로부터 '이해'를 받게 되었다. 물론 불가사의한 일은 아니다. 포스트모던적인 상황이 모던의 폐허를 절대화하고 고정화하는 것인 이상, 그 정적이고 모자이크 모양의 폐허의 일부분으로, 히노의 순수화된 그것이 집어삼켜진 것이다. 그리고 현재, 주위를 전망해 보면 예를 들면 다음과 같은 '폐허'가 도처에서 숨쉬고 있는 것을 느낄 수 있다.

백화점의 식품 매장, 그것은 도대체 무엇일까. 세계 각지의 식품 전람회와 같은 문명의 광기가 보여 주는 카니발과도 같은……. 하지만

의 실존과 존재 방식을 내성적으로 모색했다.

솔직히 말해서, 그것은 내게 파라다이스 이외에 아무것도 아닙니다. "먹을 수 있는 미술관"이라고 이름을 지을까요……

우선 양과자 매장의 일각.

보석과도 같은 케이크가, 레이스페이퍼를 깔은 은색 트레이에 진열돼, 유리케이스 안에서 빛나고 있다. 루비와 같은 나무딸기를 올린 치즈케익/수정과도 같은 깊은 자색의 블루베리잼/에메랄드그린의 키위젤리 모음/쇳지레처럼 빛나는 생크림 방울/이 보석은 향이 난다. 브랜디의, 럼주의, 키르슈바서의 향기, 잘 익은 과일 향기, 버터의 향기/이 보석은, 빛난다. 타르트 표면에 덮인 꿀의, 반들반들한 빛남, 젤리의 반짝이며 투명한 빛남, 모양을 만들어 굳힌 초코렛의 촉촉하고 매끄러운 빛남./그리고 장식. 복잡한 형태로 짜낸 크림 모양. 쉽게 부서지는 당의의 선, 섬세한 엿으로 만든 인형 등이, 보석을 한층 눈부시게 장식한다. (마쓰모토 유우코[松本侑子]『거식증의 밝지 않는 새벽(巨食症の明けない夜明け)』1988)

각각 애인이 있는 남자와 여자 대학생이 만나서 헤어진다. 그 결락감을 채우기라도 하듯이 음식을 계속해서 먹어 치우는 여대생이 이 작품 속 '나'다. 하지만 이러한 '내' 앞에 펼쳐지는 양과자로터 시작해 일본과자, 도시락, 손으로 쥐어 뭉친 초밥, 서양요리, 중화요리, 신선한 야채, 생선, 양주에 이르는 갖가지 상품은, '문명 광기의 카니발'이라고 부르기에는 너무나도 정연하며, 전혀 '광기'는 전해지지 않는다. 또한 '파라다이스'라고 부를 수 있기 위한 활력이나 광채 등도, 진부한 수사로 포착된 물건으로부터는 다소 느낄 수 없을 뿐이다. 여기에 있는 것은 광기에 이어지는 생동적인 폐허가 아니라 이미 진부화 된 폐허의 감각인 것이다. 그리고 "요컨대 나는 지금 이대로 있고 싶어요"라고 하는

'나'의 중얼거림을 접하게 되면, 그러한 온화한 폐허의 감각이, '내' 따
분하고 잠이 들어버릴 것 같은 나르시즘에 대응하는 것임을 알 수 있
다. 나른한 자기만족이 안성맞춤인 거처로서 폐허에 주목하고, 그것을
어중간한 것으로 다시 만들어 낸 것이다.

폐허의 감각은 의심하지 않아도 존재한다. 하지만 그것은 실로 정적
인 감각으로, 누구라도 방해받지 않고 자기 좋을 대로 행하는 여권으로
서만 소중히 여겨지는 것이다. 그러한 의미에서 『거식증의 밝지 않는
새벽』은 순수화하고 폐색해 가는 히노 케이조의 폐허를 상당히 의식적
으로 계승한 것으로, 사실 무의식적인 캐리커처라고 할 수 있다. 과연
이 작품 선자의 한명이었던 히노는 그것을 눈치채고 있었을까.

그리고 그 문학적 폐허의 현재에 다른 폐허의 작가, 안드로이드의 공
허에 에이즈라는 거대한 이야기를 도입한 시마다 마사히코(島田雅彦), 우
당탕 하는 폭력에 의해 폐허를 넘어 파시즘을 향해 가는 무라카미 류,
도시적 폐허의 지식을 통해 그 충실을 꾀하는 코바야시 쿄지(小林恭二)
등을 더해 보면 자못 그것이 테마로서 정적으로 포착돼, 그저 단순히
데카당스화 된 것에 지나지 않다는 것이 자명해 질 것이다.

우리의 '폐허'의 실정을 이화하고, 명시하기 위해서는 그것을 과정으
로서 파악하는 것, 즉 데카당스로서가 아니라 전형(轉形)으로서 파악하
는 것이, 무엇보다도 우선 필요하다. 예를 들면, 히노의 시도를 역으로
다시 더듬어보는 등이 될 것이다.

여기에 다테마쓰 와헤이의 해체 3부작이라고 이름붙일 수 있는 『원
전』, 『춘전』, 『성적묵시록』이 우리 앞에 크게 솟아오른다. 반시대적이
니만큼 바로 시대적이라고 하는 어둡게 빛나는 역설을, 이 3부작은 우

리에게 고하고 있는 것이다.

*

　1970년대 말부터 쓰이기 시작해 1980년대 중반에 일단 완결을 본 해체 3부작을 통해서, 다테마쓰는 우리의 폐허를 모든 각도로부터 계속 그려왔다고 해도 좋다. 이는 '전형하는 폐허'라고 해야 할 독특한 모습을 갖고, 시대 표면을 가득 채운 감각으로서의 폐허를 격렬하게 두드리고 있다. 다테마쓰의 시도는 전형이라는 점에서만 보더라도, 많은 작가들이 도시공간을 비역사화 하고 고정화 해가는 경로를 따라온 것과 비교해 보면 현저한 대조를 이루고 있다.

　하지만 다테마쓰 와헤이가 원래부터 반시대적인 작가였던 것은 아니었다. 오히려 젊은 작가로서는 지나칠 정도로 시대적이었다. 예를 들면 『길을 잃고(途方にくれて)』(1970), 『때로는 휴식도 필요하다(たまには休息も必要だ)』(1970), 『지금도 때다(今も時だ)』(1971), 『양철의 북회귀선(ブリキの北回歸線)』(1978) 등의 일련의 작품은 어쩌면 다테마쓰의 체질이 가장 자연스러운 형태로 나타난 것인지도 모른다. 하지만 1960년대 말 반란으로부터 주저하다 나온 '방랑'하고 '표류'하는 감성을 그 무렵에 멋지게 떠맡았다(여기서 '표류'를 내가 제시한 것은, 포스트모던의 이데올로기인 리오타르 [Jean-François Lyotard]의 주저 가운데 최근 드디어 번역된 『표류의 사상(漂流の思想)』이, 1968년 5월 혁명 가운데 산출돼, 그 후 수년간의 감성을 대표하고 있기 때문이다). 여기에는 확실히 꺼림칙한 일상의 질서로부터의 이탈이 있다. 다만 그와 동시에 그 이탈이 그저 한 사람의 자기 멋대로의 감성에 불과하다고 하는 위험성도 둘 다 갖고 있었던 것이다.

　이러한 그저 한 사람의 '표류'라고 하는 감성이 마침내 도시공간으로

귀환해서, 광고나 패션이라고 하는 유사한 카오스 속을 유영하는 '부드러운 개인주의'로 올라앉기 시작한 시점부터 다테마쓰는 그 화려한 시대와 발걸음을 거꾸로 해서 걷기 시작했다. 일상의 꺼칠꺼칠함을 표현한 『거친 광경(荒れた光景)』(1977)을 응시하고, 더 나아가 그것을 보다 커다란 시야 가운데 포착하려고 하고 있다. 근현대의 독을 흡수해 검붉게 탄 피부를 노출하는 동산(銅山). 그 폐허의 거리를 모방하듯 무너져가는 사람들과 증식하는 광폭한 들개 무리를 그린 『닫힌 집(閉じる家)』(1979)은 그러한 방향을 드러낸 첫 작품이었다.

『원전』(1980)은 붕괴와 해체로부터 시작된 이야기다. 더 나아가 해체를 촉진하고, 해체해야 할 무엇인가를 잃고서 더욱 해체에 육박하는 이야기다. 현에 있는 주택단지와 공업단지 건설 계획을 위해 토지를 내놓은 와다(和田) 집안은 돈을 듬뿍 들여서 지은 커다란 집 안에서 그저 해체극을 연기하고 있다. 공장의 청소 파트에서 일하러 나간 아버지와 어머니는 바로 일을 그만둔다. 아버지는 바의 호스티스에게 달려갔고, 어머니는 도로공사 막벌이꾼이 돼 젊은 남자들에게 둘러싸이게 된다. 결국 집안에는 할머니가 하루 종일 텔레비전 앞에서 과거의 푸념만을 혼잣말로 중얼거리며 남겨지게 된다. 주인공 미쓰오는 이러한 해체극에 항거하기라도 하듯이 자기 혼자서 토마토 비닐하우스 재배를 시작했다. 하지만 그 앞에 나타나는 것은 미쓰오와 교대한 친구 히로지(廣次)의 살인과, 하우스의 붕괴였다. 방향도, 종착점도 판연하지 않는 끝도 없는 해체극이 여기에 있다.

이 해체된 세계를 더욱 밀어붙여 움직이게 하는 것은 '경계'의 힘에 다름 아니다. 다만 그 힘을 농촌과 도시, 어둠과 근대라고 하는 절연하게 갈라진 두 영역간의 불꽃으로만 생각해서는 안 된다. 오히려 '경계'에서 이러한 영역은 결코 그 자체로 남지 못하며 다른 방향을 향해서 초경하는 것도 가능하다. 이러한 결코 고정화할 수 없는 힘의 소용돌이 가운데 사람들은 빨려들어 가는 것이다. 요컨대 '경계'라는 것은 고정화된 형태가 부단하게 전형하는 장이라고 해도 좋다. 다테마쓰는 『원전』에서 단지가 눈앞에 존재하는 비닐하우스라는 무대를 설정하는 것을 통해, 공간 설정이 그대로 시간의 도입이 되는 방법, 즉 전형의 방법을 손에 넣었던 것이다. 또한 다테마쓰는 그 방법을 '폐허'를 향해서 구사한다. 더 나아가 '폐허'를 변이하는 것으로 보고, 그 해체된 세계를 어디까지고 가혹할 정도로 추구해 나아간다.

> 자기 집 부근의 하천을 청소한다고 해도 아무것도 되지 않는다는 것은 알고 있다. 빈 깡통은 바로 또 강 상류에서 떠내려 온다. 병의 유리파편도 흙탕물 속에 숨어 있다. 미쓰오는 박스나, 더러운 천, 뿌리째 뽑힌 정원수 등을 주워서 물가에 던지면서, 슬픈 기분에 젖어들었다. 하우스 등에 열중하는 사이에, 보이지 않는 곳이 감당할 수 없을 정도로 무너지고 썩어 간다. (『춘뢰』)

이 '폐허'에서 한 사람은 결코 한 사람이 될 수 없다. 히로지는 미쓰오가 되고, 단지의 여자를 죽이며, 또한 미쓰오는 아버지와 자신이 닮았다고 생각한 순간, 아버지가 자살한다. 『닫힌 집』에서 '폐허'는 아직 개인을 고립으로 내모는 힘이었던 것에 비해, 여기에서는 '폐허'야말로 사람들을 그 암부로 결합시키는 힘이 되어 있다. 이 '폐허'는 누구에게도 열려 있지만, 그곳에 일단 발을 담그게 되면 이미 그 안의 더 깊숙한 곳으로 걸어갈 수밖에 없다. 무너져 썩어 가는 '보이지 않는 곳', 그것은 '나'이기도 하고 타자이기도 하다. 다테마쓰는 '폐허'라는 현대의 음화와도 같은 전체성을 3부작에 새겨 넣으려 했던 것이다.

*

3부작의 마지막 작품 『성적묵시록』은 그 제목부터 다테마쓰의 작품과는 현저하게 다를 뿐만 아니라 『원전』과 『춘전』과도 그 위상을 달리하고 있는 것으로 보인다. 실제로 『성적묵시록』은 3부작 가운데 가장 뛰어난 작품이며 지금까지 다테마쓰가 쓴 최고의 작품이다.

"어머니, 아버지, 와 보세요. 파리가 득실거려요."

다카키(貴樹)의 새된 소리가 울렸다. 아야코(あや子)는 목소리가 들린 쪽으로 잔달음질해 갔다. 무화과나무에 안긴 월계수의 로렐의 보관고 뚜껑의 이음매를 따라서 토실토실한 검은 파리가 빽빽이 모여들어 있던 것이다. 순간 아야코는 비명을 내지르고, 얼굴을 돌리더니 미쓰오를 손짓해 불렀다.

"잠깐 너, 안에 이상한 것이라도 들어 있는 거 아니야?"

여러 채의 '시체'가 채워 넣어진 이 이야기를 펼치고, 다 읽기까지는 용기가 필요하다. 우리는 이미 『원전』과 『춘전』에서 삶의 '폐허'가 퍼져 가는 것과 그 깊이를 확인했다. 그리고 그 전형이라고는 하더라도 이미 '이상한 것'으로 갑자기 변모하는 것은 있을 수 없다고 생각할지 모른다. 하지만 이러한 예상은 손쉽게 배반당한다. '이상한 것'으로 이 세계는 가득 채워져 있기 때문이다.

『원전』의 마지막 장면으로부터 8년 후, 히로지가 출소한다. 마을은 완전히 변모해 있다. 하지만 그 변모는 마을만이 아니다. 미쓰오는 이 불집 점원이 돼 있고, 머지않아 돈을 유용한 것이 발각돼 사장을 때려 죽인다. 아내인 아야코는 파트 근무를 하며 주에 한 번 젊은 남자와 부산스러운 불륜을 하고 있다. 그리고 히로지 또한 죽인 여자와 그 뱃속 아이에게 빙의돼, 미즈코혼을 사람들에게 설파하는 것을 사명이라 굳게 믿고, 집이 흔들릴 정도의 비명을 질러댄다. 『원전』과 『춘전』이 미쓰오를 시점인물로 한 것에 비해, 『성적묵시록』은 주요한 인물들 모두 시점인물이며 '폐허'를 나누어 가지는 것에 보다 자각적이라고 해도 좋다. 게다가 '폐허'를 내부에서 나누어 가진 이러한 사람들은 각각이 그로부터 탈출을 절실하게 요구한다. 하지만 그러면 그럴수록 더한 '폐허'의 심부를 향해 한 발 한 발 후퇴할 수밖에 없다. '폐허'는 그 강도의 극점을 향해 천천히 전형해 갈 뿐인 것이다.

그로부터 마을도 집도 없어져서, 나는 말이야 팔 년이나 걸려서 천천히 무너져 갔어. 알겠어? 네놈이 한순간에 한 것을 팔 년이나 걸려서 했단 말이야.

미쓰오가 히로지를 향해 내뱉는 이 말은, 따라서 히로지에게도 아야코에게도 그리고 다른 사람들에게도 극히 현실적인 사태인 것이다. 하지만 그런 만큼 그들은 어떠한 친화성을 갖고 나타나기 시작하는 것이다. 한 사람 한 사람의 얼어붙은 고립이, 천천히 녹기 시작해 '폐허'의 분유(分有)에 의해 서로의 존재를 서로 확인하는 지점으로 움직이는 것이다. 이 '폐허'를 개재한 친화성의 표정은 우리를 세게 두드린다. 아름답다고 할 정도다.

다테마쓰는 비유할 수 없는 강함으로 우리가 사는 시대의 '폐허'를 아마도 가장 비소(卑小)한 차원에서부터 가장 높고 아름다운 차원의 전형(轉形)을 바탕으로 그려 냈다. 그 건너편에는 어느새 이 현실은 존재하지 않는 지점에까지 '폐허'를 가져간 것이다. 그것이 희망이 아니라는 것을 지금 여기의 누구에게도 말할 수 없는 것이다.

▼ 198911

께름칙함 속의 오자키 유타카

— 미뤄져 간 '졸업'

오자키 유타카는 '졸업'해 가는 뮤지션이었다.

다자이 오사무가 여전히 '졸업'해 가는 작가의 대표라고 한다면, 오자키 유타카는 1983년부터 1992년에 이르는 10년간, '졸업'해 가는 뮤지션의 대표였다.

내버려 둔다고 자연히 소멸해 가는 것은 아니다. 대부분의 아이돌과 대부분의 뮤지션은 흔적도 없이 사라져 버렸다. 하지만 오자키 유타카는 그렇게 되지 않았다. 경우에 따라서는 반복해서 그리고 반복해서 '졸업'을 확인하지 않으면 안 된다. 그러한 번거로운 존재로서 계속해서 있었다고 해도 좋을 것이다.

어떠한 존재를 '졸업'해 가지 않으면 안 된다함은 그 존재가 결코 '졸업'하지 못하는 상황에 머물러 있기 때문이다. 그 장소가 하잘 것 없는 것이라면 그저 졸업해 버리면 된다.

하지만 그것이 심각한 것이라고 한다면 그 '졸업'에는 께름칙한 것이 항상 따라다닌다. 그리고 과거에 절실했던 심각함이 께름칙한 방향으로 불거져 나오지 않기 때문에, '졸업'해 가는 존재는 어디까지나 '졸업'해 가는 존재로서 멈춰있어 주기를 바란다.

따라서 '졸업' 당하는 존재는 '졸업'하는 자들의 께름칙함을 후광처럼 짊어질 수밖에 없는 것이다.

오자키 유타카는 '졸업'을 반복하는 방대한 소녀, 소년들의 그 방대한 께름칙함에 싸여서, 홀로 '졸업'해서는 안 되는 뮤지션의 영광과 비참함을 음미할 수밖에 없었던 것이다. 오자키 유타카의 노래가 터무니없이 파괴적이었을 때도, 안쪽을 향해 뿌옇게 흐려져 가는 것 같은 느낌이 든 것은 그렇기 때문이다.

오자키 유타카의 노래 가운데 가장 뛰어난 것 중 하나인 「졸업(卒業)」은 소녀, 소년들이 그와 무엇을 공유하고 그리고 무엇으로부터 졸업해 갔는지가 명확하게 나타나있다.

> 교사(校舍)의 그림자 잔디 위 빨려 들어가는 하늘
> 환영과 실제적인 기분 느끼고 있었다
> 차임이 울리고 교실에서 앉던 자리에 앉아
> 무엇에 따를 것인지 따라야 할 것인지 생각해 봤다.
> 술렁거리는 마음, 지금 내게 있는 것은
> 의미도 없이 생각돼 망설이고 있었다
>
> 방과 후 거리를 어슬렁대며 우리는 바람 속에
> 고독을 눈동자에 띄우고 쓸쓸히 걸었다
> 웃음소리와 한숨이 포화된 가게에서
> 핀볼 하이스코어를 경쟁했다
> 지루한 마음, 격렬함만 있다면
> 무엇이라도 허풍을 떨며 떠들어댔다

예의 좋고 성실함 따위 할 수 없었다
밤의 교사 유리창을 부숴 버렸다
반항을 계속해 발버둥질을 계속했다
빨리 자유롭게 되고 싶었다
믿을 수 없는 어른들의 싸움 가운데
서로 용서하고 도대체 무엇을 서로 알았다는 말인가
진절머리가 나면서 그래도 살아갔다
한 가지 알았던 것
그 지배로부터의 졸업

1980년대 후반 전국 중학교 및 고등학교 졸업식 당일, 학교 안에서 공공연하게 흘러나오면서 이 노래는 알려졌다. 이를 통해 '학교'라고 하는 공간의 이상한 모습을 철저하게 부정형으로 고스란히 포착하고 있다고 해도 좋다.

오자키 유타카가 발표한 초기의 노래, 「졸업」, 「15의 밤(十五の夜)」, 「17살의 지도(十七歳の地図)」, 「하이스쿨 로큰롤(ハイスクール·ロックンロール)」 등에는 대부분 어떠한 형태로든 '학교'라는 장치와 관련돼 있다. 데뷔 당초 매스컴이 붙인 "학교에 반항하는 고교 중퇴 싱어송라이터"라는 레테르는 결코 틀린 것이 아니다.

하지만 학교에서 무엇이 일어나고 있는지 매스컴이 정확하게 파악하고 있는 것으로 보이지는 않는다.

1970년대 후반부터 1980년대 전반에 걸쳐서 학교는 독자적인 시스템을 완성시켰다. 1970년대 전후의 대학 분쟁을 보고, 자신이 해체될 수 잇다는 위기를 헤아린 학교가 재건을 위해 차용한 것이야말로 '관리

교육'이라고 하는 거대한 획일화 추진 시스템이었다. 소멸할 것처럼 보였던 교복이 되살아났고 학칙이 무한도로 증식하기 시작한다. 이러한 학교는 소녀, 소년들에게 오자키의 노래 그대로 '지배'를 당하는 장소임과 동시에 '투쟁'의 장소가 된 것이다. 설령 그 싸움이 집단 따돌림이 되고 학교 폭력이 되고, 더 나아가서는 등교 거부나, 고교 중퇴가 되어 나타날 수밖에 없었다고 하더라도 말이다.

1973년에 쓰인 나카가미 켄지의 『19살의 지도』의 주인공은 예비고 학생으로 '사회'에 대해 공상의 싸움을 걸고 있다. 한편, 1983년에 나온 오자키 유타카의 첫앨범 「17살의 지도」가 중고등학생에 의한 '학교'에 대한 구체적인 투쟁을 그리고 있는 것도 비교해 보면 좋을 것이다.

불과 10년 사이에, 인생에서 최초의 투쟁은 그 대상이 청년으로부터 소녀, 소년으로 내려가고, '사회'에서 '학교'로 무대를 옮긴 것이다. 다시 말하자면 시대의 모든 모순을 가장 첨예화한 표출이, 소녀, 소년의 '학교'에 노정되기 시작된 것이다. 그리고 그 투쟁을 보고하고 공유하는 미디어가, 문학에서보다 직접적인 락뮤직으로 옮겨간 것이라고 해도 좋다.

오자키 유타카가 등장한 1983년은 시마다 마사히코가 쓴 『상냥한 좌익의 유희곡(優しいサヨクの嬉遊曲)』이 등장한 해이기도 하다. 시마다 마사히코에 의해 사요쿠[左翼]는 사요쿠[サヨク]로 변형돼 지배나 권력도 각각 시하이[シハイ]나 켄료쿠[ケンリョク]로 모양이 바뀌어 당시 받아들여진 것은 기억에 새롭다. 그 무렵부터 푹신푹신하고 반짝 반짝하며 다양하고, "신기해, 정말 좋아" 식의 포스트모던이라는 상황이 시작된 것도 마찬가지다.

하지만 시마다 마사히코를 그런 식으로 받아들인 사람은 같은 1983년에 "그 지배로부터 졸업"하는 것과 지배의 양태를 재확정하는 실로 절실한 시도가 17살의 소년에 의해 행해졌던 것을 알아차리지 못했다. 아니, 그것을 알았다고 하더라도 단순한 시대착오에 불과하다고 물리쳤을 것임이 틀림없다.

하지만 '학교'는 현재에 끼워진 과거인 것임과 동시에 미래이기도 하다. 과거의 지식으로 현재를 포착하는 장(場)인 것과 동시에 현재에 의해 변형된 지식이 주입된 아이들을 미래를 향해서 내보내는 장이기도 하다. 따라서 그 '지배'는 결코 시대착오적인 것이 아니었다. 그것은 관리교육이 철저해져 가는 '학교'라고 하는 장에서, 과거 이상으로 현재적 문제였으며, 더 나아가 현재 이상으로 가까운 미래의 문제였다. 아니, 소녀, 소년들에게 그것은 문제가 아니라 실로 철저하게 짜인 일상이었던 것이다. 짜인 자유와 마찬가지로.

> 졸업을 해서 도대체 무엇을 안다고 하는 것인가
> 추억 외에 무엇이 남는다고 하는 것인가
> 사람은 누구도 포획된 연약한 어린 양이라면
> 선생님 당신은 연약한 어른의 대변자인 것인가
> 우리의 분노 어디로 향해야만 하는 것인가
> 앞으로는 무엇이 나를 동여맬 것인가
> 앞으로 몇 번 내 자신이 졸업하면
> 진정한 자유에 당도할 수 있을 것인가
> 짜인 자유에 누구도 눈치채지 못하고
> 발버둥질치는 날들도 끝난다

　　이 지배로부터의 졸업

　　투쟁으로부터의 졸업

　　하지만 과연 정말로 그 "지배로부터의 졸업"은 이뤄졌는가. 이 소녀,
소년들과 함께 '지배'는 '학교' 밖에 조용히 흘러들어간 것은 아니었는
가. 몇 번이고 '졸업'하지 않으면 안 될 것이라고 하는 예감을 여기에서
읽어낼 수 있다면, 이 노래를 그 후의 일들도 정확하게 포착하고 있다
고 할 수 있을 것이다.

　　오자키 유타카의 노래는 지배에 대해서는 자유를, 부정에 대해서는
정의를, 처세술에 대해서는 꿈을, 돈에 대해서 마음을 욕망에 대해서는
사랑을, 어른에 대해서는 아이를, 허위에 대해서는 진실을, 차가운 인식
에 대해서는 뜨거움을, 무의미에 대해서는 의미를, 고독에 대해서는 둘
혹은 많은 유대를, 배단에 대해서는 성실을…… 오직 내걸고 있다. 이
는 「17살의 지도」로부터, 마지막 앨범이 된 「방열의 증거(放熱の証)」에
이르기까지 전혀 변함없이 제창된 것이다.

　　이러한 '사랑, 자유, 정의, 마음'이라는 이른바 '커다란 말'이 노골적
으로 표출된 것을 비웃는 자는, 그저 소녀, 소년의 삶의 모든 것을 관리
하고 지배하려고 하는 '커다란 학교'에 대한 무지를 그리고 시대의 모
순에 대한 무지를 속속들이 드러내고 있을 뿐이다. 두말할 것도 없이,
오자키 유타카의 '커다란 말'은 '커다란 학교'를 향하고 있는 전면적인
투쟁의 언어이다.

　　그러한 소박한 언어로, 부끄러움 없이 계속해서 노래한 지점이야말로
오자키 유타카의 걸출한 재능과 그 빛남이 존재하는 것이다. 오자키 유

타카는 가령 「I LOVE YOU」, 「셰리(シェリー)」, 「가로수(街路樹)」 등의
부드러움에 가득 찬 연애 노래를 부르고 있을 때도 '학교'와 함께 했음
이 틀림없다.

셰리 나는 계속 넘어져서 이런 곳에 겨우 이르렀어
셰리 나는 너무 초조하게 굴었나 무턱대고 무엇이든 버려 왔는데
셰리 그 무렵은 꿈 같았어 꿈을 위해 살아온 나였지만
셰리 네가 말한 것처럼 돈인가 꿈인가 알 수 없는 삶이야

계속 넘어지는 내 삶의 모습을
때로는 추한 모습으로 지탱하고 있지

셰리 상냥하게 나를 꾸짖어줘 그리고 세게 안아줘
너의 꿈이 모든 것을 감싸니까
셰리 언제가 되면 나는 기어 올라갈 수 있을까
셰리 어디에 가면 나는 당도할 수 있을까
세례 나는 노래해 사랑스러운 것 모든 것에

(「셰리」)

I LOVE YOU 지금만은 슬픈 노래 듣고 싶지 않아
I LOVE YOU 피하고 피해 겨우 다다른 이 방

무엇이든 용서된 사랑이 아니니까
두 사람은 마치 버림받은 고양이 같아
이 방은 낙엽에 묻힌 빈 상자 같아

그러니 너는 새끼 고양이처럼 우는 목소리로

삐걱대는 침대 위에서 상냥함을 가져오고
꼭 껴안으며
그리고 두 사람은 눈을 감아
슬픈 노래에 사랑이 바래져 버리지 않도록

「I LOVE YOU」)

도망 쳐도 도망 쳐도, 짜인 지배와 짜인 자유라 할 수 있는 '학교'는 그를 붙잡고 놔주지 않는다. '학교'가 그가 '겨우 다다른' 희망을 점차 멀리 보내버리는 것이다. 「졸업」은 "앞으로 몇 번 내 자신이 졸업을 하면 진정한 자유에 당도할 수 있을 것인가" 노래했던 그대로, 끝나지 않았다.

하지만 그런 만큼, 오자키 유타카는 소녀, 소년에게 '졸업'해 가는 뮤지션이었다. '졸업'하지 않으면 안 되는 뮤지션이었다.

이 소녀, 소년들에게 '졸업'이 가벼웠던 것도, 오자키 유타카에게 이들이 한 때 헤맸다고 하는 것도 아니었다. '졸업'은 한 사람이 계속 지니고 있기에는 너무나도 무겁고, 오자키 유타카도 어둡게 너무나도 빛나고 있었다.

학교로부터의 졸업과 그 '졸업'이라는 말은 오자키 유타카와의 그리고 오자키 유타카와 함께 했던 자기 자신과의 결별을 위한 절호의 기회였던 것이다.

학교의 밖에서는 '학교'가 마치 거짓말이었던 것처럼 '다양화 및 차이화'의 풍경이 펴져 나가기 시작했다. 현대사상은 그러한 사회와 문화의 풍경을 긍정적인 포스트모던이라고 불렀다.

오자키 유타카가 뱉어 버리듯이 부른 '지배'나 '속박'이라는 현상을 부정하는 부정적 언어가, 시대에 뒤쳐진 망상으로 취급돼 멀어져 갔다. 그와 함께, '자유'·'정의'·'사랑'이라는 무언가를 추구하는 말들도 또한 불필요한 노력을 표출한 시대에 뒤떨어진 말이라며 비웃음을 당했다.

오자키 유타카 외에는 그저 한 줌의 펑크그룹을 제외하고는, '오자키 유타카'가 마치 악몽이었다는 것처럼, 눈부신 치장으로 현상을 화려하게 꾸미는 노래가 전성기를 구가하고 있었다.

그러면, '졸업'은 달성된 것일까.

쾌적할 것이 분명한 사회 안에서, 웅크리고, 구르고, 계속해서 절규한 오자키 유타카의 노래가 때때로 되살아난다. 졸업한 것이 분명한 학교가 사회여기저기에서 얼굴을 비추고 있는 것을 깨달을 수밖에 없다.

'졸업'의 일시적인 안도감은 바로 꺼림칙함으로 변해버린다.

> 훔친 자전거로 내달린다 갈 곳도 알지 못한 채
> 어두운 밤의 장막 속으로
> 누구에게도 붙들리고 싶지 않다고 도망친 이 밤에
> (「15의 밤」)

이 시대의 '밤' 속으로 도망친 마음의 '갈 곳'을 누구도 아직 끝까지 지켜보지 못한 이상, 오자키 유타카는 우리 모두의 안에서, 앞으로도 꺼림칙함과 함께 계속해서 살아갈 것임이 틀림없다.

▣ 199207

몸짓과 감정의 제국

— 내셔널리즘, 종교, 순애의 풍경

'군대'의 은유 · 쿄진

나는 안티 쿄진(巨人)이라는 것이 종종 뒤집힌 권위주의이며, 반속적인 속물의 표출이라는 것을 인정하더라도 누군가 쿄진을 좋아하는 것을 더더욱 신용할 수 없다. 이것은 생활 '대국'을 지향한다고 하며 거리낌 없는 혁신이나 어떤 '왕국'의 주인을 자랑스럽게 자칭했던 과거의 좌익 등을 전혀 신용할 수 없던 것과 마찬가지이다. 누구나가 소국을 짓밟는 대국에 대한 동경이 있으며 누구나가 타자를 종속시키는 왕이 되기를 바란다는 식으로 생각하는 것은 상상력의 빈곤을 나타내는 것에 그치지 않는다. 그것은 꾀죄죄한 권력 의식을 나타낸 것 그 이상 아무것도 아니다. 전통 있는 '상승(常勝)'하는 스타 집단에 매료된 자는, 상류층의 전통과 '상승'을 꿈꾸면서 질서에 묶인 수인이 될 수밖에 없다.

그렇다면 PKO법 성립 직전에 텔레비전 뉴스 프로그램에 등장해 PKO법안 반대를 반복한 타나베(田辺) 사회당 위원장의 쿄진에 대한 선호는 어떠한가. 그는 쿄진의 성적이 급상승하자 같은 시기에 웃음을 짓고 있었다. 이것은 또한 비참한 광경이었다.

그것은 전통 있는 '상승'하는 스타 집단이 또 하나의 얼굴을 갖고 있기 때문이다. 즉 '군(軍)'의 얼굴이다. 프로야구 12구단 가운데, '군'이라고 자타가 공인하는 것은 요미우리 쿄진군(讀賣巨人軍) 밖에 없다는 사실에 새롭게 관심을 갖는 사람은 거의 없다. 요미우리 쿄진군은, 그 정도까지 사람들의 일상 의식 가운데 정착한 정규'군'인 것이다. 여기서부터, 쿄진을 지칭하면서 'A급 전범'이나 '돌격 대장', '패전 처리'라는 '군'과 '전쟁'에 관계된 말이, 아무런 저항감도 없이 난비하고 있다. 아마도 요미우리 쿄진군은 괴수영화와 나란히, 전후 '군'이 제멋대로 전개될 수 있었던 몇 안 되는 가공의 무대였음이 틀림없다.

추상적인 문제나, 극히 복잡한 상황은 일상적으로 은유를 통해서 이해되고 있다. 실제로, 복잡성이나 추상성을 이해하기 위해서 우리가 자동적으로, 또한 직관적으로 사용하는 거의 무자각적인 광범위에 걸친 은유의 체계가 존재한다. (「전쟁과 은유(戰爭と隱喩)」)

이러한 관점으로부터, 조지 레이코프(George P. Lakoff)는 걸프전쟁을 정당화하기 위해 사용된 은유의 체계를 명백하게 할 것을 요구한다. 전후, '군'을 나타내는 은유의 대표로 계속 인식돼 온 요미우리 쿄진이 걸프전쟁으로부터 PKO법안에 이르는 '군'의 재부상에 즈음해서, 이해의 체계로서 사람들의 마음 가운데 암약하고 있는 것은 명백한 것이다. 쿄진을 좋아하는 것은 숨겨진 '군'의 매니아인 것이다.

그렇다고 한다면, 10대와 20대 젊은이들 사이에서 쿄진군 팬이 급속하게 줄어 가고 있는 현상은 기뻐해야 할 일이다.

『삐아(ぴあ)』에서 행한 스포츠부분 인기투표에서, 최근 수년 가운데

존하고 있다. 이것도 또한 참을 수 없는 풍경이다.

물론 이러한 현상에 대한 다양한 해석이 가능할 것이다. 예를 들면, '반자이'나 '히노마루'가 꺼림칙한 것이라고 하더라도 이러한 장면에서 사용되는 것을 통해서, 과거의 의미를 거의 담지 않는 '가벼움'의 기호로 바뀐다고 하는 생각도 있을 수 있다. 혹은 그저 프로야구 응원 풍경이 아니냐는 차가운 견해도 가능할 것이다. 하지만 날카로운 '야유'는커녕 평범한 불평조차 날아들지 않는 대단히 긍정적인 구장 안에서, 기쁨을 표현하는 것의 빈약함이, '반자이 삼창'과 '히노마루'로 밖에 연결될 수 없다는 불행을 눈앞에서 보게 되면, 이러한 현상을 무시할 수도 긍정할 수도 없게 될 것이 분명하다. 게다가 '반자이'와 '히노마루'의 축전 올림픽에는 "자신만을 위해서 달려주세요"라고 하는 등의 CM마저 등장하고 있는 것에 비해, 이 구장에서 '반자이'와 '히노마루'를 의문시하는 목소리는 전혀 들려오지 않는 현실이다.

흥겨운 구장의 '천황제' 혹은 유쾌한 구장의 내셔널리즘이라 하겠다.

노골적인 '전통'과 '상승'을 혐오하고, 그것으로부터 멀어지는 것이, 한층 커다란 눈에 보이지 않는 전통과 국가의식과 직면하게 한다. 여기서도 또한 낙천적인 포스트모더니즘이 '천황제'에 흡수된 것과 마찬가지로 일본적인 너무나도 일본적인 문화의 풍경을 확인해야만 하는 것인가.

그뿐만이 아니다. 원형 구장의 관객이 그라운드 중심에 눈길을 향하고 있듯이, 이 구장의 '천황제' 혹은 내셔널리즘은 현재 도처에서 현저해 지고 있는 내향적=구심적인 기분의 가장 상징적인 발로라고 해도 좋다. 그리고 그라운드에서 펼쳐지는 투쟁을, 비슷한 행위, 몸짓으로 응원하는 것처럼, 분열과 투쟁이 더 한층 커다란 '하나로 통합된' 장치 속으로 편입되고 있다고 하는 특색도 덧붙여야 할 것이다.

'변화 없는 현상'과 포스트모더니즘

말할 필요도 없이, 이러한 내향적=구심적인 기분은, 갑자기 나타난 것이 아니다. 또한 근거가 없는 것도 아니다. 이것은 '변화 없는 현상' 의식과, '자유자재한 분열로부터의 절실한 통합을 향한' 욕구와의 교점에서 출현했다고 해도 좋을 것이다.

'변화 없는 현상' 의식은, 우선 소련과 동구권에서 시작된 기존의 사회주의 체제의 해체가 자본주의 권역에 불러온 것이기도 하다. 최근 수년만큼 '변혁, 혁명'이라는 말이 세계 곳곳을 날뛰던 시대도 세계 역사상 드물 것이다. 자본주의 체제하에서 이 변화가 자본주의를 향한 '개혁, 혁명'인 이상, 체제의 정체와 고착만이 두드러지게 됐다. 아무리 체제내라고는 하지만 자본주의는 '변화와 혁신'의 전개를 동기로 삼는다. 따라서 세계사적인 '자본주의의 승리'가 불러온 정체와 고착 의식은 '자본주의의 위기'를 불러올 정도로 '변혁과 혁신'을 현저하게 감퇴시키는 것이 됐다.

사회주의 체제의 와해로 인한 냉전구조의 해체는, 당초에는 양대 세력의 투쟁의 끝과 다양한 세력의 투쟁의 시작을 불러올 것이라고 여겨졌다. 하지만 걸프전쟁을 거치면서 명백해진 것은 미국을 중심으로 한 자본주의 대국의 일원적 세계지배 체제였다. 이것도 또한 자본주의 제국(諸國)에서 '변화 없는 현상' 의식을 공고히 하는 것이었다.

그러한 것에 덧붙여서 일본에서는 1989년 '천황제'에 대한 대대적인 노정이 '변화 없는 현상' 의식을 강하게 했다. 전후의 정치로부터 사회 의식에 이르는 '변화와 혁신'이 거의 무의미할 정도로 미량의 것이었다는 것을, 이 '천황제'와 '일본'의 부상은 고했다.

'변화 없는 현상' 의식은 버블경제 가운데 높아져서 버블 붕괴 후에도 변하지 않는 생활 가치의 일원화에 의해 일상화된다. 그 생활 가치라는 것이 금전 제일주의라는 것은 명확하다.

이러한 '변화 없는 현상'을 자본주의 비판을 통해 넘어서야 할 좌익 세력이 '현실 노선'이라는 체제 익찬으로 향한 것도, '변화 없는 현상' 의식을 가속화 했다.

이리하여, '변화 없는 현상' 의식은 모든 영역에 널리 퍼지게 됐다. 이는, 모든 영역으로부터 변화를 가능하게 하는 '외부'가 소거된 것을 의미한다. 적어도 '변화 없는 현상'을 비판적으로 포착하는 '외부'의 발견보다는 지금까지의 '외부'의 소실과, 새로운 '외부'를 발견하려는 욕구가 소멸된 것이 훨씬 앞선 것이라 할 수 있겠다. 여기서 '외부'는 공간의 외부나 가치의 외부만이 아니라 시간의 외부 즉 미래마저도 함포하고 있음은 당연한 것이다. 그리고 그러한 '외부'가 소실되고 난 후, 그럼에도 불구하고 고착된 현상을 삶의 무대로 삼을 수밖에 없는 자에게 남겨진 것은 '내부'로의 전개였다. '외부'없는 현상을 넘어가는 것으로서의 '내부', 혹은 의도하지 않고 현상을 치장해 버리는 것으로서의 우울한 '내부'. 이것은 '외부'스러운 외부를 체험하는 것이 상대적으로 적은 10대나 20대 젊은이들이 보다 많이 직면한 '내부'라고 해도 좋을 것이다.

하지만 '변화 없는 현상'으로부터 초래된 '내부'는 사람들이 결코 원해서 얻어진 것은 아니었다. 이른바 강제된 '내부'가 마침내 요구하는 '내부'가 돼가는 경위에는 포스트모더니즘이라는 상황에 대한 반동 의식이 관여하고 있음이 분명하다.

1980년대 중반에 가장 활황을 나타낸 포스트모더니즘이라는 상황은, 커다란 '외부'의 해체를 선고하는 것과 함께, 무수히 작은 '외부'로 사람들을 유혹했다. 거기서는 '무엇이든 익숙해져 버리는' 중심 없는 자유자재한 분열과 이동을 자랑하는 주체가 나타났다. 하지만 그 주체는, 바로 두 가지 방향으로부터 불가능성과 직면하게 된다. 포스트모더니즘 상황이 고도자본주의의 '다양'한 상품 환경을 무대로 한 것으로부터 시작해 무수한 '외부'라고 해도, 결국은 상품의 차이에 불과하다는 것이다. '자유자재의 분열'이란 상품의 논리에 사로잡힌 허구에 지나지 않는다는 불가능성을 말한다. 또 하나는 상품 논리 가운데 '자유재재의 분열'은 주체의 선택이라는 것 이상으로 상품의 차이에 근거하는 것으로, 따라서 어디까지나 그 분열이 계속된다고 하는 불가능성이다. 여기서부터 상품의 논리를 넘어서, 분열을 한데 정리하는 종합적인 한 지점이 요구된다. '외부' 없는 세계에서 이러한 희구는 오직 '내부'로 향하게 된 것이다.

'변화 없는 현상'과 '통합으로'에 대한 희구 사이의 교점에 나타난 내향적=구심적인 기분은 다양한 의상을 몸에 두르고 있다. 혹은 규범과 통합해 버렸다.

그 가운데 현저한 것이 정치와 관련된 내셔널리즘 혹은 '천황제'이며, 포스트모더니즘의 주체와 겹쳐지는 신(新)·신종교이며 그리고 인간관계로서의 '순애'이다.

예를 들면, 오카와(大川) 모씨가 이끄는 「행복의 과학(幸福の科學)」을 보면 좋을 것이다. 이 집단이 급속하게 신자 수를 늘리고 있는 것은 하이테크를 구사한 집회의 현대성이나 서적 중심의 권유 방법에 있는 것은 아마도 아니다. 오카와의 '가르침'에는 많은 사람들의 목소리가 넘치고 있다. 공자, 모세, 크리스트, 신란(親鸞), 니치렌(日蓮) 등의 종교와 관련된 것으로부터 시작해 사카모토 료마(坂本龍馬), 사이고 다카모리(西鄕隆盛), 피카소, 뉴턴, 아인슈타인 등등 '위인'의 목소리가, 오카와 씨의 입을 빌려서 '재현'된다. 이러한 목소리는 대단히 괴이한 것이지만, 표면적으로 오카와 씨의 독자성은 없다. 실로 이것은 '무엇이든 익숙해져 버리는' 포스트모더니즘 주체의 전형인 것이다. 그 '무엇이든'이 결코 사이비 종교자나 부정을 저지르는 직원, 혹은 일반 샐러리맨이나 농민이 아니라 모든 저명한 '상품' 가치가 높은 자들에 한정된다는 점에서 포스트모더니즘의 주체의 노골적인 발로라고 하겠다. 다만 그러한 목소리가 어디까지나 오카와의 목소리를 통해 '재현'돼, 오카와의 이름 하에 통합되고 있다는 점에서, 확실히 포스트모더니즘 후의 주체라고 할 수 있을 것이다. 신자는, 이 독자성 없는 통합자와 만나고, 자신 안으로 집어삼킨다.

극히 당연한 것을 '가르침'으로 삼는 자가, '스승'으로서 카리스마적인 위치에서 군림하는 구도는 「행복의 과학」만이 아니라 신(新)·신종교로 총칭되는 것들 가운데 급속하게 신자 수를 늘린 집단에 공통적으로 보이고 있다. 따라서 '스승'이 신자를 모으는 것이 아니라 신자가 '스승'을 소비하는 것이며, 신자는 '스승'에 질리면 다음 '스승'을 찾아서 이동해 간다. 신(新)·신종교 붐이, 하나의 강력한 집단으로 대표되지 못하고, 실로 '신(新) · 신종교 붐'인 이유는 거기에 있다고 해도 좋을 것이다.

사랑이라는 이름 하에, 그 무엇이

'트렌디'라는 말은, 나우이(ナウイ, now를 형용사화한 것) 등의 신조어와 마찬가지로 '변화 없는 현상' 의식 가운데 완전히 사실성을 상실해 버려 사어가 됐다. 하지만 '순애'를 테마로 한 '트렌디 드라마'만은 계속 살아남은 것은 물론이고, 오히려 현재 그 한창 때를 맞이하고 있는 느낌이다.

그 정도로 '순애' 이야기의 텔레비전 드라마는, 10대 후반부터 20대 전반 여성을 중심으로 관심을 모으고 있는 것이리라.

동세대의 남성 중 많은 사람이, 가와구치 카이지(かわぐちかいじ)의 『침묵의 함대(沈默の艦隊)』에 깊이 몰두해서, 병기에 대한 매니아적인 흥미와 은밀한 내셔널리즘에 충만돼 있는 것과는 대조적이다.

『침묵의 함대』가, 철두철미하게 실로 로맨틱한 '남자만의 드라마'인 것에 비해, 트렌디 드라마는 그 중심이 여성이기는 하지만 남성도 또한 중요한 역할을 부여받고 있다. 요시다 에사쿠(吉田榮作)나 카세 타이슈(加勢大周)라는 준 아이돌 계열이 주연을 연기하는 드라마도 있다. 하지만 이러한 드라마에서도 생동하고 있는 것은 여성이며, 그녀들은 여유를 갖고 남성들에게 주연 자리를 양보하고 있는 것처럼도 보인다. 『침묵의 함대』를 지탱하는 남성들의 자신 없는 협량함과, 트렌디 드라마를 '삶의 텍스트'로 삼는 여성이 보여 주는 여유와 자신감은, 현재의 남성과 여성의 활력의 차이를 보여 주고 있다고 해도 좋을 것이다. 물론 그 활력의 차이가 현재 사회관계에서의 남성과 여성의 관계를 거의 반영하지 못하고, 그것이 여성들의 '여유와 자신감' 혹은 '활력'을 더욱 두드러지게 하고 있음에도 말이다.

'순애' 이야기 트렌디 드라마가 언제 시작됐는지는 정확히 알지 못한다. 하지만 그것이 1980년대 중반의 「금요일의 아내들에게(金曜日の妻たちへ)」시리즈에 나타난 '불륜'이라는 이름의 경박한 '초경(超境)' 드라마(아아, 얼마나 참혹한 포스트모던이란 말인가) 그리고 1980년대 후반 버블시대에, 화사한 의상을 몸에 두르고 화려한 무대에서 아무렇지도 않게 그저 여기저기 뛰어다니던 아이돌 계열이 연기하는, 이를테면 「껴안고 싶어!(抱きしめたい！)」(아사노 아쓰코[淺野溫子]), 「네 눈동자에 사랑하고 있다!(君の瞳に戀してる！)」(나카야마 미호[中山美穗]), 「서로 사랑하고 있어!(愛しあってるかい！)」(고이즈미 쿄코[小泉今日子]) 등의 드라마 군(群)이나, 「그래도 집을 샀습니다(それでも家を買いました)」(나카야마 미호)와 같은 버블 드라마 뒤에 나온 것만은 명확해 보인다.

'순애' 드라마는 조용하고 순수하며 내향적=구심적인 드라마이다.

그 대표작이 1991년 「도쿄 러브스토리(東京ラブストーリー)」였다. 걸프 전쟁 후의 '변화 없는 현상'의 궁극 가운데, 이 조용한 러브스토리는 시작됐다. 에히메(愛媛) 고등학교의 동급생으로 플라토닉한 삼각관계에 있던 칸나(カンナ, 오다 유지[織田裕二]), 미카미(三上, 에구치 요스케[江口洋介]), 사토미(さとみ, 아리모리 나리미[有森也美]) 이 세 명이, 도쿄에서 펼치는 러브스토리. 즉 이 이야기는 시작하기 전에 이미 끝나 있었다. 다시 말하자면 이미 결정된 관계를 이 셋은 살아갈 수밖에 없다고 하는 그러한 드라마라고 해도 좋다. 이 세 명이 항상 시선을 향하는 것은 따라서 '과

거'이다. 셋이서 관계를 확인하는 것은, 결코 지금이 아니라 과거이며, 그렇게 해서 회고된 과거는 순수한 것으로서 나타날 수밖에 없다. 이 관계의 내부로 들어가 버리면, 그 나름의 훌륭한 러브스토리라고 할 수 있을 것이다.

하지만 이 러브스토리는 내향적=구심적인 순수한 것이기 때문에, 지독하게 폐쇄적이며 다른 것을 접근시키지 않는다. 칸치(カンチ)가 도쿄에서 만나는 아카나리카(赤名リカ, 스즈키 호나미[鈴木保奈美])는 결국 그 관계로부터 튕겨나가게 될 뿐인 것이다. 의학생인 미카미가 '마음도 없이' 차례차례 관계하는 여자들에게는 이름이 없으며, 그저 순애의 사랑을 부각시키기 위해서만 불러들여져 그리고 배제되는 지점에 이 드라마의 성격이 명확히 드러나 있다고 해도 좋을 것이다.

드라마의 전개 가운데 점차 아카나리카의 자유분방한 삶의 방식을 지지하는 여성이 늘어간 것은 다소의 해방감을 안겨주었다. 하지만 그 아카나리카도 또한 순애를 활성화하는 이인(異人)으로서 드라마에서는 소비될 수밖에 없었던 것이다.

「도쿄 러브스토리」로부터 거의 1년 후에 나온 「사랑이라는 이름 하에(愛という名のもとに)」는 '순애'와 '우정'이 믹스된 드라마다. 따라서 「도쿄 러브스토리」보다 훨씬 농후한 사랑의 드라마이다. 후지키 다카코(藤木貴子, 스즈키 호나미[鈴木保奈美]), 다카쓰키 켄고(高月健吾, 카라사와 토시아키[唐澤壽明]), 칸노 토키오(神野時男, 에구치 요스케)의 역시 플라토닉한 삼각관계를 둘러싸는 총 7명의 친구들이 등장한다. 그들은 대학 보트부 선수로서 매니저로서 4년간 함께 서로 격려하고 도우며 살아온 사이다. 이 드라마는 보트부에서의 마지막 밤부터 시작된다. 사회로 나간 이 친구들

이, 조금씩 무너져가는 관계 가운데 항상 떠올리는 것이, 그 4년간이었던 것도 서로 마찬가지다. 그들이 무슨 일이 생기면 모이는 것은 추억이 담긴 가게에서이며, 여기에는 보트부였던 당시에 찍었던 7명의 사진이 놓여 있다. 이 드라마도 과거를 향한 내향적=구심적 드라마라 할 수 있다.

하지만 그들은 아무리 과거를 향한 내향적=구심적이더라도, 이미 해방감을 얻지 못한다. 오히려 과거로 향한 만큼 한층 더 현재의 붕괴를 진행시키게 된다. 고등학교 선생님인 다카코와 중의원 의원인 부친의 비서인 켄고 사이의 관계는 무참하게도 부서져, 토키오는 방랑의 여행을 떠나고, 친구 중 한 명은 회사 돈을 마음대로 쓰고 자살한다.

「사랑이라는 이름 하에」는 '순애' 드라마의 정점을 이루는 것과 동시에 그 내부로부터의 붕괴를, 하지만 그렇다고 해도 어떠한 '외부'도 없는 만큼 내부에서 붕괴돼 갈 수밖에 없음을 통절하게 말해 주는 드라마이다.

'순애'는 마침내 여기까지 이르렀다. 이제부터 앞날에, 그것이 어디로 향할 것인지는 명확하지 않지만, 그 붕괴를 그리는 것으로 '순애' 드라마는 내셔널리즘이나 신(新)·신종교보다 훨씬 현재의 내향적=구심적 경향의 선단을 건드리고 있다고 해도 좋을 것이다.

그렇다고 해도 다카코는 석양에 뜨거워진 다다미가 눈에 띄는 낡은 단지에 살며, 남자가 인생의 전부가 아니라고 하던 어머니가, 아버지가 죽은 후 부쩍 약해진 것을 지켜본다. 그러면서 모든 것을 향해 "그게 무슨 뜻이야"라고 발화하는 공격적인 언어는 의미 깊다.

그런 언어를 내뱉을 때 스즈키 호나미의, 내향적인 동시에 격렬하게 외부로 향하려고 하는 양의적인 표정이 인상 깊다.

이 언어와 표정이 말해 주는 것은, 다카코의 내부에, 세계에 대한 강한 거절, 강한 혐오가 소용돌이 치고 있다는 것이다. 다카코는 그것을 안에만 담아두는 것이 아니라 밖을 향해 발화한다.

순애, 그게 무슨 뜻이야.

반자이, 히노마루, 그게 무슨 뜻이야.

신(新)·신종교 그게 무슨 뜻이야.

우리도 또한 그러한 힐문을 계속해나가고 싶다.

⊞ 199210

J리그의 정치학

— 긴 밤은 이제 막 시작됐는지도 모른다……

무언가가 새롭게 시작된다……. J리그가 움직이고 있다

그 움직임이 격렬한 것은 예사의 것이 아니다.

그리고 그 격한 움직임이 일으킨 사람들의 열광은, 도쿄올림픽을 둘러싼 '전 국민적' 비등을 상기시킨다고 해도 결코 과장이 아니다.

확실히 무언가가 일어나고 있는 것이다. 도대체 그것은 무엇인가.

우선, J리그에 대한 열광은 '무언가 새로운 것이 시작된다'고 하는 막연한, 하지만 상당히 강렬한 느낌에 지탱되고 있다고 해도 좋다.

최근 우리는 계속해서 바뀐다 바뀐다고 하는 구호만을 들었지만 조금도 변하지 않은 것을 지겹도록 봐왔다. 그 결과, 이제 아무것도 변하지 않는다고 하는 것이 답답한 상식으로 정착해 버렸다.

그러자 그때 J리그 혜성처럼 등장해서 '원색의 질주'를 통해 일거에 그것을 돌파했다…… 무언가가 새롭게 시작된다고 하는 은밀한 기대감 가운데, 이 정도로 확실한 계기는 또 없을 것이다.

확실히 J리그는 이 시대를 덮쳐누르고 있는 '이제 아무것도 변하지 않아'라고 하는 상식에 대항하고 있는 것처럼 보인다. 그보다는 '무언가가 새롭게 시작되'는 것에 이러한 상식의 제압 공간은 불가결한 무대라고 해도 좋다. 예컨대, 시기를 노려 그것을 노린 듯이 '원색의 질주'가 출현한 것이다.

더 나아가, J리그 각 팀에는 기업명이 과장되게 붙어있지 않다.

이것은 예를 들면 프로야구가 '요미우리'나 '세이부' 등의 기업명으로 불리는 상식에 대항하고 있다. 사적 이익 및 사적 소유의 상징인 사적기업의 이름을 기피하는 것은, 기업중심주의가 상식적인 일본에서는 특히 중요한 의미를 갖는 것이다. 아마도, 버블에 춤추던 기업에 대한 혐오라는 것이 여기에 있는 것임이 틀림없다.

또한 J리그는 '서포터'라고 칭하는 보는 것만이었던 관객을 참가하고 지탱하는 포지티브한 사람들로 조직하고 했다. 이 점도, 지금까지 어떤 스포츠보다도 새로운 시도를 하고 있는 것 중의 하나이다.

J리그 시합을 텔레비전으로 보더라도, 움직이고 있는 것은 축구선수보다도 서포터가 아닌가라는 기분마저 들 정도로, 서포터의 '시합 만들기'는 철저하다. 오랜 세월 동안 닫혀있던 '관객'으로부터, 가까스로 해방된 기쁨에 넘쳐나고 있는 것처럼 보인다.

국가의식이 조용히 부상해서……

하지만 잠깐 생각해 보고 싶은 사건이 이미 개막시합이었던 마리노스 대 베르디 전, 오프닝 세리머니에서 일어났다.

사각진 경기장 거의 중앙에 설치된 흰 원형의 무대 위에, 록밴드 TUBE의 마에다(前田)가 '국가로서의 기미가요['천황'의 치세]'(실은 기미가요는 국가가 아니다)를 독창한 것이다.

소란스러웠던 구장은, 그때 찬물을 끼얹은 듯 조용해졌다.

마침 그 장소에 있던 내 지인은 "그 조용함은 뭐라 할 수 없을 정도로 불쾌했어" 하고 말했다. 거대한 관객석을 가득채운 사람들 대부분이 어안이 벙벙해 하는 것이 아니라 조용히 실로 엄숙하게 '국가로서의 기미가요'의 J리그 버전을 수용했다고 한다.

그리고 '국가로서의 기미가요'를 통해서 서포터들의 거동을 잘 들여다보니, 예를 들면 진구 구장에서 야쿠르트 스왈로즈 응원단과 거의 같은 광경이 떠올랐다. 요컨대 히노마루를 흔들고, 반자이를 한다. 그러한 행동 어디에 도대체 새로움이 있는지 알 수 없게 됐다. 아니, '새로움'이라는 기치아래 똑같은 것이, 해방감을 갖고 행해지고 있는 것이다.

이는 뭐라 하기 힘든 불쾌한 광경이다. 정말 불쾌하다.

그리고 이 불쾌함이 J리그 전체와 대비해 보자.

기업의 사적 이익추구를 싫어하고,

사람들이 적극적으로 참가해,

'새로움'을 요구하는 운동에,

조용히 국가 의식이 부상한다,

위와 같은 별일 아닌 것 같은 '파시즘'적인 기분은 아닐까 생각하지 않을 수 없다.

긴 밤은 이제 막 시작됐는지도 모른다……

나쁜 것 뒤에는 분명히 좋은 것이 나타난다. 변하지 않는 것 뒤에는 반드시 변하는 것이 나타난다. 이것은 지금은 통용되지 않는 것인지도 모른다.

나쁜 것 뒤에는 보다 나쁜 것이, 변하지 않는 것 뒤에는 한층 변하지 않는 것이 나타난다. 그러한 사태에 우리는 들어서있는 것이 아니겠는가. 스포츠도 그렇다. 포스트모더니즘 문화 뒤의 '청빈'한 논리 지상문화도 그렇다. 그리고 자민당 일당 지배 뒤의 한층 보수화된 연립정권도 그렇다. 살그머니 거대화된 자위대 뒤의 노골적인 '군대화'도 그렇다.

"밤뒤에는 아침이 온다."(다자이 오사무)고 하는 긴 밤에 견뎌온 아슬아슬한 낙관론은 우리에게는 아직 허용되지 않는 것이다. 어쩌면 '긴 밤'은 이제 막 시작된 것인지도 모른다.

그런데 미우라 카즈요시(三浦和良)가 1993년 10월 5일 월드컵을 향한 시합 코트디부아르 전에서 승리한 후 "월드컵 출장은 우리의 꿈"이라고 말했다. 그리고 바로 말을 이어서 "이것이 일본국민전원의 꿈이다."라고 말했다.

도대체 지금까지 이러한 국가적이며 전원이 열광하는 스포츠가 있었단 말인가.

적어도 재일일본인으로서 '일본국민'인 나는 그들 내셔널 팀이 월드컵에 출장하는 것 따위는 조금도 꿈꿔본 적이 없다. 그뿐만 아니라 그러한 '국민 전원적'인 의식을 공유하는 조직은 조속히 해체되기를 바라고 있다.

하지만 밤이 이제 막 시작됐다고 한다면······.

이제 나는 기껏 혐오를 이 근방에 퍼뜨리기로 한다.

☎ 199310

아무도 들려주지 않았던 일본현대문학 **293**

구로다 키오가 던지는 질문

— '이야기' 비평(포스트모던)을 넘어서

『구로다 키오전집(黑田喜夫全集)』(신초샤(新潮社))을 읽고, 또한 구로다가 남긴 많은 평론을 다시 읽었다. 그러면서 구로다 키오만큼 생애에 걸쳐서 시를 간구하고, 게다가 시가 시임에 날카로운 의문을 내던진 시인은 없었음을 새삼 다시 확인했다. 시를 간구하고, 쓰고, 읽고, 즐기는 사람은 많다. 또한 시가 시일 수밖에 없다는 것을 지적하는 사람도 많다. 또한 이 두 가지는, 서로 양립할 수 없지만 통합하기도 한다. 아니, 단순히 양립할 수 없다고 생각할 때, 이것은 마침내 아무런 모순도 없이 결합해 버리게 될 것이다. 구로다가 생애에 걸쳐서 수행한 것은, 시를 간구하기 때문에, 시에 머무는 지반을 공격하고, 시에 구속되어 있기 때문에, 시를 간구해마지 않는다고 하는 극히 곤란한, 불가능성의 시로서의 길을 걷는 것이었다고 나는 생각해 본다.

이는 예를 들면 다음과 같은 문장에도 잘 나타나 있다.

그 산사람 같은 사내가, 그때 우리 농촌 아이들에게는 '이계(異界)'에 속하는 것임이 분명했다. 그리고 그 감지된 이계에 대한 관념은, 마을에 오래 살아온 자들의 심중에 보지된 느껴지는 마을 폐쇄의 금제

(禁制)가 되살아나는 것을 의미하는 것인지도 모른다. 하지만 지금 그 우리 '산인환상(山人幻想)'의 영위를 어느 금제의 소재로 해석해서 끝나는 것이 아니라 오히려 그것(금제)을 살아가는(시간적 본질을 갖는) 현재성으로 파악한다면 어떨까. 거기에는 닫혀있지만 '이계'에 대한 공포와 함께 어떠한 탈출비약(脫出飛躍)의 형성을 볼 수 있을 것이다. 이를 통해 산사람(山人)'에 대한 투기로서의 살아 있는 역전된 자유의 양태가 있었다고 생각하지 않을 수 없는 것이다.

(「부성으로의 소행(負性へ遡行)」 『부성의 탈회(負性の奪回)』, 1972])

그러한 고난을 받는 것과 그 형성, 우리 주체의 현출이 구상(具象)하는 양태는, 부성(負性)의 인민이면서 반부성(反負性)의 한 사람으로 몸을 비틀어 해방하는 것, 부성을 갖는 인민의 역도(逆倒)된 투기를 응시하면서 이를 허용하지 않는 것. 허용하지 않지만 그것을 대상으로서 해석하는 것만이 아니라 그것을 살아 있는 사상의 허구에 세우는 것, 살아 있는 것으로 거기에서 역전된 어느 자유, 현실부정의 계기에 접하는 것 등이다. 또한 그렇게 하는 것의 무거움, 씁쓸함, 덧없음의 일체를 애써 잡으려고 하는 것이라고 말할 수 있다고 생각한다……

(「벗에게 보내는 편지(友への手紙)」 『피안과 주체(彼岸と主体)』, 1972)

물론 이것은 시에 대해 직접 말하고 있는 것은 아니다. 오히려 시는 이것의 끝에서 시작된다고 해도 좋을 것이다. 하지만 구로다에게 시는 이 '부성'을 아슬아슬한 지점에서 빠져나간 후에 다가오는 어떤 것이다. 아니, 이 '부성'과 '반(反) 부성'의 모순을 살아가는 것이야말로 시 그 자체인 것임이 틀림없다. 이 살아가는 과정에서 시작해 부성은 스스로를 그렇게 존재케 하는 지평을 전도해 가는 광채를 획득해 가듯 시도 또한 시가 존립하는 관계를 벗어나는 시로 변모해 가는 것이다. 또한 그곳에는 부성이 일그러져 있기에, 시도 또한 일그러져 있다고 하는 근저에서의 인식이 있는 것이다. 다시 말하면, 우리는 부성을 그리고 시를 선택하는 것이 아니라 그것을 강요당하고 있다. 짊어질 것인지 짊어지지 않을 것인가가 아니라 짊어지면서 넘어가는 길만이 우리에게 존재하는 것이다.

그 길을, 시의 현재에 교착시킬 때, 다른 세계로 향하는 자유로운 자기표백도, 제도로서의 시라고 하는 시점을 본래부터 거부하는, 그저 시 영역에서만 문제되는 것이 아닌, 뛰어난 현재에 대한 비판이 이로써 나타난 것은 당연한 일이었다. 「초의미와 불가능성의 시(超意味と不可能性の詩)」가 바로 그것이다.

우선 구로다가 비판대상으로 삼은 것은, 요시모토 다카아키 시로 대표되는 '개인'의 사상이 갖는 서정적 표백 및 축어적(逐語的, 글자 하나하나를 면밀하게 더듬는)인 의미의 시이다. 확실히 그것은 '개인'을 둘러싼 세계로의 이화(異和)를 조직하는 것이다. 다만 그러한 이화가 강해지면 강해질수록 '개인'의 자기 표백은 흔들림 없이 확립돼 버려서, 시에 대한 욕구는 그저 시의 실현이라는 막다른 지점에 몰려서, 스스로 만족하는 체계를 구성할 따름이다. 이는 세계에 대해 뒤틀림을 불러오고는 있지만, 자신의 내부야 말로 그러한 뒤틀림이며, 그것을 넘어서 가려고 하는 계기가 결락된 시의 현재 상태라고 해도 좋을 것이다.

확실히 그것은 '시민사회의 생각지 않은 존재 친화적인 것과 안식의 형태'가 되고 있다. 하지만 그것을 비판하는 '제도로서의 문학=쓴 것의 통일성이라는 환상'이라는 시점은 과연 올바른 것인가. 이러한 이야기

(物語) 비판은 1970년대부터 현재에 이르기까지 일견 1960년대 표현자의 자립적 환상을 철저하게 까발려 버렸다. 하지만 과연 그러한가 하고 구로다는 되묻고 있다. 사실, "시의 탈주체 및 탈의미로서의 이야기(제도) 비판에 대한 시도는 그 살아 있는 비판자라고 하는 작가의식이 갖는 사성(私性)의 비대함을 제일 먼저 결과로 만들고 있"는 것이다. 요컨대 여기서는, 형태나 이야기가 단순히 대상으로서만 포착되며, 포착하는 시선은 초월성으로서 기능하고 있다는 것을 말해 준다. 이는, 이야기 비판의 시선만이 아니라 구조주의적 시선, 기호론적 시선에도 공통된 것이라고 하겠다.

이 두 가지 방향에 비춰볼 때, 구로다의 방법은 보다 명확해질 것이다. 「부성에의 소행」의 한 부분을 다시 인용해 둔다.

지금 그 우리 '산인환상(山人幻想)'의 영위를 **어느 금제의 소재로 해석해서** 끝나는 것이 아니라 오히려 그것(금제)을 살아가는(시간적 본질을 갖는) 현재성으로 파악한다면 (중략) 산사람[山人]'에 대한 투기로서의 살아 있는 **역전된 자유의 양태**가 있었다.

이미 주석은 필요하지 않을 것이다. 어째서 사람은 시에 사로잡히는 것인가, 어째서 사람은 이야기에 사로잡히는 것인가. 구로다는 그 지점에서야말로 자신의 내부에 얼굴을 들이밀고 들여다보면서 그것을 관철해 보였다. 또한 그 영야(領野)에서 그 영야를 부정하고 넘어가는 계기를 더듬어 찾으려고 했다. 『구로다 키오전집』과 그의 비판은 그 전력을 다한 모색 그리고 그 '무거움, 씁쓸함, 덧없음'을 모두 떠안은 자의, 빛나는 궤적 그 이외에 아무것도 아니다.

아니, 그것을 우리는 단순히 '광채'라 해서는 안 될지도 모른다. 그것은 우리 자신이 스스로의 부성과, 그 부성으로 삼은 근거를 향해 던지는 무기로서 받아들이지 않는 한, 결코 빛나지 않을 것이기 때문이다.

제4부

문학에서의

재일조선인

×

오키나와

×

피차별

'세계문학'으로서의 아시아문학

— 잡지 『아시아』에 거는 큰 기대

*

"무라카미 하루키의 소설은 세계문학인가요?"라는 질문을 몇 번이고
받은 적이 있다.

인터뷰하는 측에서는 "그래요. 하루키 소설은 세계문학입니다."라는
대답을 이끌어 내고 싶었던 모양이다. 하지만 나는 마지막까지 "그렇
다."라고 대답하지 않았다.

네덜란드에서 감독을 포함한 수명의 스텝이 '무라카미 하루키 추적
(追跡)'이라는 영화작품 취재를 하러 와서는 나를 만나고 싶다는 연락을
친구를 통해 해왔다.

"하루키에 대해서 적극적으로 코멘트 할 것 없다."고 대답하자, 이전
부터 하루키에 대해 상당히 부정적인 평론을 쓰고 있는 것을 알고 있던
그 친구는, "하루키가 다녔던 대학을 찍고 싶은 모양이야. 그 안내만 해
주지 그래."라고 말해 왔다.

취재일 대학은 여름방학 마지막 주 휴일이었다. 대학 정문은 굳게 닫
혀 있어서 감독이 기대했던 많은 대학생이 오가는 영상은 바랄 바가 못
됐다. 일본 내에서도 유수의 맘모스 대학이 뿜어내는 '혼잡' 가운데서

하루키문학은 출현했다. 감독은 그러한 분위기를 잘 드러내는 영상을 찍고 싶었음이 분명하다.

구름이 두툼하게 낮게 깔린 무더운 날이었다. 이따금 비가 내렸다. 땀을 닦아내고 비를 피하면서, 우리는 문학부 안을 잠시 걸었다. 하루키가 재학 중에 학교 안에서 목격하고 그리고 몇 작품 속에 야유 넘치는 필치로 그려내고 있는 학생들 간의 살인을 포함한 치열한 정치적 사건에 대해 나는 말했다. 그러나 감독은 그러한 화제에는 별로 흥미가 없는 것 같아보였다.

결국 연구실에서 인터뷰를 거의 진행하게 됐다. 감독의 말을 전하는 사람과 같은 질문을 몇 번이고 주고받았다. 감독이 바라는 대답과, 내 대답이 일치하지 않았기 때문이다.

"하루키의 소설은 세계문학인가?"라는 질문은 확실히 얼마 전에 하루키가 프란츠 카프카상을 수상하고 그 기세로 노벨상까지 받을지 모른다며 한바탕 소동을 피우던 시기였으므로 당연한 질문이었음이 틀림없다. 세계문학이기 때문에 세계적인 문학상을 수상했고 하루키를 연구하려고 세계 각 국에서 유학생이 찾아오는 대학의 연구실에서 하루키를 '추적'하려는 네덜란드인이, 하루키와 관련된 영상을 담아내고 있다…… 하지만 나는 끝끝내, "그래요. 하루키 소설은 세계문학입니다."라고 말하지 못했다. 아니, 말할 수 없었다고 하는 편이 옳다.

그것은 왜인가. 바로 그와 같은 시기에 나는 오랜 친구로 데뷔에서부터 현재의 문학적 성과에 이르기까지 거의 전부를 보아온 양석일의 신작 『뉴욕 지하공화국』을 읽고, 홋카이도신문(北海道新聞)의 요청으로 서평을 쓰고 있었기 때문이다. 이에 대해서는 지면으로 인해 상당히 지워진 부분을 복원해 가면서 써보려 한다. 타이틀은 "차별과 빈곤과 전쟁을 응시하여, 세계문학의 한 페이지에 육박하다."이다.

*

9·11사건으로부터 5년.

그 사건이 계기가 되어 부시의 '새로운 전쟁'은 아프가니스탄, 이라크라고 하는 참혹한 '보이는 전장(戰場)'에 그치지 않고, 세계 도처에 감시와 밀고와 폭력 등이 동지와 적(칼 슈미트)을 만들어 내는 '보이지 않는 전장'을 확장하고 있다. 그 전쟁은 지금 전혀 진정될 기미를 보이지 않는다.

하지만 애초에 그 사건은 무엇이었단 말인가.

사건의 '진상'을 둘러싸고, 비행기가 다르다는 설, 트윈타워내부 폭파설로부터 시작해서 미국정부가 사전에 알고 있었다는 설까지, 드디어는 아메리카 군산복합체의 음모라는 등 사건에는 여전히 깊은 의혹이 드리워져 있다.

양석일의 대작『뉴욕 지하공화국』은 9 · 11을 둘러싼 그러한 갖가지 견해와 정보를 종횡무진하게 구사하면서도, 사건의 '진상'보다는 그 '심층'에 육박하고 있다.

양석일은 미국 사회의 현실을 파헤치는 소설 구상을 위해 뉴욕에서 체재하고 있다가 이 사건과 우연히 조우했다. 하지만 그에게 이 사건은 결코 돌발적이며 예외적인 것이 아니었다.

이 사건은 미국 사회의 '밖'에서가 아니라 '내부'에서 엄습해 왔다.

맨하탄에서 한 발 밖으로 나서면 그 곳은 빈곤과 차별이 좀먹고 있
는 세계였다.

포스트·냉전 이후 경제지상주의가 인종차별, 민족차별, 종교차별, 성
차별을 더욱 가혹하게 만든 사회 '내부'는 그 모습 그대로 전지구의 축
도에 다름 아니다.

사건을 풀기 위해서라도 "그러한 '내부'를 깊이 있게 추궁하지 않으
면 안 된다."라고 양석일은 확신한 것이 틀림없다.

그래서 이 소설은 백인경관이 흑인청년에게 발포하는 장면에서부터
시작된다. 그 후, 사건을 둘러싸고 있는 거리에 흘러넘치는 차별과 복
수와 폭력에 이야기의 초점이 맞춰지며, '새로운 전쟁'에 파병되는 하
층민 병사들이 그려진다. 그리고 마침내 귀환병이나 홈리스에 의해 조
직된 체제파괴조직 '뉴욕 지하공화국'을 등장시킨다.

사회의 이러한 내부모순에 비교해 보면 다른 한 편에서 눈부시도록
생생하게 묘사되는 정치적 속셈과 경제계의 욕망, 경찰과 군의 행동은
얼마나 표층적(表層的)이란 말인가.

"내게는 차별과 민족이라는 의식은 없다. 그러한 의식을 갖게 되면,
내 안의 여러 피가 웅성거리고 갈등하여, 몸에 이상이 일어나고, 숨을
쉴 수 없을 정도로 괴로워진다."라고 말하는 매력적인 등장인물 젬의
무참한 죽음은, 모순타파의 곤란과 함께 그러한 곤란이 방치되어서는
안 된다는 것을 전해준다.

사회적 편견과 차별, 힘든 삶과 빈곤 그리고 분쟁과 전쟁을 주시하
여, 현재 존재하는 세계질서를 대체할 수 있는 새로운 공생적 질서를

원망(遠望)하는 것이 '세계문학'이라고 한다면, 이 작품은 세계문학의 정상에 육박하는 걸작이라고 해도 좋다.

*

양석일의 소설을 '세계문학'이라고 한다면, 무라카미 하루키를 '세계문학'이라 할 수 없음은 매우 자명하다.

일견 '세계문학'으로 오인하기 쉬운 무라카미 하루키의 '보편성'이라 함은, 고도자본주의가 양산해낸 도시문화의 '보편성'이며, 이는 극히 한정적인 의미의 '보편성'에 지나지 않는다. 다시 말하자면 차별이나 빈곤 등의 근대가 그 해소(解消)를 지향하는 '큰 이야기'가 무효화된 포스트모던한 도시문화의 '보편성'일 뿐이다.

하루키가 1979년, 『바람의 노래를 들어라』로 등장했을 때, 일본에서는 도시문화가 각광을 받기시작하고 있었다. 끝나가고 있는 모던과, 시작되고 있는 포스트모던의 틈에서, '상실감'과 '고독감' 그리고 '부유감' 속에 살아가는 주체들이 하루키 소설속 주인공에게서 자신의 모습을 발견하게 된 것이다.

양석일 최초의 소설집 『택시광조국(狂躁曲)』이 출판된 것은, 하루키가 등장하고 2년 후인 1981년의 일이다. 「미주(迷走)」, 「신주쿠에서」, 「공동생활」, 「제사」, 「운하」, 「크레이지호스 I 」, 「크레이지호스 II 」 등의 단편 제목을 보는 것만으로도, 『바람의 노래를 들어라』와는 이질적인 소설세계가 연상될 것이다.

재일조선인 2세 주인공이 도쿄라는 첨단도시를 질주하는 택시드라이버라는 생업을 통해 체험한 현대 도시의 '지옥순례'가 단편집의 내용이

다. 가혹한 노동과 빈곤, 민족차별과 성차별 그리고 상식과 질서를 거
부하는 자에 대한 무시무시한 폭력이 행사된다. 이러한 것이 비등하는
곳에 직면한 주인공에게 하루키 작품에서 친숙한 '상실감'·'고독감'
·'부유감' 등은 허락되지 않는다. 택시를 타고 놀러 다니는 젊은이들
일부에게서만 특권적으로 허용된 이러한 감각은, 양석일의 작품 속 주
인공에게는 조금도 '보편적'인 것이 아니다.

일본에서 버블경제의 붕괴와 현존하는 사회주의의 붕괴 등이 겹쳐지
고 '전후'의 청산과 헌법 '개정'이 논의되기 시작한 1990년대 초반 이
후, 포스트모던한 기분은 일소되었다. 지구적 차원의 '야만적인 자본주
의'가 날뛰기 시작하여, 네그리와 하트에 의해 후일 <제국>과 연결되
는 커다란 세계적인 권력 시스템이 등장하게 된다.

1995년, 커다란 사회적 사건들 가운데서 하루키는 논픽션 『언더그라
운드』를 써서 근면한 '일본인'을 칭송하는 것으로 자신의 '망명(亡命)'을
끝냈다. 이러한 하루키의 '관계 맺지 않기'로부터 '관계 맺기'로의 변화
는 그렇다 쳐도 이러한 전환은 그가 '일본과 일본인'으로 귀환한 최악
의 '관계 맺기'라고 하지 않을 수 없다.

양석일에게는 하루키와 같은 선택지는 없었다. 오히려 그와는 반대쪽
을 향해 걸어 나가고자 하였다. 화려하고 경쾌한 도시문화 한복판에 유
지되고 있는 편견과 차별, 지배와 권력, 빈곤과 힘든 삶, 분쟁과 전쟁을,
일본에서 아시아로 그리고 아시아에서 세계로 시야를 넓혀나갔다. 그러
면서 그것을 뚜렷하게 응시하고 새로운 공생적 질서를 갈망하는 방향
을 제시했다.

차별과 분단과 분쟁을 현대 세계의 '보편성'으로 파악한 후 그것을

넘어설 수 있는 새로운 주체를 발견하는 것은 현대사상에도 주목할 만한 것이다. 또한 세계문학에서도 주목할 만한 것임이 틀림없다. 나는 양석일이 지향하고 있는 방향에 현대사상과 문학의 가혹하고도 풍부한 가능성의 일단을 발견하게 된다.

2006년 봄에 창간된 잡지『아시아』에는 내가 생각하고 있던 것 이상의 가능성을 한층 더 구체적이고 상세하게, 또한 더욱 전진적이며 창조적으로 전개하려는 논고가 빼곡하게 채워져 가고 있다. 한국은 말할 것도 없이 일본을 포함한 아시아 지역은 차별과 분단과 분쟁이 비등하는 장소이기에 가장 가혹한 현실을 살지 않으면 안 된다. 하지만 이는 동시에 그러한 현실을 바꿀 수 있는 풍부한 가능성을 내장하고 있음을 말해 준다. 이 지역을 현실적으로 포착하는 아시아문학이야말로 세계문학이라는 무거운 과제를 짊어진 문학자·연구자의 협동과 공동투쟁의 장이 될 것이다. 이미『아시아』에는 그것이 마련돼 있다.

▣ 2007 가을

파계(破戒)와 창조와 착란과

— 양석일의 「아시아적 신체」

양석일의 『밤을 걸고(夜を賭けて)』는 재일조선인이 갖고 있는 부(負)의 역사를 단적으로 쓰는 것으로 시작해 '아파치족'의 경찰 권력에 대한 게릴라전에서 그 부의 역사를 반전하는 힘을 발견한다. 그 '아파치족' 의 해체가 투사 김의부(金義夫)를 오무라수용소(大村收容所)에 감금한 체제적 폭력을 노출시킨다. 또한 '원코리안페스티발'을 배경으로 한 마지막 장면에서는 작품 속 인물인 '작가'에게 이렇게 작품이 끝나는 것은 대단히 '부자연스럽'다는 '안타까움'을 느끼게 만든다. 이러한 에피소드는 단적으로 말해서, 재일조선인이 갖고 있는 부의 역사가 지금도 여전히 계속되고 있음을 말하고 있는 것임이 틀림없다.

그렇다고 해도 양석일은 재일조선인이 갖고 있는 이 부의 역사를 그저 울적하게 그리고 있는 것은 아니다. 어떤 때는 유머러스한 홍소(哄笑)가 넘치는 세계로, 어떤 때는 질주감이 넘치는 경쾌한 세계로, 또 어떤 때는 악과 부정이 횡행하는 현실이 그대로 빛나는 것으로 승화하는 세계로 표현해 낸다.

이것은 『악마의 저편(夢魔の彼方)』(1996)에서 최신작 『카오스(カオス)』(겐토샤[幻冬舍] 2008)에 이르기까지 변하지 않는다.

재일조선인이 갖고 있는 부의 역사에는 언제고 어디에서고, 그것을 반전시키려고 하는 힘과 빛과 희망의 역사가 있다는 확신이, 양석일의 이야기를 가혹하면 할수록 역동감이 넘치는 풍양한 것으로 만들고 있다.

단호한 착란의 수행

"지금은"이라고 시작돼, 주저함 없이 "절망의 때"로 받는, "지금은 / 절망의 때 / 원근법의 미래를 아련히 바라보면서"로 시작되는 양석일의 시 「그러나 새벽녘에(されど曉に)」는 오로지 부(負)의 '때'를 쌓아간다.

> 지금은
> 굴욕의 때
> 깊디깊게
> 깊디깊게 숨쉬는 밤의 밑바닥에서
> 나는 웃는다
> 소리 없는 외침에 전율하면서
> 지금은 고독의 때
> 어둠속에서 잔학한 살육 장면을 보고 있으면
> 와락 느껴지는 욕정의
> 지금은 배반의 때
> 내 가엾은 육체여
> 오래 살아남는 것이다
> 네가 죽음의 값어치를 하기 위해
> (「그러나 새벽녘에」)

양석일이 21살에 쓴 시의 한 부분이다.

현대문학의 대표적인 장편작가인 양석일이 시로부터 출발했다는 사실은 의외로 잘 알려져 있지 않다. 하지만 목격하고 지금도 계속되고 있는 양석일의 문학적 세계의 폭발적 확장은 농밀하게 응축된 시의 언어 없이는 있을 수 없다.

그의 유일한 시집 『악마의 저편으로(夢魔の彼方へ)』가 도쿄의 작은 출판사 리카쇼보(梨花書房)에서 나온 것은 1980년이다. 이 시집은 양석일 문학 팬 사이에서는 오랫동안 환영의 시집이었다. 지금은 1996년 빌리지센터출판국(ビレッジセンター出版局)에서 복각판이 다시 출판됐다.

'지금 여기'가 두껍게 얽혀있는 다수자의 '현실'에 거부당해서, 그 음화(陰畵)[악몽]과 직면해왔기에, 전혀 다른 위상으로 삶의 거점을 만들어내려고 하는 편집증에 가까운 다른 사람[異者]. 그 타이틀부터 그러한 시인[異者]의 모습을 상상할 수밖에 없는 시집 『악마의 저편으로』에는 1950년대 후반 18세부터 22세까지 집중적으로 쓰인 12편의 시와, 그 후에 발표된 표제작 1편이 수록돼 있다.

양석일의 조숙한 시심(詩心)과 탁월한 표현은, 「그러나 새벽녘에」 한 편을 읽는 것만으로도 잘 알 수 있다. "깊디깊게(ふかぶかと)"라고 하는 후렴이, 서로 반발하는 언어의 움직이기 힘든 필연과도 같이 발생하는 것을 이끈다.

"깊디깊게 / 깊디깊게 숨쉬는 밤의 밑바닥에서", '나'는 필연처럼 착란한다. 웃음과 외침, 살육과 욕정, 죽는 것과 사는 것. 어느 틈에 마음 속에 자리 잡은 체념의 양극 사이에서.

착란은 보통 상황에서는 반발하기 마련인 체념의 뒤덮임을 토막 내고, 이 사회에 부여된 위치에 머물 수 없는 '나'를 순간적으로 계속해서 산출해낸다.

　이러한 이른바 단호한 착란 때문인지, 절망·굴욕·고독· 배신을 말하면서도 시전체의 인상을 밝고 생동하고 있다. 절망으로부터 배신까지의 부성(負性)을 '나'는 열정적으로 받아들이려고 생각한다.

　혹은 그 부성의 축적에 '21살의 시' 특유의 치기를 읽어내는 사람이 읽을지도 모른다. 하지만 일부러 부성을 내세우는 것처럼 보여도, '내'가 우쭐대는 독선과 자기도취에 갇혀있지 않다는 것에 주의하지 않으면 안 된다.

'내' 부성으로부터 '우리'의 부성으로

　'나'는 혼자만의 미수(微睡, 짧은 잠)에 자신을 가두지 않는다. 아니, 갇히지 않는 것을 확실히 알았을 때, '나'는 단호하게 착란을 수행하는 사람으로 나타난다.

　　허무한 존재의 손톱자국
　　양족(梁族)과 인습의 이족(李族)의 종언이다
　　조용하고 깊게
　　내 종족의 피의 화석을
　　비망의 계절의 대지에 매장하자
　　지금의 비통도 희망도 없다
　　집도 육친도 고향조차 의지할 데 없는 나는
　　오랫동안 환상만을 먹고 살아왔다
　　환상을 먹고 살다보면

　　시각과 청각의 분멸이 시작돼
　　깊은 원한에 사로잡혀갔다
　　"불결 불쾌 과격한 노동을 싫어하지 않는 성정
　　신체강인해서 중노동에 견딜 수 있는 편리한 인간" *
　　우리의 대명사
　　우리의 질투할만한 무지와 탐람(貪婪)의
　　지금은 파괴와 창조가 착란한 때다
　　착란하는 근친증오의 후손들이
　　눈이 뒤집혀서 춤추며 뛰쳐나온다
　　죽여라, 죽이는 것이다
　　　　* 일제시대 조선총독부에 의한 조선인에 관한 조사보고서 가운데 인용.
　　　　　　　　　　　　　　　　　(「깊은 웅덩이에서(深き渕より)」)

　　후일 자신의 자전 『수라를 산다(修羅を生きる)』(고단샤겐다이신쇼[講談社現代新書])에 적은 『피와 뼈(血と骨)』의 주인공으로 보다 부풀어져 나타난 아버지가 이 시에는 그려져 있다. 제주도에서 와서 꺼림칙한 맹위 그 자체로서 살아가는 아버지와, 거의 모든 희망을 잃고도 계속 살아가는 어머니의 모습이다. "내 종족"의 끝이 없는 부성(負性)을, '나'는 자신의 것으로 삼고서 마음과 신체에 깊이 아로새긴다.

　　하지만 무참한 자각이 끝은 아니다.

　　이것은 무참하면 무참할수록 '나'는 한층 커다란 '우리'의 부성으로 퍼져나간다. 그것은 일제시대 조선인의 역사로 그리고 전후 재일조선인의 역사로 나아간다. 다시 말하자면 이것을 불러온 일본인의 역사로, 전후에서도 태연한 일본인의 역사를 향해 폭력적으로 열려간다.

재일조선인 사이의 이단자로

착란하는 것은 '나'에게 있어.

착란하는 것은 '우리'에 있어.

폭력적으로 열려져가는 소극성을, 열려져 가는 창조적 폭력의 적극성으로 다시 장악하기 위한, "지금은 파괴와 창조가 착란한 때"인 것이다.

"죽여라, 죽이는 것이다.". 그것은 무엇보다도 우선 일본인에게 강요당한 역사의 현상(現狀)을 감수하는 재일조선인을 향하지 않으면 안 된다. 울적함과 괴로움과 공격을 오로지 내향시켜서 스스로의 무참함의 역사를 끝내고, 지금과는 다른 빛나는 역사를 시작하기 위해서, '우리'는 '우리'를 죽이고 '우리'가 되는 것이다. 실로 창조적 착란이다.

재일조선인의 죽음과 재생을 꿈꾼다. 양석일은 재일조선인의 역사를 전신으로 짊어지고 또한 변경하기 위해서야말로 재일조선인 안의 단호한 착란을 수행하는 이단자를 선택해 낸다.

양석일은 여기서 생기발랄한 시적 혁명자로서 나타난다. 당시, 헤겔 마르크스 레닌 등을 난독한 것도 이와 관련됐을 것이다. 인식은 어디까지나 어둡게 실천은 어디까지나 밝게라고 하는 혁명자의 풍모를 젊은 양석일은 시에서 이미 획득하고 있다.

양석일이 쓴 단 하나의 시집 『악마의 저편으로』에는 양석일이 후일 소설로 폭발적으로 전개하는 테마와 모티프가 모두 응축돼 있다고 할 수 있다.

양석일에게 시에서 최초의 대립자로서 나타났던 인물이며, 『밤을 걸고』에 등장하는 아파치족의 대장이었던 시인 '김성철(金聖哲)'의 모델은 김시종(金時鐘)이다. 그는 물론 재일조선인해방운동의 동지로서 생애에 걸쳐 양석일과 의형제 관계를 맺고 있다. 그러한 시인 김시종이 다음과 같이 쓰고 있는 것에 나는 깊이 동감한다.

> 이제 누구도 양석일을 시인이라고 하지 않는다. 그렇게 말하는 쪽
> 이 이상할 정도로 그는 당당한 소설가다. 하지만 내게는 그가 여전히
> 의거하고 있는 지점에 시가 있는 것을 알고 있으며, 양석일과 내가 연
> 결된 것도 당연히 그의 변함없는 시성(詩性)이 있었기 때문이다. 속세
> 를 살아가는 속성(俗性)에 휘말리지 않고, 절대 소수자 편에 계속 서있
> 는 의지를 갖은 사람을 나는 시인이라고 한다. 따라서 시는 있는 그대
> 로 있고 싶지 않다고 하는 마음이 발로하는 비일상의 창출이며, 그것
> 을 향한 흔들림 없는 의지인 것이다. 양석일은 내가 내세우는 이러한
> 행동원리에 가장 적합한 인물이다.
>
> (「양석일의 시의 소재(梁石日の詩の所在)」『유리카』 2000.11)

여기에는 애매한 것이 하나도 없다. 깨끗할 정도로 시에 대한 절대적 신뢰와, 그것을 매개로 해서 양석일을 향한 우애를 표출한 뛰어난 문장 이다.

1925년에 태어난 사상의 철인 김석범(金石範), 1928년에 태어난 섬세 하고 또한 강직한 시인 김시종 그리고 1936년에 태어난 두 김 씨와 비 교해 보면 붙임성 있고 장난을 잘 치는 창조적 착란자, 우리 양석일. 이 세 명 사이의 연령을 넘어선 경애와 우애와 동지애의 교환에 나는 접할 때마다 강한 감동을 느끼지 않을 수 없다.

이러한 교환을 눈앞에서 보기 위해서는 입수하기 쉬운 세 권의 에세 이집을 펼쳐들면 된다. 김석범『신편 '자이니치'의 사상(新編「在日」の思

想』(고단샤문예문고[講談社文芸文庫], 2001.5), 김시종 『'자이니치'의 틈새에서(「在日」のはざまで)』(헤본샤라이브러리[平凡社ライブラリー]), 양석일 『아시아적 신체(アジア的身体)』(세이호샤[青峰社], 1990)가 그것이다. 이렇게 나란히 놓고 보니, 이 세 권은 서로를 비추고 각각의 사상과 표현의 실상이 선명하게 드러나 있는 타이틀이라고 해도 좋을 것 같다.

마음과 신체를 시의 용기(容器)로 삼아 살아간다

하지만 시를 쓰기 시작하고 수년이 지나 양석일은 시와 문학으로부터 멀어져, 생활 전선으로 뛰어든다.

25살에 결혼해서 두 아이를 갖고, 인쇄회사를 일으키지만 29살에 현재 금액으로 약 100억 이상의 부채를 안고 도산한다. 그 후 센다이(仙台)로 흘러들어가지만, 그로부터 쫓겨나 상경해 가난으로 기아상태에 빠져 지푸라기라도 잡는 심정으로 택시드라이버가 된다.

너무나도 가혹한 노동과 연이은 사고로 몇 번이고 그만두려 하다가도 어째서인지 택시드라이버로부터 멀어지지 못하고, 순식간에 10년이 지나가 버린다……

양석일은 기회가 있을 때마다, 시와 문학으로부터 멀어져 생활전선으로 뛰어들었다고 쓰고 있다. 어쩌면 이렇게 쓰고 있는 양석일은 시적착란을 자유자재로 하며 20살이 지나자 너무나도 이른 시기에 시로부터 멀어져 마침내 사막의 상인이 된 랭보를 의식했던 것인지도 모른다. 확실히 시적 착란은 그 정도에 따라서 무수의 작은 랭보를 만들어냈다.

하지만 설령 그렇다고 하더라도 그것은 양석일이 잘 아는 쇼크이다. 작은 랭보의 한 명으로 정착해 버리기에는 양석일은 너무나도 재일조선인의 역사와 운명에 깊이 관여해서, 시적착란에 의해 만들어진 '우리'를 마음과 신체에 넘칠 만큼 품고 있었다.

　본래, 그가 시와 문학으로부터 멀어지게 된 계기는 재일조선인해방운동 내부의 정치적 대립이었다. 양석일이 근거로 삼았던 동인잡지『진달래(ヂンダレ)』를 주재한 김시종은 조선총련 칸사이 지구의 청년문화부장이었다. 그는 양석일의 시가 이 잡지에 연속해서 개재될 무렵부터 조직비판을 시작했던 시기였다. 이들은 정치 우위의 조직운영, 교조주의적 정치, 김일성의 절대화 등에 대항해 시적자유를 주장해서, 조직의 맹반발과 규탄에 시달렸다. 얼마 지나지 않아『진달래』는 폐간된다.

　그간의 경위는『수라를 산다』나『혼이 흘러가는 끝(魂の流れゆく果)』(고분샤분코[光文社文庫])에 자세히 나와있다. 양석일의 당시 시에 나타난 짙은 절망으로부터 배신에 이르는 부성(負性)은 재일조선인의 역사와 관련됨과 동시에, 재일조선인 내부의 해방을 둘러싼 대립과도 관련돼 있었음이 틀림없다.

　　지금은
　　무언의 때
　　무섭도록 헛된 의논을 반복하고
　　그 커다란 입으로 먹고 마시는
　　모든 것이 모조리
　　지금은
　　증오의 때
　　기아에 허덕여 망령처럼 떠돌다가
　　갑자기 분출하는 내 피여

지금은

복수의 때

죽어라! 내 시여

(「그러나 새벽녘에」)

뛰어난 표현자는 표현을 생애에 걸쳐서 반복한다.

표현이 삶에 선행하는 것이 아니다. 많은 숨겨진 삶의 핵심적인 것을 표현하기에 그리고 그 표현에 의해 생의 전체로서의 방향을 정하고 변경하려고 하기에, 뛰어난 표현자는 표현을 삶에 걸쳐서 반복한다. 역으로 말하자면 삶과 표현이 깊은 곳에서 밀접하게 결부돼 있는 사람(다수자의 상식으로부터 보자면 이상한 착란자)만을, 우리는 뛰어난 표현자라고 간주한다.

하지만 그렇다고 해도 양석일이 21세에 쓴 시는 이미 시를 죽이고 떠도는 것으로 시와 함께 살아간다고 하는, 그 후 거의 25년의 세월을 실현해 냈다고 해도 좋다.

그리고 보다 깊이 보다 격렬하게 살기 위해서 시를 죽인 양석일은 마음과 신체를 세계로 열린 무의식의 시를 담는 용기(容器)로 삼았다. 그 용기 없이는 후일의 장편소설은 불가능했다. 특히, 자전적으로 여겨지는 소설군은 다음과 같다.

 *『족보의 끝(族譜の果て)』(겐토샤분코[幻冬舍文庫])

  오사카에서 인쇄회사를 하고 있는 고태인(高泰人)이 주인공.

 *『자궁 속의 자장가(子宮の中の子守歌)』(겐토샤분코)

  (회사가 도산돼 센다이에 흘러들어간 박수생(朴秀生)의 방탕한 나

날을 그려냄)

*『택시 광조곡(タクシー狂躁曲)』(치쿠마분코[ちくま文庫])[원제 『광
조곡[狂躁曲]』, 『끝없는 시작(終わりなき始まり)』(겐토샤분코), 『수
마(睡魔)』(겐토샤분코)
(상경한 택시드라이버로서 일하는 중년 사내를 다양한 각도에서
포착한 작품)

이 작품들을 가득 채우고 있는 삶의 디테일 모두 무의식이라는 시의
용기로 변한 양석일의 마음과 신체에 각인된 괴롭고 불안에 가득 찬 몽
마(夢魔)의 체험인 것과 동시에, 그에 대한 풍부하고 산문적인 표현에 다
름 아니다.

삶의 넓어짐과 깊어짐

「미주(迷走)」, 「신주쿠에서(新宿にて)」, 「공동생활(共同生活)」, 「제사(祭祀)」,
「운하(運河)」는 1981년 간행된 제1창작집 『택시광조곡』에 수록된 단편
이다. 『택시광조곡』에는 「크레이지호스1(クレージーホースⅠ)」, 「크레이
지호스2」도 수록돼 있다. 화자인 '나'는 단편 모두에 공통된 인물이다.
양석일의 택시드라이버 이야기에는 그 밖에도, 1984년에 나와서 베
스트셀러가 된 『택시드라이버일지(タクシードライバー日誌)』, 1987년 『택
시드라이버 최후의 역습(タクシードライバー 最後の反逆)』(겐토샤아우토로분
코[幻冬舍アウトロー文庫]), 1993년의 『택시드라이버 늑대 한 마리의 노래
(タクシードライバー 一匹狼の歌)』(겐토샤아우토로분코)가 있다. 이것은 모두
논픽션 풍의 작품이다.

특히 『택시드라이버일지』는 『택시광조곡』이 사건이나 인물 대다수가 겹쳐진다. 하지만 논픽션과 픽션으로 이 작품들에 대한 취급이 크게 달라짐은 두말할 필요도 없다.

논픽션에서 물건이나 사실이나 사람은 "거기에 있다, 거기에 존재한다."라는 시점에서 그려지지만, 픽션에서는 물건이나 사실이나 사람은 시점 인물에 의해 필요한 만큼만 그려진다.

택시운전수에게는 이혼 경력이 있는 사람을 포함해 독신이 많다. 거의가 과거의 구속을 던져버린 사내들이다. 항상 몸을 홀가분하게 할 것, 그것이 그들의 신조이다. 그들은 구속되는 것을 싫어해서 택시 운전수를 계속하는 자가 많다. 택시 운전수의 좋은 점이라고 한다면, 일반기업처럼 상하관계나 인간관계에 지나치게 속박되지 않는 것이라. 마음이 맞으면 바람이 불듯이 어딘가로 이동해서 간다.

(『택시드라이버일지』)

물론 나도 잠시 버틸 생각으로 운전수가 됐지만, 이 나라에서는 원래 무엇 하나 보증된 것이 없는 재일조선인인 내게, 택시운전수는 잘 맞는 것인지도 모른다. (「미주(迷走)」)

체력은 한계에 달해있다. 진을 다 빼서, 생각할 겨를도 없었다. 이대로 운전수를 속행하면, 1킬로도 달리지 못하고 격돌하고 말리라. 나는 미야시타공원(宮下公園) 옆에 차를 세우고 선잠을 자기로 했다. (중략) 섬유에 분해된 피로 덩어리가, 모든 근육이나 관절로부터 방사해 가서, 마치 입에서 끈적끈적한 실을 토해내는 누에와도 같았다. 모든 감각이 마비돼 있다. 더 이상 누구의 육체인지 알 수 없었다. 밤하늘에 치솟은 초대형 전함 포신과 같은 고급 빌딩. 어딘가의 길모퉁이에서 언뜻 본 커다란 코카콜라 간판. 쇼윈도우에 장식한 마네킹 인형의 섬뜩한 표정. 하나의 출구를 향해 쇄도해 가는 대군중이 시끌벅적 떠들고, 넘어지고, 겹쳐져, 마침내 죽음의 산이 돼 출구를 막아버리는 광경이, 연이어 단편적으로 잠들려고 하는 의식을 교란한다. 꿈은 가루로 부서져 흩어지고, 유리 파편이 전신에 꽂히는 것만 같다. (「미주」)

위 인용을 통해 『택시드라이버일지』와 『택시광조곡』의 차이를 확실히 볼 수 있다. 『택시드라이버일지』의 '나'는 체험에 따라서 보다 넓은 현상(現狀)을 전망할 수 있게 돼 간다. 가혹한 노동과 무책임한 사회, 운전수를 무시하는 손님과 난폭한 경찰권력의 모습이 극명하게 묘사되면 될 수록 오히려 기술(記述)이 평온함을 획득해 가는 것은 그 조감(鳥瞰)하는 성격과 관련된 것이 틀림없다.

『택시광조곡』의 '나'에게 체험하는 것이나 만나는 사람은 밖으로의 확장성을 확보하는 대상이 아니다. 그로부터 '내' 내부에 오직 퇴적해 가며, 마침내 '내' 내부에 검게 몸을 서리고 존재하는 체험이다. 그것은 거친 아버지에게 지배된 가족(「운하(運河)」)이나, 혁명을 꿈꾸는 과거의 운동에 대한 것(「신주쿠에서(新宿にて)」)의 변화를 위한 계기가 된다. 또한 그 시기의 정치에 좌우되는 것과 함께 뿌리 깊은 편견과 차별에 노출돼 온 재일조선인의 역사(「축제(祝祭)」, 「공동생활(共同生活)」)가 공명해서, '나'를 다른 삶으로 움직이게 한다.

점차로 사회화되는 '나'는 택시드라이버라고 하는 '사회적 지위가 낮은' 계층의 전체를 확인하려고 한다. 그래서 사회를 오로지 자신의 내부에서 퇴적키기만 하는 '나'는 그 전체량을 받아들여, 몽마(夢魔)와도 같은 삶을 헤매게 된다.

어느 쪽이 택시드라이버를 하던 시절의 양석일과 가까운가라는 질문은 아마도 무의미할 것이다. 그 양자가 10년에 걸친 가혹하고 풍요로운 체험을 양석일에게 가져왔을 때, 무의식의 시가 담고 있던 용기를 세계로 열어젖히며 살아가던 양석일의 시대는 끝났다. 그리고 새로운 표현을 폭발적으로 생성시키는 시대가 시작된 것이다. 그때 양석일은 45세였다.

'아파치족'을 둘러싼 세 편의 소설

『밤을 걸고』는 1994년에 간행된 장편소설이다.

극단 신주쿠양산박의 김수진(金守珍)에 의해 영화화돼 성공을 거둔 것에 힘입어, 양석일의 장편소설 가운데 지금까지 『피와 뼈』와 함께 가장 널리 알려진 작품이라고 해도 좋을 것이다.

내 취향으로 말하자면 이 두 작품에 매춘을 강요당한 필리피나와 재일조선인실업가의 반생(半生)을 번갈아가며 쓰고 있는 『단층해류(斷層海流)』(겐토샤분코)와 속편 『이방인의 밤(異邦人の夜)』(마이니치신분샤(每日新聞社))을 꼭 첨가하고 싶다. 하지만 확실히 『밤을 걸고』는 양석일이 아니고는 쓸 수 없는 뛰어난 문학적 달성 가운데 하나이다.

1958년. 오사카성과 조토센(城東線) 사이에 펼쳐져있는 거대한 폐허=오사카병기창 자리에서, 야음을 틈타서 병기나 기계의 고철을 노리고 출몰하는 '아파치족'(매스컴의 명명)과, 그것을 저지하려고 하는 경찰권력 사이의 일어나는 기상천외한 공방전이 벌어진다. 이것은, 1959년에 가이코 다케시(開高健)의 『일본 삼문 오페라(日本三文オペラ)』(신초분코(新潮文庫))

와 1964년의 고마쓰 사쿄(小松左京)의 『일본아파치족(日本アパッチ族)』(코분샤분코(光文社文庫)의 주요 모티프가 됐다.

시인 하세가와 류세(長谷川龍生)에 의하면 그가 우연히 오사카에 젊은 시인 동료 김시종과 양석일에게서 '아파치족'의 전말을 듣고, 새로운 소설의 소재를 찾는데 허덕이던 가이코 다케시에게 그것을 가르쳐줬다고 한다. 가이코 다케시는 즉시 오사카로 가서 김시종과 양석일 등을 취재한 뒤 바로 『일본 삼문 오페라』의 연재를 시작했다.

그렇다고 한다면, 양석일은 실제의 '아파치족'과 관련됐으며, 가이코 다케시의 『일본 삼문 오페라』와도 관련된 것이다. 그리고 그 자신이 『밤을 걸고』를 통해 그 사건으로부터 35년에 걸쳐서 '아파치족'과 계속 연관을 맺은 것이 된다.

사실, 『밤을 걸고』에는 양석일의 그 '35년'이 듬뿍 칠해져 있다. '제1부'는 '아파치족'과 경찰 사이의 공방전이 조감도와도 같이 그려져 있다. '제2부'의 전반에서는 체포돼 오무라수용소에 보내진 김의부를 따라오는 하쓰코(初子)의 사랑이야기가 이어진다. 그리고 '제2부' 후반에는 '제1부'에서 공방전에 참가한 장유진(張有眞, 양석일이 모델)의 35년 후 모습이 지금은 아름답게 정비된 오사카성 공원에서의 '원코리안페스티발'을 배경으로 김의부와의 재회를 통해서 그려져 있다.

기념할 만한 장소에서 이 둘이 이룬 재회는, 상식적으로 생각해보면 이야기의 전형적인 결말이기도 하다.

끝이 없는 이야기의 시작

하지만 이야기는 아직 끝나지 않는다.

'35년'을 걸쳐서도 아직, 끝나지 않는 것이다.

장유진은 김의부에게 명함을 건네면서 마음에 걸리는 것이 있었다.

무언가 탐탁치 않은 느낌이었다. 표현이 충분하지 못하며 어색해 부족한 대화에 때때로 쓸쓸하고 그리운 생각과 메울 수 없는 시간의 흐름에 가로막힌 두 사람의 흉중에 부자연스러움이 남아있었다. 그것은 이 현실에 대한 초초함이며, 자기 자신에 대한 초초함이었다.

이야기는 『밤을 걸고』로부터 흘러넘쳐서, 계속 이어지는 이야기로 바뀌어 갈 것이다. 아니다, 『밤을 걸고』도 또한 『몽마의 저편』에서 시작되는 양석일이 구사하는 표현의 연쇄를 보여 준 한 장면이 아닌가…….

양석일의 소설은 『밤을 걸고』에 그치지 않고, 『피와 뼈』나 『이방인의 밤』 등에서도 그 어느 것이나 상식적인 이야기가 보여 주는 경과를 따르지 않고 오히려 그것을 무너뜨린다. 상식적인 이야기를 재생산하는 수완을 '소설 만들기의 기교'라고 한다면, 양석일은 '소설 만들기의 기교'로부터는 실로 먼 작가라고 할 수 있다.

이러한 상식전인 이야기를 무너뜨리고 마는 양석일의 소설의 특징이 가장 명쾌하게 나타난 것이 『밤을 걸고』이다.

가이코 다케시는 『일본 삼문오페라』의 끝을 취락에서 사람들이 퇴장하는 것으로 맺고 있다. 고마쓰 사쿄는 『일본아파치족』을 '폐허'의 에너지가 마침내 일본국을 압도하는 장면에서 끝냈다. 순수문학 본연의 모습을 계속해서 갱신했다고 상찬 받은 가이코 다케시, 웅대하고 파천황적인 SF를 계속해서 발표한 고마쓰 사쿄만 하더라도 이 작품에서는 정말이지 결말다운 결말을 부여하고 있는 것이다.

이 두 작품과 『밤을 걸고』를 결정적으로 나누고 있는 것은 과연 무엇인가.

양석일의 『밤을 걸고』가 두 작품과 결정적으로 다른 것은 '아파치족'을 재일조선인의 부(負)의 역사로 그린 것이다. 그것은 예를 들면, 이야기의 시작부터 확실히 나타나 있다.

> B29의 맹폭을 받고 많은 사자(死者)를 내고, 타버린 벌판이 된 오사카병기창 자리 주변은 어쩐지 으스스하고, 일본인이 잘 접근하지 않는 이 장소에 어디에도 갈 곳이 없던 조선인이 작은 판잣집을 짓고 자리 잡고 살게 되었다.

『밤을 걸고』는 확실히 그 역사를 쓰는 것을 통해 시작되며, '아파치족'의 경찰 권력에 대한 게릴라전에 부의 역사를 반전하는 힘을 인지한다. '아파치족'이 해체된 후 투사 김의부가 오무라수용소에 수감되는 체제적 폭력을 폭로한다. 또한 '원코리아페스티발'을 배경으로 한 마지막 장면에서 또한 작품 속 작가에게 그렇게 끝나는 것의 '부자연스러움'과 '초초함'을 느끼게 만든다. 이러한 에피소드는 단적으로 말해서, 재일조선인이 갖고 있는 부의 역사가 지금도 여전히 계속되고 있음을 말하고 있는 것임이 틀림없다.

그렇다고 해도 양석일은 재일조선인이 갖고 있는 이 부의 역사를 그저 울적하게 그리고 있는 것은 아니다. 어떤 때는 유머러스한 홍소(哄笑)가 넘치는 세계로, 어떤 때는 질주감이 넘치는 경쾌한 세계로, 또 어떤 때는 악과 부정이 횡행하는 현실이 그대로 빛나는 것으로 승화하는 세계로, 표현해 낸다.

이것은『악마의 저편』에서 최신작『카오스』에 이르기까지 변하지 않는다.

재일조선인이 갖고 있는 부의 역사에는 언제고 어디에서고, 그것을 반전시키려고 하는 힘과 빛과 희망의 역사가 있다는 확신이, 양석일의 이야기를 가혹하면 할수록 역동감이 넘치는 풍양한 것으로 만들고 있다.

내가, 양석일을 '장난기 가득한 창조적 착란자'라고 부르고 싶은 것은 물론 거의 25년 전, 구로다 키오(黑田喜夫)의 집에서 처음 만났던 순간 때문만은 아니다. 그때 그에게 빨려든, 무엇이 나올지 알 수 없는 예측할 수 없는 스릴 넘치는 쾌활함을 느꼈다. 묵직한 관념어를 부드러운 오사카 어투로 감싸는 거만하게조차 보이는 의지적인 옆모습과 수줍어하는 눈빛을 갖은, 그 두려워할 만한 사랑스러운 인물 때문만은 아닌 것이다.

▼ 200606

양석일 『꿈의 회랑』을 읽는다

*

 "료 군(君)"이라는 자신의 호칭에 대해 양석일은 말했다. 바로 얼마 전, 양석일과 가시와바라 시게미쓰(柏原成光)와 함께 신주쿠가부키초에서 통음(痛飮), 아니 경음(鯨飮)했던 때의 일이다.

 가시와바라 시게미쓰는 양석일의 첫 소설집 『광조곡』(후에 『택시광조곡』으로 개제)에 실린 작품에서부터 관여한 명 편집자로, 치쿠마쇼보(筑摩書房)의 사장을 지냈다. 그 후, 현재는 중국 연변대학 일본어일본문학과에서 선생을 하고 있다. 유학을 희망하는 제자들을 받아줄 곳으로, 내가 근무하는 대학의 사정을 들려줬으면 한다고 했다.

 그 용건은 몇 분 만에 끝났고, 그다음은 언제나처럼 언제 끝날지 모르게 이어지는 주연이 기다리고 있었다.

 양석일과 만나면 나는 꼭 시인 구로다 키오 이야기를 꺼내고 만다. 표현자 앞에서 다른 표현자를 화제로 삼는 것은 묘한 일이지만, 내안에서는 이 둘은 서로 뗄 수 없을 정도로 결부돼 있는 것이리라.

 그때도 마찬가지였다.

그러자 한여름 신주쿠의 혼잡한 길을 걸으며 몹시 흐르던 땀이 마침내 그쳐 기분이 좋아지기 시작한 양석일은 구로다 키오의 야마가타(山形) 말투로 "료 군"이라는 말을 따라했다. 구로다 키오는 양석일을 "료 군"이라고 불렀던 것이다.

갑자기 내 마음에는 구로다 키오가 살고 있던 기요세(淸瀨)에 있던 작은 시영주택이 떠올랐다.

*

구로다 키오는 도호쿠(東北) 최하층에서 일어나 전후 혁명운동의 패배를 몹시 맛본 후 이 사회를 지탱하는 다수파가 자명하다고 간주하는 현실 및 '현실적' 감각을 끝까지 증오했던 시인이다. 밝고 무취한 '현실'을 억지로 잡아 떼어냈을 때, 땅을 기어하는 사람들의 무참한 '사실'이나, 어둠에서 날뛰는 환상과도 같은 게릴라의 '현실'을 계속해서 썼다.

1980년대 초입이었다.

나는 『현대비평(現代批評)』이라는 비평과 시 잡지를 동료들과 막 창간했을 무렵이었는데, 구로다 키오에게 자전 연재를 청탁했다.

각각의 정치적 패배를 부둥켜안고 살아가는 '현실'과, 전후의 반란을 흡수하고 한층 규모를 넓히는 지배적인 '현실' 사이의 갭에 괴로워하고 있던 우리에게, 구로다 키오의 생활과 표현의 역사를 확인하고 싶었다.

결핵으로 상한 홀쭉한 신체를 자택의 튼튼한 침대에 눕히고, 한 마디 한 마디 눈앞의 허공에 새기듯이 시를 계속 쓰는 구로다 키오에게 긴 원고를 쓰는 것은 대단히 곤란한 일이었다.

그래서 우리는 테이프레코더에 대화를 녹음해서 그것을 문자로 옮겼다. 일단 이야기를 시작하면, 구로다 키오는 의외로 요설(饒舌)이었다. 때로는 웃었는데, 그 웃음은 그의 표정을 한층 어둡고 쓸쓸하게 만들었다.

컴퓨터는 말할 것도 없이 팩스도 없었던 시대였다.

문자로 옮긴 원고를 자택으로 보내서, 검토를 받았다. 그리고 초교, 2교, 3교……빨간 펜으로 빽빽이 고쳐진 독특한 문자를 판독하는데 어려워했다. 그러면서도 나는 시를 막 발표하기 시작한 네지메 쇼이치(ねじめ正一)와 함께 주에 한 번은 키요세(清瀬)에 있는 구로다 키오의 집에 드나들었다.

그 집에는 언제나라고 해도 좋을 정도로 앞서 온 손님이 있었다. 우리는 많은 저명한 시인, 비평가, 편집자를 그곳에서 소개받았다.

*

어느 날, 우리가 돌아가려고 하고 있을 때, 마치 회오리처럼 정원에 나타난 사내가 기세 좋게 유리문을 열어젖혔다.

"료 군."

하고 구로다 키오는 기쁜 듯이 불렀다. 그것이 양석일이었다.

"료 군이네. 시인이고 소설을 쓰지. 택시 운전수를 하고 있네." 구로다 키오의 목소리는 평소와는 달리 기세가 좋았다. 나는 얼굴이 탄 예리하고 사나운 인상의 양석일이 사근사근한 웃음을 지은 것을 봤다.

이 둘의 친밀한 감정의 교감은 내게 올곧고 다소 걱정이 많은 형과, 장난기가 많고 마음이 따뜻한 불량한 동생을 떠올리게 했다. 게다가 그 형은 수십 미터 정도의 외출도 할 수 없는데, 신출귀몰한 동생은 이동을 그 직업으로 삼고 있다……

다른 시인, 비평가에게 구로다 키오는 그러한 태도를 보였던 적이 없었다. 당시, 구로다 키오는 50대 중반, 양석일은 40대 초반이었다.

얼마 있다가, 양석일의 시집『몽마의 저편으로』(해설은 구로다 키오)를 접하고, 최초의 소설집『광조곡』을 읽었다. 거기서 나는 양석일이 젊었을 때 재일조선인 해방운동과 시작(詩作) 및 그 후의 방랑 그리고 현재의 택시운전수의 가혹한 노동을 발견했다. 나는 그가 단련된 표현을 통해, '재일'에 대한 겉에 잘 드러나지 않아 알 수 없는 편견과 차별을 당연시 하는 '현실'에, 격렬하게 항거했음을 알았다.

구로다 키오가 표여준 표정과 태도는 '형과 동생' 관계 이상으로, 지배적인 '현실'에 항쟁하는 둘도 없는 동지를 향한 신뢰와 기대였던 것이다.

1984년 여름, 구로다 키오가 세상을 떠났을 때, 양석일을 선두로, 나카가미 켄지(中上健次), 쇼즈 벤(正津勉)과 내가 관을 멨다.

매미 소리가 요란스럽던 염천 아래, 관이 놀라울 정도로 가벼운데도 땀이 멈추지 않았던 것을 지금도 선명히 기억하고 있다.

*

해설을 맡은『꿈의 회랑』은, 1999년『뒤집힘(さかしま)』이라는 제목으로 간행됐다. 현대에서 유례를 찾아보기 힘든 장편소설가로 알려진 양석일에게 지금까지『택시광조곡』에 이은 두 번째의 단편소설집이다.

『택시광조곡』에 실린 단편은 그 어느 것도 응축된 언어를 통해 산출된 이미지가 끝도 없이 난반사하는, 이야기라고 하기보다는『몽마의 저편으로』에 실린 시에 가까운 작품이다. 특히 이 단편집에 수록된 7편

가운데 「꿈의 회랑」과 「뒤집힘」에도 똑같은 말을 할 수 있을 것이다.

독자는 이들 작품을 통해 『밤을 걸고』나 『피와 뼈』, 혹은 『Z』나 『이방인의 밤』이라고 하는 정평이 나있는 장편소설과는 운치가 다른 양석일의 소설세계로 이끌리게 될 것임이 틀림없다.

원래 타이틀인 『뒤집힘』이라는 제목을 보더라도, 『꿈의 회랑』이라는 제목을 보더라도 아무리 생각해도 양석일 다운 언어이다. '꿈'이 단편집에 수록된 7편의 단편에 공통된 소재라는 것을 생각해 보면 『꿈의 회랑』이라는 제목으로 좋겠지만, 그 '꿈'에 주목해 보면 『뒤집힘』('さかしま'는 'さかさま'의 아어적인 표현)도 버리기 힘들다. 이러한 작품에서, 등장인물들은 '꿈'을 현실 이상으로 사실적인 것으로 삼아 살아가기 때문이다.

"최근 두 달 동안 같은 꿈을 몇 번이고 보았다."로 시작되는 「꿈의 회랑」은, 양석일이라는 작가다운 '내' 일상에 침입해서, 봉인돼 있던 과거의 기억을 끄집어내는, 끝이 없는 꿈의 이야기라고 해도 좋다. 꿈이 현실에 선행돼, 현실에 꿈이 혼입되기 시작해 게다가 봉인이 풀린 소년시대의 기억의 앞에, 살육과 쾌락이 동시에 악몽의 세계가 확실히 보이게 된다.

현실이라고 하는 '현실적'인 것이, 꿈의 '현실' 앞에 와해되고 마는 것이다. 표현자 내부에서 꿈이 '거꾸로 된'것을 집요하게 또한 실험적으로 그려낸, 「꿈의 회랑」은 이 단편집의 모두에 어울리는 작품이다.

*

「꿈의 회랑」이 끄집어내는 것은 꿈이 '뒤집힌' 주인공이다.

남방 포로수용소에서 오사카로 돌아온 니시오카 요지(西岡洋次)는 예전에 살았던 장소도 가족도 잃어버린 것을 알고 망연해 진다.

> 니시오카 요지는 일층의 네 조(疊) 반의 방에 잠자리를 만들어달라고 해서 누워서 불가사의한 기분을 맛보고 있었다. 소등한 어두운 방 안에서 현실과 꿈 사이를 오가고 있는 듯한, 지금 있는 것이 자신인 것인지, 그렇지 않으면 자신은 죽은 것인지도 모르겠다고 생각하고는 했다. 가족이 죽어있는 그 자체가 비현실적이었다. 다.”

그 후, 마을은 크게 변해서, 질서와 재건은 너무나도 급했다. 하지만 전쟁으로 모든 것을 잃어버렸다고 생각한 니시오카 요지에게 그러한 현실에 복귀하는 것은 '비현실적'인 것에 지나지 않았다. 현실에 대한 끊이지 않는 위화감은 니시오카 요지를 전장에서의 살육에 대한 기억으로 되돌려서, 마침내 꿈의 살육자로 변한 사내는 비현실적인 현실 세계에서 끝도 없는 파괴를 개시한다.

「신기루」의 주인공도 또한 재일조선인으로서 자신의 '현실'과, 마을의 '현실'과의 괴리 사이에서 괴로워한다.

> 가라하라 즉 가라하라 히로시(康原博)는 신주쿠역 동쪽 출구로 나와서 신주쿠 코마극장(コマ劇場) 방향으로 걸어가, 야스쿠니 거리의 신호등에서 일단 신호를 기다리고 있는 동안, 주변의 광경을 어렴풋이 바라봤다. 그는 신호를 기다리고 있는 동안이나, 걷고 있을 때나, 갑자기 걸음을 멈추고 주위를 언뜻 보는 습관이 있다. 무언가를 관찰하는 것도 아니고, 다만 그러한 광경이 그의 감각과 크게 어긋나서, 초점이

맞지 않는 카메라앵글과 같이 어떠한 종류의 위화감을 불러오기 때문에, 그 어긋나 있는 초점을 맞추려고 몇 번이고 눈꺼풀을 닫았다 열었다 했다.

스스로의 '현실'에 따라서 '진짜' 도시를 바래서 차를 내달리는 가라하라는 아무리해도 환상칠호선(環狀七号線)을 돌파할 수 없다.

「운명의 밤(運命の夜)」으로부터 「트러블(トラブル)」까지의 네 작품은, 택시드라이버에 관련된 소설이다. 구해주지 못한 여자가 나오는 꿈에 괴로워하는 나카가와(中川) 운전수, 손님을 분명히 태웠는데 손님이 사라져버린 니시카와(西川) 운전수, 생활고 때문에 손님이 잃어버린 물건으로 큰돈을 훔치는 이시다(石田) 운전수, 아름다운 여자를 오사카까지 태우고 가는 나가야마(長山) 운전수가 주인공들이다. 이러한 사람들에게도 꿈과 현실의 역전과 현실로부터의 탈락을 향한 경사를 간파할 수 있다.

*

이야기는 언제나, '격앙된 것'이라고 밖에 할 수 없는 것이 불어 닥친다. 내 기분은 양석일의 이야기에 접할 때마다 새로워진다. 이 책『꿈의 회로』에서는 '격앙된 것'이 '꿈'의 모습으로 사람들을 움직이게 만든다.

'격앙된 것'을 힘껏 품고 있는 이 작가의 이야기에서, 등장인물에 따라 서있는 현실은 그 화려한 장면에서조차 끝끝내 긍정된 적이 없다. 에피소드 하나하나가 또렷하게 두드러지며, 어딘가 엉거주춤하게 불안정한 인상을 불러오는 것은 그런 이유 때문이리라.

양석일의 이야기에는 사회를 살아가는 다수자가 자명한 것으로 간주하는 현실과 그 두툼한 '현실' 감각에 대한, 끊임없는 위화감으로부터 격렬한 증오마저 넘쳐나고 있다.

그것은 등장인물들에게 안식의 종착점을 허락하지 않는다.

사람들은 안에 있는 '격앙된 것'에 재촉돼, 이 현실에 붙잡힌 삶이 아니라 다른 삶을 향해 걸어갈 수밖에 없는 것이다.

편견과 차별을 짜 넣은 '현실'을 물어 찢고 다양한 사람들이 생생한 협동을 발견하는 가혹하면서도 빛나는 기획을 '세계문학'이라고 부를 수 있다면, 양석일의 이야기야말로 거짓 없는 '세계문학'이다.

세계 속의 저항자와의 공동 투쟁을 꿈꾸는 환상의 게릴라 전사, 구로다 키오가 부르는 "료 군"이라는 목소리를, 양석일은 때때로 떠올리고 있음이 틀림없다.

그러고 보니, 양석일은 혼자 힘으로 구로다 키오 전집을 기획하고 있다고 한다.

▼ 200610

양석일 『밤에 깨어나자』를 읽는다

*

양석일의 이야기에는 불길한 폭풍이 몹시 거칠게 불고 있다.

터무니없는 '격앙된 것'에 양석일의 이야기는 일관돼 있다.

『피와 뼈』나 『밤을 걸고』 등을 쓴 양석일의 기구하고 가혹한 체험에 직접 관련된 작품은 물론이고, 두 청년이 삶을 작렬시키는 이 책 『밤에 깨어나자(夜に目醒めよ)』나, 9・11 사건을 배경으로 쓴 『뉴욕지하공화국 (ニューヨーク地下共和國)』과 같은 허구적인 작품에서도 격앙된 것이 불길한 폭풍이 돼 거칠게 불어 닥치고 있다.

그것은 때로는 터무니없는 폭력으로, 때로는 애욕에 대한 탐닉으로 화하며, 때로는 금전과 권력을 둘러싼 집요한 암투가 돼서 나타난다. 그러한 장면의 강렬함으로 인해 양석일은 현대일본문학에서 가장 뛰어난 작가의 한명이 되었다.

하지만 소설에 거칠게 몰아치는 폭풍은 등장인물들을 그러한 장면에 붙잡아 두지만은 않는다. 만약 사람들을 그곳에 동여매 놓는 것이라면, 양석일의 소설은 화려한 폭력소설이나 파괴적인 애욕소설 혹은 의표를 찌르는 경제소설로 끝날 것이다.

양석일의 이야기에는 오히려 폭력, 애욕, 암투가 정점에 달한 순간, 즉 통상적으로 이야기가 선별해서 도달하는 클라이맥스에 있어서도, 폭풍이 즉 '격앙된 것'이 등장인물들을 다른 장소로 날려버린다. 그 인물들은 결코 한 곳에 머물지 않는다.

게다가 통상적인 이야기와 다른 것은 클라이맥스가 아니라 종종 이야기에 완결이 없다는 것이다. 극상의 엔터테인먼트로 평가되는 양석일의 소설은 이렇게 해서 엔터테인먼트로는 해결되지 않는 파격성을 독자에게 다양하게 보여 준다.

예를 들어 『밤을 걸고』는 고철을 집단으로 훔치는 아파치족이라고 불리는 사람들과 관헌 사이의 손에 땀을 쥐는 활극에서 끝나지 않으며, 『피와 뼈』의 주인공(마치 수라(修羅)와 같은 김준평)은 전대미문의 건달로 삶을 매듭짓지 못한다. 그리고 이야기는 실로 의외의 방향으로 향한다.

격앙된 것을 한껏 품고 있는 양석일의 이야기에서 등장인물이 직면하는 현실은 그 눈부신 장면에서조차 끝까지 긍정되는 일이 없다. 에피소드 하나하나가 선명하게 느껴지면서, 어딘가 어중간하고 불안정한 인상을 주는 것은 그런 이유에서다.

혹은 다음과 같이 다시 말해도 좋을 것이다. 양석일의 이야기에는 이 사회의 다수자가 자명하다고 생각하는 현실에 대한, 소수자의 끊임없는 위화감으로부터 격렬한 증오에 이르기까지 격앙된 것이 넘치고 있다. 그것은 등장인물에게 안식의 종착점을 안겨주지 않으며, 이야기의 정형을 허용하지 않는다라고.

그리고 서둘러 덧붙이지 않으면 안 되는 것은, 불길한 폭풍에 몸을 맡기고 있는 등장인물들이, 마침내 폭풍을 자신들 스스로 나아가서 받아들이고 즐기며 상황을 돌파하는 활력으로 바꿔 버린다는 점이다.

어둡고 격렬한 이야기는, 어느덧 굉장히 밝은 이야기로 전환된다.

나는 여기에서 독특한 이야기 형태로 나타나는 양석일의 '재일코리안 사상'을 발견하게 된다.

*

양석일 소설의 배경은 신주쿠 가부키초, 오쿠보의 어두운 곳으로부터 화려한 롯뽄기로, 게다가 투쟁의 뉴욕으로 나아간다. 『밤에 깨어나자』에 등장해, 이동하고 전전하는 것을 한시도 쉬지 않는 두 재일코리안 청년, 이학영(李學英)과 김철지(金鐵治)야말로 바로 한곳에 머물지 않는, 아니 머물 수 없는 사람들의 전형이다. 이 둘에게, "나는 자신의 인생을 바꾸고 싶다."고 말하고, 낮과 밤에 야릇하고 발랄하게 활동하는 타마고라는 이름의 뉴하프(transsexual)가 가담하게 되다보니 이 이야기가 시끄러워지지 않을 수 없다.

이학영과 김철지는 이야기 시작부터 민족학교 시절의 '영웅'적인 존재에서 전락한 인물로 그려진다. 마치 이 둘에게는 청춘의 가장 화려하고 영웅적인 이야기는 허용되지 않는다고 하는 것처럼.

축구 선수로 포워드를 담당해 '탄환'이라는 별명으로 불린 김철지는 정한(精悍)한 체구가 완전히 올챙이배에 지방덩어리로 변해 버렸다. 그는 번창한 중화요리점 '용문(龍門)'의 태만한 경영자가 돼, 밤이면 밤마다 가부키초를 술에 취해 걸어 다닌다. 이학영은 고등학교 3학년 때 민족학교 전국대회에서 웰터급 챔피언이 돼서 전 일본대학 복싱대회에서 우승했지만, 민족학교와 대립하고 있던 K대학의 카라데부와 난투를 벌여서 실명 직전의 상태가 된다. 그는 실명을 가까스로 면했지만 복싱을 그만둘 수밖에 없게 된다. 그는 지금은 오쿠보에 있는 시대에 뒤떨어진 클럽 '여왕봉(女王蜂)'을 운영하고 있다. 젊고 아름다운 뉴하프 마마인 타마고만이 그나마 화제가 되는 가게이다.

타마고는 김철지와 함께 사는데, 이미 그 관계는 극도로 악화돼 있다.

어느 날, 롯뽄기 빌딩 숲 타워를 구경하고, 개발이 진행된 롯뽄기 도심을 걷고 있던 이학영이 돌발적으로 '여왕봉'을 팔아치우고 롯뽄기에서 세련된 카페바를 결의하는 것으로부터 이야기는 시작된다. 과거 카지노 가게 확장을 둘러싸고 피로 피를 씻는 경쟁을 펼쳤던 숙적 고봉규(高奉桂)에게 이학영이 다액의 자금을 빌려 쓰기 위해 부탁을 하게 된다. 그러면서 이 이야기는 시작부터 피비린내 나는 바람이 불어오며, 그로 인해 생기가 넘쳐흐른다.

롯폰기에 개점한 '산타마리아'의 주인이며 5천억의 자산을 갖고 있는 미쓰에부동산(三榮不動産)의 여사장이자 재일코리안인 이명숙. 그 조카딸로 1년 매상이 80억 이상인 어패럴 개별판매업을 하는 미모의 지미(知美)라는 여자가 차례차례 등장하게 되면서, 김철지와 이학영의 활동범위는 폭발적으로 넓어져 간다.

이학영과 지미의 위태로운 연애를 세로축으로, 미쓰에부동산을 뒤에서 조종하는 고봉규나, 이권에 개입하는 폭력단 그리고 죽음을 두려워하지 않는 민족학교출신의 후배들이 복잡하게 얽힌다. 여기에, 뉴욕의 암흑가마저 휘말린, 실로 예상 외의 사건이 끝도 없이 연쇄하기 시작한다.

*

『밤에 깨어나자』에는 양석일 나름의 '재일코리안의 사상'이, 다른 이
야기 이상으로 확실히 나타나 있다. '산타마리아' 개점을 향해 덮어놓
고 달려드는 이학영은 생각한다.

주사위는 던져졌다. 흉하다고 나올까 길하다고 나올까는 학영의 재
치에 달려있다.
예전부터 그랬다. 학영과 철지도 1인가 8인가, 흥하느냐 망하느냐의
승부에 걸었다. 계획성 등은 없었다. 운을 하늘에 맡기고 가능성을 쫓
아왔던 것이다. 둘에게 공통된 것은, 항상 제로로부터의 출발이었다.
재일코리안은 제로로부터 출발하는 것이다. 제로에는 모든 숫자의 가
능성이 포함돼 있다.

재일코리안의 오래되고 답답한 체험의 총계를 근거로 했기에 가능한,
확신에 가득 찬 언어라고 해도 좋다. 이 사회의 어딘가에서 머물러서
얻을 수 있는 것이 그저 다수자로부터 겨우 배급되는 장소와 아무것도
변하지 않는 차가운 시선이라면, 그러한 것을 마음껏 차버리고 '제로'
를 받아들인다.
작은 자기만족마저도 파산(破算)하고 과감하게 '제로'를 받아들이는
것이다.
한 번이 아니라 반복해서, 반복해서.
'제로'에 돌아가는 것만이 가능성으로 이어지는 것이다.
양석일의 '재일코리안 사상'이 강한 것은 겉치레만 좋은 명목에는 꿈
적도 하지 않고, 오직 폭력과 애욕 돈과 권력이라고 하는 욕망의 준동

(蠢動)과 작렬을 응시하며 거기에서야말로 다른 삶으로 도약할 가능성을 발견하는 것에 있다.

이야기 가운데, 섹슈얼 마이너리티인 타마고와, 재일코리안 이학영과의 가능성과 투쟁을 둘러싼 마치 주먹다짐을 하는 듯한 서로에 대한 응원도 놓칠 수 없다.

*

소탈하고 단순한 김철지, 냉철하고 색을 밝히는 이학영 콤비의 등장은 『밤에 깨어나라』가 처음이 아니다. 거슬러 올라가면, 콤비에 타마코가 참여하는 『카오스』(2005), 박정도(朴政道)와 이철박(李哲博)이라는 이름으로 나오는 『밤의 강을 건너라(夜の河を渡れ)』(1990)가 있다.

그렇게 보자면, 양석일은 거의 10년에 걸쳐서 김철지와 이학영 콤비에 관한 이야기에 집착해 왔던 것이라 할 수 있다.

> 지금까지 해왔던 것 모든 것이 도박이었다. 실패를 반복하면서, 그저 자신만을 믿고 맹렬히 돌진해 왔다. 그리고 앞으로도 힘이 있는 한 계속해서 달려가게 될 것이다. 본래 처음부터, 마이너스 이외의 무엇도 아닌 그들의 존재를 역전시키는 방법은 이 사회가 장치한 덫 속으로 뛰어드는 것이었다. (『밤의 강을 건너라』)

20년 후의 『밤에 깨어나라』에서 재일코리안의 '마이너스'는 '제로'가 돼서 '방법'은 '가능성'이 된다. 재일코리안의 가능성은 다른 삶의 방식을 찾아서 소수자 모두의 가능성을 첨단에서 끌어당기는 곳까지 높아졌다. 그러고 보니, 해를 거듭했을 터인 이학영과 김철지도, 오히려 젊고 격렬하며 건강해진 것 같은 기분이 든다.

이야기의 마지막에 지미와 이학영의 미칠 것 같을 정도의 애절한 대화는 이야기의 완결을 거부하고 끝도 없는 시작을 고한다.

이러한 사람들을 또한 머지않아, 어딘가에서 만나고 싶다고 생각하는 것은 나뿐만이 아닐 것이다. 무엇보다도 우선 작가 양석일의 뜨거운 생각이 그것에 표현된 것이리라.

☻ 200104

재일조선인문학의 전장(戰場)
— 폭력과 멸시의 체계로서의 일본어에 항거하다

가로막힌 감각으로부터 시작하다

재일조선인문학(在日朝鮮人文學)[33]에 대한 내 인상은 흔히 지적되는 것처럼 결코 풍부한 것도, 생생하고 속박되지 않은 것도 아니다. 또한 (내게) 그것은 온몸을 꿰뚫고 나갈듯한 폭력성도 냉담할 정도로 아름다운 것도 아니다.

하지만 내 이 일반적인 감상과 상반된 느낌은 그러한 강렬함이 재일

[33] 원주: 이 글에서 '재일조선인문학(在日朝鮮人文學)'이라고 하고, '재일한국·조선인문학' 혹은 '재일 조선·한국인문학'이라고 칭하지 않는 것은 김석범의 제언(提言)을 따랐기 때문이다. 김석범은 「좌담회 쇼와문학사5(座談會 昭和文學史 五)」(슈에이集英社], 2004. 1)에서, "국적과는 관계없이 문학적으로는 '재일조선인문학'이라고 말하고 있다. 전전 김사량이 일본에서 활약했던 시절에는 '재일조선인문학'이라는 표현은 없었으며 그 당시는 제국주의 시대였기 때문에 그것은 일본문학이었던 셈입니다. 하지만 전후 재일조선인은 일본국민이 아닙니다. 그런 점으로 보더라도 현재는 '재일조선인문학'이라고 하는 것이 타당합니다." 이 좌담회의 참가자는 김석범, 박유하, 이노우에 히사시(井上ひさし), 고모리 요이치(小森陽一)다. 1930년대 등장한 장혁주(張赫宙,野口赫宙), 김사량(金史良)으로부터 최근의 현월(玄月), 카네시로 카즈키(金城一紀)에 이르기까지 그 전체상은 이소가이 지로(磯貝治良) 『시원의 빛 재일조선인문학론(始原の光 在日朝鮮人文學論)』(1979), 『'재일'문학론(<在日>文學論)』(2004), 하야시 고지(林浩治)의 『재일조선인일본어문학론(在日朝鮮人日本語文學論)』(1991)과 『전후비일문학론(戰後非日文學論)』(1997)을 비롯해 뛰어난 시도가 있다.

조선인문학에 전혀 없기 때문만은 아니다.

혹은 내가 일부러 그것을 보려고 하지 않아서도 아니다.

이회성(李恢成)의[34] 『다듬이질하는 여자(砧をうつ女)』(분게슌주[文藝春秋] 1972, 같은 해 아쿠타가와상 수상)가 보여 주는 청렬(清洌)한 인상은 지금도 선명하다. 또한 김달수(金達壽) 작 『현해탄(玄界灘)』(1954)의 타오르는 흉포할 정도의 민족적 자각 그리고 김학영(金鶴泳) 작 『얼어붙은 입(凍える口)』(가와데쇼보신사[河出書房新社] 1970)에서 화자의 심리적 상태를 상징적으로 드러낸 깊고 어두운 '말더듬이이 골짜기(吃音の谷)'도 쉽게 잊히지 않는다. 김시종(金時鐘) 작 『아카이노시집(猪飼野詩集)』(도쿄신분슈판교쿠[東京新聞出版局] 1978)에 환시(幻視)된 자이니치[在日]의 거친 들판도, 김석범 작 『화산도』에 나타난 민중봉기와 괴멸의 총체도, 이양지(李良枝)의 『유희(由熙)』(고단샤[講談社] 1989)에 표출된 두 개의 언어, 두 개의 문화에 찢겨지는 괴로움도, 내 마음 속에 깊이 새겨져 있다.

또한 양석일(梁石日) 작 『피와 뼈(血と骨)』(겐토샤[幻冬舍] 1998)에서 소설의 상식을 붕괴시키고 난반사(亂反射)하는 폭력도, 가네시로 가즈키(金城一紀) 작 『고(GO)』(고단샤[講談社] 2000)가 언뜻 보기에 경쾌한 듯 보이지만 실상은 격렬한 초조함에 떠는 발걸음도, 가장 최근에 본 쓰카 코우헤(つかこ

---

34) 재일조선인 작가의 이름은 한국어식 한자 음독 및 일본식 읽기 두 개로 각기 한국과 일본에서 불린다. 이렇게 다른 음독 체계로 호칭되는 이들 작가의 성명은 재일조선인 문학이 처한 문학적 위치, 좌표, 지정학적 역사 등과 겹쳐진다. 흥미로운 사실은 일본에서 김달수가 '긴다르수(きんだるす),김석범이 '김세키한(きんせきはん)', 양석일이 '얀소기루(やんそぎる)'이회성이 '리카이세(りかいせ)', 김학영이 '긴가쿠에(きんかくえい)', 현월이 '겐게쓰(げんけつ)', 등 최대한 일본어 발음체계에 근접시켜 불리는 것과 달리 김시종과 이양지, 유미리의 이름은 일본식 발음이 가능하기 때문에 거의 유사한 발음으로 호칭된다는 사실이다. 그러므로 이 발음 체계 안에서 제외 혹은 삭제되는 것은 일본식 음성 체계 안에 편입되기 힘든 '조선어'식 발음체계라고 해도 좋겠다.

うへい)³⁵⁾ 작 연극『평양에서 온 여형사 김정일 암살하라!(平壤から來た女刑事 金正日 暗殺せよ！)』(2005년 3월 3일~13일 도쿄공연)에 넘쳐흐르는 일본에 대한 저주도, 각각 강렬하게 인상에 남아있다.

불과 몇 편을 늘어놓고 보는 것만으로도 재일조선인문학 성취하고 있는 풍요롭고, 격렬하며, 생생한 문학적 표상을 알 수 있다. 이러한 성취는 다른 작품들에서는 쉽게 얻어내기 힘든 것이라 할 수 있다.

하지만 그러한 문학적 세계가 실현되면 될수록 오히려 나는 그것으로부터 멀어져 버리고 만다. 아무리 다가가려 해도 핵심적인 부분에서 멀어지는 듯한 감각으로부터 자유로울 수 없다. 이것은 다른 것을 통해서는 거의 성취하기 쉽지 않은 재일조선인문학의 문학적 훌륭함과 그 탁월함이 역으로 (내게) 다가서기 힘든 상황을 만드는 곤란한 사태와 관련된다.

내 자신의 나이도 인간관계도 사회적 현실도 크게 변했다. 하지만 고등학교 시절, 정치운동을 하면서 짬짬이 읽었던 이회성의 작품에서, 혹은 최근에 서평을 쓰기 위해 정독한 양석일의 작품, 혹은 서점에서 손에 들고 띄엄띄엄 읽었던 가네시로 가즈키의 소설로부터, 내가 받아들이는 느낌은 거의 변하지 않았다.

아니, 오히려 그것은 더욱 크고 무거운 것이 된 듯한 느낌마저 든다. 어쩌면, 한류문화(韓流文化)가 화려하게 침투한 것과 상관없다고 하기보다, 오히려 그 화려한 침투로 인해 그렇게 느낄 수밖에 없는 것인지도 모른다.

---

35) 쓰카 코우헤(1948~2010)는 한국에 거의 알려져 있지 않기 때문에 간단히 약력을 소개한다. 그의 본명은 김봉웅(金峰雄)이며 통명은 가네하라 미네오(金原峰雄)이다. 극작가, 연출가, 소설가로 활약했다.

폭력과 경시의 체계로서의 일본어

나는 김석범36)의 글을 다시 읽어보며 되풀이해서 그 지점으로 되돌아가야겠다고 생각하고는 했다.

재일조선인은 말(언어)에 떨고 있는 존재라고 할 수 있다. 일본어를 모르기 때문은 아니다. 오히려 그것을 의식하는 자에게는 모국어를 모르는 것에 대한 끊임없는 불안과 꺼림칙함으로부터 자유롭지 못하다. 그리해서 자이니치로 생활하면서 체득한 그저 하나의 말인 동시에 모든 것이기도 한 일본에 대해서도 또한 자신이 조선인이기 때문에 직감적으로 위화감을 갖는 존재인 것이다.

게다가 일본어는 재일조선인에게 폭력적이기조차 하다. 그것은 일찍이 조선어를 박탈당하고, 일본어를 강제당한 것을 말한다. 하지만 그것만은 아니다. 일본어가 민족 경시와 인간 멸시 개념을 빨아들여 팽창한 과거 침략자의 말이며, 그 가운데 조선인 등을 멸시하는 많은 말을 감싸고 은폐한 채인 언어이기 때문이다. 그때문에 그 일본어의 폭력성을 대하는 재일조선인이 (모국어를 모르기 때문에) 일본어로 맞설 수밖에 없다고 하는 피치 못 할 상호 관계에 크나큰 문제가 있다.

36) 원주: 1925년 태어난 사상의 철인 김석범. 1928년 태생의 섬세하면서 또한 강직한 시인 김시종 그리고 1936년 태생의 두 김 씨와 비교해서, 붙임성 있고 장난기 가득한 창조적 착란자(錯亂者), 우리의 양석일. 이 세 사람이 나이를 뛰어넘어 경애와 우정과 동지애를 주고받는 모습을 접할 때마다 나는 몹시 감격한다. 이 세 사람의 교환을 직접 보기 위해서는 입수하기 쉬운 3권의 에세이집을 펼쳐들면 된다. 김석범『신편 '자이니치'의 사상(新編「在日」の思想)』(고단샤문예문고[講談社文芸文庫], 2001.5), 김시종『'자이니치'의 틈새에서(「在日」のはざまで)』(헤본샤라이브러리[平凡社ライブラリー]), 양석일『아시아적 신체(アジア的身体)』(세이호샤[靑峰社], 1990)이 그것이다. 이렇게 나란히 놓고 보니, 이 세 권은 서로를 비추고 각각의 사상과 표현의 실상이 선명하게 드러나 있는 타이틀이라고 해도 좋을 것 같다.

이러한 상호성이 언어상의 억압적인 구조가 돼서, 재차 그들 위로 덮쳐온다는 것이다.[37]

위 인용문인 김석범의 「내게 있어 말이란」이 활자화 된 것은 1973년이다. 이미 그로부터 40년이 돼 가지만 여전히 나에게 이 말은 두려움 그 자체다.

일상적으로 일본어 자체를 의식하는 것이 매우 드문 일본어 사용자인 내게, "일본어가 민족 경시와 인간 멸시 개념을 빨아들여 팽창한 과거 침략자의 말이며, 그 가운데 조선인 등을 멸시하는 많은 말을 감싸고 은폐한 채인 언어"라고 하는 이 지적은, 진실로 두렵다.

또한 이러한 지적을 무시해도 좋은 것으로 간주하고 도리어 자신들의 언어를 의식적으로 행사하려고 하는 사람들 가운데 내가 일상적으로 편입돼 있다는 것을 의식하는 것은, 더욱더 무섭다.

나는 현실의 모든 관계에서 차별과 멸시 그리고 제외에 대해 가능한 자각적으로 사고하고 행동하려 노력했으며, 그러한 관계의 폭력성에 맞서왔다. 하지만 그럼에도 불구하고 이에 대항하는 무기인 일본어 그 자체가 갖는 폭력성에 대해서까지 늘 자각적이었다고 자부 할 수 없다. 관계가 가져오는 폭력에 대항한다는 의식이, 폭력과 멸시의 체계인 일본어의 재생산을 보이지 않게 했던 것이 된다. 발표된 지 얼마 되지 않은 김석범의 문장을, 두려운 마음으로 읽었던 기억이 되살아남에도 불구하고, 오랜 세월이 흐른 지금 무서운 생각을 품고 다시 읽고 있다. 그것의 무서움은 더해질 뿐이다.

---

37) 원주: 김석범 「내게 있어 말이란(私にとってのことば)」(고단샤분게분코(講談社學芸文庫)『신편 '자이니치'의 사상(新編「在日」の思想)』 수록)

재일조선인문학을 둘러싼 내 가로막힌 감각은 어디에서 시작되는가? 그것은 우선 재일조선인이 "자이니치로 생활하면서 체득한 그저 하나의 말인 동시에 모든 것이기도 한 일본에 대해서도 자신이 조선인이기 때문에 직감적으로 위화감을 갖는 존재"라고 하는 것과는 다른 지점에서 비롯된다. 나는 그들이 갖는 일본어에 대한 '위화감'과는 다른 느낌을 가질 수밖에 없다. 즉 내가 갖는 위화감은 그것 또한 일본어 안에서 일본인의 한 사람으로서 갖게 되는 것이다. 내 가로막힌 감각은 그 사이에서 비롯된 것임이 틀림없다.

역사를 회피하지 않고, 각각의 역사를 직시하다

1970년대에 '재일일본인(在日本人)'이라는 새로운 해석이 시도됐다. 나는 이러한 방식으로 '일본인[니혼진/日本人]'임을 상대화할 수 있다는 것을 깨달았는데, 하지만 한편으로는 '재일일본인'이라는 사고가 국민국가 일본을 유지해왔던 일본인으로서의, 재일조선인을 포함한 타 민족에 대한 억압적인 역사를 회피하려는 시도일지도 모른다는 위구도 품었다. 내가 재일조선인과 마주볼 때는 그러한 역사를 짊어진 '일본인/니혼진'인 것과 동시에 그러한 역사에 저항하는 '재일일본인'이고 싶다고 염원해왔다.

이와 같은 것을 재일조선인에게도 말할 수 있다. 일찍이 혼다 가쓰이치(本多勝一)는 「아이누와 『아이누적 존재』(アイヌと『アイヌ的存在』)」(아사히분코한(朝日文庫版)『선주민족아이누의 현재(先住民族アイヌの現在)』수록)라는 제목의 자극적인 에세이에서 다음과 같이 썼다. 일본 근대사를 둘러싼 강연에서 쿠라바라 다케오(桑原武夫)가 일본의 근대화에 대해 생각할 때, 아

이누와 같은 소수민족은 도외시해도 좋다고 말한 적이 있다. 이에 대해 혼다는, "아이누적 존재"는 결코 소수가 아니며 오히려 일본인 가운데 다수라는 점을 지적하고, "아이누적 존재"의 예를 들었다.

역사적으로도 민족적으로도 가장 그것에 근접한 것은 오키나와에 있는 100만 명이다. 이에 대해 다시 설명할 필요는 없을 것이다. 100만 명이라는 수치는 어느새 "1억여 명 가운데……" 하고 무시하기에는 문제가 대단히 많지 않나. 게다가 피차별 부락민 또한 바로 아이누적 존재다. 이것으로 합계가 벌써 몇 백 만 명이 된 것인지 나는 가볍게 판단 할 수 없다. 그리고 『푸르른 잔디 모임(青い芝の會)』(뇌성마비자의 모임[CP者のグループ]), 그 밖의 중병 신체장애자들. 그들이 놓여있는 상황은 아이누 이상으로 아이누적이다. 또한 재일한국(조선)인도 그렇다……. 이러한 것에 공통된 본질은 '차별받는 측'이라는 것이다.

그렇다면 아이누적 존재는 미합중국 흑인이나 서구의 외국인 노동자이기도 하며, 인구의 반수인 여성 또한 그에 들어갈 것이다. 혼다는 '아이누적 존재'가 '비(非) 아이누적 존재'보다 훨씬 많다며 이 글을 끝맺었다.

혼다의 이 글은 자신이 다수자 측에 속해 있음을 굳게 믿어 의심치 않으면서 소수자를 무시하는 사람들이 실상은 다수에 속하는 소수자에게 거꾸로 포위돼 있다는 사실을 들이밀고 있다. 이 글은 소수자가 결코 고립된 존재가 아니라는 것과 소수자의 연대야말로 필요함을 시사한 점에서 중요하다.

하지만 소수자를 이처럼 '차별받는 측'으로 동일화해서 겹쳐지게 하면 문제가 발생한다. 즉 각각이 '소수자'로서 만들어지고 유지되며, 그뿐 아니라 대부분의 경우 소수자 사이에 분쟁을 강요당해왔던 고유의 역사를 되돌아보지 않게 되기 쉽다. 각각이 서로 다른 고유의 역사를 떠안고 받아들일 때, 진정한 연대가 가능해 진다.

내가 재일조선인문한에 대해 품고 있는 가로막혀 있는 감각은, 고유의 역사를 짊어진 일본인과 재일조선인 양쪽을 직시하는 것으로부터 비롯된다.

허구의 보루(堡壘)로서의 광채

김석범은 「내게 있어 말이란」에서 재일조선인 1세들은 과거 일제(日帝) 지배의 억압 기구 가운데 하나인 일본어의 폭력에 대해 조선어로써 일본인을 향해 모멸적인 말을 내뱉는 방법을 알고 있었다면서 다음과 같이 쓰고 있다.

그들이 조선어로 내뱉는 독 그리고 체내를 도는 조선어는 이른바
그 인간 존재를 아슬아슬한 곳에서 지탱했다.

하지만 전후에 일본어만을 아는 재일조선인 2세, 3세가 증가하면서 새로운 문제에 봉착하고 있다. 그것은 일제가 해체됐다고는 해도 일본 국가와 일본어의 폭력성이 사라지지 않고 있는 이때, 일본어 폭력에 그대로 노출된 재일조선인이 어떻게 대처 하면 좋을 것인가라는 문제다. 이를테면, "조—센!(チョ—セン！)"이다.

이 "조—센!"으로 대표되는 모멸적인 말은 내뱉어진 순간부터 이미 말이 말로서 기능하는 것을 상실한다. 말을 잘라버리고 폭력으로 확장되기 때문이다. 이것에 대한 일본어를 통한 해답은 없다. 침묵이던가, 그것에 반격하는 것은 또 다른 폭력밖에는 없다. 그에 대해 중간적인 어떠한 커뮤니케이션을 제창하는 자는, 설교자던가 그것을 대변하는 것에 지나지 않는다. 말 뿐 아니라 일본인과 재일조선인 사이의 관계에는 유형무형으로 폭력적인 면이 있다. (중략) 사회 구조가 억압적이라는 것은 그 사회의 생활 전 영역을 지배하는 구조인 말이, 또한 억압적이라는 것을 의미하는 것이리라. 억압적인 사회구조의 변혁을 뺀 말 뿐인 해방을 위한 투쟁은 실로 난처하다고 말할 수밖에 없다.

(「내게 있어 말이란」에서)

사회구조의 폭력을 듬뿍 함유한 일본어의 폭력에 대해 일본어로는 어떠한 해답도 얻지 못 하고, 침묵 아니면 폭력이라는 선택지가 있을 뿐이다. 이러한 막다른 골목에 몰려있는 사태를 확실히 파악한 위에 굳이 일본어를 통해 (일본어의) 폭력에 항거하는 견고한 세계를 허구 위에 만들어 낸다. 달리 말하자면 "일본어를 통해 그 일본어가 내뱉는 주박(呪縛, 주문에 의한 속박)의 실타래를 풀려고 하는 것이다. 이른바 자유를 향한 활로를, 말에 의거하면서 더욱이 그 말을 뛰어넘는 세계에서 어떠한 허구 가운데 길을 만들려고 하고 있다," 이것이 김석범의 재일조선인 문학에 대한 기대이며, 또한 실재 재일조선인문학 대부분을 관통하는 사상이라고 해도 좋다.

일본의 사회구조와 일본어의 폭력성에 대항해 구축된 재일조선인의 이른바 '허구의 보루'로서의 재일조선인문학.

내가, 뛰어난 재일조선인문학과 마주 보며 느끼는 간극은 그 강하고, 격렬하며, 선명한 세계가, 다름 아닌 내 자신을 향해 있는 견고한 보루에서 비롯된 것이기 때문일 것이다. 그 허구의 보루가 견고하면 할수록 나는 그 장소로부터 튕겨져 나가고 만다.

이 감각은 1970년 중엽까지의 재일조선인문학 역사를 정리한 「재일조선인문학(在日朝鮮人文學)」(『신편 '자이니치'의 사상(新編 「在日」の思想』 수록)서두에 문학관계자들이 종종 뱉어내는 "재일조선인 문학은 일본어와 일본문학 발전에 기여하고 있다."는 찬사를, 김석범이 쓰디쓴 어투로 적고 있는 기분(그러한 것을 위해 쓰고 있는 것이 아니라는)과, 반대 지점에서 연결되고 있음이 틀림없다. 그 절망적이기까지 한 거리를 확인하고서야 처음으로, 나는 재일조선인문학과 마주할 수 있다.

재일조선인문학이 역사를 짊어지게 되면서 현재화(懸在化)하는 폭력과 멸시의 체계로서의 일본어의 한복판에 있다는 사실. 단지 그러한 재일조선인문학의 광채를 칭찬하는 것으로는 부족하다. 그 광채를 인정할 수 있는 유일한 장소, 폭력과 멸시의 체계에 항거하는 보루를 (내가) 만들어 내는 것. 이를테면 항거하면서 공동 투쟁[共鬪] 하는 것, 그것이 서로 마주본다는 의미임이 틀림없다.

그 후의 변화 그리고 다시 그 후에

내가 너무 오래된 문장을 들고 나와서, 그 후의 변화를 무시한 발언을 하고 있는 것인가?

여기서 다루고 있는 김석범의 문장은 거의 40년 전의 것이다. 그 후, '차별'이 '차이'로 대체돼 읽힌 1980년대의 포스트모던 시대를 지나,

재일조선인문학이 '재일한국·조선인문학'으로 불리거나, 혹은 '재일(코리안)문학'으로 불리게 된 것에 대해서는 물론 잘 알고 있다.

하지만 '그 후의 변화'는 1990년대 후반에 또 일어난 '그 후의 변화'와 겹쳐졌다고 해도 좋을 것이다. 그 결과 재일조선인문학을 둘러싼 현상(現狀)은 김석범이 상술한 문장을 썼던 1970년 보다 훨씬 후퇴하고 있다고 나는 생각한다.

예를 들어 오에 겐자부로(大江健三郞)는 1971년에 열린 김석범, 이회성과의 좌담회38)를 매듭짓는 말에서, 일본어로 일본어와 대칭(大秤)한다는 김석범의 주장을 둘러싸고 이렇게 말하고 있다.

　그리고 저는 오늘 말씀을 듣고 정말로 일본인이, 일본인이라고 말하면 결국 저 자신에 대한 것입니다만 제가 일본어로 쓴다는 것과, 자신의 이미지네이션을 확실히 삼각점에 두고 생각하지 않으면 안 된다고 하는 것을 이 자리를 통해 반복해서 생각하게 됐습니다. 그렇게 하지 않으면서, 현재 무책임한 문학적 인터내셔널리즘이라는 것에 편승하게 되면, 머지않아 다시 한번 일본에 이상한 내셔널리즘과도 같은 움직임이 나타날 때 문제가 벌어지게 됩니다. 그때 정말로, 일본과, 일본어로 쓴다는 것과, 완전히 야합해 버려서 그저 당한 길로 굴러 떨어질 것이 분명한 기분이 들기 때문입니다.

오에의 발언을 듣고 있으면 1970년대가 지금보다 훨씬 "일본어로부터 자유롭게 된다." "일본어로 일본어에 항거한다."고 하는 생각이 강

---

38) 원주: 「일본어로 쓴다는 것에 대해서(日本語で書くことについて)」, 김석범 『말의 속박 재일조선인문학과 일본어(ことばの呪縛 「在日朝鮮人文學」と日本語)』 수록)

했다는 생각이 든다. 거꾸로 말하자면 지금은 포스트냉전시대에 특징적인, 대항 세력을 결락시킨 "일본에 이상한 내셔널리즘"이 활개를 치고 있으며, 폭력과 멸시의 체계로서의 일본어는 그 노골적인 모습을 공공연하게 드러내 가는 중이라고 해도 결코 과언은 아니다. 무엇보다 자유주의사관을 갖은 그룹만의 공세만이 아니라 이시하라 신타로 도쿄도지사의 불법입국 '삼국인(三國人)' 발언에 대해 의문을 갖지 않는 사람이나, 가야마 리카(香山リカ)가 교묘하게 이름지은 "쁘띠—내셔널리즘"을 즐기는 젊은이들, '마케구미(負け組, 루저)'를 가혹하게 쓰고 버리는 정책을 가속화하는 '개혁'을 지지한 많은 사람들을 상기하면 좋을 것이다.

한류문화와 재일조선인문학의 공동투쟁은 가능한가

정치와 사회 그리고 문화가 폭력과 멸시 체계로서의 일본어를 재차 떠받치기 시작한 현재, 일본어의 그러한 체계성을 명백히 하면서, 허구의 보루를 구축하고 그것에 항거해온 재일조선인문학의 원점을 김석범 등의 말에 입각해서 새롭게 조명하는 것이, "이제 와서"라고 하기보다는, "지금이야말로" 우리에게 요구되고 있다.

재일조선인문학 가운데서도 그러한 움직임이 이미 보인다. 이소가이 지로(磯貝治良)는 『'자이니치' 문학론(<在日>文學論)』에 수록된 「'새로운 사람'을 읽는다(<新しい人>を讀む)」에서 최근 수년 사이에 등장한 김중명(金重明), 현월, 가네시로 가즈키에 대해서, "1980년대 이후, 특징적이던 자이니치의 모럴리즘(moralism) 문학과는 달리, 일본문학의 일반화 경향에 가담하지 않는 무언가가 느껴진다. '자이니치'의 새로운 문학적 아이덴티티가 모색되고 있는 중이다. 그런 의미에서 그 양상을 바꾼

'정통'의 '소생'을 예감하게 한다."고 쓰고 있다.

그리고 새롭게 등장한 작가들의 그러한 시도를 뒷받침 하는 것이 지금도 각각 데뷔 이후 일관된 테마를 계속 써가는 작가, 『만월(滿月)』을 쓴 김석범, 『이방인의 밤(異邦人の夜)』의 양석일, 『사계(『四季』)』의 이회성이다.

이러한 움직임은, 한류문화의 열광적인 수용이 진행되는 등, 한일 문화교류가 왕성하게 이뤄지고 있는 현상과는 묘하게 상반된 것처럼 보인다.

하지만 한국인 여성 비디오저널리트로 일본에 온 아시아프레스 소속으로 활동하고 있는 젊은 세대에 속하는 경숙현(慶淑顯)은 다음과 같이 말한다.

'한류'붐 근저에서 결정적 영향을 미치고 있는 것은 '자이니치' 문화의 존재다. (중략) 하지만 이번 '한류'의 그림자 격 공로자라 할 수 있는 '자이니치'의 존재나 역사, 문화가 새롭게 검토되는 일은 없었다. 오히려 그것을 철저히 배제하고 버리는 것에서 한류는 성립했다. 아직까지도 '북조선(北朝鮮)'의 미사일 발사사건이나, 핵병기문제, 납치문제가 보도 될 때마다 조선학교에 대한 협박전화나 등교중인 여학생을 괴롭히는 사태가 사라지지 않는 것에 변화는 없다. 한국 남성을 사랑스럽게 바라보는 시선의 배후에는 실은 '자이니치'에 대한 차별과 멸시가 뿌리 깊게 존속하고 있는 현상이다. 이 동경과 멸시의 이중구조를 갖는 일본 사회 가운데 '자이니치'는, 지금도, 아니 이전보다 더 심하게 '이질적인 존재'로서 살아가야 하는 환경에 놓여 있는 것이 아닌가.39)

매우 중요한 지적이다. 그렇다고 해도 한류문화 그것은 재일조선인문학을 일방적으로 배제하는 것은 아니다. 열광하는 사람들이 보려고 하지 않는 한류문화에 내재하는 일본 비판 시점을, 일본어를 통해 일본어에 항거하는 재일조선인문학의 길고 집요한 시도와 접목하는 것은 힘든 것인가.

양자의 공동 투쟁은 과연 불가능한 것일까.

나는 '이상한 일본의 내셔널리즘'이 압도적 다수에 의해 진행되고 있는 현상에 대항하면서, 이 둘의 공동 투쟁이 펼쳐지는 과정을 지켜보고 싶다.

▼ 200605

39) 원주: 경숙현 「'자이니치'와 '한류'(『在日』と『韓流』)」, 『비극희극(悲劇喜劇)』 2004.12.

전쟁은 계속되고, 저항과 투쟁은 이어진다

오키나와 '전후' 제로 연도와 야마토의 그림자

오키나와는 전쟁에 씐 채로 살아왔다.

오키나와는 전쟁과 폭력에 오랫동안 씌어왔다.

전쟁은 식민지 지배라고 하는 구조적인 폭력을 향해 나아갔고, 그리고 그 폭력을 철저히 해서 다음 전쟁을 쉽게 끌어 당겼다.

1609년 사쓰마(薩摩)의 무력 침략과 그 이후 류큐왕국(琉球王國)은 사쓰마번의 실질적인 식민지가 됐다.

1879년 메이지 정부에 의해 무력을 통한 류큐처분(琉球處分)이 이루어졌고, 그로부터 시작된 신체의 몸짓·언어·문화·교육부터, 경제·정치 시스템에 이르는 동화라는 폭력적인 강제(국내 식민지화, 황민화 정책)가 행해졌다.

1945년 본토 수호를 위한 방파제로 내몰린 파국적인 오키나와 전(沖繩戰)과, 미군에 의한 무력 점령이 닥쳐왔다.

1952년 대일강화조약(샌프란시스코조약) 발표에 따른 미군의 군사적 독재(식민지화)가 행해졌다. 조선전쟁(6·25), 베트남전쟁에 즈음해서 미국은 오키나와 미군 기지를 후방기지로 삼았다.

1972년 오키나와의 본토복귀는 오히려 일미에 의한 군사기지로서의 기능을 강화시킨다(자위대도 가세한다). 또한 1995년 미군 병사의 소녀 폭행사건을 계기로 터져 나온 오키나와 사람들의 후텐마(普天間) 기지 반환 요구를 둘러싸고는, 오키나와의 압도적인 민의를 부정한 채 일미합의에 의한 사기로 가득찬 해결이 진행된다.

이렇게 나열해 보니, 1945년 이후에 대해 지적한 「오키나와 '전후' 제로 연도(沖縄『戦後』セロ年)」(메도루마 슌[目取眞俊])라는 것은, 1879년 이후로, 또한 1609년 이후로 거슬러 올라갈 수 있을 것이다.

하지만 오키나와는 전쟁과 폭력에 오래도록 실로 오래도록 흘려왔다. 그렇기 때문에, 그 불행한 경과를 역사적인 동시에 구조적으로 명확히 밝히면서 전쟁과 폭력에 대칭하는 저항과 투쟁을 굴욕과 인종의 한복판으로부터 도중에 끊어지는 일없이 계속해 왔다.

저항과 투쟁은 때로는 집회, 데모, 때로는 대폭동이 됐다.

때로는, 연좌하며 헝거 스트라이크로 이어졌고, 방해를 뿌리치고서 선거 활동을 했다.

때로는, 투쟁에 패한 사람의 원통한 마음이나 새로운 투쟁의 발견으로 이어졌고, 때로는 일상의 영위의 조용한 지속이 이뤄졌다.

항거와 투쟁은, 야마토(ヤマト)로 미국으로 더 나아가서는 오키나와 내부의 지배관계로 그리고 자신의 두려움이나 사대주의로 깊게 내리꽂혔다.

전쟁과 폭력에 제압당한 절망과 슬픔의 땅은 다양한 저항과 투쟁에 의해서 밝고 윤곽이 확실히 보이는 풍토 그대로, 손가락으로 휘파람을 불어 휘휘 불며 희망과 기쁨의 땅으로 변했다. 또한 세계적으로 보더라도 평화와 자립으로 나아가는 상징적인 장(場)이 되었다.

당연히 근현대의 오키나와문학도 전쟁과 폭력과 무관하지 않다. 오키나와문학은 그때그때마다 저항과 투쟁의 일환으로 전쟁과 폭력을 태연하게 받아들이는 지배적 현실(real)에 대해, 전쟁과 폭력의 꺼림칙한 세부에 이르는 부분을 파헤쳐 투쟁했다. 이른바 오키나와문학은 대항적인 현실을 그려 왔던 셈이다. 또한 야마토에서 쓰인 오키나와를 둘러싼 문학은 걸핏하면 무의식적인 차별감을 스며들게 해 에그조티시즘(exoticism)으로 기울면서도, 오키나와문학과의 공동 투쟁으로 나아간 시도를 적지 않게 했다.

근대 일본 및 현대 일본의 전쟁문학을 모은 『컬렉션 전쟁×문학(コレクション 戰爭×文學)』 마지막 권 『오키나와 끝나지 않은 전쟁(オキナワ終わらぬ戰爭)』은, 그 제목 그대로 오키나와(류큐, オキナワ, 沖繩)에서 현재 계속되는 전쟁과 구조적 폭력과, 그것에 대한 다양한 항거와 투쟁을 포착한 작품을 실었다. '마지막 권'이 '끝나지 않은 전쟁'이 될 수밖에 없는 것이야말로 전쟁과 오키나와의 현재이며, 즉 전쟁과 야마토(일본, 본토)의 현재라고 해도 좋다.

이 마지막 권의 구성은 다음과 같다.

'Ⅰ'은, 1879년 류큐처분 이후, 오키나와의 근대를 배경으로 한 작품.
'Ⅱ'는, 아시아태평양전쟁 말기의 오키나와 전부터, 미국의 군사지배, 본토 복귀 이후의 오키나와를 그린 작품.
'Ⅲ'은, 야마토의 작가가 오키나와를 그린 작품.

류큐처분부터 퇴적하는 오키나와인의 공포와 분노와 자립심

인간의 수직적 관계를 싫어하고, 수평적 관계의 상쾌함을 하늘하늘하게 지구감각과 우주감각으로 포착한 희유의 시인 야마노구치 바쿠(山之口貘)가 쓴 대일강화조약에 관한 시 『오키나와여 어디에 가나(沖縄よどけへ行く)』는 1951년에 발표됐다. 강화조약으로 패전부터 계속된 미국 주도의 연합국에 의한 일본 점령은 끝났다. 하지만 조약3조로 인해 미국의 지배하에 놓인 오키나와는 일본에서 분리된다. 야마노구치 바쿠의 조국 복귀에 대한 바람은 실질적으로 끊겨버린 것이다. 시에서 "건강해져서 돌아가야 한다.", "일본으로 돌아가는 것이다."라는 반복은 그 제목 『오키나와여 어디에 가나』와의 미묘한 차이를 말해주며, 여기에는 오키나와를 둘러싼 시대상황이 관계하고 있다.

이 시의 처음에 늘어서는 '자비센(蛇皮線)'40), '아와모리(泡盛)', '당수(唐手, 카라테)' 등은 과거 자신의 시 『회화(會話)』(1930)에 호의를 보낸 한 아가씨의 마음에 깃든 오키나와에 대한 편견과 차별을 상징하는 것으로서 거론된 것이었다. 시는 계속해서 류큐에서 오키나와로의 역사를, 일본과 중국 사이의 영토분쟁 및 폐번치현으로 시작된 「일본의 길(日本の道)」에서 마침내 "인생의 모든 것을 일본어"로 다루게 될 때까지 집요하게 더듬는다. 그러다 "전쟁 따위 시시한 것을 / 일본이라는 나라는 했던 것이다." 하고 돌연하게 맺는다. 과연, 이러한 '일본'으로 "돌아가는 것" 외에 정말로 길은 없는 것인가. 『오키나와여 어디에 가나』가 의미하는 바는, '자비센'이나 '아와모리'로 표상되는 오키나와의 문화를

---

40) 이것은 오키나의 발현악기로, 샤미센(三味線)의 원형이 된 악기이다. 주로 산신(三線)이라고 불리는데, 자비센은 뱀가죽으로 만든 것을 이른다.

그대로 미국에 접근시키는 것은 물론이고, 일본으로 돌아가지 않고 독자적인 길로 나아가야 한다고 하는 꿈이니만큼 절실한 질문이었음이 틀림없다.

나가토 에이키치(長堂英吉)의 『해명(海鳴り)』(1988)은 1910년 '본부소동(本部騷動)'을 배경으로 오키나와에 축적된 공포와 분노와 자립심의 작렬을 포착한다. 일본에서 징병제도가 시작된 것은 1873년이며, 오키나와현에서 실시된 것은 1898년(미야코[宮古], 야에야마[八重山])이다. 『오키나와백과사전(沖繩大百科事典)』은 '본부소동' 페이지에서 "일반 민중의 징병혐오를 상징하는 대표적인 사례이다."라고 하고 있다. 이야기의 화자인 '나'는 아버지 소우신(宗森)과 함께 체험한 먼 과거를 뒤돌아보면서, 본부소동을 '폭동', '대폭동'이라고 부른다. 현의 치안 당국이 '소동' 즉 '작은 사건'으로 치부해 온 것에 대한 조소이다.

어째서 폭동은 일어난 것인가. 이야기는 그 최대 이유로 야마토 군대를 클로즈업한다.

> 일상의 언어가 달랐습니다. 습관이 다르지요. 마음의 미묘한 지점이 일치하지 않고, 그때문에 상관과의 그리고 병사들 사이가 원만하지 않아요. 전부 아둔패기 취급을 당해, 굴욕감에 뒤덮여서, 신경이 닳았지요. 결국 반 병든 몸이 돼 쓰러져 버립니다.

근대에서 학교 및 공장과 마찬가지로 사람들에게 균질화를 강제한 군대는, 각기 다른 사람들을 편견과 차별에 노출시키는 장치이기도 하다. 동화하려 하면 할수록 가는 곳마다 '차이'가 나타난다. 그렇다고 한다면 군대란 것은 오키나와가 야마토로부터 받은 편견과 차별이라는

폭력을 응축시킨 가혹하기 짝이 없는 장(場)이라고 해도 좋다. 군대에 보내진 자들, 더 나아가 동화를 강요당한 오키나와 사람들의 공포와 분노와 자립심이 폭동을 일으킨다. 그것이 소오신과 '나'의 길고 가혹한 도피행을 지탱하며, 마지막에 이른 '내' 행위를 이끈다. 이때 '내'가 들은 해명(海鳴り)도 또한 그렇다.

작품집 『해명(海鳴り)』(2001)에 수록된 『페리함대 살인 사건(ペリー艦隊殺人事件)』은 1854년의 이른바 '보트사건', 즉 페리함대의 잔류 해병의 보트가 나하(那覇)에 들어가 노부인에게 성폭력을 가하고, 그 아들들과 마을사람들을 때려죽인 사건을 그린다. 군대가 불러온 성폭력은, 예나 지금이나 변함이 없다. 돌발적으로 작렬하는 대항적 폭력을 그리고 있는 점에서, 메도루마 슌의 『희망(既望)』(1999)이나 『무지개 섬(虹の島)』(2006), 『눈 속의 숲(眼の奧の森)』(2009)과 서로 공명하는 시도라고 해도 좋다.

치넨 세신(知念正眞)의 희곡 『인류관(人類館)』(1976)은 '인류관사건'을 힌트로 삼고 있다. 1903년 오사카 텐노지(天王寺)에서 개최된 제5회 내국권업박람회(內國勸業博覽會)에서 '학술 인류관'이라는 민간 파빌리온(큰 천막)이 장외에 설치돼, '아이누', '대만 생번', '조선' 등과 함께 '류큐' 여성 2명이 구경거리로 전시됐다. 오키나와에서는 신문 『류큐신보(琉球新報)』가 격렬하게 항의를 했다. 이 '인류관 사건'에 대해서는 연극 「인류관」 상연을 실현시키는 모임에서 발간한 『인류관 봉인된 문(人類館 封印された扉)』(2005)이 있다. 이 책에서는 오키나와인들이 '학술 인류관'에서 자신을 '아이누' 등과 같은 위상으로 파악하는 것에 항의한 것 자체의 차별성에 대해서도 파고드는 등 자세하다.

희곡 『인류관』은 '학술 인류관'를 성립시킨 야마토의 지배적이며 또한 차별적인 시선을 위압적인 '조교사(調敎師)'로 체현시켜, 진열된 오키나와인을 여기저기 돌아다니며 마구 떠드는 '남자'와 '여자'로 설정했다. 즉 '학술인류관'에 진열된 정지도(停止圖)를 찢어버리고, 끊임없이 산출되는 지배—피지배적 관계의 잔혹함과, 그러한 관계를 되묻고 변경하는 자들의 다양한 가능성을 요란스럽게 출현시킨 것이다. 여기에 다양한 역사가 혼재하면서 우르르 흘러간다. 조교사는, '천황폐하만세'를 강조한 방언 표찰을 내미는 교육자, 야라 지사(屋良知事), 황태자, 류큐인을 숨겨주는 류큐인, 정신병원의 설명하는 사람, 일본 군인, 신생 오키나와를 바라는 교사로 어지럽게 변신해 간다. 남자와 여자는 수인이나 창부, 집단 '자결'자 가운데 살아남은 사람, 히메유리(姬百合) 부대, 철혈근황대(鐵血勤皇隊, 14—17세의 학도병), 학생들로 모습을 바꿔서, 홍소에 가득 찬 요란스러움으로 대항한다. 마지막에서 조교사가 죽자, 이번에는 남자가 조교사가 돼 이야기는 출발점으로 돌아온다.

오키나와에서는 조교하는 자(지배하는 자)와 조교당하는 자(지배당하는 자)라는 형식이 역사가 바뀌어도 변하지 않았다. 그것에 오키나와의 근대사, 현대사의 비극이 연쇄하고 있다. 하지만 거꾸로 보자면, 끊임없이 조교사가 필요하다는 점에서는, 조교당하기 힘든 오키나와인의 대담한 자유로움이 부각된다. 연극『인류관』과 거의 비슷한 시기에 나온 미셸 푸코의『감옥의 탄생』(원저 1975, 일본어역 1977년)이 사람들을 규율·훈련시켜, 질서에 종속하는 '주체'를 산출하는 근대 권력 시스템을 폭로하는 한편으로 '조교당하기 힘듦'을 제대로 포착하지 못하고 있는 것과 대척적이다. 신죠 이쿠오(新城郁夫)는『오키나와문학이라는 기획(沖繩文學という企て)』(2003)에서 이 희곡을 통해 '일본'과 '오키나와'의 고정화를

뒤흔드는 언어(일본어, 우치나구치[沖繩口], 우치나야마토구치[沖繩大和口])의 끊임
없는 간섭작용을 읽어낸바 있다.

오키나와로부터 '아메리카유(アメリカ世)'로

시모타 세이지(霜多正次) 『포로의 곡(虜囚の哭)』(1961)은 주민 측에서 본
오키나와 전의 기억, 오키나와타임스사편 『현지인에 의한 오키나와 전
기 철의 폭풍(現地人による沖繩戰記 鐵の爆風)』(1950)에 쓰인 에피소드를 바
탕으로 하고 있다. 1945년 6월 22일, 즉 오키나와 전이 끝났다고 간주
되는 날부터 이야기는 시작된다. 향토방위대 나미히라 마사켄(波平昌堅)
이 포로가 돼, 미군의 요청으로 여자 셋과 함께 마을로 투항 권고를 하
러 가지만, 패전과 오키나와인을 믿지 않는 야마토 병사에게 붙잡히고
만다. 스파이로 처형되기 직전, 여자들이 마지막에 부르는 「바다에 가
면(海行かば)」을 나미하라는 듣는다. 죽음의 확신으로부터 삶의 환희로
그리고 다시 받아들이기 힘든 죽음으로의 전환이 여기에 있다. 다소 설
명이 과다하지만 오키나와 전에 내던져진 오키나와인의 극한적인 전환
이 강렬하게 포착돼 있다. 나미히라 등 오키나와인을 죽이면서도 자신
들은 투항하는 야마토 대위를 통해, 본토결전을 외치면서 오키나와를
희생으로 삼아 자신들은 투항한 군대의 총체를 보는 것은, 결코 나만이
아닐 것이다.

시인이면서 반전 반기지 활동가이며 우루마(琉球弧, 오키나와의 한 지방)
를 근거로 한 문명비판가이기도 한 다카라 벤(高良勉)은 광대한 미국대
륙을 비행기로 여행할 때, '우리 우루마의 섬들'과 그 '보물'을 마음속
에서 떠올린다.

① 바다와 자연(산호, 이리오모테 산고양이, 노구치게라[조류], 얀바
    루쿠이나[조류] 등).
② 카라테(空手)와 류큐 예능, 우루마의 독자문화.
③ 아름다운 언어, 그 표현을 지탱하는 정신.

다카라는 이러한 우루마가 야마토와 미국에 의해 오랜 시간 식민지
화됐다며 격렬하게 탄핵한다『우루마의 발신 경계의 섬들로부터(琉球孤の發信
くにざかいの島々から)』, 1996). 다카라의 사고는 끊임없이 아름다운 것과
기쁨, 무참한 상처와 분노를 두 가지 초점으로 한 타원형의 형태를 취
한다. 시 『아카시아 섬(アカシア島)』도 예외는 아니다. '아카시아섬' 즉
'사상수(思想樹)'(타이완 아카시아)의 섬 오키나와를 내세우는 이 시는, '미
칠 듯한 태양신'이 내리쏟아지는 전반과, 사상수로 이은 후반의 오키나
와 전의 잔혹한 이미지를 통해 구성돼 있다. 게다가 이 두 가지를 "사
랑하는, 사랑하는 사람이여(かな,かな―よ―)"라고 부르는 것을 반복하며
강하게 현재로 끌어당긴다. 어둡고 강하고 리드미컬하게 정감을 비등시
키는 시인 것이다.
    오시로 다쓰히로(大城立裕)의 『칵테일파티(カクテル·パーティー)』(1967)는
오키나와 작가에 의한 최초의 아쿠타가와상 수상 작품이다. 후에 오시
로는 그것을 자신이 해석해서 말하고 있다.

    국제친선의 사기성을 폭로하는 것으로 출발하면서, 미국의 범죄를
    보고 과거에 일본이 중국에 저지른 범죄를 발견해 가해자로서의 자신
    및 상대조차 동시에 추궁해야 한다. 그리고 가해자에 대한 절대적인
    불관용이라는 테마를 산출했다. (「오키나와문학의 가능성(沖縄文學の

可能性)」, 1989)

미군 기지 내에서 칵테일파티가 열린다. 주최자는 미국인 미스터 밀러(Miller)와, 오키나와인 나'(후장에서는 '너[お前]', 본토(야마토)의 신문기자 오가와(小川), 내전 하 중국으로부터 도 망쳐온 망명자 손(孫) 이렇게 4명은 중국어학습 친구이다. 여기에 다른 미국인이 추가돼, 점령하 오키나와의 현상을 둘러싸고 아슬아슬한 이야기꽃을 피운다. 마침 그 시간에, '내' 딸이 미군 병사에게 폭행을 당하고 있었다. '나'는 고소를 하려고 애쓰지만, 예상되는 곤란함 때문에 포기한다. 하지만 다시 4명이서 모인 회합에서, 미국인이 오키나와인 하녀를 고소한 것을 알고, 손의 부인이 일본병사에게 폭행당했던 것을 상기한 '나'는, 밀러에게 국제친선이 갖는 '거짓 안정'을 지적하고, 고소를 결의 한다⋯⋯.

전쟁의 가해자성은 이 작품이 발표될 무렵, 야마토에서도 차차 널리 받아 들려지기 시작하고 있었다. 『전후사 대사전(戰後史大辭典)』(1991) 가운데 '가해자와 피해자' 페이지가 있다. 여기서 쓰루미 슌스케(鶴見俊輔)는 '베트남에 평화를! 시민연합'의 대표 오다 마코토(小田實)가 제창한 이 구분이, 1965년 이후 반전운동에 커다란 영향을 미쳤다고 지적한다. 야마토가 이러한 상태였던 시대, 이 소설은 모두(冒頭)에서 '내'가 끊임없이 불안을 느끼며 미군 '기지'에 제압된 오키나와에서, 자신의 가해자성을 추구하는 것을 통해서 "가해자에 대한 절대적인 불관용"을 요구해, 미국의 군사지배의 어둠과 대칭시킨다. 이 작품의 의미가 큰 이유이다.

그런데 소설 『칵테일파티』에는 희곡 『칵테일파티』(1995년 집필)라는 속편이 있다. 이 희곡은 이와나미현대문고판 『칵테일파티』(2011)에 함께 수록됐다. 사건으로부터 24년 후, 딸이 사는 워싱턴을 주인공 우에하라(上原)가 방문한다. 딸의 남편은, 미스터 밀러의 아들로, 변호사로서 원폭전번대운동(原爆展反對運動)에 관여하고 있다. 이런 놀라운 설정으로, 작가는 전쟁의 가해자성에 대해서 한층 더 심화된 추구를 우에하라에게 시키고 있는 것이다. 이 두 작품에 대한 비교는, 오시로 다쓰히로 문학의 의의와 함께 모토하마 히데히코(本浜秀彦)의 권말 「해설」에 상세하다. 한편, 오키나와의 가해자성의 일단을 명확하게 하는 것으로 제국화의 첨병으로서의 역할을 발굴한 마타요시 세쿄(又吉盛清)의 『일본식민지하의 대만과 오키나와(日本植民地下の台湾と沖縄)』(1990), 『대만지배와 일본인(台湾支配と日本人)』(1994) 등도 귀중한 시도이다.

오키나와 사회 내부의 차별, 갈등과 마주하다

『돼지의 보답(豚の報い)』(1995)으로 제114회 아쿠타가와상을 수상한 마타요시 에이키(又吉榮喜)의 첫작품 『긴네무 집(ギンネム屋敷)』(1980)[41]은, "긴네무가 밀생한 언덕은 꾸불꾸불 물결치며 사방으로 넓어져갔다." 운운 등의 묘사로 시작된다. 아마도 오키나와다운 풍경처럼 생각되겠지만, 바로 '나'(미야기 토미외宮城富夫])의 생각이 그것과 겹쳐진다.

포탄으로 남김없이 불태워진 들판을 덮어서 감추기 위해 미군이 막

---

41) 긴네무는 열대아메리카 원산의 상록수이다. 종전 후, 미군이 오키나와 파괴 흔적을 위장하기 위해 뿌린 나무 종이다. 이 작품은 졸역으로 『지구적세계문학』(제3호, 2014년 봄)에 게재돼 있으며, 단행본 『긴네무 집』(졸역)에도 수록될 예정이다.

대한 양의 긴네무 종자를 비행기로 뿌렸다고, 들었다.

밀생한 긴네무가 퍼지는 것은 초토가 펼쳐진 것과 겹쳐진다. 오키나와 전의 기억은 여전히 생생하고, 미군이 지배하는 새로운 풍경에도 익숙하지 않다. 미야기는 오키나와 전에서 여섯 살된 외동아들을 잃고, 아내 쓰루(ツル)와도 헤어져, 지금은 15살 연하로 술집에서 일하는 하루코(春子)와 살고 있다. 어느 날, 알고 지내는 청년이 목격했다고 하는 기지에서 일하는 젊은 조선인 기술자에 의한 창부 요시코(ヨシコー) 폭생 사건으로부터 이야기는 급격하기 움직이기 시작한다. 바로 전쟁에 휘둘린 사람들과의, 내부의 어두컴컴한 영역으로, 조선인 차별이라는 오키나와인의 내적 폭력으로 변해 간다. 전망이 보이지 않는 사건을 차례차례 연속시키면서 이 작가의 독특한 아기자기한 문체와 이야기 전개가, 때로는 애절하게 때로는 잔혹하게 사태를 부각시켜 간다.

이케자와 나쓰키(池澤夏樹)는 『돼지의 보답』 아쿠타가와 선평에서 "민화적인 요소가 듬뿍 포함돼 있지만, 그것이 일상생활의 장(場)으로 그대로 통저(通低)하고 있다."는 점을 높게 평가하고 있다. 다만 이러한 민화적 고층(高層)과 현대의 일상생활 사이에는 『긴네무 집』의 어둑어둑한 영역이나, 『죠지가 사살한 멧돼지(ジョージが射殺した猪)』(1978)에서 베트남 전쟁 하의 젊은 미군병사의 굴절된 폭발이라는 긴박한 상황이 펼쳐져 있었다는 것을 잊어서는 안 된다. 마타요시에게 오키나와의 자연에 뿌리내린 풍습과 생활은 이러한 영역과 상황을 되돌아오게 할 때에만, 특별한 광채를 발하는 것이다.

요시다 즈에코(吉田スエ子)의 『카마라 정사(嘉間良心中)』(1984)는 히가시미네오(東峰夫)의 아쿠타가와상 수상작 「오키나와의 소년(ォキナヮの少年)」 (1971) 등과 마찬가지로 코자시(コザ市, 1974년부터 오키나와시)가 무대이다. 전후 탄생한 코자시는 오키나와 본도 중부에 있는 오키나와 최대의 기지 도시로, 거리에는 미군 병사를 상대하는 다양한 가게들이 즐비해 있다. 58세 키요(キヨ)와 18세 해병대원 새미(Sammy)는 늙은 거리의 창녀와 거의 무일푼인 손님으로 이 거리에서 만나, 불과 반년 후에 정사(情死)를 한다.

새미는 탈주병이었다. 시답지 않은 일로 새미는 상관을 찌른 것을 안 키요는 이렇게 생각한다.

사람을 찌른 인간과 잤다고 하는 공포는 전혀 없었다. (중략) 20년 동안 키요는 병사들 간의 피비린내 나는 상해 사건을 한 두 번 본 것이 아니다. 눈앞에서 사살되는 것을 목격한 적조차 있다. 단순한 자상(刺傷) 사건 따위를 키요는 조금도 두려워하지 않았다.

이야기는 언제나 폭력적 파멸이 어른거리는 기지촌 코자에서, 기지와 군대의 폭력을 병사의 성적 폭발로서 수용한다. 또한 식민지에서 극을 달리는 '창부'에 대한 혐오에 노출된 여자와, 무기를 휘두르며 밖으로 나가고 싶어 하는 병사 사이의 긴박감 넘치는 죽음을 향한 여정으로 이어진다. 새미의 출원하려는 의지를 안 키요가 적극적으로 강제 정사를 행한 것처럼 보인다. 하지만 "상관없어. 이미 모든 것이 끝났다고"라고 말하는 새미의 말에서, 병사로서의 자기 소멸을 향한 바람을 엿볼 수 있다. 그것을 깊이 받아들였을 때, 키요는 단호하게 행동을 개시한다.

메도루마 슌의 초기 작품 『평화길이라고 이름 붙여진 거리를 걸으며

(平和通りと名付けられた街を歩いて)』(1986)에서는 반복해서 '평화길'이라는 말이 나온다. 게다가 나올 때마다 길로부터 '평화'는 멀어지고, 오키나와 전의 기억이 넘쳐난다. 그뿐만 아니라 길은 과거의 '병사'(등장인물 우타(ウタ)의 말)와 중복되는 경찰관이 주민의 생활이나 행동을 엄격하게 감시하고 규제하는 장소가 돼간다. 마침내, 헌혈운동 추진 전국대회에 출석하는 황태자 부부의 차 행렬이 조용히 다가오고, 연도에 히노마루 작은 깃발이 흔들리는 가운데, 소년 카쥬(カジュ)와 할머니 우타(ウタ)가 펼치는 '복수'가 개시된다.

'평화길'이란, 나하시 국제거리(國際通り)[미쓰코시백화점 앞]로부터 쓰보야초(壺屋町)로 통하는 약 330미터의 상점가 및 시장통으로 일대 상업지대를 형성하고 있으며 시민의 시장(도시)으로 친숙한 곳이다. 명칭은 1948년, 공모에 의해 붙여졌다(『오키나와대백과사전[沖繩大百科事典]』). 오키나와인 자신의 평화에 대한 갈망이 생활의 부활로 넘쳐 나는 긴 거리를 '평화거리'라고 명명한 것이다.

하지만 전후 38년, 이 거리는 완전히 그 이름을 배반하는 장소가 됐다. 오키나와인의 평화를 향한 갈망이 야마토에 의해 배반당한 것처럼 보이며, 이 소설은 이러한 사태를 근저로부터 폭로해 간다. 그러면서 다시 그 이름에 담겨진 갈망을 반복하는 것처럼, 이른 아침에 거리를 걷는 우타와 카쥬를 그린다. 명목뿐인 평화길이 현실(real)이라면, 우타와 카쥬의 보행도 또한 현실이라고 해야만 한다. 작품의 끝은 우타의 신체처럼 냉랭한데, 언제까지고 우타의 차가운 손을 놓지 않는 카쥬가 희망으로의 반전 가능성을 미세하지만 확실하게 짊어진다.

오카모토 게이토쿠(岡本惠德)는 "서민 사이에 있는 천황제와 관련된 감

성의 상태를 취재해, 새로운 물음을 시도한 유일한 작품"(『현대문학에 보이는 오키나와의 자화상(現代文學にみえる沖繩の自畵像)』)이라고 지적한다. 아라카와 아키라(新川明)가 말하는 '이족(異族)의 신'이었던 '천황'이 황민화정책 가운데 어떻게 침투했는가. 정말로 침투했던가. 그러한 물음은, 실은 이 책에 수록한 작품 전편에서 어른거린다. 메도루마 슌은 그것을 선명하게 현재화했던 것이다.

"죄송합니다. 유감스럽게도 50년", "오키나와를 희생으로 한 국가의 번성"으로부터 "그곳은 기지 피어서는 안 되는 현의 꽃", "코자 소동 타올랐던 기개를 그리워 한다." 등으로 그리고 "엿과 채찍 오키나와 애사(哀史)가 여전히 계속 된다.", "소음이 돈을 뿌려대는 기지의 섬"에 이르는 시도이다.

생활의 장소가 그대로 전장이 돼, 전후에는 거대기지촌으로 변한 오키나와에서,=설령 기억 속에서 소재를 취해도 그것은 현재로 이어지며, 타자를 향한 화살은 동시에 자신의 현 상황에 와서 꽂힌다. 단카(短歌)나 하이쿠(俳句)는 물론이고 센류(川柳)에도 잔존하는 야마토적 서정은, 오키나와의 센류에서는 한 조각도 찾아낼 수 없다.

야마토의 협동은, 우선 안에서의 투쟁으로부터 시작됐다

타미야 토라히코(田宮虎彦)의 『밤(夜)』(1953)은 후에 장편 『오키나와의 수기로부터(沖繩の手記から)』(1972)에서 정리돼 연작 제3작으로 쓰였다. 발표 스타일 및 순번에 대해서는 나카호도 마사노리(仲程昌德)의 『오키나와 전기(沖繩の戰記)』, 야마자키 유키오(山崎行雄)의 『타미야 토라히코론(田宮虎彦論)』에 자세하다. 이미, 『낙성(落城)』(1949)이나 『아시즈리미사키(足摺岬)』

(1949)를 발표했던 타미야는, 해군의 오키나와기지 항공대의 군의 K씨의 수기를 실마리로, 연작 중 첫 번째 작품인 『여자의 얼굴(女の顔)』(1952)을 썼다. 필사적으로 병사들을 간호하는 오키나와인 소녀에 대한 강한 관심으로 지탱된 『여자의 얼굴』로 시작되는 이 연작은, "같은 피를 나눠가진 일본인에게서 사살된 하사관"(『오키나와의 수기로부터(沖繩の手記から)』의 종장=제7장에서는 표현이 바뀐다)의 최후 모습이 가물거리는 『밤』에서 전투의 끝을 맞이한다. 오키나와 전에서 오키나와인이 사라지고 '일본인'만이 남는 작품에서, 이 시기의 야마토(본토) 작가의 오키나와의 관련이 갖는 한계가 나타나있다고 해야 할 것인가.

　　나는 이 전쟁이 잘못됐다고 생각한다. 이런 전쟁에서 죽은 것은 질색이다.
　　천황폐하를 위해서 따위, 죽는 것은 싫다.

위와 같이 견습사관 키무라 쿠니오(木村邦夫)는 단호하게 말한다. 그것이 목숨을 건 말이라는 것을 알지 못하고 '나'는 그저 "나라면 기뻐하며 죽을 거야" 하고 대답한다. 키무라는 그 후에, 오키나와에서 전사한다. 혼약한지 얼마 안 된 두 사람의 거의 유일한 선명한 기억에, 전후 오카메 이쓰코(岡部伊都子)는 깊은 회한과 함께 마주하고 있다. 『다시 '오키나와의 길'(ふたたび「沖繩の道」)』(1997)이 그것이다.

어째서 '다시'인가. '나'는 1968년 처음으로 오키나와로 건너가, 그때의 체험을 『오키나와의 길(沖繩の道)』이라는 문장으로 썼다(일부는 『다시 '오키나와의 길')에서 인용). '나'는 키무라의 죽음을 확인하고, 본토의 오키나와 차별에 분개하며, 오키나와인의 흑인차별을 나무란다. 또한 '나'는

거대한 기지를 눈앞에 두고 허망함과 분노가 치밀어 올라와, 고양돼 가는 주민투쟁에 희망을 엿보기도 한다. '나'는 베트남으로 가는 젊은 미군 병사를 보면서는 "언제, 인간끼리 서로 죽이지 않는 날이 올 것인지, 소리 높여 울고 싶은 충동에 빠진"다. 이러한 체험을 한 오카베는 30년 가까이 지난 지금 다시 반추한다. "솔직히, 아무것도 하지 못했다."고 하는 후회와 분노와 허망함과 함께 말이다. 하지만 그런 만큼 오카베는 앞을 볼 수 있는 기력을 차려간다.

하이타니 켄지로(灰谷健次郎)는 『손(手)』(1975), 『토끼의 눈(兎の眼)』(1974)이나 『태양의 아이(太陽の子)』(1978) 등을 통해 현대사회의 암부와 그 암부에서만 나오는 강렬한 빛을, 이 아동문학 소품에 담뿍 쏟아왔다. 『태양의 아이』는 고베의 대중요리점 「테다노후아 오키나와정(てだのふあ·おきなわ亭)」(테다노후아는, 오키나와 방언으로 태양의 아이)을 운영하는 오키나와 출신 양친과, 그 딸로 초등학교 6학년인 후유(ふう)를 축으로 그려낸 이야기이다. 이에 비해, 『손』은 야마토의 여자 고등학생이 오키나와 출신 선생님을 안내인으로 오키나와라는 미지의 세계로 한 걸음 한 걸음 접근하는 내적 격투를 그린 이야기다.

하이타니는 사회 문제를 아이들에게 알기 쉽게 설명하지 않는다. 오히려 그 거대함 그 무거움 그 풀어내기 어려움을 그대로 아이들에게 전달한다. 아이들은 문제를 통째로 받아들이지 않을 수 없다. 『손』도 예외는 아니다. 선생님이, 폭탄으로 날아간 오른 손 등에 대해 자기소개를 할 때, '나'는 주위의 학생들이 흥미 위주로 반응하는 것에 반발한다. 하지만 큰 소리를 내지 못하고 가만히 입을 다문 채 있으면서, 그때 확실히 '오키나와 및 오키나와 전'을 부둥켜안는다. 친구들과의 여행은

'최후의 낙원 야에야마 섬들'을 도는 관광투어이다. 그런데 '나'는 이시가키섬(石垣島)에서 만난 할머니가 오키나와 전에 관해 응답하기를 거절한 것을 계기로, 자신이 움직일 것을 결의한다. 그리고는 투어로부터 벗어나 오키나와 본토로 향한다.

> 자신이 싸우지 않는 사람이 어떻게 다른 사람의 아픔을 이해할 수 있을까요

위와 같이 소녀의 내부에서 '싸움'이 조용히 시작된다.

> "바람 속에서 들린다니까. 멀리서 나오는 소리, 몇 개의 획획…….
> 아아, 또 많은 사람들이 뛰어 간다……소란이 퍼져간다고",
> "불이야!"
> "불이야, 불이 타오르기 시작했어요!"

이것은 폭동을 희망 할뿐인 로맨티스트의 몽상이 아니다. 확실한 방향의식을 통해 산출된 대항적 세계의 현실이다. 거대하며 지배적이며 또한 '당연함'을 뿌려대는 현실(real)과, 작지만 단호하게 투쟁의 현실(real)이 도처에서 갈등하는 세계를 출현시키는 것이 방법으로서의 매직 리얼리즘이다. 그렇다고 한다면, 『성스러운 밤 성스러운 구멍(聖なる夜 聖なる穴)』(키리야마 카사네[桐山襲], 1986)은 그 희유한 실천이라고 해도 좋다. 예를 들어 양석일(梁石日)은 재일의 현실을 격정적인 터치로 그려냈고, 나카가미 켄지는 골목길(피차별부락)의 현실을 천년의 신화적 세계로 돌출시켰으며, 메도루마 슌은 오키나와 내부의 항거가 갖는 현실을 그

이름뿐인 평화길을 걷는 할머니와 소녀에게서 찾아냈다. 그렇다고 한다면, 이 짧고 처절한 창작활동에서 키리야마 카사네가 의거하고 끝끝내 놓지 않은 것은 소수파 혁명운동의 현실이라 하겠다.

이 작품 제목 그대로 '성스러운 밤'과 '성스러운 구멍'이야말로 이러한 현실로의 섬세하고 확실한 통로가 된다. 1970년 12월 19일 '성스러운 밤'에 발발한 코자 폭동에서 시작돼, 1975년 7월 17일에 하나의 '성스러운 구멍'이 열려서 벌어진 '히메유리탑 사건(ひめゆり塔事件)'(황태자 부부 습격사건)으로 우선 이야기는 닫힌다. 도쿄에서 온 기사인 '내'가 말해대는 야마토로부터 오키나와에 이르는 지배적 현실에 대해, 오키나와에서 도쿄로 간 소수파 혁명운동에 관련돼 다시 오키나와로 돌아온 자하나(ジャハナ)라는 이름의 '나'. 그리고 자하나와 하룻밤을 지낸 창부 '아타시(あたし)', 또한 60년 이전에 '광기'에 사로잡힌 채 죽은 자하나 노보루(謝花昇)의 '내'가 갖는 세 가지 목소리 조금씩 겹쳐져, 마침내 격렬하게 불타오르는 '불을' 불러들여 휙휙 하는 소리가 울려 퍼진다. 나카자토 이사오(中里効)는 『오키나와 이미지의 엣지(オキナワ, イメージの緣)』에서 1973년 5월 20일, 애용하는 바이크로 국회의사당 정문에 격돌해 죽은 우에하라 야스다카(上原安隆)를 겹쳐본다. 나는 또 한 사람, 1975년 6월 25일에 카데나(嘉手納) 기지 문 앞에서 황태자의 오키나와 방문 반대를 부르짖으며 분신자살한 후나모토 슈지(船本洲治)를 상기하지 않을 수 없다.

하지만 키리야마는 이러한 고유명을 고립시키지 않았다. 진정한 연대를 간구해 고립을 택하는 소수파 혁명운동이니만큼, 고유명사를 각기 '성스러운 구멍'으로 삼아, 그로부터 안쪽으로 파고 들어간다. 이를 통해, 오키나와와 야마토가 현상 타파와 변혁으로 이어져 광범위한 '불꽃의 현실'을 탐지해내려 한다. 어쩔 수 없는 돌출자(突出者)에게는 순간이지만, 끈질긴 생활자에게는 지속적으로 나타나는 항거의 광대한 열원으로, 오키나와와 야마토의 투쟁과 협동을 본 것이다. 환상이 아니다. 키리야마에게 '불꽃의 현실'은, 하나의, 확실한 현실인 것이다.

과거 키노시타 준지(木下順二)는 희곡 『오키나와(沖繩)』(1963)에서 "아무리 해도 되돌릴 수 없는 것을, 어떤 수를 써서라도 되돌려 놓는다."는 말을, 오키나와의 나미히라 히데(波平秀)에게 반복해서 말했다. 그 절대적인 것에 모순에 가득 찬 언어는 무엇보다도 우선, 반복되는 역사의 야마토에서 살아가는 키노시타 자신의 것이었을 것이다. 이러한 언어로부터도, 어느새, 50년 가까이가 지났다.

▣ 201210

'저항을 향한 공동투쟁'을 위해

— 오키나와 문학으로부터 배운다

'아이누 문학'과 '오키나와 문학'의 등장

『신조일본문학소사전(新潮日本文學小辭典)』은 1968년에 출판됐다. 1932년에 '일본문학대사전(日本文學大辭典)'을 간행하고, 전후(패전이후, 옮긴이 주) 그 증보판 및 축쇄판을 출판한 신조사(新潮社)가, "새로운 시대의 변화에 주목해서 전혀 새로운 문학사전의 출판"을 계획한 것이다.

1968년은 베트남 반전운동과 새로운 다양한 사회운동이 결합하여 전후적인 가치와 체제질서에 의문을 던지고, 미증유한 사회적 동란이 시작된 시기였다. 오에 겐자부로(大江健三郎)는 말할 것도 없이, 가이코 다케시(開高健), 시바타 쇼(柴田翔), 마쓰기 노부히코(眞継伸彦), 다카하시 가즈미(高橋和巳) 등을 비롯해 문학에 새로운 기운을 불러온 작가들이 즐비한 '신조일본문학소사전'은 확실히 이 시기에 딱 들어맞는 새로운 문학사전이라고 할 수 있었다. 하지만 이 사전에는 오키나와 현대문학이 전혀 기술되어 있지 않다.

"오키나와 문학은 불모지인가(좌담회 제목)"라는 자극적이며 도발적인 제목을 내걸고 『신오키나와문학(新沖繩文學)』이 창간된 것이 1966년이다.

이 잡지 제 4호에 게재된 오시로 다쓰히로(大城立裕)의 「칵테일파티(ヵク テル·パーティー)」가 아쿠타가와상을 수상한 것이 다음 해인 1967년이다. 이 소사전에는 야마노구치 바쿠(山之口貘)는 있어도, 아직 오시로 다쓰히 로와 나가도 에이키치(長堂英吉), 치넨 에이키(知念榮喜), 기요타 마사노부 (清田政信), 가와미쓰 신이치(川満信一) 등의 이름은 없다.

하지만 오키나와가 '본토로 복귀'된 시기를 거쳐, 1988년 출판된 『증 보개정 신조일본문학소사전(增補改訂新潮日本文學小辭典)』에는 '오키나와 문 학'이라는 항목이, '아이누 문학'과 한 쌍을 이루는 형태로 새롭게 추가 되었다. 필자는 전자가 호카마 슈젠(外間守善), 후자가 나카가와 히로시(中 川裕)이다.

나는 당시 복잡한 심정으로 이 두 카테고리를 접했던 것을 지금도 기억하고 있다.

이것은 "일본은 단일민족이"라는 무지와 오인을 훨씬 뛰어넘는 제국 주의적인 방만함이 두드러지는 말이 더 이상 통용되지 않는 문화환경 이 일본에 조성되었다는 문학적 현상이라 할 것이다. 그렇다면 '아이누 문학'과 '오키나와 문학'의 등장은 환영해야 하는 것인지도 모른다.

포스트모던이 조성한 상황이라는 것이, 설사 이전 사회질서의 고도자 본주의적인 재편에 지나지 않는 것이라고 하더라도 지금까지 분단되고, 억압받고, 소거에 가까운 처우를 받았던 선주민족, 소수민족, 마이너리 티가, 다양한 영역과 상황 속에서 부상(浮上)하는 것을 저지하지 않은 것 은 확실한 것이리라. 하지만

'자립'이라는 구조

"하지만"이라고 나는 생각하지 않을 수 없다. 그러한 부상은 좋다고 해도, 문제는 부상이 어떻게 기존의 사회질서에 받아들여졌는지, 혹은 그것이 기존의 질서를 어디까지 변경시켰느냐 하는 점이다.

'아이누 문학'과 '오키나와 문학'의 등장은 사전전체의 방향성을 변경했다고 하기보다는, 일본문학 사전 가운데 '아이누 문학', '오키나와 문학'이 본의든 타의든 자신의 위치를 확보했다는 것, 게다가 억지로 그렇게 됐다고 하는 편이 맞지 않겠는가.

억지로 편입시켰다는 인상은 우선, '일본문학'과 '아이누 문학', '오키나와 문학'의 관계가 확실하지 않다는 점과 관련된다.

'오키나와 문학' 파트에서 호카마 슈젠은 오키나와의 고대문학(古代文學)을 "일본문학사 속에 그대로 위치 짓는 것은 어렵다."라고 쓰고 있으며, '본토문학'과의 차이점을 언급한 위에, "갑작스럽게 서정문학으로부터 출발한 일본문학사를 보충하는 것으로서 주목하고 싶다."라고 쓰고 있다. 차이를 확인하는 것으로부터 보완에 이르기까지의 서술은, 아마도 '일본문학' 안에 '오키나와 문학'을 억지로 편성한 사전의 힘이 반영된 것이리라. 그렇다고 해도 그 사실은 '오키나와 문학'의 등장이 '본토문학'을 불가피하게 소환하고 있음을 알 수 있다. 하지만 이 사전에 '본토문학'이라는 항목은 존재하지 않는다.

'본토문학' 없는 '오키나와 문학' 다시 말하자면 '야마토 문학(ヤマト文學)'없는 '오키나와 문학(オキナワ文學)[42], 일본문학 없는 아이누 문학,

---

42) 필자가 '오키나와 문학(沖縄文學)'을 종종 '오키나와 문학(オキナワ文學)'으로 표기하는 것은 '야마토 문학'과의 대립, 저항, 혹은 공동투쟁을 의식하기 위함에서이다. 그러므로

이러한 것을 둘러싸는 다재다능하고, 만사형통한 '일본문학', 이것이야 말로 '증보개정 신조일본문학소사전'의 입장이라 할 수 있다.

지배하는 것이 '투명'하고, 지배당하는 것이 특이한 것으로 표상된다고 한다면, 사전에 등장한 '아이누 문학', '오키나와 문학'은, 지배로부터 '자립'했다고 하기보다는, 오히려 지배구조의 투명성을 두드러지게 하기 위해 편성한 장치인 것인지도 모른다.

문제가 한층 심각해지는 것은, 두 항목에 '현재' 시점을 기준으로 삼은 기술이 염려스러울 정도로 희박하다는 점이다. '오키나와 문학'은 사전 전체 구성의 거의 1할을 차지한다. '아이누 문학'에 이르러서는 현재 시점을 기준으로 한 기술은 거의 없다. 이보시 호쿠토(違星北斗), 바체라 야에코(バチェラー·八重子), 모리다케 다케이치(森竹竹市), 하토자와 사미오(鳩澤佐美夫) 등의 노력은 완전히 무시당하고 있으며, 근현대 아이누 문학이 쇠락했다고 하기보다는 원래 존재하지 않았다고 말하고 있는 것 같은 기술방식이다. '오키나와 문학'에도 오시로 다쓰히로의 이름이 나온 것뿐으로, 히가시 미네오(東峰夫), 마타요시 에이키(又吉榮喜), 치넨 세신(知念正眞) 등이 시도한 문학적 도전에 대한 언급은 없다. 이렇게 '현재' 시점을 결여하고 있는 것은, '아이누 문학'과 '오키나와 문학'을 사전에 편입시킨 것이 갖는 의의 및 문제에 대해 관심(인식)이 그렇게 높지 않음을 나타내고 있음에 틀림없다.

지배문화(문학)를 투명하게 드러내고, 피지배문화(문학)를 현재성이 결여된 형태로 노출하는 것, 이것은 그대로 포스트모던이라는 상황하의

'沖縄文學'과 'オキナワ文學' 간의 대립도 가능할 것이다. 물론 '오키나와(沖縄)'라고 하는 표기에 나타나 있는 역사적인 피구속성, 부자유성을 무시하는 것은 아니다.

마이너리티의 부상과 지배질서로의 편입이라는 현상으로 이어지는 것이 아니겠는가.

1988년 '증보개정 신조일본문학소사전'을 손에 들고, '아이누 문학' 및 '오키나와 문학' 카테고리를 읽었을 때 들었던 복잡한 기분을 지금 쓰자면 대강 위와 같다.

부정적인 견해를 갖지 않을 수 없었던 '아이누 문학', '오키나와 문학'의 등장 방식이기는 하지만 이것이 계기가 되어, 나는 이러한 문제의식을 강하게 갖게 되었다(아이누 문학은 다음 기회에 자세히 쓰고 싶다). 이는 그러한 것을 접하는 내 야마토성(ヤマト性)을 의식화 하는 문제와 겹쳐지는 동시에, 지금까지 내가 시도해온 지배질서와의 내부적 투쟁을 한 발 더 나아가 의식화시켜 나가는 문제와 겹쳐졌다.

새로운 필자의 연이은 등장과 오키나와 문학의 전성기

나는 「칵테일 파티」와 「오키나와의 소년」, 「인류관」, 및 「긴네무 집」 등을 재독하였고, 이라하 모리오(伊良波盛男), 요나하 미키오(与那覇幹夫), 다카라 벤(高良勉) 등의 시집을 다시 손에 들었다. 또한 1990년부터 간행된 『오키나와문학전집(沖縄文學全集)』(국서간행회)을 펼쳐들고, 오카모토 게이토쿠(岡本惠德) 및 나카호도 마사노리(仲程昌德) 등의 근현대 오키나와문학 연구를 숙독했다. 『신오키나와문학』의 충실한 내용에는 언제나 경탄해 마지않았으며, 또한 연이어 등장한 오키나와 문학을 이끌고 갈 새로운 작가들의 뛰어난 시도에도 매혹되었다.[43] 이는 1970년대 후반 구로다

---

43) 원주: 95호까지 이어진 『신오키나와문학(新沖縄文學)』의 휴간(1993년)은 정말로 유감스러운 일이다. 『신오키나와문학』은 확실히 오키나와뿐만이 아니라 일본의 전후를 대표

키오(黑田喜夫)의 추천으로 한 때 관심을 가졌었지만 어째서인지 오랫동안 멀어져 있던 오키나와 문학과의 재회였으며, '오키나와 문학'이라는 거대하고 매력적인 대상과의 진정한 의미에서의 만남이었다.

또한 나는 이러한 오키나와 문학이 축적한 역사와 현재 전개하고 있는 활동이 '증보개정 신조일본문학소사전'과 같은, 자기 입맛에 맞는 편성을 거부하고 있음을 알았다. 거꾸로 보자면, 그러한 편성을 믿고 있는 것은 기실 '야마토 문학' 밖에 없다는 것을 실감했다.

모던이라는 갑옷은 물론 포스트모던이라는 간편한 옷차림이 된 후에 야마토는 스스로를 지배문화로 더욱 확고히 자리매김 하려하고 있다. 게다가 탈냉전시대로 돌입한 야마토는 이미 포스트모던이라는 간편한 옷을 벗어 던지고, 과거 모던시대에 장착하고 있던 갑옷보다 한층 거창한 '국민 국가' 재편시대의 갑주(甲胄)를 몸에 두르고 있다. 이러한 현상을 실감한 것은 야마토 내부에서 보다는, 일본이라는 국민 국가의 폭력을 가장 잘 드러내는 최전선기지임과 함께 사회적 제반 문제가 첨예하게 드러나는 장소인 오키나와에서야말로 명징한 것이었음에 틀림없다.

1995년에는 "동서냉전의 종언에 의해, 그 역할이 끝났던 것으로 보였던 미일안보체제를 새롭게 정의하는 것과 함께 확대 강화해 가려는 시도"가 뚜렷해지면서, "안보의 확대, 강화는 그대로 오키나와 기지의 유지, 확대, 강화를 불러오는 방향으로 전개됐다."(아라사키 모리테루(新崎盛暉)『오키나와현대사(沖繩現代史)』) 같은 해 9월 일어난 미국병사가 저지른 소녀폭행사건이 도화선이 되어, 오키나와 현실에 대한 사람들의 분노가 폭발한 것은 당연한 것이었다. "전후 역사상 3번째로 큰 민중운동의 파

하는 문화적 풍부함과 전투성을 두루 갖추고 있던 잡지 중 하나였다.

도(상동)"는, 미국이 주도하는 세계질서 재편 움직임 속에서, '국민 국가' 재편성을 진행하는 일본, 야마토, 미국, 오키나와의 보안(保安)세력을 공격했다.

폐쇄와 내부 파열을 향해 항진(亢進)해 가는 야마토의 문학과는 대척된 지점에 있는 오키나와 문학이 다시 각광을 받고, 1996년에 마타요시 에이키, 1997년에는 메도루마 슌(目取眞俊)이 연이어 아쿠타가와상을 수상하기에 이르렀다. 나가도 에이키치, 고하마 기요시(小浜淸志), 사키야마 타미(崎山多美), 이케가미 에이치(池上榮一) 등의 활약도 한층 두드러져 보였다.

이러한 자각을 바탕으로 작가들의 지속적인 활약상을 보자면, 오키나와 문학(オキナワ文學)의 상황은 오키나와 그 자체의 문제라고 하기보다는, 그러한 폭발적인 현상을 결과로써 불가피하게 초래하게 한 힘 가운데 하나가 이러한 결과를 불러왔다고 보는 편이 좋을 것이다.

오키나와 문학에서 배운 것, 그 너머

그렇게 길지 않은, 하지만 집중적인 오키나와 문학 독서체험 속에서 내가 생각해 온 것은 다음과 같다.

오키나와 문학은 모든 마이너문학이 그러한 것처럼 정치적이며, 야마토의 모든 투쟁(그것은 당연히 오키나와 속의 '야마토'와의 투쟁과 연결되어 있다)을 포함하기에, 야마토의 독자는 오키나와 문학에서 자신의 부정적인 모습을 발견하지 않을 수 없다. 야마토의 독자는 오키나와 문학을 통해 야마토 문학에서 너무 투명해서 보이지 않는 자신의 추한 모습과 정면으로 대면하게 되면서, 격렬하게 동요하게 된다.

야마토가 지금까지 가한 정치적 폭력의 상상을 초월하는 퇴적(堆積)을 보자면, 독자의 이러한 당혹함과 낭패스러움 그리고 동요는 거의 전율에 가까운 것이다.

하지만 야마토의 독자는 거기서 멈춰서는 안 될 것이다.

만약 거기서 멈춘다고 한다면, 세계 속에서 이미 제 자신의 모습밖에 발견할 수 없는 문화제국주의를 내면화한 자학적인 독자로 남는 수밖에는 없다. 오키나와 문학을 읽으면서 그러한 사고를 하는 독자는, 오키나와 문학을 통해 '위로(치유)'를 바라는 경박한 독자이거나, 스스로의 우월함을 확인하려는 단순하고 방만한 독자보다 한층 귀찮고 성가신 독자일지도 모르겠다. 오키나와와 대면할 경우에만 참회하는 독자는, 그로 인해 야마토의 우위를 되묻지 않은 채로 자신의 자리를 확보하고 만다. 이러한 독자는 자신이 서있는 장소에서는 싸울 수 없는(투쟁하지 못하는) 것이 꺼림칙하기 때문에, 마이너리티 문화에 과도한 전투성을 요구하는, 천박하고 추한 지식인과 겹쳐질 것이다.

야마토 독자가 오키나와 문학을 통해 배우는 것이 있다면, 오키나와 문학이 전개하고 있는 투쟁에, 독자 스스로가 야마토 내부에서의 싸움을 통해 연대해 나가는 것이리라.

물론 투쟁이 그 어떠한 형태라도 좋다고 하는 것은 아니다. 그러한 호응은 오키나와 문학에서 무엇 하나 배우지 않은 야마토적인 방만한 태도의 변종이다.

야마토 독자에게 중요한 것은 오키나와 문학에 나타난, 나타날 수밖에 없었던 야마토를 대상으로 한 투쟁이, 야마토 내부에서 벌어진 투쟁의 과오와 쇠약 때문에 일어난 것임을 깨닫고, 그러한 한계를 돌파하는 싸움을 향해 나아가야 한다는 점이다. 한계를 통해 다양한 투쟁 방식을 되묻고, 지금까지와는 다른 존재양식, 다른 연대 방식을 발견해 나가는 것이 중요하다.

투쟁이 쇠약해 진 것이 인간적 차원의 쇠약으로 이어지고 있는 것이라고 한다면, 다른 방식의 투쟁이라 함은 다른 식의 살아가는 방식, 다른 형태의 인간을 향해 가는 통로라고 해도 좋다.

아마 오키나와 문학도 오키나와 문학 애독자와 이해자를 야마토에서 구하고 있는 것은 아닐 것이다. 오키나와 문학은 자신이 투쟁하고 있는 야마토 내부에서, 야마토와 대항하는 독자(스스로의 야마토성과 싸우고 있는 독자)를 무엇보다 요구하고 있는 것임이 틀림없다. 야마토의 독자는 그것에 응하지 않으면 안 된다. 주지하고 있는 것처럼, 오시로 다쓰히로의 '칵테일파티'는 오키나와인의 "절대적인 불관용(不寬容)"이라는 말로 끝을 맺고 있다. 자기 자신과 싸우지 않는 야마토의 독자는, 오키나와가 발신한 이러한 말을 통해 여전히 자유롭지 않다.

나는 오키나와문학을 읽을 때마다, 내 자신의 거만하고 추악한 야마토 근성이 드러나는 것을 느끼는 동시에 그로 인해 내 안의 일상적인 싸움이 생생하게 꿈틀거리고 있는 것을 느낄 수 있다. 그리고 오키나와문학의 작자와, '저항의 공동투쟁'을 통해 이룰 수 있는 지점을 향해, 스스로 부단히 노력하고 싶다.

오키나와 문학을 시작으로, 정치적인 더욱이 문화적인 싸움을 현재화(顯在化)해 가는 마이너문학이 스스로의 싸움을 의식하는 많은 독자들을 배출해내고, 그 독자들로부터 또한 새로운 싸움을 표현하는 문학의 필자가 나타나기를, 나는 고대해 마지않는다. 아니, 그것은 염원이라고 하

기보다는 더욱 사실에 가까우며, 앞으로의 전개를 바라보는 확신에 가
까운 것이다.

⊟ 200305

'투쟁 상태'로서의 오키나와

— 메도루마 슌의 『물방울』을 둘러싸고

「물방울(水滴)」은 부단하게 형태를 바꿔가는, 즉 전형(轉形)의 이야기이다.

이야기는 처음부터 노인의 다리가 어느 날 갑자기 부어올라 불가사의한 샘물로 변한다. 여기서는 전형하지 않는 것을 상상하기 어렵다.

그래도 여전히 오키나와 특유의 풍토를 배경으로 한 전쟁 기담(奇談)이라는 세평에 이끌리면서, 이 이야기에서 '전쟁의 비참'이나 '마음의 치유'나 '오키나와의 전통문화'라고 하는 것을 구하는 독자가 있다면 그 기대는 반드시 배반당하게 되리라.

다만 이 이야기에 이른바 '오키나와 이야기'다운 모티프가 아예 없냐고 묻는다면 그렇지는 않다. 오히려 그러한 모티프는 전쟁이나 전통이나 특이함이나 기후나 공동체나 방언을 시작으로 해서, 이 이야기에는 충만해 있다고 하는 편이 좋을 것이다. 야마토(ヤマト)에 없는 것만을 편집증적으로 주워 모은 것처럼 보이기도 한다.

그렇다고 해도 이러한 모티프가 고정되고 자족적인 것은 아니다. 그 것은 현재인 것임과 동시에 과거이며, 긍정되며 부정되고 혐오되는 것임과 동시에 애착의 대상이 되는 부단하게 전형하는 것이다. 전쟁의 기억도 또한 예외가 아니다.

이처럼 부단하게 전형하는 것이 가능하기 때문에, 비(非)리얼리즘적인 기담의 스타일이 선택된 것이리라. 다리가 전형(轉形)돼 가듯 시공이 전형해서 죽은 병사가 나타나고, '전쟁의 화자'가 전형해서 돈벌이 노인이 되고, 살아남은 자의 속임수가 변해서 "이 오십 년간의 서글픔을 네가 알 수 있겠어"라고 하는 신음이 된다.

입술이 떨어졌다. 집게손가락으로 가볍게 입을 닦고, 일어선 이시미네(石嶺)는 17살 그대로였다.

정면에서 바라보는 속눈썹의 긴 눈도 살이 적은 뺨에도 주홍색 입술에도 미소가 떠올라 있다. 느닷없이 분노가 솟아올랐다.

"이 오십 년간의 서글픔을 네가 알 수 있겠어"

이시미네는 웃음을 머금고 도쿠쇼(德正)를 응시할 뿐이었다. 이시미네는 일어서려고도 하지 않고 도쿠쇼에게 작게 끄덕였다.

"고마워. 겨우 이제야 갈증이 사라졌어"

말끔한 표준어로 그렇게 말하고, 이시미네는 웃음을 누르며 경례를 하고 깊숙이 고개를 숙였다. 벽으로 사라지기까지 이시미네는 두 번 다시 도쿠쇼를 돌아보지 않았다. 조금 더러워진 벽에 도마뱀붙이가 기어와서 벌레를 잡았다.

새벽녘 마을에 도쿠쇼가 목 놓아 우는 소리가 울려 퍼졌다.

(「물방울」)

죽은 자와 살아남은 자의 고통이 역전되는 부분은 이 이야기 가운데 가장 심각한 전형이 드러난 장면일 것이다. 그리고 여기에도 어렴풋한 유머의 느낌이 감돌듯 전형에는 자연히 유머가 따라온다.

부단한 전형을 위해서 「물방울」의 이야기 스타일이 선택된 이유는 「바람소리(風音)」라는 단편을 읽으면 알 수 있다. 여기에는 전형하는 '전쟁의 기록'이 리얼리즘적인 단일한 이야기의 틀에 머물러 있다. 어둡고 무겁고 슬픈 '오키나와 비극 이야기'라는 정형(야마토의 오리엔탈리즘에 요구해 산출된 것)이 오독되기 쉬운 이야기로 구성돼 있다.

아마도 메도루마 슌은 「바람소리」라는 소설에서부터 「물방울」의 세계를 해방시켰다. 그 때, 그는 처음으로 이야기의 이상적인 모습을 찾은 것은 아닐까.

이 책에 수록된 또 하나의 이야기 「오키나완 북 리뷰(オキナワン·ブック·レビュー)」는 확실히 「물방울」의 세계와 겹쳐지는 서평 스타일의 현대 오키나와 기담이라고 해도 좋을 것이다. 오키나와 독립과 야마토에 대한 한층 더한 동화라고 하는 주제가 천왕성종교(天王星宗教)와 오키나와의 현인신(現人神)의 대립이라는 기담 가운데 익숙하지 않은 모습으로 일어서서 생각하지 못한 방향으로 전향해 간다.

메도루마 슌에게 부단하게 전형하는 장소야말로 '오키나와'인 것이다. 이는 야마토가 요구하는 '오키나와 이야기'와 야마토의 독자를 '투쟁 상태' 속으로 몰아넣는다.

이 '투쟁 상태'를 들고 들어오는 것만이 야마토 독자가 '오키나와'와 공동 투쟁 할 수 있는 유일한 계기가 될 것임은 명확하다.

▣ 1997

보통 사람 한 명 한 명이 주인공

── 마타요시 에이키의 『불러들이는 섬』

나는 마타요시 에이키(又吉榮喜)의 소설을 읽을 때마다 기분이 평온해진다.

물론 마타요시의 작품에는 그로테스크한 것이나 어두운 것과의 숨막히는 조우가 있고, 거기에는 사회적인 상흔과 균열도 어른거린다. 또한 저항의 사상도 활발하다. 마타요시의 작품은 그러한 모든 것을 집어삼킨 평온함과 풍부함이라고 하겠다.

다만 마타요시의 소설은 '치유의 오키나와'적인 관광소설이 아니다. 오히려 대부분의 관광객이 보려고 하지 않는 거추장스럽고 위험한 것을 풍부하게 가득 채운 소설이라고 할 수 있다.

이 작품에 등장하는 작가는, "늘 다녀 익숙해진 길 여기저기에 함정을 파는 것이 작가의 일"이며, "문학이라는 것은 반시뱀이 없는 곳에 강력한 독을 갖은 반시뱀을 풀어놓는 것"이라고 하고 있다. 이 언어의 실천이야말로 마타요시 에이키의 문학세계라 할 수 있다.

주인공 료타로(諒太郞)는 26살이다.

고등학생 때부터 오키나와 나하(那覇)에 살면서 각본가를 지망한 료타로는 관이 주체한 각본상에 연속해서 4번 낙선한 것을 계기로 태어난 고향인 와쿠다섬(湧田島)에서 심기일전하려고 생각한다.

'지배자'에 대칭해서 "대중의 눈을 어지럽게 만들 수 있는 마술을 거는 위대한 괴짜"에 대해 쓰고 싶다는 마음은 변함이 없다.

그는 민박집을 사서 거기에 손님으로 찾아오는 '괴짜'를 잡으려고 기도한다. 인구 300명 정도의 온화한 섬에서라면 도회에 살면서 더러워진 정신을 정화하는 것도 가능할지 모른다.

하지만 오랜만에 방문한 섬에서는 죽마고우로 소설가를 지향하는 슈토쿠(修德)가 유부녀에게 줄 위자료를 빌려달라고 다가오는 것을 시작으로, 건강하고 야비하고 외설스러운 친구들이 번갈아가며 찾아오는 통에 도저히 민박을 개업할 상황이 아니다.

면사무소에서 근무하는 우스꽝스러운 문학소녀 치호코(千穗子)에 유부녀의 딸 쿠미(クミ)가 더해지면서, 바로 남자들 사이에서 이 여자들을 둘러싼 굉장한 쟁탈전이 즉시 시작된다.

슈토쿠에게 촌마을 연극의 공동제작을 의뢰받은 료타로는 마을의 '주인'을 바라고, 유타(ユタ)[44]와도 같은 할머니, 생선의 눈알을 먹는 기지무나(キジムナー, 나무의 요괴) 사내, 전쟁 체험자인 장로, 비약노녀(秘藥老女) 등을 취재하고 돌아다닌다. 그 사이에 그의 시야는 넓어지지만 무거움을 더해 가는 현실에 가로막혀 제작은 점차 어려워져간다. 장편소설인 만큼 예상외의 전개가 연속되면서, 사람들 각각의 삶과 죽음이 확실해져 갈 무렵, 민박은 스낵바로 바뀐다. 그 후 소란스러운 이야기는 절정에 달한다.

나하에 돌아온 료타로는 맨션 베란다에서 섬 쪽을 바라본다.

---

44) 오키나와현의 민간 영매(샤먼)으로, 영적 문제에 대한 조언이나 해결을 생업으로 한다.

나무처럼 죽 들어선 빌딩이 사라지고, 농밀한 꿈과 같은 시간 가운데 섬사람들이 방황했다.

모두 보통 사람이지만, "한 사람 한 사람이 각본에서 훌륭한 주인공이 될 수 있다."고 료타로가 확신하는 마지막 장면은 가슴을 세게 울린다.

마타요시 에이키의 탁월한 이야기를 만들어 내는 능력이 유감없이 발휘된 작품이라고 해도 좋다.

☞ 200805

변경으로부터의 목소리

— 이노우에 미쓰하루에 대해서

*

이노우에 미쓰하루(井上光晴)의 작품은 '변경(邊境)'으로부터의 다양한 목소리로 가득 채워져 있다.

혹은 목소리가 되지 않는 소리로 채워져 있다고 할 수 있다.

이노우에 미쓰하루의 작품에 접하는 사람은 누구나, 그러한 '변경'으로부터의 호소에 응할 것을 요청받는다.

'변경'이란 지리상의 가장자리나, 국가의 가장자리나, 민족의 가장자리만을 가리키는 것이 아니다. 이노우에 미쓰하루의 작품에서 '변경'이란 '천황제'라는 거대한 시스템의 가장자리이며, 권력으로서의 '당(黨)'의 가장자리이며 또한 전쟁의 가장자리이다. 혹은 어두운 번영의 가장자리 공허한 일상의 가장자리 '인간'의 가장자리이다. 즉 '변경'이란 "하나인 것"을 과시하는 것의 어스레한 가장자리인 것이다.

이러한 '변경'으로부터 온 목소리는, 따라서 하나로 수렴될 수 없다.

뼈라는 썩어라. 차차로. 차차로. 내 눈도. 눈에 들어가는 모든 검은 불꽃—도발자. 스파이. 배신자. 제명. / 이리하여 내 상처 입은, 어딘가 울리는 무엇인가도 썩어라. 당(黨)도. 그리고 조국도.

(「아픈 부분(痛める部分)」 1951)

　"그건 그렇습니다만……"이라고 말한 채, 나카다이 구라오(仲代庫男)는 뒤이어 할 말을 삼켰다. 나카다이는 진정한 마음이란 것을 역시나 알지 못하죠. 같은 일본인이라면 어째서 중도에 승갱(昇坑)하는 조선인만 후려 갈기냔 말이다. 어째서 일본인 광부도 똑같은 식으로 때리지 않느냔 말이다. 그래서 나는 점점 자반연어를 도시락 반찬으로 갖고 오는 것이 싫어졌어. 나는 자반연어를 가장 좋아하지만 조선인이 매일 매일 눈앞에서 세게 맞아서 새우 공중제비를 보고 있노라면 점차 자반연어를 먹는 것까지 싫어졌다. ……그러한 고선열(高善烈)의 목소리가 반지(半紙, 붓글씨 연습용 일본종이) 위에 올려진 일 전(錢) 동화처럼, 무겁게 그의 가슴을 압박했던 것이다.

(「허구의 크레인(虛構のクレーン)」 1960)

　"하나라는 것"의 자연성 속에 틈입한 '변경'으로부터의 목소리는 조금씩, 하지만 확실히 그 자연성을 와해시켜간다. 절대적인 존재였던 혁명당(革命黨)이 썩는 냄새를 발하기 시작한다. '천황'을 중심으로 하는 '일본인'에 대한 흔들림 없는 신뢰에, 균열이 간다.

　"하나라는 것"의 힘이 강하면 강할수록 그 와해는 빠르며 근본적인 것이 될 수밖에 없다. 하지만 "하나라는 것"이 언제나 그 강대한 힘과 모습을 노골적으로 드러낸 것만은 아니다. 오히려 그것은 사람들 사이에 누구도 알아채지 못하는 사이에 조용히 자리 잡는다. 그 힘과 모습은 '변경'으로부터의 목소리에 의해 한순간이기는 하지만 확실해진다.

레스토랑에서 주문한 맥주가 나오는 것을 기다리는 사이에, 그는 자기 전에 들었던 아내의 이야기를 생각했다.

"당신은 거짓말이라고 생각할지도 모르지만, 당신에게 숨기고 있는 것을 하나 이야기 해줄까요." 코브챠(コブ茶)를 만들면서, 아내가 그렇게 말하기 시작했다."

"숨기고 있는 게 있어."

"당신은 분명히 진심이라고 생각하지 않을 걸요."

"자 이야기 해봐."

"내가 서커스 댄서였던 적이 있다고 하면 깜짝 놀라겠지."

「닮은 남자(似た男)」 1966)

"맘대로 가게를 나갈 수는 없어. 다 허사야." 그는 자신도 목소리를 죽였다. "그거야 리사(りさ), 구체적으로 말하지 않으면 안 돼. 무엇이 무섭다고 그래."

"신용하지 않아. 정말이라고요. 한시가 지나고 나서 계속 있는 그대로 보이고 있어요. 그것도 보통의 것이 아니에요. 상상할 수 없을 정도로, 생생한 목소리가 아우성을 친다고요. 계속 틈도 없이, 계속되고 있어요. 그것이." (「목소리(聲)」 1985)

아내가 숨기고 있는 것에 대해 갑작스럽게 고백하면서, 남편의 일상은 익숙하지 않은 기묘한 사건으로 변모해 버린다. 익숙해져 있다고 생각한 여자가 멀어지고, 완전히 다른 타인이 자신과 닮은 남자가 돼 나타난다. 아내의 목소리는 모든 풍경에 박히고, 그러한 질서를 교란해 버린다. 하지만 그렇다고 해도 아내가 숨기고 있는 일은 작은 이물(異物)에 머무른다. 이러한 이물조차도 '변경'으로 보내버리고 겨우 성립되는 나날이란 도대체 무엇인가. 그리고 아내로부터의 갑작스런 전화를 남편은 무서워한다. 그 남편은 옆방에서 들려온다고 하는 욕망의 목소리가 아내의 신체의 깊은 곳으로부터 들려오는 것이라고 생각한다. 그 목소리는 아내를 꿰뚫고 그대로 남편을 꿰뚫고 일상의 질서를 격렬하게 흔들어 놓는다.

*

이노우에 미쓰하루 작품에 언제나 울리고 있는 목소리를 쫓아보면 '하나라는 것'을 과시하는 '천황제'의 끝의 끝에 조선인이 나타나고 좌우의 혁명가가 나타난다. 전쟁의 가장자리에, 한 명 한 명의 바꿀 수 없는 삶이 떠오른다. 전후 시민사회의 가장자리에는 원폭피폭자가 몸을 숨기고, 피차별 부락의 생활이 퍼져가며, 탄광 이직자 무리가 떠돌고 있다. 고도성장기 이후의 '풍요로운' 사회의 가장자리에는 엄청난 수의 젊은 반역자나 범죄자가 또한 종교가나 사기꾼이 아른거린다.

이노우에 미쓰하루는 근대 그리고 현대가 낳은 이러한 이른바 사회 구조적인 '변경'을 끝까지 버리지 않고 응시했다고 해도 좋다.

그의 이야기는, 사회 구조적인 '변경'과 연관이 되기 때문에 끝도 없이 길다. 이노우에 미쓰하루는 현대문학의 작가 가운데서도 극히 드문 장편작가였다.

전후 혁명운동에서 공산당의 착오를 폭로한 「쓰일 수밖에 없는 한 장(書かれざる一章)」(1950)이나 「아픈 부분(病める部分)」은 중편이지만, '천황제'와 전쟁의 동세대적 변경을 직시한 「허구의 크레인」에서부터 장편이 시작됐다. 이후, 중층화 하는 차별을 극명하게 그려낸 「땅의 무리

(地の群れ)」(1963), 조선전쟁과 전후의 결탁을 폭로한 「황폐의 여름(荒廢の夏)」(1965) 및 「타국의 죽음(他國の死)」(1968), 스탈린주의의 폐허를 그린 「검은 숲(黒い森林)」(1968), 집단 내의 내분마저 포함한 젊은 반역자들의 방황을 다룬 「마음씨 부드러운 반역자들(心優しき叛逆者たち)」(1974) 및 「미청년(未靑年)」(1977), 사상집단을 주재하는 남자의 과거를 그린 「홀린 사람들(憑かれた人々)」(1981), 원폭이 투하되기 하루 전의 나가사키를 재현한 「내일(明日)」(1982) 등이 쓰였다. 1984년에는 『이노우에 미쓰하루 장편소설 전집(井上光晴長編小說全集)』 총15권(후쿠다케쇼텐[福武書店])이 완결된 이후에도, 장편에 착수해서 체르노빌 원전 사고에 선행하는 「서해원자력발전소(西海原子力發電所)」(1986)나 「어두운 사람(暗い人)」(제3부, 1991)을 계속해서 썼다.

이러한 장편소설을 살펴보면 근현대 사회의 끝의 끝, 즉 '변경'이 결합하고 있는 것은 틀림없다. 바로 얻은 것처럼 보였던 세계 전도(顚倒)의 꿈이 되살아나, 깊은 상흔이 씻겨 나가는 그러한 결합이 시작된다. 이노우에 미쓰하루는 이러한 방대한 작품군을 통해서 커다란 '변경'으로부터의 호소가 담긴 이야기를 만들어냈다고 해도 좋다.

하지만 이노우에 미쓰하루의 작품에서 '변경'이란 그것만을 의미하지는 않는다.

이노우에 미쓰하루는 장편작가인 동시에 스냅샷이라고 할 수 있는 초단편도 잘 쓰는 작가였다. 앞서 말한 「닮은 남자」를 포함해 「눈의 피부(眼の皮膚)」(1967), 「코끼리를 쏘다(象を擊つ)」(1970), 「신주쿠 아나키(新宿・アナーキー)」(1982), 「목소리(聲)」까지 그리고 「누군가의 관계(だれかの關係)」(1985) 등의 단편집이 그렇다. 여기서 이노우에 미쓰하루는 '하나라는

것'을 조용히 주장하는 일상의 가장자리를, 실로 공들여 채집하고 있다.

커다란 '변경'이 '문제'로서 포착돼야만 한다면, 이러한 일상의 '변경'은 '문제'를 만들어낼 정도로 연속적인 것도 또한 노골적인 것도 아니다. 하지만 일상이 '변경'을 소유하고 '변경'으로부터의 뒤흔들림에 거의 무방비라고 하는 것도 확실하다. 일상에서 사람들은 '문제'를 두려워하는 것 이상으로 이러한 작은 '변경'을 겁내한다. 이러한 것에 대한 두려움의 묶음이 질서라고 해도 좋을 정도로 이노우에 미쓰하루는 일상의 작은 '변경'을 모아 그 작은 호소를 차례차례 작품으로 만들어 냈다.

그렇다고 해도 이러한 시도를 고립시켜서 평가해서는 안 된다. 그러한 평가는, 커다란 '변경'을 보는 노력을 방기하는 것의 정당성을 위해서만 작은 '변경'에 접근한다고 하는 1970년대 문학의 주류가 돼 현재 이르는 한 경향을 정당화해 버리는 결과가 될 뿐이다. 이노우에 미쓰하루의 독창성은 커다란 '변경'을 응시하는 것이 그대로 작은 '변경'을 발견하는 것으로 이어지는 것에 있다. 또한 작은 '변경'에 의해 일상의 질서를 뒤흔드는 것이 커다란 '변경'을 보다 잘 포착하는 것과 겹쳐지는 작업을 지속한 점에 있다. 적어도, 그는 그러한 '변경'의 연대를 향해서 힘을 다한 것을 방기하지 않았다.

물론 그러한 과정을 통해 산출된 이야기 전부가 연대를 실현해 냈다고는 할 수 없다. 커다란 '변경'과 작은 '변경'이 접하는 현대의 이야기 예를 들어 「마음씨 부드러운 반역자들」이나 「어두운 사람」 등은 '변경'의 응축이라기보다는 확산이 두드러진다. 그 확산을 저지하려 해서 한층 확산의 정도를 강하게 만든 작품이라고 해도 좋을 것이다. 하지만 이러한 작품의 존재는 이노우에 미쓰하루의 작업의 정당함을 고하는 것이지 결코 그 오류를 말하는 것은 아니다. 1970년대의 초입부터 커다란 '변경'과 작은 '변경'을 공통성이라는 기반을 통해 인식하는 것 말이다. 다시 말하면 사회구조와 일상 사이에 걸친 '투쟁의 스테이지'의 발견이 문학이나 사상으로부터 제거돼 가는 가운데, 이노우에 미쓰하루의 작품은 그러한 발견의 어려움과, 그렇기 때문에 그것이 갖는 한층 더한 필요성을 확실히 보여 주고 있기 때문이다.

*

이노우에 미쓰하루의 '변경'에 더욱 가까이 다가가 보자.

'변경'이라는 말을 즐겨 사용하고, 개인편집 계간잡지(1970~1989)를 『변경』이라고 이름 지은 이노우에 미쓰하루에게 '변경'은 항상 확실한 것이었던 것만은 아니었다.

> 내안에는 몇 가지 부락이 있다. 나는 새로운 소설을 준비할 때, 반드시 그러한 부락을 찾아가는데, 이탄(泥炭)의 파도에 씻겨지는 안벽을 걷고 있노라면, 꼭 키가 작은 여인과 만난다. 여자는 대부분 캬베츠를 넣은 듯한 배를 껴안고, 때로는 머리가 하얀 갓난아기를 안고 있거나 한다. 그러다 나를 보면 언제나 목구멍에 걸린 듯한 목소리로 "이런 벽촌엔 뭔 일로 왔습니까"라고 묻는다.
>
> (「어린 범죄자의 부락(幼い犯罪者の部落)」1966)

『소설입문(小說入門)』(1972) 시작에 놓여있는 문장을 읽어보면 이노우에 미쓰하루도 또한 작품의 등장인물과 마찬가지로 '변경'으로부터의 목소리를 듣고 있었음을 알 수 있다. 자기 마음의 가장자리에 퍼져 가는 황량한 장소를 엿보고, 그곳으로부터의 목소리에 귀를 기울이고 있었다고 해도 좋을 것이다. 이 짧은 에세이에는 매년 조금씩 가라앉아 가는 바닷가 부락이나, 도스토예프스키가 보고한 화약 공장 너머에 있는 소년 범죄자의 부락이 모습을 드러낸다. 이노우에 미쓰하루 마음의 가장자리에는 아마도 수백 수천의 '변경'이 북적대고 있었음이 확실하다. 스스로의 '원풍경'도 당연히 포함돼 있을 것이다. 그리고 윌리엄 포크너 (William Faulkner)나 에릭 돌피(Eric Dolphy) 등의 세계 중의 표현자들이 포착한 소리의 변경, 이미지의 변경, 신체의 변경 등도 참조했을 것이다. 이노우에 미쓰하루가 작은 '변경'과 커다란 '변경'을 작품 가운데 구체화하려고 할 때 마음의 가장자리의 '변경'으로부터 들려오는 호소는 그것을 강하게 재촉하는 힘이었다.

하지만 그렇다고 해도 이노우에 미쓰하루가 품고 있는 마음의 가장자리에 자리잡은 '변경'은 어째서 그토록 음울하고 처참한 것일까. 그로부터 울려나오는 것은 언제나 해방된 자들의 홍소(哄笑)가 아닌 해체해 가는 자들의 신음이다. 그러한 재촉에 의해 포착된 작품의 '변경'도 또한 형성보다는 붕괴로 기울고 있다. 이러한 '변경'에 대한 집착이 이노우에 미쓰하루에 대한 평가를 갈라왔던 것은 확실하다. 붕괴로서의 '변경'은 독자가 가까이 다가올 수 있게 했지만, 동시에 멀어지게도 했다고 할 수 있다. '변경'을 단결하는 민중으로 간주하는 단순한 변경거점론(邊境據點論)이나, 중심을 활성화하는 것으로서의 '변경'을 포착하는 변경활력론(邊境活力論) 등을 이제 와서 새삼스럽게 검토할 필요는 없을 것이다. 다만 예를 들어 미하일 바흐친이 『프랑수아 라블레의 작품과

중세 및 르네상스의 민중문화』(원작, 1965) 등에서 제기한 것처럼, 밝고
쾌활하고 가벼우며 게다가 가치가 전도된 무시무시한 힘을 갖고 있는
민중상은, 붕괴로서의 '변경'이라고 하는 포착 방법이 갖는 치우침을
비춰낼지도 모르겠다. 바흐친에 따르면 어둡게 무겁고 고뇌하는 민중이
란 권력에 의한 민중상일 뿐인 것이다.

하지만 붕괴로서의 '변경'은 밝고 쾌활하며 난잡한 민중을 처음부터
배제하면서 얻는 것이 아니다. 오히려 거꾸로다. 그러한 민중과 만났기
에 그 붕괴와 해체가 그 '변경'을 한층 더 어둡고 무겁게 만든다. 일본
적 근대에서 바흐친의 가치 전도적(價値顚倒的)인 민중상은 그대로의 모
습으로는 존재하지 않으며 붕괴 한복판에서 역설적으로 부상시킬 수밖
에는 없는 것이다.

이노우에 미쓰하루는 "변경이란 무엇인가"라고 물으며, "결국 그것
은 국경을 격파하는 프롤레타리아트의 사상으로서 파악하지 않으면 안
된다."고 말한 적이 있다「변경―거점지의 추구(辺境―根據地の追求)」1970.5).
이것은 붕괴로서의 '변경'과는 멀리 떨어진 적극적인 변경론인 것처럼
보인다. 하지만 전전은 말할 것도 없이, 전후에도 일본 프롤레타리아트
의 중심이 국경을 격파하기는커녕 국경을 지키고, 그 안과 밖의 차별로
부터 이익을 얻는 것에 아무런 의문조차 갖지 않고 지내왔음을 직시해
야만 한다. 그것은 프롤레타리아트의 '변경'의―게다가 권력과 프롤레
타리아트의 중심에 의해 지배되고 억압돼 왔던 자들의 꿈과 폐허를―
사상으로 건져 올리려 했던 언어였던 것이다.

이노우에 미쓰하루에게 그러한 붕괴로서 '변경'의 상징은 규슈 서쪽
지역의 폐광지대였으며, 그곳에 사는 마루탄(マルタン, 탄광이직자)이었다

는 것은 잘 알려져 있다. 예를 들면, 「계급(階級)」 시작 부분에 그것은
나타나 있다.

　　어째서 그 녀석이 그렇게 많은 쥐를 기르는 것인지 모르겠어 하고
행상인이 말했다. 그것도 하얀 쥐라던가 그 밖에 특이한 종류의 쥐라
고 하면 모르겠으나 그저 시궁쥐니까 말이야. 사람들에게 팔려고 하는
것도 아니고, 식용으로 먹는 것도 아니야. 한방약재팔이는 엷은 갈색
반팔셔츠를 입고 있었고, 가발이라도 쓴 것처럼 머리털이 난 언저리가
눈에 띄는 묘하게 거뭇한 머리를 하고 있었다. 삼백 마리 정도 있었나.
함석을 모아서 철망으로 만든 움막 속에 엉기어서, 부지지 하고 꼬챙
이구이 같은 소리를 낸다. 게다가 살아 있는 개를 넣었으니까. 어떻게
됐다고 생각하나. 쥐가 도망치며 갈팡질팡 한다고 생각하나. 그러기는
커녕 사방팔방에서 덤벼들었다네. 눈 깜짝할 사이도 없었지. 그 뭐라
하나, 아프리카 어딘가의 강에, 물소 따위를 습격하는 물고기가 있잖
나. 바로 그거네. 그렇게 습격해서, 처넣어진 개는 깽깽 울어대고 날뛰
는 사이에, 내장이 먹혀서 터지고, 바로 움직일 수 없는 상태가 됐지.
그러자 이미 끝났어. 바로 백골이 될 때까지 먹혀버린다니까.

　‘변경’을 걷는 자가 불러온 ‘변경’의 기괴한 풍경이 여기에 있다. 지
배당하는 ‘계급’의 끝의 끝에 나타나는 그 광경은 폐광 그 자체이며 또
한 마루탄들의 모습으로, 그들의 내면에 소용돌이치는 증오의 상징이
다.

　또한 그것이 이노우에 미쓰하루가 항상 마음 한 켠에 둔 채 그려내
려 했지만, 도저히 그려낼 수 없어 죽음의 직전까지도 또한 계속 그려
내리라고 염원한 것이다. 자신이 가르치던 문학학습소에 모인 사람들에

게 문학의 가장자리에서 버티면서 세상 그리기를 시도할 것을 소망한 것도, 가까운 장래에 국가와 권력이 사멸해 함께 사라지는 것을 꿈꿔왔던 것, 즉 '변경'이 가장 바짝 조려진 모습이었다고 할 수 있을 것이다.

그런데 '변경'이라고 한다면, 이노우에 미쓰하루 자신이 '변경'으로부터 온 사람이라는 것을 알리지 않을 수 없다.

'변경'의 시작에 대한 기술은, 이렇게 나와 있다.

> 1926년 5월 15일. 중화인민공화국(당시 만주) 여순에서 태어났다. 아버지 유키오(雪雄), 어머니 다카코(たか子). 네 살 때, 어머니와 생이별. 아버지의 수완이 좋은 도공(陶工)이었는데, 무언가 꿈과 같은 것에 홀려서 만주, 중국을 방랑. 그러는 사이 소식이 뚝 끊겼다. 그로 인해 조모와 누이동생과 함께 일본에 돌아와, 친가 쪽 친척에게 기대서 이마리(伊万里, 사가현)에 있는 사라야마(皿山)에 몸을 의탁했다.
>
> (자필연보)

그 후, 소년이 어떻게 생활의 '변경'을 걸어야만 했는지는 인용하지 않아도 될 것이다. 그리고 방랑 끝에 사라진 것처럼 보였던 "무언가 꿈과 같은 것"이, 이 소년 가운데 살아남아서, 마침내 커다랗게 부풀어 오른 경위에 대해서도 마찬가지다. 하지만 이것만은 써두지 않으면 안 되겠다.

이노우에 미쓰하루 자신이 변경으로부터의 목소리였다고.

▣ 199208

낮은 중얼거림이 들려온다

— 시오미 센이치로의 『아사쿠사단자에몬』을 둘러싸고

도대체 무엇이 변했다고 하는 것인가.

변함없다.

사람과 사람 사이의 우열처럼 자연이 받아들이는, 비참하고, 음울한 세계는 변하지 않는다.

변했다고 소리 높여 말하는 것이야말로 의심스럽다. 하나의 우열이 끝나는 순간, 또 하나의 우열이 이미 모습을 드러내고 있다. 어째서 사람의 세상은 변하지 않는 것인가………

이 낮고 음울한 중얼거리는 소리는 확실히 이야기로부터 들려오는 것이지만, 내게는 이야기보다 훨씬 이전부터 들려왔던 것 같은 기분이 든다. 물론 당신에게도 이런 중얼거리는 소리는 들릴 것이다.

*

만약 시오미 센이치로(塩見鮮一郎)가 없었다고 한다면 일본현대문학은 그 얼마나 얄팍한 것이 돼버릴까. 1970년대 끝에 처음으로 시오미 센이치로의 현대소설 『고별의 의식(告別の儀式)』을 접한 이후, 계속 품어왔던 생각이다.

내 이러한 생각은 물론 시오미 센이치로를 계속해서 묵살하는 '현대문학'(문단 및 문예 저널리즘)에 대한 불신감으로부터 비롯된다. 어떤 것은 거기에 소속된 무언가에 의하는 것 이상으로, 배제된 어떤 것에 의해서 확실히 규정된다.

하지만 그렇다고 하더라도 도대체 왜 '현대문학'은 시오미 센이치로를 거부해 왔던 것일까.

시오미 센이치로가 '차별'(그 중심은 부락차별)을 테마로 해서 글을 썼기 때문이라고만은 반드시 말할 수 없다. 차별을 그리는 작가는 적지 않다. 이야기가 대상이나 사건에 대한 '차이'를 전제로 성립되는 이상, 우열에 의한 '차이'를 현재화하는 차별은 작품을 쓰는데 있어서 알맞은 테마라고조차 할 수 있다. 넌지시 알 수 있는 차별로부터 확실히 지명할 수 있는 차별에 이르기까지 작품에 그려져 있는 차별은 다양하다.

시오미 센이치로가 포착하려고 했던 차별은 제재로서의 차별이 아니다. 다른 대상이나 사건과 떼어낼 수 있는 차별이 아닌 것이다. 거꾸로 말하자면 사람이 그것과의 관계를 끊을 수 없는 자신과의 관계에서 느닷없이 출현하는 차별이다. 차별하는 사람이든 차별 당하는 사람이든, 이야기의 등장인물이 차별과 복잡하게 얽혀있는 자신을 발견하는 것처럼, 이야기의 독자도 또한 자신의 차별 환경 및 차별 의식에 새롭게 직면할 수밖에 없게 되는 것이다.

나는 시오미 센이치로의 이야기에 접하게 되면 언제나 내 신체와 마음의 깊은 곳으로 깊은 곳으로 파고 들어가는 것만 같은 목소리가 되지 않는 비명을 내지르게 된다.

차별은 차별당하는 사람의 혼을 강인하게 키우는 경우는 있어도, 차별하는 사람의 혼을 퇴폐로부터 해방시킬 수는 없다. 차별로부터의 해방은 차별하는 사람과 그 근저에서부터 관련된 문제임이다. 그럼에도 불구하고, 차별은 항상 피차별자에게 속한 문제로 인식돼왔다. 지독한, 정말로 지독한 전도(顚倒)이다.

'현대문학'이 시오미 센이치로를 기피해 온 것은 그러한 차별과의 직면을 두려워했기 때문일 것이다. 만약 시오미 센이치로를 받아들였다면 '현대문학'이 얼마나 열심히 차별을 멀리 해왔는지 그리고 차별을 멀리한 지점에서 성립된 '보통 생활의 감정과 사고'가 얼마나 차별적인 것이었는지를 자백하는 모양새가 된다.

차별을 포착한 작가로 따지자면, 시오미 센이치로와 거의 동시기에 등장한 나카가미 켄지를 바로 상기할 수 있다. 하지만 나카가미 켄지에게 초기 작품을 제외하면 차별은 자신의 것으로만 억눌려서 오직 성화(聖花)될 뿐이다. 피차별에 몸을 둔 나카가미 켄지가 확실히 선택할 수 있는 방향 가운데 하나였음이 분명하다. 하지만 '현대문학'은 차별을 나카가미 켄지 한 명에게 전부 다 짊어지게 하고는 그를 '현대문학'의 총아로 대접했다. 실로 교묘한 차별의 포섭과 격리이다. 아마 나카가미 켄지는 그것을 알아채고도 문단에서 자신의 역할을 계속해서 했던 것으로 보인다. 나카가미 켄지는 '현대문학'을 증오하면서 '현대문학'의 한복판에서 쓰러져갔다.

시오미 센이치로는 '현대문학'과는 관계가 없는 고독한 장소에서 차별을, 그저 차별만을 사고하고 계속해서 표현했다. 시오미 센이치로가 문학적 선행자로서 경애하는 노마 히로시(野間宏)나 이노우에 미쓰하루와 비교해보더라도, 차별을 둘러싼 사고와 표현은 그의 문학 쪽이 더 넓고 깊다.

시오미 센이치로의 소설과 비평에는 부락차별을 둘러싼 원리적인 고찰은 물론이고, '장애인' 차별, 민족차별, 여성차별로 향해진 엄격한 응시가 있다. 하지만 그것만이 아니다. 그의 작품에는 예를 들면 현대의 연애 및 아이들의 현재가 있다. 근대적인 인간주의의 좁고 험한 길이, 전쟁의 사회적 기억이, 가장 사랑하는 아내의 죽음이 쓰였다. 또한 전국시대(戰國時代) 대영주[大名]의 망설임이나, 에도(江戶) 유곽의 떠들썩함이 부락차별을 시작으로 한 다양한 차별과의 연관 가운데 나타난다.

시오미 센이치로의 소설과 비평의 독자는 차별이라고 하는 무참한 통로를 통과해서 세계를 재발견 할 수밖에 없게 된다. 대장편 역사소설 『아사쿠사단자에몬』의 독자들 또한 예외는 아니다.

*

『아사쿠사단자에몬』에는 막부말에서부터 메이지 중엽 무렵이라는 미증유의 '난세'를 무대로 '에타가시라(穢多頭, 쇠백정 우두머리)'[45] 13대째 단자에몬이, 에타 신분 백성의 해방을 요구하며 심혈을 기울이는 모습이 그려져 있다.

그것은 최근 부락사연구나 역사학 분야에서 주목을 받기 시작했다고는 하지만 일반에는 그 이름만이 알려진 실태나 수수께끼에 휩싸여있던 아사쿠사 단제에몬을 주인공으로 내세운 첫 작품이다. 이 작품에는

---

45) '에타'는 일본에서 중세이전부터 보이는 신분의 하나로. 최하층민으로 부락에서 살았다. 주로 백정 등과 같은 일을 했다.

당시 사회의 정치경제는 물론이고 각각의 신분 특유의 생활이 갖는 세부까지, 실로 정성껏 쓰였다.

하지만 그렇다고 해도 더욱 주목해야 하는 것은 이야기가 전개되는 양상이다. 이는 기존의 역사소설이나 시대소설에서는 익숙하게 느껴졌던 이야기가 이 작품에도 차례차례 나타나는 것과 동시에, 그것을 하나도 남김없이 부숴 버리는 것으로 드러난다. 실로 색다른 이야기라 하겠다. 그리고 그 '색다름'을 불러오는 것이야말로 차별인 것이다.

차별이기에 색다른 것이 아니다. 끝도 없이 퇴적해 가는 '색다름'이야말로 차별인 것이다. 차별은 모든 '정상적인 상황'이 유지될 수 없는 순간에 그 모습을 나타낸다고 바꿔 말할 수 있을 것이다.

예를 들어 독자는 이야기의 시작 부분에서 춘삼월 넘쳐 나는 빛에 비춰진 주인공 코타로(小太郎)[단자에몬 나오키(彈左衛門直樹)]가 '남자로서 고향을 나와' 기대와 불안을 교차해 가며 가슴이 뛰는 것을 보게 된다. 코토로가 아직 한 번도 보지 못한 에도에서는 자신을 양자로 삼으려 소망하는 관동팔주(關東八州)의 통수, 단자에몬이 기다리고 있다. 아무리 생각해도 '제1부 천보청춘편(天保青春篇)'에 어울리는 시작이라고 생각한다.

하지만 이야기는 바로 독자를 이 '청춘의 이야기'가 부서지는 장면으로 끌고 간다. 하코네번소(番所, 파수꾼의 대기소)에서 코타로는 번인(番人, 파수꾼)으로부터 삿갓을 벗으라는 주의를 받는다. 그 때 그는 "그래서, 여기 있는 꼬맹이가 양자란 말이냐" 는 등의 말을 듣는 등, 번사(番士)들에게 조소를 당한다.

혹은 어느 마을에서 횡포의 끝을 다하는 농민을 상대로 일어난 에타들의 과감한 투쟁(에타 무장봉기)은 당시 다발하고 있던 농민 무장봉기와 닮아있지만, 그 결과는 완전히 달랐다.

에도에 보내진 백 명 가까운 사람들 가운데, 오십 명 이상이 독이
투여돼, 옥사했다. 에타 출신이 아니라면 결코 이러한 일을 당하지는
않았을 것이다.

게다가 그 독살에 나오키가 관여했음을 이야기는 조용히 알린다.

또한 나오키가 도회의 가련한 여자 우메(梅)와 몰래 벌이는 연애는 그
의 신분이 우메에게 알려지자 무참한 끝을 맞이할 수밖에 없게 된다.
그는 "우메의 모습이 사라졌을 때, 막이 내린 것처럼, 그의 눈앞이 깜깜
해"지는 것을 느낀다.

매우 일반적인 이야기로 받아들여지는 '청춘'도 '투쟁'도 '사랑'도 여
기에서는 성립되지 않는다. 그러므로 이것은 차별 이야기가 아니다. 이
야기를 불가능하게 만드는 차별을 출현시킨 색다른 모습의 이야기인
것이다.

그런 의미에서 『아사쿠사단자에몬』은 대중소설의 시작이라고 여겨지
는 나카자토 카이잔의 『대보살고개』와 겹쳐진다. 원수 갚기 이야기로
출발된 『대보살고개』는 귀신에 홀린 듯이 피차별 공간과 교차하는 순
간, 이미 이야기의 지속이 불가능해 졌음을 자각한다. 『아사쿠사단자에
몬』은 그 자각에 있어서 보다 철저한 것이 틀림없다.

*

이 난세는 나카자토 카이잔의 『대보살고개』로부터, 하세가와 신(長谷
川伸)의 『사라가 소조와 그의 동지(相樂總三とその同志)』, 시모자와 간(子母澤

寬)의『신센구미시마쓰기(新撰組始末記)』등을 거쳐서, 야마다 후타로의 메이지 전기 괴기・환상 소설이나, 시바료타로(司馬遼太郎)의 역사소설에 이르기까지 많은 소설에서 다뤄져 왔다. 이렇듯 난세는 실로 이야기의 보고라고 해도 좋을 것이다. 이야기의 성립은 대상과 사람의 변화와 변용이 불가피한데, 이 미증유의 난세는 확실히 모든 이야기로 가득차 있던 것이리라.

『아사쿠사단자에몬』에도 오시오 헤하치로(大塩平八郎)의 난(亂)으로 시작해 흑선도래(黑船到來), 안세(安政)의 대지진(1855.11.11.), 요시다 쇼인(吉田松陰)의 사형(1859.11.21.), 이이 나오스케 대로 암살(井伊大老暗殺)[18603.24], 초슈 정벌(長州征伐)[1864～1866], 텐구도 봉기(天狗党蜂起)[1864], 사쓰마─초슈 지사들의 암약하는 일련의 사건이 벌어진다. 더 나아가 메이지유신을 넘어서, 에타 사냥을 포함한 반 해방 무장 봉기, 사쓰마─초슈 정권내의 권력투쟁, 세이난 전쟁(西南戰爭)[1877] 등의 역사적인 사건이 끊임없이 나타나, 단자에몬은 사건에 관계하는 많은 인물들과 어울리게 된다. 그 어울림을 따라 읽는 것만으로도 독자는 차별에 비춰지는 또 하나의 유신사(維新史)를 더듬어 가게 되는 것이다.

하지만 단자에몬의 정력적인 활동은 변화 및 변용의 이야기가 다른 인물들의 것이기는 해도, 단자에몬의 것은 아니라는 것을 그저 부각시키기 위해서만 그려지고 있는 것처럼 보인다. 미증유의 난세는 단자에몬의 필사적인 활동을 비웃으면서 그 옆을 지나쳐 가는 것이다.

막부에 의한 단자에몬과 그의 부하들에 대한 신분 상승 정책 및 신정부의 '천민해방령'은 확실히 단자에몬이 손꼽아 기다려왔던 변화이기는 했다. 하지만 그것은 에타들이 처한 상황을 근저로부터 변혁하는 것은 아니었다. 게다가 그 변화는 기존의 처지보다 더 가혹한 처지를 이들에게 강요했다고 볼 수 있다. '천민'으로부터의 해방은, 새로운 차별의 해방에 지나지 않았다. 근세적 신분차별로부터 근대적 사회차별로의 전이인 것이다.

일반적으로는 이야기의 보고로 여겨지는 이 시대는 어쩌면 대부분의 에타들에게 한순간 꿈꿨던 이야기의 무덤은 아니었을까.

그렇게 생각해 보면 『아사쿠사단자에몬』이 단자에몬 나오키의 시점으로 그 생애를 그리는 것과 동시에, 거의 같은 분량을 할애해서 단자에몬보다 훨씬 아래쪽에 위치하는 에타들이나 히닌(非人, 에도 시대에 사형장에서 잡역하는 종사하던 사람, 에타보다도 아래 계급)들을 복수의 시점으로 선택하는 것을 확인할 수 있다. 이는, 작가가 개혁으로부터는 물론이고 변화로부터도 버려진 그들의 삶을 그리고 있는 이유이다.

게다가 아래 계층으로 향해 가면 갈수록 이야기의 응시는 부드러워지며 사람들을 감싸는 듯한 분위기를 띠기 시작한다. 그 응시가 가장 잘 나타나 있는 부분은, 단자에몬에게서 도망쳐 여기저리를 전전한 끝에 처참한 살인을 범하고 체포된 '언청이' 로쿠스케(六助)의 처형장면에서다. 그 장면에 마음이 흔들리지 않을 독자는 아마도 없을 것이다.

그것이 아무리 무참하더라도 자신의 소중한 이야기를 소유할 수 있는 것은 그저 아래 계층만의 것이라고 하는 이야기의 논리는, 우리를 세차게 흔든다.

그리고 『아사쿠사단자에몬』의 마지막에는 단자에몬의 소년 시절 친구인 아마리(あまり)의 낮은 중얼거림이 들려온다.

어떠한 헌법이든 우리와 무슨 상관이 있단 말이야.

*

하지만 잘못 생각하면 안 된다.

"어떠한 헌법이라고 해도, 우리와 무슨 상관이 있단 말이야"라고 하는 아마리의 중얼거림은 그 중얼거림에 닫힌 변혁의 좌절을 표출한다고는 해도 차별의 변경이 마침내 불가능하다고 하는 독백은 아니다.

차별의 근본적인 변경은, 단자에몬의 노력이나 사람들의 투쟁 등을 확실히 편입하면서 뒤로 미뤄진 문제이며, 『아사쿠사단자에몬』에 접하는 독자 한 사람 한 사람에게 도달하는 문제라는 것을 말하고 있다.

단자에몬의 시대는 난세 가운데 오히려 차별이 강화된 시대였다. 이처럼 우리가 살아가는 대변용의 시대도 또한 차별의 재편을 준비하고 있다. 그렇다고 한다면, 그 중얼거림의 의미를 잘못 포착하지 않도록 해야 할 것이다.

▼ 199812

분노와 슬픔의 불꽃은 마침내 성을 향한다

— 시오미 센이치로가 쓴 『구루마 젠시치』의 도달점

사회의 최하층을 살아가는 분노와 슬픔이 뭉쳐서

도대체 이토록 대담한 전개를 누가 예상이나 했을까.

에도의 비인(非人) 구루마 젠시치(車善七)[46]들의 쟁투를 그린 시오미 센이치로의 대작 『구루마 젠시치(車善七)』(총3권, 치쿠마쇼보[筑摩書房])의 결말 부분에 대한 이야기다. 거기서 지금 바야흐로 세 명의 사내가 에도 도회에 불을 지르려 하고 있다.

스케주(助十)와 토메(トメ)와 바렌(馬連), 한눈으로도 비인이라는 것을 알 수 있는 사내들이다.

스케주는 불합리하게 처형된 비인 움막 두목의 아버지의 원수를 갚기 위해서 봉기했다.

남만인(南蠻人, 에도시에 포르투칼・스페인 사람)의 피를 잇는 바렌은 키리시탄(Christão, 16세기에 일본에 들어온 카톨릭교)으로 의심받았다. 바렌은 검거되기 전에 도망쳐 유랑을 계속해 온 신고(辛苦)의 과거를 일거에 소거하기라도 하듯이 일어섰다.

---

46) 에도시대 아사쿠사의 비인의 우두머리가 대대로 세습됐는데, 그 이름이다.

토메는 무가(武家) 사회의 일상에 질려서 상가의 아내와 윤리에 어긋난 간통을 한 끝에 정사(情死)를 꾀하지만 실패하고 비인으로 전락한 더 이상은 좁힐 수 없는 여자와의 거리를 불타오르게 하기라도 하듯이 떨쳐 일어선다.

사회의 최하층을 살아가는 분노와 슬픔에 잠긴 각각의 마음이 교차한다. 그러한 마음이 강하게 묶여졌을 때 과연 이 사내들이 놓은 불은 어디로 퍼져 나갈 것인가.

불꽃이여 적의 본체로 향해라

바로 불이 붙는다. 담뱃대의 꽁초를 놓고, 목화로 뚜껑을 삼으면 된다.

"바람은 어디서 불어오지"

하고 토메가 바렌에게 물었다.

"에도 앞쪽이야"

"하하하, 그렇다면 시로키야(白木屋)47)가 불타겠군"

하고, 토메는 대답했다. 바다는 다쓰미(巽, 동남) 방향에 있다. 모미지가와(楓川)48) 건너편에서 불어온다. 스케주의 머리 위를 스쳐서 시로키야 쪽을 향하고 있다. 시로키야 앞에는 포목점이 있고 기타초(北町) 봉행소(奉行所)가 있다. 평정소(評定所)49)가 있고 성도 있다. 생각하는 것만으로 심장이 파열할 것 같다.

"그럼 다녀오겠네"

스케주는 쉰 목소리로 말했다. (제3권 제9장)

---

47) 에도 삼대 포목점.
48) 도쿄도 추오구(中央區)에 위치한 하천.
49) 봉행소는 관청이고, 평정소는 민사소성을 관장하던 기관.

스케주는, 어두운 공간에 권력의 중추를 확실히 찾아내고 있다.

자신만만한 오오카에치젠노가미(大岡越前守)[50]가 있고 틀 안의 개혁에 열심힌 장군 도쿠가와 요시무네(德川吉宗)가 있는 장소가 환상의 불꽃에 의해 부상한다.

『구루마 젠시치』가 1500페이지 정도를 할애해서 마침내 적의 본체를 스케주의 응시 가운데 포착해낸 순간이다.

점화된 분노와 슬픔의 불꽃은 활활 타올라 번져간다.

　　스케주는 숨을 삼켰다. 전신이 떨렸는데, 그것은 공포 때문만은 아 니다. 기쁘기 때문이다. 허리 부근에 피가 끓어올라서, 그것이 머리로 올라와서 눈이 어질어질 한다.

풍양한 삶의 이야기는 단지 하층민들에게만 허용된다

시오미 센이치로는 『노란 나라의 탈출구(黃色い國の脱出口)』, 『고별의 의식(告別の儀式)』 외의 현대문학으로부터 『아사쿠사단자에몬』 등의 시대 소설에 이르기까지, 일관되게 차별(그 중심은 부락차별)을 테마로 해서 쓴 작가이다. 『도시사회와 차별(都市社會と差別)』, 『언어와 차별(言語と差別)』, 『작가와 차별어(作家と差別語)』 등의 비평서도 많이 썼다.

그러므로 시오미 센이치로는 현대소설에서 이단적인 존재인 것처럼 시대소설에서도 또한 이단적인 존재로 계속 남았다. 고독한 삶의 싸움을 강요당하는 등장인물들의 모습은 그대로 이 작가의 고고(孤高)한 궤

---

50) 오오카 다다스케(大岡忠相, 1677~1752)를 말한다. 에도시대 중기의 막부의 신하, 다이묘(大名).

차별의 연쇄와 병행하는 연대의 연쇄

걸작 『아사쿠사단자에몬』(총6권 쇼가쿠칸분코[小學館文庫])에서는 에타 출신의 해방을 요구하며 과감하게 싸우는 단자에몬(세습제)이 나타난다. 하지만 단자에몬은 『구루마 젠시치』에서 단자에몬 관청의 수장으로서 비인의 독립을 탄압하는 세력이 돼 버린다. 한 천민이 다른 천민을 차별하고 지배하려고 하는 것이다.

피차별자가 다른 피차별자를 차별한다고 하는 차별의 연쇄는 예를 들면 이노우에 미쓰하루의 『땅의 무리(地の群れ)』(1963)에 잘 나타나있다. 신분이 고정된 에도시대에서 그것은 한층 노골적으로 벗어나기 힘든 것으로 기능한다.

하지만 닫힌 공간에서의 무참한 쟁투로 인해 사람들의 결속은 한층 불가피한 것이 아닌가 하고 『구루마 젠시치』는 우리에게 말을 건넨다. 차별이 연쇄하는 현실은 연대가 연쇄할 수 있는 가능성을 함포한다.

하층민에게야말로 풍요로운 이야기가 가능하다고 생각하는 시오미 센이치로가 제기하는 이야기의 윤리가 잔혹한 쟁투로 여기저기에 나타난다.

하층에 있기에 풍요로운 이야기를 소유한 자들의 선명하고 강렬한 만남과 뜨거운 연대가 끊임없이 계속되는 것이다.

단속을 빠져나가서 불을 지르러 가는 스케주와 토메, 바렌의 행동이 차별의 연쇄와 병행하는 연대의 연쇄가 표출된 것임은 명확하다.

그러므로 불길은 세 사람의 분노와 슬픔을 지피는 것에 그치지 않고, 방대한 하층민의 분노와 슬픔을 태워서 활활 타올라 '성'으로 향한다.

차별이라고 하는 나날이 반복되는 창조적 테러리즘을 향한 버림받은 자들의 분노에 찬 항거이다.

후나도 요이치(船戶与一)의 『에조치벳켄(蝦夷地別件)』이 가네시타 다쓰오에 의해 무대화된 것처럼, 이 『구루마 젠시치』도 후쿠다 요시유키(福田善之) 언저리의 누군가가 극화해 주지는 않을까.

『구루마 젠시치』는 시대소설의 용기로부터 흘러넘쳐 미디어의 연쇄를 요구하는 이야기라고 해도 좋을 것이다.

▼ 200411

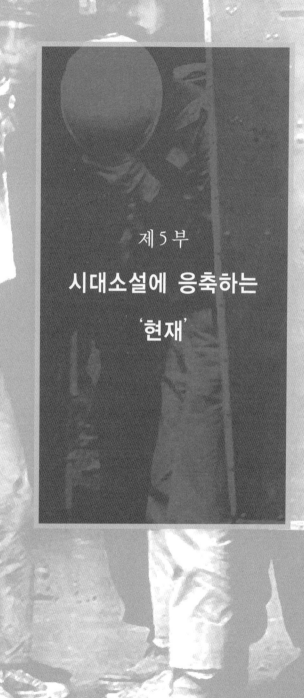

제5부

시대소설에 응축하는

'현재'

함께 싸우는 '동료'가 '공화국'

— 사사키 죠의 『비전고료카쿠』

*

먼 과거로부터 도달하는 이야기가 현재의 결락을 분명하게 부각시킨다.

동시에, 가까운 미래의 현실을 강하게 재촉한다. 뛰어난 '시대소설'이 불러온 특권적 사건이라고 해도 좋다.

나는 이러한 이야기의 광채와 만나게 되면 그 순간을 느끼기 위해서 시대소설을 읽어왔던 것은 아닌가 하고 생각할 수밖에 없게 된다.

물론 모든 시대소설과 언제나 이러한 만남이 가능한 것은 아니다.

시대소설을 싫어하는 사람들이 비난하듯이 여기에는 회고취미로 싱겁게 채워진 닫혀있는 과거 이야기가 잔뜩 채워져 있다.

하지만 때때로 시대소설은 '과거'라고 하는 위치를 현재를 치고 미래를 요구하는 절호의 장(場)으로서 바꾸어 놓는다.

적어도, 현재와는 다른 삶의 가능성을 보여주려 하는 것이다.

예를 들어 이 관제막부말(官製幕末)의 유신사(維新史)에 항거하는 또 하나의 고료카쿠전(五稜郭戦)[52] 후일담, 사사키 죠(佐々木譲)의 『비전고류카쿠(婢伝五稜郭)』처럼 말이다.

*

이야기는 이미 끝에 가깝다.

주인공 아사쿠라 시노(朝倉志乃)는 에모토 다케아키(榎本武揚) 군의 탈주병이다. 그는 지금 행동을 함께하고 있는 사에구사 벤지로(三枝弁次郎)에게 에모토가 내걸었던 '공화국' 그 후에 대해서 묻는다.

　　"만들 수 있겠어?"

　　"이미 만들었어." 하고 사에구사 벤지로는 말했다.

　　"뭐라고?"

　　"우리는, 이미 고류카쿠에 이미 공화국을 만들고 있었다고. 함께 탈주한 동료들이, 공화국 그 자체였어."

　　시노는 당황해서 말했다.

　　"공화국이라는 것이 그런 거야?"

　　"그럼. 네게 하코다테병원(箱館病院)은 그런 것이 아니었나? 가르트네르(Gaertner) 농장53)은 어땠어? 조금밖에 듣지 못했지만, 그곳은 네 공화국이 아니었어?"

　　"아아." 시노는 겨우 이해했다. "그렇다. 내 싸움은 그 공화국을 위한 것이다."

　　　　　　　　　　　　　　　　　　　　　　　(『비전고류카쿠』 '7')

────────────

52) 이 전쟁은 보신전쟁(戊辰戰爭, 신정부군과 구막부세력의 전쟁[1868~1869])의 일부로 신정부군과 구막부군과의 최후의 전투였다. 고료카쿠는 홋카이도에 있다. 하코다테전쟁이 정식 명칭이다.

53) 프로이센의 상인. 1863년에 일본에 와서 하코다테에서 무역업에 종사했다. 그 후 하코다테에 농장을 만들어 에모토 다케아키와 계약을 맺어 서양농업을 시작했다. 하지만 신정부군이 보신전쟁에서 승리하면서 가르트네르는 1870년 계약 해지를 당해 그다음 해 하코다테를 떠났다.

"응?"이라고 하는 시노의 놀라움이 그대로 독자들의 놀라움이라면, "그렇다." 이하의 시노의 확신은 독자를 같은 확신으로 이끌 것이 틀림없다.

독자인 우리는, 그렇게 멀리서부터 도달하는 '공화국'을 등장인물들에게 다가가 때로는 중후하게 때로는 활극과도 같은 극상의 이야기 가운데 살아왔던 것을 알게 된다.

그렇다고 해도 시대소설 한가운데에 출현한 '공화국'은 그 얼마나 생생해서 매력적인 것인가.

자유로운 개인에 의해 선택된 '수평(水平)의 연대' 사상(함께 싸우는 동료라는 사상)을 기존과 같은 데모크라시나 자유민권이 아니라 이 작가는 단적으로 '공화국'이라고 이름 붙인다. 여기에 근대 일본이 결락시켰고 현대 일본이 잇따라서 결락시킨 것의 정체가 선명하게 드러나고 있다.

*

스토리를 거슬러 더듬어가 보겠다.

관군의 대공세로 막부가 붕괴한 후에도, 구막부군을 이끄는 에모토 다카아키는 에조가시마(蝦夷ヶ島)로 건너가 하코다테의 고료카쿠를 거점으로 신정부를 선언한다. 대략 삼 천의 자치주 정권군(에모토군)이 수만의 교토정권군(京都政權軍)과 맞서 싸우게 된 승산이 없는 전쟁이 시작된다.

세상에서 말하는 하코다테(箱館戰爭)전쟁이다.

전투는 일찍이 최종 국면을 맞이한 것은 메이지2년(1869) 5월이다.

개설한지 얼마 되지 않은 하코다테병원의 분원 고류지(高龍寺)에 마쓰마에한시(松前藩士), 우치다 고조(內田剛三)와 쓰가루한시(津輕藩士)인 사카타 토로노스케(酒田虎之助) 등의 관군 병사가 몰려들어온다.

그들은 에모토군의 저항하지 못하는 부상 병사를 차례차례 닥치는 대로 베어버리고, 말리러 들어온 젊은 의사 이노우에 소운(井上무雲)도 사정없이 베어버린 후 절에 불을 지른다.

아사쿠라 시노는 하급무사(御家人)의 딸로, 나이는 딱 스무살이었다. 간호사로 일하며 난방의(蘭方医, 네덜란드에서 전해진 의술) 곁에서 문하생으로 일하는 소운을 짝사랑해서 종군 의사가 돼 하코다테에 왔다.

소운이 참살되는 것을 눈앞에서 본 시노는, 우치다 고조가 말한 "이것은 전쟁이다."라는 말을 떠올리며 결심한다. "여기서 살해된 그 사람이 저승에서 내게 자신의 성불을 고하지 않는 한 내 전쟁은 끝나지 않"는다는 결심이다.

시노는 유곽에서 돌아오는 우치다를 의학 지식을 활용해서 죽여서 새롭게 조직된 부병대(府兵隊)에게 집요한 추궁을 당한다.

시노를 도망하게 해준 상가 주인은 죽고, 은닉해준 프로이센인 가르트네르가 만든 서양 농원에도 곧 추적의 손길이 미친다.

시노는 그 농원에서 아이누 청년 카시시카와 교류하면서, 마술과 사격술 그리고 서양요리를 익힌다. 그리고 우연히 에모토군 탈주병이며 '우리의 공화국'을 여전히 바라는 사에구사 벤지로를 알게 된다.

사에구사 일행은 부병대에 붙잡힌 동료 아이누인의 탈환을 기획하고 있다. 시노는 "한 명은 모두를 위해서, 모두는 한 명을 위해서"라고 하는 동료의 유대를 무엇보다도 소중히 여기는 사에구사에게 공감한다. 그 후 그녀는 사에구사와 함께 말을 타고 사할린으로 향한다……

북해도를 무대로 한 사사키 죠 판 '서부영화'라고 할 수 있다.

*

처음에 소운 한명만을 위해서 시작된 시노의 "내 싸움"은 관군의 도리에 어긋난 행동에 반발하는 사람들의 마음을 모아, 더 나아가 사에구사 일행의 행동 및 사상과 결부돼 간다.

다시 말하면, "내 싸움"은 동료들의 동료들에 의한 동료들을 위한 싸움으로 서서히 승화돼 가는 것이다.

시노는 사에구사와 캠프파이어 곁에서나눈 대화에서 이렇게 단언한다.

 ……처음으로 알아차렸다. 내 싸움은 끝나지 않았다고. 지금까지 자신에게 들려줬지만, 그것은 나만의 싸움이 아니라고. 에모토 총재가 말했던 공화국의 의미가, 지금은 너무 잘 알 수 있어. 그것은 어떤 사람과, 어떤 식으로 살아갈 것인가에 대한 것이었어. 고류지에서 일어난 것과 정반대의 것이 공화국이야. 그 공화국을 세우려고, 또한 싸우고 있는 사람이 있어. 그렇다면 나도 그러한 한 사람이 될 거야.

그 후에, 앞서 인용한 "만들 수 있겠어?"로 시작되는 시노와 사에구사의 긴박한 또한 속이 개운한 확신에 찬 '공화국' 사상의 대화가 나온다.

여기에는 에모토 다케아키가 꿈꾸는 버릴 수 없었던 '공화국' 한 사람 한 사람이 자신의 선택으로 참가해 형성하는 내실이 훌륭하게 제시돼 있다.

위로부터의 사상주입이 언제나처럼 취약한 것에 비해서 아래로부터의 아래로부터라기보다는 그곳으로부터도 탈주한 사람들의 사상 형성이 보이는 견고함이 이 작품에는 확실히 각인돼 있다고 바꿔 말해도 될 것이다.

작가 사사키 죠가 남겨진 저명인의 기록을 바탕으로 삼는 '역사소설'이 아니라 그 배후에서 활동한 사람들을 주역으로 한 이야기, 즉 '시대소설'을 고른 이유 중 하나가 여기에 있음이 틀림없다.

*

주지하는 것처럼, 사사키 죠는 지금까지 고료카쿠 전투에 관여했던 사람의 전투 후를 그린 두 편의 장편소설을 발표했다. 『고료카쿠잔당전(五稜郭殘党伝)』(1991)과 『북진군도록(北辰群盗錄)』(1996)이 그것이다.

나기노 유사쿠(名木野勇作)와 소가 겐지로(蘇我源次郎)는 신정부군에게 항복한 에모토군과는 달리 어디까지나 항복을 거부하고 탈주해 토벌대의 추적으로부터 도망쳐 에조치(蝦夷地, 홋카이도의 옛 이름)를 전전한다. 그러는 동안 화인(和人, 왜인)에 의한 아이누 지배의 무참한 현실에 직면해 지배를 더욱 강화하는 신정부를 향한 전쟁을 '역적역도(逆賊逆徒)'라는 오명을 감수하면서까지 행하는 전자(『고료카쿠잔당전』)에 속한다.

공화국 패배를 병사들에게 고하는 에모토 다카아키의 연설로 시작된 후자(『북진군도록』)는 5년 후에 홋카이도 각지에 출몰하는 '공화국 기병대'라고 하는 군도(群盗)를 비춘다. 두목인 효도 슌사쿠(兵頭俊作)는 에모토 군으로부터의 탈주병이다. 과거 효도 이상으로 공화국 실현을 바라던 야지마 주타로(矢島從太郎)가 토벌대의 고문이 돼서 군도를 궁지에 몰아넣는다. 야시마는 군도의 활동에 효도의 공화국 수립을 위한 기묘한 계책과, 새로운 세상으로부터 배제된 자들이 동등하게 공화국의 시민이 되는 이상주의를 발견한다. 효도의 위험한 꿈은 마침내 야지마에게 빙의한다.

『비전고류카쿠』가 이러한 두 작품의 시도를 잇고 있는 것은 명확하다.

'잔당'과 '군도' 그리고 '계집종[婢]'이 그 누구도 다수파가 형성하는 사회로부터 경멸당하는 호칭을 오히려 적극적으로 선택해, 다수파와 항전하는 활력소로 전환되고 있는 것이다. 이 작품은 일반적으로는 이러한 항전으로부터 멀리 떨어져 있는 여성을 일부러 주인공로 해서 특히 부(負)를 반전하는 활력에 넘친다.

이 세 작품에서 '공화국' 사상 자체가 듬뿍 시간을 들여 형성됐다는 것도 주목하고 싶다. 이 작품은 사무라이[侍]라고 하는 폐쇄적인 체제의 일원이었던 탈주병들을 사회의 커다란 모순과 폭력 한복판에 던져 넣는다. 사회의 밑바닥으로부터 한 사람이 기어 올라가는 것이 아니라 동료들과 함께 사회 그 자체를 변경하고 싶다고 생각하는 이야기다. 그 지점에야 말로 '공화국' 사상은 싹트는 것이다.

사사키 죠는 '공화국' 사상이 등장한 『북진군도록』과 '공화국' 사상이 함께 싸우는 동료들 사이의 유대로 선명히 드러낸 『비전고류카쿠』 사이에, 대작 『다케아키전(武揚伝)』(2001)을 썼다.

에모토 다케아키라고 하는 막부말의 걸출한 지식인에게 '공화국' 사상의 생성과 해체 및 명암을 집요하게 확인하고 나서, 다시 그것을 아래로부터 형성해서 그려낸 것이다.

시노와 사에구사의 회화가 확신에 넘친 그 모습은 그대로 작가의 확신이었음이 틀림없다.

역사소설의 거편(巨篇) 『다케아키전』은 『고료카쿠잔당전』·『북진군도록』·『비전고류카쿠』의 불가결한 번외편인 것이다.

*

그런데 에모토 다카아키와 '공화국' 사상 그리고 에모토군으로터 탈주한 300명의 병사에 대한 또 다른 소설이 있다. 아베 코보(安部公房)가 『에모토 다케아키(榎本武揚)』(1965)에서 그것을 다루고 있다.

아베 코보의 시도를 의식하고 시작된 것 같은 사사키 죠 판(版) 「다케아키와 탈주병(武揚と脱走兵)」 이야기가 『비전고료카쿠(婢伝五稜郭)』에서 완결된 지금, 이 둘의 다른 시도는 점점 확실해지고 있다고 하지 않을 수 없다.

아베 코보 판 다케아키의 '공화국'이 어디까지나 서구형이라면, 사사키 죠 판은 당시 사회의 현실을 빠져나가면서 형성됐다고 하는 차이가 있다.

아베 판에서 '공화국'은 위로부터의 주입물이지만, 사사키 판에서는 그것은 어디까지나 아래로부터의 형성물이다. 게다가 이것은 사회에서 배제된 자나, 차별과 편견에 노출된 자(특히 아이누)와의 공동 투쟁을 통해서만 형성될 수 있는 것이다.

아베 판에서 홋카이도는 항상 변경의 원야(原野)에 그치는 것에 비해서, 사사키 판에서는 공동 투쟁과 공생의 근거지이며 무엇보다도 친밀함과 외경에 넘치는 풍토로 그려지고 있다. 게다가……

여기에는 이 두 작가의 체질 및 사상의 차이점은 물론이고, 1970년 전후를 경계로 한 전후사상의 결정적인 변용이 관여하고 있음이 틀림없다.

사사키 죠, 후나도 요이치(船戶与一), 기타가타 겐조(北方謙三), 이이지마 카즈이치(飯嶋和一), 코아라시 쿠하치로(小嵐九八郎) 등, 이른바 '시대소설계의 1970년 그룹'은 과거를 매개로 현재를 논박해, 미래를 요구하는 첨예하고 또한 사상적인 시대소설의 특필할 수 있는 작가들이라고 할 수 있다.

그러한 1970년 그룹의 최신 메시지야말로 같은 이상을 내걸고 싸우는 동료들은 물론이고, 어떠한 동료 관계도 성립되기 힘든 현재를 새롭게 사유한다. 그것은 그러한 상황임에도 불구하고 새로운 동료 관계를 바랄 수밖에 없는 우리의 현재를 '공화국'이라는 시점으로부터 되묻는 『비전고료카쿠』를 통해서다.

본 작품이 간행된 후, 나는 시평적인 칼럼에서, "이것으로 이제 올해 시대소설 넘버원은 정해진 것인가"라고 썼지만 실로 그것은 우활(迂闊)한 평이었다.

이 글을 위해 작품을 다시 읽고, 그 안이한 평가가 부끄러워질 만큼 이 작품이 거짓 없는 걸작이라는 것을 분명히 확인할 수밖에 없었기 때문이다.

⊟ 201104

요리를 무대로 "약한 자의 민주주의"를 생기한다

— 다카다 카오루의 『여름 하늘의 무지개— 목숨을 건 요리첩』

*

그곳에서는 맛이 있으면 갑자기 조용해진다.

모두 할 말을 잃는다.

'맛있다'라는 말마저 멀어지는 지복(至福)의 순간이 찾아온다.

고급요리점의 화려하고 기발한 요리는 놀라움과 경탄으로 손님을 요설스럽게 만든다. 여기 에도에서는 본래 이이다마치초(飯田町), 마나이타바시(俎橋, 도쿄 치요다구) 근처의 '쓰루야(つる屋)'에서 결코 화려하다고는 할 수 없는 요리가 사람들 입을 다물게 하고 잠시 방심시켰다.

어느 날, 이러한 요리가 다음과 같이 나온다.

유자를 꼬옥 짠 방어 구이. / 이리(옮긴이 주―물고기) 조림에는 가늘게 썬 생강을 듬뿍. / 찐 백합 뿌리와 마를 가는 체에 걸러서, 흰자위와 소금을 가해 데워, 그 안에 표고버섯과 은행을 싸서 푹 찐다. 그리고 마지막에 갈분을 물에 푼 소스를 걸쭉하게. / 연근 구멍에 새우를 발라서 채우고, 녹말을 가볍게 뿌리고 참기름으로 바싹 튀긴 것에 겨자초를 첨가해서. / 그 날, 산포요시(三方よし)[54]를 즐기기 위해 쓰

루야 객실에 든 손님들은 세세한 곳까지 손길이 닿은 술안주를 먹고, 잠시 방심하고 있었다. / 너무나도 객실이 조용해서, 두 명의 요리사는 신경이 쓰여 칸막이 너머로 안을 엿볼 정도였다.

다카다 카오루(高田郁)의 『여름 하늘의 무지개— 목숨을 건 요리첩(夏天の虹 みをつくし料理帖)』의 한 장면이다.

"꼬옥", "듬뿍", "걸쭉하게", "바싹" 등등 힘이 들어간 요리의 묘사로부터 요리 하나하나가 '사건' 또는 '이벤트'로 출현한다.

그것만이 아니다. 사람이 요리를 창출하고, 만들어진 요리는 잠시 방심하는 사람을 낳는다. 그러한 사람을 바라보는 사람이 또한 마음을 담은 요리를 낳는다고……하는, 사람과 요리가 상호 관계하는 경사스러운 '사건'의 나선(spiral)을 볼 수 있다.

게다가 그 요리들은 쓰루야가 한 달에 세 번 술을 제공하는 날의 생선요리, 이른바 경사스러운 생선요리이다. 매일 점심상은 예를 들면, "차완무시(茶碗蒸し)[55]에 백반, 거기에 무잎과 잡살뱅이 물고기를 달콤 짭짤하게 삶은 것. 무청의 유자절임"이었거나, "쥐노래미 졸임. 갓 지은 백반. 파를 넣고 끓인 뜨거운 국물. 단무지 절임"이었다. 매일, 많은 손님이 방문해 말 수 없이 그 맛을 즐긴다. 여기서는 지천에 널린 요리가 지천에 널린 요리이기 때문에 사건이 된다.

*

54) 옛 시가현(滋賀縣) 상인이 소중해 했다고 하는 판매 상인도 좋고, 구매자도 좋고, 세상도 좋다고 하는 정신.
55) 공기에 계란을 풀고 생선묵, 고기, 버섯 등을 넣고 찐 음식.

『목숨을 건 요리첩』시리즈도 『여름 하늘의 무지개』에 이르러 이미 7번째 작품이 됐다.

하루키문고(ハルキ文庫) 안내서에는 "시대소설문고 대호평 기간(旣刊)"이라는 광고 아래, "요리는 사람을 행복하게 해준다."라고 쓰여 있다. 또한 세 시리즈가 간략하게 정리돼 있다.

와다 하쓰코(和田はつ子)의 「요리인 토시조토리모노히카에(料理人
季藏捕物控)」시리즈 15권(2007—)
다카다 카오루 「목숨을 건 요리첩」 시리즈 7권(2009—)
이마이 에미코(今井繪美子)의 「역참의 찻집 오리키(立場茶屋おりき)」
시리즈 10권(2006—)

이 '요리물' 시리즈는 하루키문고의 시대소설에서 지금은 간판 작품이 됐다. 게다가 이것은 모두 여성작가가 쓴 것이다. 시대소설계의 새로운 바람을 느끼기에 안성맞춤인 세 시리즈라고 해야 할까.

다만 내가 받은 인상은 이 작품들이 '인기 요리물'이 되는 것은 선행한 두 시리즈에 의해서가 아니라는 것이다. 그 인기는 마지막에 등장한 「목숨을 건 요리첩」시리즈의 대인기를 계기로 하고 있다. 작년 여름, 여섯 권 째 『심성 하나(心星ひとつ)』가 나왔을 때 띠지에는 누계 510만부 돌파라고 기록돼 있다. 와다 하쓰코와 이마이 에미코는 이미 베테랑이지만, 다카다 카오루는 만화 원작자를 거쳐서 2008년에 데뷔한 신진에 속한다. 다카다 카오루의 독자 대부분은 젊은 여성으로, 게다가 지금까지 시대소설에는 아무런 관심이 없었던 사람들이라고 한다. 이러한 새로운 독자를 붙잡은 것은 어째서인가.

그 이유 중 하나는 지천에 널린 요리야말로 사건이 된다는 것이다. 두 번째는, 사람과 요리의 축하할만한 나선이다. 세 번째는, 이른바 '약한 주인공'이라고 할 수 있는 캐릭터가 만들어 내는 독특한 세계이다.

이야기의 주인공 미오(澪)는 어려서 수해로 양친을 잃고 오사카에 있는 요리점 '텐만잇초안(天滿一兆庵)'에 봉공한 후, 지금은 에도의 '쓰루야'에서 솜씨를 닦고 있는 여자 요리인이다. 하지만 이 소설 가운데 살아가는 미오는 결코 씩씩한 소녀가 아니다.

그녀는 식단 하나하나에 철저하게 고민한다. 시행착오를 반복한다. 실패 쪽이 더 많다.

걱정거리나 침울함을 숨기지 않는다. 무언가 있으면 바로 불안한 표정을 짓고, 조용히 사모하는 남자로부터는 '처진 눈매'라고 야유 당한다.

요리인 이야기에 자주 나오는 의지가 강하고 역경 속에서 용기를 발휘하는 인물이 아니라 오히려 철저하게 시련에 약하고 지독하게 나이브한 소녀다. 역시 만화로부터 시대소설 세계로 넘어온 하다케나카 메구미(畠中惠)의 『속된 마음(しゃばけ)』시리즈(2001)가 약재 도매상인데도 대단히 허약한 주인장을 주인공으로 내세운 것과 서로 비슷하다. 젊은 여성 독자의 공감은 바로 이러한 부분에서 나오는 것이리라. 역사소설 및 시대소설의 주류는 여전히 영웅호걸 즉 '강한 주인공'에 점유돼 있다. 「역참의 찻집 오리키」시리즈는 원래 무가 집안으로 과격한 기질의 여자 주인 오리키가 나온다. 「요리인 토시조 토리모노히카에(料理人季藏捕物控)」시리즈 역시 본래 사무라이로 가게 선대로부터 어용의 은밀한 직

업을 잇는 토시조가 나온다. 이 둘은 '강한 주인공'의 계보에 속한다.

하지만 미오는 단순히 '약한 주인공'에서 그치지 않는다. 그 '약함'은, 미오를 둘러싸는 또한 결코 강하지 않은 극히 보통의 사람들을 불러들여 소중한 연계를 만들어 낸다. 원래는 텐만잇초안의 여주인으로 지금은 미오와 같이 사는 요시(芳), 쓰루야의 점주 타네시(種市), 쓰루야를 도와주는 오료(おりょう), 신발지킴이 후키(ふき), 요시하라 오키나야(翁屋)의 요리사 마타지(又次) 등이 그들이다.

잔소리 많은 극작가 세이에몬(清右衛門)이나, 책 발행처인 사카무라당(坂村堂)도 여기에 활기차게 가담하게 된다. 이것은 틀림없는 '동료'이다. 게다가 소중한 '동료'라고 한다면, 미오와 그 동료들의 요리를 즐기고 살아가는 기쁨을 맛보는 유복하다고는 할 수 없는 많은 손님들 또한 '동료'가 아닌가. 미오의 '약함'이 불러오는 커다란 '동료'들이다.

*

나는 이노우에 히사시가 소년 시절 겪은 전중 체험을 떠올리지 않을 수 없다.

> 남아 있는 것은 어린이와, 여자와, 노인뿐입니다. 그래서 뻐끔히 소중한 중심 기둥이 없는 집이 대부분으로 그렇게 살았던 것입니다. 그것이 이번 겨울 대단한 대설이 내린 것입니다. (중략) 힘이 약한 어린이나 어머니들에 게다가 노인들이 한순간에 할 일을 정하고 아이들이 올라가서 눈을 쓸어 내립니다……

이러한 체험에 대해서 말했던 이노우에 히사시는 다음과 같이 잇는다.

　　그 겨울의 약한 사람 모두가 눈과 싸웠던 기억으로부터 그런 수단
으로, 다양한 세상 속의 마이너스라고 해야 할지 질색인 세상을 고칠
수는 없겠는가라고 하는 사람들이 비웃을 것 같은 소박한 낙천주의를
갖고 있는 부분이 있습니다.
　　(쓰루미 슌스케[鶴見俊輔]와의 대담 「웃는 투명인간(笑う透明人間)」)

　이는 기존의 견해로는 '중심'을 결락한 최악의 상태에서 시도된 작업
이다. 하지만 그 작업 속에서 사람들은 사실은 '중심'이 사람들의 연대
와 협동을 저지하고 있었음을 눈치 채고, 각각이 갖고 있는 힘을 서로
내놓고 협동하는 기쁨을 자각한다. 이른바 '약한 자의 민주주의' 체험
은 이노우에 히사시 작품에 등장하는 모든 인물의 '원체험'이라고 해도
좋을 것이다. 나는 『팔삭의 눈(八朔の雪)』으로부터 『여름 하늘의 무지개』까
지, 『목숨을 건 요리첩』에 그려진 세계도 또한 요리를 무대로 한 '약한
자의 민주주의'의 발견이라고 생각한다.

　여기서는 화려하고 사치스러운 요리가 아니라 일상의 소소한 요리가
하나의 사건이 되고, 영웅호걸 식의 히어로가 아닌 '약한 주인공'이 만
들어 내는 '동료'가 활약한다. 특히 『여름 하늘의 무지개』 권에서는 후
각을 잃은 미오를 모두가 도와준다고 하는 뛰어난 '동료애'가 눈에 띈
다. 손님들의 '동료'다운 행동에도 기분이 상쾌해 진다.

　하지만 그런 만큼 미오는 구제자라고 할 수 있는 요리 봉행(奉行, 명을
받들어 하는 사무 담당) 오노데라 카즈마(小野寺數馬)에 대한 생각을 끊어낼
수밖에 없다. 또한 요리인으로서 압도적인 존재감을 갖기 시작한 마타

지를 무참하게 잃을 수밖에 없다.

영웅호걸을 부정한 이야기의 선택이 지금 커다란 '불행'으로 변해 미오를 눈사태처럼 덮친다.

버텨라 미오, 서로 지탱하라 '동료'들이여 그리고 더욱 나아가라 다카다 카오루!

이 소설은 기존의 화려한 '강한 자의 전제(專制)' 이야기로부터 '약한 자의 민주주의'라는 수수한 파라타임으로 야마모토 슈고로에게서 시작된 '시정 이야기'의 자산이 만재(滿載)한 시대소설이라 할 수 있다. 나는 단호히 이러한 시대소설을 지지한다.

☞ 201205

그래그래, 꼭 원수를 갚게 해주리다

— 시로야마 사부로 추도, 걸작 『신산』의 생각을 잇는다

새로운 '인간'으로의 도약

때로 소설은 기적처럼 해방적인 것을 작렬시키는 이미지를 광림(光臨)시킨다.

그것은 영상도 소리도 아닌, 그저 언어에 의해서만 가능해 진다. 격렬하게, 긴박하게, 반짝이는 그것을 통해서다.

관념 가운데 초월을 거부하고 어디까지나 역사를 살아가는 인간에 벋디며 멈춰서면서 게다가 새로운 '인간'을 향해 도약하는 해방적인 작렬을 보여 준다.

소자부로(宗三郎)는 둑에서 뛰어내려왔다. 그 소자부로에게 연고 주민들이 오른쪽으로부터도 왼쪽으로부터도 말을 걸면서 달려온다. 소자부로는 강을 건너 마른 버드버들 아래를 민첩하게 등을 구부리고 계속 달려간다. 낫이 빛나고 죽창의 예리한 끝이 아침 해에 무디게 비친다.

소자부로는 연고 주민의 반원형 대형을 뒤로, 그 열 간 정도 앞에 섰다. 낫 소리는 조금씩 깊이를 더해가고, 조용히 등을 밀며 다가오고 있다. 그 소리에 소자부로는 유조(勇藏)의 손, 기시(義市)의 손, 소키치

(宗吉)의 손, 치히로(千弥)의 손 등, 알고 있는 만큼 수많은 손의 움직임을 느꼈다. 오래된 생각과 분노에 혹처럼 부풀어 오른 손이, 지금 바로 그 대상을 향해 돌진해 간다. 말하는 소리하나 들리지 않는다. 쉬쉬 쉭. 낫 소리가 혼의 소리였다. 10년 아니 17년의 신산(辛酸, 괴롭고 고생스러움)도 이것을 위해 있었던 것이라고 생각되는 긴장되고 조용한 소리. 쉬쉬쉭. 쇼죠(正造), 어머니, 치히로의 아내, 에이고로(榮五郎)······ 20년을 넘는 죽은 사람들, 무수한 광독(鑛毒)에 의해 죽은 망자들이 숨을 죽이고 속삭이는 소리로도 들려온다. (중략) 쉬쉬쉭. 거기에는 분노 이상으로 긴장된 힘의 균형이 있었다.

(시로야마 사부로(城山三郎) 『신산 다나카 쇼죠와 아시오광독사건 (辛酸 田中正造と足尾鉱毒事件)』[56] '제2부 소동')

이것은 무참하게도 아름다운 조용하면서 격렬한 해방적 작렬의 순간 이다.

이길 가망이 없기에, 맞서 일어선다.

아시오 광산광독 반대 운동이 현재화된 1890년부터 27년간, 광독피해자 은폐를 위해 저수지 계획에 반대한 야나카촌사건(谷中村事件)이 벌어진 후 17년이라는 시간이 펼쳐진다.

야나카촌(谷中村)에 살고 있는 잔류민과 함께 싸우던 다나카 쇼죠가 죽은 지 8년, 마지막까지 모였던 사람들이 마을을 떠난 지 4년이 지나

---

56) 아시오광독사건은 19세기말 토치키현과 군마현에서 일어난 공해(公害) 사건이다. 광산 개발로 광독 가스, 광독수 등이 주변 환경에 악영향을 끼쳐서 1890년대부터 토치기현 정치가였던 타나카 쇼죠가 중심이 돼서 메이지정부에 문제 제기를 했지만, 1980년대 까지 시설이 가동됐다.

고 있었다.

타니무라촌의 최종적인 소멸을 지향하는 권력 측의 파상 공세가 시작되려던 순간, 주위에 분산돼 있던 연고 주민들이 마침내 맞서 일어선다.

이길 가망이 없는 싸움에도 불구하고가 아니다.

강대한 권력을 앞에 두고 지금까지 승산은 없었으며 앞으로도 승산은 아마 없을 지도 모른다.

이길 가망이 없기에야말로 맞서 일어선다.

일어서서, 승산이 없기에 맞서 일어서지 않는다는 체념을 끊어내고, 그 마음을 다음의 사람들에게 잇는다.

소자부로는 다나카 쇼죠와 행동을 함께하고 지금은 재판 투쟁의 중심이 된 후, 믿기 힘들 정도로 해방적인 광경을 눈앞에서 본다. 그는 지금까지 신산과 고투의 소리라고 여겨지는 그것을 미래로 잇는 소리, "쉬쉬쉭"이라는 소리를 반복해서 듣는다.

다나카 쇼죠는 광독의 희생자와 만날 때마다, "좋아좋아, 이 마사히로가 꼭 원수를 갚아주리다."하며 부드러운 목소리로 말했다. 소자부로는 그 말과 그 목소리를 좋아했다.

"쉬쉿" 하는 소리 가운데 다나카 쇼죠가 많은 사람들에게 전한, "좋아좋아, 꼭 원수를 갚아주리다."라고 하는 무수한 목소리를 소자부로는 들었음이 틀림없다.

권력과 권력 혐오

2007년 3월 22일 이른 아침, 시로야마 사부로(城山三郎)가 죽었다.

시로야마 사부로는, 1927년에 태어났다. 같은 해에 태어난 작가로는 요시무라 아키라(吉村昭), 유키 쇼지(結城昌治), 후지사와 슈헤이(모두 고인)가 있다. 이 네 사람은 생전에 친한 사이였다.

요시무라 아키라의 역사소설, 유키 쇼지의 하드보일드, 후지사와 슈헤이의 시대소설 그리고 시로야마 사부로의 경제소설이 말해주듯 이들은 각각 활약한 주요 무대는 달랐지만, 권위 혐오, 권력 혐오, 조직 혐오라는 것은 공통적이다. 그것이 이 네 명을 맺어줬던 것이리라.

시로야마 사부로는 죽은 후지사와 슈헤이에 대해서 요시무라 아키라와의 대담 「말해야만 하는 것(語りつぐべきもの)」 가운데 다음과 같이 쓰고 있다.

우리 세대에는 권력이나 권력적인 것은 이제 넌더리가 난다고 하는 사람은 있었지. 하지만 그 사람의 수필을 읽어보면 이와테현(岩手縣)의 미야자와 켄지기념관(宮澤賢治記念館)에 대해 말하는 부분이 있어. 어쨌든 그 이상은 바랄 수 없을 정도로 잘 정돈된 시설이야. 하지만 어렴풋이 권위주의의 냄새가 나는 듯한 기분이 든다고 쓰고 있어. (중략) 알 것 같은 기분이 들어. / 그러한 일종의 민감함이라는 것은 보통 사람은 느낄 수 없는 것이야. 하지만 권위나 권력에 질린 사람이라면, 냄새가 풍겨온다니까.

누구의 눈에도 확실한 권위적 집단이나 조직은 물론이고, 일견 그것과는 멀어 보이는 것 가운데도 권위와 권력을 찾아내지 않을 수 없다. 게다가 '고약한 냄새가 난다.'고 하고 있다. 거의 생리적인 혐오로까지 침투해 버린 권위와 권력 혐오라고 할 수 있다. 시로야마 사부로 세대에 생리적인 차원에까지 권력적으로 강제된 '군대' 체험이 불러온 사상이라 하겠다. "정말, 지독한 조직이었다.", "해군으로 체험한 것은 모두 쇼크였다."라고 하는 말은, '대의'를 굳게 믿고 해군에 소년병으로 지원한 시로야마 사부로의 언어이니만큼 한없이 무겁다.

다나카 쇼죠로부터 무수한 사람들에게 건네진 '원수 갚기'

시로야마 사부로의 죽음에 접하고 다시금 생각하는 것은, 초기에서부터 만년에 이르는 그가 쓴 작풍의 변화를 최근 10년 간 이 시대가 빠른 스피드로 거꾸로 더듬어가고 있다고 하는 것이다.

고도경제성장기 전야에 연이어 쓰인 「수출(輸出)」, 「어떤 도산(ある倒産)」, 「절규의 거리(絶叫の街)」, 「총회꾼 긴죠(總會屋錦城)」 등의 단편은 지금 읽어도 놀라울 정도로 우리의 현재와 가까이에 있다.

군대와 전쟁이라고 하는 괴물과 격투한 시로야마 사부로가, 새롭게 출현한 기업과 '경제'라고 하는 괴물과 악전고투하며, 상처입고 파멸해 가는 사람들을 공감을 담아서 그린 단편작품들이다.

이러한 작품은 고도경제성장의 진전과 함께 사람들이 착실히 성공의 계단을 올라가는 것을 쓴 당당한 장편작품, 예를 들어 『관료들의 여름(官僚たちの夏)』이나 『사내들의 호일(男たちの好日)』, 『매일이 일요일(毎日が日曜日)』이나 『용자는 말하지 않고(勇者は語らず)』 등의 작품과 비교해 보면 우리 시대의 '리얼'에 훨씬 가깝다.

'새로운 전쟁'과 '새로운 경제'라고 하는 괴물의 발호로 도약하는 이 시대의 '리얼'인 것이다.

그리고 또 하나.

내가 시로야마 사부로의 죽음에 접하고 나서 생각한 것은, 전중과 전후에 이 작가가 스스로의 고투를 격렬하고 집요한 필치로 그려 담은『대의의 끝(大義の末)』이 확실한 그가 쓴 대표작의 하나라는 것이다. 그렇다고 한다면, 그에 견줄 수 있는 걸작은『신산(辛酸)』이 아닌가 하는 점이다.

둘 다 결정적인 '차질'과 '패배'를 깊게, 더 깊게 통과해 살아가는 것의 희구이기에 가능한 선별이다.

「신산(辛酸)」이라는 말은 다나카 쇼죠가 쓴 「신산입가경(辛酸入佳境)」(신산 가경에 들어가다)로부터 온 것이다.

싸우는 다나카 쇼죠와 친했던, 싸우는 작가 키노시타 나노에(木下尙江)는 「대야인(大野人)」가운데 이렇게 쓰고 있다.

정당을 버리고 의회를 버리고 정치를 버리고 세상으로부터도 고구(故舊)로부터도 동지로부터도 완전히 잊혀져 고독 단신으로 야나카의 수촌(水村)에 빠져있을 때는, 옹(翁)의 생애에 있어서 신도약기였다. 40년 여름. 야나카촌의 남은 가구 10여 호가, 마침내 공권력에 의해 파괴돼 버렸을 때, 어떤 사람이 부채를 꺼내서, 무언가 써주시죠라고 말하자, 옹은 일필을 생각하고 있었다. 바로 팔이 움직이자, 눈이 흰 부채의 면에『신산입가경』이라고 행서(行書) 다섯 글자를 쓰사 그것은 흡사 용이 가는 것 같이 뛰쳐나갔다. (중략) 그걸 보고 있는 사람들이, 누구나 잘 쓴다 잘 쓴다고 즉시 그 글씨를 칭찬했다. 칭찬을 받은 옹은, 긴 머리의 물결치는 머리칼을 양손으로 털면서, 큰 입을 벌려서 "하하하하" 하고 웃었다.

나는 나도 모르게 눈물을 삼켰다.

『신산입가경』

옹의 생애는 실로 이 다섯 글자로 다 설명할 수 있다.

늙어서 더욱 으르렁대는 다나카 쇼죠의 마지막 싸움으로부터 시작되는 작품 『신산(辛酸)』이다. 하지만 악정의 끝을 달리는 권력의 폭거를 그려낼 뿐으로, 싸우는 사람들에게 「입가경(入佳境)」(가경에 들어가는 것)을 허용하지 않는다.

다나카 쇼죠로부터 사람들에게 가혹하기 그지없는 '신산'이 이어져 더 이상 어떠한 가경(해방)도 불가능하게 보일 때, "쉬쉿"이라고 하는 낫과 죽창의 소리가 들렸다. 그와 함께, 사람들의 더 이상 참을 수 없는 작렬하는 순간이 표출된다.

실로, '신산입가경'의 순간이다. 이것은 다나카 쇼죠의 당당한 말을 통해 사람들이 잇는 장대한 '원수 갚기'의 발로라고 하겠다. 그렇다고 한다면, '신산입가경'은 "좋아좋아, 이 마사히로가 꼭 원수를 갚아 주리다."라고 계속 말해온 마사히로의 분투와 사람들의 반대 가운데서 끊임없이 현현한 것은 아닌가.

시대소설에 익숙한 '원수 갚기' 미담 거의 대부분에 나는 관심을 갖고 있지 않지만, 다나카 쇼죠로부터 무수한 사람들에게 건네진 '원수 갚기'라고 하는 의지에는 무관심 할 수 없다.

시로야마 사부로가 「대의의 끝(大義の末)」에 발견해낸 것이 이것이라면, 내 가운데서도 또한 그것과 함께 공명하는 사상이 확실히 있기 때문일 것이다.

다나카 쇼죠(1841~1913)는 움직이는 사람이었다.

일하고, 보고, 듣고, 느끼고, 생각하고, 쓰고, 움직였다. 권위와 권력에 대한 증오도, 동지에 대한 우애도, 사람들과의 공소(共苦)도, 자연과의 교감도 모두 움직이는 것으로 시작돼 그리고 움직이는 것의 끝은 반드시 다음 움직임의 시작이었다. 막번체제(幕藩体制)의 붕괴로부터 강제적이며 또한 호전적인 제국의 형성에 이르는 격동기를, 움직이는 사람은 사람과 사람 사이를 이으면서 문제에 문제를 겹쳐가며 인식은 한없이 어둡게 실천은 어디까지나 밝게 걸어나갔다.

유이 마사오미(由井正臣)·고마쓰 히로시(小松裕) 편 『다나카 쇼죠 문집 (1)(2)(田中正造文集(一)(二))』은 서간을 축으로, 의견서나 일기 등을 배치해 움직이는 사람의 궤적을 뛰어나게 부각시켰다. 그 (1)은 「광독과 정치」라고 제목짓고 입헌정치가로서의 활동 및 아시오동산광독사건(足尾銅山鉱毒事件)의 추구와 탄핵, '천황'에 대한 직소까지를 다루고 있다. (2)는 「야나카의 사상(谷中の思想)」으로 광독의 은폐와 처리를 위해 소멸의 위기에 직면한 야나카촌으로 옮겨와 살면서 조사하고 항거를 계속했던 날들의 기록이다. 편자의 주도면밀한 해설과 더불어 다나카 쇼죠의 사상에 입문하기에는 절호의 책이라고 해도 좋다.

다테마쓰 와헤이(立松和平)의 『독 풍견 다나카 쇼죠(毒 風聞田中正造)』는 광독 피해 이전의 와타라세강(渡良瀬川) 유역의 풍요로운 자연에 대한 묘사로 시작된다. 메기, 잉어, 뱀, 지렁이, 제비 등 다양한 '생명체'가 다양한 시점으로 포착된 다층적인 자연은 광독에 의해 순식간에 파괴되고 만다. 이 두려워할 만한 이변과 맞서 싸우는 촌민과 다나카 쇼죠는 권력에 의해 내몰리면 의시소침과는 전혀 거리가 멀게 행동한다. 이들이 끝끝내 광채를 잃지 않는 것은 사람을 감싸는 '생명' 세계의 기억과 회복을 향한 확신이 있었기 때문인지도 모른다.

『신산』은 시로야마 사부로가 1961년에 발표한 이상할 정도의 열정이 담긴 소설이다. 나이 들어 더욱 으르렁거리는 다나카 쇼죠 최후의 투쟁이 활사된 「신산」(제1부)은 8년 후에 마을의 최종적인 소멸로 향하는 권력과 주위에 분산돼 있던 연고 주민의 '소동'(제2부)으로 전환된다. 움직이는 사람이, 다른 움직이는 사람의 탄생을 강하게 촉구하는 것이다.

움직이는 사람은 막다른 곳에서 작은 구멍을 열어서, 비창감(悲愴感)을 유머로 절망을 희망으로 바꾼다. 이 제기된 문제와 그 방식을 통해 우리가 배울 점은 많다. 지금도 다나카 쇼죠 옹은 우리보다 몇 걸음 앞을 엄격함과 붙임성이 공존하는 얼굴을 하고 걷고 있다.

▣ 201205

함께하면, 그렇게, 못할 것도 없다고!

— 미요시 주로의 『베인 센타』가 회귀한다

베이고 베여 칠흑 같은 어둠으로 떨어졌다

"난 잘 알고 있어" 하고 완전히 늙은 백성 '베인 센타(斬られの仙太)'는 확신에 찬 어조로 자유당(自由党)[57]의 건달로부터 가세를 강요당한 마을 사람에게 말한다.

과거 텐구도(天狗党)[58]에 가세했던 젊은 날의 센타에게 말하기라도 하듯이.

이봐, 정부가 무언가 해주리라고 생각하는 것은 바보 같은 짓이야. 반대당이 좋은 쪽으로 해주리라고 생각하는 것도 멍청한 것이고 안 그렇겠어. 정부만 하더라도 반대당만 하더라도 부잣집 출신이나 높으신 집안 출신들뿐 아니냐고. 어차피 부자나 지주들만을 생각하겠지. (중략) 내 몸에 있는 이 베인 상처가, 그렇다는 것을 가르쳐 준다고 그래. 네놈들 자신이 아프고 슬프고 괴롭다고 생각한다면, 자신에 대한

---

57) 1881년 이타가키 타이스케(板垣退助)를 중심으로 결성된 정당으로, 프랑스류의 급진적 자유주의를 제창했다. 1884년에 해산했다.
58) 에도 말기, 미토한(水戸藩)에서 존왕양이를 제창한 급진파.

것은 자신의 손으로 해야 해. 다른 사람에게 의지하면, 너도 진정한 일은 할 수 없어! 아무리, 어쩔 수 없는 농사꾼이라고 해도 한 사람 한 사람으로는 힘들지만, 그게 10명 20명 100백 1000명이 함께하면, 보라고, 못할 것이 어디 있겠어! (「10마카베 수전(10 眞壁在水田)」)

미요시 주로(三好十郞)의 희곡 『텐구외전 베인 센타(天狗外伝 斬られの仙太)』(나우카샤ナウカ社), 1934)의 마지막장(제10장) 「마카베 수전」에서도 제일 마지막 부근에서 센타가 한 말이다.

인용은 고등학생이었던 내가 바리케이트 안에서 읽고, 방금 전에 밑줄을 그은 것처럼 느껴지는 빨간 볼펜의 밑줄이 생생한 『베인 센타(斬られの仙太)』(신센샤新泉社), 1969)로부터 했다. 오랜만에 다시 읽어보면서 나는 이 센타의 말에 청색 마커를 겹쳐서 그었다.

농민으로서 매일매일 칼에 베여왔던 센타가 노름꾼이 되고 텐구도에 들어가면서 베는 쪽으로 입장이 바뀌어 사람을 베고 또 벤다. 하지만 다시 베이고 또 베여서 마침내 칠흑 같은 어둠으로 떨어졌다. 그로부터 한참 후에, 기적처럼 나오는 센타의 말에 새로운 '전쟁과 빈곤'의 시대를 살아가는 우리가 어떻게 무관심할 수 있겠는가.

미요시 주로 부흥은 『베인 센타』로부터

2008년, 미요시 주로(三好十郞, 1902~1958) 사후 50년을 맞이해서 와세다대학교 연극박물관이 주최한 '사후50년 미요시 주로 기념전'이 열렸다. 자화상, 자필원고부터 시작해서 엄청난 양의 상연 포스터, 무대사진, 텔레비전이나 라디오 대본 등이 전시됐다. 또한 이 박물관에서는

연극 강좌 「미요시 주로 부흥」을 열었고, 영화 『히코로쿠 크게 웃다(彦六大いに笑う)』(1936)를 상연한 후에 심포지엄이 개최됐다.

　기념관에서 배부된 자료에는 1958년부터 2006년까지 미요시의 작품이 상연된 연보가 실려 있었다. 미요시와 관련이 있었던 극단문화좌(劇団文化座), 극단민예(劇団民藝)는 물론이고 다양한 극단이 작품을 다뤄왔다. 특히, 2000년을 지나서부터는 쿠리야마 타미야(栗山民也) 연출을 통한 상연이나, 신예 나가쓰카 케이시의 아사가야스파이더즈에 의한 상연 등이 두드러진다. 미요시 주로에 대한 관심이 넓은 층에서 높아지고 있음을 보여 주고 있음을 알 수 있다.

　상연 작품 중에서는 빈센트 반 고흐의 평전을 극화한 『불길의 사람(炎の人)』이 가장 많았는데, 그것과 비교해서 『베인 센타』는 적다.

　『베인 센타』 공연은 무라야마 토모요시(村山知義) 등 해체기인 만큼 혁명당을 절대시하는 사람들로부터 비난에 직면했던 1934년 중앙극장(中央劇場) 제1회 공연으로 시작해, 제10장의 사람을 칼로 벤 뒤 그대로 버려둔 것이 논쟁을 불러온 1968년의 극단민예 공연 그리고 1988년과 1990년 극단문화좌(劇団文化座) 공연에 불과하다.

　하지만 지금 미요시 주로의 부흥이 있다고 한다면 그것은 우선 『베인 센타』로부터가 아닐까.

마침내 깨지지 않는 해방에 대한 꿈 그 자체로서

　『베인 센타』는 오른쪽 멀리 쓰쿠바산(筑波山)이 보이는 「1 시모쓰마가도 갈래길 제방 위(1 下妻街道追分土手上)」에서 막이 오른다.

　마카베촌(眞壁村) 젊은 농부 센타는 자신의 형 센에몬(仙右衛門)이 동료들과 무리를 지어 호소하는 것을 계획한 죄로 본보기 처벌을 받게 되자 형을 구하려 한다. 그는 친구 단로쿠(段六)와 함께 행인들에게 연판(連判)[59])을 탄원하기 위해 땅에 엎드려 조아리고 있다.

하지만 막상 중요한 농부들은 후일의 앙화를 두려워해 멀리서부터 이들을 에워싸기 시작할 뿐이다. 구타가 시작돼 신음 소리가 높아지는 가운데, 세 명의 사내가 마침 그곳을 지나간다.

센타의 호소에 귀를 기울인 미토(水戶) 낭사(浪士)[60]) 카타 겐지로(加多源次郎)는 봉서(奉書)에 무언가를 적었고, 영리한 도박꾼 진고자(甚伍左)는 센타에게 돈 한 냥을 줬다.

기쁨의 눈물을 흘리는 센타는 봉서에 "미토, 텐구도 일동(水戶, 天狗組一同)"이라고 쓰인 것을 보고 경악한다.

4년 후.

「2 리쿠젠하마가도, 토리데슈쿠 변두리(2 陸前浜街道,取手宿はずれ)」막에서는 좋지 않나(エジャナイカ)[61])라는 노래를 배경으로 도박꾼이 된 센타가 나타난다. 센타는 형의 땅을 되찾기 위해서 스무 냥을 도박으로 모아 마을로 돌아가는 도중이다.

센타는 무시로 깃발(ムシロ旗)[62])을 내걸고 에도로 향하는 농민들 가운데, 친척이 없는 아이들을 보살펴주고 있는 오타에(お妙)가 있는 것을 알

---

59) 같은 서면에 연명으로 도장을 찍는 것.
60) 섬길 번주를 잃은 사무라이.
61) 에도시대 말기 1867년 8월부터 12월에 걸쳐서, 긴키(近畿), 시코쿠(四國), 도카이(東海) 지방에서 발생한 소요. 민중이 가장을 하는 등 하야시(囃子, 가부키 등의 반주 음악)에 맞춰서 "에에쟈나이카(좋지 않나)" 등을 연호하면서 집단으로 열광적으로 춤을 췄다고 한다.
62) 거적 등을 장대에 걸쳐서 깃발로 만든 것. 에도시대, 농민들의 무장 봉기 등에 사용됐다.

게 되자 형에게 주려고 했던 스무 냥을 그녀에게 건네준다. 그러면서 형 한 명을 구하기 위해 기를 쓰고 있던 자신의 소견이 바보 같았다 모두를 위해서 써주게 하고 말한다.

이 장면을 통해 센타는 한 명의 분노한 본래 농민 출신 도박꾼에서 많은 백성의 해방의 꿈이 뭉쳐진 존재로 새롭게 태어난다.

『베인 센타』가 어째서 일부러 '대중 취향의 이야기 풍'이지 않으면 안 됐는지, 그 비밀을 푸는 열쇠가 여기에 있다고 본다.

센타가 향해가는 의의(意義)가 정해지고부터 이야기는 실로 빨라진다.

센타는 텐구도 사람들과 재회하고, 카타 겐지로(加多源次郎)에게서 "개인의 힘을 모아서 …… 결속해야만 한다."라는 것을 들은 후인 「3 주산즈카 고개 근처의 높은 평지(3 十三塚峠近くの台地)」막으로부터 텐구도의 거병에 가세한다. 그는 사무라이들의 '내분'이 일어난 것에 의문을 깊게 품으면서도 해방을 꿈꾼다. 그는 명령을 받은 그대로 득의양양한 솜씨를 적과 자기편에게 행사해서 형을 베고 미토 낭사를 베고, 그것을 말리는 진고자마저도 베려고 달려들었다. 그 때, 센타에게는 이제 「9 에치젠, 키노메 고개(9 越前, 木芽峠)」막에서의 '베임'을 당하는 것 외에는 남아있지 않다.

'사무라이만의 의거'로 하자며 괴멸을 각오한 사무라이들은, 센타 등을 말살하려고 한다.

"젠장! 크, 크흐, 사람을 속이다니! 쳇, 이놈아 그러고도 네가 남자냐! 그러고도 사무라이냐! 아, 아니지, 그, 그것이 사무라이다! 속였구나! 속였구나! 개같은 새끼들!"이라는 말로부터 시작되는 센타의 길고 긴 절규는, 농민을 구하지 않는 지도부에 대한 저주만은 결코 아니다.

이는 의문을 느끼면서 비난을 끝까지 해내지 못했던 자신에 대한 저주이며, 무엇보다도 우선, 센타를 여기까지 데려온 구할 수 없는 농민들의 해방을 향한 꿈이, 센타의 죽음으로 향해진 저주에 다름 아니다.

갈기갈기 베어서 낭떠러지로 떨어지지만, "떨어지면서 저주하며 욕을 퍼붓는 부르짖음——"을 계속하는 센타는, 센타이면서 센타가 아닌 마침내 깨지지 않는 해방의 꿈 그 자체이다.

절망을 헤쳐 나온 희망

센타는 죽어도 해방을 향한 꿈은 죽지 않았다.

구하지 못한 수많은 농민들은 계속 살아가지 않으면 안 된다.

그러므로 「9 에치젠 키노메고개」막에서 '베이'게 되는 비극으로 이야기는 끝나지 않는다. 끝나게 되면, 애써서 사람들의 해방의 꿈으로 화한 센타를 영웅으로 취급해, 모든 것을 한 사람의 비극으로 가두게된다.

눈 내린 키노메 고개 장면으로부터 이야기는 바뀐다. "메이지 17년 8월말 맑은 날의 정오가 지난 무렵"(연극 각본의 배우의 동작을 나타난 부분)으로부터 시작되는 「10 마카베 수전(10 眞壁在水田)」막에서 무대는 극히 당연한 것처럼 막을 연다.

"널찍한 한 면의 수전에서, 올해 벼는 이미 칠할 정도 성장해서", 밝고 조용한 광경이지만, 이것은 메이지유신으로 인해 농민이 해방에 대한 꿈이 실현됐기 때문이 아니다.

마을에서는 자유당 장사들이 농민에게 자신들에게 가세하는 것을 강요해, 자유당을 탄압하려는 형사와 순사가 거만하게 구는 대지주와 짜고 분주하게 움직인다.

이 시대는 막부 말과 거의 변함없는 오히려 권력의 망이 한층 튼튼하고 까다로워져서 농민들을 뒤덮고 있다.

오히려 해방에 대한 꿈은 멀어진 것처럼 보인다.

그럼에도 불구하고, 밝은 그대로 조용한 광경이 넓어져 가는 것은, 죽은 줄 알았던 칼에 '베인 센타'가 살아서 등장하기 때문이다. 게다가 친구인 단로쿠나 아내가 된 오타에도 옆에 있다. 그리고 센타가 막부 말기 그리고 메이지유신 이후의 현재를 통해서 그 고난의 체험을 겪었던 만큼, 해방의 꿈을 확실히 그릴 수 있게 되었기 때문이다.

> 네놈들 자신이 아프고 슬프고 괴롭다고 생각한다면, 자신에 대한 것은 자신의 손으로 해야 해. 다른 사람에게 의지하면, 너도 진정한 일은 할 수 없어! 아무리, 어쩔 수 없는 농사꾼이라고 해도 한 사람 한 사람으로는 힘들지만, 그게 10명 20명 100백 1000명이 함께하면, 보라고, 못할 것이 어디 있겠어!(「10 마카베 수전」)

이 말 직전, 센타가 "예전부터, 아래아래 농민과 초닌[町人, 도시상인], 가난뱅이는 버림받았어. 메이지유신 때도 잊혀 있었고. 지금도 그래. ……농민과 초닌(도시 상인), 아래 아래에 있는 가난한 사람이 자신이 생각해서 무언가 하지 않으면, 가난뱅이의 도움이 되지 않는 걸까" 하고 중얼대고 있는 것을 보면 이야기는 농민에 그치지 않고 해방을 꿈꿀 수밖에 없는 모든 사람들에게 호소하고 있는 것이다.

시대가 결정적으로 변해도 여전히 계속되는 압제를 '시대 이야기' 나름의 형식으로 잡아내면서, 절망을 헤쳐 나온 희망을 말하는 『베인 센타』는 『게공선』에 겹쳐친다. 그러면서도 그로부터 기성의 '정당'에 대한 의존을 끊는(기존의 하던 방식으로부터 한걸음 나오는) 가장 현실적인 이야기 중 하나이다.

☐ 201012

국경을 넘는 시대소설

— 이케자와 나쓰키의 『조용한 대지』와 후나토 요이치의 『에조치벳켄』

선택받은 비극적 삶

비극의 반대는 희극이 아니라 비극이다라는 것을 내가 안 것은, 에티엔 바리바르(Étienne Balibar)의 『루이 알튀세르 끝없는 절단을 위해서』부터였다. 그런데 『조용한 대지(靜かな大地)』의 주인공 무나가타 사부로(宗形三郞)의 홋카이도 개척을 둘러싼 꿈과 좌절의 생애야말로, 그러한 '비극'에 어울리는 삶이라고 할 수 있다.

현재의 상황은 결코 호전되지 않는다. 오히려 더욱 나쁜 결과가 보인다.

그것을 보지 않고, 마치 그것이 없는 것처럼 행동하는 '비관'적인 태도에 대해, '비극'적이라는 것은 그것에 직면해서 어디까지나 적극적으로 책임을 지려고 하는 태도이다. 전자는 좋지 않은 상황을 감춰버리는데, 후자는 그것을 사람의 농밀한 삶을 통해 가시화하고, 다른 사람들에게 그러한 삶과 대화하도록 만든다.

비관적인 태도가 안 좋은 상황을 그저 맞이하는 것뿐이라면, 비관적인 삶은 좋지 않고 무참한 상황으로부터 시작되는 삶의 방식이다.

『조용한 대지』는 비극적인 삶을 확실히 선택하고 있다.

아이누와 손을 잡고 개척을 막 시작한 무나카타 사부로는 동향 친구에게 이별을 고하면서, "너를 배반하는 것이 아니라 화인(和人) 전체를 배반하는 것이다."라고 말하고, "정(情)을 생각하면 너를 비롯해 동향 동료들에게 미안하다 생각하면서도, 의(儀)에 있어서는 아이누의 같은 편으로 일관하고 있다. 언제가 쓰러질 날이 오겠지만, 그 날까지는 이것을 관철할 요량이다."라고 발언한다.

무나카타 사부로, 무나카타 시로(志郞) 형제는, 아와지섬(淡路島)의 이네타 잇토(稻田一統)와 함께 메이지유신 직후 홋카이도 히타카(日高) 시즈나이(靜內)에 입식해 왔다.

아버지를 시작으로 어른들은 과거에 매달려서 현재를 받아들이려 하지 않는다.

하지만 사부로를 비롯한 어린아이들은 다르다.

나와 형은 처음으로 아이누를 보고 그 얼굴 생김새와 두툼하고 숱이 많은 강해보이는 신체, 재빠르게 배를 젓는 능력, 당당한 태도, 무엇을 말하고 있는 것인지 알 수 없었지만 잘 들리는 목소리, 그러한 것에 열중했다. ……우리는 그들에게 열중해, 그것은 죽을 때까지 변하지 않았다.

'열중'이라고 하는 말이 반복되는 무나카타 형제와 아이누와가 만나는 장면은, 다른 민족과의 만남을 그려 내는 정말 뛰어난 문학의 하나로서, 앞으로 오래도록 기억될 것임이 틀림없다.

이 '열중'이 사부로 안에서 마침내 아이누에 대한 강한 경의로 변해서, 구석에 몰려가는 아이누와 협동해서 목장=근거지 만들기로 향하게 한다.

아이누모시리(アイヌモシリ), 즉 아이누의 조용한 대지는 여기서 회복되지 못하고 결말은 무참하다. 하지만 사부로의 비극적 삶은 시로에게 그리고 그의 딸 유라(由良)[이야기의 화자]에게 이어져간다.

또한 시로를 증조부로 갖는 작가 이케자와 나쓰키의 이야기에도 또한 이어진다.

여기서부터는, 여전히 "강자가 이기고 약자가 지"는 현재를 당신은 어떻게 파악할 것인가라고 하는 이케자와 나쓰키의 물음도 들려오게 될 것이다.

시대소설을 넘어서는 시대소설

메이지 유신 전후의 혼란을, 주변의 선주민 아이누민족의 운명마저도 응시해가면서 그려낸 『조용한 대지』는 시대소설계의 이색적인 작품이라고 해도 좋다.

거꾸로 보자면, 『조용한 대지』를 '이색'적이라고 하는 지점에 시대소설의 특색이 부각된다. 시대소설의 많은 것이 무대로 삼는 것은 '쇄국' 정책 하의 에도시대이다. 외국과의 통상이나 교통을 금지(현저하게 제한)해 체제 질서는 안정돼 있는 반면, 다이내믹한 움직임이 결여돼서 작품 무대가 협소해지는 상황을 불러왔다. 시대소설을 어려워하는 사람은 이러한 '좁음'에 좌절하는 것이리라.

현재의 '국가' 인식이, 근대 국민 국가 성립 이후의 것이라는 것은 자명한 것이다. 하지만 근대를 싫어하고, 근대 이전을 무대로 한 시대소설에 오히려 '일국'적인 인상이 극히 강하다. 시대소설의 많은 작품은 '국경을 넘지 않는' 이야기인 것이다. '국경을 넘었다'고 하더라도 그것은 번과 번 사이의 경계에 지나지 않는다.

보더리스(borderless)가 지당한 것이 된 글로벌리제이션이 맹위를 떨치는 지금, 시대소설은 총체로서 그러한 시대의 움직임을 파악하면서 상대화하는 방향을 모색하지 못하고, 다만 그 반동으로서의 위치를 확보할 수밖에 없는 것이 될 것인가.

그렇지 않다. 시대소설에도, '국경을 넘어서'는 시도가 있다. '좁은' 만큼 그것을 열어젖혀갈 가능성을 품고 있는 장르로서 시대소설을 파악하는 시도가 가능하다.

예를 들어 후나도 요이치(船戸与一)의 『에조치 벳켄(蝦夷地別件)』은 『조용한 대지』의 무나카타 형제의 입식으로부터 약 90년을 거슬러 올라 에조치 아이누 '최후의 봉기'를 그린 2800매(400자 원고지)의 대작이 그것이다.

시대소설 나름의 가능성으로서 파악하다

『에조치 벳켄』의 모든 장 속표지에는 '샤크샤인 전쟁후 몇 년(シャクシャイン 戰爭後何年)'이라는 말이 새겨져 있다. 샤크샤인 전쟁은, 무나카타 형제가 입식한 히다카 지방 시즈나이(靜內)에서 1669년, 족장 샤크샤인에 의해 일어난 아이누 주도의 민족독립전쟁이다.

그 패배로부터 120년. 더 가혹해진 마쓰마에한(松前藩)에 의한 지배에 반해 아이누는 반란의 시기를 엿보고 있다. 아이누 코탄(コタン, 부락) 양생소(養生所)를 만들려고 하는 승려, '볼 사람은 볼 것이다'라는 것을 신

넘으로 분주한 괴승, 마쓰마에한을 대신해 에조치 직접 지배를 지향하는 마쓰다이라 사다노부(松平定信)의 명을 받고 아이누에게 반란을 선동하는 하급 무사, 막부의 움직임을 살피고 그것을 막으려고 하는 마쓰마에한(松前藩番頭) 그리고 신구의 아이누들이 등장한다.

이러한 사람들이, 에조치 동부의 메나시(目梨) 지방을 무대로 활약하며 이야기를 아이누 민족 최후의 투쟁과 패배의 비극으로 때로는 격하게 때로는 조용히 이끌어 간다.

이미 그것만으로도 이 소설은 시대소설에서는 희귀한 '국경을 넘어서'는 이야기라고 해도 좋다. 하지만 더 흥미 깊은 것은 아이누의 봉기에 폴란드 귀족을 결부시키고 있는 점이다.

러시아의 관심을 일본으로 향하게 해서, 그 사이에 폴란드의 독립을 기획하려고 하는 귀족이 등장하면서 아이누의 운명은 프랑스 혁명후의 유럽, 러시아의 움직임과 연결된다.

'국경'이란 단지 나라의 경계가 아니다.

다른 나라, 다른 민족, 다른 세계에 접하는 동란과 적대와 그리고 협력과 유화가 복잡하게 관계하는 매력적인 '장(場)'이다.

국경을 넘는 이야기라는 것은, 단지 하나의 나라를 나와서 다른 나라로 들어가는 이야기가 아니라 '장(場)'으로서의 국경에 깊이 관여하는 이야기에 다름 아니다.

1995년에 간행된 『에조치벳켄』은 기존의 시대소설이 한계를 날카롭게 찌르는 것은 물론이고 시대소설의 풍부한 가능성을 보여 준 작품이다.

☒ 200712

후지사와 슈헤이의 탄생

— 「우키요에시」로부터 「어두운 바다」로의 도약을 접하고

'탄생'에 관련된 최초기 작품의 발견

대체 시대소설은 언제 어떤 식으로 탄생한 것인가.

시대소설 작가의 탄생은 현대소설 작가의 탄생 이상으로 수수께끼같다.

현대소설 작가와 비교해, 시대소설 작가에 대한 물음은 현격하게 많다. 게다가 이러한 물음이 시대소설 작가가 등장할 때마다 반복되고 있다. 그것을 보면 시대소설 작가 특유의 과묵함이 한몫을 해서, 그 대답은 반드시 얻을 수 있는 것이 아니다. 오히려 수수께끼는 깊어지고 있는 것인지도 모른다.

다만 이것은 후지사와 슈헤이에게만 국한 것만은 아니며, 그의 독자들은 그것을 계속 생각해 왔을 터이다. 후지사와 슈헤이는 자신의 구체적인 작품에 입각해서 "후지사와 슈헤이의 탄생"에 관해서 몇 번이고 썼으며, 인터뷰에서도 물음에 대해 성실하게 임했다…….

또 후지사와 슈헤이의 작품이 발견됐다.

1964년 1월, 잡지 「닌자요미키리소설(忍者讀切小說)」에 게재한 「우키요

에시(浮世繪師)」(『오르요미모노(オ一ル讀物) 2008.4)가 그것이다.

신진 우타가와 히로시게(歌川廣重)에게 겁을 내는 원로 우키요에시(浮世繪師) 가쓰시카 호쿠사이(葛飾北齋)를 그린 작품을 한 번 읽고 바로 그의 데뷔작 「어두운 바다(漠い海)」를 상기했다. 이 두 작품에는 겹쳐지는 부분도 많지만 결정적인 차이가 있다.

이 두 작품 사이에 확인되는 것은, 최초기 작품군을 통해서 후지사와 슈헤이가 시대소설 작가 후지사와 슈헤이 탄생을 향해서 시도한 놀라울 정도의 도약이다.

시대소설 작가 탄생의 일단을 해명하는 "후지사와 슈헤이의 탄생"은 그 도약을 똑똑히 보는 것을 통해 확실해질 것이 틀림없다.

「어두운 바다」에서 갑자기 찾아온 '소설 개안'

후지사와 슈헤이의 탄생, 그것은 누구의 눈에도 확실히 보였다.

1971년 제38회 '오르요미모노(オ一ル讀物)' 신인상을 수상한 「어두운 바다」를 둘러싸고, 후지사와 슈헤이는 「신인상의 밤(新人賞の夜)」(1992)에서 다음과 같이 쓰고 있다.

동인지파(同人誌派)였던 후지사와 슈헤이는 신인상에 반복해서 응모했지만, 그것은 "모래사장에서 바늘 하나를 찾는 것과 같아서, 거의 한때의 위안이라고 해도 좋을 느낌의 것이었다." 하지만 "그렇게 가망도 없이 응모 원고를 쓰고 있는 사이, 어느 날 갑자기 마치 계시라도 받은 것처럼 소설 문장이라는 것을 알 것만 같은 날이 찾아왔다. 그때 쓴 원고 「어두운 바다」로 신인상 최종후보에 남았다. 그것을 알리는 편집자가 선고회의 결과를 어디로 통지하면 좋을지 알려달라고 물었다.". 근무처인 사무소에서 연락을 기다리고 있자, "마침내 전화가 와서 내가 수상했다는 것을 알려왔다. 나는 감사 인사를 하고 전화를 끊은 후, 잠시 동안 망연자실하게 서있었다고 생각한다. 오랫동안의 바람이 달성됐다고는 하지만 싱겁다는 기분이 들었다.".

후지사와 슈헤이 생전에 작성된 연보(『후지사와 슈헤이 전집 제23권(藤澤周平全集 第二十三卷)』 1994)에 의하면, 『오르요미모노』 신인상에 투고를 시작한 것은 1964년이다. 제26회에 「호쿠사이 희곡(北齋戲曲)」이 제3차 예선까지, 제27회에 「숭리곡(嵩里曲)」이 제2차 예선까지, 제29회에는 「붉은 석일(赤い夕日)」이 제3차예선을 통과했지만 모두 최종 후보작에는 오르지 못했다.

「어두운 바다」로 응모했을 때 후지사와 슈헤이는 43세였다. 7년에 걸쳐 응모를 해왔었기에 전화로 수상 소식을 듣고 지나치게 싱겁다는 느낌을 받았던 것이리라.

「내 수업시대(私の修業時代)」(1970)에도 비슷한 기술이 있다.

……어느 해에 쓴 소설은 여느 때와는 틀렸다. 지금까지 쓰지 못했던 문장을 쓸 수 있었던 것만이 아니라 쓰고 있는 이야기 세계가 손에 잡힐 듯이 보였다. 그 소설 개안(開眼)이라고 할 수 있는 것은 갑자기 찾아왔지만, 계속 쓰지 않았다면 당도하지 않았을 것이리라.

「어두운 바다」와 함께 찾아온 갑작스러운 소설 개안이라 하겠다.

그것은 수수께끼와 같은 것 같으면서도, 동시에 명확하고 구체적이면서도 또한 모호한 개안의 순간이다.

후지사와 슈헤이가 그리는 "후지사와 슈헤이 탄생"이 여기에 있다고 해도 좋다.

응모작 전체 타이틀은 알 수 없지만, 「호쿠사이 희곡(北齋戲曲)」, 「숭리 곡(嵩里曲)」, 「붉은 석일(赤い夕日)」 등과 비교해 보면 「어두운 바다」는 훨씬 어두운 감정을 나타내고 있다. 이어서 발표한 「미끼(囮)」(1971), 「사이 코로무슈쿠(賽子無宿)」(1972), 「검은 오랏줄(黒い縄)」(1972), 「귀향(歸鄉)」(1972) 이라고 하는 거무칙칙한 정념이 소용돌이치는 단편 시정 이야기는 그 출발점에 꽤 어울리는 타이틀이라고 할 수 있다.

「어두운 바다」를 발표하고 2년 후, 후지사와 슈헤이는 최초의 무가 이야기 「암살의 연륜(暗殺の年輪)」(1973)으로 제69회 나오키상을 수상한 다.

물밀 듯이 소리를 내며 육박해 오는 '명(溟)'의 세계가 보여 주는, 끝도 없는 '흑(黑)'과 '암(暗)'의 세계. 후지사와 슈헤이 자신의 명명한 '부(負)의 로망'(주인공은 모두 어두운 숙명에 등을 떠밀리며 살아가고, 혹은 죽는다)는 확실히 「어두운 바다」에서 시작된 것이다.

'울적함의 교감'에 당도하는 최초기 작품

사후 10년 가까이 되는 2006년에, 오래도록 자명하다고 생각돼 왔던 '후지사와 슈헤이의 탄생'을 격렬하게 흔들어놓는 사건이 일어났다.

그가 신인상 응모 이전에 「요미키리 극장(讀切劇場)」이나 「닌자 요미키리소설(忍者讀切小說)」 등의 매니아 대상 상업 잡지에 발표한 시대소설이 일거에 14편이나 발견된 것이다. 『후지사와 슈헤이 전집 제25권』(2002)에 처음으로 수록된 사신(私信) 이외에는 후지사와 슈헤이가 생전에 언급하는 일이 없었던 작품군이다. 게다가 작자는 모두 '후지사와 슈헤이'

로 돼있다.

에도 막부 체제 하에서 몰래 신앙을 지킨 기독교인들의 이야기에 막부 정원지기 이야기가 가미된 「암투풍의 진(暗鬪風の陣)」(1962)로부터, 밀정에 관한 이야기 「무용의 밀정(無用の隱密)」(1964)에 이르기까지, 직인(職人)이나 노름꾼을 주인공으로 하는 시정 이야기, 기구한 운명을 살아가는 닌자 이야기, 또한 고향 쇼나이(庄內, 야마가타현)를 무대로 하는 역사소설 및, 이집트의 노 조각사를 다룬 작품도 있다.

문예춘추는, 이러한 작품을 '미간행 초기단편'이라고 이름 붙여 『후지사와 슈헤이 미간행 초기단편(藤澤周平 未刊行初期短編)』(2007)으로 간행했다. 데뷔작 이전의 작품을 종종 '습작'이라고 칭한다. 하지만 『후지사와 슈헤이 미간행 초기단편』은 500페이지를 넘으며 실로 두텁고 게다가 내용도 충실한 작품이 많다. '습작'이 아니라 '초기단편'이라고 이름 붙인 것이 납득이 가는 이유다.

하지만 그렇다고 한다면, 어째서 후지사와 슈헤이는 이러한 초기단편에 대해서 언급하지 않았는가라는 의문이 새롭게 생기게 된다. 편집자가 초기단편에 주의 깊게 '미간행'이라고 붙였을 때, 후지사와 슈헤이가 언급하지 않았던 이유와 함께 이러한 초기 단편의 의의가 오히려 봉인된 것은 아닐까.

이러한 초기단편(이하, 최초기 작품이라고 부른다)의 의의는, 우선 후지사와 슈헤이가 '소설 개안'을 이룬 「어두운 바다」를 통해서 확인해야만 하며, 실제로 확인할 수 있다고 나는 생각한다.

「어두운 바다」는 그 전까지의 작품과는 완전히 다른 작품이었던 것은 아니다.

오히려 시대소설의 거의 모든 장르를 시도하고, 때로는 무대를 먼 이집트에서까지 구하면서까지, 후지사와 슈헤이가 말하고자 하고, 실현하려고 했지만 충분히 달성하지 못했던 무언가가 「어두운 바다」에서 처음으로, 게다가 선명히 '출현'했던 것이다.

"계속 쓰지 않았다면 당도하지 않았을 것이다."라고 하는 갑작스러운 '소설 개안'은 그러한 '출현'과 관련된 것임은 분명하다.

최초기 작품 곳곳에 아련히 나타났고, 「어두운 바다」에서 확실히 출현한 것, 또한 후지사와 슈헤이 자신이 그것을 의식한 것은 '울적함의 교감'이라고 할 수 있는 감정의 독특한 양태이다.

괴로움과 슬픔의 나날이 끊임없이 내려쌓이고, 아무리 해도 결코 풀리지 않는 울적함을 품고 있는 사람이 같은 울적함을 품고 있는 사람과 기쁨과 즐거움이 아니라 울적함을 조용히 나누며, 삶의 풍부함을 잇는다. 그것이 '울적함의 교감'이다.

후지사와 슈헤이가 자연묘사를 하면서 즐겨 그린 것은 '황혼'과 '미광(微光)'이라고 한다면, 그 감정표현이 가장 많이 표현된 것은 '울적함'일 것이다.

보는 것만으로 답답한 인상의 언어이지만, 소설은 물론 에세이나 인터뷰에서 울적함이 나타날 때, 답답함과 함께 아련하게 밝은 기운을 느낄 수 있다.

후지사와 슈헤이에게는 울적함이 막다른 지점이 아니고 교감을 나누는 것이다. 그는 그것이 새로운 삶의 불가결한 시작이라는 것을 포착하고 있었기 때문에 그러한 인식에 이른 것임은 틀림없다.

새로운 삶의 시작을 알리는 이러한 '울적함의 교감'이 최초로 또렷하게 출현한 작품은 다름 아닌 「어두운 바다」였다.

동시대를 향한 위화감, 혹은 특정한 대상을 상실한 불우감

「「어두운 바다」의 배경(『溟い海』の背景)」(1979)에서 후지사와 슈헤이는 다음과 같이 쓰고 있다.

30대가 끝날 무렵부터 40대 시작에 걸쳐서, 나는 상당히 끈질긴 울적함을 품고서 살고 있었다. 울적함이라고 해도, 일이나 세상에 대한 불만과 같은 것이 아니라 완전히 사적인 내용이었다. 사적인 것이었지만, 나는 그것을 통해서 세상에 절망했고, 또한 그러한 자기 자신에게도 정나미가 뚝 떨어졌다. (중략) 그런데 그러한 기분의 상태가 꼭 소설로 결부된다고는 한정할 수 없지만, 내 경우는 소설을 쓰는 작업으로 이어졌다.

그리고 마침내 「어두운 바다」를 다 쓴 후지사와 슈헤이는 이렇게 생각할 수밖에 없었다.

쓰는 동안에는 알아채지 못했지만, 활자가 된 것을 읽으면, 얼마나 울적함을 간직한 채 사십을 넘기고, 슬슬 앞날이 보이기 시작한 중년 샐러리맨이 쓴 소설이 된 것 같은 모양새다. 주인공 호쿠사이는 여기저기서 내 자신의 자화상이 돼 있었다.

현대문학에서 차지하는 시대소설의 특색 하나는 불우감에 한없이 가까운 동시대적 현실을 향한 위화감, 혹은 이화감(異化感)과 거의 겹쳐지는, 특정한 대상을 상실한 불우감이다. 그 감정은 소설을 통째로 과거 (주로, 동시대적 현실의 기저를 이루는 '근대'보다 앞선)로 밀어젖히는 것만으로 는 해결되지 않는, 소설 속을 살아가는 주인공들을 더욱 흠뻑 적셔 마 지않는다.

시대소설의 시작에 위치하는 암울한 『대보살고개(大菩薩峠)』(나카자토 카 이잔)은 물론이고, 정처없이 유랑하는 『쿠라마텐구(鞍馬天狗)』(오사라기 지 로)이나, 밝은 『모모타로 자무라이(桃太郎侍)』(야마테 키이치로[山手樹一郎] 작) 에도 이것은 확인된다. 유머러스한 『검객상매(劍客商賣)』(이케나미 쇼타로[池 波正太郎] 작)는 실로 불우감의 덩어리인 것처럼 약한 아키야마 코헤이(秋 山小兵衛)에 대한 이야기며, 『마계전생(魔界轉生)』(야마다 후타로[山田風太郎] 작) 은 강렬함을 계기로 해서 이 세상에서 소생하는 사람들에 대한 이야기 였다.

시대소설은 동시대의 현실에 대한 위화감 혹은 특정한 대상을 상실 한 불우감 만을 삼키고, 퇴적된 울적함을 잘 길들여서 끊어버리거나 해 소하거나 하는 이야기 공간이라고 할 수 있다. 이러한 시대소설을 낳는 작가는 물론이고 이러한 시대소설과 친숙한 독자가 위화감 혹은 불우 감으로부터 자유로울 리가 없다.

「어두운 바다」로 향하는 후지사와 슈헤이도 또한 그로부터 예외는 아니었다.

혹은 그때 후지사와 슈헤이는 극히 가혹한 투병체험이나 갑작스런 아내의 병사(病死) 등의 사건으로 촉발된 불우감을 안고 있었다. 그뿐만 이 아니라 새로운 '열광'에 들뜨기 시작한 전후사회를 혐오하고, 게다 가 제대로 되지 않는 표현의 곤란함에 직면 하고 있었다. 또한 특정한 대상을 상실하기까지 부풀어 오른 불우감에 젖는 것으로, 시대소설이라고 하는 장르에 가장 근접했던 것인지도 모른다.

「어두운 바다」의 주인공 카쓰시카 호쿠사이도 불우감에 잔뜩 빠져있었다.

아니, 불우감만이 아니었다. "40을 넘긴 여전히 무명이었던 남자가, 세상을 상대로 시도한 필사적인 공갈". 그것은 호쿠사이를 한순간 유명하게 했지만, 세상은 바로 호쿠사이의 신기함에 질려버렸다. 그러한 노화가 호쿠사이에게 여러 불행, 난제가 차례차례 덮쳐온다. 호쿠사이는 모든 '울적함'의 집합소로 변해갔다.

밝아지지 않는 「어두운 바다」로 나아간다

몰락을 의식한 호쿠사이에게 결정타를 날리듯이 나타난 것이, '토카이도고주산쓰기(東海道五十三次)'를 들고 나온 젊은 히로시게였다. 호쿠사이는 자신의 모든 것이 히로시게보다 떨어진다고 생각할 수밖에 없다.

그러한 호쿠사이가 기도한 것이, 야쿠자를 써서 히로시게를 습격하는 것이었다. 호쿠사이는 네놈의 팔 하나라도 꺾어놓으마 하고 흥분한다. 그 흥계가 단적으로 말해서 호쿠사이의 최종적인 패배선언에 다름 아니라는 것을, 그 자신은 아직 알지 못한다.

호쿠사이는 자신이 기도한 몰락과 패배의 극점으로 떨어져 가며, 거기서 결정적인 장면과 조우한다. 휘릭 하고 나타난 그림자가 천천히 다가온다. 구름이 바람에 날아가고, 달빛에 비춰진 히로시게의 두껍고 둥근 얼굴이 확실히 보인 순간, 호쿠사이는 눈을 크게 떴다. "……이 사내의 어두운 표정은, 어떤가 하고 호쿠사이는 생각했다. 거의 다른 사람을 보는 것 같았다. 스잔보(嵩山房)에서 본 히로시게의 인상은 지금 달빛으로 보는 얼굴에는 한 조각도 남아있지 않다.". 히로시게는 눈 깜짝할 사이에 시야에서 사라졌다. 서두르는 야쿠자에게 그만두겠어 하고 호쿠사이는 대답한다.

> ······무언가가 탈락해, 마음은 거의 누그러져 있었다. 찌푸린 얼굴을 만들어 내다니 하고 생각했다. 똑바로 보는 것을 꺼려하는 것 같았다. 음참한 표정. 그 것이 무엇을 의미하는지는 물론 알 수 없다. 하지만 이렇게는 말할 수 있다. 그림과는 관련이 없다. 거기에는 보다 이질적인, 살아 있는 인간의 망연자실한 얼굴이 있었다 하고. 말하자면 그것은 인생에서 어떠한 때 절망적으로 좌절하고, 회복 불가능한 그 깊은 상처를 숨기며 살아가는 사람의 얼굴이었던 것이다. 호쿠사이의 70년 인생이, 그렇게 증언하고 있다.(「어두운 바다」)

호쿠사이가 히로시게와 주고받은 울적한 교감이다.

호쿠사이는 돈이 되지 않는다고 화를 내는 야쿠자에게 몹시 두들겨 맞고 기어가듯이 집에 당도해서 갓등 옆에 펼쳐둔 작업을 지속했다.

호쿠사이는 견포 위에 새까맣게 기다리고 있는 고독한 바다 가마우지를 응시하고 마침내 배경을 그리기 시작한다.

거기에 나타난 것이야말로 밝아지지 않는 「어두운 바다」였다.

"호쿠사이는 굵은 한숨을 쉬고 다시 붓을 쥐더니 공들여서 견포 위를 칠하기 시작했다.".

"공들여서"라는 말이, 「어두운 바다」로 나아가는 호쿠사이의 마음가짐을 훌륭히 표현하고 있다.

히로시게와 나눈 울적함의 교감은, 70세를 넘긴 호쿠사이를 다시 그림으로 살아가게 하는 결의를 낳았다. 두껍게 퇴적한 울적함은 막다른 골목이 아니다. 홀로 울적함 가운데 갇혀서 몰락의 한 걸음 전까지 갔던 호쿠사이에게 울적함의 교감을 나눈 것은, 울적함을 안고 있는 자에게만 가능한 「어두운 바다」로의 출항을 재촉했던 것이다.

이 「어두운 바다」, 난바다에서 호쿠사이는 다시 20년 가까운 화가인생을 보고 있었을까. 혹은 후지사와 슈헤이도 이때, 「어두운 바다」를 배경으로 해서 암살의 계보를 살아가는 검객의 그림자를 포착하고, 자신의 태생에 괴로워하며 집을 나가서 잡화상에 애를 쓰는 젊은이를 보고, 아버지를 잃은 소년에게 내리쏟아지는 매미소리를 듣고, 노화와 기력의 쇠퇴를 받아들이고 남은 나날을 끈덕지게 걸어가려고 하는 사내의 바람을 느끼고 있었던 것인지도 모른다.

시대소설 대부분이 퇴적된 울적함을 길들이고 끊어내 해소해 가는 이야기 공간이라고 한다면, 여기에 출현한 것은 교감에 의해 오히려 울적함을 통해서만 살아가는 색다른 풍모의 시대소설이라고 해도 좋다.

실로 '후지사와 슈헤이'의 탄생인 것이다.

「우키요에시」로부터 7년에 걸친 도약

「어두운 바다」가 쓰이기 7년 전에 발표된 「우키요에시(浮世繪師)」에는 우키요에 노(老) 화가 호쿠사이의 울적함을 더듬으면서도, 끝끝내 '후지사와 슈헤이의 탄생'을 고하는 '울적함의 교감'은 출현하지 않는다.

「우키요에시」 첫머리에는 이렇게 나온다.

바쿠로초(馬喰町) 야마구치야(山口屋)에 들렀기 때문에 늦어졌다. 호쿠사이가, 료코쿠바시(兩國橋)에 접어들었을 때, 가을 해는 대략 저물고, 우에노 산의 배경으로 화려한 여광을 남길 뿐으로, 에도의 집집 위로 아련한 희미한 빛이 떠돌기 시작했다

이 장면에서의 글 첫머리나 해질녘의 묘사는 「어두운 바다」로부터 시작되는 후지사와 슈헤이의 독특한 소설이 갖는 특별한 장점이 갖춰져 있다. 또한 「우키요에시」에는 최초기 작품에 많은 울적하기까지 한 설명조의 '시대를 특정'하는 것이 없다.

'시대를 특정'하는 기술은 현시점에서 확인되는 15편의 최초기 작품 반수 이상을 점한다. "칸세이(寬政)10년[1798] 가을, 이곳은 데와쇼나이령의 남단(出羽庄內領の南端)"으로 시작되는 「키소의 나그네(木曾の旅人)」(「귀향」의 원형)나 "「분카(文化) 9년[1812] 4월. 거친 풍문(風紋)을 새기는 쇼나이(庄內) 해변의 경도를, 북으로 향하는 한 사내가 걷고 있다."라고 쓰기 시작한 「무용의 밀정」까지, 역사소설뿐 아니라 닌자 이야기나 시정 이야기에도 이후의 작품에서는 거의 사라진 '시대를 특정'하는 것이 보인다.

'시대를 특정'하는 것은 '장소를 특정'하는 것과 짝을 짓는 것으로, 그 시기 후지사와 슈헤이는 아직 시대소설과의 거리를 측정하기 어려웠다는 것을 알 수 있다.

전집 연보를 보면 본명인 코스게 토메지(小菅留治)로 현대소설(미확인이지만)을 투고하고 있던 후지사와 슈헤이에게 시대소설은 아직 '시대와 장소를 특정'하는 것을 일부러 하지 않으면 안 되는 먼 공간이었던 것이 틀림없다.

그 공간을 끌어당기거나, 멀어지게 하면서 최초기 작품을 계속 썼던 후지사와 슈헤이에게 「우키요에시」는 그것을 단숨에 끌어당겼던 작품이었다. 여기에는 표현자 호쿠사이를 향한 표현자 후지사와 슈헤이의 관심도 엿볼 수 있다.

「어두운 바다」에서 후지사와가 자신의 울적함을 노 화가의 울적함에 부어넣었다고 한다면, 「우키요에시」에서도 그것은 변함없었다.

「어두운 바다」에서 도중에서부터 나타나는 히로시게의 그림자가, 「우키요에시」에서는 소설 시작 부근에서 일찍이 등장해서, "좋아하는 천경색(川景色) 개이지 않는 무거운 것이 가슴 속에 있다." 하며 호쿠사이의 괴로움을 표현한다. 또한 「어두운 바다」에서는 애매한 호쿠사이의 아들 토미노스케(富之助)의 악행이 극명하게 나타난다. 또한 토미노스케의 어머니로 빈곤 가운데서 병사한 오테(お悌)의 기억도 서술된다. 확실히 호쿠사이는 울적함을 모을 수밖에 없는 장소에 있다.

하지만 호쿠사이의 울적함은 그의 밖으로부터 우연인 것처럼 찾아오는 사건에서만 기인하며, 게다가 그것은 호쿠사이 내부의 깊은 곳에 도달하지 않는다.

호쿠사이는 히로시게의 위협을 강하게 느끼며 과거에 범했던 오치에(お千繪)[토미노스케의 아내]에게 뛰어간다. 거기서 오치에는 "불쌍한 아버님. 하지만 저는 돈도 아무것도 없는 그런 아버님이 좋아요"하는 말을 한다. 호쿠사이는 감격의 눈물을 흘린다. 이러한 이야기의 안이한 결말은 호쿠사이가 그 당시 갖고 있던 울적함의 희박함을 이야기 해준다.

울적함을 어떻게 다루냐에 따라서 갈린 이러한 호된 실패는, 후지사와 슈헤이에게 최후의, 또한 결정적인 도약을 촉구한다. 최초기 작품의 의의는 최후의 도약대를 향해 후지사와 슈헤이를 이끌어 갔던 것에서 찾을 수 있을 것이다.

「어두운 바다」에서 호쿠사이의 울적함은 처음부터 출구를 찾을 수 없는 내부의 울적함으로 나타나 있다.

그것은 호쿠사이가 표현자로서 갖는 괴로움과 불가분의 관계에 있다. 그는 무명이었던 것에서 비롯된 불우감을 "내부의 어두운 포효"가 밀어 올려, 표현이 울적함과 함께였던 날들을 보냈다. 그는 인기를 얻고 험담을 들으면서 더욱 "필사적인 공갈"을 시도했지만, 마침내 손에 넣은 성공은 순식간에 빠른 걸음으로 멀어져간다.

지금 여기에 쭈그리고 있는 것은 노추한 거체뿐이었다. 이미, 마음 깊은 곳에서 어둡게 포효하는 것의 기색을 듣지 않게 된지 오래다.

이러한 호쿠사 내부의 울적함 때문에, 신진 히로시게가 위협적인 것이다.

그리고 호쿠사이의 이러한 내부에서의 울적함이야말로 히로시게 내부의 울적함을 발견하게 해서, 거기에서 울적함의 교감의 장면을 만들어 낸 것이라고 해도 좋을 것이다.

1964년 「우키요에시(浮世繪師)」로부터, 1971년 「어두운 바다」에 이르는 7년. 후지사와 슈헤이는 오로지 울적함을 내부화해서 그것을 통해 살아가는 것과 거의 같은 의미로까지 깊이, 표현상의 시행착오를 두려위하지 않고 반복해 '울적함의 교감'이라는 표현을 창출해냈다.

빈곤이나 격차 등으로부터 비롯되는 사회적인 '울적함'을 제거하려고 하는 고도경제성장이라는 운동이, 정점을 더해가고, 밝고 눈부신 이미지를 한창 흩뿌리고 있는 있던 때였다. 이때 후지사와 슈헤이는 시대소설 작가로서 최후의 도약을 이뤄 「어두운 바다」에서의 '울적함의 교감'은 마침내 출현시켰다.

「어두운 바다」는 동시대적 현실에 대한 위화감 혹은 불우감을 빨아들여, 어떤 때는 신비하고 은밀한 칠흑의 꽃을 피게 하는 시대소설 가운데 가장 드라마틱한 탄생 가운데 하나임이 틀림없다.

🔽 201012

강하고, 격렬하고, 엄하고, 상냥한 '동료'들
— 다시 야마모토 슈고로와 만난다

여기서부터는 이제 물러설 수 없어, 양보하지 않아

강하다.

말이 강하다. 마음이 강하다.

격렬하다.

불꽃놀이가 흩날리는 정도로 격렬한 감정이 용솟음친다.

엄하다.

권위를 내세워 권력을 난용하는 자에게 엄하고, 자신에게는 더욱 엄하다.

게다가 이러한 모든 것에 상냥함이 저류에 흐른다. 사랑스러운 타자를 향한, 함께 살아가는 '동료'에 대한 다정함이 풍요롭게 흐른다.

—야마모토 슈고로(山本周五郎) 문학에 살아 숨 쉬는 인물들은 강하고 격렬하고 엄하며 정답다.

다만 믿음직스러운 이러한 인물들도 처음부터 재능이나 입장과 환경을 타고 태어난 것은 아니다. 성공이나 영달로부터 아주 먼 장소에서 실패와 좌절이 연속돼, 사람들은 실의와 슬픔과 괴로움을 간직한 채 질질 후퇴를 계속하지만……여기서부터는 이제 물러설 수 없다, 양보할 수 없다고 하는 마지막 일선에 서서 인간의 존엄을 걸고 멈춰서는 것이다.

이 반전의 순간, 강함과 격렬함과 엄격함이 일거에 작렬해서, 야마모토 슈고로의 독특한 '인간'이 나타나며 '동료'가 출현한다.

"저도 차분히 하렵니다."

야마모토 슈고로(1903~67)의 본명은 시미즈 사토무(淸水三十六)이며 야마나시현(山梨縣) 태생이다.

그의 아버지는 누에고치 브로커나 말을 알선해서 겨우 생활을 유지하고 있었다.

야마모토는 요코하마에 있는 초등학교를 졸업한 후, 도쿄 코비키쵸(木挽町)의 전당포 야마모토 슈고로 상점(山本周五郎商店)에 도제로 먹고 잔다. 전당포 주인 야마모토 슈고로는 샤라쿠사이(洒落齋)를 아호로 갖는 풍류인으로 사토무는 그에게 다대한 영향을 받았다.

그는 관동대진재 후, 잡지기자를 하면서 창작에 몰입한다.

1926년 현대소설 「스마절 부근(須磨寺附近)」을 은인의 이름(야마모토 슈고로)으로 발표한다.

그 후, 소녀, 소년소설, 동화, 추리소설, 괴기소설, 시대소설 등 다양한 장르의 소설을 쓴다. 이상적인 소설을 지향하는 암중모색 시기가 오래도록 계속된다.

전쟁 중이던 1943년 『일본부도기(日本婦道記)』가 나오키상에 추천되지만 사퇴한다. 군부로부터 보도반원으로 종군요청을 받지만, 소설가는 소설을 쓰는 것이 전부라고 하며 거절한다.

치열함을 더해가던 무차별 폭격 중에도 다음에 올 새로운 삶을 바라며 쓰는 것을 멈추지 않았다.

패전직후, 야마모토는 다음과 같이 말한다.

저도 차분히 하렵니다. 보다 끈질기고 더더욱 호흡이 긴 것을 쓰렵니다. 저는 전전까지는, 너무나도 인간의 정신적인 면에 중점을 둔 것 같습니다. (중략) 추악한 면도, 전부 포함한 것이 인간이잖아. 그러한 인간과 전력을 다해 맞붙는 것이 소설이라는 것을 깨달았던 것입니다.(키무라 쿠니노리[木村久邇典]『야마모토 슈고로(山本周五郎)』)

'시타마치 이야기(下町もの)'라고 자신이 이름 지은 『야나기바시 이야기(柳橋物語)』를 시작으로, 『풍류 태평기(風流太平記)』, 『에이가 이야기(榮花物語)』, 『정설기(正雪記)』, 『전나무는 남았다(樅ノ木は殘った)』 등의 역사 이야기를 썼다. 그리고 『비 그치다(雨あがる)』, 『쓰유도히누마(つゆのひぬま)』, 『후카가와 안라쿠테(深川安樂亭)』, 『붉은 수염 진찰 진료담(赤ひげ診療譚)』, 『오판 동백나무(五弁の椿)』, 『오산(おさん)』, 『허공편력(虛空遍歷)』, 『사부(さぶ)』 등의 에도 시정을 무대로 한 시대 이야기를 차례차례 발표했다.

야마모토 슈고로의 생애를 더듬어 보면 그것은 그대로 야마모토 문학에서의 '인간' 탄생의 드라마와 겹쳐지는 것을 알 수 있다. 야마모토 문학에 등장하는 사람들은 모두 야마모토 슈고로의 분신인 것이다.

3·11 이후의 야마모토 슈고로

문단에는 "오가이의 독, 슈고로의 독(鷗外の毒,周五郎の毒)"이라는 말이 있다.

역사소설을 쓰면 오가이와 비슷해지고 시대소설을 쓰면 슈고로와 아무리 애써도 비슷해진다는 통설이다.

후지사와 슈헤이도 데뷔 당초, 편집자에게 이런 말을 들었던 모양이다.

시대소설에는 그 밖에도 많은 거장이 늘어서 있다.

나카자토 카이잔(中里介山), 요키카와 에이지(吉川英治), 오사라기 지로(大佛次郎), 시바타 렌자부로(柴田錬三郎), 고미 야스스케(五味康祐), 야마다 후타로(山田風太郎), 시바 료타로(司馬遼太郎), 이케나미 쇼타로(池波正太郎) 등의 거장이 그들이다.

이러한 거장 가운데 야마모토 슈고로는 가장 개성적이고 또한 영향력이 강한 작가이다.

생전에는 '야마슈(山周)'라는 별명으로 많은 독자에게 사랑받았던 작가였다.

야마모토 슈고로 문학의 미질(美質)을 생각나는 대로 열거해 본다.

① 영웅호걸, 엘리트는 등장하지 않는다.
② 괴로워하는 사람, 패자에 대한 공감이 넘쳐난다.
③ 특히 에도 시정이나 일상적 애환에 대한 정이 두텁게 그려져 있다.
④ 에도 취미로부터가 아니라 '현재'를 깊게 재포착 하기 위해 에도시대를 배경으로 쓰고 있다.
⑤ 하층 사람들에게서야 말로 풍부한 '동료'의 이야기가 있다고 하는 확신.

⑥ 반골·반 권위·반 권력의 자세가 선명. 서민생활을 유린하는 악정을 혐오한다.

⑦ 소설 만들기의 능란함.

⑧ 한 줄만 읽어도 알 수 있는 독특한 문체를 만들어 내고 있다, 등등.

그의 죽음으로부터 얼마 뒤, 야마모토 슈고로 문학은 그 강함, 격렬함, 엄격함 때문에, 고도성장기 이후의 소소한 풍족함에 만족한 독자들로부터 경원되기에 이른다. 집요하고, 시끄럽고, 설교 냄새가 나는 시대소설의 대명사가 되기도 했다.

하지만 버블경제의 파열 이후, 사회는 다시 모순을 노정하기 시작했다. 오랜 불황과 가차 없는 해고, 새로운 격차와 가혹한 노동, 새로운 전쟁, 생활을 잘라내 버리는 정치 그리고 3·11 동일본대진재와 후쿠시마 제1원전의 파국적인 사고가 그것이다.

그러한가운데, 야마모토 슈고로 재평가가 진행되는 것과 함께, 그의 문학의 계승을 지향하는 신인작가가 차례차례 등장하고 있다.

당연한 일이다.

우리는, 야마모토 슈고로가 축출해 낸, 강하고, 격렬하고, 엄격하고 그리고 다정한, 그 그리운 사람들 및 그 '동료'와 다시 한번 만나지 않으면 안 된다.

야마모토 슈고로는 우리와 동시대 사람이다.

⌷ 201312

시대소설 붐을 불러온 작가들

시대소설 붐이 왔다—장르를 넘어선 신예들의 경연

시대소설 붐이 길고 조용히 이어지고 있다.

이 붐이 언제 시작됐는지 확실하지 않다.

하지만 내 인상에는 1990년대 초기에 이미 그 징조는 있었다. '잃어 버린 10년'으로 시대가 미끄러져 떨어지던 무렵이다.

고미 야스스케(五味康祐)와 시바타 렌자부로(柴田錬三郎)의 검객소설붐 (1950년대 후반)을 시작으로 무라야마 토모요시(村山知義)와 야마다 후타로 (山田風太郎) 등의 인법소설(忍法小說ブーム)[1960년 전후]이 유행했다. 그리 고 이노우에 야스시(井上靖)나 시바 료타로(司馬遼太郎) 등의 역사소설붐 (1960년대 초반~70년대 초반)에 이어지는 시대소설의 최장 붐에서 몇 가지 특징을 확인할 수 있다.

우선, 거장들이 연이은 죽음을 조건으로 한 역설적인 상황에 대한 것 이다.

부보(訃報)는 1989년 류 게이치로(隆慶一郎)를 시작으로, 90년 이케나미 쇼타로(池波正太郎), 92년의 마쓰모토 세이초에 이르렀고, 96년에는 유키

쇼지와 시바 료타로, 그다음 해에는 후지사와 슈헤이로 이어졌다.

2001년에는 야마다 후타로, 02년에는 한무라 료(半村良), 세키자와 사호(笹澤佐保)가 타계했다.

또한 06년에는 요시무라 아키라와 시로야마 사부로가 타계한다.

계속해서 현역작가로 활동했던 거장들의 죽음은 독자들을 비탄에 빠뜨려, 작품 다시 읽기로 몰린 독자들에게 상실한 것의 거대함을 상기시켰다.

그것은 문답이 무용한 해고(명퇴)나 사람의 목숨을 경시하는 '새로운 전쟁'에 직면하기 시작한 독자의 상실돼 가는 시대에 대한 애석함이 동반된 것이다.

거장들의 죽음은 다른 한편으로 독자들에게 거의 전후에 태어난 중견작가들의 존재를 새삼스럽게 주목하게 했다.

고대 중국의 역사 이야기에 능숙한 미야기타니 마사히쓰(宮城谷昌光)와 기타타카 켄죠(北方謙三), 올라운드 플레이어인 아사다 지로(淺田次郎). 에도의 인정물(人情物)에 능숙한 야마모토 이치리키(山本一力), 능숙한 이야기꾼 오토카와 유사부로(乙川優三郎). 청신한 전국무장(戰國武將) 이야기를 그린 아베 류타로(安部龍太郎), 새로 쓴 문고 시대소설의 유력한 작가, 사에키 야스히데(佐伯泰英).

게다가 사토 마사요시(佐藤雅美), 데쿠네 다쓰히로(出久根達郎), 토바 료(鳥羽亮), 이이지마 카즈이치(飯嶋和一), 코아라시 쿠하치로(小嵐九八郎), 오사카 고(逢坂剛), 토고 류(東鄕隆), 노비 진(野火迅), 토가시 린타로(富樫倫太郎), 이누카이 롯키(犬飼六岐), 기타 시게토(北重人)[고인], 하무로 린(葉室麟) 등 다채로운 인물이 갖춰진다. 『천하인(天下人)』으로 큰 인기를 얻은 히사카 마사시(火坂雅志)도 더해졌다.

지금까지의 누르고 있던 돌이 없어진 것처럼 시대소설은 다양한 미디어 및 장르와의 교차도 활발해지고 있으며, 그로부터 새로운 재능이 별안간 나타나고 있다.

미스터리로부터 미야베 미유키(宮部みゆき), 호러로부터는 교코쿠 나쓰히코(京極夏彦)가, 현대소설로부터는 소동을 잘 일으키는 마치다 고(町田康), 아동문학으로부터는 아사노 아쓰코(あさのあつこ)가 내습해 왔다.

시대물을 통해서 기상천외한 판타지로 그려낸 『속된 마음』의 작가 하타케나카 메구미나, 영화 시나리오를 소설화해서 독특한 현대 젊은이의 언어로 약한 자의 항거를 코믹하게 그려낸 『노보의 성(のぼうの城)』의 작가 와다 류(和田龍)가 앞으로 한층 더 형식을 파괴하는 도전을 계속할 것으로 기대된다.

이러한 중견 및 신예 작가의 경연은 새로운 독자를 시대소설로 불러들이고 있다.

사와타 후지코(澤田ふじ子), 스기모토 아키코(杉本章子), 모로타 레이코(諸田玲子), 마쓰이 케사코(松井今朝子), 우에자 마리(宇江佐眞理), 아즈미 요코(安住洋子) 등 여성작가의 활약도 더해져서 '아저씨들이 좋아하'는 것으로 간주되던 시대소설의 독자는 현재, 여성으로 그 중심을 옮겨가고 있다.

모리 오가이(森鷗外)의 에세이 「역사 그대로와 역사 벗어나기(歷史其儘と歷史離れ)」(1915)를 따라서 말하자면 초창기부터 대립관계였던 '역사 그대로'의 역사소설과 '역사 벗어나기'를 상징하는 시대소설은, 그 붐 가운데서 '시대소설'이라고 총칭되게 됐다.

여기에는 전후에 방향을 부여했던 '역사'가 정체되고 움직일 수 없게 된 1990년대 이후의 시대 상황이 깊게 관련돼 있다.

지금까지의 '역사'에 의존하지 않고, 새로운 길을 경이로운 창의력과 대담한 구상으로 보여 주는 것이 요구되고 있다. 그러한 시도의 일단에 판타지 장르까지 끌어들이는 자유자재한 시대소설이 참여하고 있는 것은 아닐까.

새로운 것은 기존의 양태를 총괄하고 나서야 잉태된다. '거장'들의 작품을 더듬어, 시대소설의 과거·현재·미래를 생각해 보고 싶다.

시정물의 계보─후지사와 슈헤이와 야마모토 슈고로

『후지사와 슈헤이 전집(藤澤周平全集)』이 간행되기 시작한 것은 1992년 이다.

지금에 이어지는 시대소설 붐이 시작되는 것은 거의 그와 동시였다.

'생전'에 전집이 나오는 것은 독자 팬들의 절대적인 지지와, 출판사와의 신뢰가 깊다는 증거이다. 후지사와 슈헤이(1927~1997)는 '전집' 출간으로 인해 명실상부한 '거장'의 대열에 합류하게 됐다.

후지사와의 문단 데뷔는 1971년 「어두운 바다」에서였고 그로부터 2년 후에 「암살의 연륜」으로 나오키상을 수상했다.

문단 데뷔와 '생전'의 전집 간행. 후지사와 슈헤이의 '탄생'은 그 두 시대의 '끝'에 어둡게 채색돼 있었던 것이라 할 수 있다.

그것은 바로 고도성장기의 '끝'과 버블경제의 붕괴이다.

밝고 그 기세등등했던 순조로운 환경의 시대가 속도를 잃고 역경의 시대가 시작되던 시기에 후지사와 슈헤이는 두 번 '탄생'했다. 처음은 살그머니 그 다음은 때마침 시대소설 붐을 거장으로 견인하는 믿음직스러운 모습으로 탄생한 것이다.

표현(자)에 이르기까지 그가 거쳐 온 생활의 역사는 암전(暗轉)의 연속이었다.

쓰루오카(鶴岡) 근교의 농촌에서 태어난 후지사와는 풍성한 자연 가운데서 자랐다.

야마가타사범학교(山形師範學校, 현재의 야마가타대학)를 나오자마자 고향의 중학교에 부임했지만, 폐결핵이 발견돼 겨우 2년 만에 휴직을 했다. 도쿄 교외 요양원에서 길고 긴 투병생활을 보냈다. 병은 나았지만 귀성을 하지 못했다. 결혼하고 겨우 생활의 안정을 얻자마자, 아내와는 암으로 사별한다…….

울적한 마음속에서 어두운 포효를 간직한 후지사와는 화려한 유행과 열광으로 들끓는 시대를 통째로 거부하듯이, 격절(隔絶)된 시공의 시대소설에 매진한다.

긴 습작 시기를 거쳐서, 노 화가 호쿠사이가 히로시게에게서 자신과 같은 울적함을 발견하고, 또한 그것을 통해 살아가려고 하는 「어두운 바다」로 데뷔한다. 어둠과 참극이 연쇄하며 해피엔딩은 결국 도래하지 않는 '부(負)의 로망'을 단편으로 쓴 후에, 밝은 장편을 연재 형식으로 차례차례 발표한다.

그는 에도 시대의 시정(市井)을 무대로 한 『다리 이야기(橋ものがたり)』, 호위꾼 일기장이나, 조각사 이노스케(伊之助)의 체포장에 대한 시리즈를 발표한다. 그리고 고향을 모델로 한 '우나사카한(海坂藩)'(가공의 번(藩))이 그 무대인 무참한 꿈의 결말을 그린 『꿈의 끝(風の果て)』, 청렬한 청춘소설 『매미소리(蟬しぐれ)』, 은거 노인이 활약하는 『미쓰야세자에몬잔지쓰

로쿠(三ツ屋淸左衛門殘日錄)』 등이다.

그가 단정한 문체로 그려낸 조용하고 평안한 세계에는 때로는 격정이 폭발하며, 때로는 골계(滑稽, 익살)가 감돌며, 때로는 한줄기 빛이 쏟아져 들어온다.

거기에는 권력이나 권위는 물론이고 부나 안정과는 거리가 먼 극히 보통 사람들의 역경의 날들의 희노애락이 선명하게 부각된다.

지천에 널린 시정에서의 삶과 함께 하기에, 소년 검사(劍士)나 낭인 이야기도 또한 둔하게 빛난다.

후지사와 슈헤이가 '시청물'(서민에 대한 이야기)의 명수인 까닭이다.

우리가 현재, 시대소설의 진귀한 보배로서 간직하는 '시정물'의 시작은 야마모토 슈고로(1903~1967)의 『야나기바시 이야기(柳橋物語)』로부터이다.

큰불이나 홍수를 배경으로 18세의 오센(おせん)이 소꿉친구인 직인(職人) 쇼키치(庄吉)와 고타(幸太) 사이에서 겪게 되는 기구한 이야기다. 전쟁 중에 정신주의적인 『일본부도기』를 썼던 야마모토 슈고로가 서두르지 않고 진중하게 초닌(도시 상인)의 일상생활에 몰두하고자 패전한 다음 해에 쓰기 시작한 작품이다. 영웅이나 호걸을 대단히 싫어했으며 찬바라(チャンバラ, 칼싸움)도 싫어했던 야마모토의 작품다운, 전후의 시작이 된 작품이다.

야마모토는 "인간의 인간다움을 인간 서로 간의 공감이라고 하는 것을 만족감이나 기쁨보다도 빈곤이나 병고(病苦)나 실의나 절망 가운데서, 나는 보다 강하게 느낀다."라고 말한다.

우정과 동료에 대한 이야기 『사부(さぶ)』, 무리에서 떨어져나간 자들의 꿈을 그린『후카가와안라쿠테(深川安樂亭)』그리고 다테소동(伊達騒動)[63]의 상식을 뒤집는『전나무는 남았다(樅の木は殘った)』류의 작품도 있다.

또한 무지하고 빈곤함을 증오하는『붉은 수염 진찰 진료담(赤ひげ診療譚)』과, 끝없이 예도탐구(芸道探求)를 하는『허공편력(虛空遍歷)』등의 대작에는 괴로움과 절망을 빠져나와서 살아가는 사람들의 공감과 연대가 그려져 있다.

야마모토의 문체는 인명을 반복하며 '그' 등의 지시어를 다용하고 흔한 표현을 반복하는 끈적끈적하고 집요하며 중후하며 또한 친근감 넘치는 것이다. 이 독특한 문체로 그는 시대소설 계에서 실로 우뚝 솟아 있다.

그러고 보자니, 이노우에 히사시의 최신 희곡『무사시(ムサシ)』는 지구적인 증오와 분쟁의 연쇄를, 시대소설의 칼싸움 전통을 현재화(顯在化)시키면서도 끊어내려고 하는 과감한 이야기이다. 무사시와 사사키 코지로의 질리지도 않고 계속되는 결투를 그만두게 하는 것을 통해, 이름 없는 사람들의 삶에 대한 찬가를 부른다.

이 찬가에 '시정물'의 두 거장, 야마모토 슈고로와 후지사와 슈헤이의 둔하지만 빛나는 이야기가 어른거리고 있는 것은 두말할 필요도 없는 것이다.

날뛰는 악당들―이케나미 쇼타로와 류 게이치로

시대소설 독자가 얻을 수 있는 특권의 하나는 칠흑 같은 어둠 속에서 날뛰는 악당과의 조우이다.

---

63) 다테소동은 에도시대 전기에 센다이한(仙台藩)에서 벌어진 상속 소동이다.

악당들은 자신의 욕망에 따라서 사회의 도덕이나 법을 깬다.

때로는 인간의 암부를 부각시키면서 파멸하고 때로는 현재 상황에 옥죄어 살아갈 수 없는 마음을 사회에 내던진다.

악당에 관한 이야기라면 누가 뭐라 해도 이케나미 쇼타로(池波正太郎, 1923~1990)의 작품을 들 수 있다.

1968년에 쓰이기 시작해 저자의 죽음에 의해 미완으로 끝난 『오니헤이한가초(鬼平犯科帳)』는 수백 명의 악당을 거느리는 시리즈물이다.

이 작품에는 악당 이야기의 독창성을 보여 주는 많은 조어(造語)가 아로새겨져있다. 도적들이 이용하는 '도인숙(盜人宿)'이나, 쳐들어간 곳의 사람들을 모두 죽이는 '나쁜 놈 활동' 등의 음울한 용어들이다.

여기서는 직업인 '도적질'을 '근무'라고 부르며 일정한 모럴을 지키지 않으며 도둑질도 훌륭한 일이라고 도적이 도리어 큰 소리를 친다. 이러한 확고한 신념을 갖고 있는 악당을 상대로, 방화(放火) 도적 두목의 취조관 하세가와 헤이조(長谷川平藏)는 부하를 교묘하게 조정해서 가차 없이 포박하는 '귀신 헤이조'라고 불리며 악명을 떨친다.

하지만 헤이조는 자신의 안에 있는 명암과 선악을 응시하고 악당의 어두운 욕망과 고독만이 아니라 때때로 떠오르는 양심마저도 놓치지 않는다.

1972년에 연재가 시작된 『검객상매(劍客商賣)』 및 『암살자·후지에다 바이안(仕掛人·藤枝梅安)』에도 많은 악당이 등장한다.

특히 인상 깊은 인물은 주인공 바이안이다.

돈을 내면 살인 청부를 받아들이는 침술사 바이안은 과거에 누이동생을 죽인 기억으로부터 벗어날 수 없다. 살려둘 수 없는 악동을 죽이는 사람도 악당이라는 것을 바이안은 자각하고 있다.

바이안이 어둠속에서 일할 때마다, 악당이 될 수밖에 없는 운명이 파멸을 향해서 닥쳐온다.

그런 의미에서, 바이안은 이케나미 쇼타로가 창조한 악당가운데 가장 악당적인 존재라고 해도 좋을 것이다.

에도문화와 인정이 짙게 남겨진 시타마치(下町)에서 태어난 이케가미는 신코쿠게키(新國劇)의 전속 각본작가(座付き作者) 시대의 극작법을 살린 스피디한 장면 전개나, 인물의 내면묘사를 극력 억제한 문장을 구사했다. 악당의 암담한 나날을 의식주가 약간 화려한 것이나 관계를 맺는 사람들과의 두터운 정으로 채색했다.

1970년에 텔레비전드라마가 된 『오니헤한카쵸(鬼平犯科帳)』의 각본 일부를 담당한 것이, 이케다 이치로(池田一朗), 즉 후일의 류 게이치로(隆慶一郎, 1923~1989)이다.

이케나미와 동년에 태어난 이케다는 대학에서 프랑스문학을 전공한 후 편집자와 대학교원을 거쳐서 시나리오 작가로 전신(轉身)했다. 이케나미와는 완전히 다른 코스를 걸었지만, 여기서 한순간 이케나미와 교차한 것이 된다.

류 케이치로가 『요시하라고멘조(吉原御免狀)』로 소설가로 데뷔를 한 것은 1984년이다. 류는 61세가 될 때까지 축적했던 지견(知見)과 사상 그리고 정념을 수편의 대작에서 작렬시켰다.

이 작품에서는 미야모토 무사시를 읽으면서 자란 마쓰나가 세이치로(松永誠一郎)가 에도 요시와라에 와서 그곳이 자유를 구하는 유랑민(漂白民, 공계(公界)의 사람)의 성채라는 것을 알게 된다. 그는 장군의 밀명을 띠고

요시와라를 덮쳐오는 우라야규(裏柳生, 닌자집단)와 사투를 벌이는 『요시하라고멘조』와 그 속편 『카쿠레사와 고계행(かくれさと苦界行)』에 나온다.

『카게무샤 도쿠가와 이에야스(影武者德川家康)』에서는 도쿠가와 이에야스 사후, 이에야스를 대리한 카게무샤(影武者)가 공계 사람으로 세상에 이상향을 실현하려고 하는 이야기를 펼친다. 전국시대의 세상을 색다른 복장을 한 카부키모노(傾奇者)[64]인 마에다 케지로(前田慶次郎)가 달려가는 『이치무안후류키(一夢庵風流記)』 등도 흥미롭다. 지금 나열한 작품들의 주인공은 모두 사회의 제도나 규범을 답파하는 건상한 악농의 풍모를 담고 있다.

당시, 아미노 요시히코(網野善彦) 등의 새로운 중세사 연구에서는 비농업민인 유랑민을 자유를 구하는 세력으로서 평가하고 역사를 움직이는 '악당'을 재발견하는 시도를 했다.

류 게이치로가 그리는 악당의 반제도적인 활약은 그것과 겹쳐진다.

이케나미의 악당이 결국에는 인간의 암부의 상징에 격납돼 버리는 것이 비해서, 악당의 역사적 동란의 생생한 어둠으로 해방시키는 것이 류의 장대한 기획이었다.

그리고 만약 그러한 비전을 통해 악당을 파악할 수 있다고 한다면, 사실 시대소설의 첫 번째 페이지부터 악당이 등장하고 있다.

나카자토 카이잔에 의해 1913년에 쓰인 『대보살고개』의 안티히어로, 쓰쿠에 류노스케(机龍之助)가 그이다.

사쿠라가 만개한 산마루에서 갑자기 나이든 순례자를 베는 것으로 시작해서 갑작스레 피를 원해마지않는 괴이한 검사야말로 질서에 수습

---

64) 전국시대 초기부터 에도시대 초엽에 걸친 사회 풍조로 이풍(異風)을 좋아하고, 화려한 옷차림을 하고, 상식을 벗어난 행동을 하는 사람을 가리킨다.

되지 않고 밖으로 튀어나갈 것 같은 자의 피범벅이 된 길 안내인이었다.

지금도 쿄고쿠 나쓰히코(京極夏彦)나 마치다 고(町田康)의 시대소설에, 실루엣처럼 떠오르는 류노스케(龍之助)는 도대체 어떠한 밖을 우리에게 권해 줄 것인가.

역사소설의 명암—시바 료타로와 요시무라 아키라

과거의 '역사소설' 붐으로부터 작년의 '시대소설' 붐으로 그 명칭은 변했어도, 역사소설의 인기가 사라진 것은 아니다.

역사소설 원작의 NHK대하드라마는 여전히 활황을 보이고 있고, 또한 애니메이션이나 게임의 '역사물'에는 실제 옛 싸움터나 성, 묘소로 내려앉는 '역녀(歷女)'[역사소설을 좋아하는 역사통의 여자를 지칭하는 신조어]도 실존 인물의 새로운 팬으로 나타났다.

전후의 역사소설 붐을 견인한 것은 두말할 필요도 없이 시바 료타로(司馬遼太郎, 1923~1996)였다. 시바는 오랫동안 순수문학 밑이라고 폄하돼 왔던 역사소설을 손에 들고 보는 것이 자랑스러운 문학으로 끌어올렸다. 질서 속의 경쟁적 동란(動亂) 속을 살아가는 어른=일하는 사람을 위한 문학을 통해서다.

이러한 시바의 활약은 고도성장기 및 메이지 100주년과 겹쳐졌을 때, 전후 현저하게 쇠퇴해 있던 내셔널리즘의 배양기(培養器)가 됐다.

시바는 학도로 출진해 토치기현(栃木縣)에서 패전을 맞이했는데, 우매한 지휘관을 앞에 두고 "일본인이란 무엇인가"라는 의문을 품는다. 이러한 물음에 대한 끊임없는 응답은 후에 일본이 서양 열강과 대치해 근대화 및 국가형성을 수행하면서 러일전쟁 이후 진로를 잘못 설정해서 어리석은 대전쟁에 이르게 됐다는 시바의 역사관으로 이어진다. 이른바 독특한 시바사관(司馬史觀)이 여기에서 산출된 것이다.

그가 초기 대표작 『료마가 간다(龍馬がゆく)』를 연재하기 시작한 것은 1962년이다. 동란의 막부 말기를 더욱더 동란으로 향하게 해서 "니쁜 [日本]이라고 하는 국가"를 창출하려고 하는 젊은 료마가 22세에 암살 되기까지를 그렸다. "젊은이는 그 역사의 문을 그 손으로 밀고 그리고 미래를 향해 열어젖혔다."라고 하는 결어는, 시바의 역사소설이 막을 연 것을 상징하고 있는 것이리라.

시바가 좋아한 것은, 개개인의 가능성이 시험되는 '변동기'였다.

막부 말기 유신기와 전국시대가 작품 배경 가운데 많은 이유이다.

개화기를 맞이해 거품이 이는 소국에서, 아키야마 요시후루(秋山好古), 사네유키(眞之) 형제와 동향인 마사오카 시키(正岡子規)가 각각의 진로를 정하고, 청일전쟁 및 러일전쟁과 관계가 깊은 작품 『언덕 위의 구름(坂の上の雲)』. 메이지 유신으로부터 세이난전쟁(西南戰爭)까지의 사이고 다카모리(西鄕隆盛)를 그려낸 『뛰어오르는 것처럼(翔ぶが如く)』. 새로운 의학을 요구하는 마쓰모토 료준(松本良順)의 이야기를 더듬은 『호접의 꿈(胡蝶の夢)』. 또한 악명 높은 사이토 도산(齋藤道三)이 나라 뺏기를 감행하는 『나라 뺏기 이야기(國盜り物語)』, 더 나아가 이시다 미쓰나리(石田三成)를 그린 『세키가하라(關ヶ原)』, 도쿠가와 이에야스를 그린 『패왕의 집(覇王の家)』 등.

시바의 역사소설은, 인물과 사건을 '부감'하지만 부감의 대상은 마침내 『가도를 간다(街道をゆく)』에 이르러, 일국의 역사를 초월해 세계의 역사 문명으로 끝도 없이 넓어져 간다.

시바가 인물과 사건에서 커다란 '물결침'을 발견해내고 이야기에 클라이맥스를 장치하는 화려한 천재라고 한다면, 요시무라 아키라(吉村昭, 1927~2006)는 그러한 '물결침'은 물론이고 클라이맥스도 철저하게 배제하는 수수한 위재(偉才)였다.

다만 클라이맥스를 이야기를 구성하는 세계의 긴박한 장면으로 생각한다면, 요시무라의 역사소설은 시작 부분의 첫 행부터 마지막 행까지, 긴박감을 조용히 채우고 있는 무수히 많은 클라이맥스로부터 이루어졌다고 해도 좋을 것이다.

요시무라는 '역사'라는 것이 경중 없는 세부의 연쇄라고 하는 견해를 확고히 갖고 있었다.

이는 요시무라가 세부의 하나하나에 집착한 순수문학적 수업을 오래도록 계속했던 것과 관련될 것이다.

우연한 계기로 전함무사시(戰艦武藏)를 조사하기 시작한 요시무라에게, 어느 날 그 무사시가 '전쟁을 상징화한 일종의 생명체'처럼 육박해 왔다.

그것이 요시무라를 역사로 이끌었다.

이는 집요한 자료 탐색과 면밀한 취재에 근거해 쓰인 『전함야마토(戰艦武藏)』, 『무쓰침몰(陸奧沈沒)』, 『제로식전투기(零式戰鬪機)』라고 하는 탁월한 역사소설을 거쳐서, 『마미야 린조(間宮林藏)』, 『나무무기 사건(生麥事件)』, 『사쿠라다몬가이노헨(櫻田門外ノ変)』, 『텐구 소란(天狗騷亂)』, 『다이코쿠야 코다유(大黑屋光大夫)』, 『창의대(彰義隊)』 등의 역사소설 수작으로 이어졌다.

서술된 대상의 명시된 아무런 과장도 없는 제목을 통해, 즉물적인 너무나도 즉물적인 묘사가 공들여서 겹쳐진다.

하지만 거기에 '역사'가 선명하게 부각될 때마다, 그것은 확실한 방향을 갖지 않고 '표류'하고 있다고 하는 생각이 요시무라의 내부에서 강해져갔다.

소설과 에세이 가운데 '표류'에 대한 관심은 요시무라의 초창기부터 어른거린다.

역사가 정체해 방향을 읽은 '대 표류' 시대를 맞이한 현재 기존의 역사에 의거한 '역사소설'은 믿음직한 실재 인물을 점재(點在)시키면서 새로운 방향을 자유자재로 요구하는 '시대소설'에 집어삼켜져 간다.

혹은 요시무라 아키라의 '표류' 의식이 지금과 같은 현재를 앞서갔던 것인지도 모른다.

끝도 없는 여행의 행방—사사자와 사호와 모로타 레이코

그때마다 세상 사람들은 말한다.

"나 따위 삶의 방식은 마치 시궁쥐지 뭐야. 깨끗이 씻어내려 해도 더러워져서 때가 벗겨지지 않고 손을 씻으면 굶어 죽겠지. 좋은 추억 따위는 하나도 없어. 어제라고 하는 과거를 잊고 싶어서 매일 여행을 계속하고 있는 것과도 같아."

미스터리 작가 사사자와 사호(笹澤佐保, 1930~2002)가 1970년에 쓴 첫 유랑[股旅]에 관한 이야기, 「미카에리고개의 낙양(見かえり峠の落日)」의 한 소절이다.

무참한 삶을 억지로 받아들여 발화된, 검게 빛나는 '결정하는 말'이

유랑 이야기에는 빈출한다. 이것은 그 전형이라고 해도 좋다.

심신에 상처를 입은 여자를 앞에 두고 이상하게 다변인 것은 14세에 고향에서 쫓겨나 유일한 은인을 위해 노름판을 벌였다 분쟁이 일어나 12명을 벤 도박꾼 북풍의 이노스케(北風の伊之助)다.

이야기의 끝에 여자는 죽고 포졸에게 총을 맞은 이노스케는 침침해진 눈으로 미카에리고개의 저편에 지는 낙양을 봤다.

여기서부터, 해질녘에 열리는 어두운 로맨티시즘을 붙잡아, 사람과의 관련을 희석시키고, 끝도 없이 이어진 살풍경한 메마른 백색가도(白色街道)에 사내를 걷게 한다. 유랑 이야기의 최대급 영웅, 찬바람의 몬지로(木枯し紋次郎)가 여기에 출현하는 것이다.

시대소설 초창기의 거장 하세가와 신(長谷川伸, 1884~1963)은 1929년에 처음으로 '유랑[股旅]'이라는 명칭을 사용했다. "여행으로부터 여행을 삶에 걸친다."라는 말에 취해서 주인공은 "비생산적이며, 대부분은 무학으로 고독하고, 가시나무를 짊어지고 있다."고 하고 있다. 이에 대해서는 "일본의 무산자의 방황하는 모습"이라는 평가(오사라기 지로[大仏次郎])도 있다.

하세가와와 시모자와 간(子母澤寛)이 단련시킨 '유랑 이야기' 이후, 많은 시대소설 작가가 이러한 이야기에 손을 댔다.

코가라시 문지로의 등장은 1971년이다.

시바 료타로 등의 밝은 적극적인 '역사소설' 붐이 일어나는 한복판에서, 긴 이쑤시개를 내뿜는 찬바람이 부는 소리와 함께, 허무감을 전신에 간직한 몬지로(紋次郎)가 나타난다.

너덜너덜한 삿갓과 도추갓빠(道中合羽, 우비), 허리에는 칼집이 녹슨 긴

요도(腰刀)차고 서.

유랑 이야기의 인물은 익숙한 도의와 인정의 얽매임으로부터 멀어져 떼를 짓지 않고, "제게는 관련 없는 것입니다."라고 하며 관여하지 않고 한 곳에 머물지 않고 빠른 걸음으로 여행을 계속한다.

사람들은 그러한 관행을 깨는 더럽혀진 자유인을 용서하지 않고, 또한 가만히 두지 않는다.

그리하여 「샤멘바나는 졌다(赦免花は散った)」로 시작되는 전 113편의 이야기(『찬바람의 몬지로』시리지 및 『돌아온 몬지로(歸って來た紋次郎)』시리즈)를 사사자와는 28년간 계속 쓴다.

쇠약함을 의식한 몬지로가 『돌아온 몬지로 최후의 고개 넘기(歸って來た紋次郎 最後の峠越え)』에서 조용히 토네가와(利根川)[65]의 둑에서 동쪽으로 사라지기 직전인 1998년, 경이로운 신인 모로타 레이코(諸田玲子)의 『강바람(空っ風)』이 출판됐다.

시미즈노 지로초(清水次郎長)[66] 일가의 코마사(小政)가 메이지유신 후의 시류에 편승하는 우두머리를 용서하지 않고, 노름꾼으로서의 파멸을 선택해 베고, 또 베고, 또 다시 베서 죽이는 이야기다. 전년의 『계략 흐트러진 초(からくり亂れ蝶)』도 후처 2대째 오초(お蝶)가 신시대가 도래한 것에 안달해 하는 지로초에 대해 애증을 품는 이야기였다.

또한 모로타는 『삿갓구름(笠雲)』에서 일가인 오마사(大政)로부터 시리즈 완결 편이라고 할 수 있는 2006년의 『상쾌한 바람(青嵐)』에서는 모리노 이시마쓰(森の石松)와 미호노 부타마쓰(三保の豚松)를 통해 출세하는 '승

---

65) 간토(關東) 지방을 북에서 동으로 흘러, 태평양으로 흘러들어가는 하천이다. 일본을 대표하는 하천 중 하나이다.
66) 막부말 메이지 유신기의 협객으로 메이기에는 실업가로 전신했다.

자 그룹'에 대한 반발과 증오를 토해내게 했다. 분노하는 부하와 고뇌하는 우두머리와의 '화해'는 끝내 저 세상으로 가지고 가는 수밖에는 없다.

이미 거장의 풍격을 풍기는 모리타의 시대소설에는 정밀한 취향 아래 넘거나 모자람 없이 쓰인 우미(優美)한 심정을, 가끔 팡 하고 터지는 것과 같은 심신의 폭발해 관통한다. 그러한 폭발을 가득 남은 지로초 일가 시리즈는, 현재까지 모리타의 대표작임이 틀림없다.

역사학자 다카하시 사토시(高橋敏)는 『쿠니사다 초지(國定忠治)』에서 고동성장기 이후 사람들의 관심은 반골의 무장투쟁파 쿠니사다 초지[67]로부터, 체제 안에서 신분 상승을 해가는 시미즈노 지료초로 옮겨갔다고 지적하고 있다.

그렇다고 한다면, 지로초의 새로운 질서에서의 상승을 중심으로 두고, 그것에 따르지 않고 제외되고 떨어져 나가는 자들을 그리는 모리타의 이야기는 이중의 의미에서 반시대적이라고 해도 좋을 것이다.

그리고 질서의 안과 밖의 차이는 있다고 하더라도 반시대성은 몬지로와 코마사들에게 공통되는 것이다.

유랑 이야기에 어른거리는 "좋은 추억 따위 하나도 없다."라고 하는 생각은, 시대소설의 핵심적인 독자들의 그것과 겹쳐지는 것일까.

현 상황에 대한 위화감과 불우감(不遇感)이 현대소설을 넘어서 시대소설의 문을 밀고 있다.

그러면 그곳에는 살아 있는 유령(몬지로)과도 같은 사람들이 어제와는 다른 전혀 다른 새로운 삶과 관계를 은근히 요구하고, 끝도 없는 여행

---

67) 에도 시대 후기의 협객.

을 서두른다.

이러한 사람들과 동행하지 않을 수 없을 때가, 우리에게는 반드시 있다.

☒ 201312

'일본인'을 오래 깊게 포착하는 어둑어둑한 영역으로

— 「무사시」, 복수의 사슬을 끊는 반폭력을 향한 이야기

'현재'를 예리하게 묻는 '시대 이야기'

이 "두 작품이 마지막 작품이 된다면 만족이야" 하고, 「조곡학살(組曲虐殺)」과 함께 이노우에 히사시가 거론한 「무사시(ムサシ)」(초연은 2009년, 간행도 같은 해)는 그 제목을 통해서도 알 수 있듯이, 이른바 '그 사건 이후의 미야모토 무사시'를 다루는, 시대 이야기를 배경으로 한 희곡 작품이다.

"때[時] '1'은, 케초(慶長) 17년(1612) 음력 4월 13일 정오. '2'부터는, '1'로부터 6년 후인, 겐와(元和) 4년(1618) 여름 4일간"으로, "장소 '1'은 부젠노쿠니(豊前國) 오쿠라오키(小倉沖)의 후나시마(舟島)[68]. '2'부터는 사가미노쿠니(相模國) 가마쿠라 가운데 오기가야쓰무라(扇ヶ谷村) 사스케가타니(佐助ヶ谷), 겐지야마호렌지(源氏山宝蓮寺)의 절 경내'로 설정돼 있다.

그리고 무대에 등장하는 '사람'은, 미야모토 무사시, 사사키 코지로, 타쿠안 소호(澤庵宗彭), 야규 무네노리(柳生宗矩), 헤신 주지(平心住持), 후데야 오토메(筆屋乙女), 키야 마이(木屋まい), 추스케(忠助), 아사카와 진베(淺川

---

68) 동해의 무인도.

甚兵衛), 아사카와 칸베(淺川官兵衛), 타다노 유젠(只野有膳), 이렇게 11명이다.

미야모토 무사시와 사사키 코지로를 제외한 9명이 이야기 진행에 따라서 불확실한 인물로 변모한다고는 하지만 시대와 장소 설정 및 등장인물의 면면 어떤 것을 보더라도 「무사시」는 시대물의 희곡 그 이외의 어떤 것도 아니다.

그렇지만 「무사시」는 독자에게 함께 살아가는 현재와, 현재 벌어지고 있는 문제의 핵심을 들이밀고 있는 것이 분명하다. 게다가 그것은 '현대물(現代もの)'에서 현재와 그 문제의 핵심을 제기하는 것 이상으로 깊고 무겁게 느껴진다.

도대체 그것은 어째서일까.

시대소설은 소설이 아닌가, 라고 하는 의문이 덮친다

이노우에 히사시는 예전에 '시대소설'(시대물)에 대한 의문을 다음과 같이 쓴 적이 있다.

지금까지 몇 편인가 시대소설을 썼고 현재도 쓰고 있지만 쓰면서 시대소설이라고는 것은 어쩌면 소설이 아닌가라고 하는 조금은 난폭한 의문이 생겼답니다. 소설을 읽는 것은 현재 살아 있는 사람들입니다. 죽은 사람은 물론 읽어주지 않으며, 아직 태어나지 않는 사람도 읽어주지 않죠. 그러므로 내가 지금 현실에서 어떠한 정황에 에워싸여 있는 것인가, 그런 상황에서 어떻게 하면 될 것인가, 어떻게 사는 방법이 있는 것일까. 그러한 것을 씁니다. 때때로, 자신과 동일한 의문을 갖는 사람이 그 쓰고 있는 것에 참가하게 됩니다. 그것이 가장 자연스

럽고 또한 소중한 것이 아닌가 하고 생각하기 시작했던 것이죠. (중략)

그래서 신문소설 연재를 부탁받고, 『돈마쓰고로의 생활(ドン松五郎の生活)』에 착수했습니다. 신문에 쓰는 것이라면 상단의 이른바 그날 그날의 사건을 보도하는 기사와, 하단의 소설 사이의 구별이 되지 않을 정도로 진행해 보자고 생각했기 때문에, 어쨌든 그날그날의 뉴스를 어떻게 해서든 섞어 넣었지요. (중략) 이 소설의 주인공 돈마쓰고로는 개인데 처음에는 나쓰메 소세키의 『나는 고양이로서이다』를 완전하게 패러디해서 써보자고 생각했습니다. (중략) 소세키의 고양이는 어쩐지 득도한 것처럼 보입니다만 저 혹은 돈마쓰고로는 지금을 살아가고 있는 것이 장점입니다. 그러므로 지금 벌어지고 있는 혹은 벌어져가고 있는 각종 현상을 어쨌든 아무렇게나 집어넣었던 것입니다(「도화의 방법(道化の方法)」 1975 『패러디 지원 에세이집 1(パロディ志願　エッセイ集1)』수록 1979)

이노우에 히사시가 시대소설에 대해 의문을 품고부터 현대물 장편소설 『돈마쓰고로의 생활』생활을 연재하기 시작한 것은 1973년 12월부터다. 거기에 이르기까지 에도 게사쿠사(戯作者, 통속문학 작가)들이 합세해서 만들어 낸 비희극 「쇠고랑 정사(手鎖心中)」(1972, 제67회 나오키상 수상작), 처음으로 상을 받은 작품 「에도의 소나기(江戶の夕立)」(1972), 쇠고랑이 채워지는 형벌을 받은 이후의 산토 교덴(山東京伝, 에도시대 후기의 우키요에 화가)에 대한 「교덴 가게의 담배 들이기(京伝店の烟草入れ)」(1973)를 썼고, 막부 말기의 혼란에 조우한 젊은 무사[直參]들의 이야기 「우리들과 대포(おれたちと大砲)」를 연재하고 있었다.

희곡의 시대물까지 넓히면, 「오모테우라겐나이카에루갓센(表裏源內蛙合戰)」(1970), 「야부하라켄교(藪原檢校)」(1973) 그리고 과거와 현재를 왕래하

는 「도겐의 모험(道元の冒險)」(1971, 제17회 기시다 쿠니오 희곡상 수상)을 넣으면, 이노우에 히사시는 지금까지 '시대물'도 써왔다는 것이 아니라 오히려 '시대물'을 정력적으로 써왔다고 하는 편이 좋다.

이러한 이노우에 히사시이기에 시대소설이 "어쩌면 소설이 아닌가"라고 생각한 것은 실로 심각한 의문이었음이 틀림없다.

확실히 시대소설은 "내가 지금 현실에서 어떠한 정황에 에워싸여 있는 것인가, 그런 상황에서 어떻게 하면 될 것인가, 어떻게 사는 방법이 있는 것일까"를 그 자체로서 물을 수 없다.

그러므로 "지금 벌어지고 있는, 혹은 벌어져가고 있는 각종 현상을 어쨌든 아무렇게나 집어넣"을 수는 없다고, 그때 이노우에 히사시는 생각했던 것이다.

의문이 확신을 향한 필수불가결한 통로가 된다

하지만 만약 시대소설이 "내가 지금 현실에서 어떠한 정황에 에워싸여 있는 것인가, 그런 상황에서 어떻게 하면 될 것인가, 어떻게 사는 방법이 있는 것일까"를 묻는 장(場)이 될 수 있다고 한다면 어떻게 될까.

시대소설이 "내가 지금 현실에서 어떠한 정황에 에워싸여 있는 것인가, 그런 상황에서 어떻게 하면 될 것인가, 어떻게 사는 방법이 있는 것일까"를 반드시 물을 수 있는 장이 아닌 것처럼, 시대소설이 언제나 그러한 물음을 배제한 장치는 아닐 것이다.

더 나아가서 말하자면 시대소설은 그 자체로 현대소설 이상으로 '현재'에 넓고 깊게 관여하는 경우도 가능한 것이 아니겠는가.

이노우에 히사시가 에세이 「도화의 방법」이후에 확실한 형태로 시대소설에 대한 의문을 말했던 것은 내가 아는 한 없다. 그리고 무엇보다도 시대소설에 대한 의문으로부터 촉발된 『돈마쓰고로의 생활』을 쓴 후 이노우에 히사시는 시대소설과 시대물 희곡을 왕성하게 집필했다.

데뷔로부터 불과 몇 년 만에 이노우에 히사시를 덮친 시대소설에 대한 의문은 아마도 시대소설의 새로운 의의를 발견하는 쪽으로 그를 이끈 것이 아니었을까.

의문은 확신을 향한 필수불가결한 통로인 것이다.

시대소설이 "내가 지금 현실에서 어떠한 정황에 에워싸여 있는 것인가, 그런 상황에서 어떻게 하면 될 것인가, 어떻게 사는 방법이 있는 것일까"를 묻는 장으로 기능하는 것이 가능하다는 것, 더 나아가서는 시대소설 그 자체로 현대소설 이상으로, '현재에 넓게 그리고 깊게 관여하는 것도 가능하다는 것임을 알 수 있다.

생각해 보면 「쇠고랑 정사」도 「에도의 소나기」도, 「오모테우라겐나이카에루갓센」이나 「야부하라켄쿄」도 많건 적건, 그러한 가능성을 염두에 두고 쓴 것이 아닐까 하고, 이노우에 히사시는 스스로의 시도를 다시 더듬어 찾아갔던 것이다.

여기에 이르러 한층 자각적인 시대소설(시대물)이 차례차례 산출됐다고 해도 좋다.

'일본인'을 오래 깊게 포착하는 어둑어둑한 영역에 대한 개입

나는 이전에 특히 시대물 희곡 「야부하라켄쿄」, 「비(雨)」(1976), 「코바야시 잇사(小林一茶)」(1979), 「개의 복수(イヌの仇討)」(1988) 등, 각각의 작품에 두드러지는 '현재'성을 고찰한 적이 있다(「현재의 안쪽, 미지의 현재로—

이노우에 히사시의 '시대물'을 둘러싸고」, 「비극희극(悲劇喜劇)」 2000.4). 이러한 시대물 희곡은 모두, 특히 현재에 대한 관심에 의거해서 과거로부터 현재까지 계속 '일본' 및 '일본인'(근대에 상징적이고 또한 소급적으로 형성된)을 오래 깊게 그리고 넓게 포착하는 어둑어둑한 영역으로 개입하는 시도를 했다고 해도 좋다.

예를 들어 「야부하라켄쿄」, 「비」, 「코바야시 잇사」와 같은 에도3부작은, 이물(異物)을 배제하고 혹은 하층으로 가두는 일본적 공동체의 폭력을 그리고 있다. 그러면서 일본식 경영이 축복된 '재팬 에즈 넘버원(Japan as Number One)' 시대에, 그러한 영역 밖으로 나가는 잇사의 모습을 비추어냈다. 또한 이상한 자숙의 한복판에 출현한 「개의 복수」는, 키라 코우즈케노스케(吉良上野介)가 오이시 쿠라노스케(大石內藏助)의 행동에 '위를 향한 도전'을 읽어내는 이야기다.

니나가와 유키오(蜷川幸雄) 연출의 연극과, 희곡에서 두 번 「무사시」와 접했다. 그때 나는 의표를 찌르는 취향과 전편에 현저하게 나타나는 웃음 그리고 명확한 메시지에 감명을 받았다. 그러므로 이것이 이노우에 히사시가 지금까지 만들어왔던 시대물 희곡의 특색을 가장 명확하게 표출하는, 그러한 의미에서 이노우에 히사시의 시대물 희곡의 최고 걸작이라고 생각하지 않을 수 없다.

「무사시」가 등장한 것은 9·11 이후 '새로운 전쟁'이라고 하는 폭력적 보복의 연쇄가 세계로 퍼져 나가, 헌법 제9조를 '개정'해서 전쟁이 가능한 국가를 만들자고 하는 세력이 날뛰기 시작한 시기였다.

이것은 틀림없는 '현재'의 상황이지만, 다만 '현재'에 처음으로 나타난 상황이 아니며, '결투 애호', '전쟁 애호', '무력을 통한 결착 애호'를 통해 계속 '일본인'에게 보지돼 왔던 경향이다. 전후 '일본인'의 어둑어둑한 영역에 보지돼 온 경향이 현재화(顯在化)한 것이라고 해도 좋다.

이노우에 히사시는 그러한 '일본인'의 '결투 애호', '전쟁 애호'를 상징하는 인물로서 무인 미야모토 무사시를 끄집어내서, 그가 칼싸움을 그만두게 하려는 시도를 한다.

'일본인' 가운데 미야모토 무사시가 깃들어 있듯이, 전쟁을 싫어하고 제9조 견수(堅守)를 지향하는 이노우에 히사시 안에도, 몰론 미야모토 무사시는 깃들어 있다. 이노우에 히사시의 코단샤분코판(講談社文庫版)「자필연보(自筆年譜)」(『나인(ナイン)』그 외)에는 그가 소년시기, 미야모토 무사시를 동경해서 검성(劍聖)이 되려고 연습했던 날들이 기록돼 있다.

이노우에 히사시의 '웃음'이 우선 자신에게 향한 것과 마찬가지로 무인 미야모토 무사시를 부정한 것은 이노우에 히사시의 자기 부정으로부터 시작된 것이다.

정신주의적인 전쟁문학의 종언으로부터 시작되는
반전쟁과 반폭력 이야기

미야모토 무사시 신화 가운데 대표격은 요시카와 에이지(吉川英治)의 『미야모토 무사시(宮本武藏)』라는 것은 말할 것도 없다.

『미야모토 무사시』는 주인공 무사시가 마지막에 도달하는 '정신의 검'으로부터 명확히 드러나 있듯이, 이는 정신주의적인 전쟁문학이다. 1935(쇼와10)년에 연재가 개시되는 것과 동시에 독자의 뜨거운 주목을 모아, 4년 만에 천 회가 넘는 연재를 했다. 많은 병사가 이 소설과 함께 행군했다는 사실은 눈앞에 작렬하는 전쟁의 사상(事象)을 병사들이 필사적으로 멀리하고 내면의 쟁투로 심화하는 것과 함께, 공동화(空洞化)하려고 했던 것을 나타내는 것이다.

「무사시」는 이러한 요시카와 판 『미야모토 무사시』의 끝부분에서부터 시작된다.

'기술과 힘의 검'을 넘어서 '정신의 검'에 도달한 무사시를, 또한 허용하려 하지 않는 「무사시」는 정신주의적 전쟁문학의 종언으로부터 시작되는 반전쟁과 반폭력의 이야기라고 해도 좋다.

간류지마(巖流島)에서 미야모토 무사시와 사사키 코지로의 결투로부터 6년 후.

복수하려는 일념으로, 무사시를 뒤따라온 코지로에게 가마쿠라 겐지야마호렌지가 문을 여는 것을 기다리고 있던 무사시는 태연하게 충고한다.

> "자네는 (몸을 반전시키면서) 그 검을 쓰는 것에 집착하고, 애도(愛刀)를 놓는 틀에 집착하고, 멋있고 말끔한 승리 방식에 집착하고 그리고 약속에 집착하지. 그리고 그러한 집착이 다모여서, 자네의 형태가 돼있어."
> "형태를 알 수 있으면, 무너뜨리는 것은 쉽지. 속된 말로 식은 죽 먹기라 할 수 있어."

간류지마에서 이룬 무사시의 승리는, '형태'에 취한 천재를 '형태' 자체로부터 무너뜨리는 것으로부터 이루어졌다. 무사시의 말은 '형태'에 굳어지는 것이 아니라 사태에 대해 임기응변으로 행동할 것을 재촉한다.

하지만 이야기의 전재와 함께 그러한 무사시도 또한 '전쟁'을 애호하는 무예가의 '형태'에 깊이 사로잡혀 있음이 파헤쳐져, '원한의 사슬' 치우기의 대상이 된다.

'형태를 알고 형태를 무너뜨린다'는 서브테마가 이 희곡의 메인테마이며 '전쟁 애호'에 대한 부정과 '원한의 사슬'을 치우는 것을 끄집어내는, 실로 교묘한 구성이다.

검객 영웅으로부터 보통 사람들로 주역 교체

무사시와 코지로는 둘이서 가능한 전개의 한계까지 급전하는데, 이들을 한걸음 더 지금까지와는 다른 삶의 방식으로 나아갈 수 있게 등을 미는 것은 다음과 같은 사람들이다. 타쿠안 소호, 야규 무네노리, 혜신 주지, 후데야 오토메, 키야 마이, 추스케, 아사카와 진베, 아사카와 칸베, 타다노 유젠 등이 무사시와 코지로를 다른 삶의 방식으로 이끄는 것으로 보였으나, 사실 이들은 모두 망령이었다.

다양한 이유로부터, 목숨을 변변치 않게 생각해서 그것을 후회하는 자들이었다.

마이 살아 있을 때는 살아 있는 것을 대단히 변변치 않게 난폭하
　　　　게 다뤄왔었지요.
무네노리 하지만 일단 죽고 나니, 살아있을 무렵의 어떤 시시한 하
　　　　　루라도,
진베 어떤 가혹한 하루라도,
추스케 어떤 슬픈 하루라도,

칸베 어떤 외로운 하루라도,

유젠 어쨌든 어떠한 하루라도,

무네노리 눈부시고, 또 눈부시게 보인다.

헤신 이 진정함을, 살아 있는 분들에게 전하지 않는 동안은 도저히
성불할 수 없어요.

무네노리 그래도 지금까지 어떤 분도 이 진정한 말에 귀를 기울이
려 하지 않았어요.

망령9인 그래서 이런 식으로 헤매고 있습니다. 원망스럽도다.

이러한 9인의 망령이, 가마쿠라에서 무사시와 코지로의 조우를 예지
하고 호렌지 일대에 기다리고 있다가 찾아오는 사람들인 척한다. 이렇
게 두 사람을 싸우지 않게 하려고 필사적으로 행동한다.

망령들의 이러한 필사적인 호소에 무사시와 코지로는 마침내 칼을
칼집에 넣는다.

"그 찰나, 망령들의 얼굴에 온화한 미소의 꽃이 피어서 모두 부처님
이 된다. 망령들의 입에서 '고마워. 나무아비타불'이라고 소리내어 외
면서, 여지저기서 노(能)의 배우 걸음처럼 걸어서 사라진다." (각본의
배우의 동작 등을 지시한 부분)

망령들의 "고맙다."는 인사는 그 얼마나 훌륭한 것인가.

이 "고맙다."는 말이 무대 가득 울리는 순간, 『무사시』는 무사시와
코지로라는 검객영웅으로부터 영웅에게 손을 쓴 영웅을 바꾼 보통 사
람들로 주역 교체를 성취했다고 해도 좋다.

『무사시』는 "내가 지금 현실에서 어떠한 정황에 둘러싸여있는지, 거기서 무엇을 하면 좋은지, 어떻게 사는 방법이 있는가"를 독자와 공유하려고 항상 희구했던, 이노우에 히사시의 오랜 창작이 함축돼 있다. 이 작품은 그가 '일본인'을 오래도록 깊게 포착한 어스레한 영역에 개입해서 그것을 달성하고 성공한, 이노우에 히사시가 쓴 시대이야기 희곡 가운데 최고 걸작이라고 해도 좋다.

☐ 201102

※ 한편, 『무사시』와 헌법9조 문제, '무사시' 성립과 시대와의 관련, 또한 '무사시'가 희곡인 이유 그 밖에 대해서는 내가 쓴 『이노우에 히사시 희망으로서의 웃음(井上ひさし 希望としての笑い)』(2010)을 참조해주기를 바란다.

유쾌한 '동료'가 되다
— 이노에우 히사시는 죽지 않았다

갑작스러운 부보로부터 어느새 3년이 지났다.

하지만 이노우에 히사시는 죽지 않았다.

문화라고 하는 광대한 스테이지에서 이노우에 히사시는 생생하게 활동하고 있다.

아버지 세대의 투쟁이 작렬하는 『일주간(一週間)』이나 그윽한 향내가 풍기는 시대소설 『토케이지 소식(東慶寺花だより)』, 소년들이 세계의 정치와 경제에 도전하는 『황금 기사단(黃金の騎士団)』, 대국에 분할 통치된 니뻔이 출현하는 『1분의 일(一分ノ一)』 등, 미간행 작품이 차례차례 출판되고 있다. 강연담이나 에세이 집의 출간도 이뤄지고, 문고본 복간도 계속되고 있다.

또한 잡지 특집이 편성돼, 평전이나 작가론, 작품론이 끊임없이 나오고 있다.

고마쓰좌(こまつ座)에서는 「이노우에 히사시 탄생 77 페스티발 2012」의 연속 강연이 있었고, 올해에도 재연이 가득 차있다. 그리고 센다이 문학관에서 연속기획전이 있었으며, 이번에는 가나가와근대문학관에서 대규모 특별전이 있다.

'이노우에 히사시'라고 하는 고유명이 생전 이상으로 활기를 띠고 있다고 느끼는 것은 결코 나만의 감각은 아닐 것이다. 뛰어난 문학자나 사상가는 특정한 신체와 환경에 갇혀져 있던 생전보다 사후에 영향력을 한층 확대해 왔다. 우리는 지금 이노우에 히사시에게 그 현저한 실제 예를 목격하고 있는 것이다.

불행한 시대는 다시, 이노우에 히사시를 강하게 원하고 있다.

이노우에 히사시는 죽기 전 해, 9·11 이후 노출되기 시작한 전지구적인 전쟁 상태에 대해, 폭력과 복수의 연쇄를 끊을 것을 촉구하는 희곡 『무사시』(2009)를 썼고, 비정규 노동의 확대와 새로운 빈곤에 대해서는 희곡 『조곡학살(組曲虐殺)』(2009)을 대칭시켰다.

"이 두 작품이 마지막이라면 만족이야" 하고 아내 유리에게 말했던 것처럼, 두 작품은 무참한 사태에서야말로 웃음을 날카롭게 삽입해서, 거기서 희망의 꽃을 피워내는 이노우에 히사시문학의 특징이 응축된 걸작이다.

하지만 타계 후 다음 해인 3월 11일, 생애에 걸쳐 집착해 왔으며 자신의 문학과 사상의 성채로 삼았던 '토호쿠(東北)'를, 대진재와 큰 쓰나미가 덮쳤고, 연속해서 후쿠시마제원자력발전소의 파국이 덮쳤다. 인류 사상 첫 '원전진재'이다.

거대한 인재로 인해 중앙에 의한 지방 잘라내 버리기 권위에 의한 사실의 은폐가 어른거리며 그것을 지탱하는 사람들의 사대주의마저도 명확해 졌다. 그 어떤 것도 이노우에 히사시가 오랫동안 집요하게 고발해 왔던 문제들이다.

불행한 시대의 연쇄는, 결코 이노우에 히사시의 시도가 '마지막'이 되도록 내버려 두지 않았다고 해야 할까.

'신작'을 바라는 것이 아니다. 오히려 겹쳐지고 복잡하게 얽힌 시대의 암흑은 전후뿐 아니라 일본적 근대가 노정한 총체에 대해 되묻는 것을 실천해 온 이노우에 히사시 문학의 전 작품을 재독할 것을, 우리에게 촉구하고 있다.

나는 부보를 들은 직후, 이노우에 히사시의 전체상을 다시 포착하는 시도를 시작해 우선 『이노우에 히사시 희망으로서의 웃음(井上ひさし 希望としての笑い)』(2010)에 정리했다. 그 요점은 이하 10개로 정리할 수 있다.

1 상식을 흔드는 언어에 대한 관심.

2 희망으로 이어지는 웃음의 방법 탐구.

3 권위, 권력에 대한 혐오.

4 중앙에 의한 지방 잘라 버리기를 고발.

5 지방의 분할, 독립을 요구.

6 특정한 영웅은 없으며, 인물평전은 모두 군상극(群像劇)이 된다.

7 보통 사람들의 전쟁책임, 전후책임, 현재의 '전중' 책임을 묻는다.

8 사대주의를 배척하고, 모든 것을 결정하는 것은 '자신'.

9 헌법9조 문제.

10 희극에 대한 지향 (비극을 극점으로 삼지 않는다).

여기에 또 하나 덧붙이고 싶은 것이 있다. 그것은 '유대'나 '올 재팬'이 목소리 높이 외쳐지고, 더 나아가서 '거국일치'라는 목소리가 위에서부터 내려오는 시대에, 이노우에 히사시의 그 독특하고 유쾌하게 협동하는 '동료'라는 관점이다.

핵심에는 소년 시절의 전중 체험이 있었다.

남아 있는 것은 어린이와, 여자와, 노인뿐입니다. 그래서 뻐끔히 소중한 중심 기둥이 없는 집이 대부분으로 그렇게 살았던 것입니다. 그것이 이번 겨울 대단한 대설이 내린 것입니다. (중략) 힘이 약한 어린이나 어머니들에 게다가 노인들이 한순간에 할 일을 정하고 아이들이 올라가서 눈을 쓸어내립니다……

이러한 체험에 대해서 말했던 이노우에 히사시는 다음과 같이 잇는다.

그 겨울의 약한 사람 모두가 눈과 싸웠던 기억으로부터 그런 수단으로, 다양한 세상 속의 마이너스라고 해야 할지 질색인 세상을 고칠수는 없겠는가라고 하는 사람들이 비웃을 것 같은 소박한 낙천주의를 갖고 있는 부분이 있습니다.

(쓰루미 슌스케[鶴見俊輔]와의 대담 「웃는 투명인간(笑う透明人間」))

이는 기존의 견해로는 '중심'을 결락한 최악의 상태에서 시도된 작업이다. 하지만 그 작업 속에서 사람들은, 사실은 '중심'이 사람들의 연대와 협동을 저지하고 있었음을 눈치 채고 각각이 갖고 있는 힘을 서로 내놓고 협동하는 기쁨을 자각한다. 성차별도 연령차별도 또한 아이 차별도 지방 차별도 이러한 생생한 협동의 장소에서는 쉽게 돌파된다.

영웅을 빠뜨렸기 때문에 협동하는 유쾌한 '동료'들은 이노우에 히사시의 모든 작품에서 그때마다 모습을 바꿔서 나타나 이야기를 견인한다.

이노우에 히사시를 읽고 살아가는 우리도 그러한 '동료'가 된다.

☑ 201303

살기 위해서 항상 모반하지 않으면 안 된다

— 쓰지하라 노보루의 『용서할 수 없는 자』 그 외

대역사건(고토쿠 사건)으로부터 백년 후에 다시

요즘 연이서서 '모반'의 목소리를 들었다.

하나는 최신 아쿠타가와 류노스케 논문 가운데서.

하나는 쓰지하라 노보루(辻原登) 『용서할 수 없는 사람(許されざる者)』에서. 또한 이 소설이 모델로 한 오이시 세노스케(大石誠之助)[69]를 다룬 복수의 연구서에서.

두말할 것도 없이, 이 '모반'은 내년에 꼭 100년을 맞이하는 대역사건(大逆事件)[고투쿠사건(幸德事件)]과, 그에 즈음해서 쓰인 도쿠토미 로카(德富蘆花)의 「모반론(謀叛論)」으로부터 비롯됐다.

여기서는 이러한 멀리서부터 도달하는 '모반'의 목소리에 귀를 기울여보겠다. 의외로 그것이 가깝다는 것에 놀라움을 느끼면서.

1910(메이지43)년 대역사건(大逆事件)은 주모자 미야시타 타키치(宮下太

---

69) 메이지 시대의 의사, 평론가. 1890년 도미해서 오레곤 주립대학에서 의학을 배우고, 이후 싱가폴과 인도에 건너가 전염병 연구를 하는 한편으로 사회적 차별에 눈을 돌려 사회주의에 관심을 갖았다. 귀국후 의료활동을 하는 한편 평민식당을 일으켜 빈민 구제와 지역 활동을 벌였다. 고토쿠 슈스이(幸德秋水)와 친교가 있었던 것으로 대역사건에 휘말려 1911년 사형에 처해졌다.

吉), 니이무라 타타오(新村忠雄), 스가노 스가(菅野すが), 후루카와 리키사쿠
(古河力作)를 시작으로 고토쿠 슈스이(幸德秋水), 오이시 세노스케(大石誠之
助), 모리치카 운페(森近運平), 우치야마 구도(內山愚童) 등 많은 사회주의자,
무정부주의자가 '천황' 암상을 기획했다는 이유로 검거돼, 사형 판결을
받은 24명 중 12명이 사형에 처해졌다(나머지 12명은 판결 다음날 특별사면
으로 무기징역형).

현재 이 사건은 사회주의자 등을 일망타진하려고 벼른 권력의 프레
임업(frame-up)이었다는 것이 명확해 졌다.

도쿠토미 로카의 「모반론」은 고토쿠 슈스이 등 12명의 사형집행으로
부터 거의 일주일 후, 1911(메이지44)년 2월 1일 제1고등학교 변론부 주
최 특별강연회에서 발표된 것이다. '모반'은 끝나가기 적전에 마치 둑
이 터지듯이 넘쳐난다.

제군, 고토쿠 군 등은 이 시대의 정부에 의해 모반인이라고 간주돼
살해당했다. 제군, 모반을 두려워해서는 안 되네. 모반인을 두려워해서
는 안 되네. 자신이 모반인이 되는 것을 두려워해서는 안 되네. 새로운
것은 항상 모반이네.

"몸을 죽여서 혼을 죽일 수 없는 자를 두려워하지 말라". 육체의 죽
음은 아무것도 아니네. 두려워해야 할 것은 영혼의 죽임이네. 사람이
가르침을 받은 신조 그대로 집착해서, 듣는 대로 말하고, 시키는 대로
행동해, 거푸집에서 주출한 인형마냥 형식적으로 생활하는 안정됨을
즐기고, 일절의 자립자신(自立自信), 자화자발(自化自發)을 잃어버렸을
때, 즉 그것은 영혼의 죽음이네. 우리는 살아가지 않으면 안 되네. 살
아가기 위해서 모반하지 않으면 안 되네. (중략) 제군, 우리는 살아가
지 않으면 안 되네. 살아가기 위해서 항상 모반하지 않으면 안 되네.

자신에 대해서, 또한 주위에 대해서. (이와나미분코[岩波文庫] 『모반론 외 6편·일기[謀叛論 他六編·日記]』)

이 강연 초고에서도 실로 격렬한 언어가 늘어서있는데, 실제 연설은 더욱 격했던 모양이다.

오랫동안 아쿠타가와 류노스케 연구에 매진했던 사카구치 야스요시(關口安義)는 새로운 저서 『「라쇼몽」의 탄생(「羅生門」の誕生)』에서 도쿠토미 로카의 아이기를 당일 들었던 사람들의 증언을 모으면서, 젊은 시절의 아쿠타가와가 강연에 마음이 강하게 흔들렸을 것이라고 추측한다.

그 만년의 '패배'로서만, 시대와의 관련이 논해져온 아쿠타가와 류노스케. 그 출발점에 시대에의 모반을 읽어내는 견해는, 「라쇼몽」만이 아니라 모든 작품에 대한 재독을 요구함과 동시에, '패배'가 갖는 의미의 깊은 재포착으로 이어지게 되리라. 여기에는 사카구치 자신의 '모반'이 아른거린다.

자신의 삶을 칭양하는 것으로서의 '모반'

그런데 도쿠토미 로카의 「모반론」이 발표되기 4년 전에 친히 '모반인'이 자신이라고 밝힌 사람이 있었다.

대역사건으로 처형된 사람 중 하나인 와카야마현(和歌山縣) 신구(新宮)의 의사 오이시 세노스케이다.

대역사건에 오랜 기간 관여해 온 변호사 모리나가 에자부로(森長英三郎)의 대저 『로쿠테 오이시 세노스케(祿亭 大石誠之助)』는 우선 오이시의 문장 「모반인의 피(謀叛人の血)」 전문을 싣는다.

「모반인의 피」는 "예부터 우리 일족은 모두 괴짜이다."라고 시작돼, '御'를 넣어서 사물을 부르지 않는 것, 번잡한 예의를 싫어하는 것, 소중하게 임해서 바동바동 거리지 않는 것, 권위, 충의, 부모에게 효도하는 것 등에는 무관심할 것이라는 것 등을 구체적으로 말한 후에 다음과 같이 결론짓고 있다.

> 요컨대 세상 사람들이 보기에 우리 일족에게는 조야(粗野)하고 박정한 비단체적인, 그러한 모반인의 피가 순환하고 있는 것처럼 생각할 것이다. 그렇다 그 피 속에 다소 기교(奇矯)하고 극단적인 분자가 포함돼 있을지도 모른다. 하지만 그것이 마침내 번잡한 형식과 허위에 찬 문명의 독(毒)에 해를 입은 시대사조에 반항하는 자로서의 존재 이유가 잇는 것은 아니겠는가. 우리는 자신의 결점과 단점을 돌아보고 그것을 교정하는 것을 소홀히 하지 않는 것과 동시에, 점차 천부(天賦)의 특성을 발휘해서 그 사명을 완수하지 않으면 안 된다고 생각한다.
>
> (『가정잡지(家庭雜誌)』 1907.3)

모리나가는 "대역사건으로부터 후에 되돌아보면 이 『모반인의 피』라는 제목은 충격적인 말이지만, 그 내용은 세속에 대한 반역을 주장한 것에 지나지 않는다."라고 쓰고 있다.

권력에 의해 날조된 '모반'으로부터 오이시를 떼어놓으려는 의도는 잘 알겠다. 하지만 나는 "시대사상의 반항자"가 실로 '세속'의 자질구레한 사건을 통해 맞서 일어서는 지점에, 권력이 말하는 '모반'과는 정반대의, 즉 자신의 삶에 대한 상찬으로서의 '모반'을 발견한다.

도쿠토미 로카가 말하는 "살아가기 위해서 항상 모반하지 않으면 안 되네"라고 한 것의 생생한 근거를 오이시의 「모반인의 피」에서 발견하고 싶다.

역사가 갖는 또 하나의 가능성을 개시하는 장

쓰지하라 노보루의 장편소설 『용서할 수 없는 자』는 오이시 세노스케를 모델로 한 작품이다.

이야기는 오이시 세노스케가 '마사 다카미쓰(槇隆光)'인 것처럼, 인물 모두가 새로운 이름으로 등장하며, 관계하는 대부분의 사람들이 허구 속에 더해진다.

교투쿠 슈스이나 사아키 토시히코(堺利彦), 모리 오가이나 타야마 가타이(田山花袋), 토야마 미쓰루(頭山滿), 이시미쓰 마키요(石光眞淸) 대위, 또한 미국 문학자 잭 런던(Jack London) 등이 실명인 것과는 대조적이다. 게다가 무대인 신구(新宮)는, 쿠마노(熊野)70)의 울창한 모습을 강조하기로 하듯, 그 지명이 '모리미야(森宮)'로 바뀐다.

'모리야마'에서 펼쳐지는 이야기는 동시대의 역사 한복판에 끼워 넣어져, 역사에 또 하나의 가능성을 개시하는 허구라고 해도 좋을 것이다.

여기에는 '역사소설'의 의의가, 더 나아가서는 창조적인 문학의 의의가 작가에 의해 의식적으로 선택돼 있다.

이야기는 닥터 마키(槇)를 주축으로 해서, 젊은 조카딸 니시 치하루(西千春), 이상주의적인 건축가로 폐병을 앓고 있는 조카 와타바야시 쓰토무(若林勉), 마키의 도서실에서 결성한 '쿠마노혁명 5인단'이라고 자신들을 칭하는 청년들, 예전 번주(藩主) 집의 상속인 나가노(永野)육군 소좌와

---

70) 와카야마현(和歌山縣) 남부와 미에현(三重縣) 남부로 이뤄진 지역.

그의 아름다운 부인 등이, 각각의 삶을 완전히 불태우는 모습을 군상극 (群像劇)처럼 그려낸다.

마키와 나가노 부인 사이의 용서받을 수 없는 연애는 물론이고, 사람들은 어떠한 고경에 처해도, 삶의 환희를 놓지 않는다.

그러한 삶의 상찬이 이야기를, 권력이 창조한 어두운 '모반'의 이야기로부터, "살아가기 위한 모반"의 이야기로 비약시킨다.

그러므로 '모반'은 이야기 곳곳에 울리고 있다.

사람들의 그러한 삶을 끊어버리는 것이 전쟁과 권력의 모반이라고 한다면, 권력과의 전쟁이야말로 "용서받지 못하는 자"라고 해도 좋다.

"여러분 사이나라! 여러분 사이나라!(皆さんサイナラ！ 皆さんサイナラ！)"

그런데 『용서받지 못하는 자』가 오이시 세노스케 일행의 삶에 대한 상찬을 향하면서도, '모반'의 장본인 중의 한 명, 스가노 스가의 삶에 대해서는 다소 냉담하다. 재야 역사가 이토야 토시오(絲屋壽雄)가 쓴 『오이시 세노스케 대역사건의 희생자(大石誠之助 大逆事件の犠牲者)』에는 사형 판결을 받은 직후의 법정의 모습이, 다음과 같이 그려져 있다.

갑자기, 간수의 손으로 삿갓이 스가노 스가의 머리에 씌어졌다. 입정한 역순으로, 그녀가 맨 처음 법정을 나가는 것이다. 그녀는 마침 그 자리에 있던 변호인에게 목례를 한 후에, 바로 의자를 떠났다. 수갑이 채워졌고, 포승줄이 묶였다. 그녀는 수갑을 찬 상태로 손으로 몸을 구부리고 삿갓을 받았다. 여기를 나가면 다시 얼굴을 마주칠 일은 없다.

영원한 결별이다. 그녀는 마음을 다잡고 모두를 봤다.

그녀의 얼굴은 눈부시게 빛났다. 투명한 목소리로 그녀는 외쳤다.

"여러분, 안녕히."

피고의 시선이 뜻밖에도 그녀에게 모였다. 우치야마 쿠도(內山愚童)가,

"그럼 건강히."

하고 대답했다. 우치야마의 대답이 있었고, 모두의 대답이 있었다.

그녀는 삿갓으로 얼굴을 가리고, 총총걸음으로 법정 밖으로 달음질쳐 나갔다.

"무정부당 만세!"

오사카의 미우라 야스타로(三浦安太郎)가 외쳤는데, 그것이 계기가 돼서 고토쿠 이외 피고 일등이 그에 동조했다.

"무정부당 만세!"

(이토야 토시오 『오이시 세노스케 대역사건의 희생자』)

니이무라 타다오가 쓴 「옥중일기(獄中日記)」에는 스가노 스가가 "여러분 사이나라! 여러분 사이나라!"라고 반복해서 외쳤다고 하고 있다. 이 장면은 다소 미화돼 있다고 할 수 있겠으나, 이토야의 표현에도 역시 상쾌한 삶에 대한 상찬이 있다고 하지 않을 수 없다.

▣ 200909

'죽음'을 축복하지 않는 사람들 편으로
— 후지사와 슈헤이, 야마모토 슈고로, 이노우에 히사시, 각각의 전쟁으로부터

후쿠시마에서 사대주의 열풍이 다시 거칠게 불어닥치다

3·11동일본대진재×후쿠시마 원전진재를 마주 보고, 놀라움과 슬픔 그리고 분노와 분함이 혼재해 끝도 없이 증식하는 날들을 헤매고 있었다. 그때 내게 일 년 전에 타계한 이노우에 히사시(井上ひさし, 1934.11.17~2010.4.9)의 다음과 같은 노래가 들려왔다.

> 이 사람들의 / 지금부터의 앞날이 / 행복할 것일지 어떨지
> 그것은 주어를 찾아 숨을 것인가 / 자신이 주어인가 / 그것에 달려
> 있다

> 자신이 주어인가 / 주어가 자신인가 / 그것이 모든 것이다
> 마지막 여섯 소절을, 붙여서 반복한다.
> 자신이 주어인가 / 주어가 자신인가 / 그것이 모든 것이다
> (『꿈의 부스럼(夢の痂)』「에필로그」)

지난해 여름, 나는 『이노우에 히사시 희망으로서의 웃음(井上ひさし

希望としての笑い)』을 서둘러 마무리했다. 이노우에 히사시가 많은 작가 및 사상가로부터 '미련이 남은 승차권'을 각각 받았던 것처럼, 그가 남긴 '미련이 남은 승차권'을 많은 작품에 입각해가며 받아들여보려 생각했기 때문이다.

생애에 걸쳐 자신의 생각을 반드시 실천하려고 했으나 이루지 못하고, 이 세상에 미련을 남기고 죽은 사람의 기원이 '승차권'이 된다. 그리고 그것이 살아 있는 사람에게 전해진다. 미야자와 켄지(宮澤賢治)의 작품 「은하철도의 밤(銀河鐵道の夜)」에서 힌트를 얻은 이노우에 히사시가 고안해 낸 것이 바로 '미련이 남은 승차권'이다.

앞서 들려온 노래도, 확실히 이노우에 히사시가 우리에게 두고간 '미련이 남은 승차권'의 하나임이 틀림없다.

'새로운 전쟁'이 발생한 것과 거의 동시에 시작된 도쿄재판삼부작(『꿈의 터진 곳(夢の裂け目)』 2001년, 『꿈의 눈물(夢の泪)』 2003년, 『꿈의 부스럼(夢の痂)』 2006년)의 최종편, 그 중에서도 '에필로그' 맨 마지막에 실려 있는 것이다. 아시아태평양전쟁(15년 전쟁)의 전쟁책임론이 '새로운 전쟁'의 전쟁책임론으로 이어져 가던 절박한 시기, 이노우에 히사시는 과거를 묻고 현재를 되물었다. 그리고 미래를 묻고, "자신이 주어인가 주어가 자신인가"라는 긴박한 물음을 제기했다.

주어가 자신인가. 세력이 강대한 것에 고분고분 복종하고, 자신의 존립을 확보하려고 하는 '사대주의'를 지금까지와 똑같이 유지하게 되는 것인가.

자신이 주어인가. 대세와는 다른, 게다가 대세에 항거하는 자신의 생각을 어디까지나 견지하고 물러나지 않는다. 하루하루의 망설임, 머뭇

거리며 중얼거리는 소리마저도 정확히 듣고, 자신의 선택대로 한걸음 또 한걸음 걸어가는가.

길었던 전시하(戰時下) "주어가 자신"인 것과는 대조적으로 "자신이 주어"임을 내걸기 시작했던 전후민주주의는 어떤 의미를 가지는가. 이 것은 결국 "주어가 자신"인 것의 변형에 불과했으며, 신자유주의의 '자기책임'론도 마찬가지로 "주어가 자신"인 것의 실천에 다름 아니었다. 그것을 똑똑히 확인한 후에, 이노우에 히사시의 집요한 "자신이 주어" 가 되는 것에 대한 집착이 존재하는 것이다.

이노우에 히사시의 정신적 성채로써 존재했던 '도호쿠(東北)'를 대진재가 덮쳤다. 그것뿐인가. 후쿠시마 원전진재가 일어났을 때, 출현했던 것은 역시 "주어가 자신"이라고 하는 사대주의였다.

도쿄전력과 원자력안전보안원(原子力安全保安院) 그리고 정부가 잘못 없이 잘 대처하고 있음을 '대본영발표(大本營發表)'는 과시했다. 그것을 '홍보'하는 기관으로 전락한 텔레비전이나 신문 등의 매스컴에 의해 근거가 현저히 희박한 '안전'하다는 선전이 대부분의 사람들에게 받아들여졌다. '레벨7'이라는 무시무시한 사태가 거의 아무 일도 없었다는 듯한 태도 속에서 융해돼버리고 말았다.

이러한 추이에 의문을 갖고, 정확한 정보를 요구하는 사람이 블로그나 트위터에 올리는 글에는 바로 거짓말, 데마, 선동, 신자(信者) 등의 레테르가 붙여져서, '올 재팬(All Japan)' 태세 가운데 용서하기 힘든 '비국민'적 대응이라고 비난받았다. 이것 또한 "주어가 자신"인 사람들에게 아주 쉽게 받아들여졌다.

일본적 근대가 위기에 봉착했을 때 꼭 드러났던 사대주의 열풍이, 후쿠시마 원전진재에서도 거칠게 불어닥치고 있다. 그리고 위기의 사대주의 배후에는 사라지기는커녕, 원전을 용인하는 것을 둘러싼 평상시의 사대주의가 광대한 범위에 걸쳐서 가로놓여있음을—원전에 반대해 왔었음이 분명한 내 자신을 들여다보고—새삼스럽게 그 조용한 맹위를 깨닫게 된다.

「대의의 끝」을 계속해서 실현시켰던 이야기와 문장

하지만 사대주의가 뚜렷이 노출되는 순간은, 한 명 한 명의 주체적인 비판이 절실히 요구되는 순간에 다름 아니다.

패전 직후의 후지사와 슈헤이(藤澤周平)에게 찾아든 것도 그러한 통한의 순간이었다. 잘 알려져 있듯이, 이노우에 히사시는 동향(야마가타(山形) 및 '도호쿠(東北)'에 강한 애착을 갖는 이 선배 작가를 경애했다. 그래서 상세하고 게다가 유머러스한 '우나사카한 지도(海坂藩地図)'71)마저 작성했다.

「『미덕』의 경원(敬遠)」(1991)이라고 하는 조심스러운, 후지사와 슈헤이다운 타이틀을 단, 사실은 격렬한 생각을 작렬시킨 에세이가 있다. 전4권으로 구성된 『후지사와 슈헤이 단편걸작선(藤澤周平短編傑作選集)』의 '후기' 가운데 하나이다. 후지사와 슈헤이는 모두(冒頭)에 자작의 몇 가지 경향을 두고 그 경향에 의해 다가온 체험을 되살려내, 다음과 같이 쓰고 있다.

전쟁 중, 몰래 나뭇잎 사이에 숨어서 탐독을 했던 자신이나, 무사도

71) '우나사카한'은 후지사와 슈헤이 시대소설에 등장하는 가공의 한(藩)이다.

(武士道)라는 말을 내세우며 위압적으로 행동하던 군인들의 모습 등이 음화가 결여돼서 양화로 바뀌는 것처럼 확실히 보이기 시작했던 것은 전후였다. 그것은 기괴하고 무서운 광경이었다.

무섭다고 하는 것은, 자신의 운명이 타자의 손에 의해 아주 간단하게 좌우되려고 했던 것을 말한다. 나는 민주주의라는 말을 몰랐다. 누구에게도 배운 적이 없었고, 읽은 적도 없었다. 혹은 알고 있다고 하더라도 나는 역시 해군비행예과연습생(海軍飛行予科練習生) 시험을 보러갔는데, 그것은 또 그것대로, 나라를 위해 죽는다고 하는 선택을 자신이 한 결과이니 후회할 것은 없다.

하지만 그것이 아니라 나는 당시의 일방적인 교육과 정보, 혹은 시대의 저음부(低音部)에서 울려 퍼지는 무사도라는 말 등에 휩쓸려가서, 시험을 보았던 것이다. 그것이 전후, 내 자존감에 위배됐다. 더러운 말을 쓰자면, 이것들이 사람이 등신인줄 아나 하는 기분이었다. 게다가 나는 그때 급우를 부추겨서 함께 예과연습생 시험을 보게 했으니, 그것은 단순히 프라이드 문제만으로 끝나지 않는다. 다행히, 예과연습생으로 간 급우는 참호 파는 것에 동원됐을 뿐으로 살아서 돌아왔다. 하지만 나도 가해자였던 것이다.

그 뉘우침은 이 십 여년이 지난 지금도, 내 가슴에서 사라질 생각을 하지 않는다. 이후, 나는 좌든 우든, 사람을 선동하는 것만은 두 번 다시 하지 않겠다고 결심했다. 최근 내가 단박에 알 수 있는, 예전에 들었던 기억이 나는 목소리가 울려 퍼지기 시작하고 있다. 나이든 사람이 젊은이들을 부추기는 것은 좋지 않다고 생각한다. (중략) 일단 유사시에, 자위대에서 빌린 총을 갖고 벽지로 가거나, 그렇지 않으면 집안에서 항복을 위해 백기를 꿰맬 것인지는, 이번에야말로 내 스스로 판단할 요량이다.

(「『미덕』의 경원(敬遠)」 1991)

폭력을 노골적으로 드러낸 권력과, 강제적인 각종 제도. 점차로 권력을 홍보하는 쪽으로 경도해 가는 문화장치 그리고 그것을 사회 저변에서부터 뒷받침하는 사대주의. 10대였던 후지사와 슈헤이가 의심조차 갖지 않고 온몸으로 체현해 갔던 것의 시커먼 형체가, 자신의 안에서 솟아올라온다.

그 "기괴하고, 무서운" 것을 후지사와 슈헤이는 떠안고 나서, 한층 "자신의 운명이 타자의 손에 의해 아주 간단하게 좌우되려고 했던 것"을 용서하려 하지 않는다. 무의식 가운데 사대주의에 좌우됐던 자신이라는 주체를 용서하지 않고, 그곳으로부터의 전환을 굳게 마음속에 맹세한다.

1997년에 타계한 후지사와 슈헤이가, 총을 들 것인가 백기를 꿰맬 것인가라는 선택을 해야 하는 상황에 몰리는 일은 없었다. 하지만 패전 후에 맹세했던 전환은, 때로는 '열광 혐오'나 '유행 혐오'를 둘러싼 일상의 사대주의에 대한 혐오로 표출됐다. 그것은 무엇보다도 후지사와 슈헤이의 소설세계 속에 그 방향성은 말할 것도 없이 한마디 한마디가 그대로 실현됐다고 해도 좋다.

영웅호걸이 한 명도 나오지 않는, 주류가 아니라 지류에 속한 사람들의 일상 이야기. 근사하게 살고, 근사히 죽는 것을 시답지 않게 여기고, 꼴사납고 다시 없이 소중한 삶을 끈기 있게 살아가는 사람들의 이야기. 어떠한 권력이나 권위로부터도 멀리하고, 자신을 지탱하는 것은 자신뿐이라는 사람이, 비슷한 부류의 사람들과 만나서 밀접한 관계를 맺게 되는 이야기. 수직적인 관계로부터 멀어져서, 수평적인 관계를 맺고 살아가는 사람들의 이야기, 혹은……

후지사와 슈헤이는 영웅호걸을 선호하는 시대소설에서는 실로 희유(稀有)한 이야기들을, 언뜻 보기에 특징이 없지만 누구와도 닮지 않은 이야기를 썼다. 게다가 그는 관념적이고 추상성이 고도화된 언어를 극력 배제하고, 보들보들하고 생기 있으며 그 안에 몹시 격한 것을 가라앉힌 문장을 통해 끊임없이 작품을 써냈다.

"자신의 운명이 타자의 손에 의해 아주 간단하게 좌우되려고 했던 것"을 싫어하고, 이번에야말로 자신이 판단"하기로 결심한 과거의 황국소년(皇國少年)이 이러한 문장으로 이야기를 써나갔다. 계속 써가면서, 때로는 황국소년시대를 상기하고, 몸소 그 통한의 체험을 하나의 계기로 삼았다.

후지사와와 마찬가지로 "1972년에 태어난 그룹"으로, 요시무라 아키라(吉村昭), 유키 쇼지(結城昌治)를 넣어서 4명의 이른바 "신뢰의 공동체"를 쌓아올린 시로야마 사부로(城山三郎)는 자신의 전후를 「대의의 끝(大義の末)」(1959)이라는 작품을 통해 정했다. 이것을 따른다면, 앞서 인용한 문장이야말로 후지사와 슈헤이에게는 "대의의 끝"이었을 것이다.

"대의의 끝"은, 결코 '대의'를 없었던 것으로 해버리는 것이 아니다. 대의에 몸을 바치려고 했던 자신을 계속 보존하면서, 그곳으로는 돌아가지 않는 것이다. 대의와 그것에 매료된 자신을 잊지 않는 것이다. 잊어버리는 사람들은 다시 다른 '대의'를 내걸고, 같은 것을 되풀이한다. 시로야마 사부로의 「대의의 끝」은, 그대로 후지사와 슈헤이의 "대의의 끝"이었다.

"미련없이 깨끗하게 져라, ──지겨운 사고방식이군"
하고 중얼거려본다

　주지하는 것처럼, 시대소설에는 '무가(武家) 이야기'와 '시정(市井, 서민) 이야기'라는 커다란 장르가 있다. 전국무장(戰國武將)이야기나 검극(劍劇) 이야기는 전자에, 초닌[町人, 도시상인]의 일상을 포착한 것은 후자로 분류된다. 후지사와 슈헤이에게는 『매미 소리(蟬しぐれ)』(1988)[72]나 『미쓰야세이자에몬잔지쓰로쿠(三屋清左衛門殘日錄)』(1989) 등, '무가 이야기'도 많다. 하지만 그 작품군에는 한순간의 결의로 앞으로 나아가는 무사도를 소리 높여 외치는 등의 이야기는 전혀 없다. 그 대신 지류에 속하는 사무라이나 은거하는 삶으로 일관하는 나날이 매끄럽게 활사돼 있다. 그가 첫 '무가 이야기'로 나오키상을 수상한 「암살의 연륜(暗殺の年輪)」(1973)부터가 이미 무가 세계로부터 탈출하는 이야기였다.

　후지사와 슈헤이의 '시정 이야기'는 소중한 삶을 끈기 있게 살아가는 사람들의 무디지만 빛나는 이야기를 다루고 있다. 하지만 이러한 것이 시대소설계에 갑자기 출현했던 것은 아니다.

　이러한 '시정 이야기'를 더듬어 보면 야마모토 슈고로(山本周五郎)의 『야나기바시 이야기(柳橋物語)』를 꼽을 수 있다. 『야나기바시 이야기』는 큰 화재나 홍수를 배경으로, 18세의 여자주인공 오센(おせん)이 소꿉동무였던 직인(職人) 쇼키치(庄吉)와 고타(幸太) 사이에서 겪게 되는 기구한 이야기다. 전쟁 중에 정신주의적인 『일본부도기(日本婦道記)』를 썼던 야마모토 슈고로가 서두르지 않고 진중하게 초닌의 일상생활에 몰두하고자,

---

72) 본래 뜻은 매미가 한꺼번에 울어대는 소리를 시우(時雨)가 내리는 소리라고 한 것을 말한다. 여름의 계절어이기도 하다.

패전한 다음 해에 쓰기 시작한 작품이다. 야마모토는 다음과 같이 말한다.

> "(카사이[葛西])젠조(善藏)는 말이지. 참 좋은 말을 하고 했어. "마음을 급하게 먹을 여행이 아니다."라고. 당황해서 허겁지겁 하단고 일이 잘 되지 않아. 나는 차분하게 하련다. 점점 끈질기고, 더더욱 호흡이 긴 것을 쓰련다. 나는 전전(戰前)까지는, 너무나 정신적인 면에 중점을 둬왔던 것 같아. (중략) 추악한 면도, 전부 포함한 것이 인간이야. 그러한 인간과 전력을 다해 맞붙는 것이 소설이라는 것을 깨달았어." (담화).

전시하(戰時下)였던 1943년, 『일본부도기』는 나오키상에 추천된다. 하지만 야마모토 슈고로는 그것을 사양한다. 전쟁을 고무하는 "청신한 것"이 요구되는 풍조에 반발한 것과 함께, 요시카와 에이지(吉川榮治) 등의 심사위원에 대한 혐오감이 작용했다. 군부로부터 보도반원으로 종군하라는 요청이 왔지만, 소설가는 소설을 쓰는 것이 전부라고 딱 잘라 거절했다. 사대주의에 가담하지 않고, 고고(孤高)와 반골을 관철했다. 그러한 야마모토 슈고로가 패전을 넘어 쓴 '소설'이 바로 『야나기바시 이야기』였던 것이다.

야마모토의 '시정 이야기'(시타마치[下町] 이야기)[73]는 작가 자신의 전쟁(전시기)과의 관련을 반전(反轉)시키면서 나타났다고 해도 좋다.

---

73) 시타마치는 시가가 바다나 강에 근접한 저지대를 지칭한다. 도쿄에서는 에도시대 우에노나 아사쿠사 일대의 서민 및 상인 거주 지역을 이른다. 시타마치는 도쿄에만 있는 것이 아니라 오사카 등지에서도 찾아 볼 수 있다.

『야나기바시 이야기』로부터 전후를 시작한 야마모토 슈고로는 더욱 영웅호걸 이야기를 싫어하고, 검극을 싫어하는 마음을 강하게 가졌다. 그로부터 독특한 '무가 이야기'가 탄생했다. 예를 들면, 『천지정대(天地靜大)』(1961)는, 북쪽의 작은 한[藩]으로부터 쇼헤자카(昌平坂)의 학문소74)에 온 청년 스기우라 토오루(杉浦透)의 학문에 대한 열정과 시대에 대한 불안을 한 축으로 하고 있다. 또한 막부 말기의 동란을 번주(藩主)의 동생이기에 자유롭게 살수 없는 미즈타니 사토오미(水谷鄕臣)의 고뇌와 희망 그리고 좌절을 다른 한축으로 배치한 장편소설이다.

그 일절을 보자.

"사쿠라 꽃인가." 사토오미는 토해내듯 말했다. "질 때는 미련 없이 깨끗이, 사쿠라 꽃처럼 지고, 사쿠라 꽃처럼 미련 없이 깨끗이 져라, ──지겨운 사고 방식이군"

사토오미는 걸으면서 계속 말했다. "이 나라의 역사에는 사쿠라처럼 화려하게 피고, 홀연 져서 사라지는 영웅이 많다. 일반이나 애가에도 칭송되는 영웅이나 호걸을 좋아하는 것이 강하다. 어째서일까. 이 나라의 기후 풍토 때문일까. 아니면 일본인이라는 민족의 피 때문일까."

"이런 식이어서는 안 된다." 하고 사토오미는 다시 말했다. "보다 인간답게, 살아가는 것을 소중히 여기고, 영화나 명성과는 관련 없이, 30년, 50년에 걸쳐서, 꾸준하게 금석(金石)을 조각하듯이, 수수한 노력을 해나갈 수는 없는 것인가. 질 때는 깨끗이라는 등의 사고방식을 발뒤꿈치에 붙이고 있는 한, 결코 일다운 일은 할 수 없어" (『천지정대』)

74) 이 학문소는 1790년 도쿄 간다의 유시마(湯島)에 설립된 에도막부 직할하는 교육기관, 시설이었다.

죽음을 결코 축복하지 않는 사람들 편을 향한 집착은 야마모토 슈고로의 작품 중 아마도 가장 잘 알려진 작품 중 하나인, 『전나무는 남았다(樅ノ木は殘った)』(1958)에도 일관된 견해가 표출돼 있다.

다테(伊達) 집안의 가신(家臣) 하라다 가이(原田甲斐)가, 노중(老中)[75] 사카이 우타노카미(酒井雅樂頭)를 중심으로 해서 다테 집안이 갖고 있던 관직을 면직시키려는 음모를 감지하고, 아군인 척을 한다. 그러면서 마지막에는 자신을 악인으로 꾸며내는 것으로, 그 음모를 막아낸다고 하는 비극적인 이야기이다. 그렇기 때문에 더욱, 아니 그것보다도 그러한 죽음을 축복하지 않는 이야기가 한층 더 강하게 이 작품 속에 표출됐다고 해야 할 것인가.

단자부로(丹三郎)는 "내 죽음이 쓸모가 있을 것이요"라고 말했다. 주군을 위해서 신명을 아까워하지 않는 것은, 사무라이의 본분이지만, 누구나 그렇게 간단하게 실천할 수 있는 것은 아니다. (하라다) 가이는 단자부로를 알고 있으며, 그의 성격을 볼 때 그러한 것을 입 밖에 낸 이상, 그때가 오면 죽음을 두려워하지 않을 것이라는 것도 알고 있었다.

──허나, 나는 마음에 내키지 않아.

나라를 위해, 한(藩)을 위해 주군을 위해, 또한 사랑하는 사람을 위해, 몸소 나아가 죽는다는 것은, 사무라이의 도덕으로서만 만들어진 것이 아니라 인간 감정의 가장 순수한 연소(燃燒)의 하나로 존재해 왔으며, 앞으로도 존재할 것이다. ──허나, 나는 마음에 들지 않아.

(하라다) 가이는 살짝 고개를 저었다.

---

75) 에도 막부에서 장군에 직속하여 정무를 감독하던 직책.

설령 그것에 의미가 있다고 하더라도 가능하다면 '죽음'은 피하는 것이 좋다. 그러한 죽음에는 희생의 장렬함이라는 미가 있을지 모르지만, 그래도 또한 끝까지 살아가는 것에 비하면 까마득히 미치지 못하는 것이리라. (『전나무는 남았다』)

여기에도 또한 야마모토 슈고로와 전쟁과의 관련, 그 반전(反轉)의 양태가 확실히 나타나 있다고 본다.

『야나기바시 이야기』에서 시작되는 시대소설의 '시정 이야기'를, 야마모토 슈고로의 끈질김, 집요함, 강함이 넘치는 이야기와는 또 다른, 부드럽고 활기 넘치는 청신한 이야기로 계승한 것이 후지사와 슈헤이라고 하겠다.

전후 시대소설에서의 '시정이야기'를 발전시킨 두 명의 작가는 함께 전쟁이 불러온 사대주의 가운데 가장 잔혹한 것으로서 '죽음'의 축복을, '시정 이야기'를 통해 함께 무위화 시킨 것뿐만이 아니라 '무가 이야기'에서조차도 그것을 거부했다고 할 수 있다. 이 둘의 '풍요한 삶'이 준 선물이 없었다면, 평상시 및 위기의 사대주의는 지금보다도 훨씬 강대한 것이 돼 있지 않았을까. 과거 검극 이야기로 전쟁을 오락으로서 지탱했던 시대소설은, 이 두 명의 작가가 전후 과감한 선택을 한 것을 통해서, 전쟁과 죽음에 항거하며 사대주의에 저항하는 소설의 작지만 견고한 거점이 되었다.

그러고 보니, 전쟁책임에 관한 전후를 총괄해 "주어가 자신"인 것에서 "자신이 주어"로의 전환을 요구한 이노우에 히사시 또한 마지막 희곡 『무사시(ムサシ)』(2009)와 『조곡학살(組曲虐殺)』(2009)에서, '죽음'의 축

복을 철저하게 부정했다. 투쟁을 계속해 간 코바야시 타키지(小林多喜二)를 그린 『조곡학살』에서는 혁명운동에서의 영웅주의를 거부했다. 또한 간류지마(巖流島)에서 결투한 후의 미야모토 무사시를 포착한 『무사시』에서는 어디까지나 결투의 계속을 바라는 무사시와 사사키 코지로(佐々木小次郎)에게 무장(칼)의 방기를 요구했다. 그것을 끈기 있게, 기가 꺾이는 일 없이 실천하는 것은 검객도 무가도 아니다.

그것은 '유명함'이나 '강함'이 불러오는 경직성과 부자연스러움과는 완전히 인연이 없으며, 무명으로 사는 것을 공고한 결집의 계기로 삼는 '시정' 사람들, 즉 일상의 다시없을 삶의 예찬자들이었다.

그 사람들이, 각각 "자신이 주어"임을 소중히 하고 있는 것은 두말할 나위 없는 일이다.

☞ 201106

[출전] (서브타이틀 생략)

제 1 부 지금, 전쟁에 항거한다

왜 지금 전쟁문학인가 「視点・論点　記録を讀み解く①」 NHK TV 2011.8.8.

이젠 '전쟁 가능한 사회' 개전 70주년에 생각한다

　　　『時事通信』配信・『京都新聞』, 『福島民報』 그 밖의 지방지 게재 (2011/12/17 그 외)

전쟁 상태에 항거하는 첨예한 문학의 광장

　　　『9・11 変容する戰爭 コレクション　戰爭×文學』 集英社, 2011.8.

자신이 만든 역사를 숙명이라고 부르지 말라 『劇団民藝』 공연팸플릿 2014.6.

작은 항거를 갖고 모인 무수한 도도 타로에 『すばる』 2014.5.

적이 보이지 않는 전쟁 끝에 『週刊文春』 2013.11.25.

쾌재를 바라며 우울함을 두려워하지 않고

　　　P カンパニー公演 「猿飛佐助の憂鬱」 パンフレット 2014.3.

이제 병사의 신체로 돌아갈 수 없다

　　　『「いま」と「ここ」が現出する : 高橋敏夫書評集』 勉誠出版 2009.7.

제 2 부 괴물・호러・노동・후쿠시마

고지라, 후쿠시마, 신거신병(新巨神兵) 『図書新聞』 2013.1.1.

고지라의 애처로운 외침 新聞あかはた 2014.8.10.

3・11 이후의 호러 국가 일본 『社會文學』 36, 2012.8.

3・11 이후 마쓰모토 세이초를 어떻게 읽을 것인가 松本淸張硏究會講演 2012.6.2.

괴물의 시대로부터 고지라로 『ゴジラが來る夜に』 集英社, 1999.11.

괴물・호러・해결 불가능성

　　　『理由なき殺人の物語──『大菩薩峠』をめぐって』 廣濟堂ライブラリー, 2001.5.

호러와 전쟁 사이에 『論座』 2011.12.

호러를 녹이는 오키나와의 열기 『論座』 2011.7.

'부서짐'의 시대에 찬연히 빛나는 '나가쓰카느와르'
　　新國立劇場公演『アジアの女』팸플릿 2006.9〜10.

희망으로서의 '호러 소설'『ホラー小説でめぐる「現代文學論」』宝島社 2007.10.

제국은 그 내부로부터 무너져 내릴 것이다!『ホラー小説でめぐる「現代文學論」』

프레카리아트 문학과 프롤레타리아 문학 사이에서

『國文學 : 解釋と鑑賞』75(4) 2010.4. /『지구적세계문학』창간호 2013봄.

살아 있던 절망에서, 살아 있는 희망으로『週刊金曜日』2008.7.25.

지금, 우리는, 구로시마 덴지를 필요로 하고 있다
　　『定本黑島伝治全集第一卷解說』勉誠出版 2001.7.

제 3 부 전후라는 황야를 살아가다

문화인류학의 해체
　　『多樣性の秩序 : 批評の現在』亞紀書房 1985.12.

그것은 불쾌감으로부터, 시작됐다『嫌惡のレッスン』三一書房 1994.6.

'쇼와(昭和)'라고 하는 투쟁 상태『文學のミクロポリティクス』れんが書房新社 1989.11.

반(反) 무라카미 하루키론『文學のミクロポリティクス』

다테마쓰 와헤이를 위해서『文學のミクロポリティクス』

께름칙함 속의 오자키 유타카『嫌惡のレッスン』

몸짓과 감정의 제국『嫌惡のレッスン』

J리그의 정치학『嫌惡のレッスン』

구로다 키오가 던지는 질문『文學のミクロポリティクス』

제4부 문학에서의 재일조선인 × 오키나와 × 피차별

'세계문학'으로서의 아시아문학 계간『아시아』2007 가을.

파계(破戒)와 창조와 착란과『梁石日 在日文學全集 第七卷』勉誠出版 2006.6.

양석일『꿈의 회랑』을 읽는다 梁石日『夢の回廊』幻冬舍文庫 2006.10.

양석일『밤에 깨어나자』를 읽는다 梁石日『夜に目醒めよ』幻冬舍文庫 2001.4. 해설.

재일조선인문학의 전장(戰場)

　　『近代における「貧困」, 「悲慘」および「怪物」表象のメディア論的研究』 2006.5.

전쟁은 계속되고, 저항과 투쟁은 이어진다

　　『オキナワ終わらぬ戰爭 コレクション 戰爭×文學』集英社, 2012.5.

‘저항을 향한 공동투쟁’을 위해

　　『沖繩文學選 : 日本文學のエッジからの問い』勉誠出版 2003.5.

‘투쟁 상태’로서의 오키나와 『論座』 1997.

보통 사람 한 명 한 명이 주인공 『불러들이는 섬』『すばる』 2008.5.

변경으로부터의 목소리 『すばる』1992.8.

낮은 중얼거림이 들려온다 小學館文庫 『淺草彈左衛門』解說 1998.12.

분노와 슬픔의 불꽃은 마침내 성을 향한다 『グラフィケーション』2004.11.

제5부 시대소설에 응축하는 ‘현재’

함께 싸우는 ‘동료’가 ‘공화국’『小說トリッパー』2011.4.

요리를 무대로 “약한 자의 민주주의”를 생기한다 『グラフィケーション』2012.5.

그래그래, 꼭 원수를 갚게 해주리다 『グラフィケーション』2012.5.

함께하면, 그렇게, 못할 것도 없다고! 『時代小說が來る!』原書房 2010.12.

국경을 넘는 시대소설 『時代小說に會う!』原書房 2007.12.

후지사와 슈헤이의 탄생 『時代小說が來る!』

강하고, 격렬하고, 엄하고, 상냥한 ‘동료’들 劇団前進座『赤ひげ』公演꼼플릿 2013.1.

시대소설 붐을 불러온 작가들 『時代小說が來る!』

‘일본인’을 오래 깊게 포착하는 어둑어둑한 영역으로 『國文學 解釋と鑑賞』2011.2.

유쾌한 ‘동료’가 되다 『神奈川文學館會報』2013.3.

살기 위해서 항상 모반하지 않으면 안 된다 『グラフィケーション』2008.9.

‘죽음’을 축복하지 않는 사람들 편으로

　　『作家と戰爭—太平洋戰爭70年』河出書房新社 2011.6. /『지구적세계문학』4호, 2014 가을.

옮긴이의 말

*

이 책의 제목은 왜 『아무도 들려주지 않았던 일본현대문학』이 되었는 가.

그것은 비단 이 책의 원고들이 일본의 제도권 내 주류 문학에 대한 다른 읽기 방식을 가지고 있기 때문만은 아니다. 이 책의 제목은 한국에서 형성된 일본현대문학이 갖는 준거방식 혹은 자기 재현 방식이 갖는 협소성(제한성)에 대한 '말 걸기'를 통해 나온 것이다.

이 책의 저자는 일본의 '전통' 및 '다수'들의 비평관과 '항전'하면서 누구도 들려주지 않았던 일본현대문학을 말한다. 이는 한국의 일본문학 이해와 수용에 일대 균열을 일으킬 정도의 폭과 깊이를 갖고 있다고 감히 말할 수 있다. 이 책에서 저자가 끝없는 연대와 애정을 표하는 대상은 '일본'이라는 국가의 '전통'과 '문화'를 고착화 시키고 사람들을 전쟁으로 내모는 글쓰기와는 인연이 없는 작가들과 '부서짐'을 간직한 '괴물'들 뿐이다.

이들은 일본의 '음지'와 '암부'를 응시하고 '지금 현재' 지배적인 '밝은 것', '열광'에 대한 의문을 끊임없이 던지며 '거대한 것'에 함몰되는 것을 경계한다. 구로다 키오, 양석일, 이노우에 미쓰하루, 사사키 죠, 야마모토 슈고로, 후지사와 슈헤이, 시오미 센이치로, 고지라 그리고 '전쟁'과 '폭력'을 거부하는 '주체들'이 그들이다.

또한, 이 책에는 많은 핵심 어휘들이 늘어서 있다. "후쿠시마 카타스트로프", "은폐의 총력전"과 "전쟁이 가능한 사회"에 대한 성찰로 시작해, "새로운 격차", "새로운 부서짐", "병사의 신체", "절망 공장" 등 한국의 '지금 여기'와도 이어져 있는 문제의식들로 가득하다. 하지만, '위기의 언어들', '경고의 언어들'과는 대조적으로 '연대'와 '희망'에 대한 저자의 '믿음' 또한 간과할 수 없다. 상황을 어둡게 보고 그것을 비관하는 것이 아니라, 그 지점에서 도약과 반전을 노리는 언어들, 요컨대 "인식은 어디까지나 어둡게, 실천은 어디까지나 밝게"라는 저자 특유의 인식의 지평이 펼쳐져 있다.

이 책에는 문학(역사소설, 시대소설, 재일조선인문학, 오키나와문학 등), 영화, 연극, 정치, 사회에 이르기까지 저자가 40년 넘게 펼친 현장비평과 연구의 업적이 축쇄돼 있다. 다만, 저자의 요청으로 1970년대와 1980년대 저작들은 최소한도로 줄이고 '지금 여기'와 관련된 비평과 연구들을 엄선했다. 여기에 수록된 원고는 2천 매가 넘지만, 지면 관계상 십여 편의 원고를 넣지 못했다.

*

이 책의 시작을 애써 따지자면 2007년 가을 AALF(전주)로 거슬러 올라간다. 나는 저자가 처음으로 가게 된(!) 해외 행을 통역 수행하게 됐다. 이 책의 중간과정에는 2010에서 2011년까지의 수록 비평·연구 원고 선별 과정이 있었다. 하지만, 지금 형태의 원고가 갖춰진 것은 올해 7월에 들어서였다. 그것은 내가 저자의 20여 권에 달하는 저서를 통독하면서 겨우 그 세부적인 것들이 이루고 있는 총체적인 세계가 갖는 의미를 이해했기에 가능했다. 원고 선별까지 걸렸던 3년이라는 시간은 그런 의미에서 내가 저자의 문학관·사상관·세계관을 이해할 수 있는 귀중한 시간이었다.

저자는 이 책의 출간을 맞아 두 번째 한국행(「오키나와 문학과 동아시아 문학」 가칭, AALA아시아위원회 및 제주대학교 탐라문화연구소 공동 주최, 10월 8일)을 눈앞에 두고 있다. 2007년과 2014년의 한국이 저자에게 어떻게 다르게 다가올지 자못 궁금하다.

이 책의 번역 과정을 통해 나는 저자와 만난 지 8년 만에 저자의 문학관·사상관·세계관을 겨우 이해하게 됐다. 또한, 내가 맞이했던 기적과도 같은 '학운'을 절감했다.

이 번역서가 나오기까지 큰 도움을 주신 분들에게 감사의 인사를 올린다.

2014년 9월
옮긴이 씀

다카하시 토시오 高橋敏夫

와세다대학(早稻田大學) 문학연구과 교수.

문예·사회·연극평론가이다. 대학에서는 '전쟁문학론', '호러·괴물론', '아이누문학 오키나와 문학론' 등의 강의와 현대문학의 세미나를 가르치고 있다. 와세다축제의 학생 앙케이트에서 '와세다에서 가장 흥미로운 수업'에 뽑히기도 했다. 최근에는 호러 소설과 오키나와문학, 시대소설을 연관시켜 새로운 비평·연구를 전개하고 있다. 그 일환으로 집영사(集英社) 집념의 대기획『컬렉션 전쟁×문학(コレクション 戰爭×文學)』(전 20권)에 편집위원으로 참여했다.

2000년대 이후의 저서로는,『이유 없는 살인 이야기 대보살고개론』(2001),『후지사랑 슈헤이이』(오자키 호쓰키 기념 대중문학연구상 수상, 2002),『다카하시 토시오 서평집』(2009),『시대소설과 만난다!』(2007),『시대소설이 온다!』(2010),『시대소설이 간다!』(2013) 등 20여 권의 저서가 있다. 일본이 이제 '전쟁이 가능한 사회'에 진입한 것에 대한 경종을 울리는 비평 활동을 활발히 전개하고 있다.

곽형덕

카이스트 인문사회과학연구소 연구조교수.

와세다대학대학원 문학연구과 석박사, 컬럼비아대학대학원 동아시아학과 석사학위를 취득했다. 『김사량 일본어소설기연구』로 박사학위를 받았다. '일본어문학' 연구, 그중에서도 김사량 및 재일조선인문학, 오키나와문학 및 전쟁문학 연구에 매진 중이다. 주요 편역서로는 김시종『장편시집 니이가타』(글누림, 2014),『김사량, 작품과 연구』(총4권, 역락, 2008~2014) 등이 있다. 현재 박사논문 출간 작업을 시작으로 오키나와 문학 및 일본문학 관련 책을 다수 작업 중에 있다. 한국(조선)문학 혹은 일본문학이라는 전공의 틀에 구애받지 않고 일본근현대문학 가운데 '마이너문학'을 아시아문학, 그리고 세계문학 속에서 재조명해 현재적 의미로 되살려 내는 시도를 하고 있다.

지구적 세계문학 총서 3

아무도 들려주지 않았던 일본현대문학

초판 1쇄 인쇄 2014년 9월 25일
초판 1쇄 발행 2014년 10월 6일

지은이 다카하시 토시오(高橋敏夫)
옮긴이 곽형덕
펴낸이 최종숙

책임편집 이태곤 | 편집 권분옥 이소희 박선주 오정대
디자인 안혜진 이홍주 | 마케팅 박태훈 안현진 | 관리 구본준
펴낸곳 글누림출판사 | 등록 2005년 10월 5일 제303-2005-000038호
주소 서울시 서초구 반포4동 577-25 문창빌딩 2층
전화 02-3409-2055(편집부), 2058(영업부) | 팩시밀리 02-3409-2059
홈페이지 http://www.geulnurim.co.kr
이메일 nurim3888@hanmail.net

ISBN 978-89-6327-272-6 94830
        978-89-6327-217-7(세트)

정가 30,000원

* 이 도서의 국립중앙도서관 출판시도서목록(CIP)은 서지정보유통지원시스템 홈페이지(http://seoji.nl.go.kr)와
  국가자료공동목록시스템(http://www.nl.go.kr/kolisnet)에서 이용하실 수 있습니다.(CIP제어번호: CIP2014027508)